U1005689

安徽古籍叢書

黃山書社

勉行堂詩文集

〔清〕程晉芳/著　魏世民/校點

圖書在版編目(CIP)數據

勉行堂詩文集/(清)程晉芳著;魏世民校點. -合肥:
黄山書社,2012.1
(安徽古籍叢書第二十九輯/安徽古籍叢書編審委員會編纂)
ISBN 978-7-5461-2545-9
Ⅰ.①勉… Ⅱ.①程…②魏… Ⅲ.①古典詩歌-詩集-中國-清代 ②古典散文-散文集-中國-清代 Ⅳ.①I214.92

中國版本圖書館 CIP 數據核字(2011)第 275357 號

本書出版得到 國家古籍整理出版專項經費 安徽省古籍整理出版辦公室 資助

勉行堂詩文集
(清)程晉芳 著 魏世民 校點
*
責任編輯 李霜琴
責任校對 張紅一 封面設計 馬 芳
黄山書社出版發行 中國科技大學印刷廠印刷
開本 880×1230 1/32 印張 29 插頁 2 字數 390 千字
2012 年 1 月第 1 版 2012 年 1 月第 1 次印刷

ISBN 978-7-5461-2545-9
定價 86.00 圓
凡發現本書有印刷、裝訂錯誤,可直接向承印廠調换。

安徽古籍叢書編印緣起

我國歷史悠久，典籍豐富。我省地處南北之交，學術尤擅其盛。數千年來，哲學、史學、文學、藝術、語言、科技，作者輩出，著述如林，或自名一家，或蔚然成派，多爲中華民族文化之菁華，有裨於社會主義文化之建設。允宜及時整理，以廣流傳。

粤自明清，以至近世，南北郡邑已有涇川叢書、龍眠叢書、貴池先哲遺書、南陵先哲遺書諸刻。一九三一年，復有安徽叢書之編刊，所收皆皖人著作，分期影印。出至第六期，以抗戰軍興而中止。盛業未竟，論者惜之。

今者，中央倡導整理古籍，我省領導對此尤爲關心。省古籍整理出版規劃委員會幾經商討，決定編纂安徽古籍叢書。編纂宗旨是在歷史唯物主義指導下，批判繼承，古爲今用，弘揚民族優秀傳統文化，爲建設中國特色社會主義服務。最其體例，約有數端：

一、所收皆爲歷代皖人著作，時間一般以辛亥革命之前爲限，內容以文、史、哲爲主，分類成輯。尤其注意稿本、稀見本之搜輯與傳布。

二、整理方式包括輯、校、標點和注釋、今譯。校勘，力求採用善本爲底本，校以他書，或加補輯、編次。標點，採用新式標點。注釋，務求精確，但不作煩瑣考證。整理中，盡量吸收國内外研究的新成果。

三、先秦、兩漢著作及語言、文字之類，皆用繁體字，其餘則酌用簡體字。版皆竪排，以期一律。

四、凡熱心於本叢書編印及捐貲助刊者，得於書内題名。

安徽古籍叢書編審委員會

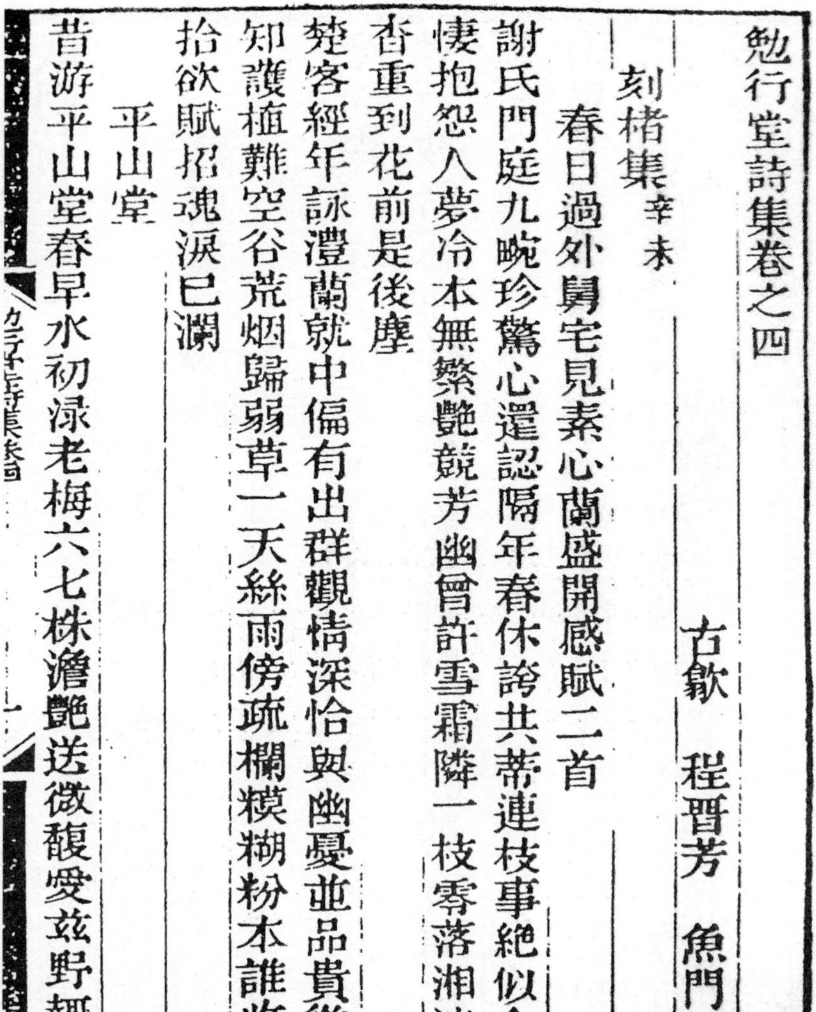

勉行堂詩集卷之四

古歙　程晉芳　魚門

刻楮集辛未

春日過外舅宅見素心蘭盛開感賦二首

謝氏門庭九畹珍驚心還認隔年春休誇共蒂連枝事絕似含悽抱怨入夢冷本無繁艷競芳幽會許雪霜隣一枝零落湘波杳重到花前是後塵

楚客經年詠澧蘭就中偏有出群觀情深恰與幽憂並品貴從知護植難空谷荒烟歸弱草一天絲雨傍疏欄糢糊粉本誰收拾欲賦招魂淚已瀾

平山堂

昔游平山堂春早水初淥老梅六七株澹艷送微馥愛茲野趣

《勉行堂詩集》清嘉慶戊寅年(1818)刻本

蕺園詩集卷一　　新安　程晉芳　魚門

籬東集 起癸亥 盡丁卯

雜詩十一首

庭樹森以綠黃鳥多佳音春風四遐來吹香盈我襟感彼時運速嗟此年鬢侵聊用自斟酌寄興在鳴琴

山泉多夜響孤月含餘輝聽彼泉聲急始知生理微百年隙駒過愚哲同所歸歡娛易衰老況乃動多違

《蕺園詩集》清刻本

勉行堂詩文集目次

整理説明……一
敘（鄧廷楨）……一
原敘（陳浩）……二
記（程瀚）……三

勉行堂詩集

卷首

進御詩 七十八首
聖駕三幸江浙詩 並序……七
聖駕南巡恭紀……一一
聖駕巡幸天津恭紀 謹序……一四
聖駕五巡江浙恭紀 謹序……一七

卷一

籬東集 古今體詩八十七首〔一〕
雜詩十三首……二一
邊葦間所藏合璧硯余偶得之作長歌……二四
淮陰行……二五
演莊十首……二五
秋夕偶成……二八
壬戌重九同華半江李蘋圃路直夫劉明揚弟述先放舟過楊氏園林因至菰蒲曲登樓上石臺歸飲襲芳軒作……二八
泛舫爲潘禹門賦……二九

漫興……二九
月夜……二九
秋居雜詠四首……三〇
古意……三一
無鹽爵……三一
落花詩同家綿莊作……三二
送袁明府存齋之任江寧二首……三三
送儲茗坡李芋圃公車二首……三三
甲子仲冬歸自維揚舟抵汜水夜爲河冰所阻次日由陸路抵家作……三四
哭子六首……三四
斷句……三六
楊柳詞四首……三六
秋柳……三七
邗江紅樹……三七
高沙晚泊……三七
冬日雜詩四首……三八
秋感……三九
早鶯……三九
南園探梅二首……三九
韓使君位中餉月餅以詩報謝……四〇
夜夢袁存齋是日存齋書至因作詩寄之……四〇
憶女順如……四一
感興……四一
桐花……四一
桐葉……四二
吏部石歌……四二
和家洴江伯父彈指閣老樹爲風雨所拔
用少陵柟樹韻……四三
秦郵曲五首……四三
自儀真返廣陵作……四四
邗上遇彭湘南贈別三首……四四

冬日同楊鑑堂陳範存弟述先寬夫集蕁江兄吟暉樓聽卜年上人彈琴作……四五

卷二

春帆集 古今體詩七十首
平山堂看梅……四九
存園賞梅……四九
漢宮詞五首……五〇
古別曲……五一
諸杏程饋惠泉水答之以詩……五一
新柳……五二
次韻石亭儲丈見贈……五二
春日登帆影樓題贈在中上人……五二
柳絮……五三
夢中作……五三
新陰十韻……五三
曲江樓懷舊同儲茗坡作寄李芋圃兼柬路直夫……五四
送儲茗坡南歸……五四
六月中浣儲茗坡家蕁江兄過訪同集舍弟述先齋中看紫薇花作……五五
中秋同人泛舟珠湖作……五五
雜題周牧山畫八首……五六
詠史……五七
江行曉霽……五七
金陵飛雲閣……五八
飛霞閣……五八
舟中晚興……五八
從軍詞四首……五九
舟中清明……六〇
和史廣文悟岡懷隱三首……六〇
同家洴江伯父隨園看芍藥作……六一

黄葉二首……六一
寄家縣莊先生四首……六二
懷人詩十八首……六三
酬袁存齋四首……六八
送舍弟述先之廣陵……七〇

卷三

索米集 古今體詩六十二首〔二〕
將赴京兆試同人相餞晚甘園留別……七三
馬陵道懷古……七三
北河……七四
寓法源寺偶題四首……七四
屢遲李坤四雨阻不至……七五
夏日旅寓遣興二首……七六
夢蕁江兄二首……七六
菉汀由水路南歸賦二首言別……七七
留別竇意司馬……七八
贈别劉太史印于三首……七九
惆悵詞四首……八〇
旅舍聞歌二首寄陸賓之侍御……八一
還家夢……八一
三家店……八一
雄縣……八二
途次讀趙州志漫書三絶句……八二
趙北口三絶句……八三
任邱縣得家書聞婦病劇……八三
途中漫成……八三
堂堂爲友人釋愁作……八四
河間獻王墓……八四
偶見……八五
侯夷門題畫詩十二首余於李芋圃太史
齋壁見之歎颯良久瀕行芊圃以侯詩

書扇見遺作詩志之……八五
早起……八六
開山廟……八六
山行雜詩五首……八七
蒙陰道中爲吳德嶷題戴笠圖……八八
郯城縣南二十餘里樹色紅黄村落掩映
愛其野趣以詩紀之……八九
夢商寶意劉印于兩太史……八九
入江南界……九〇
抵淮陰界……九〇
悼亡三首……九〇
題橘社寄書圖……九一
消寒五詠……九二
木瓜……九二
蠟梅……九二
水仙……九二
冬菜……九三
酒孃……九三
韓幹神駿圖……九三

卷四

刻楮集 古今體詩八十五首(三)
春日過外舅宅見素心蘭盛開感賦二首……九七
平山堂……九八
觀音閣……九八
法海寺……九九
雜憶詩四首……九九
題晚甘園二首……一〇〇
養蠶行……一〇〇
屋舟主人邀看牡丹四首……一〇一
和史梧岡無題三首……一〇二
送寶意司馬之任施南四首……一〇二

仇實父漢宫春曉圖……一〇四
書在堂諸伶散去兄南坡有詩誌感因和三首……一〇四
三弟新成舫屋漫題四首……一〇五
聞歌三首……一〇六
仲夏同史梧岡邊葦間周白民邱浩亭李情田華半江曹抑堂家兄蕁江姪瀊亭過亭集晚甘園次李情田原韻……一〇六
飲席既散復與家瀊亭過亭登餐勝閣玩月泛舟珠湖作……一〇七
題劉明揚澹園圖……一〇七
漢臯解佩圖……一〇八
盛夏過晚甘園值凌霄花盛開戲作長歌……一〇八
華半江篆書歌……一〇九
消夏雜詩十首……一一〇
珊瑚鳥……一一二
初秋遣興用庚午京華旅寓韻二首……一一三
見螢火作……一一三
聞促織作……一一四
七夕篇……一一四
讀商寶意司馬自建業至楚中懷古諸什卻和八首……一一五
倣唐人本事詩三首……一一七
李芋圃太史次和京華舊作三首見懷作長歌奉答……一一七
答儲茗坡……一一八
甓社舟中……一一八
自慰……一一九
舟中曉起……一一九
辛未八月與楊鑑堂遇於邗江訂平山之遊予以事歸不果赴約成長歌一首奉寄兼簡家蕁江兄……一一九

即景……一二〇
洛神圖……一二〇
李伯時畫郭汾陽免胄圖……一二一
父庚觚……一二二
太白鐏……一二二
諸葛甑……一二三
聞雁有懷商司馬寶意……一二四
九日同人遊南園用東坡九日黃樓韻……一二四

卷五

白門春雨集 古今體詩七十九首
寓金陵雜詩六首……一二九
春雨十韻……一三〇
秣陵春興……一三〇
隨園四首呈袁存齋……一三一
江亭大雪用聚星堂韻……一三二
報恩寺……一三二
雨花臺……一三三
謁方正學祠……一三三
謁景忠烈祠……一三三
天界寺……一三四
獨遊清涼寺……一三四
清涼山……一三四
長干里……一三五
青溪小姑祠……一三五
金陵懷古十首……一三五
飛霞閣看梅呈尊江兄……一三七
雨霽遊高座寺……一三八
二月十日作……一三八
雨過隨園感賦……一三九
鈿笛行……一三九
射雉場歌……一四〇

卞忠貞墓……一四〇
同曹抑堂家滃亭過亭兩姪遊靈谷寺……一四一
景陽鐘歌……一四一
鷲峯寺……一四二
桃葉渡……一四二
謝公墩……一四二
莫愁湖……一四三
能仁寺覆水梅歌同家滃亭過亭作……一四三
雨中遊雞鳴寺……一四四
登普濟塔望玄武湖漫成三首……一四四
陳後主……一四五
南唐後主……一四五
題汪研岑刲股圖……一四六
贈朱草衣……一四六
自建業返棹作……一四六
燕子磯……一四七
遊永濟寺……一四七
贈永濟寺方丈師默默……一四八
廣陵感興……一四八
題汪近人春深卧雨圖小影……一四八
贈潘大南何……一四九
有懷韓伯慧……一五〇
立夏日同鑑堂半江家兄尊江弟述先坐
曉甘園藤花下送春作……一五〇
徐烈婦詩……一五〇
有懷金陵韓氏園林追述舊事感賦四首……一五一
寄懷潘太史筠軒用正月十八日見贈
原韻……一五二
苗刀歌次商司馬寶意韻……一五二
寄江松泉表丈……一五三
寄懷嚴東有三首……一五四

卷六

桂宧集 古今體詩六十二首〔四〕
效元微之解秋十首 …… 一五九
九秋雜詠十首
秋月 …… 一六一
秋雨 …… 一六二
秋水 …… 一六二
秋煙 …… 一六二
秋花 …… 一六二
秋柳 …… 一六二
秋草 …… 一六三
秋燕 …… 一六三
秋蟬 …… 一六三
秋螢 …… 一六三
食蟹作 …… 一六三
同澹園菉汀焦峯食蟹再疊前韻 …… 一六四
以蟹餽半江三疊前韻奉柬 …… 一六四
閘吏以河蟹見餉四疊前韻謝之 …… 一六五
記夢 …… 一六五
鳳磯山人畫龍歌 …… 一六六
夢曹抑堂 …… 一六六
題王石谷所畫夏山圖長卷 …… 一六六
再題石谷所臨黄鶴山樵溪山無盡長卷 …… 一六七
題袁存齋隨園對雪小影 …… 一六八
以秋海棠種送家蕁江兄並贈詩 …… 一六八
買琴詩爲家筠榭弟賦 …… 一六九
袁存齋以天女散花圖見示題三絶句 …… 一六九
歲暮作 …… 一七〇
聞滁州馮粹中没於京邸詩以哭之並告
諸友謀歸其喪 …… 一七〇
瘦 …… 一七一

瀊亭渦亭兩姪以月季花見貽賦此以謝……一七一
偶過東城感懷邊葦間成七絶句……一七二
釋貫休所畫散髮維摩像……一七三
太平鼓歌和商司馬寶意……一七三
題元人所畫雙鷺圖寄商司馬寶意……一七四
董賢玉印歌……一七四
宋徽宗畫龍翔池鸂鶒圖……一七五
李桐園見示寒夜聽雨之作漫成長句奉柬……一七六
題士女畫障六首
烏孫公主……一七六
侯夫人……一七六
杜秋……一七七
小周后……一七七
薛脅娘……一七七
花蕊夫人……一七七
題蕁江兄晚甘園風雨晦明圖……一七七
讀漢書偶成三首……一七八

卷七

小金臺集上 古今體詩八十三首

辭家吟三首……一八一
蒙陰道中大風……一八二
新泰道中……一八二
望泰山……一八三
遊嶽廟……一八三
長清道中杏花盛開……一八三
涿郡懷古
蚩尤城……一八四
琴高祠……一八四
華陽臺……一八五
樓桑邨……一八五
將至都門先寄諸同好五首

儲鴻臚梅夫……一八五
陸侍御抑齋……一八五
費員外笠浦……一八六
鄭太史誠齋……一八六
吳上舍山夫……一八六
次韻奉和儲鴻臚梅夫寓齋述懷……一八六
讀鶯脰湖集題贈王梅沜五首……一八七
豐臺芍藥歌……一八八
旅寓遣懷四首……一八九
以芍藥送李芋圃太史附詩代柬……一九〇
題符幼魯員外春鳧集後……一九〇
暮投法源寺次庚午寓壁舊韻呈天月長老……一九一
白丁香花十二韻……一九二
茅岾瞻招集半園分韻賦得安字……一九二
題吳漢槎秋笳集後六首……一九三
聞歌……一九四
遊太學觀石鼓……一九五
金臺雜詩……一九六
松柏菴避暑……一九八
計五文然索題姬人鸞鸞傳後……一九八
諸類谷移寓蓮花寺作此代柬……一九九
次韻吳裛楓雨中書事五首……一九九
萬壽寺……二〇〇
費笠浦饋柑以四絶句報謝……二〇一
題梅妃吹笛圖……二〇二
秦未央宫銅香奩歌同商寶意司馬作……二〇二
題文待詔落花長卷……二〇三
愛貓詩爲王梅沜作……二〇三

卷八

小金臺集下 古今體詩六十七首（五）
題陶然亭二首……二〇七

北地載物悉以車連轂接軫填塞城市暇日偶成五詩命之曰五車詠
水車……二〇八
煤車……二〇八
酒車……二〇八
冰車……二〇九
溷車……二〇九
七夕前一日劉侍讀印于招同梁學士瑤峯朱秀才竹君學士石君王庶常岑暉熊庶常兆堂集城西王氏園亭分各體得七絶六首……二〇九
馬乳葡萄歌……二一〇
槖駞吟二首……二一一
萬柳堂二首……二一二
拳毛騧歌寄和張漁川蔣秋涇……二一二
儲茗坡餉荔枝成二絶句……二一三
以桃餽曹侍御地山繫以詩……二一四
劉姬行……二一四
題石磴菴……二一五
秋日燕臺雜興六首……二一六
劉侍讀印予餉米詩以謝之……二一七
寄家書……二一八
白塔寺歌……二一八
自潞河登舟閲四日始達天津即事偶成四首……二一九
途中偶興……二二〇
讀商司馬實意詩題後……二二〇
安德抒懷詩……二二一
喜胡菉汀舉京兆試即寄二首……二二五
戍樓聞角……二二六
下邳懷古……二二七
舟中讀書……二二七

卷九

拜書亭稿 古今體詩八十五首〔六〕
南園看梅呈家蕁江兄……二三一
別離夢……二三二
題家筠榭弟春宵話別圖……二三二
馨兒病愈後作……二三三
題關仝楓林蕭寺圖……二三四
秋日過菰蒲曲感懷族伯父水南先生……二三四
哭馨兒……二三五
鄖滕諸三將歸錫山索題類谷居圖賦以誌別……二三六
疊前韻題華丈澱山翦取吳淞半江水小影……二三六
家南陂兄招觀所譜拂水劇漫賦三首……二三七
題孫養恬秋宵秉燭圖……二三八
題夏相人槖中集後……二三八
哭吳敏軒……二三九
有懷蕁江兄遊吳……二四〇
陽羨周生舊爲余暨弟述先寫小照一幀于今二十年矣偶檢故簏題二首並邀述先同作……二四〇
題陶柳村江南春曉圖……二四一
雙鬟度曲歌同商司馬寶意作……二四一
家南坡兄失子以詩慰之……二四二
除夕大雪用聚星堂韻……二四二
廣陵二首……二四三
春遊……二四三
郭外即事……二四四
魏文帝廟……二四四
九曲池……二四四
康山……二四四
天寧寺三詠

簡禪師爪髮塔……二四五
晉樹軒……二四五
青龍井……二四五
白沙二首……二四六
浣紗女廟……二四六
昭明讀書堂……二四六
儀真東園……二四七
文丞相祠……二四七
送寶意司馬之粵……二四七
以盆松贈袁明府存齋商司馬寶意爲作
移松歌辭甚古予因作贈松歌存齋當
補乞松詩成一佳語也……二四八
哭郭昆甫……二四九
寄懷胡蕖汀儲玉函粵東……二四九
食竹鼠作二首……二四九
同許丈藕生分詠淮陰古跡三首
楚元王廟……二五〇
鉢池山……二五一
枚皐宅……二五一
送春……二五一
哭家洴江伯二首……二五二
乙亥夏至日邀同情田穀原潤園墨巢家
吟暉兄晚甘園小集分體得六言四首……二五三
題王穀原丁辛書屋圖……二五三
題韓熙載夜宴圖……二五四
題李桐園長水歸耕圖……二五四
情田移居中街與余居相距咫尺爲賦二首……二五五
喜熱……二五五
放船……二五六
秋花著題四首……二五七
題滄江漁夫圖……二五八
蠹魚二首……二五八

寄懷劉侍讀印于……二五九

卷十

拜書亭後稿上 古今體詩八十八首（七）

古鏡歌爲吳秋漁賦……二六一
王莽貨布歌……二六二
光堯玉碗歌……二六二
鐵如意歌爲臧南園作……二六三
寓真州碧梧書屋漫題二首……二六四
白沙看荷花戲成三絶……二六四
別碧梧書屋……二六五
留簡家南陂……二六五
吳彩亭舍人招集陶氏園亭作……二六五
自金陵赴姑孰途中熱甚偶成……二六六
慈湖道中……二六六
太白樓歌……二六七
采石懷古十首……二六七
姑孰懷古四首
牛渚磯……二六九
白紵山……二六九
淩歊臺……二六九
青山……二六九
家顯書姪餞席聽祝道士彈水仙操……二七〇
留宿隨園臨發贈袁存齋……二七〇
政陽二姪招集約莊作……二七一
榜下與儲石亭言懷……二七二
蔣孝廉秋涇與余神契有年未一識面丙子閏九月偶來淮上園亭過從觴詠數晨夕歸舟將發投贈長篇成七律三首……二七二
同弟秋泉泛舟珠湖作……二七三
寄上醝使雅雨盧公四首……二七三
同三弟秋泉夜坐……二七四

贈儲孝廉玉森……二七四
送李桐園南歸……二七五
寄懷李情田……二七五
邗上送秋涇南歸……二七五
樂府四首同李桐園作
雅瑟詞……二七六
蟋蟀詞……二七六
黄雀行……二七六
廚娘曲……二七七
有懷潘大秋查……二七七
輓邱浩亭……二七八
丙子除夕……二七八
贈萬少滄……二七九
留别王梅沜……二七九
三弟餽榆莢餻以詩答……二七九
和蔣秋涇喜予過訪……二八〇
贈易松滋……二八〇
效元微之表夏詩十首……二八〇
生第三女作……二八三
挽朱草衣……二八三
送家晴江兄遊皖……二八三
邗上酬陶篁村六十韻……二八四
石人行同陶篁村作……二八五
送王梅沜北遊……二八六
覆船詩三首……二八六
題曹太史容圃荾門課耕圖……二八七
和袁存齋春草二首……二八七

卷十一

拜書亭後稿下　古今體詩七十三首
樂府二十首　並序
慈烏引……二九一

送遠操……二九二
寒女詞……二九二
對酒詞……二九二
塞上曲……二九二
短歌行……二九三
貧士吟……二九三
賣花唱……二九三
塞下曲……二九四
失釵怨……二九四
雁飛操……二九四
精衛詞……二九五
張樂謡……二九五
羈旅吟……二九五
獨樹吟……二九六
古碑歎……二九六
織婦詞……二九六
巢燕行……二九七
田家賽神……二九七
空倉雀……二九七
次韻陳直方見贈即送南歸……二九七
漢銅印歌和華澹園……二九八
白華谿曲看垂絲海棠同楊鑑堂家尊江
姪瀣亭過亭作……二九九
春往白沙經九龍橋覆舟處次丁丑十月
韻三首……二九九
李情田移寓街西以詩贈……三〇〇
慰䱹使雅雨盧公失子……三〇〇
題汪春浦平山泛雪圖……三〇一
聞李芋圃太史將南歸先以詩寄……三〇一
有懷儲丈茗坡……三〇二
邵伯舟中……三〇二
歸舟漫成……三〇二

慰蕁江九兄失孫……三〇二
哭女綴……三〇三
題王蘭泉舍人三泖漁莊圖……三〇四
夏寒三首……三〇四
喜芋圃至即送南歸二首……三〇五
魚樂圖爲吳丈山夫賦……三〇六
早秋放舟蕭湖作……三〇六
挽李情田……三〇七
題趙叟深柳讀書圖……三〇七
園丁送晚荷賦三絶句……三〇八
秋中得一女客來賀者詩以謝之……三〇八
題花蕊夫人小像……三〇九
寒夜觀劇三首……三〇九
小除日以銅官山筍盆梅送鑑堂柬詩
三首……三一〇
題新安汪氏水香園册子三十韻……三一一
許丈耦生示秋林詩意圖爲作長歌用家
瀣亭姪韻……三一二
鑑堂老友所奉定瓷觀音囑作長歌……三一三
易松滋招集抱山堂分得寒韻……三一三
邗上送楊鑑堂遊楚中……三一四
送蔣秋涇之咸陽……三一四
廣陵送春……三一四

卷十二

涉江前集 古今體詩六十七首
寄懷蔣星巖舍人……三一五
郭璞墓……三一五
閏六月一日作……三一六
儲石亭過訪即送過江……三一六
僧院鳳仙花開漫成……三一六
題金山寺浮圖……三一六

華髮二十韻……三一七
沈丈學子乘雨過訪即送歸吳淞……三一七
將往江寧留寄金棕亭……三一八
留別蔣舍人春農時春農將往邗江……三一八
秋熱……三一八
姑孰道中……三一九
慈湖道中……三一九
秋別曲……三一九
客夜……三二〇
隨園讌集同人分體賦詩得七古一首……三二〇
銀山禪院即事書懷三首……三二一
鶴林寺……三二一
鶴林寺讀家南坡兄詩碑次韻却寄二首……三二二
瘞鶴銘歌……三二二
不寐……三二三
招隱寺……三二四
寄懷楊二鑑堂漢上……三二四
抵淮寄家兄邗上……三二四
聞胡半山自楚歸廣陵寄懷三十韻兼報
去秋詩札……三二五
補屋……三二六
曝書……三二六
憫女……三二六
種蘭……三二七
送瀊亭姪應禮部試二首……三二七
次韻酬曹劍亭太史見贈四首……三二八
儲丈茗坡挽詞四首……三二九
八月朔日隨園即席贈尹似村奉峨兩
公子……三三〇
轉運使雅雨先生招集三賢祠看桂花同
限秋字……三三〇
趙丈端木挽詞……三三一

初寒同穀原主事春農舍人家兄蕁江作分得肴韻 …… 三三一
冬日淮水舟中作 …… 三三二
寄懷商太守寶意 …… 三三二
柬張漁川 …… 三三二
柬易松滋 …… 三三二
贈孫石芝處士 …… 三三三
次韻寄答劉宮坊印于 …… 三三三
自邗上將赴姑孰疊前韻再寄印于宮坊 …… 三三四
廣陵寒夜書懷六十韻 …… 三三四
鰣魚歌 …… 三三六
題汪對琴後談藝圖 …… 三三七
和吳竹嶼泛舟紅橋長歌 …… 三三七
運使雅雨先生招集三賢祠瑞芍亭看芍藥得絶句五首 …… 三三八

卷十三

涉江後集 古今體詩九十二首

送守恬姪觀察荆南 …… 三四一
徐厚菴招集水東小圃即事四首 …… 三四一
建隆寺懷古同杭堇浦太史作兼示夢因長老 …… 三四二
重寓銀山禪院作示五雲長老二首 …… 三四三
秋日漫興 …… 三四四
八月十六日夜雨霽對月 …… 三四四
汪春浦挽詞 …… 三四四
江聲三首 …… 三四五
自京口赴秣陵作 …… 三四五
冬雨十二韻 …… 三四六
次韻酬梅隅菴贈別 …… 三四六
鑑堂招同人小集半雲樓即席次舒懷明

府登樓原韻二首……三四六
自金陵將之姑孰與鑑堂言别……三四七
留柬袁存齋時遊吳未返……三四七
書柘坡集後二首……三四七
贈陳古漁……三四八
金陵曉發……三四八
途中經田家……三四九
次日寒甚漫成……三四九
吳竹嶼招集聽雨棚同人分韻得以字……三五〇
贈趙璞函十首……三五〇
閑……三五二
書屋爲訟家所得漫成四首……三五二
挽蕁江兄四首……三五三
上太保望山師二首次學使圃山先生韻……三五四
尹似村公子邀遊西園疊前韻二首……三五五
白沙留别家兄南陂四首……三五五
金棕亭招同人小集分韻得心字……三五六
寄懷方竹樓……三五七
題李道南斷鍼吟後……三五七
奉送運使雅雨先生告歸即次留别原韻……三五七
留别老友鑑堂即次見贈原韻……三五八
留别袁明府簡齋即次見贈原韻……三五九
淮上與親友别……三六〇
途中送雁……三六一
車中作……三六一
紅花埠雪霽曉行……三六一
渡沂水……三六一
蒙陰道中夜行……三六二
重題羊流店……三六二
渡汶水……三六二
途次懷人詩十二首
袁江寧簡齋……三六三

楊居士鑑堂……三六三
史廣文梧岡……三六三
李太史芋圃……三六三
吳廣文山夫……三六四
曹彭澤抑堂……三六四
蔣前輩春農……三六四
杭太史堇圃……三六四
尹公子似村……三六四
家綿莊先生……三六五
家南耕先生……三六五
家上舍過亭……三六五

卷十四

日下初集 古今體詩四十三首
次韻吳鑑南元夕過訪二首……三六七
盆梅次熊蔗泉員外韻……三六八
盆桃次韻……三六八
次韻申少京兆拂珊時晴齋漫興三首……三六八
題王光禄禮堂西莊課耕圖四首……三六九
汪貞女挽詞……三七〇
袁古雪前輩屬推星命曾以狀頭許之竟不售詩以解嘲……三七〇
送錢思贊同年南歸五十韻……三七〇
四月十六夜儤直喜雨呈閣老前輩二首……三七二
送王少林南歸二首……三七二
送秦澗泉學士南歸四首……三七三
送吳二匏前輩南歸……三七四
題畢弇山前輩小照……三七四
題顧晴沙侍御春風啜茗圖長卷二首……三七五
題韋約軒前輩采石讀書圖……三七五
夏日過龔鑑雪寓齋即事成六首……三七六
七月二日同辛未丁丑召試諸前輩暨壬

午同年集城西大雲寺兼送褚鶴侶吳
䄊勺兩前輩南歸分得十四緝……三七七
題龔鑑雪秋水揚舲圖……三七九
題龔鑑雪所藏柳娘圖……三七九
舍弟述先寄立秋前一夕見懷詩次韻疊
和二首……三八〇
題阮唐山秋雨停尊圖……三八〇

卷十五

日下集二 古今體詩三十九首
重九節寄懷家兄邗上舍弟淮陰七言長
律一首計一百韻……三八三
顧北墅前輩招飲即席賦贈二首……三八六
和北墅前輩看菊之什即次原韻……三八七
鄭西崖所藏前蜀王鍇書妙法蓮華經
殘本……三八七
錢籜石庶子所畫墨菊長卷……三八八
芋孋五十韻……三八九
十一月六日作書與琴南姪是夜夢與譏
別因寄二首……三九〇
寄懷鮑雅堂次夢樓侍讀韻三首……三九一
和吳鑑南冬日移居即次原韻四首……三九一
趙甌北前輩移寓裘家街諸桐嶼前輩以
詩致賀即次元韻一首……三九二
題家竹波弟吳江秋色圖三首……三九三
夜集聽雨樓二首呈畢秋帆前輩……三九三
得石軒歌用查初白韻爲畢秋帆修撰作……三九四
臘日偕璞菴伯思白華習菴姬傳小巖集
夢樓侍讀寓分得連字……三九四
題江蔗畦表丈紀行詩卷後……三九五
題梅花硯圖二首……三九五
次韻吳泉之同年留別四首即送南歸……三九六

送沈閬山同年南歸三首……三九七
歲暮掃塵四首……三九八

卷十六

寄藤集　古今體詩四十六首

曉起偶成……三九九
東郊探春……三九九
四十七年人……四〇〇
題顧員外北墅趺坐讀書圖時將南歸……四〇〇
三月十四日同趙璞菴馮均弼沈南雷朱笥河吳沖之陸健男高著之泛舟二牐分得雜字……四〇一
申光祿拂珊招飲時晴軒時有他約不果赴即限程字二首……四〇一
四月六日同飲藤花下分得作字……四〇二
四月十三日笥河太史招同人呂氏宅觀古藤歸飲擷英書屋同用三字……四〇二
韋約軒編修索題尊人鐵夫先生授經圖即次錢辛楣學士元韻……四〇三
題袁古雪前輩香影菴圖……四〇四
晝長……四〇五
送徐鄰哉前輩之任夔州……四〇五
題曹劍亭前輩棗南書屋五首……四〇六
題汪耦漁別駕清江眺月圖……四〇七
五月十六日集沈樓新寓分得花字……四〇八
銷夏第二集笥河太史齋中分得柴字……四〇八
六月十日銷夏第三集王露仲師寓齋食鹿肉同作……四〇八
夢中書事……四〇九
夜静……四〇九
題蔣清容前輩歸舟安穩圖即送南歸次錢籜石庶子韻……四〇九

訪菊四首……四一〇
次韻同人永樂菴訪菊歸飲耳山亢寄
廬作……四一一
疊韻奉和璞菴看菊宴集之作……四一二
哭董東亭四首……四一二
哭龔鑑雪二首……四一三
觀腌菜三十韻同趙甌北前輩作……四一四
送商寶意太守之滇南……四一五
疊前韻送同年朱子穎之蜀……四一六
題盛子昭所畫圓社圖……四一七
題查丈儉堂榕巢圖……四一八

卷十七

得酒集 古今體詩五十二首（八）
題慶雨郇水石小影……四二一
送諸桐嶼前輩出守辰州……四二二
閏二月十二日同人陶然亭看杏花用昌
黎韻……四二二
燕山亭……四二三
送家竹溪姪之任濟南……四二三
題曾孝女傳後兼柬馮均弼……四二四
秋來……四二五
寄答袁簡齋一百韻……四二五
寄答楊二鑑堂……四二七
遣興……四二九
九月朔日同人集陶然亭分體得五言古……四二九
送鄭東亭南歸……四三〇
疊前韻送趙映川……四三〇
再疊前韻送葉涵峯……四三一
三疊前韻送莊虚菴……四三一
家書……四三二
淒風……四三二

曉過蔡新儒前輩寓齋看菊花讀詠菊詩八首率成十絶句奉和……四三二
送家瀊亭姪南歸……四三四
瑣窗寒……四三五
渡江雲……四三五
慶似邨納姬戲柬三首……四三六
丙戌禮闈報罷漫成三首……四三六
小婢生一女閲四月而殤詩以悼之……四三七

卷十八

照檻集 古今體詩五十三首
移居四首……四三九
寄祝家南坡兄八十壽……四四〇
題錢方壺先生歲寒圖小影……四四一
四十九行年……四四二
秋齋……四四二
偶成……四四二
七月廿九日同杉亭前輩沈樓笥河均弼峑山耳山陶然亭小集分得背字……四四三
題饒霽巖太史秋山策蹇圖即送南歸……四四三
題邵蔚田侍講收綸圖……四四四
同沈樓雲椒晚過法源寺漫成二首兼呈天月長老……四四四
九月廿四日查丈儉堂招集寓齋賞菊分體得九言……四四五
謝疊山橋亭卜卦硯歌有序……四四六
十月十一日趙甌北前輩招集寓齋次韻二首……四四七
送鄭誠齋太史南歸……四四七
十月廿七日同集沈樓寓齋食菊花餅作……四四八
好事近……四四九
十一月四日同君弼司直漁村前輩章蔡

兩文學集笥河太史椒花書屋分體得
五言……四五〇
鼠嚙詩爲王蓬心前輩作歌……四五〇
題王蘭泉前輩蒲褐菴圖……四五一
題趙甌北前輩甌北雲松小影……四五二
送趙甌北前輩之任鎮安……四五二
長至後六日雪霽籜石宫詹招同儉堂太
守心齋侍御辛楣學士秋帆侍讀竹虚
太史集寓齋分得六字……四五三
景泰發藍唾壺歌……四五四
儉堂查丈貺賨坻銀魚詩以報謝……四五五
招均弼笥河小飲……四五五
寄答錢樹參同年用昌黎贈崔立之評
事韻……四五五
鄒同年豫章書來言杭遊之樂並寄所書
天后廟碑洎芽茶疊前韻奉謝……四五六
歲暮雜詩十六首……四五七
送沈樓省覲南歸……四六〇

卷十九

曰艾集 古今體詩六十首
次韻望山師絢春圖偶成……四六一
與褚丈鶴侶同直疊前韻二首奉贈……四六二
題陸丈葵霑吴淞歸棹圖……四六二
輓家南陂兄……四六三
拂珊副憲招飲時晴軒看藤花漫成一首……四六四
山桃始開用東坡坐上賦戴花韻……四六四
丁香花……四六四
三月十九日同籜石宫詹儉堂太守秋帆
侍講仲思編修紉蘭司直杉亭厚石耳
山三舍人調夫孝廉法源寺看海棠過
耳山寄廬留飲作……四六五

笠屐硯歌……四六五
法源寺看牡丹晚飲蘭泉前輩寓齋……四六六
四月六日吕氏宅看藤花同得六字……四六七
和望山相國德壽寺看牡丹元韻四首……四六七
得雨後邀籜石宫詹榕巢太守紉蘭司直
笴河仲思兩太史看芍藥同用雨字……四六八
五月九日作……四六九
獶酒歌……四六九
送儲梅夫宗丞南歸……四七〇
題倪閣學迂江藏尊人檖疇給諫所畫七
芳圖……四七一
題貞烈王二姑傳後……四七一
送李蘭臺南歸……四七二
喜霽……四七二
送阮紫坪之任德清二首……四七三
贈庭前榆樹二首……四七三
雨後漫成二首……四七四
七夕日舉真率會分得時字……四七四
題紀曉嵐侍讀雙樹軒……四七五
次韻和吳興徐孝廉秋海棠二首……四七五
閏七夕遊法源寺作……四七六
聲聲慢……四七六
閏七月廿七日邀同壺樽宫詹紉蘭司直
秋帆庶子竹君仲思白華編修坔山同
年社餻小集得程字……四七七
新霽出郭……四七七
八月七日同紉蘭司直笴河太史秋帆庶
子坔山同年予嘉文量兩秀才遊西便
門外馬氏園亭分得野字……四七七
挽商寶意太守四首……四七八
中秋日寄舍弟述先……四七九
長亭怨慢……四八〇

送辛楣學士南歸……四八〇
哭張少華……四八一
九月廿六日過姚念慈寓廬……四八二
題入蜀圖送榕巢太守之任寧遠……四八二
五十初度自遣四首……四八三
蓬心前輩畫秋亭放鶴圖祝余生日走筆
報謝……四八五

卷二十

无青集 古今體詩七十四首

送畢秋帆之任鞏昌……四八七
題阮吾山行卷四首……四八八
寄懷慶侍郎樹齋三首……四八九
温硯鑪歌……四九〇
十一月二十八日喜雪三十韻……四九一
十一月三十日雪……四九二
臘前三白歌……四九二
歲晚寫懷三首……四九三
次韻璞菴同年唐花四首
海棠……四九四
蘭……四九四
梅……四九四
牡丹……四九四
壺尊宮詹以南果二品見貽走筆報謝二首
橄欖……四九五
柑……四九五
人日同朱笥河馮紉蘭史文量陶然亭登
高分得人字……四九五
移居三首……四九六
申南屏停車圖……四九六
寄鄭研農……四九七
呂氏宅看藤花同籜石宮詹慕堂侍御紉

蘭司直笴河中允沈樓庶常坔山同年
作二首……四九七
海波寺韓宅雙藤爲竹垞老人書屋遺跡
同厚石紉蘭笴河嵇川晴湖小飲其下晚
集嵇川寓齋用竹垞紫藤花下醉歌韻……四九八
秋聲一首寄舍弟述先……四九九
送璞函同年之滇……五〇〇
又送蘭泉前輩……五〇〇
送萬黍維上舍南歸……五〇〇
招友人看菊……五〇〇
次韻和寄查儉堂太守……五〇一
放歌……五〇一
申拂珊前輩補光禄卿詩以賀之……五〇二
次韻笴河學士同人陶然亭對雪過余寓
齋小飲作……五〇二
寄懷慶潤齋二首……五〇三
雪意……五〇三
正月五日至八日雪……五〇四
疊韻奉和鏡山掌科病起同人載酒相過
之作……五〇四
晴……五〇五
笴河學士椒花吟舫盆花特盛暇日奉訪
率成一首……五〇五
正月二十四日雪……五〇五
春來……五〇六
夜聞歸雁有作……五〇六
比日寒甚率爾成詠……五〇六
五十年過二……五〇六
題畫……五〇七
三月十七日法源寺看海棠二首……五〇七
十八日重過法源寺看海棠作……五〇七
訪寒葭潭故居丁香作……五〇八

法源寺看牡丹同徐鄰哉前輩作……五〇八
得假言歸漫成四首……五〇八
送陳復初中翰南歸……五〇九
寄懷王孟樓……五一〇
胡菉汀挽詞三首……五一〇
題張曉巖前輩空山鼓琴圖……五一一
題任幼植儀部雪屋箋經圖……五一一
題習菴然燭修書小影……五一二
蓬心爲余作吴門小築圖並系詩四首走
筆報謝……五一二
鄭晴波同年索題其先祖職方公影園圖
記爲賦一首……五一三

卷二十一

南船小草 古今體詩一百首(九)
都門留別十首……五一五
舟發潞河漫成同雲椒午樓作……五一七
贈香河明府徐圖南四兄……五一八
舟次言懷……五一八
觀漁人撒網漫成三絶句……五一九
阻風……五一九
津門鼓櫂行……五一九
對月次午樓韻……五二〇
黄葉……五二一
燭花……五二一
聞鐘……五二二
詠鴨……五二二
寒蝶……五二二
題雲椒蘭韻堂集五絶句……五二三
題午樓蟬雪山房詩集次陳句山前輩韻
二首……五二四
燒香曲用玉溪韻……五二四

梨……五二五
柿……五二五
憶菊……五二五
廢園有感三首……五二六
秋懷十一首用昌黎韻……五二六
寄懷趙緘齋比部……五二九
聽雨……五二九
梔燈和雲椒韻……五三〇
浪花……五三〇
十月三日舟泊武城紀事……五三一
檢舊作覆船詩再題一首……五三一
舟發武城漫述二首……五三一
詠舟中花卉畫屏八首……五三二
晚霞……五三三
聞歌……五三四
沈石田楓落吴江冷圖……五三四
第二回圓月……五三四
水禽四絶句……五三四
聽雨疊前韻……五三五
魯連臺……五三五
寒色次雲椒韻……五三六
午樓煎龍井茶共試漫成二絶句……五三六
喜晴疊聽雨韻……五三七
太白樓……五三七
王仲宣墓……五三七
木瓜分得佳韻……五三七
臺莊水淺同人各易小舟南下賦別四首……五三八
小舟兀坐即事遣懷柬雲椒午樓八絶句……五三九
抵宿遷縣唐芝田司馬以所乘舟相送至淮漫賦一首邀雲椒午樓同作……五四〇
抵淮與雲椒午樓別再賦一首……五四〇
寄謝芝田司馬三絶句……五四一

卷二十二

吴楚之間集 古今體詩一百二十二首

次韻答楊二鑑堂二首……五四三
白沙守歲示姪國詔……五四四
庚寅元日試筆……五四四
庚寅人日金廣文棕亭招同人小飲登文昌閣眺積雪分韻得識字……五四四
題汪對琴春衣細馬小影……五四五
次韻楊二鑑堂除夕見憶之作……五四五
齊天樂……五四五
挽書舸弟……五四六
偶如弟招同述先幼清小集……五四六
疊前韻和述先……五四六
再疊韻和述先……五四七
澀亭姪疊前韻四首見貽率答四首……五四七
又答澀亭姪四首……五四八
澀亭昆季招同半江十五丈蠡塘太史荻莊小集漫賦五首……五四九
疊前韻五首答澀亭過亭……五五〇
花朝前一日南園探梅泛舟抵興龍寺作……五五一
澀亭昆季招同半江十五丈蠡塘太史吴甥秀亭弟述先荻莊看梅三首……五五二
上農姪昆季招集柳衣園……五五三
雨中同孟髯過亭兩姪止園看梅用誠齋梅花下遇小雨韻……五五三
梅花顛翁歌……五五四
四月四日泛舟紅橋歷諸園寺看牡丹三首……五五五
沈學子以詩見贈次韻奉答四首……五五五
立夏前一日潞川招同棕亭偶生東亭泛舟城西泊三賢祠小飲作……五五六

四月十四日棕亭廣文招同人泛舟紅橋
訪秋雨菴晚飲洪氏園亭分韻……五五七
訪芍藥四首……五五八
題歐陽竹溪讀書秋樹小影……五五九
看花雜詠十首……五五九
送沈椒園觀察入都……五六一
食筍十一韻……五六一
同玉井沃田松泉斗初漁川江臯松滋集
對琴新居分得以字……五六一
遊寒山寺徑法螺菴……五六二
自支硎寺抵白雲泉同竹嶼夢樓作……五六二
登天平山……五六三
靈巖山望太湖作……五六四
庚寅夏五訪竹嶼於吳門時夢樓太守先
至同寓芥圃西偏極文讌之樂臨別留
詩六首……五六四
題竹嶼所藏仇實父畫雲林高士像……五六五
鈎弋行鐙歌……五六六
魏黄初殘瓦歌……五六七
遊虞山……五六七
將往武林不果以詩柬梁三午樓……五六八
虎邱對月……五六九
半江十五丈可亭文學招遊惠山寺抵寄
暢園得詩四首……五六九
春農前輩齋中瓶松忽吐新葉漫賦一首……五七〇
北固山……五七〇
宿焦山石壁菴……五七一
江南懷古三十首
劉瓛宅……五七一
半山……五七二
東田……五七二
邀笛步……五七二

諸葛恪宅……五七二
謝公墩……五七二
顧野王宅……五七三
張麗華墓……五七三
華林園……五七三
魯肅墓……五七三
顧長康宅……五七三
梁武帝宅……五七四
百尺樓……五七四
孫策墓……五七四
韋蘇州祠……五七四
干將墓……五七四
白公堤……五七五
滄浪亭……五七五
桃花菴……五七五
玉山草堂……五七五
陸魯望別墅……五七五
二陸草堂……五七六
蔡邕墓……五七六
東坡書院……五七六
李公讀書臺……五七六
石曼卿祠……五七六
藏春塢……五七七
宗忠簡公祠……五七七
米元章墓……五七七
丁卯橋……五七七
題江七丈松泉九丈蔗畦所揭劉莘老石
鼓山題名後……五七七
茂樹次玉井韻……五七八
新蟬次玉井韻……五七八

卷二十三

楚豫之間集 古今體詩一百十一首

六月六日過棕亭署留飲有作次韻……五八一
六月七日招同玉井學子松泉棕亭鷺川
耦生湖上納涼分得添字……五八一
建隆寺避暑贈夢因上人……五八二
題朱仲嘉蜀道尋親圖……五八二
題顧仙沂春草閒房圖……五八二
同看雲棕亭對琴過夢因上人雪廬茶話
遲叔子不至分得交字……五八二
七月九日沈學子招集寓齋……五八三
七月十六夜棕亭招同人泛舟紅橋聽石
莊上人吹簫彩郎度曲作……五八三
徐藝農招同人小集分詠鶴聲……五八四
滯雨……五八四
竹西訪桂歌……五八四
秋燕次汪春橋韻……五八五
錦春園看桂……五八五
白沙中秋示姪丹書……五八五
十六夜江心玩月放歌……五八六
燕子磯……五八六
留宿隨園別袁存齋……五八七
去廣陵二首……五八八
哭丑兒……五八九
萬里春……五九〇
偶如弟齋中看菊……五九〇
題陶悔軒太守望衡圖……五九〇
十二月一日自淮之濠將遂入都留別諸
兄弟戚友及澀亭昆季三首……五九一
別述先……五九二
留別楊鑑堂……五九三

別弟偶如……五九三
途次寄瀣亭昆季用別述先韻……五九三
寄內……五九四
盱眙縣……五九四
古溝……五九五
望龜山……五九五
濠梁雜詠四首……五九六
留別吳丈山夫……五九七
合肥道中遇雪……五九七
途次立春寄懷舍弟述先……五九八
柘皋斷句十五首……五九八
途次有懷滇南二友
王蘭泉前輩……六〇一
趙璞函同年……六〇一
六安紀遊四首
槐花沖……六〇一
苦竹河……六〇一
棠梨岡……六〇二
楓香澗……六〇二
題易咸叔惜陰小影……六〇二
贈別夏湘人……六〇二
霍山道中……六〇三
山行口占……六〇三
霍山守歲……六〇四
辛卯元日試筆……六〇四
遊霍山……六〇四
題畢樹滋塞獵圖……六〇五
霍山雜詩……六〇六
固始縣曉發……六〇六
歸雁亭……六〇七
修竹臺……六〇七
光州雜詩……六〇八

汝南懷古六首……六〇八
葛陂……六一〇
鵝鴨池……六一〇
曉發朱仙鎮……六一〇
題湯對松給諫就日圖……六一〇
古大梁行……六一一
梁園行……六一二
艮嶽行……六一三
金明池覽古四十韻……六一四
過淇園二首……六一五
湯陰岳鄂王廟……六一五
鄴中懷古四首
銅爵臺……六一五
芳林園……六一六
井冰臺……六一六
齊宮……六一六

卷二十四

南曹暇稿 古今體詩九十八首

夜直聽雨……六一七
八月十四夜同集施耦堂儀部讀畫軒分
得夫字二首……六一七
法源寺乞菊……六一八
答家瀣亭四十韻……六一八
送黃可亭南歸……六一九
送沈層筠南歸……六二〇
送房師筍河先生視學安徽三首……六二〇
銷寒第一集詠冬菊分得肴韻……六二一
十月二十一日銷寒第二集同對琴秋
山午樓于平圃石畫軒食鯉甚美分
得書字……六二一
銷寒第三集汪比部棣寓齋同詠盆中

水仙分得冬字……六二二
題同年王嵩高梧竹書堂圖……六二二
題秦學士大士柴門臨水稻花香圖……六二三
寒天雜詠十二首
冷月……六二三
晚風……六二四
北雪……六二四
曉霜……六二四
凍筆……六二四
暖硯……六二四
墜葉……六二五
盆梅……六二五
寒雀……六二五
温炕……六二五
臘粥……六二五
冰葅……六二六
題吴通參玉綸古藤詩思小影……六二六
十二月十九日爲東坡生日王縣倅秋山招羅上舍兩峯繪坡公小像甚工同人設筵致禮分體得中調祝英臺近一闋……六二七
題舊作斷鋮吟後寄同年李景山……六二七
摇鈴卒……六二七
回人伎……六二八
煤黑子……六二九
寒夜獨坐有懷舍弟述先寄二首……六二九
那能……六三〇
題陳比部泰暉閉門覓句圖……六三〇
題沈椒園臬司菊水詞瀾圖……六三一
宋徽宗桃花幀子……六三二
羅兩峯所畫鬼趣圖……六三二
壬辰花朝偕方耕梅孟蘭洲盧閬峯王鎮之前輩蔡澄齋同年冒雪遊陶然亭至

則水漲不得渡晚飲耕梅先生寓齋分
體得五言絶句四首……六三三
憶梅十首……六三三
二月晦日作……六三六
三月二日移寓李鐵拐斜街房師朱笥河
先生宅也先生視學安徽俾余居此且
以書籍見付漫成五首奉寄……六三六
效元微之遣春十首……六三七
三月廿三日曹慕堂光禄招同嵇拙修司
空申拂珊光禄竇東皐銀臺錢籜石宫
詹錢辛楣學士紀惺齋少僕徐鄰哉太
守曹習菴編修范叔度舍人梁午樓孝
廉法源寺看海棠得長歌一首……六四〇
四月六日同人集吕氏宅藤花下聽龍山
人彈琴即送紉蘭觀察之浙東二首……六四〇
四月十六日圓明園夜宿同蔣辛仲農部
潘蘭查舍人登樓眺月作……六四一
柳絮四首和陳組橋農部……六四一
瓶中芍藥六絶句……六四二
送孟瓶菴前輩歸閩中二首……六四三
題汪氏雙節册子五首……六四四
送鄭同年晴波之任建寧二首……六四五
送胡令賓南之任龍川二首……六四五
送李令沛堂之任泰順二首……六四六
送邵闇谷太守之任温州……六四六

蕺園詩集

卷一

籬東集　古今體詩九十二首〔一〇〕
南朝……六四九
落花詩同家綿莊作十二首……六四九
南園……六五一

舟行雜題三首……六五一

卷二

春帆集 古今體詩七十七首(一一)

春雨十韻……六五三

題方蓮北青溪垂釣小照……六五三

酬曹震亭見贈原韻二首……六五四

贈曹震亭之任湖北二首……六五四

詠蘆十韻……六五五

寄家綿莊先生七首……六五五

懷人詩十八首……六五六

卷三

索米集 古今體詩五十八首

寓法源寺偶題四首……六五七

惆悵詞五首……六五七

邯鄲道中……六五七

卷四

刻楮集 古今體詩八十二首

題孫養恬紅梅古松圖……六五九

卷五

白門春雨集 古今體詩六十二首

明太祖孝陵……六六一

結夏集 古今體詩十八首

題劉別駕若菴江上觀潮圖……六六二

卷六

桂宧集 古今體詩六十三首……六六三

卷七

小金臺集上 古今體詩七十三首(一二)

金臺雜詩……六六五

卷八

小金臺集下　古今體詩六十一首(一三)

秋日燕臺雜興八首……六六七

安德抒懷詩……六六八

卷九

拜書亭稿　古今體詩八十三首(一四)

復陰……六七一

卷十

拜書亭後稿上　古今體詩八十八首

渡江漫成……六七三

蕺園近詩

阿膠聯句……六七七

南旺分水龍王廟聯句……六七八

勉行堂文集

勉行堂五經説序引(趙懷玉)……六八三

序(宋世犖)……六八四

勉行堂文集序(陳鍾麟)……六八五

敘(鄧廷楨)……六八七

卷一

正學論一……六八九

正學論二……六九〇

正學論三……六九二

正學論四……六九三

正學論五……六九五

正學論六……六九六

正學論七……六九八

古學校考……六九九
後漢書三國志得失考……七〇三
繹祭辨一……七〇五
繹祭辨二……七〇七
釋幣辨……七〇九
盧龍塞説……七一〇

卷二

周易知旨編序……七一三
尚書今文釋義序……七一四
尚書古文解略序……七一五
毛鄭異同考序……七一七
春秋左傳翼疏序……七一八
禮記集釋序……七一九
桂宧藏書序……七二〇
隸通序……七二二
唐史論斷序……七二三
章奏批答舉要序……七二四
學福齋文集序……七二五
望奎樓偶稿序……七二六
金陵舟中倡和草序……七二七
申南蘋詩稿序……七二九
嚴東有詩序……七三〇
趙璞函詩序……七三一
臥雲山人詩序……七三二
一詠軒詩草序……七三三
王氏族譜序……七三四
祝氏海寧支譜序……七三五
晚書訂疑後序……七三七
唐摭言後序……七三八
胡稺威文集後序……七三九
送朱子潁之蜀序……七四一

申拂珊副憲七十壽序……七四三

卷三

三長物齋記……七四五
三長物齋後記……七四六
淮陰蘆屋記……七四七
話雨亭記……七四八
記藝菊事……七四九
與家綿莊書一……七五〇
與家綿莊書二……七五二
與家綿莊書三……七五四
與家綿莊書四……七五五
與陸孝廉書……七五六
與周青載書……七五七
與梅二如書……七五九

卷四

讀關雎……七六一
書春秋大事表後……七六二
書春秋分記後……七六三
讀漢書匈奴傳後……七六三
讀後漢書書後……七六四
讀陳書……七六五
書王涯賈餗等傳後……七六七
讀商子……七六八
讀日知録……七六九
讀魏叔子文鈔後……七七〇
望溪集後……七七一
書望溪西鄰愍烈女事後……七七二
書董東亭册子後……七七二
書吳貞女事……七七三

卷五

讀易舉要跋……七七五
圖學辨惑跋……七七五
易圖明辨跋……七七六
易漢學跋……七七七
周易述跋……七七七
尚書通議跋……七七八
尚書釋天跋……七七九
青溪詩說跋……七七九
春秋通論跋……七八〇
周官新義跋……七八一
復古編跋……七八二
唐六典跋……七八二
開元占經跋……七八三
唐律疏義跋……七八四
元和姓纂跋……七八四
元和郡縣圖志跋……七八五
太平寰宇記跋……七八六
元豐九域志跋……七八七
輿地廣記跋……七八八
方輿勝覽跋……七八九
地理考原跋……七九〇
大金國志跋……七九〇
歸潛志跋……七九一
契丹國志跋……七九二
遼史拾遺跋……七九三
習學記言跋……七九四
四明文獻集跋……七九四
明儒學案跋……七九五
嶺西水陸兵紀跋……七九六
南堂詩鈔跋……七九七

春及草堂詩鈔跋……七九八

卷六

文木先生傳……八〇一
晚甘先生傳……八〇三
嚴海珊小傳……八〇四
四死事傳……八〇五
綿莊先生墓誌銘……八一〇
水南先生墓誌銘……八一三
兄漑堂墓誌銘……八一五
室人蕭氏厝志……八一七
祭劉少司空文……八一八
祭同年比部方訒菴元配楊宜人文……八二〇
毛氏妹哀辭……八二一
後記（程瀚）……八二三

詩文輯補

入翰林後寄和隨園主人韻……八二五
聞隨園主人移家來安率成長律奉寄……八二五
答李調元詩五首……八二六
寄李調元詩……八二八
寄李調元詩……八二八
題後九秋詩後……八二九
題勺湖草堂圖卷……八三〇
上簡齋前輩……八三〇
又……八三一
又……八三二
又……八三二
官扇聯句……八三三
食蟹聯句……八三五

附録

清史稿・文苑二・程晉芳……八四一
清史列傳・文苑傳三・程晉芳……八四一
皖志列傳稿・程晉芳（金天翮）……八四二
國朝先正事略・程晉芳（李元度）……八四四
皇清誥授奉政大夫翰林院編修加四級蕺園程君墓誌銘 並序（翁方綱）……八四五
翰林院編修程君魚門墓誌銘 並序（袁枚）……八四七
翰林院編修程魚門先生墓表（徐書受）……八四九
揚州畫舫録・岡西録・程晉芳（李斗）……八五〇
國朝漢學師承記・程晉芳（江藩）……八五〇
嘯亭雜録・程晉芳（昭槤）……八五一
今傳是樓詩話 二則（王揖唐）
程晉芳絀於治生……八五二
朱筠顧恤程晉芳……八五三
桐城文學淵源考・程晉芳（劉聲木）……八五三
清人文集別録・勉行堂文集六卷（張舜徽）……八五四
程舍人蕺園集序（沈大成）……八五五
仿元遺山論詩 其十八（袁枚）……八五六
贈程魚門序（姚鼐）……八五六
祭程内翰文（武憶）……八五七
道中無事偶作論詩截句二十首 其十三（洪亮吉）……八五八

校記

〔一〕八十七首　實有八十五首。

〔二〕六十二首　實有六十三首。

〔三〕八十五首　實用八十四首。

〔四〕六十二首　實有六十三首。

〔五〕六十七首　實有六十八首。

〔六〕八十五首　實有八十四首。

〔七〕八十八首　實有八十七首。

〔八〕五十二首　實有五十一首。

〔九〕一百首　實有一百一首。

〔一〇〕九十二首　實有九十五首。

〔一一〕七十七首　實有八十首。

〔一二〕七十三首　實有七十四首。

〔一三〕六十一首　實有六十首。

〔一四〕八十三首　實有八十四首。

整理説明

一、程晉芳的家世及生平

程晉芳是我國清代乾隆時期著名學者、詩人和藏書家，也是清代桐城派的一位傑出代表和徽商中的一員。乾嘉時期，他與袁枚、翁方綱、戴震、錢大昕、趙翼、洪亮吉等齊名，並與之往來密切，時常舉行一些不同形式的集會，或遊覽，或賞物，或懷古，或消夏，其間研討學問，詩文唱和，一時形成了廣泛的影響，是當時叱咤文壇的風雲人物。然遺憾的是，時至今日，人們除對程晉芳作爲一位藏書家以及他與吳敬梓的交往有所了解外，其它則知之甚少，這與他在當時文壇上的地位和影響很不相稱。因此，對程晉芳的詩文加以整理必將有助於人們對其了解的加深，也會推動對他的研究向深入方向發展。

程晉芳（一七一八—一七八四），初名志鑰，又名廷鐄，字魚門，號蕺園，歙縣岑山渡人。其高祖量入公由歙遷揚，以業鹽起家。曾祖之韺公善承父志，晉五品秩。祖文階公又由揚遷往淮之山陽（今江蘇省淮安市楚州區），仍以售鹽爲業。其父夢州有子三：長曰志銓，字原衡，號溉堂。仲即晉芳。季曰衛芳，字述先。晉芳幼時體弱多病，因此頗受父母溺愛。然好讀書，見長几闊案輒心開，鋪書其上，百事不理。早年從儲風崇、顧震滄、程綿莊等學習五經，又從劉大櫆學習桐城派古文，從方世舉、方貞觀學習寫詩，故其年愈長而學愈進。晉芳屢試南闈不第，試京兆不第。此間，其父母亦先後離世。盡管晉芳兄弟三人接屋而居，然皆不善營生，以至於鹽務日折閲。全家食口百人，且好延接賓客，讌集無虚日。又好周濟戚友，求者應，不求者或强施之。付會計於家奴，任其盗侵，了不勘詰。而晉芳每年的舟車、僕遫、覓學、温卷之費亦頗不貲，故家道由此中落，此時晉芳年已四十餘矣。

就在晉芳彷徨無措之際，其命運有了轉機。乾隆二十七年（一七六二），高宗南巡，晉芳應詔試，名列第一，授官内閣中書，於是他悉棄産業，償宿逋，攜家北上。三十六年（一七七一），成進士，授吏部主事。兩年後，四庫館開，妙選海内碩彦，晉芳得與其列。四十二年（一七七七），因纂修四庫有功，改授翰林院編修。不久，授奉政大夫。四十六年（一七八一），任會試同考官。

然其遇益隆，學益進，而家益貧。在京期間，他常常賃屋而居，留在身邊的幾件祖傳物件也因生計的緣故而變賣殆盡。但其豪氣真摯發於天性，嗜書籍若飢渴，視朋友如性命，救人之患、周人之急仍不減其家全盛之時，故雖有俸，有佽助，如沃雪填海，負券山積，最後勢不能支。乾隆四十九年（一七八四）四月，爲改變窘境，他决定乞假赴陜，將謀之中丞畢沅，爲歸老計。然途中遘疾，至畢署一月而卒，年六十有七。卒後，畢沅經紀其喪，又撫其孤南歸，將其安葬於金陵之馮家山。有子二人：先嗣子瀚，後生子溧。女一人。配蕭氏，繼配汪氏，俱先卒。

晉芳出身於徽商世家，其父母離世時，曾留給他大量産業，然其性不善營生，最後竟至貧病而死，殊爲可惜。但其一生樂善好施、嗜書好學是出了名的，時人謂其『胸懷瀟落，有孟嘗、信陵之風，好學而不迂，好友而不亂』（批本隨園詩話），可謂學者的楷模。袁枚在隨園詩話補遺卷七中説：『魚門家本富商，交結文人，家資蕩盡，直至晚年成進士，作部郎，四庫館議敘，才得翰林，分校春闈，可謂有志者事竟成。』這可謂是對晉芳好學不輟精神的最好概括。而沈大成在程舍人蕺園集序中云：『吾友聰警絶倫，遇物能賦，穿穴經史，漁獵百氏，其人其學殊矣。』（學福齋文集卷四）也道出了其才智和學問的特點。

晉芳爲人極其仁慈、謙虚，袁枚在爲其作的墓誌銘中説，其『與人言，暖暖姝姝，若恐傷之；雖臧獲，無所淩誶。遇文學人，慄然意下，敬若嚴師。雖出己下者，亦必推轂延譽，使滿其意。以故京師語曰：「自竹君先生死，士無談處。自魚門先生死，士無走處」』，其爲人仁慈、寬厚如此，又爲人信任、推崇如此。金天翮在皖志列傳稿卷三中説，『晉芳秀眉方頤，美須髯』，『每吟論意得，闊步容裔，袍褶風生』，可謂儀表不凡、風度翩翩的謙謙君子。

晉芳在詩、古文、經學等方面都取得了卓越的成就。淩廷堪曾評論説：『君家本素封，獨與逢掖親。黄金信手盡，非爲營一身。廣厦大布衾，寒士忘艱辛。修髯一尺餘，談笑超羣倫。平生所爲詩，豈讓唐宋人。壓囊千萬篇，韓杜蘇黄陳。老作禮部郎，馬骨高嶙峋。』（校禮堂詩集卷六懷舊詩四首之故翰林院編修程蕺園先生）就對他的爲人、爲官以及爲學給予了極高的評價。李調元也説：『當代著述才，髯翁帝所簡。五百文撑腸，萬卷書在眼。濡毫中書堂，鴻裁多手撰。風騷推老將，登陴氣自僩。睹其筆陳雄，大蘇名無赧。』（童山詩集卷九憶中翰程魚門晉芳）也對他的文章成就給予了很高的評價。而祝德麟則稱其『闊步長髯論古初，斯人風骨最蕭疏。種成白璧偏艱子，散盡黄金爲愛書』（悦親樓詩集卷八淮南懷程魚門銓部），對他的風骨和嗜書特點予以點評。姚鼐則稱贊『程君文筆工無比，姿媚何嘗解俗書』

（惜抱軒詩集卷七論墨絶句九首之七）。翁方綱更是謂其『藝林薇省稱前輩，東觀南曹並盛名』（復初齋詩集卷二十九哭魚門三首之二）。這些都是對其文才和聲望作的極高評價，可謂是對晉芳一生的最好概括和總結。

二、程晉芳的詩文創作

晉芳一生，詩名最重。袁枚在隨園詩話卷十中説：『魚門太史於學無所不窺，而一生以詩爲最。余寄懷云：「平生絶學都參遍，第一詩功海樣深。」寄未一月，而魚門自京師信來，亦云「所學，惟詩自信」，不謀而合，可謂知己自知，心心相印矣。』袁枚此話不無道理。趙懷玉在勉行堂文集卷首勉行堂五經説序引中也説：『先生於世，詩名最重。』可見，三人看法略同。洪亮吉在更生齋詩集卷二道中無事偶作論詩截句二十首中説：『遊戲詩應歸苦海，性靈句實逼香山。同時老輩猶難及，只許錢程伯仲間。』認爲袁枚、錢載、程晉芳三人的詩歌成就實相伯仲。

從現存資料來看，晉芳一生寫了大量詩歌。其中，有些詩在其生前已經刊出，它們是蕺園詩集十卷和蕺園近詩二卷。前者收乾隆八年（一七四三）至二十二年（一七五七）詩七百六十四首，後者收乾隆三十四年（一七六九）詩一百四十五首。據沈大成學福齋集卷四程舍人蕺園集序記載，晉芳曾將乾隆八年（一七四三）至三十五年（一七七〇）詩二千餘首編爲二十二卷，取名蕺園集，並請沈大成作序，準備付之剞劂，然後來可能是因爲經濟的原因而未能刻成。

晉芳卒後，其詩文全稿留在了畢沅處，畢亦嘗許代刻，然『後竟失之』。後來，程瀚於家中搜集舊稿，得編年詩二十五卷，由鄧廷楨等人捐資，於嘉慶二十三年（一八一八）在西安刻出，是爲勉行堂詩集。該集共收乾隆七年（一七四二）至三十七年（一七七二）詩一千八百七十四首，是目前所能見到的收集程晉芳詩歌最多的集子。此外，據該集前程瀚序知：瀚還搜有無編年紀時的詩五卷六百餘首，惜未能刻入。至於袁枚的程君魚門墓誌銘和翁方綱的蕺園程君墓誌銘，一謂晉芳有蕺園詩三十卷，一謂其有詩四十四卷，當是指其一生創作的詩歌總數而言，並非指其時已經刻出的詩歌總量。

晉芳之詩，題材廣泛，大凡詠物、懷古、遊覽、筵宴、送别、憶親、題畫、懷人、雜感等皆備，凡生活中一切瑣屑之事及可歌可泣之事物，晉芳皆能以詩道之，因此其詩歌是研究其人生思想及生活軌跡的珍貴資料，從中可以看出其思想脈絡和人生態度。至於其詩歌體裁，則四言、五言、六言、七言、九言、雜言，古體、近體、樂府、歌行等皆備，且集中尚有少量詞作。

晉芳的詩在當時就膾炙人口。如陳鐘麟在勉行堂文集序中説：『宇内士大夫識與不識，靡不奉爲詩人。』（勉行堂文集卷首）劉聲木亦謂『詩亦戛戛獨造，風格頗事生新，不規規於唐人』（桐城文學淵源考卷三）。而翁方綱在蕺園程君墓誌銘中説：『君詩善言情，纏綿往復於家世盛衰，儕偶聚散，娓娓數百言。』這些都道出了其詩的基本特征。而沈大成在程舍人蕺園集序中説：『其詩有不經意而成者，有苦思冥搜而得者，有以長律大篇争勝者，有以單辭片語擅場者，有澹遠高華者，蒼勁者，有紆徐爲妍者，可謂善學古人，無體不備。』（學福齋集卷四）這就清楚地指出了晉芳詩歌的創作手法和藝術特征，可謂是對其詩歌成就的最好概括。

其詩歌之所以能取得這樣高的成就，和其嚴謹的創作態度和轉益多師的學習方法分不開。陳浩在勉行堂詩集序中説：『其出入上下，於古而不專爲一家之學』，由於其『篤嗜乎此』，故『積久而以時獲之』。這就明確指出了晉芳詩歌獲得如此高的成就的原因。而關於晉芳詩作的具體評論，其老友袁枚在隨園詩話中多有涉及。如隨園詩話卷一云：『落第詩，唐人極多。本朝程魚門云：「也應有淚流知己，只覺無顔對俗人。」……俱妙。』卷五云：『余詠春草，一時和者甚多……惟程魚門有「長共春來不共歸」七字，殊覺大方，惜忘其全首。』可見，其詩作中雋語佳句甚多。這些語句雋永有味，蘊藉含蓄，表現了晉芳高超的藝術表現力和語言技巧。

晉芳的文學成就不僅表現在詩歌領域，還表現在散文創作上。袁枚在墓誌銘中謂其有勉行齋文十卷，而翁方綱則謂其有文十六卷，兩者説法有所不同。我們現在所能見到的惟勉行堂文集六卷。據該集其嗣子瀚所寫的後記知，是集乃程瀚於嘉慶九年(一八〇四)於白門書市購得者，購時其書便已不全。該書每卷有嚴道甫所題鈐記，故其可能是當時畢沅府中衆文士的選定本，也可能是嚴道甫個人的收藏本，具體情況已不可考。該書在勉行堂詩集刊行兩年後於嘉慶二十五年(一八二〇)在西安刊出，是目前所能見到的程晉芳的惟一散文集。

從集中可以看出，其散文可以分爲序跋、雜記、書信、論説、考辨、傳記、哀祭、墓誌等類，體裁相當廣泛，内容也很豐富。據時人記載，晉芳少時便以文名江南，其爲文不依傍門户，卓然必軌於中正。其治學態度也極爲嚴謹，文集卷五春及草堂詩鈔跋中晉芳曾自記這樣一則故事：方世舉『別著昌黎詩集註行於世，未刻時，嘗欲以此售於余，仿徐淑士春秋地名考略例。余笑曰：「生平一字不假借人，豈肯爲郭象、宋齊邱耶？」先生大笑曰：「外家得此人，足以張吾軍矣。異日聲名在老夫上也。」』正是由於他這種嚴謹的治學態度和『生平一字不假借人』的精神，其散文創作才能取得很高的成就。陳鐘麟在勉行堂文集序中説：『先生之邃於古文至此乎！其論經義也，探原而得其間；其論史事也，抉要而燭其微。』而劉聲木在桐城文學淵源考卷三中則謂：『其文醇於義理，密於體裁，優柔平中；不盡而長，不峭而潔，不鉤稽而辨晰，不枯槁而淡遠；揖讓進退，自然合於鉅度。』這些都是對其散文成就的高度肯定。

晉芳早年『學古文於劉大櫆』（清史列傳文苑傳三），其散文醇清遒簡，以『歸方爲宗』（桐城文學淵源考卷三），有『歐曾遺意』（袁枚墓誌銘），是清代桐城派的一位重要作家。陳浩在勉行堂詩集卷首的序中説：『自桐城方望溪先生以古人之道作爲古文，繼韓歐而代起，公之殁甫二十年之間而世罕有傳其學者。魚門獨深信而恪守之，此余心愜魚門之文，以爲於望溪先生之學有當也。』這就明確指出了程晉芳是方苞散文的自覺繼承者。而晉芳本人對方苞也是推崇備至，他在文集卷四望溪集後中説：『余十年以來，於近人詩酷嗜錢塘厲樊榭，古文則服膺桐城方望溪。有余同志者，輒相與把玩背誦，擊節以爲快；其有異者，弗與深辨，竊心議其學之淺也……惟明歸震川之文原本經術而曲得事情，望溪則風骨陵峭，言言有物，折者二公而已。』可見，晉芳十分欽佩歸有光、方苞兩人的散文，並自覺向他們學習，故其散文造詣很深，袁枚曾説其晚年所作的汪宜人傳『在望溪集中，爲最佳文字』（小倉山房（續）文集卷三十與程蕺園書)，便是明證。由於他早年曾向劉大櫆學習古文，後又與姚鼐同爲四庫館纂修，兩人關係甚密，因此説其是桐城派的傑出代表並不爲過。而世之『桐城派』之目，便最早出於程晉芳之口，其一言能爲世之輕重如此。

三、程晉芳的經學研究

程晉芳不僅是清代著名的詩人、古文家，同時也是清代乾嘉時期著名的經學家，其所作經學著作甚多，據翁方綱所作墓誌銘記載，有周易知旨篇三十卷、尚書今文釋義四十卷、尚書古文解略六卷、詩毛鄭異同考十卷、春秋左傳翼疏三十二卷、禮記集釋二十卷、諸經答問十二卷。袁枚的墓誌銘以及道光徽州府志、民國歙縣志等記載略同。然可惜的是，程晉芳的這些經學著作皆未能付諸梨棗。據趙懷玉勉行堂五經説序引(勉行堂文集前之序)記載，晉芳卒後，這些經學著作俱留在其門生謝振定處，然後不知所終。今其存世的經學著作有毛鄭異同考十卷，爲手抄本；春秋左傳翼疏三十三卷，爲殘稿本；讀詩疏箋鈔不分卷，爲稿本。

晉芳論經，歷來推崇宋儒。其在正學論一中説：『由漢及唐，孔孟之真傳不顯，而學、行合一，默與古合者，亦代不乏人。及宋賢出而聖學大明，修齊治平之理較然爲一，如周、程、張、游、楊、李、朱子諸人，既小試之事，而無不治矣，使大用之而有不勝任者哉！自是以降，守程朱正脈者，四百年中且數百人，其尤著者數十人，其立身行事，皆所謂俯仰無愧者。』(勉行堂文集卷一)可見，他對宋儒極爲推崇。

正是由於其站在宋儒的立場上，故他對陸王之學有所批評：『夫陽明之學本於象山，其爲流弊，至使人自事其心，束書不讀，非其近禪之過乎？』（文集卷一正學論三）這就明確指出了陸王之學有近禪的毛病。不過，他此舉的目的並不是爲了將陸王之學批倒，而是爲了指出其弊端，以引導人們正確地看待陸王之學：『然遂指陸王之學爲禪，則愚不敢也。蓋天下事，視所歸宿而已矣。二氏之學不事君親，絶違人事。爲陸學者，如何心隱、李卓吾，爲人口實者，固有其人；而末流如蔡維立、金正希、黄石齋、劉念臺諸人，其清忠大節，足以輔維八極，而謂二氏之教有是乎？』（正學論三）而後，他又進一步指出：『學亦有正脈焉、偏脈焉。以陸王爲洪水猛獸，攻之不遺餘力，是儒家惡習，不可蹈也；從而學之，則過也。宗程朱，不攻陸王，吾於潛菴湯子有取焉。』（正學論三）這就明確表達了他雖宗程朱，但並不攻陸王的態度。

而對於宋學、漢學之争，他也提出了自己的看法：『爲宋學者，未嘗棄漢唐也；爲漢學者，獨可棄宋元以降乎？』（文集卷一正學論四）這就明確表達了對雙方相互排斥做法的不滿。他認爲最理想的做法應該是：『然則有志之士，必不爲俗拘，不泥古，不遺今，博學而反求諸約，養心而不弊於欲，卓然爲儒大宗，豈必專守一家，蒙齪齪小夫之誚哉？』（正學論四）表達了他兼採衆家之長的態度。

晉芳幼時即學習五經：『余年九歲，受左傳於宜興儲風崇先生。』（文集卷二春秋左傳翼疏序）長大後，又得其族祖程廷祚的指點。『及官京師，與筍河師、戴君東原遊，乃治經，究心訓詁』（江藩國朝漢學師承記卷七）。其一生『嗜經成癖，矻矻汗青垂四十年』（文集卷三尚書古文解略序）。到了晚年，仍嗜經不輟：『余今年六十有二矣，回憶受讀時，越五十餘年。』（春秋左傳翼疏序）正是由於他一生對經學的不懈追求，故其於五經皆有著述。而關於學經的具體方法他也有自己的獨到見解：『蓋欲以告人以學經之法，不可專執一家，由此以斷杜服之春秋、先後鄭之周禮，庶幾是非疑似若觀火之明，爲不死章句下也。』（文集卷二毛鄭異同考序）可見，他認爲學經應該多方比較，兼採衆家之長，而不能專執一家之説。

而關於五經的具體作品，他也提出了自己的具體見解。如對尚書，他認爲：『二帝三王之道，莫備於書，自天文、輿地、職官、樂律、禮制、刑法之大者，皆在焉。由其道則治，反其道則亂；得其片言微義，皆足以措天下於磐石之安，而綿翼子孫於世世。要其大旨不過二端：知人、安民而已。非惇、德、允、元則不能知人，人不知則民無自而安，而安民之要，未有過於省刑薄税者也。』（文集卷二尚書今文釋義序）可見，他把尚書看成治國之大典，對其十分重視，而他自己也從中悟到了很多道理。

再如詩經，他認爲：『宋賢之説經也，一則苦於瀾翻，一則好爲臆斷，然去取毛鄭之間，亦間有合者，而自出新義，有夐出毛鄭之外足以勝之者。士人或泥古以疑今，或是今而棄古，皆未可爲平心善學者也。』（毛鄭異同考序）這就告訴人們：漢宋人解詩各有優長，今人不應該泥古疑今，或是今棄古，正確的做法應該是善於學習而不偏廢。他的這種觀點還是比較公允的。

由於晉芳早年即開始讀經，幼時得儲風崇、張岵瞻、顧震滄等人的指點，長大後又與程廷祚、朱筠、戴震、錢大昕等交往密切，相互研討，再加上自己的不懈努力，故其『治經之功與年俱進』（翁方綱蕺園程君墓誌銘），因而在經學領域取得了卓越的成就。他關於治經的態度、方法以及經學内容等方面的一系列見解至今仍有值得我們學習借鑒的地方，是不可多得的寶貴遺産。由於當時主客觀條件的限制，他的這些經學著作大多没有流傳下來，這是很可惜的。

除經學著作外，程晉芳還著有羣書題跋六卷和桂宧書目二卷，前者爲閲讀各種圖書時所作的題記，後者爲其所藏書籍的目録。可惜，這兩部著作皆未能流傳下來。此外，從勉行堂詩集卷十五重九節寄懷家兄邗上舍弟淮陰七言長律一首計一百韻以及卷十七寄答袁簡齋一百韻兩首詩的註釋來看，他還先後參加了續資治通鑒和大清一統志的編纂。四庫全書修纂時，他更是一位出色的編纂者，這在後文將有論述，此不贅述。

四、程晉芳的藏書、獻書及交遊

在當時，程晉芳還因爲藏書頗豐而受到世人矚目。由於家庭環境的熏陶以及自己的興趣愛好，晉芳自幼便喜歡收藏異書，其家中專門辟有一個名爲『桂宧』的藏書處，這在勉行堂文集卷二桂宧藏書序中有清楚的記載：

余年十三四歲即好求異書，家所故藏凡五千六百餘卷。有室在東偏，上下小樓六間，庭前雜栽桂樹，名之曰『桂宧』。四方文士來者，觴詠其中。得一書則置樓中，題識裝潢，怡然得意。吾友秀水李情田知余所好，往往自其鄉挾善本來。且購且鈔，積三十年，而有書三萬餘卷。其後，家益貧，不獲已，則以書償宿負，減三分之一。自來京師十年，坊肆間遇有異書，輒典衣以購，亦知玩物喪志之無益，而弗能革也。壬辰長夏，病卧一室，取舊時書目閲視，爲之慨然。回顧江南，家無一椽片瓦，故書之寄在戚友家者，知能完整如舊否？而隨身書籍尚有萬五千卷，足供循覽，因就書目詳爲編次，以志余疇昔之苦心。其存者，稍爲别識，他日或幸有力，猶將補所未備。

這篇序寫於乾隆三十七年（一七七二），時晉芳五十五歲，此前一年他剛剛考取進士。從文中可以看出，他在赴京做官之前已積有圖書三萬餘卷，後因生活所迫，不得不減出一萬餘卷償債，而另外兩萬餘卷寄藏在戚友家。後來到了北京，他仍不斷購書，又藏得圖書一萬五千餘卷。故其一生當共藏書四五萬卷。但到了乾隆三十九年（一七七四），他留在家鄉的部分圖書因遭水患而淹没，這在他後來的詩作中有所反映：『自甲午秋水，故策淪於淮。凡十六紗㡚，痛絶泥沙埋。』（童山詩集卷二十三和程魚門索余所刻函海詩原韻後之附詩）其留在淮安的十六紗㡚書爲大水所淹没，埋於泥沙之下，這是很可惜的事。而到了晚年，他爲了生計，也經常質書抵債，這使他的藏書又損失不少。如作於乾隆四十七年（一七八二）的三長物齋後記就説：『獨念余以素封之家，日就折閲，朝齏暮鹽，典琴質書，役役弗寧。』（勉行堂文集卷三）可見，爲了生存，他不得不經常將身邊的圖書質賣，以維持生計，這也使他的藏書大爲減少。

晉芳去世後，其所剩不多的藏書爲家人變賣殆盡。袁枚小倉山房詩集卷三十三中有詩寫道：『辛未、壬申間，余與魚門太史廣購書籍，有無通共。今魚門亡僅十年，其家欲賣以自贍，屬余檢校，已亡失十之七八矣。』一代藏書家耗費一生心血收集起來的藏書就此付之東流，不能不令人扼腕歎息。

不過，在人們歎息的同時，使人略感欣慰的是：他的少數藏書也因收入四庫中而得以長久流傳。這首先表現在他於此前一年就響應乾隆帝的號召回鄉搜求遺書上，這在李調元童山詩集卷十三送程魚門晉芳舍人奉召回南訪求遺書中有載。據四庫全書總目的記載，晉芳所獻圖書共一百八十四種之多，其中有一百五十八種爲四庫存目所收，另二十六種爲四庫全文收録。這些題『編修程晉芳家藏本』的書籍涉及經、史、子、集各類，可見晉芳涉獵的廣泛和收藏的豐富。其次，在編纂四庫期間，他盡心盡職，一絲不苟，所編圖書極爲精準，毫髪無疵，爲此他受到了乾隆帝的嘉獎，並於乾隆四十二年（一七七七）由吏部主事改授翰林院編修。由部曹改官翰林，這在清朝是不多見的個例，可見晉芳對文化的不懈追求和卓越貢獻。

袁枚在所撰程君魚門墓誌銘中説：『乾隆初，兩淮殷富，程氏尤豪侈，多畜聲色狗馬。君獨愔愔好儒，罄其貲，購書五萬卷，招致方聞綴學之士，與共討論，海内之略識字、能握筆者俱走下風，如龍魚之趨大壑。』正因爲如此，他交遊滿海内，不僅當時的名流如袁枚、朱筠、戴震、錢大昕、翁方綱、趙翼、洪亮吉、孫星衍、李調元、姚鼐、畢沅、黄景仁、王鳴盛、惠棟、杭世駿、蔣士銓、陳兆侖等與其往來密切，詩文唱和，就是那些在當時並不著名的人物如吳敬梓、馮祚泰、嚴長明等也與其極爲融洽。而吳敬梓等人的事跡正賴程晉芳的記載而得以流傳，使後人能够清楚了解一代大文豪的生平概況，可謂功巨德偉。由於這方面的研究今人已多有涉及，此處不贅。

五、程晉芳的現存著作情況

晉芳一生，著述豐富，然大多失傳，這在上文已有所述。其現存經學著作主要有三種：一爲毛鄭異同考十卷，爲手抄本，現藏中國國家圖書館、北京大學圖書館、浙江圖書館，中國古籍善本書目經部詩類著録，續修四庫全書經部詩類全文收録。二爲讀詩疏箋鈔，不分卷，稿本，現藏上海圖書館，中國古籍善本書目經部詩類著録。三爲春秋左傳翼疏三十三卷，稿本，缺卷九至十二，現藏北京大學圖書館。此外，程晉芳還批校、選輯過一些書籍。如禮記集説八十卷，清鄭元慶撰，程晉芳批校，抄本，現藏天一閣文物保管所，中國古籍善本書目經部禮類著録。羅氏識遺十卷，宋羅壁撰，程晉芳校，抄本，現藏復旦大學圖書館，中國古籍善本書目子部雜家類著録。程魚門選七言古詩一册，抄本，現藏安徽省博物館。另外，程晉芳還有一些單篇的作品散存於各種典籍之中。

程晉芳現存詩集主要有三種。一爲蕺園詩集十卷，乾隆二十七年（一七六二）敬箴堂刻本，現藏中國國家圖書館、遼寧省圖書館、上海圖書館、南京圖書館、安徽省圖書館，中國古籍善本書目集部別集類著録，該集共收乾隆八年（一七四三）至二十二年（一七五七）詩七百六十四首，本書所收即爲此本。二爲蕺園近詩上、下兩卷，乾隆間刻本，具體刊刻年代不詳，現藏上海圖書館、安徽省圖書館，該書共收乾隆三十四年（一七六九）詩一百四十五首，本書所收即爲此本。三爲勉行堂詩集二十五卷，爲程晉芳手定本，原藏於晉芳家中，後爲其嗣子瀚搜得，經鄧廷楨等人捐資於嘉慶二十三年（一八一八）在西安刊出，中國國家圖書館、北京大學圖書館、上海圖書館、南京圖書館、安徽省圖書館等有藏本，續修四庫全書集部別集類全文收録，本書所收即爲此本。該書共收乾隆七年（一七四二）至三十七年（一七七二）詩一千八百七十四首，其中前十卷所收與蕺園詩集所收大致相同，第二十一卷所收與蕺園近詩所收幾同。

程晉芳現存文集僅勉行堂文集一種。該集共六卷，爲程瀚於嘉慶九年（一八〇四）從白門書市購得者；據該集程瀚後記知，此書乃勉行堂詩集刊行兩年後由冀畹亭、吴蔗鄉兩人捐資於嘉慶二十五年（一八二〇）在西安刊出，中國國家圖書館、北京大學圖書館、上海圖書館、華東師範大學圖書館、南京圖書館、安徽省博物館等有藏本，續修四庫全書集部別集類全文收録，本書所收即爲此本。

本書主要收録勉行堂詩集和勉行堂文集兩種。至於蕺園詩集和蕺園近詩，由於它們的内容大多見於勉行堂詩集，故本書未將它們全部收入，而僅將那些勉行堂詩集未收的部分收入，而已收的部分則用於校勘。此外，本書還從時人的文集中搜得程晉芳的一些佚文和佚詩，一並歸入詩文輯補中。至於一些正史、私家著作里有關程晉芳的傳記、墓誌銘以及相關詩文集序等則一並收入附録中。

由於古籍校點涉及的知識衆多，而本人在這方面的積累尚很有限，因此書中的錯誤和謬漏一定不少，懇請方家不吝指教。

敘

鄧廷楨

程魚門先生詩膾炙藝林久矣，顧全集未經梓行海内，譚詩者以爲觖憾。嘉慶丁丑，楨移守西安，適先生嗣子瀚以貳尹需次關中，相見亟詢其遺稿。瀚泫然曰：『藏之篋笥，不敢示人，以别無副本，懼散佚也。』楨迺首創捐貲，謀付剞劂。助佽者，爲費觀察濬、吴大令鳴捷。校勘者，爲王大令餘晉、程大令開泰、王大令履基、吴大令曾貫。十一月開雕，越歲而蕆事。編詩二十四卷，始乾隆壬戌，終壬辰。編年、分卷悉仍先生手定稿本，惟進御詩别爲首卷。又聯句詩已刻于朱笥河、曹習菴諸先生集中，遂不重刻，擬别爲二卷，仿李漢編昌黎詩例也。又續集五卷，皆瀚於斷縑殘素中鱗次搜輯，無作詩年月，亦未編入。稍閒，當再圖續刊。

楨因之有感焉，方先生盛時，縞紵滿區宇，敦槃推壇坫，宜可自壽梨棗，迺沖抑秘不問世。且先生爲隨園先生之老友、笥河先生之高弟，其殁于秦中也，秋帆尚書以數千金經紀其喪，恤其諸孤。之三先生者，皆嘘氣成虹，揮金若土，似無難謀梓其遺集者，乃遲至三十年而全集始克行世，非文章顯晦信有時歟？刻成，爲志其緣起如此。

館後學鄧廷楨謹敘。

原敘

陳　浩

余遊汴梁之七年，長子本忠攜程君魚門詩來，且述魚門之意，謂嘗見余之詩，而必欲得余文以爲之序，外此不多請也。余讀其詩者累月，其出入上下，於古而不專爲一家之學，蓋所爲篤嗜乎此，積久而以時獲之者。凡遊歷所至輒有作，而於友朋辭誼尤深。余雖未得識其面，然四方知名之士識之者皆曰：『魚門，古人也。』故其文爲古人之文，而其詩古人之詩也。

魚門久不遇，以乾隆二十七年得召試爲中書舍人。余二子與訂交於京邸，每相見則規以學問。或二子來汴，余家事瑣瑣，必時詢及。忠每公車北上，所得於魚門者，必數數爲余言，謂二十年以前之交，其敦古誼者，皆魚門友也；二十年以後之交，則如魚門無幾人焉。自桐城方望溪先生以古人之道作爲古文，繼韓歐而代起，公之歿甫二十年之間而世罕有傳其學者，魚門獨深信而恪守之，此余心愜魚門之文，以爲於望溪先生之學有當也。

若以余之於詩，則知其未至而愧者多矣，而魚門必以余之言爲是乎？余無言無以見魚門之意，而遽言之又恐無當於其詩也。異日，至京師相見時，必有暢然其言之者，非余助魚門，則魚門其有以發我矣。

乾隆丙戌季秋，昌平陳浩。

記

程瀚

乾隆甲辰，先君子應畢秋帆中丞約，力宊入關，遂捐館舍，所遺詩文諸稿，蒙中丞留付剞劂，誼莫厚焉。嗣中丞移節楚中，稿遂散失。瀚遍訪諸父執嚴道甫、洪稺存、孫淵如諸先生處，云：曾在中丞幕中校閱，蕆事後，未知散軼何所。瀚乃搜羅家存草稿，僅得先君子手抄編年詩二十五卷，古文四卷，迨瀚試牒於秦，藏諸行篋。嘉慶丁丑，適鄧嶰筠先生移守西安，持以就正，蒙首創捐廉謀梓；又得費甌餘先生助貲，而鐫刻遂成。校勘者，爲吴蔗香、王雲門、吴澗薌、王蕓村、家韻篁諸先生。

伏念先君子讀書績學，知名海内，所著詩文極富，久爲當代宗工推重，乃歿後三十餘年而片羽一鱗始得傳世，非嶰筠先生之扶輪大雅，力闡幽光，烏能得此？爰紀始末，以誌銜感。瀚復又搜得詩六百餘首，無年月可考，未能編入，俟有續獲，當別刊補遺，以待諸先生論定也。

男瀚謹識。

勉行堂詩集

勉行堂詩集 卷首

聖駕三幸江浙詩 並序

臣聞道德太平之世，其民出三入一，怡怡于于，而莫知所爲，而王者猶慮遠近不同化，幽隱不自得，故巡狩以時舉焉。我皇上自丁丑再幸江浙以來，戡定回部，拓地二萬里，身熱、縣度探湯、市鐵之俗，靡不稽顙決踵歸服王化，天人之眷至矣，嘉會之禮集矣。我聖母皇太后於辛巳之冬届七十萬壽，皇上展至孝，錫無疆，内外覃洽，念江浙臣民望幸殷切，省耕濬流，有待指畫，乃詔三舉巡典。

臣竊惟三歲一閏，而天道小備；五歲再閏，而天道大備。今距丁丑之春，歲閲五稔，以豫以遊，禮契平古，而功在生民，奚可以勿頌？臣竊不自揆，謹依古撰四言詩一章，凡一千三百六十六字以獻，俾燕、青、徐、揚之民知我皇上弗逸弗康，覃思勤恩之略〔一〕，含仁謳風，垂播于無極。其詩曰：

帝省南方，壬午春月；於兗于徐，于江于浙。慈輦躬扶，賓騎徐發。六氣承輿，千雲擁艤。

麗日晼晼，祥風拂拂。維此南民，鼓舞怡悦。景聖欽慈，里瞻道謁。時維三巡，歲則五閲。帝豈寧居，俾我思結。歲益以穰，波弗堤嚙。爰始來兹，我慰我恤。澤加屢降，典茂前轍。配聖生聖，慈寧穆穆。叶。尊逾一人，疇衍七袠。慶禮肇成，幸典斯作。叶。赤緹叶候，黄鐘載律。閶闔開明，殿户洞達。珠燭麗扉，金花耀闥。錦翟霞輝，雲屏彩蔚。玉佩鸞翔，綵仗鵠列。帝幸王公，拜舞鳳闕。蘭饍躬調，敬上瑶爵。叶。韶舞繁合，鳴球擊戛。頒醻錫宴，貸逋賜復。蘿薜被纓，鵷鷺奉綍。珍玉大幣，賫及翟茀。倅子罷學，羽林施衛。叶。懸轂侑濱，文觧告嶽。叶。川梁陸彴，興葺圮廢。叶。九垠六幕，同蹈安吉。蒸爲卿雲，流天華靄。瑄朗南輝，帝用斯即。祝嘏祈年，愷惠滂沛。叶。烝烝兆庶，駘穉扶挈。遥矚龍光，休氣旁泆。重光之春，上瑞稱述。二曜連景，五緯繹屬。叶。星紀躔舍，若室比櫛。是維南野，宜受恩洽。叶。爲曼壽徵，兆天子至。叶。天子至止，羽衛仡仡。柴槱景炎，祠祀太乙。職天戒車，誦訓呼蹕。宗伯典瑞，掌節奉節。施梐設桓，置頓樹敝。叶。士擁細旃，馬駕方釳。鶴蓋灕褷，葩瑶盤屈。瓊竿建旄，扈帶垂綷。千乘萬騎，錚鍧錧鍺。帝曰俞哉，毋馳毋跋。江壖海溢，有麥秭穧。俾茂其英，毋害其秸。凡所經過，免輸禾秠。維此南疆，包控吴越。荆閩徐豫，掌蹠指揭。寒耕炎耨，供賦弗竭。厥産瑶琨，厥包柚橘。齒革羽毛，惟金錫鐵。財賦殷積，文采勃鬱。淮黄迅流，防制衝汰。矧彼海疆，包絡空闊。是用頻臨，指授縷切。

乃觀於河，河流活活。鳳艒翠颸，燕檣紅帆。舊所底定，鏵堤碣磍。澮澮淮波，濁淖用刷。民無昏墊，畝長稭麧。乃觀於江，浪息砏汃。千里萬里，鏡浄雲潔。乃觀於海，石塘宛鍥。曳曳施練，盤盤走蜺。長鯨巨鼇，牙角嵽嵲。踆浪朝皇，軒騰激冽。乃簡南兵，勇士有偈。載湯白戚，秉武黃越。元戎侍車，司馬齊伐。爍耀朱旗，輝映繡韍。鳴鼓震鐲，隼集烏逝。叶。江有舟師，海有樓筏。鷁首羽翿，鴻竿虹掣。倏來忽往，洲隱巖蔽。叶。屑雨飛澇，奔騰蕩決。紅洋銀島，振動驚惕。亦有降王，面目齺凸。施其毳織，服我裘韠。天錫皇帝，神武烈烈。昔歲疆圉，準夷殄滅。帝用再巡，慰我飢渴。洎茲三幸，又服回紇。蠢爾回部，輕狡悍黠；介恃碉壘，馳騖獫猲。鞠旅聲罪，犁掃庭穴。其屬面縛，渠魁殲截。拓二萬里，在古無埒。天地隅際，日所出没。疇不享貢，疇敢誕譎？暹羅中山，且末咄曷；奇貝大賂，蘇合迷迭。敦圉狡猊，軒翥青鷚；各獻所有，跂踵連袂。叶。祝聖母嘏，頌天子哲。叶。傔從江界，覯化洋溢。屨舞屨竦，臣服世世。叶。行殿頒樂，砰訇膠轕。撫簥按鏞，戛柷椌楬。洞簫鍖鉦，炙笙郁捋。雷琴珠瑟，風澮雲遏。神夔來儀，氣出精蛚。鈞天廣奏，維聖所制。叶。頗聞左纛，編鐘近出。鳴翼盛治，裒補樂闋。乃命臣工，考究密率。泗濱浮磬，宮懸並設。以享天祖，吹萬舞八。六變九變，致鱗羽物。以樂聖母，春暉融晣。和氣所嘘，顯微昭昧。叶。南民獲聽，神志軒豁。人無疵厲，物不夭折。維南有山，碕巘崒嵂。維南有水，澮瀲回洑。時維春中，暄至寒歇。林煙敷敷，草縟萌髮。高下溪亭，梅栘宿枿。長松丸丸，文梓茂拔。桃李載華，秀萼舒枎。鳴鵙在桑，鶯乙嘲聒。塘有罟杙，鱣鱔潑刺。荇芷青擢，籠籦紫茁。帝用覽欣，敷藻振筆。疇昔所過，賡和一一。雲物煥灼，濤氣渟潏。龍書蝌篆，儷軒蹈頡。凡厥刹寺，金牀組缽。凝禧祝釐，灌壇贊佛。爰施金錢，逮鰥賑弱。叶。爰賚粟帛，老耄耆耋。爰降祀典，賢祠有位。叶。鼓鐘喤喤，蕭蒳飶苾。爰舉吏治，六計糾察。惟惠惟勤，最以棠芨。爰取髦士，綺翰霞札。經術紛綸，匪恃雕劂。皇帝之治，熙天曜日。冰谷無冰，雪山無雪。皇帝之澤，單中濡外。叶。爲霖爲霨，稌穲菀菀。皇帝之德，化文崇質。肸肸太和，禅瀛囊括。江海風俗，繁艷婠妠。自始迄今，明訓載讀。叶。諗爾毋華，乃始汝菹。叶。行在供億，盡内府實。于爾民間，罔累纖悉。爾菑爾畬，爾春爾蚄。爾蠶爾筐，爾褀爾襏。如木樸棫，乃卒不蠹。叶。如水澄源，汲用綆繘。寧爾室家，熙爾氣類。叶。毋溢於盈，蹴保醇壹。南土之民，拜舞嫈嫟。無偏無陂，遵帝仁術。仰惟皇祖，六巡南裔。叶。皇帝繩武，舊典是索。叶。豈惟六巡，澤乃罔訖。聖母萬齡，松竹苞茂。叶。天子萬齡，與天地秩。娵荼綿亘，斟酌元氣。叶。歲歲來兹，覲我寧謐。時補時助，匪遨匪逸。爲萬世法，永永勿替。叶。

聖駕南巡恭紀 五言詩一百二十韻，謹序。

臣聞古之帝王以春風風人，以夏雨雨人，必躬臨而親布之，斯天地順動皆以如其豫。然經書所載，協時同律，修禮如器，而外史莫得而詳焉。皇上法祖勤民，四幸江浙，敦孝上農，翕河奠海，恩澤所暨，不可殫記，千古未之有也。竊謂宜載風詩，述休美，傳示于來茲。顧自問譾劣，不足任揚扢之職；然鷃蟀之鳴勿能輟也，輒敬成五言詩一篇，凡百二十韻，以攄鄉里感激之忱。其詞曰：

上之三十年，海寓治平久。風恬俗大和，韶石頻擊扣。欣欣朱草榮，躍躍白麟走。以無迕無乖，潛動愜樞紐。顧惟聖人懷，未敢謂康阜。將親循閭閻，疾苦問黔首。維南江與浙，殷賑財賦藪。其壤足膏腴，其星貫牛斗。河海所環匯，民物號蕃阜。曩者疊巡遊，瀾浪教扞掫。于今越三春，工役經督糾。新略維永圖，舊規將驗取。況聞疆吏告，望幸徧孺叟。山川及草木，待澤緊恐後。下以慰蒸黎，上以娱聖母。先時詔大府，儲偫須所有。毋費民粟絲，違則予汝咎。燕趙齊魯區，租減所經部。供頓勿侈靡，肆設勿繁紑。時惟上元過，燈市收霧霥。草漸萌纖纖，寒欲盡九九。敬奉大安輿，祥煙紛飀飀。葩瑤鬱峥嶸，虯旌翩蚴蟉。虎旅佩長弓，龍驤擐短褐。皇曰戒呵蹕，毋驚彼童婦。將以達耳目，豈僅蔽纊黈？歡聲殷地起，户户擁箕帚。宿埃奉掃除，名香交引揄。自北屆東南，聯袂接跟肘。望見翠華來，載舞額加手。皇乃渡黄流，奠觳酬雙卣。晴霞繞雲級，霽日開天蔀。皇乃涉大江，嵐翠飛巖嶁。檣爲赤烏迅，舟見黄龍負。維海趨浙隅，厥勢建瓴陡。虹洞雜砏湃，崖岸遭擊掊。鄉俾增虹堤，外鍵内鎖鈕。兹來睹堤成，編石瑩文琇。潮頭駕輕車，白馬趁趯趣。火輪恣淘沃，雪島與浸溲。驅鼉駕蛟鼉，旟旆交雜糅。勢侔鶴蓋騫，音儷鯨鐘吼。天子曰俞哉，工作嘉某某。侯不廣築之，邊幅擴陾度。袤延四百丈，腰膂束鞮鞻。水行擬伏雌，土德佐乘牡。維河翕黄淮，徐豫形參耦。三分濟轉運，于義匪駢拇。其勢虞泛溢，比屋憂隘湫。取清刷濁流，脈絡辨綫綹。又多爲引河，别派散溝漊。雲龍古名山，懸礿當水口。多年議疏閉，如痼起針灸。迄兹底厥成，善後策重剖。樵農安于野，士賈恬于牖。兹事體最大，永永垂不朽。乃黜陟羣吏，治績辨好醜。乃諏采風俗，寒暑孰咨甃。乃校習大師，行列紛騰蹂。羽葆鼓鏘鳴，螯弧旗指嗾。乃鍊水上軍，戈獵陳繳罶。往來雖奮迅，整娖寓静泑。鶩鴿鸛鷀鸕，鱨鯉魴鱅鰌。族舉有飛毛，疊中必連髃。清暇爰豫遊，雅藻披瓊玖。記事續鄉嬛，垂文敵蝌蚪。江村二三月，煙澮籠風柳。耒耜起畦町，桑麻映雞狗。有峯秀娅娟，有水駛清瀏。緑箭筍承筐，銀刀魚上笱。搴林摘翠萸，汲井澆紅藕。花底唤餳簫，雨前擣茶臼。皇情畛餘悦，色笑承母后。娓娓問安情，鱗鱗賞春酒。尚念此南民，被澤知竟否。積逋固已豁，視地力齊醜。全浙五年租，丁竈借錢糗。特詔悉免旃，諄復告官守。實惠務沾濡，羣情益欣㦢。挐舟皆健卒，狎水輕夔犼。日給增羨錢，宵餐飫陳醙。彼花面雕題，仡仡復赳赳。新銜隨鷺班，故跡掃鼪宿。險竿試繩索，夷樂和矇瞍。賚以繪滿笥，頒之醑盈鍮。白頭兩尚書，生幸遭逢偶。居塾稱國老，聯社得詩友。乙科逮子孫，宮秩加組綬。同時錫予恩，咸以篤故舊。叶。嶽嶽名臣祠，牲炙薦芹茆。岧岧勝國陵，蕭葤敬熣焞。赤仄遍貧流，朱提逮胡耇。多士獻長楊，作人詠蒸槱。鎖試授厥職，慎擇匪輕苟。憫彼輕罪囚，赭衣荷桁杻。維新布德音，革心毋習狃。于時閏春仲，遲景媚華晭。恩波與俱延，若露浥蘭草。大哉聖人德，布澤成化誘。至哉聖人恩，剔瑕去瘢垢。溯初巡再巡，自辛未丁丑。洎三巡四巡，越壬午乙酉。十五年殊恩，絡繹載簡箚。曠典舉必周，成例推逾厚。陽和所敷布，纖悉迨螽蟲。鷹眼化慈鳩，葱本變時韭。潛鱗不損鮪，苞竹不生箹。何以答慈衷？士習除稂莠。何以兆嘉祥？農作長黍秠。何以驗淳風？民物罕疾痗。何以覘雅化？廛井絶謑詬。維聖母萬年，維天子萬壽。眼眼日月光，藹藹松柏茂。叶。歲歲此巡方，甘澍灑田畝。微臣叨異數，幸不棄淺甌。名參薇省末，門對蘭臺右。轉頭語鄉人，渥澤慚私受。稱詩誠俚屑，戴德慕漸潃。江海納細流，宮角取瓦缶。聊補擊壤歌，用備采軒輶。

聖駕巡幸天津恭紀 謹序

臣聞櫂歌之作始于王者，宣布大化，昭盛德也，後世乃以爲欸乃之音，蓋未揆其本矣。皇上巡幸天津，堤堰繕，河淀疏，錫羨廣釐，蠲租賚帛，民力不煩，而利惠周洽，峻功豐績，匪筆舌所能形容。伏念網罟肇自羲后，豐年詠于炎帝，皆功在津澤，慶流粒食，則水之農、隴之旽，其歌詠上德爲尤易也。竊不自揆檮昧，謹撰天津櫂歌三十六章，述草野之忱，抒寫聖治，庶幾仰備采風，彰曠代則焉。其辭曰：

觀河近甸駐桑田，刻玉今兹紀舜年。爲卹民勞詔釐吏，大農先發水衡錢。

津門河海環流處，百脈羣來匯一支。天子曩曾經畫定，更思親鑑策攸宜。

刻期不越二旬兼，渥澤須教滿甸南。俞騎未行恩已沛，佃租齊免十之三。

紫泉宫畔橋如月，玉輅南臨又幾程。却對鏡湖懷淀水，春波可似此澄明？

水面經冰緑未殘，每懷定省念春寒。便裁御札馳宫使，安福艫中問大安。

水圍娖隊儼雲飛，翠羽登盤錦鯽肥。認得聖人春布澤，不教絲網罥苔衣。

衛河流逕南皮界，北逕青滄逶縣西。此是糧艘運行地，三篙澄緑繞虹隄。

三岔河原是衛河，白河相與漾洪波。唐時永濟名猶在，指點新工艤鳳艖。

南皮城接北皮城，錦艦中流自在行。塍畔菜花黄似錦，疏疏煙雨繪清明。

中亭本不容多水，南閘須令謹閉防。白足兒童栽宿麥，紅裙婦女種柔桑。

濁浪滹沱漯下游，姜牙難訊得名由。于今宸翰親裁決，敷土惟應頌大猷。

縣簿文安足未經，築橋猶自仰芳聲。非關天語頻垂辯，責實循名在此行。

九河故道久塵沙，孔疏桑經各一家。帝纘禹功諳水性，不煩泥古説紛拏。

水隊牽船别賜錢，一時歡舞拜船前。豈惟買醉麻姑酒，九盡衣裝又益綿。

一百五日行將盡，燕尾梢風畫鷁開。灣灣月子深深柳，遥映鸞旗出淀來。

閘河洩水區凡五，聞引春潮潤稻田。啟閉自來關睿慮，尚將時雨祝仁天。

海棠廳畔胭脂雪，未到春深作意開。此是閭閻歡喜色，争先恐後覬恩來。

白塘口外水深深，三月桃花漾碧潯。鶴髮漁人思獻曝，釣來雙鯉色拖金。

拂波柔櫓唱楊枝，野樂無文豈自知？願得天音付漁櫂，艑郎争念早春詞。

祇樹園林松栝老，春風漸已及西沽。晴波映徹海光寺，遥見紅雲水面鋪。

海神廟裏賽龍神，神契皇衷惠我民。待整他時妙香火，東西淀已築祠新。

從來觀海難爲水，浩蕩宸襟實似之。上得崇臺風日美，朝天翠蓋舞馮夷。

大小直沽波濯綺，雲帆葉葉影相銜。越商趙客争來往，疏導寧知帝所監？

當年沽口石粼粼，今見橋頭插板新。豆子䖳邊看水色，鷺鷥飛起一雙銀。

涼雨扳罾向水關，夾河清浪接茅灣。吳塘波色西湖景，點綴何曾勝此間？

減河王務筐兒港，在昔堤身惜稍高。此際增培十五丈，衝波纔不礙平皋。

格淀莊頭盡有堤，一痕千里宛晴霓。三灘里近帮長堰，湛湛新恩滿露畦。

屯穀餘糧三四免，特教商榷緩輸將。豈煩多士論鹽鐵，自有恩波共水長。

神策營前虎鶡軍，甘泉扈蹕望如雲。餐錢兩月加逾等，努力行間策上勳。

捷地諸河集淺夫，罱泥挑盡鮮停污。水田自此成腴壤，多種禾麻少種蒲。

贇宮增額官除復，曲赦圜扉俾革心。士習經言民服教，不徒宮府懍規箴。

置頓何曾用民力，更令內府錫朱提。白頭婦曁鮐紋叟，黃襖金錢拜手攜。

法祖承先著典型，功如萬水注滄溟。豐碑好紀巡遊盛，丁字沽南歲值丁。

春早櫻桃已着花，青芹翠荻淺抽芽。翠華此去經南苑，留得春風遍水涯。

鳳河上接團河派，淤墊源流與細推。飛放泊邊停玉輦，恩光自北又南來。

一游一豫關民隱，深願重臨惠邑閭。想覲慈顔説風景，海濱遥佇大安輿。

聖駕五巡江浙恭紀 謹序

聖主勤民莫先于農事，巡方之典由重農設也，是以省耕、省斂補助于春秋，地治則有慶，田蕪則有讓，察吏賢否唯是爲孜孜，若乃登進俊良則亦農人之秀者爾。于是，濬川澮，奠河海，水安其性，土得其宜，津流沮洳，經緯乎田畝；百禮備，百神洽，昭慶頒賚，萬物熙熙，登春臺以遊，而皆本之東作之興、西成之告，故五福先壽，八政先食，足食而後教民知本矣。

天子有無疆之庥，用敷錫厥庶民躋仁壽之域，懷仁向化者遂其私，歡欣鼓舞者暢其志，安樂之音傳，太平之治洽矣！我皇上敬天法祖，單心宥密〔二〕，神功大武，卓邁古今，而夙夜勤惓，尤以民事爲先務：田租普免，三布殊恩，安物阜民，至治翔洽。今者五巡江浙，慰南民之望，察畺吏之政，觀河奠海，養老恤刑，蓋欲民興孝弟，家有蓋藏，睿慮周詳，靡遠弗届，而江浙之民與鑾輿所過之地實光被其澤。臣備員詞館，職在採風，竊不揣檮昧，撰農歌四十章，寫田家願慕之誠，狀寰宇歡忻之景，以志盛典于萬一。其詞曰：

擊壤歌衢久樂天，聖君問俗省春田。不勞民力勤施惠，免税仍頒置頓錢。

十六年來望幸心，而今竚待翠華臨。汀花岸芷含忻喜，葵藿均抒向日忱。

近畿殊澤喜先施，拜馬前如拜玉墀。此際天顔有深喜，雪消凍解麥苗滋。

翠麥芃芃繞涿州，上游地勢接蘆溝。北河水盡安瀾泛，緩入春波漑緑疇。

蓮花泊畔柳初青，指點瀛洲第一亭。暫駐六飛觀早稼，鶺鴒翔舞下遥汀。

安德澄流即衛河，從容鳳艒此經過。秉犂牽犢齊呼拜，聖澤真如水湛波。

已視兵農爲一體，更憐商竈足勤勞。加糧免税恩稠疊，競戴堯天舜日高。

百神河嶽盡懷柔，東岱燔柴報有秋。一片雲爲天下雨，南畦北隴利鋤耰。

始入江南第一程，春風著物仰生成。勾萌悉達于何驗，豆莢芹芽聽賣聲。

海岱連淮記古徐，人安本業樂鄉居。睿懷于此尤深注，要奠河流講剔疏。

昨年儀考潰河防，下及淮徐慮有妨。駐蹕勤咨殊未已，大田本不礙耕桑。

甓社湖光濯錦如，龍舟乘曉挂帆初。農家適與漁家接，穲稏村頭看打魚。

五壩年來頻啟閘，正緣黄水灌淮波。高家堰若金湯固，淺港低圩長稻禾。

忽聞馳報足歡聲，豫省金隄已築成。從此河流循正軌，露桃花下餉春耕。

天下繁華第一州，竹西風物引清謳。皇情豈是躭遊賞？唯問商農樂業不。

尚儉懲奢仰睿謨，仁風所及盡昭蘇。帑金百萬教蠲免，自葉流根惠澤敷。

拔地康山本不高，昔人于此著詩騷。一經聖藻留題詠，雲樹愔愔沐雨膏。

平山堂下足園林，城郭垂楊灑緑陰。茅舍竹扉邀睿賞，信知黄屋匪堯心。

金焦兩點翠微嵐，浮玉亭亭海氣涵。瓜步潮生迎鳳舸，早從江北望江南。

詔卜南徐大校兵，陸剸犀象水驅鯨。閒披襏襫窺營陣，不羨當年北府名。

寄暢園臨惠水湄，芳塍遥見卓龍旗。野人籬落春深景，佛笑花邊叫畫眉。

樓犂不減踏犂用，水耨火耕吴俗宜。家有農書重蠶事，曬禾場上曬新絲。

寒山法螺煙靄晴，沿山叱犢起春耕。日晡入息朝來作，秧馬秧歌樂太平。

千尺雪如萬壑奔，分流灑遍杏花村。靈巖一帶田肥美，端賴東湖水有源。

春分花事到梅林，聚塢銅坑一徑深。此際鑾輿來莅止，看霏香雪展宸襟。

青巖矗矗水溶溶，矮屋平臨百尺松。種李種桃皆本業，澤農何敢誚山農？

水漾吴淞映碧空，雲帆迤邐翠波中。金盤薦筍登蓴味，深賞民間淡泊風。

長水鴛湖脈絡通，胥山一帶起田功。荷花紫草鋪如錦，遥映千林粉杏紅。

西湖湖水最宜田，接嶺依山得景妍。生長湖邊戀湖景，迎鑾跪向總宜船。

孤山老樹拂層霄，葛嶺新開石逕遥。誦訓懷方導前路，菜花黄遍段家橋。

孰託名稱自詡神，特教毁像褫冠紳。水仙祠畔燒香侶，纔識司花面目真。

龍井清泉湧地生，繁花如送亦如迎。焙茶香裏茶歌起，又爲農歌助幾聲。

聖懷殷念海塘工，久矣波平不起風。坦水熟籌論丈尺，安瀾千載奠鮫宫。

大麥收餘小麥登，原頭布穀唤頻仍。野荼蘼放香風滿，玉輦剛迴到秣陵。

攝山樹色秦淮水，依舊含煙帶雨青。察吏恤刑敷大教，豈惟訪古問泉亭？

大法小廉垂治久，肯教貪黷立熙朝。野氓深感皇仁洽，去莠皆緣護秀苗。

采芹已廣常時額，獻賦親承特擢恩。更賚金錢養耆老，白頭人返緑雲村。

西方佛子來祝壽，南極大星光燭天。野人敬上無疆頌，萬萬年皆大有年。

每遇巡遊澤必加，恩周海甸浩無涯。請循壬午年間例，間兩年仍盼翠華。

夏諺可徵言匪妄，豳風入畫景彌佳。田家課雨量晴意，一一皆經聖主懷。

校記

〔一〕〔二〕單　疑作「覃」。

勉行堂詩集　卷一

籬東集 起乾隆壬戌〔一〕，盡丁卯。

雜詩十三首〔二〕

其　一

庭樹森以緑，黄鳥多佳音。春風四邊來，吹香盈我襟。感彼時運速，嗟此年鬢侵。聊用自斟酌，寄興在鳴琴。

其　二

山泉多夜響，孤月含餘輝。泉響一何急，寂聽參其微〔三〕。百年隙駒過，愚哲同所歸。歡娱易衰老，況乃動多違。

其　三

今日曲水側，佳會恣追歡。吳謳發逸響，趙女多新彈。落花席錦茵，垂柳繫金鞍。酒行鑿落盞，殽列琉璃盤。賓從互酬酢，爲樂未能殫。曲盡煙水碧，人歸山色寒。繁華終寂寞，感我發長歎。

其　四

淼淼長淮水，蕭蕭楓樹林。清風振遠響，寒鳥遺哀音。極目曠蕭條，秋氣感人心。孤雲在空山，白日隱遥岑。沉吟竟誰訴，鳴彼邱中琴。

其　五

吾希管幼安，高步凌園綺。孤光耀海濱，清德化遼水。當塗方秉令，十召終不起。咄哉子魚輩，穢德汙青史。文若信奇才，亦復罹憂死。

其　六

朝遊崑崙巔，暮宿渤澥陰。海日逐我足，天風吹我襟。仙人紫霞翁，羽衣駕元禽。雲路忽相遇，遺我神暉琴。試彈多逸響，泠泠沁予心。紛哉世中人，此樂誰能尋！

其　七

正平感鸚鵡，茂先賦鷦鷯。豈乏曠世識，末路終摧凋。知幾貴早決，迷欲禍之招。君看鸞鶴性，一舉干雲霄。

其八

阮公棄禮法，本以玩季世。人物無臧否，途窮輒流涕。疏狂復至愼，聊用防災戾。羣倫昏不知，相與宗元詣。餘波蕩六代，正道日凋敝。遂令論古者，首罪無由貰。取駿略驪黃，夫誰窺其際。高詠詠懷篇，清風信難繼。

其九

寒蟬鳴高柳，炎暑忽已釋。涼風天際來，萬里灑空碧。昔時衆紅紫，零落無餘跡。嗷嗷雁叫霜，唧唧蟲吟夕。歲月易催人，駐景無丹液。浮名何所希，徒使傷精魄。

其十

鄰人夜吹笛，嘹喨發哀音。感此思歸客，悽其淚滿襟。佳人渺千里，有若辰與參。春草空復緑，秋蟲多苦吟。團團庭際月，長鑑別離心。

其十一

孤蘭生空谷，馨香祇自知。移君玉階際，沐此和風吹。吐華競紫秀，布葉含碧滋。及時君不采，零落徒生悲。

其十二

蜉蝣飲朝露，楚楚粲衣裳。黄昏忽相逼，委化隨元霜。世途競繁艷，得失亦相當。不見金谷園，餘跡空山岡。

其十三

孟冬氣凛冽，庭樹澹無色。涼月懸幽光，哀蛩停夜織。懷人耿不寐〔四〕，起立長太息。別離忽已永，年歲漸相逼。願爲雲際鴻，振彼高飛翼。

邊葦間所藏合璧硯余偶得之作長歌〔五〕

端溪下巖久著名，就中最美稱水坑。良工琢石如琢玉，沐日浴月揚其英。太空無雲蕩晴旭，下有海水涵金精。兩儀合度儼合璧，五緯列宿韜光晶。邊髯錦囊貯此硯，吳頭楚尾恒隨行〔六〕。多年珍好落吾手，信有天意非人争。蒼蒼者烏踆者兔，轉丸歲月無停征。磨人墨汁磨墨硯，使我終老勤耘耕。斧形風字載常譜，此硯一出逾瑶瑛。質温密栗縵紋理，表靈發異矜廉清。曾聞龍鱗賜天府，明良作輔承嘉榮。放翁軍帳坐草檄，撫時泐硯心太平。今我清時一韋布，寶此異物將安營。刻鏤風露笑通侻，攜持場屋羞搶攘。逝將移贈天禄史，表忠燭佞司權衡。即今隨身遍南北，山經地志閒商評。眼中何從起翳障，胸次願得長光明。詩成閣筆一笑粲，夕陽纔下金波横。

淮陰行

其一

韓侯有祠廟，乃在淮之濆。行人下拜樹陰合，日暮東風吹緑蘋。憶昔兵通斜谷口，決機百勝古無有。區區楚漢豈足多，一存一亡在反手。武涉浮詞計已窮，蒯生堅説終狂走。時來但願作假王，運盡終然戮功狗。

其二

定陶軍，雲夢澤，奪兵權，奪封國，英誅彭醢以次及，餌以區區一鄉邑。吁嗟乎，不反楚存反楚滅，千古奇冤竟誰雪？智能覆敵不全身，應羨蕭曹善偷活。漢宮鷕鷕雊雌雉，武士急縛怒嚼齒，不聽通言今已矣。當年市上徒忍耻，不死少年死女子。

演莊十首

山谷有演雅詩，余讀南華，偶有所會，仿其意作演莊。

其一

藐姑射之山，神人實處此。乘雲吸風露，淖約若處子。淡泊靡所營，穀豐物不疵。我來叩元機，粲然啟玉齒。金丹與寶籙，世俗妄言耳。如彼鯤鵬游，水擊三千里。如彼大瓠樽，飄浮江湖裏。無爲棲一枝，么麽工笑詆。

其　二

宋人資章甫，聊以適諸越。棄置復何爲，文身悉斷髮〔七〕。從來有用材，所遇終易詘。木雞健鬬争，腫樹免戕伐。但得逍遥遊，何須物于物。

其　三

莊周夢蝴蝶，覺後蘧然周。周蝶豈伊異，厥端難可求。夢中占夢者，刻意費冥搜。嗒然吾喪我，外物誰能憂。

其　四

方諸高插天，緑水互盤委。中有羽衣人，餐霞鍊精髓。龍耕瑶草青，鶴下芝田紫。不復記春秋，但記椿生死。我願從之遊，乘化入無始。手攬扶桑暾，足踐銀漢水。悠悠八極中，寧用辨我爾。

其　五

庖丁善解牛，所志無不如。方其鼓刀時，目已全牛無。豈惟養生主，治化理不殊。技經肯綮間，豈復憂大軱。誅然易爲解，乃在戒厥初。五帝暨三王，率與是道俱。由來秉鈞者，遊刃非無餘。

其　六

軒轅乘六馭，將適具茨山。失道襄城野，七聖盡停驂。遇彼牧馬童，指塗靡所艱。平生乘日車，六合恣遊盤。爲問治天下，昂然如不聞。去其害馬者，馬乃悉自安。善乎天師言，再拜稽首還。

其　七

秋水以時至，百川灌長河。河伯意欣然，順流揚洪波。望洋忽興歎，自顧安足多。至哉海若言，小大非異科。世人矜得失，夔蚿互相嘉。復如鴟得鼠，向彼鵷鶵誇。悠然濠梁間，此樂誰曾過。

其　八

馬蹄踐霜雪，毛可禦風寒。齕草渴飲水，蓋隨性所安。伯樂忽相遭，撫視發長歎。絡以朱絲纓，嚼以金銜環。花鬃分繡勒，錦膊映雕鞍。豈不駿且麗，拘縶良已艱。人生貴適意，榮利安足貪。吾將求象罔，汗漫遊雲端。

其　九

呂梁壁萬仞，懸瀑數千尺。被髮彼何人，隨波互出没。咄哉痀瘻夫，承蜩獨無失。工垂蓋規矩，物化心不桎。萬有貴神遊，心忘乃能適。如何學射人，臨險自驚惑。去去無足言，室虛會生白。

其十

木以惡自全，雁以喑致戮。材與不材間，何者堪託足。大道一龍蛇，虛舟隨所觸。雕陵蟬鵲儔，利害遞傾覆。曷見負赤徒，悠然以天屬。

秋夕偶成

夜静響易聞，人稀月逾白。微風稍生凉，庭樹驚摵摵。酒懷夙所愴，詩思倏以積。露點落衣滋，蟲吟向秋窄。欲尋塵外友，恨彼園林隔。何處度疏鐘，煩襟偶然釋。

壬戌重九同華半江李蘋圃路直夫劉明揚弟述先放舟過楊氏園林因至菰蒲曲登樓上石臺歸飲襲芳軒作

令節秋色霽，和煦如春時。良朋共招邀，輕舟蕩漣漪。生衣耐葦風，柔櫓驚鳧鷖。適意靡定處，泛泊隨所之。閒園愜幽尋，曲徑緣逶迤。篔簹聳修幹，芙蓉媚清姿。石磴轉欹側，桂林復參差。娱覽興未已，林莇更探奇。高臺一登眺，目縱心神怡。天空孤鳥逝，浦杳千帆移。遥村隱紅葉，寒日下荒陂。迴棹天景暮，水氣凉絲絲。林際素月上，田間煙火微。歸來坐荒齋，剪燭傾尊罍。古人届兹辰，大抵多嗟咨。霜鬢少陵感，異鄉摩詰悲。意愴景自促，詎關物候衰。今我四五人，歡諧盡忘疲。佳會誠厚幸，後遊匪難期。析楊用先唱，尚繼璚瑰詞。

泛舫爲潘禹門賦

泛泛將何去，扁舟著散人。秋連上潮水，月照獨吟身。銀漢非無路，桃源亦有津。好從垂釣處，寄我太空鱗。

漫興

雨草争碧，孤花無意妍。蟲吟天向夕，雁至月當弦。静得養生主，閒尋賦物篇。黄柑新釀熟，小飲復陶然。

月夜

誰將秋水色，浄洗碧雲端。半夜月華白，幽人樓上寒。星河澹欲失，烏鵲影難安。淅瀝看芳樹，盈階露已溥。

秋居雜詠四首

其一

多病逢秋減，身羸興轉清。静聞松釀熟，涼覺紵衣輕。向夕桂花發，半簾新月明。偶來方外客，閒坐説無生。

其二

步出東臯曲，人稀鳥鵲喧。白蘋秋水港，黄葉夕陽村。漁艇繫深樹，樵歌落古原。兹焉心有適，徙倚共誰言。

其三

晚翠添層巘，鱗紋蹙遠波。竹兼風意警，荷得雨聲多。促織轉悽急，玄蟬將奈何。近來饒懶惰，不計歲蹉跎。

其四

詞客來傾酒，高人肯借書。門庭閒宿燕，雨露到園蔬〔八〕。繞徑無須菊，跳波恰有魚。薦飢今歲甚，飽食愧舒徐。

古意

團圞古銅鏡，出自深井底。苔没秋水光，土蝕盤龍理。美人重愛惜，纖手自磨洗。承之白玉臺，覆以雲藍綺。凌晨對理妝，沉歎緑窗裏。不照妾寸心，照妾容色美。色衰心不移，鑑取將誰恃。

無鹽爵

無鹽之爵高七寸，三足兩柱雙螭虯。形模闊狹仿商製，雷紋雲氣周雕鏤。厥初得從廝養卒，荒原寒雨開墳穴。兖城西北馬棧邊，地道逶迤隧宮密。銅牀石几光熊熊，墓門扃閉來陰風。豐碑剥落古篆體，無鹽二字差堪通。同時更得鼎一隻，形奇狀怪無人識。流轉漂淪不可求，爵經幾主今收得。后昔上書箴國王，珈笄褕翟旋輝光。深宮佐政四鄰服，粗醜愈使名聲揚。當日宮中舉此爵，料應雅讌非酣樂。殁時殉葬故物隨，玉魚金碗相輝燿。二千餘載幽宮潛，一旦珍重傳閭閻。珍從賢后不在物，湯盤武劍同尊嚴。貞淫漫道無分别，禮器千秋終不滅。君不見馬嵬羅襪起秋塵，淚墮淋鈴望宮月。

落花詩同家綿莊作 原稿二十四首，今僅存四首〔九〕。

其一

一曲淋鈴怨不禁，香天粉井頓銷沈。深閨向曉憑闌意，詞客中宵擁被心。濃露漸看滋弱草，好風無意戀喬林。可憐後夜如規月，仍把清光照碧陰。

其二

瀟瀟微雨泣胭脂，露葉煙條總不支。可是爭妍偏謝早，何妨禁冷獨開遲。託身合共神仙侶，掃地誰憐玉雪姿。猶有幾多芳意在〔一〇〕，已殘恰似半開時。

其三

幾回欲折轉生憐，誰料飄英在眼前〔一一〕。水佩風襟銷綺夢，酒旗歌板惜塵緣。愁生劍外千山道，恨滿江南四月天〔一二〕。無限芳春難買住〔一三〕，紫榆空散沈郎錢。

其四

枝頭切莫鬭身輕，一墮風塵誤此生。縱是飄香無遠近，可能落地更分明。人間粉黛歸黃土，天上神仙瘞玉京。解爲穠華語幽恨，長塘湖畔有啼鶯。

送袁明府存齋之任江寧二首

其一

桃葉渡頭春水明，清涼山下月華生。使君手板横腰處，緑竹叢中記姓名。

其二

山如眉掃水揉藍，六代遺蹤近可探。消得詩篇供得恨，人生只合住江南。

送儲茗坡李芋圃公車二首

其一

尊前休唱古陽關，此去佳朋共拂鞍。失路未妨偏是我，同寮還願好爲官。白溝霜重聯鑣度，瓊島雲深接袂看。湖海有人頻悵望，苦吟樓上夕風寒。

其二

幾年清夢到神京，惆悵還成送客行。齒壯未甘言薄命，才疏不敢怨司衡。深宵芸省同看月，夜雨蘿窗獨聽更。從此相思寄何許，春花撩亂繞丹城。

甲子仲冬歸自維揚舟抵汜水夜爲河冰所阻次日由陸路抵家作〔一四〕

北風利于刀，斷水水成石。掙摐夜有聲，怒若鬭劍戟。我船脆比卵，敢與石争力。側聞鄰舟號，板折冰已積。長年慘不發，童僕色于悒。停橈向斷岸，沙月照人白。岸頭幾人家，破屋互欹側。時聞野犬吠，静聽譙鼓迫。須臾夜霜重，衾鐵冷逾逼。鄉關百餘里，渺若楚燕隔。輾轉不得眠，荒雞鳴已劇。凌晨趨登岸，風沙莽相射。蹩躠蹇騾瘦，咿軋筍輿窄。兩崖試騁望，寒意更蕭索。枯樹無餘枝，鴉鳥時格磔。層冰如排山，拔起勢屴崱。小者亦玲瓏，嵌空作奇特。家人相慰問，辛苦此行役。生平壯往志，豈以寒暑易。顧念六月中，觸熱向南國。炎燠氣亟行炙。水氣盛鬱蒸，蚊虻恣嚼螫。杪秋困痁瘧，匝月卧牀席。歸來打毾㲪，如鳥鎩六翮。敢蒙垂堂戒，燕屢更，往來心倍惻。將無天公意，勞勩世所歷。艱窘如弗嬰，方寸詎能激。敢蒙垂堂戒，燕衎事家食。感觸良已深，筋力非所惜。舉觴聊自慰，一笑脱冠幘。

哭子六首〔一五〕

乾隆十年八月五日，男升慶殤，生三歲矣。兒生有異質，遽爾夭謝〔一六〕，情之所感，不能自禁，得詩六章，以寫哀悼。

其　一

三年染愛頓成空，月苦霜淒泣桂叢。薄命難招犀角子，牢愁真似白頭翁。倉皇焚玉驚塵劫，端正騎羊愴夢中。石闕銜悲寸腸斷，難將深恨問蒼穹。

其　二

剪水雙眸玉雪清，石麟期汝振家聲。千尋玉樹吹還折，一錯黄金鑄不成。空剩文通悲下壤，可能叔子記前生。幾回誤聽風鈴響，猶似中庭拍手迎。

其　三

似解之無夙性奇，每看卷帙競攜持。子雲空抱玄經慟，陶令難裁責子詩。太上忘情非我輩，讀書真種望佳兒。生光入室何須羨，未得看他上學時。

其　四

抱送無煩吉夢頻，泡漚彈指本非真。充閭慶集團團面，刺骨悲盈孑孑身。出入更誰承笑語，琴書終遺付何人。千秋亭畔闌干淚，地老天荒恨轉新。

其　五

英物人間未易留，綵雲飛盡水東流〔一七〕。清標豈是景升犬，酷愛甘爲孺子牛。聰穎原難到卿相，辛勤猶望繼弓裘。百年方寸無多地，底事堆來萬斛愁。

其　六

變現空花優鉢曇，招魂應衹在慈藍。王珉已分爲生父，庾信何當失長男。長命縷絲身漫繫，通天犀角首虛簪。束柴我亦經旬病，俯仰情懷總不堪。

斷　句

草草赴歸程，迢迢數征驛。一夜風水聲，滿船霜月白。

楊柳詞四首

其　一

一樹柔條萬萬絲，拖煙蘸水影參差。靈和殿裏千花暖，偏受東風著意吹。

其　二

清憐羌管韻憐鶯，不是東風不繫情。記向紅泥亭子見，一枝低亞板橋橫。

其　三

興慶池連太液池，柔絲婀娜拂漣漪。曾經玉手和煙弄，未許行人折一枝。

其四

澹煙疏雨古揚州，鴉自飛鳴水自流。試傍隋宮問消息，殘枝無語只低頭〔一八〕。

秋柳

水紋雲葉共蕭疏，斜傍寒塘恨有餘。鶯語不聞簫響絶，曉風如櫛月如梳。

邗江紅樹

紅葉西山路，從來惱客腸。相逢正秋色，何處不斜陽。雁度曉沈月，猿啼夜有霜。蕭條同鬢髮，空感素絲長。

高沙晚泊

暝色荒村外，孤篷客思侵。涼雲歸別浦，初月澹高林。望火知遥岸，聞歌隔近潯。別家纔幾日，已軫欲歸心。

冬日雜詩四首

其一

辟寒香爇篆煙縈，擁褐依罏懶出行。薄暮鴉鳴風轉勁，開窗雪霽月微明。人間易得離羣恨，歲晚難爲晏坐情。預想春來差自慰，柳溪桃陌聽啼鶯。

其二

疏懶何堪涉世途，天寒一榻守精廬。有名不入貨殖傳，抵死莫修宰相書。經液史腴探討後，酒香茶碧醉醒餘。洞庭波杳湘雲冷，短楫輕蓑信所如。

其三

故人書訊近何爲，稍喜殘冬百事宜。梅院坐看三日雪，松窗閒勘一年詩。未除藥餌防多病，時對楸枰理敗棋。惝怳昔遊渾不妄〔一九〕，幾回清夢到天涯。

其四

磔雞炊黍歲云徂，逝水年光不可呼。劣響怕聽新爆竹，衰顔堪惜舊桃符。射雕紫塞詩身手，摇筆金閨粲玉珠。壯志未除青鬢在，一燈空對北風圖。

秋感

秋士易爲感，非關秋氣悲。月明蟲響夕，風急雁來時。欹枕不成寐，搘頤有所思。自然雙淚落，不待怨笳吹。

早鶯

正月行將盡，芳林喚一聲。柳添眉際翠，花欲樹頭明。羽弱音偏遠，風欹調不成。文窗有思婦，鴛枕夢先驚。

南園探梅二首

其一

東風吹緑古溪津，問訊梅花蠟屐頻。短棹破煙驚宿鳥，小門封雪待遊人。横枝側幹橋亭暗，峭石荒泉面目真。漠漠疏籬巡繞遍，凍苞猶自淺含春。

其二

卧柳欹槐一徑偏，千林初放半梢妍。眼明鶴步閒停處，香動苔痕未掃邊。人與花枝均老態〔二〇〕，春回湖墅又經年。溪頭漸上含霜月〔二一〕，流照歸途蕩夕船。

韓使君位中餉月餅以詩報謝

天圍九重卑者月，體雖近地彌高寒。瓊樓玉宇跡惝怳，誰令肖像供珍餐。江南秋中重餅餌，蘇湖食肆工控摶。鏤冰沃雪小圓鏡，鵝酥細糝輕于紈。貧家辛苦度節候，一飯往往憂心慱。午時角粽歲除酒，與餅一例同艱難。豈如富人矜好事，饋遺但作時新看。使君棄官類擲塊，日持茗碗吟幽蘭。食單時復餉親故，物微自足徵古歡。此餅精良出家製，椒橙内實塗朱丹。鴟夷榼子走贈我，上有緑桂垂團團。清光在握掃羣濁，竟日咀嚼白玉盤。豈同畫指救奇餒〔二二〕，頓覺吻渴生微瀾〔二三〕。長謠鼓腹對澄宇，明星如粟横闌干。

夜夢袁存齋是日存齋書至因作詩寄之

昨夜夢尋君，迢迢渡江水。官舍月微明，握手花陰裏。各言長相思，餘論及文體。覺來雞未鳴，殘燈弄餘蕊。是日南使來〔二四〕，果得書一紙。乃知精神合，魂魄已潛擬。之子抱天懷，咳唾落珠琲。作吏非所難，苦滯百寮底。況是絳霄人，何堪久塵滓。讀書結初願，有田誓歸矣。而我孑然身，百憂浩所委。惟君憐我深，義與殷顔比。别易見面稀，得書時復喜。大江多風濤，舟楫慎所使。嘲啾百鳥羣，乘春競人耳。孤禽獨不鳴，高樹適棲止〔二五〕。感物思遠人，觀時悟生理。庶幾各自愛，黽勉固終始。

憶女順如

嬌癡八歲女，婉孌掌中珠。母病知垂泣，余憐輒挽鬚。學人調粉膩，弄筆事鵶塗。此夜深閨月，還應憶遠無？

感　興

騏驥日千里，不爲飽芻槁。胎禽入樊籠，有翼安可矯。春花方灼灼，秋日已杲杲。白露委紅蘭，清風凋緑草。壯年愁裏過，志士閒中老。誰爲製金丹，長使朱顔好。

桐　花

桐華載月令，古以占天時。結體本孤特，散采復葳蕤。清芬侵曉閣，秀色漾芳池。有鳥得鳳名，五色羽翼披。雙棲向花間，和鳴如簫篪〔二六〕。質奇感亦異，凡禽不敢窺。我欲屏桃李，移栽近前墀。好傍乳蕉紅，映照讀書帷〔二七〕。

桐葉

何樹葉不凋，惟桐先撇屑。心孤易爲感，復此迎涼節。高空鴻響哀，斷砌蛩音切。奄冉下高枝，閒窗助蕭瑟。淒淒金井霜，澹澹銅墀月。殘緑點蒼苔，飄黃委林樾。羈臣十年逐，思婦三秋别。對此意淒其，沈吟向誰説。

吏部石歌

家汧江伯父序云：客有遊鄖陽竹溪者，拾片石歸，上有人，岸巾曳服，坐于敧瓮之側，儼若醉態，因名之曰『吏部石』，蓋取似于畢卓盗飲狀也，因作歌識之。

石色淺碧徑寸圓，上有人影疑酒仙。岸巾側坐古瓮邊，仿佛沈醉口流涎。形雖潦倒意則便，目以畢卓僉曰然。我思古酒人，雖死其神全。在上爲列星，在下爲甘泉。揭來片石豈異是，幻化自足留真詮。嵯峨鄖陽山，竹溪流潺湲。何人艤棹得此石，摩挲絶勝珠與璿。昔人嗜酒不在酒，要以誕慢完其天。署官但可作校尉，製頌直欲通幽元。後來吏部更疏曠，盗飲被執甘拘纏。甕頭傾倒不足顧，擘蟹更誦離騷篇。當時惜少道子筆，狂態好借丹青傳。宛然撫此結遐想，對飲一斗西窗眠。

和家洴江伯父彈指閣老樹爲風雨所拔用少陵枏樹韻〔二八〕

婆娑老樹佛閣前，疏枝蠹葉不記年。曉映明河挂珠斗，夜承墜露棲幽蟬。涼秋七月風雨至，大塊吹噓紛怒氣。拔地還疑鬼神力，掃空已斷雲煙意。憶昔遊人争賞愛，青青密蔭圓如蓋。空餘古砌浄流塵，無復清飈送高籟。老僧禪懷少荆棘，小劫無爲感中臆。欲識根株生滅緣，舉頭華月澄秋色。

秦郵曲五首

其　一

妾家竹橋西，桃花紅二里。妬他雙蛺蝶，飛飛宿煙蕊。

其　二

前臨大河曲，後倚澄湖湄。爲愛湖光好，閒來坐掃眉。

其　三

昨夜月初圓，郎船掠波去。自言今日歸，不向揚州住。

其　四

郎心似荷珠，欲圓翻蕩漾。妾是青桐枝，影定苺苔上。

其　五

水駛夕陽紅，秋船蕩澄緑。唱得竹枝歌，牽牛花畔宿。

自儀真返廣陵作

煙外荒鐘葦際燈，遠山稠疊墨雲騰。孤舟竟夜寒衾擁，急雨斜風過廣陵。

邗上遇彭湘南贈别三首

其　一

客路誰相問，蕭然獨寄居。江空紅葉冷，寺僻夜鐘疏。破屋秋多雨，齋廚飯少蔬。青衫吾有淚，祇爲爾沾裾。

其　二

衣典仍賒酒，囊空更輯詩。世惟工畫肉，君已笑爲犧。月白翔鴻影，霜清采橘枝。衡湘歸去好，拈筆詠江籬。

其　三

淺緑湔裙水，深觴祓禊遊。花飛人惜别，蛩語樹驚秋。范叔寒堪憫，楊朱涕莫收。榮枯知有定，不用賦登樓。

冬日同楊鑑堂陳範存弟述先寬夫集蕁江兄吟暉樓聽卜年上人彈琴作〔二九〕

寒梅澹幽姿，蠟瓮凝新香。兹辰良復佳，清風拂欄堂。禪客饒遠韻，詩流無俗腸。肯爲下士交，結契在羲皇。几席浄纖塵，香鼎燦奇光〔三〇〕。善手撫明徽，音思静以莊。澄魄墮古澗，流雲被崇岡。吾兄軼塵姿，林藪閟珪璋。闢兹求羊徑，六逸紛翱翔。秋水達至理，馬蹄習風霜。阿牛願先驅，敢以下策嘗。咫尺眺園林，榆柳鬱成行。待彼卉木滋，春波庶同航。

校　記

〔一〕起乾隆壬戌　蕺園詩集卷一作「起癸亥」。

〔二〕十三首　蕺園詩集卷一作「十一首」，缺「吾稀管幼安」和「朝遊崑崙巔」兩首。

〔三〕「泉響」二句　蕺園詩集卷一作「聽彼泉聲急，始知生理微」。

〔四〕耿　蕺園詩集卷一作『獨』。

〔五〕蕺園詩集卷一題爲『日月合璧硯歌』。

〔六〕恒　蕺園詩集卷一作『都』。

〔七〕文身悉斷髮　蕺園詩集卷一作『兹邦盡編髮』。

〔八〕到　蕺園詩集卷一作『足』。

〔九〕原稿二十四首，今僅存四首　蕺園詩集卷一作『十二首』，亦存詩十二首，多出八首，分别是：『子規聲裏送韶華』、『陌上休歌緩緩歸』、『纈衣簾外雨潺潺』、『月露千枝影半簾』、『粉黛因緣一夕休』、『一夜天風掃絳巖』、『花時曾記蕩蘭橈』、『前身合是此花身』，詳見本書之蕺園詩集卷一。

〔一〇〕多　蕺園詩集卷一作『分』。

〔一一〕在　蕺園詩集卷一作『落』。

〔一二〕四　蕺園詩集卷一作『三』。

〔一三〕難買　蕺園詩集卷一作『買難』。

〔一四〕本詩爲蕺園詩集卷一所無。

〔一五〕蕺園詩集卷一本詩題爲『傷子詩六首』。

〔一六〕蕺園詩集卷一『遽』字前尚有『何期弱齒』四字。

〔一七〕東　蕺園詩集卷一作『西』。

〔一八〕殘枝　蕺園詩集卷一作『垂楊』。

〔一九〕妄　蕺園詩集卷一作『忘』。

〔二〇〕枝　蕺園詩集卷一作『容』。

〔二一〕溪　蕺園詩集卷一作『枝』。

〔二二〕畫指　蕺園詩集卷一作『指畫』。

〔二三〕吻渴　蕺園詩集卷一作『口吻』。

〔二四〕南　蕺園詩集卷一作『君』。

〔二五〕適　蕺園詩集卷一作『永』。

〔二六〕簫篪　蕺園詩集卷一作『歌吹』。

〔二七〕映照　蕺園詩集卷一作『間映』。

〔二八〕伯父　蕺園詩集卷一作『伯』。

〔二九〕寬夫　蕺園詩集卷一無此二字。蕺園詩集卷一『兄』前尚有一『九』字。

〔三〇〕香　蕺園詩集卷一作『盉』。

勉行堂詩集 卷二

春帆集 起戊辰，盡庚午之二月。

平山堂看梅

東風盡日吹芳陌，新柳絲絲初弄碧。平山堂下試探春，静院飄香梅早折。開先幸少蜂蝶戀，候冷猶遲車馬客。雖臨粉堞傍朱欄，落寞何殊映江驛。紅跗絳萼風骨在，未覺穠姿減高格。常時看梅亦大好，况對殘山緬遺跡。花開花謝昔人非，欲證諸空寫愁劇。煙昏日暝未能去，更待東方蟾彩白。霜華滿地照疏影，十斛塵襟頓消釋。金尊玉管涉嘲轟，卻撫茶甌坐苔席。五年兩度廣陵春，但記存園與今夕。不辭重到塾吾巾，風雨還須蠟唫屐。

存園賞梅〔一〕

種梅多用桃根接，比似夫人隨婢妾。老梅邗上數存園，雪幹生成無假攝。開花散馥倍清異，無垢真仙脱塵劫。繞欄傍檻三十樹，馣馤香中引行屧。淩風卻月總奇致，暢好臨摹歸畫篋。世人但賞香與色，逸態横斜幾經睫。有如千畝翠琅玕，須看風枝和雨葉。成陰結子終自好，未怕吹寒笛初擪。就中點綴頗深邃，桂樹連蜷石稠疊。沉吟恨少十日留，輸卻狂鶯與新蝶。斜陽滿地悵言歸，點點繁英衣袂裛。

漢宮詞五首

其　一

羅袂塵生碧草滋，哀蟬落葉總堪悲。燈光帳影分明見，不似秋衾覆面時。

其　二

黄金不惜買君恩，月色花光幾翻新。卻恐相如多狡獪，更將詞賦售他人。

其　三

悲辭戚里望霾塵，零落紅顔及早春。青塞紫臺甘薄命，畫工休誤後來人。

其　四

海棠風緩怯吹衣，翠羽明璫映錦幃。赤鳳歌闌宮樹晚，一雙新燕拂簾飛。

其五

蟲網蛛絲扇已捐，萋萋緑草上階繁。紫茸帳冷犀簪折，玉露寒時奉寢園。

古別曲

君又出門去，微身何所依。徒將熒熒淚，墮向深深巵。婦人守閨闈，男子持門户。君今慕遠行，中外獨妾主。苦辛誠所甘，期君往如願。關山寒暑多，遊子情應倦。成名宜早歸，勿厭田園客。秋燈月明明，子讀妾夜織〔二〕。

諸杏程饋惠泉水答之以詩〔三〕

神泉誰復窺中泠，惠山乃以第二名。太真俯首愧流品，此論未公吾不平。料量人物貴適用，豈以實美輸虚聲。平生別水如別酒，羔羊遠遜茱萸清。淮水甘肥恨稍濁，下中李蔡煩譏評。近來黄流倒浸灌，浮沙迸礫難爲情。梁溪友人知我意，吳船載贈連缸甖。開緘澄潔映眉宇，想見溜石緣芳蘅。未遑活火薦松本，試以指掬神先瑩。吾子於泉若外府，長物祇此無餘贏。朝饔夕飧不暇給，挑菜浪軟還遐征。鄉泉購致引歸思，鹽豉彷彿誇蓴羹。君不聞衛公驛遞長安城，膏脈一綫遥還縈〔四〕。從來大美集所好，近取不敵遠者營。小窗羅羅風日明，浮甌碧葉花乳輕。終思與子就泉汲，山楹坐聽秋蟬鳴。

新　柳

渲染煙光色未深，垂垂已近碧波潯〔五〕。馬嘶曲巷憐新別，人着輕衫動曉吟。舞向斜筵矜好態，誤他啼鳥出高林。坊西一帶花如綺，誰遣風懷老不禁？

次韻石亭儲丈見贈

江皋晴雪緬前期，握手猶嫌會面遲。破夢茶香聊醒酒，撲簾花氣又催詩。客中心事驚蓬鬢，邗水煙光在柳絲。行卷定知饒旅思，略教吟對遠山眉。

春日登帆影樓題贈在中上人

雕甍矗層雲，修簷礙飛鳥。暖風撲四牖，乘興一登眺。始知天地寬，頓覺河山小。千帆落日明，萬井晴煙繞。一水漾餘清，東逝接銀島。彩蜃現樓臺，紅霞遮嶺嶠。疑有羽衣人，吹笛來縹緲。或恐古蛟龍，怒湧波浩淼。老僧無住心，偶此涉昏曉。指月向秋圓，拈花對春皎。廓然俯大千，高視出塵表。頗聞西方義，夙悟千偈了。得問即真詮，輕出誠小草。願得共幽棲，遐景愜深討。

柳絮

輕於花片軟於緜，綺陌春晴漾曉煙。野店乍縈沽酒旆，香溪還撲釣魚船。緩隨遊子衝雲騎，閒拂騷人落墨箋。點點新萍依緑浦，可知飄泊舊因緣。

夢中作

東風吹碧雲，摇漾作微雨。階前白桃花，開落惜無主。美人一去翠簾空，新月猶懸舊窗户。

新陰十韻

冉冉覆閒門，愔愔帶遠村。藏鶯纖露羽，映水碧添痕。日薄纔能障，墻高漸欲援。雨餘初覺重，風急已成喧。祇益池亭邃，全消蜂蝶繁。低枝堪繫馬，密蔭試移樽。院冷苔隨長，階斜月易昏。暗應連竹圃，濃恐誤桃源。䆉䆃殘芳綴，霏微弱露翻。高樓春望久，葉葉總銷魂。

曲江樓懷舊同儲茗坡作寄李芋圃兼柬路直夫

珠湖湖水涵天碧，獨上高樓思遠客。柳韠柔絲委麴塵，繞堤芳草紛如積。草緑波平似昔年〔六〕，舊遊歷歷在當前。孤懷落寞逢今雨，良友分攜隔斷煙。斷煙樓閣斜陽裏，曾記幽人此棲止。短棹閒尋叩竹扉，蕭湖夜月搴蘭芷。花發紅蘭裊素枝，幾回相見慰相思。芍藥春亭閒命酒，梧桐秋館共題詩。詩籌酒斝韶光度，祇愁鶗鴂催詩暮。無恙蒲帆十幅風，吹人却向秦淮住。秦淮一帶水迢迢，滿目山川憶六朝。桃葉香生看繫艇，緑楊煙冷聽吹簫。簫聲月色頻相訪，旅病逢秋倍惆悵。乍入詞場試八叉，置身還擬從天上。天上人間自此分，幾人争折月中芬。擁衾歸卧淮干雪，並轡遥衝薊北雲。雲開太液晴輝射〔七〕，靈鵲何期依丙舍。尺五迴翔歎故人，枝棲重託湖邊樹。榭冷飄紅倦鳥啼，繞廊覓遍舊時題。花繁遠憶蘭陵驛，樹密還疑罨畫溪。蘭陵罨畫悲離索，問我行藏近何若。垂簾卜易類君平，隱几嘘天肖南郭。獨有傷今感昔遊，每逢佳處不勝愁。錦箋遥付離亭燕，爲寄吹香杜若洲。

送儲茗坡南歸

隔浦初煙漾暖雲，攬衣風絮愴離羣。江南四月清陰滿，芍藥花時獨送君。

六月中浣儲茗坡家蓴江兄過訪同集舍弟述先齋中看紫薇花作

炎官出火蒸肉山，藜牀困卧鍵幽關。忽聞墻西兩佳客，披襟倒屣愁開顔〔八〕。老兄胸次太磊魂，松栝萬本攢煙鬟。談天進士握雕管，有似壯士開黄閒。髯乎自笑頑石頑，阿弟病骨清且孱〔九〕。相看雙落等無用〔一〇〕，芳樽野席頻往還。丰茸紫綬妖且閒，雙株競發照座殷。竹娟荷浄不稱意，春姿乍轉煩幽攀。憶昨殘春始抽葉，繁枝細葉兄爲删〔一一〕。預期花開錯錦綺，到今撲眼紅雲斑。文章小技亦爾爾〔一二〕，要闢蕪雜除榛菅〔一三〕。餘霞滿天織魚纈，落日傍户低銅鐶。階除碧色不可唾〔一四〕，晚風淅淅吹蒲葿。坡公觸境起禪悟，虚白妙句留人寰。無涯物化有涯客，閲人每恨花媥孄。吾儕達生作何計，青林一抹連漁灣。絲綸縱好苦拘縛，一銖不足酬千鍰。爲君長嘯更起舞，仰視素月當空彎。

中秋同人泛舟珠湖作

新霽逢佳節，疏舲且共揚。人皆待明月，我獨戀斜陽。水闊蘆初白，天寒菊有芳。依依幾株柳，暮色似横塘。

雜題周牧山畫八首

其一

灘聲雲影共悠悠，泠葦疏煙不耐秋。無恙月明溪上樹，夕禽棲穩在枝頭。

其二

春申浦上潮初落，楊子津頭雨欲來。擬借片帆風力便，探奇直到越王臺。

其三

五載江南兩度遊〔一五〕，探山臨水意難酬〔一六〕。觀圖忽軫前塵想，古塔寒雲接渡頭。

其四

密林擁秋刹，雨勢來未已。疑有六朝僧，憑欄看煙水。

其五

十斛新螺染斷山，竹枝蕭瑟水雲間。江南到處渾如此，自笑能拚幾日閒。

其六

泠泠七絃聲，摇曳在深竹。不知微雨來，颭破芭蕉緑。

其七

亂鴉聲急雪來初〔一八〕，樹老雲深閉野廬。下若酒香還獨飲，梅花幾點照修書。

其八

疏林清籟響濈濈，九月霜寒落木天。斜陽已没澹煙暝，古渡月明聞扣舷。

詠史

玉樹遺歌恐未新，更翻小部進楓宸。鵝笙夜奏梧宫月，鼉鼓遥驚荻港塵。嚙臂荒君鵑化魄，伏弢雄將血成燐。雙蛾愁絶氈車去，下策何知出老臣。

江行曉霽

江風送曉寒，雨歇天始朗。稍稍宿霧收，灼灼晨霞上。紅日出海門，波光相滉漭。遠山互盤鬱，樹色雜青蒼。渚遠落沙禽，村虚挂魚網。中流散遥目，嘯詠發孤賞。明日石頭城，垂楊繫煙榜。

金陵飛雲閣

傑閣憑太虛，煙雲恣繚繞。吐納通百靈，歙吸接羣島。想像吹笛人，跨鶴去已杳。何年遺壯構，陵空獨縹緲。如聞天雞唱，萬籟沸松杪。玉繩耿明月，虛白生懷抱。此身亦等閒，寂觀越塵表。白衣與蒼狗，變化徒擾擾。感此笑浮名，一覽八荒小。

飛霞閣

朝霞升於東，茲樓在其西。光影一煥耀，萬象皆陸離。曉日蕩奇彩，夕月揚明輝。餘晶濯華綺，散作千虹蜺。城堞列雄觀，嶺岫迴幽姿。置身霄漢間，丹翠盈秋衣。羽客煉鴻寶，高人結巖棲。願言接盧敖，從此攀天梯。

舟中晚興

夕波有餘清，澹瀲作文綺。初月出前峯，蒼茫深樹裏。遥空斷雁滅，極浦孤煙起。矗矗翠苔磯，驛亭天半倚。舟行圖畫中，倏忽度百里。何日此移家，看山復臨水。

從軍詞四首

其一

六月峨嵋道，牙旗雪壓偏。笳添邊馬勁，月挂漢營圓。曉出馳星檄，宵歸卧錦韉。上公饒將略，計日凱歌旋。

其二

雪嶺經年戍，璇閨二月春。園花空有淚，塞草不曾新。念遠金錢擲，緘愁錦字頻。捐軀休顧返，名字上麒麟。

其三

飲馬河源水，蕭蕭大樹秋。冰穿雲騎甲，血獻月氏頭。玉界千軍入，金城一箭收。戰場霜色冷，燐火向宵流。

其四

鐃吹喧雲棧，悠悠捲旆旌。元戎方耀武，聖主不加兵。擊劍垂貂帳，鳴鞘列柳營。蒲梢天馬隊，來自貳師城。

舟中清明

野風吹雨又清明，緑浪紅亭數客程。澤國煙深惟見柳，淮千春盡不聞鶯。幾行殘雁和雲遠，一片飛花入棹輕。却憶曉窗初睡起，隔墻時過賣餳聲〔一九〕。

和史廣文悟岡懷隱三首

其一

侏儒飽死朔終飢，剩欲安心住翠微。石筍穿雲侵客屨，山花和雨落秋衣。村依雜樹鶯初乳，門對寒塘雁獨飛。三徑漸荒苔草長，連江紅葉一帆歸。

其二

倦飛高鳥尚知還，與世浮沉只等閒。浦裏新荷堪比浄，磯頭危石可鑴頑。多栽榆柳教臨水，盡去窗櫺好對山。五架三間書萬卷，天公乞與未應慳。

其三

慧業從知自懺除，朱塵那得稱閒舒。石華滿地懷仙隱，柿葉迎階寫道書〔二〇〕。巖岫棲遲松檜老，江湖蹤跡鷺鷗如。黄山正似華陽好，箬笠煙篷計未疏。

同家湃江伯父隨園看芍藥作〔二一〕

東晉菴頭初日旭，村村流水緣塍緑。偶隨杖屨出晴臯，紅藥園林散幽矚。入門一笑花如海，千畝奇芬清露沃。周迴錦砌有萬叢，掩映雕欄凡幾曲。園丁向我語殷勤，花信猶遲來苦促。那知妙境在初開，不待十分看已足。昔年頗聞花最盛，大者如盤堆火玉。揭來此地冶遊人，寶馬香車相繹屬。銀燈四照按笙歌，金碗連揮醉醽醁。争濃鬭艷列紅裙，月鬢風鬟競妝束。廿年往跡漸凋零，一種清凉替繁縟。清言緒論坐花底〔二二〕，縱覺寂寥差免俗。豐臺異種近無多〔二三〕，廣陵盛事難重續。祇今勝跡付淮干，回首滄桑少成局。狂香浩態知幾時，雨夕風晨又争斸。急須配食牡丹王，遍采芳名歸譜録。

黄葉二首

其一

打魚灣接葦村偏，幾樹蕭森脱冶妍。去棹孤行寒雨裏，離人相對夕燈前。月明古巷聞殘杵，風過荒城咽斷蟬〔二四〕。寂寂蒼苔清露重，白頭吟罷益悽然。

其二

半欲飄零半著柯，斷橋影裏石坡陁。已分野色鄰深竹，不遣餘愁向敗荷。收盡涼煙殘日隱，映來荒刹暮雲多。西陂流水成蕭瑟，又見飛鴉作陣過。

寄家緜莊先生四首〔二五〕

其一

太虚本無象，道心得其微。列聖有真傳，大易示其機。子雲本妄人，談玄良已非。遥遥二千年，聖籍掩明輝。蹈虚涉偏畸，術數徒卑卑。端居求自理〔二六〕，愴怳令心悲。

其二

心悲何由蠲，江介有君子。水木共根源〔二七〕，鍾質獨奇美。讀盡窮萬卷，倚馬成七紙。註易向幽窗，廓清功最偉。靈虵珠已投，匣劍光初起。雒誦幾留連，積思消填委〔二八〕。

其三

積思鬱沈沈，新涼素秋節。荷衣散遠香，蟲響逾哀切〔二九〕。伊人棹扁舟，尋訪來幽室。高論溯黄虞，清言及詩律。中情澹以紆〔三〇〕，復此輕離别。寂寂坐相思，空庭桂花發。

其　四

花發暮江頭，清風送客舟。解纜迎新月，擊楫過中流。離懷方繾綣，篇翰復綢繆。愧無古人風，瓊玖勞相投。願言保珪璋，珍譽垂千秋。隨時愛景光，此外亦何憂。

懷人詩十八首

其　一

江霧忽披霽，嶄然見高峯。山鳥寂不鳴〔三一〕，鳳凰在孤桐。緜莊抱素節，文學超吾宗。步規趨則矩〔三二〕，氣象何雍容〔三三〕。讀書探理窟，著易參天工。下代百氏言〔三四〕，精究靡不通。惜哉不一遇，將以名山終。碧月隱孤雲，空谷菲蘭叢。誰爲貢玉堂，絶勝楚兩龔。

族祖廷祚，字啟生，號緜莊。

其　二

堇圃博羣書，三禮更精討。河東第已高，太白名豈小。狂論太匆匆，白衣返林表。西湖煙水深，一棹恣縈繞。招鶴緑雲秋，尋僧紅葉曉。棋搳春墅輸，飲愛老兵好。靈鷲立三山，下視皆凡鳥。仁和杭世駿，字大宗，號堇圃。

其　三

華陽古洞天，紅泉映碧樹。芝草有時芳，白鹿來何處。中有悟岡仙，蒼蒼隱煙霧。來遊塵世間，釋褐遵王路。淮水坐清氊，蕭齋製貧賦。繡佛且逃禪，攝生常茹素。定後月銷華，吟餘竹垂露。長懷故山秋，猿鶴怨遲暮。一笑徑拂衣，梅花落無數。金壇史震林，字公度，號悟岡。

其　四

麟經傳大義，璀璨如日華。後儒昏不知，聚訟同鳴蛙。偉哉左畬翁，白首窮搜爬。董子不窺園，伏生老無牙。此老今碩果，身影無欹斜。以茲視古人，風尚何以加。廓然雲翳清，灼灼舒晴霞。一編走四極，功績靡津涯。衣垢懶濯澣，但頌酒德嘉。兩目雖短視，青燈塗嫩鴉。出門不識路，歸途忘其家。後生笑腐儒，末俗堪咨嗟。豈以太古音，儷彼箏笛琶。無錫顧棟高，字震滄，一字左畬。

其　五

一觴詩百篇，倚馬萬言就。菉汀昆陵雄，著作等身富。擊楫度空江，悵然望雲岫。得句夕暉斜，懷人羣木秀。瑶草不徒芳，鸞鷟豈輕覯。陽湖胡僩，字憬侯，一字菉汀。

其　六

江南有丹樹，迎暖振芳榮。移栽苦寒地，灼灼仍舒英。鍾君浙東人，長養自北平。師事望谿氏，動止秉禮經。一旦執親喪，泣血幾隕生。朝夕奠且哭，雞骨自支撑。此禮今不講，此君饒至情。烏從冠上棲，燈向墓間明。即此足千古，餘藝何煩評。北平鍾晼，字勵暇，號集虛。

其七

浩亭抱高清〔三五〕，亭亭秋月映。沈腰衣帶寬，潘鬢霜華凝。研精文選理，綺麗發幽靚。掩卷吟四愁，揮毫成七命。鳴琴銷篆煙，彈棋照燈檠。倦眼送殘花，傷春獨成病。山陽邱謹，字庸謹，一字浩亭。

其八

一諾重丘山，爲友輒輕死。俠骨纏心腸，吾欽魏公子。不師貨殖傳，而愛草木史。黃金來滿前，側目非所喜。僮僕請揮斥，一散旋空矣。時時發長嘯，落日千山紫。驚起隔江鷗，拍拍墮煙水。廣昌魏允迪，字懋堂。

其九

緜莊有難弟，南耕實淹貫。植學本六經，摛文追兩漢。既精河渠書，而擅豎亥算。兵農及刑名，指畫可立辨。堪充棟梁具〔三六〕，豈作耳目翫。蹉跎芙蓉幕，青鬢日彫換。珠光隱塵沙，琴材受炊爨。渺渺大江秋，矯首發三歎。族祖嗣章，號南耕。

其十

孟亭古之狂，酒酣工駡詈。既擅步兵才，而挾灌夫氣。山公習池歸，拍手笑童稺。曹參尚無爲，齊國乃大治。林泉愜古歡〔三七〕，詩筆騁雄麗。衰柳白門秋，沈吟何處醉。白田王箴輿，字孟亭。

其十一

凡民髯絶倫，幽意肖蘭竹。佳懷罄朋友，善氣迎童僕。作令難理煩，雅足鎮風俗。嗜古具深心，鑑别眼如燭。大篆垂虬珠，小篆披華玉。丹砂小印紅，土暈銅匜緑。圖譜繼宣和，評跋仿坡谷。閒師輞川筆，慘澹縈尺幅。鳴禽在幽篁，空山多古木。會得化工心，蕭然抱幽獨。江陰沈鳳，字凡民。

其十二

錫山盛名流，景范近爲最。藕漁及蒼峴，各各騁才思。後來顧左畬，經學堪接袂。晚出誰更優，師道信奇器。俯觀江漢闊，仰視星辰大。卷起萬頃波，向人資灌溉〔三八〕。駸駸類書淫，耿耿忘夜寐。吾聞食雞者，多食蹠爲快。斯人吾所欽〔三九〕，林壑期把臂。無錫華玉淳，字師道。

其十三

鑑堂野鶴姿，氍毹不輕舞。白眼觀天下〔四〇〕，短笻尋道侶。心遊祇檀域，身作湖山主。冉冉南天雲，飄蕩來袁浦。解帶量長松，墊巾逢薄雨。瘦馬過桃溪，芳船度煙溆。指點静中因，林端新月吐。山陰楊策，字鑑堂。

其十四

八十納姬侍〔四一〕，飲谷真情癡。白蘋吹暮雨，紅豆發新枝。幾卷小名録，數行離思詩。繁花深幕隱，鳳管夜船吹。黄梅折欄邊，玉臺遺所知。清宵搔白首，怨煞汝南雞。常熟趙虹，字飲谷。

其十五

淮陰吴山夫，篤學攻爾雅。蟲魚誌名類，亥豕辨真假。秋風動棘闈，襆被棲白下。一卷少陵詩，盡日手中把。萬事不關心，兀坐梅根冶。帖括日紛紛，那得如斯者。山陽吴玉搢，字山夫。

其十六

寒花無冶姿，貧士無歡顔。嗟嗟吴敏軒，裋褐不得完。家世盛華纓，落魄中南遷。偶遊淮海間，設帳依空園。颼颼窗紙響，槭槭庭樹喧。山鬼忽調笑，野狐來説禪。心驚不得寐，歸去澄江邊。白門三日雨，竈冷囊無錢。逝將乞食去，亦且賃舂焉。外史紀儒林，刻畫何工妍。吾爲斯人悲，竟以稗説傳。全椒吴敬梓，字敏軒。

其十七

四海習鑿齒，白民天下重。送窮製新文，迎臘倒甕甕。借書輒手抄，掩户仍雒誦。曾誇射鵰手，揚葉何難中。朔騎夕笳催，江帆涼雨送。徘徊芳春林，宛轉聽禽哢。山陽周振采，字白民〔四二〕。

其十八

吟暉信天民，青霞鬱奇思。纏緜寓閨房，感激託文字。黄葉遍長安，頻看促歸騎。孰云天下名，將老困騏驥。生平朋友心，落日園林意。痛哭向秋風，斯人尚窮滯。族兄茂，字蓴江，别號吟暉。

酬袁存齋四首

其一

江介多清風，滃然白雲起。芙蓉一片秋，直渡澄江水。江水接淮水，悠悠千里長。所思在天末，一夕在我旁。庭花爲君開，庭草爲君翠。纏緜贈我詩，愴惻别我意。别我去江干，江頭多曉寒。離情何可道，黃葉滿前山。

其　二

醴泉比孝子，養道無不周。人生得事親，此外亦何求。賢者愛惜日，一喜還一憂。肯使百年内，獨爲我春秋。君方及壯齡，二親俱白頭。毅然謝長官，解組歸林丘。上堂問寒燠，入廚視珍羞。父母既欣欣，室家無怨尤。羨君有此福，我淚空交流。

其　三

朝見雲出岫，暮見雲歸山。如何歸雲少，不似出雲繁。美人如春花，浥露開芳顔。忽爲孤松姿，聳翠幽巖間。野石無卑姿，野水無驚瀾。共君酌野酒，視彼倦鳥還。

其　四

淵明卧柴桑，高韻得神理。蘇州静焚香，詩骨清無比。由來作詩人，貴在脱塵滓。聞君有名園，乃在荒山裏。因山高下勢，結構最幽美。竹樓間草亭，樹老石齒齒。庭前種蘭竹，屋後栽桃李。終日坐其中，據梧時隱几。客去不關門，客來不倒屣。春禽鳴一聲，晴花弄餘蕊。明月入秋池，涼雲化爲水。我吟隨園詩，意象正如此。

送舍弟述先之廣陵

河橋一攜手，碧柳未成絲。春水方生夜，孤帆獨去時。岸荒人語少，雨急雁飛遲。亦識前期近，其如愴別離。

校記

〔一〕本詩蕺園詩集卷二無。
〔二〕夜　蕺園詩集卷二作「緯」。
〔三〕答之以詩　蕺園詩集卷二作「以詩答」。
〔四〕還　蕺園詩集卷二作「環」。
〔五〕波　蕺園詩集卷二作「溪」。
〔六〕平　蕺園詩集卷二作「明」。
〔七〕晴　蕺園詩集卷二作「光」。
〔八〕愁開　蕺園詩集卷二作「開愁」。
〔九〕阿弟　蕺園詩集卷二作「卯君」。
〔一〇〕雙　蕺園詩集卷二作「濩」。
〔一一〕葉　蕺園詩集卷二作「榦」。

〔一二〕小技　蕺園詩集卷二作「技藝」。

〔一三〕雜　蕺園詩集卷二作「穢」。

〔一四〕碧　蕺園詩集卷二作「翠」。

〔一五〕遊　蕺園詩集卷二作「行」。

〔一六〕酬　蕺園詩集卷二作「勝」。

〔一七〕接渡頭　蕺園詩集卷二作「似秣陵」。

〔一八〕鴉　蕺園詩集卷二作「雅」。

〔一九〕過　蕺園詩集卷二作「聽」。

〔二〇〕迎　蕺園詩集卷二作「盈」。

〔二一〕伯父隨園　蕺園詩集卷二作「伯誰園」。

〔二二〕底　蕺園詩集卷二作「間」。

〔二三〕異　蕺園詩集卷二作「奇」。

〔二四〕荒　蕺園詩集卷二作「秋」。

〔二五〕四首　蕺園詩集卷二作「七首」，多出三首，分别爲：「歡欣生感慨」、「斯民亦烝烝」、「搔首而踟躕」，詳見本書之蕺園詩集卷二。

〔二六〕自　蕺園詩集卷二作「至」。

〔二七〕水木　蕺園詩集卷二作「木水」。

〔二八〕積思消填委　蕺園詩集卷二作「欣悟曷能已」。
〔二九〕逾　蕺園詩集卷二作「何」。
〔三〇〕紆　蕺園詩集卷二作「紆」。
〔三一〕山　蕺園詩集卷二作「衆」。
〔三二〕則　蕺園詩集卷二作「中」。
〔三三〕雍　蕺園詩集卷二作「從」。
〔三四〕代　蕺園詩集卷二作「逮」。
〔三五〕清　蕺園詩集卷二作「情」。
〔三六〕棟梁　蕺園詩集卷二作「梁棟」。
〔三七〕愜　蕺園詩集卷二作「得」。
〔三八〕資　蕺園詩集卷二作「恣」。
〔三九〕欽　蕺園詩集卷二作「歡」。
〔四〇〕觀天下　蕺園詩集卷二作「看世人」。
〔四一〕納姬侍　蕺園詩集卷二作「尚納妾」。
〔四二〕白民　蕺園詩集卷二作「伯民」。

勉行堂詩集卷三

索米集 起庚午三月，盡一年。

將赴京兆試同人相餞晚甘園留别 原八首，今僅存二首〔一〕。

其　一

緑暗郊原草色齊〔二〕，荒涼曉曲唱黄雞。藏名漫擬隨龍尾，學道何曾悟馬蹄。良友情懷春水闊，旅人襟抱夕陽低。也知骨相無多福，未必鈞天聽易迷。

其　二

久師蒙叟貴無名，忽漫勞薪事遠行。似擲梟盧隨博簺〔三〕，試拈花草鬬輸赢。清宵皓月思儔侶，涼雨孤舟憶弟兄。莫道歸來情味減，團圞依舊擁書城。

馬陵道懷古

馬陵月黑山無路，火照白書看大樹。伏騎争馳萬弩開，昔日龐涓死此處。豎子成名一代雄，減竈七萬垂奇功。誰言捭闔效鬼谷，十三篇本傳家風。當年共學交何篤，臏也雖賢涓也毒。遠召旋將黥刖施，智不如葵難衛足。忽逢齊使竊載歸，上中下駟參兵機。輜車坐計勝已決，强齊乃藉刑餘威。君不見，張陳刎頸原相倚，解印封王還切齒。假頭已見購常山，怒魄空憐墮泜水。石契蘭交起戰争，古來恩怨繫功名。輸他鷗鷺忘機甚，汀月溪風共主盟。

北　河

北河蒙泒從流沙，天乾水涸沙日積。河面洋洋十丈寬，中可行舟纔數尺。土兵踏水水没脛，插柳編洪分水徑。今日東洪明日西，沙勢遊移本無定。魚貫前進皆糧艘，撑篙努目尻益高。舟膠咫尺不得運，重糧急遣分輕舠。復有民船集如蝟，投隙争先多狡獪。側左須臾陷淺灘，脱衣負船聳肩背。我行感此饒苦辛，釃酒割炙勞舟人。舟人自謂得天意，跂脚安眠待潮至。潮來罨岸打船尾，一日舟行三十里。

寓法源寺偶題四首

其一

朱塵鹿鹿罕停機，古刹千年積翠微。松徑暗縈繁雨響，竹廊清漾一燈輝。漸除綺語唯耽靜，自顧浮蹤已覺非。晚磬曳煙僧院閉，定巢禽影暫相依。

其　二

如如不斷定何因，墜席飄茵笑此身〔四〕。乞食豈妨常住義，叩門原是過來人。月臨午夜清無影，水到澄潭静少塵。始覺昌黎太拘礙，動思收斂著冠巾。

其　三

碑鮮挼抄字眇茫，劫灰飛盡認前唐。千尋樹擁三摩地，一瓣香消百戰場〔五〕。如意珠圓超世界，化人城古閲滄桑。五更驚起眠雲客，殷殷晨鐘撼石牀。

其　四

先皇曾此證三明，萬法歸源錫近名。蓮湧金輪標色相，花涵月殿照虚清。人來竹院思茶味，龍起秋泉聽梵聲。解脱苦空融上諦，勞生何似學無生？

屢遲李坤四雨阻不至

其　一

郭門迢遞望城門，綠樹飄蕭夏雨繁。官舍花明開卷帙，僧齋雲白長蘭蓀。靈蛇入握寧嫌耀，布鼓無聲莫競喧。等是天涯歎流寓，一樽何日與評論？

其　二

秦關百二接岷峨，到處停鞭動遠哦。山闢蠶叢涼葉暗，水生魚網暮煙多。詠懷静夜琴舒韻，惜别秋階月漾波。參佐橋西士龍住，夕陽凝眺意如何？

夏日旅寓遣興二首

其　一

蟬語高槐影漸移，客中況味静中知。通宵屢感蓴鄉夢，蓴江兄北來有期，遲之不至。盡日孤吟寶意詩。山鳥啼殘天曙後，雜花開到露涼時。當場舞袖何堪試，彈指秋風已逼期。

其　二

江南長夏苦炎蒸，六月燕臺氣候平。遠出直教同避暑，深居原不望知名。鄰家柳色過墻碧，佛座香燈照夜清。傳語雁鴻沙莢際，秋來相伴好南征。

夢蓴江兄二首

其　一

吉夢何太短，鄉夢何太頻。今宵夢最好，見我平生親。入門一笑歡，拂拭衣上塵。問君來何遲，試期隔三旬。如何將北轅，轉滯邗江濱。黄金匪所希，散盡翻覺珍。汲汲剖璵璠，茫茫問路人。别君三月餘，鬢髮驚更新。沿途水渺瀰，衆山復嶙峋。人生行旅難，况此垂老身。感慨欲揮淚，雞聲忽催晨。

其　二

瀟瀟雨打窗，燈影照無寐。攲枕念斯人，老尚困一第。長虹飲海波，白月當天際。四海盡交知，而無楊得意。人爲野鶴姿，文乏春花媚。怪底夜光投，按劍輒驚視。松因耐寒蒼，蘭懼當門刈。亡羊且補牢，及此須騁轡。誰云得已遲，姑慰辛勤志。如何歲已秋，目斷人不至。

菉汀由水路南歸賦二首言别

其　一

蕭寺論文我共君，短轅單舸悵輕分。漫誇貫札穿楊手，總屬投戈棄甲軍。近北枝無多日暖，上樓人隔幾重雲。名山自有千秋業，莫遣悠悠俗耳聞。

其　二

先甲先庚歷苦辛，侯門挾瑟竟何人。筆經三折仍嫌鈍，珠每雙遺詎有神。悟到空花俱是幻，拂來短袖幾多塵。劇憐清曉同看鏡，旅鬢蕭騷各染銀。

留别寶意司馬〔六〕

韶春正妍柳煙嚲，曾共淮山泛輕舸。一樽相送去金臺，欲挽君衣無計可。那知轉眼易暄涼，君住幽燕翻送我。人生聚散信難量，吟席歡場巧相左。憶昨停驂古寺中，頻爇旃檀參佛果。移居君亦傍城西，紅豆詞成傾白墮。風晨月夕幸追隨，短律長歌競推揣。感君勖我試秋闈，五合長弓施箭笴。自矜揮日有琱戈，不道横江多鐵鎖。文章自古費評論，身命從知宜坎坷。鹽車絆驥少昂藏，姱女簪花誇婐姬。無梯那得躡雲霄，不蔕何由結瓜蓏。西風古道葉飄黄，樽酒離筵班草坐。君緣薄宦此羈留，揮淚含情言瑣瑣。也知世事等浮漚，只合觀空效摩火。名途一涉累吾真，如雪肌膚生疥𧓍。此身轉運似泥丸，造物從教戲摶播。試從味外别酸鹹，未必胸中著絲顆。君來訪我及初春，屋角寒梅香破朵。行當闢宅置琴書，要使心情長帖妥。低徊檻户翠筠籠，繚繞池臺芳樹裹。

贈别劉太史印于三首〔七〕

其　一

相對寂無語，悵然情共深。草滋舊來路，絃咽離堂琴。自我遊京華，爨材得知音。豈伊杵臼交，結契惟古心。秋燈雨如絲，濁酒時一斟。街鼓月皎皎，梵鐘夜沉沉。謂言此淹留，尺籍期共尋。碧水逝潛鯉，丹峯唳霜禽。蕭蕭木葉飛，黯黯重雲陰。遊子促歸騎，居人多苦吟。弦望合何時，淚下盈衣襟。

其　二

抗志師古初，秘檢搜二酉。未能洞虛明，每恨障蔀斗。君才十倍余，天馬踔騰走。玉清書琳瑯，顧鵠披薤韮。濟濟長安中，俊友接踵肘。自憐屏棄身，難厠羣賢後。褦襶問歸途，以此負良友。篋中贈行詩，璀璨列盉卣。殊難爲别離，差足慰窶藪。讀書各勉旃，奮此著作手。斜陽滿前山，駐馬更搔首。

其　三

是身無根株，蓬轉信來去。相送益悽然，不如從此住。城隅墜寒葉，怨角鳴荒戍。燈火二三人，今宵作孤注。生平幾哀樂，忽忽催烏兔。勿謂余壯齡，鬢絲漸添素。歸慚兒女曹，别殷友朋慕。逝將掩書窗，楚騷釋章句。遥思玉堂寒，念遠成愁賦。潺湲野水聲，蕭瑟離亭樹。山店月微明，是我夢君處。

惆悵詞四首〔八〕

其　一

自照青燈勘楚詞，紅蘭披拂兩三枝。窗前薜荔含秋雨，夢到湘君月下祠。

其　二

雲擁珠樓接漢居，雙眸朗映玉清書。短簷亦有長貧女，貪展青箱倦裹梳。

其　三

十二雲屏障曉風，美人長近翠簾櫳。如何永夜傳瑶瑟，幽意偏嫌錦繡叢。

其　四

凡艷何堪近至尊，布衣綷縩見天人。尹娥滴淚含愁日，妒極都緣賞識真。

旅舍聞歌二首寄陸賓之侍御〔九〕

其一

舊拍新翻欸乃詞，歌喉叵耐木腸兒。不知此曲從誰製，生恐行人忘别離。

其二

故人京闕唱驪歌，又聽琵琶度玉河。檢點衣衫看淚跡，百年禁得幾蹉跎。

還家夢

宵分夢還家，兄弟對我泣。憐我多苦辛，感我尚羈縶。我時但俯首，無語重嗚咽。覺來月昏黄，百感忽交集。憶我北行時，千里負書笈。語别向河干，衣袂淚屢浥。謂言破天飛，翻作入户蟄。生平耽讀書，磨礪費墨汁。豈藉博微名，亦將用自立。經年涉長途，勞苦不暇給。有如辟穀人，中復餐粟粒。長繩安可施，短綆未易汲。要當隱計成，鞭牛荷蓑笠。

三家店

獨雁唳寒水，蕭蕭風滿林。晚煙山店近，清磬梵樓深。狹路愁疲馬，寒天急暮砧。遠歸仍小草，博得二毛侵。

雄縣

世治惟耕鑿，多年失戰場。波騰平野白，日落戍旗黄。七郡憑襟帶，三邊控井疆。暮天清角起，客思正茫茫。

途次讀趙州志漫書三絶句〔一〇〕

其一

愛客寧憐笑躄頭，襟懷原比孟嘗優。祇今烈士披肝膽，有酒何曾奠別州。

其二

脅秦睨柱衝冠日〔一一〕，喻蜀揮毫草檄餘。名士英雄同一例，藺相如後馬相如。

其三

崇臺一去墜朝雲，厮養何知艷冶身。千古蛾眉多少恨，不徒此地嫁才人。

趙北口三絶句

其一

碧水藍雲互抱環，人家住向水雲間。分明小幅江南景，只少堆螺幾尺山。

其二

迴廊一帶鎖秋煙，户外蜻蜓繫小船。曉起梳頭對明鏡，鷺鷥飛近繡簾前。

其三

白足兒郎慣水居，家家垂柳映門疏。十三舞女腰肢軟，盡日憑欄看打魚。

任邱縣得家書聞婦病劇

拭淚驚看一紙書〔一二〕，病妻氣息屬須臾。浮身已逐飛蓬轉，夕鏡將隨片月孤〔一三〕。身外閒思餘故劍，掌中難耀是明珠。余尚未有子嗣〔一四〕。情知萬事渾如夢，好夢何因半晌無〔一五〕。

途中漫成

短驛長亭倦問途，經年疲骫送居諸〔一六〕。客衣漸冷繁霜後，農事將闌小雪初。無恙暮雲歸野岫，多情殘柳拂征輿。書空咄咄成何計，悔不江鄉伴老漁。

堂堂爲友人釋愁作

堂堂復堂堂，青春未老白日長。雜花含煙乳燕舞，遊絲落絮争飛颺。長安少年豪且强，鞲鷹牽犬趨長楊。短衣初試鸜鵒舞，細笛更進邯鄲倡。腐儒躑躅行道旁，履穿裘敝神揚揚。歸來破壁懸空囊，兒啼婦怨廚無糧。鄰翁相勸語激昂，讀書何益治生良。翁言慎矣何足臧，獨不見，相如沽酒典鷫鷞，平津老去牧豕羊。誇人富貴非所望，啟期之樂樂未央，幼安坐卧袛一牀〔一七〕。璵璠韞石豈在剖〔一八〕，琅玕入握終生光。仰天一笑看屋梁，丈夫未死誰能量。吁嗟乎，丈夫未死誰能量！

河間獻王墓

魯昭習威儀，晉臣多繁文〔一九〕。文侯聽雅樂，端冕志已昏。學古良獨難，所貴探其真。偉哉河間王，美粹如瓊珉。六籍昔遘劫，焚燒迨狂秦。羣儒抱遺册，逃竄依荒榛。古篆藏複壁，口傳賴門人。漢武重儒術，下詔求書頻。河間最嗜學，獨溯洙泗津。得書獻之朝，博士共討論。周禮缺冬官，不惜千金珍。古經出淹中，一一爲編陳。考禮訂雅樂，窮流復溯源〔二〇〕。景帝十三王，如王誰比倫。謹度自修飭，終始蒙榮恩。道啟伊洛派，心契顏曾醇。允宜祀闕里，勿論天潢親。西京與東洛，抔土今何存？巋然此墳墓，松柏輝千春。廟貌儼冠劍，祭典昭明禋〔二一〕。古來諸侯王，驕侈爲禍根。胡不蹈芳矩，大雅吾所敦。

偶見

酒鍾歌拍淺深情，性火年來煉作冰。此際好參沾絮果，前生應是打包僧〔二二〕。花明夜塢憐無主〔二三〕，月黑秋林幸有燈。笑指青蓮臺十二，休教清境污摩登〔二四〕。

侯夷門題畫詩十二首余於李芋圃太史齋壁見之歎諷良久瀕行芋圃以侯詩書扇見遺作詩志之

侯生文體如奔驥〔二五〕，掣電崩雲千里逝。錦韉繡鞅不勞施，峻阪層崖豈防墜。發狂使氣氣益雄，埋頭渴飲千觴空。自矜奇節類遠祖，抱關擊柝將無同。昔年共我遊春墅，名士座中多楚楚。放紙寧嫌十丈長，摇筆如風目如炬。就中金玉兼泥沙，旁觀竊笑争譏譁。要其才氣萬人敵，畢生不遇堪咨嗟。殘秋獨上南朝塔，大風摇山黑雲匝。忽然狂笑忽號咷，滚滚江流響相雜。重來淮水颺輕舟，五月尚著青羊裘。題詩哭奠水南老，鬼語荒忽悲咿嚘。

江干作尉怪疾起，一夕酕醄厠中死。清流若輩濁流投，造物憐才竟如此。壁間題畫十二詩，我來京邸偶見之。文從字順尚難解，要當配食樊宗師。翰林李君書法好，每道匆匆不暇草。仰家扇子寫侯詩，送我遠返江南道。斜行密構皆通神，羲耶獻耶恐亂真。豈惟鄭重别余意，君與侯生亦故人。涼風十月迎馬首，把玩循環不離手。流傳他日到何人，寶墨殘詩俱不朽〔二六〕。

早起

雞鳴村店白，僕夫催早起。鈴鐸聲郎當，行人深樹裏。參旗尚横天，月魄欲沉水。小車睡瞢騰，摇摇過數里。憶昨初來時，春餘朱夏始。緑岸維輕舟，花繁草靃靡。及兹孟冬交，卷地北風起。失路鮮餘歡，還家抱深耻。吾觀釀蜜蜂，勞苦爲甘美。藉令無所貪，其可以已矣。蒙莊言可師，陶然悟生理。

開山廟

野廟何年構，如聞祀五丁。風雷生洞壑，帳殿走精靈。屋染松毛翠〔二七〕，崖懸石髮青〔二八〕。未須環玟擲，身世慣飄零。

山行雜詩五首

其一

衆山隨我行，蜿蜒不得住。突然起奇峯，迎面相抵牾。亂禽噪深林，古屋旁荒圃。空翠落濛濛，下與澗泉注。遥看秀嶺雲，疑是隱淪處。剩欲拂征衣，從兹采藥去。

其二

朝陽澹無輝，霜色滿層障。何人畫寒山，于此列屏障。經險逾出奇，妙巧非意匠。長如眠虬龍，圓若布帣帳〔二九〕。森森老㮣栝，肅肅儼儀仗。兩峯各迴環，拱立類揖讓。仄崖響登登，瘦馬踏其上。失足勢欲傾，僕御色沮喪。生平飽艱險，屢挫氣益壯。行將五嶽遊，奇詭究情狀。區區一蟻垤，安用損夷曠。一笑策吟鞭，前谿雜花放。

其三

老楓化爲人，硬土欲成石。苔色艷班班，上有虎行跡。

其四

秋山多白雲，峯勢與雲變。巖岫澹冥濛，磵壑互隱現。有如皴染家，濃淡作素絹。俄驚山無根，雲氣平抹斷。縈紆雲作態，峯路逐雲轉。須臾長風來，雲浄山悉見。偉哉造化工〔三〇〕，頃刻千狀換。慰此行旅艱，極目信忘倦。

其五

密林風颼颼，怪石作人語。樹杪激流泉，迸作樹頭雨。翩翩啄田禽，一一向空舉。老鶴羽離披，特立不肯舞。山巔壞祠廟，攲側搆廊廡〔三一〕。神像剥泥金，鬼面色如土。帳中嘯訓狐，階下拱禮鼠〔三二〕。傳爲降疫神，香火近無主。人生斯世間，力可造化補。生當澤蒼生，没乃享鼎俎。此神本無功，淫祀偶叨取。歲時走村翁，伏臘喧社鼓。德凉勢易衰，卒乃遭棄侮。悠悠邪正分，厥理粲可睹。

蒙陰道中爲吴德嶷題戴笠圖

男兒讀書如力田，深耕密溉終有年。金龜赤雀不足羨，要使萬物歸陶甄。功成長揖謝簪組，五湖一碧浮秋船。無爲老死兒女側，有似籠禽長戢翼。出門漫作百里行，惘惘偏多可憐色。羨君吐氣如長虹，詩骨爽秀中藏鋒。知章醉客慣解佩，方山使酒能彎弓。生向邗江長齊魯，渭水灤京頻弔古。閒騎款段過嵩陽，更駕舸艚望天姥。傳來戴笠一幅圖，約略日午趨長途。頗疑飯顆老杜甫，胡乃意暇形神腴。誅茅擬向盤山隱〔三三〕，二頃秫田冬作醖。已參幻相眺雲煙，更悟浮生觀菌槿。我聞盤山山勢最瑰異，上有名藍七十二。風過松杉雪墮翎〔三四〕，月穿橡栗猿舒臂。幽人結廬山之巔，雜花珍鳥紛眼前。懸知此笠不須戴，科頭箕踞山間眠。我遊京洛緇塵重，歸向秋窗仍洛誦。讀書萬卷未成名，儒服儒冠等無用。何日攜笻訪君去，樹密雲深不知處。

郯城縣南二十餘里樹色紅黄村落掩映愛其野趣以詩紀之

化工似惜秋容瘁〔三五〕，作意晴原出奇致。平林一抹鎖蒼煙，高下紅黄間青翠。村農編屋依古畦，屋勢與樹爲高低。君遷平仲挂簷瓦〔三六〕，水面拍拍飛鳧鷖。細如鍼芒麥初吐，鞭牛砙砙耕斷土。聞道西村被水災，此地不煩官長撫。遥山曲曲眉黛横，似濃似淡最有情。吳頭楚尾憶此景，那知異境逢郯城。安得畫師如董米，摹寫空濛歸筆底。蕭齋素壁愜卧遊，十斛塵襟借磨洗。回首桃林落葉殘，亂禽飛處夕風寒。他年春暮重來此，百里澄霞駐馬看。

夢商寶意劉印于兩太史〔三七〕

行盡東蒙沂水濱，鄉關雲樹漸相親。如何一枕郵亭夢，偏向春明對故人。

入江南界

巒光溪色幾尋探，百六郵亭未歇驂。老馬行藏今頗似，征鴻心事我全諳。瘖痂可嗜寧非癖，蘗實閒嘗自覺甘。芳草未闌霜信緩，絲絲倦柳是江南。

抵淮陰界

乍入淮陰界，長堤拖遠汀。水鄉晴亦雨，魚市晚多腥。老屋知堪補，勞薪幸暫寧。家人怪相問，衫是舊時青。

悼亡三首

其一

揮淚房中惜別頻，入門驚見繐帷新。故衫在笥猶沾粉，嬌女扶牀最感人。鐺裏藥殘三載病，梁間燕去一番春。漆園作達吾差解，只恨歸期緩一旬。

其二

營奠營齋五七期，病中聞道悵歸遲。真成薄倖難辭咎，縱悟前因豈釋悲。蛩語正當無寐夜，烏棲偏近最單枝。九泉玉雪兒應在，定拊懷中一解頤。

其　三

宛轉殘釵綴鳳皇，七晨難覓反生香。經年鎑餉依彭澤，幾日清齋傍太常。此後更誰諳食性，瀕行猶爲理衣箱。那堪毰毸歸來候，落葉繁霜賦悼亡。

題橘社寄書圖

洞庭秋老斜陽紫，橘葉離離映汀芷。傳書誰叩樹三聲，聚窟鼉鼊盡驚起。當年遺女歸涇陽，胭脂淚滴湖水長。謂言歡愛保百世，安知困辱令驅羊。延客看書悲憤集，錢塘一怒波濤立。青天欻爍走崩雷，六十萬人頭戢戢。紅煙融曳乾霧霏，芙蓉旗綽貴主歸。明珠翠羽獻上客〔三八〕，星燈舞戟交光輝。畫師冥想心精契，初爲幽憂後激厲。風鬟霧鬢太蕭騷，犀甲鯨牙殊猛鋭。想像空郊遇客時，雨工懶惰費鞭笞。蒼茫故國難傳恨，寂寞愁顔倦展眉。從來袛席滋憂患，菅蒯姬姜卒成亂。幽婚還伴柳郎歸，遺廟年年祀江岸。吾聞春秋左氏記龍鬭，于野玄黄垂易繇。此事微茫史莫稽，新圖舊傳憑虚構。蠻觸紛争竟若何，珠宫貝闕有消磨。君山一點無情碧，卷起吳綃夢楚波。

消寒五詠

木　瓜

譜稱鐵脚梨，爾雅釋曰楙。柯揚朝曦輝，地結靈根秀。曝種記宣城，朱沙暈紅皺。摩挱越筒布，光色潤逾溜。雖非彼美貽，幸免苞苴詬。盛將定窑磁〔三九〕，氣味絶飣餖。重簾隔冰雪，曉起動微嗅。卻笑相公諛，酸香出懷袖。

蠟　梅

黄梅略似梅，聳榦惜太勁。冉冉動孤香，幸未失本性。更名記坡谷，態冷心逾正。堪招鳳子魂，合伴維摩病。墻西日光薄，弄影雀喧競。一枝插膽銅，夜永新冰凝。與花澹相忘，暗窗規月瑩。

水　仙

朝來卻月盆，忽睹瀟湘姿。園公善點綴，徑尺含遠規。白石嵌瓌瓏，高下紛參差。安知九畹芬，遺魄方在兹。呼梅合作兄，厥弟殊難爲。悄悄結疏夢，翠佩如我貽。卻尋清冷傳，恍惚懷馮夷。

冬菜

吾儕冰雪腸，羶腥非所喜。朵頤觀作凶，酒食困堪耻。忽欣剌齒肥，而匪肉食鄙。堆盤鬱青葱，霜色上筵几〔四〇〕。生平惡齏韭，正味不爾爾。淡泊留餘甘，久乃得厥旨。雖非鼎鼐才，用以飭簠簋。吁嗟千里蓴，尚藉鹽豉美。終當栽百本，牽機汲流水。詎肯不窺園，刻苦肖董子。

酒孃

鄙性不善飲，一盞還酕醄。頗宜魯酒薄，不羨中山醪。偶爲卒歲謀，迎蠟篘新糟。糯秔白如雪，蘗麴微蒸敲。兼旬作芳馨，元箸殊超超。味在濁清間，其色浮銀濤。未可中聖賢，錫名何冶嬌。氣懍過初九，肌粟寒生毛。淺酌坐深閣，入口粘餳膠。陽和迴脚底，愁緒除根苗。孰貽濡首譏，厥德吾將褒。但恐有醒時，塵事繪相撓。

韓幹神駿圖

兀如山立如風旋，力躡電影馳其前。高巔雙璧夾兩顴，長鳴思騁仰視天。非花非駁非連錢，沃雪遍體銀絲纏。奚官脱帽衣袒偏，志不在馬耽清泉。怒塵一洗毛鬣鮮，耀日不復煩鞍韉。涉水水底蒸雲煙，蹄間錯落流珠濺。道人注目意静便，相賞逸格通高禪。胡奴韝鷹捉老拳，攫身擇肉思秋田。矯矯玄度跂脚眠，桐花下墜清露姸。奇姿絶態咫咫傳〔四一〕，筆無瑕痕墨彩圓。目以韓幹然不然，先生曹霸差齊肩。肉不露骨骨益堅，一藝所到參幽元。殘縑寸斷神則全，渥洼精氣連星躔。支公不作誰爲憐，駕轅服皂紛闐闐。千金市此勿舍旃，丹青未必留空筌。

校　記

〔一〕今僅存二首　蕺園詩集卷三作「存二」。
〔二〕緑暗郊原草色齊　蕺園詩集卷三作「濫廁吹竽偶向齊」。
〔三〕似擲　蕺園詩集卷三作「直似」。
〔四〕墜席飄茵　蕺園詩集卷三作「參透前身」。
〔五〕瓣　蕺園詩集卷三作「炷」。
〔六〕本詩爲蕺園詩集卷三所無。
〔七〕本詩爲蕺園詩集卷三所無。
〔八〕四首　蕺園詩集卷三作「五首」，多出一首，爲「入世風懷出世裝」，詳見本書之蕺園詩集卷三。
〔九〕本詩爲蕺園詩集卷三所無。
〔一〇〕蕺園詩集卷三本詩題爲「趙州懷古三絶句」。
〔一一〕日　蕺園詩集卷三作「際」。

〔一二〕拭　蕺園詩集卷三作「隨」。

〔一三〕「浮身」兩句　蕺園詩集卷三作「劉賁已感雲霄墜，潘岳將愁簟枕孤」。

〔一四〕子嗣　蕺園詩集卷三作「子」。

〔一五〕半　蕺園詩集卷三作「一」。

〔一六〕骫　蕺園詩集卷三作「觝」。

〔一七〕「相如」五句　蕺園詩集卷三作「買臣五十歸故鄉，腰下金印懸煌煌。相如沽酒典鷫鷞，一朝詞賦獻未央」。

〔一八〕在　蕺園詩集卷三作「患」。

〔一九〕多　蕺園詩集卷三作「譏」。

〔二〇〕溯　蕺園詩集卷三作「探」。

〔二一〕明　蕺園詩集卷三作「嘗」。

〔二二〕生　蕺園詩集卷三作「身」。

〔二三〕夜　蕺園詩集卷三作「野」。

〔二四〕境　蕺園詩集卷三作「鏡」。

〔二五〕文體　蕺園詩集卷三作「使筆」。

〔二六〕寶墨殘詩　蕺園詩集卷三作「名墨遺詩」。

〔二七〕屋染松毛翠　蕺園詩集卷三作「老屋虬松踞」。

〔二八〕崖懸　蕺園詩集卷三作「陰崖」。

〔二九〕蠻　蕺園詩集卷三作『蓋』。

〔三〇〕工　蕺園詩集卷三作『功』。

〔三一〕搆　蕺園詩集卷三作『失』。

〔三二〕拱禮鼠　蕺園詩集卷三作『竄石鼠』。

〔三三〕誅茅　蕺園詩集卷三作『君今』。

〔三四〕雪　蕺園詩集卷三作『鶴』。

〔三五〕似惜　蕺園詩集卷三作『不許』。

〔三六〕君還平仲挂　蕺園詩集卷三作『黄團碧皺曬』。

〔三七〕本詩爲蕺園詩集卷三所無。

〔三八〕獻上　蕺園詩集卷三作『競酬』。

〔三九〕窑　蕺園詩集卷三作『花』。

〔四〇〕色　蕺園詩集卷三作『意』。

〔四一〕尺咫　蕺園詩集卷三作『咫尺』。

勉行堂詩集 卷四

刻楮集 辛未

春日過外舅宅見素心蘭盛開感賦二首

其 一

謝氏門庭九畹珍，驚心還認隔年春。休誇共蔕連枝事，絶似含悽抱怨人。夢冷本無繁艷競〔一〕，芳幽曾許雪霜鄰。一枝零落湘波杳，重到花前是後塵。

其 二

楚客經年詠澧蘭，就中偏有出羣觀。情深恰與幽憂並，品貴從知護植難。空谷荒煙歸弱草，一天絲雨傍疏欄。模糊粉本誰收拾，欲賦招魂淚已瀾。

平山堂

昔遊平山堂，春早水初渌。老梅六七株，澹艷送微馥。愛兹野趣深，幽賞未云足。安知歲六更，種花遍巖谷。紛披月滿枝，璀璨雪迷目。香氣浩不收，擁鼻轉嫌觸。是日禁煙餘，新晴引遐躅。歷歷隔江山，幾葉修眉蹙。側聞翠華臨，題詩散珠玉。大哉太平年，羣芳表玉燭。遂令剩山川，一洗舊寒縮。鯫生亦何幸，異境恣往復。置身花海中，意外前蹤續。得句無人知，新鶯出喬木。

觀音閣

蓮花湧千層，縹緲結楹柱。臺侵碧漢高，簷礙飛鳥翥。便娟翠篠净，䨴䨺緑雲度。清磬澹孤煙，天香不知處。廣陵盛繁華，浩劫經已屢。紫泉失故宫，板渚列新墓。此地舊迷藏，崇樓出朱霧。珠玉委泥沙，笙歌廢朝暮。何來象教力，沛若甘雨澍。澹然冰雪天，浣彼胭脂汙〔二〕。方知大慈净〔三〕，光明徹熒誤。落日隱雷塘，言尋下山路。

法海寺

人天無定居，變現等遊戲。誰歟慕紺宇〔四〕，構此臺閣麗。盤回石磴紆，迤邐朱欄蔽。初日蕩高空，諸天在金翠。茫茫大千界，擾擾薪爭熾。性海不揚波，浮杯有輕濟。回思京國遊，蕭寺閒棲憩。佛火夜燈明，齋鐘曉搖曳。前蹤已磨滅，復此探元秘。南北豈殊途，去來無兩義。終當證六因，稽首依初地。踞石撫孤松，翩然飛鳥逝。

雜憶詩四首

其　一

小住江南古石頭，千絲垂柳一汀秋。伯勞飛去蓮衣冷，盡日無言獨倚樓。

其　二

金屋傳來態轉嬌〔五〕，五銖衣薄怯寒宵〔六〕。若教桂殿無新寵，那得長門覺夜遥。

其　三

柘館瓊宫愛未休，依然團扇感新秋。江天一碧鷗波遠，雉婦漁師總白頭。

其　四

卻聘寧論十斛珠，白桃花下絳羅襦。休教越網輕收得，掃卻雙眉便掃吳。

題晚甘園二首

其　一

編茆松桂裏，蕭寂面城居。急雨聞催棹，涼煙看打魚。草香人去後，林澹月來初。心事隨鷗鷺，無煩獻子虛。

其　二

早梅憶初白，忽復仰新槐。籜嫩侵吟屧，花繁入酒杯。堤邊空翠合，水際夕煙開。樹色濛濛暗，鐘聲何處來。

養蠶行

柳花未飛桑葉小，家家養蠶春起早。開箱展紙見星星，先祭蠶娘私語禱。願蠶八織絲生光，蒼蠅不害鼠不傷。日中頻曬畏風起，取暖更向懷中藏。伏如虎趺啄如馬，一眠再眠天氣冶。侵晨不敢對梳頭，自移菱鏡迴簷下。颼颼屋壁風雨鳴，頭蠶浴罷絲欲成。室中有喜不舉慶，怕人來往鼉神驚。冷盆棋布霜盈盎，拍拍飛蛾翅争飈。熟絲滿架待開機，先請長官出新様。

屋舟主人邀看牡丹四首

其　一

晚甘花事幾憑欄，又訪名園犯曉寒。薄雨輕陰如有意，護花留待客來看。

其　二

晚香新翠一重重，半倚雕欄半倚風。最好夜深清露下，月痕微抹酒痕紅。

其　三

夭桃粉杏芳菲後，錦幄酣嬌見幾枝。漫道三春開較晚，出他頭地故遲遲。

其　四

惜春幾度欲留春，曾與名花結浄因。偶對穠華暫相賞，不煩稠疊問前塵。

和史梧岡無題三首

其一

碧落昏黄倦倚屏，海棠和月轉深亭。背經爬後猶餘癢，藥到偷來漸少靈。煙外柳低褰幕見，水邊簫咽傍船聽。迴風一曲非難製，點拍何由教蜀伶？

其二

芳信疑真恐未然，一枝玉杏認流年。人間有劫都成恨，天上無情不是仙。樓影静依銀漢側，月華涼到翠帷邊〔七〕。芝田作賦渾無奈，珠斗横斜未肯眠。

其三

墻影迷離樹影揺，病餘怊悵怯深宵。鏡飛蟾彩還防暈，燈結花心未忍挑。海燕巢新春社近，乳鶯聲細薄寒消。瑣窗尚有紅蘭在，香過湔裙又幾朝〔八〕。

送寶意司馬之任施南四首

其一

古人重分手，豈爲離别難。念此同心去，獨居靡所歡。憶君昨來時，落花滿南園。及兹唱驪駒，紅藥開斕斒。物候自新故，人事多辛艱。綵雲君惜墜，錦瑟余罷彈。殷殷各有懷，共此清淚潸。君方適三楚，欲發仍留連〔九〕。才高值數奇，宦薄憐家寒。臨歧一樽酒，惻愴興憂端。

其　二

山河蟠直北，鳳闕壯王居。昔我負劍遊，留止城西隅。君時叩荆扉，款款論詩書。閒亭或命酒，廣陌仍同車。秋風一蕭瑟，雨細花疏疏。憐我竟下第，爲我淚沾裾。纏綿賦河梁，送我歸鄉閭。落日官道旁，執手空踟躕。此義古所難，寒暑寧忘諸。

其　三

江流浩湯湯，漢水如雪濆。人懷屈賈賢，香到蘅蕪重。君行作民牧，四野羣歌頌。承明別宮廬，大澤攬雲夢。獵騎萬山紅，戈船一帆送。吾聞楚多材，使君慎磨礱。暇日訪仙真，雲間鶴閒控。

其　四

施南昔置衛，改府無多年。其地最寫遠，乃在萬山間。山峯削劍鋩〔一〇〕，巇嶪難攀援。蠻煙多箐篁，漦雨出寒泉。其民雜猺獞，好爭習戈鋋。北界接巫山，朝雲尚娟娟。土司號容美，好女花垂肩。俗異政不一，號稱難治焉。側聞忠信孚，能格豚魚頑。嗟彼衆犵狫，覆燾皆黎元。願君勤撫綏，慎勿輕箠鞭。傾耳聆政聲，内地期推遷。到日傳吉語，慰我心旌懸。

仇實父漢宫春曉圖

澄霞舒卷天半紅，流鶯細囀晴煙中。韶春先到樂遊苑，金鋪玉砌光融融。翠微五柞連馺娑，千門盡啟葳蕤鎖。寶鏡當樓理曉雲，玉鈿匎鬟簪嫣朵。掃花宫婢雲垂衣，驚起蛺蜨成團飛。柳絲低亸不能舞，九華殿裏東風微。惟有昭陽春最艷，珠璧金釭燈灧灧。紫燕休尋别殿巢，文鴛競向方塘占〔一一〕。何處離宫抱怨深，夢迴隱隱聽車音。青陽不道凌朝轉，皓月還看到曉沉。十洲作畫工雕繪，此卷傳神信爲最。似經新露長芳荅，如有柔風動羅帶。君不見，露寢離宫歲歲新，承恩并輦古無倫。一朝帳殿生秋草，三十六宫誰是春。行人曾過驪山下，野土青紅没鴛瓦。蕭森古木嘯愁鵰，落日寒聲起平野。繁華如此空摧殘，不如長向圖中看。

書在堂諸伶散去兄南坡有詩誌感因和三首

其　一

講席禪場笑太拘，繁華隊裏悟空虚。歌雲漸冷湘絃杳，遶屋唐花静檢書。

其　二

迴雪縈塵百態生，夕陽花下自盈盈。江南散去人争識，曾是南陂自教成。

其　三

銷魂一曲感新離，醉裏忘情覺後悲。爲問香山老居士，纏頭何物遺楊枝？

三弟新成舫屋漫題四首

其　一

小築成書舸，還疑泛碧潯。聊舒養拙志，未遂出塵心。徑仄苔衣積，樓虚月影深。不須貪學鍜，清響寄風琴。

其　二

疏燈明斗室，示病有維摩。茶熟頻開鼎，書成欲换鵝。看雲閒拄笏，叩缶且成歌。結習難除甚，新詞幾琢磨。

其　三

翠篠陰侵幌，雲峯濸映軒。晚花因雨謝，白露向秋繁。草木天隨史，蘅蕪楚客言。慚予東廨住，人説是平原。

其　四

五柳移家志，經年共此情。一椽秋樹底，還似摘船行。鼷鼠無多飲〔一二〕，鳴蜩分外清。推移隨物理，廣厦豈須營。

聞歌三首〔一三〕

其　一

宛宛涼釵綴玉蟲，當筵卻步斂春風。殷勤唱到摩訶曲，珠斗穿簾月挂弓。

其　二

繡騎無端送遠征，銷魂意態可憐生。酒樽深淺三更雨，纔聽西涼第一聲。

其　三

秋對雕筵喚奈何，無端斂笑更翻歌。赤闌橋外潺湲水，一夜平添幾尺波。

仲夏同史梧岡邊葦間周白民邱浩亭李情田華半江曹抑堂家兄蕁江姪瀯亭過亭集晚甘園次李情田原韻〔一四〕

晴花蕩簾帷，密樹帶川涘。獨遊豈云歡，巖壑招衆美。雄風開遠襟，澄水愜淵旨。茂序行炎曦，逝節慨春史。翳然松竹陰，草蔓石齒齒。鬱彼蒸雲情，不用則塊爾。遥天散煙光，浄境掃文綺。寥寥漁唱清，吹籟入幽耳。酌泉得芳甘，寧待薦馨醴。俯檻眺層原，涼波推月起。

飲席既散復與家瀣亭過亭登餐勝閣玩月泛舟珠湖作〔一五〕

歌闌燈火歇，賓主藹餘歡。登樓望素月，清氣在林巒。愜此酒人懷，曠彼物外觀。芳塘明夕景，平波試迴沿。樵風響遠音，叢篠澹疏煙。中流任容與，閒語羲皇年。但覺夜鐘永，不知風露寒。他時續幽思，澄水垂綸竿。

題劉明揚澹園圖〔一六〕

其一

荇葉菱花黯澹秋，翠煙深處棹輕舟。披圖認得曾行處，不是西溪定石頭。

其二

寒意寥寥菜繞畦，子山辛苦説幽棲。何如趙嘏詩中句，露柳風荷到處迷。

其　三

魚苗水碧侵苔檻，燕翦風輕拂荻簾。瘦本黄庭支枕讀〔一七〕，一痕清影上初蟾。

其　四

黄帔緣深道氣濃，精廬都被水雲封。潭聲竟夜渾疑雨，樹隔秋山何處鐘。

漢皐解佩圖

楊枝不動春風弱，水面玲瓏現樓閣。漢濱遊女古來多，聯袂仙姝何綽約。蘭皐解佩如相許，交甫何人煩爾汝。義理終持不可干，擁霧霏煙迷處所。君不見，高唐遠在巫山岑，大夫作賦規君心。朝雲暮雨太惝怳，豈有神女爲荒淫。事當眇漠傳者真，此圖絶妙疑通神。綃衣翠帶悉有韻，輕花艷草都無塵。楚天凝碧江波冷，往事空濛誰記省。深宵展畫對幽窗，蘿薜疏疏燈耿耿。

盛夏過晚甘園值凌霄花盛開戲作長歌

火雲硉兀升天根，綃帷冰簟如炙燔。蕭然一碧浸林屋，避暑僕僕尋邱樊。老漁獨縱水邊棹，高鳥去投煙際村。颼颼涼颸拂廣坐，有似酷吏除煩冤。憑闌寂眺萬木静，陵苕簇簇當窗繁。天空海波千頃緑，紅輪忽湧扶桑暾。清芬繞樹恣苐鬱，細幹聳日思騰騫〔一八〕。炎官特乞真面目，霞裳頼佩珠冠褌。初疑虬龍互盤踞，紫煙赤霧相吐呑。又疑絳宫步虚子，芙蓉旗蓋交飛翻。曾聞三花繞禪樹，獨傍初祖臨菴門。何年種植向深圃，紫薇幾本同朝昏。蔓柔屈曲有伸理，修枝茂蔭煩攀援。何如西京鄭公樹，特立四丈當幽園。亭亭㫒㫒矗霄漢，下視凡蘖皆兒孫。嘵嘵對花被花惱，坐待夕月生東屯。

華半江篆書歌

太陰晝黑雲影涼，祝融收威忽走藏。衝簷急雨鳴雷硠，短歌狂吟噤蟬螿。誰敲銅鐶響倉琅，示我麗篆披琦璜。霏煙鬱霧紛滿堂，迴鸞顧鵲驚翺翔。蛟虬蚴蟉緣堵墻，琱戈寶戟爭銛鋩。陸離眯目心惶惶，維昔兩維肇分張。混沌鑿破開鴻荒，天文離披焕藻章。立烏踆兔交騰驤，衆星落落圜銀潢〔一九〕。龍書穗書效厥祥，奎宿十六圓不方。仰觀俯察沮與倉，蟲蠕鳥翥何焜煌。石鼓獵碣傳宣王，㜸㜸遽遽攻車良。祖龍刻石誇騖强，丞相搆法垂無疆。特與史籒相頡頏，厥體三變不互妨。後來隸草徒紛攘，亂我肅穆爲披猖。裂棄黻冕尊綦裳，蔡李不作誰登場。半江振筆霏古香，回薄萬有歸縢囊。法物秘玩如雲肪，㼽鐘卬鼎視必詳。鱗盉夔匜羽爵觴，刀泉貝布參微茫。乃稽説文校偏旁，嶧山詛楚憑梯航。盤旋蟜扁兀老蒼，小篆瘦硬非求長。金釵玉箸分行行，骨立矯矯遺皮韈，奇特所至唯平常。今皇重學恢璇綱，國書六體工織襄。紛綸寶翰輝文昌，盍摹石經貢天閶。豐碑峷兀垂虞庠，亦如鴻都列康莊。令胄子習窺黄堂〔二〇〕，歷千萬載無瑕傷。奚爲泐硯銘疏房，但令壁几生晶光。余言戇矣勿誚狂，矢詩聊以告墨皇。

消夏雜詩十首

其一

夏閏頻多雨，微涼乍似秋。野花隨草漫〔二一〕，新水上階流。錦幕銜泥燕，芳林喚婦鳩。寂窺殊自遣，散帙坐南樓。

其二

耽名仍善病，障習幾時除。羽客教求藥，家人笑積書。蘋風新雨後，竹韻夜涼初。一笑從前錯，緇塵久撲車〔二二〕。

其三

虚堂冰簟展，松户晝長扃。冷況偏宜暑，清齋試寫經。殷勤撫團扇，寂寞見流螢。常恐秋風至，羣芳怨早零。

其四

伏生書竟授，王式悔偏增。道在寧窮達，情悲念友朋。霧霏文豹隱，江闊怒蛟騰。擬傍嚴灘去，寒煙獨下罾。

其五

北風圖乍展，積雪見蒲關。朔氣迴平野，寒光照遠山。朱甍雲外隱，紅樹水邊閒。縮地愁無術，何因數往還〔一三〕。

其六

科頭箕踞坐，客至不能冠。竹石一襟浄，茶瓜相與餐。平生愛閒適，復此共欣歡。勿更攜笻去，深宵有月看。

其七

霖雨閲三日，西郊尚密雲。葱蘢苔覆壁，瀰漫水連垠。雜黽怒相競，玄蟬鳴不聞。書生最潦倒，懶對舊籤芸。

其八

江漢故人去，孤帆天際飛。遥憐射堂暑，未得解朱緋。天浄渚雲上，夜涼汀芷菲。應成哀永逝，淚濕舊羅衣。有懷商寶意司馬。

其　九

舊夢分明在，淒涼覺後情。簾旌縈午月，蟲語逼深更。香燼茱萸帳，風摇玳瑁箏。起看星漢影，忽忽繞階行。

其　十

憎蠅思拔劍，見蠍偶吟詩。羣動太相擾，炎威何日移。金鈴舒艶小，白苧唱歌遲。稍待清秋日，西園倒接羅。

珊瑚鳥

廣南有鳥毛骨殊，芻尼較瘦鵁鶄腴。玄裾長尾頰雪鋪，兩目爛赤如珊瑚。得名以此善自呼，吐音圓轉如流珠，羅致萬里來庭隅。一鳴春山百花發，再鳴秋山印秋月〔一四〕。嘈嘈雜雜千百鳴，紫鸞簫問雲和笙。忽如荒雞茅店小，又如犬吠深林表。木魚聲遠貝多新，欸乃歌微煙樹渺。子規太悲鶯囀弱，鸚鵡徒將巧言託。柔聲宛宛慣依人，豈能無憶空山樂。珊瑚鳥爾獨不見，葳蕤紫鳳棲梧陰。輔以鸑鷟隨胎禽，百鳥頫覲紛羽襟。爾曷在側揚清音，輕噓徐吹静愔愔，高卑悉聽平其心。毋令反舌獻便佞，心貪乘時口求勝。鵩梟歛跡鵁鶄翔，調以中聲羣物定。枋榆爾亦閒遊衍，海氣連雲歸翼展。飲啄林泉養羽毛，桄榔葉暗紅蕉卷。

初秋遣興用庚午京華旅寓韻二首

其一

畏景炎風忽忽移，涼風纔到井梧知。朱甍燕語頻驚睡，錦瑟塵生倦覓詩。半榻圖書邀素月，一簾煙水度三時。星河漸朗銀橋隱，始信仙期不後期。

其二

青衫原是舊時青，棋局何勞怨不平。論世安危宜讀史〔二五〕，誤人耕稼是求名。碧遮菱港沙堤遠，紅映荷塘夕院清。回首斷雲關塞迴，揮鞭曾逐曉鴻征。

見螢火作

丹良亦何微，草孕乘濕化。點點弄商風，輝輝送朱夏。偶甘白鳥羞，暫拂珠帷罅。石火訝分流，星芒忽交射。蕭蕭竹閣深，冷露無聲瀉。點綴旅人衣，飄零書客舍。悽迷隋氏苑，黯澹巫山夜。將雨弔叢花，和煙撲涼榭。深宮寵愛移，志士年華謝。幾許觸秋心，憑闌動悲詫。

聞促織作

西風一蕭騷，涼葉下庭樹。野水浸虚亭，煙華引輕素。夜階多促織，唧唧如哀訴。碧月照羅幃，欲寐轉愁寤。豈爲織作難，趣勸成縑布。機女怨秋燈，勞人感時暮。丁丁窮巷砧，相雜聲屢度。攬衣候天明，草間有新露。

七夕篇

空階蛩語天如水，竹影摇摇深樹裏。長笛聲中一倚欄，星河不動閒雲委。首節迎秋又此年，商飇素景劇堪憐。鵲盤芝蓋繩橋就，雨洗龍軿翠罡懸。昔離今聚寧酬願，灑淚迴車空有恨。碧海青天暮色寒，姮娥較似還多怨。丹禁從來重此宵，九光燈啟夜迢迢。紅粉席中牽繡縷，珊瑚窗裏度銀簫。金塘風起芙蕖夕，幾度齋心候仙客。侍臣初竊紫文桃，西母將留瓊鳳舄。永巷長門漏點長，偶停紈扇感螢光。白玉砌深芳露冷，水晶屏掩夏綃涼。江南是處娱佳節，酒釀明星錦筵設。巧心終擬玉梭投，密意還將綵繒結。何處空閨感倍新，珠簾高卷盼天津。妬他牛女經年會，遠憶關山獨夜人。由來舊説皆成幻，擾擾人間悲聚散。空傳海客問支機，幾見雙星度雲漢。總爲關情易引愁，芳時蘭服軫新秋。潘郎此夕難成寐，初月朧朧照綺樓。

讀商寶意司馬自建業至楚中懷古諸什卻和八首

其　一

白門疏柳映青山，夕照零鴉自往還。詞客淹留原易感，故宮花草最相關。魚龍卧穩秋濤長，蘆荻寒生戰壘閒。輸與滄江漁釣叟，一燈長占白雲灣。白下。

其　二

涼雲幾葉鎖神旗，靈澤祠前碧草霏。伐國陰謀憑衽席，還家秋夢失芳菲。波澄遠渚埋金劍，雨響寒林振玉衣。寂寂永安宮外月，夜來宛轉照蟂磯。蟂磯。

其　三

亭外江流欲拍天，琵琶往事自今傳。征人蹤跡嫌風月，謫宦情懷託管絃。雨颭浪花如送客，鳥眠沙嘴故依船。後來豈少青衫淚，持較香山倍可憐。琵琶亭。

其　四

荒原誰識古匏居，白雪樓高韻轉孤。志士低徊感楊柳，騷人哀怨長蘼蕪。燭龍顧兔天難問，犀甲吴戈鬼可呼。椒酒東皇尚祠廟，紛紛歌舞集神巫。郢中。

其五

夷陵一炬訝秦灰，廢苑遺宫但野苔。麋鹿跡隨芳徑杳，雁鴻聲入曉雲哀。細腰善舞憑新寵，長鬣當筵詡異材。千古繁華一回首，蒼蒼寒日下高臺。章華宫。

其六

岑牟撾鼓太清狂，按劍何人損夜光。終古靈禽怨才子，一川芳草自斜陽。秃巾作達憐文舉，伏地求哀笑孔璋。我有楚騷歌最愴，不須南去弔瀟湘。鸚鵡洲。

其七

霸氣樊山舊有名，蜀吳曾此事紛争。紫髯大帝猶臣魏，白面書生最解兵。水色静連黄蓋浦，月華遥接吕蒙城。高樓縹緲雲間起，惟許仙人控鶴征。樊山。

其八

北軍百萬架艨艟，一戰曾收鼎足功。山水相蒙成地險，蛟龍得雨起池中〔二六〕。霜侵老樹驚烏起，雲掩牙旗斷岸空。無恙散花洲畔路，估帆來往任東風。赤壁。

倣唐人本事詩三首

其　一

綺窗如水月低眉，銀燭雙清照羽帷。花氣撲簾棲燕穩，朦朧曉色覺來時。

其　二

十五王昌嫁未遲，盈盈畫閣學嬌癡。西風竟夜吹雲冷，桐葉飄摇上曉墀。

其　三

遥妬分明淚轉多，秋星點點照銀河。那知雨夜西亭客，獨擁寒衾聽亂荷。

李芋圃太史次和京華舊作三首見懷作長歌奉答

層雲忽開唳玄鶴，緑字書從天外落。京華故人知我愁，無聊示我新篇酬。昔作朗吟達夜燈火微，林桂紛紛香漠漠。擁衾不寐重太息，卻憶前年寓京洛。琳宫老樹淨無煙，城港初荷青見蕚。衝泥誰惜錦鞍韉，痛飲休辭銀鑿落。此時意氣太豪雄，匣裏錚錚撫干鏌。那知無賴到秋風，失路人歸理行橐。滄溟已運有窮鱗，碧落雖寬少翔鶚。故人欸曲侑離樽，古道斜陽意蕭索。殘山幾疊卷征雲，瘦馬單行踏寒籜。黄花黄葉古郵亭，猶夢招同看花約。西風轉眼又經年，南北參辰頻歎各。珠湖昔遊殊歷歷，卧柳攲松繞城郭。十年檟木已成陰，千頃晴波倦停泊。君今玉堂雖緩步，八口嗷嗷情味薄。太倉糶米不充飢，瘦聳吟肩長戍削。我愁家居恒鬱鬱，欲過屠門甘大嚼。丈夫書劍遍天涯，肯殢閒情對閨閣。語君待我握手春明門，一笑東風解紅蕣。

答儲茗坡

黄河凌兢冰峥嶸，送君去作金臺行。西風蕭騷桂露白，念君久作金臺客。金臺雖好不可以久居，食無魚兮出無車。何況江南米珠薪比桂，思家念遠愁心繫。暮春繚繞長安街，酷想蓴鱸少歸計。君不見，胎禽矯矯毛骨豐，飼以玉粒棲樊籠。清宵霽月但悲唳，志不在飽思飛翀。君爲進士不得進，幾點繁星生旅鬢。我年及壯尚儒冠，行道人逢笑懷瑾。男兒立身當自全，區區窮達須信天。釣臺風清市門隱，古人視我寧非賢。君今但少二頃田，我亦終老溪巖邊。銅官山中一相遇，劍花拂指彈秋蓮。

甓社舟中

澤國蒼茫裏，雲帆一葉過。亭荒秋樹少，湖闊夕陽多。漁舫有時集，勞人何處歌。依依淮浦月，相送耿金波。

自　慰

偶舉隻觴還自慰，天公厚我我何堪。積書千卷不謀食，生女一雙殊勝男。柿葉紅深停畫舫，梅花香透上春簪。他時更傍西泠去，瘦竹欹槐築小菴。

舟中曉起

西風稍戒嚴，中野葉聲乾。輕衾不成寐，懍然知夜寒。起視天宇晶，殘蟾尚娟娟。稍稍遠鐘鳴，泠泠草露溥。晴霞在林薄，流波急潺湲。覽彼物候異，識此時序遷。風霜久已飽，無事興憂端。

辛未八月與楊鑑堂遇於邗江訂平山之遊予以事歸不果赴約成長歌一首奉寄兼簡家蕁江兄〔二七〕

春風園徑滋紅藥，幾度期君君負約。青燈摇曳酒鱗浮，忽忽當筵憐寂寞。我來恰值廣陵秋，澹沱晴波映煙郭。蜀岡清遊豈不快，歸計倉皇轉慚怍。人生會合亦有數，往往前期費商略。袁江枝里去幾許〔二八〕，一歲能圖幾歡噱。孤梅綻後狂雨多，野艇歸時怒雷攫。記鑑堂昔遊所遇。信知天公有深意，只許閒愁妬行樂。平山堂下舊遊歷，卷起松濤崩萬壑。千年野跡想紅橋，一帶垂楊傍東閣。蓴鄉老兄足高興，應共攜笻著芒屩。憑闌眺遠念歸棹，一俗難醫供笑謔。豈知繁華塞城市，孑孑閒身少安著。知君自是妙蓮花，泥土何曾污香萼。歸人鴻爪失前蹤，寓客山僧駐行脚。終知白業可安心，莫哂黄金工鑄錯。南園霜菊遲同看，罰醆先行我先酌。

即　景

殘陽忽已暝，漠漠重雲積。香草水邊祠，垂楊雨中驛。漁汀散遠煙，倦鳥投驚翮。何處棹歌聲，迢迢廣陵隔。

洛神圖

翩如驚鴻嬌遊龍，蕙煙蘭霧紛滿空。流精轉眄動光彩，瓊琚翠佩輕迴風。東藩歸去愁心劇，馬殆車煩日將夕。徙倚巖阿若有人，芙蕖一朵涵秋碧。才雄八斗作賦難，盈盈羅襪生輕瀾。水邊漢女工遊戲，天上匏瓜足怨歎。憑夷擊鼓文魚舞，神去神來滄雲雨。鴆鳥無媒感盛年，太陰寂處誰爲主。衡山作畫如作書，細心密縷遊于虛。神光離合乍入手，後有作者安能如。君不見，五官風雅冠當時，拭面曾驚絶世姿。殿外涼風吹落葉，霜前脆柳隕清枝。荒唐授枕知真僞，見畫聊須參了義。波光不定月輪寒，岸草汀花盡幽淚。

李伯時畫郭汾陽免胄圖

黄塵漲天鳥不飛，鐵騎百萬争合圍〔二九〕。鼓聲崩雷角嘯野，摇動三輔驚京畿。有唐中葉運數否，外有羌戎内安史〔三〇〕。何人隻手扶天綱，功業汾陽古無比。即看免胄一幅圖，龍眠妙手工追摹〔三一〕。霜風稜稜殺氣粗，援軍未集兵勢孤。長戟非銛劍非利，與鬬精誠弗鬬智〔三二〕。幅巾緩帶出轅門，侃侃片言申大義。酋長羅拜面發赬〔三三〕，豈惟身服心盡傾。五體投地若無骨，謂公已死公猶生。大人之占信奇應，盍擊吐蕃爲汝贈。膏流原野髪填渠，畢昴中間光稍定〔三四〕。白描妙手能得真，令公氣宇霏陽春。紛紛敵騎若棋布〔三五〕，左右環繞皆安馴。後有朱旗風颭漾，寶甲琱弓列驍將。似遵嚴令不敢前，瞥見輸誠語相向〔三六〕。側左一騎真飛龍，鐵葉裏面花飄鬃。大將之威在名馬，辟易萬陳嘶雄風。郭公之功李生筆，矯矯神姿兩無匹。想像揮毫點染時，層層壁壘胸中出。君不聞，臨淮殺賊如刈草，晚節功名不自保。又不見，幽燕一失無長籌，終唐之世不復收。奸人據内掣肘腋，雖有良將難爲謀。我披此圖重於邑，如公但藉匡危急〔三七〕。忠忱不獨格花門〔三八〕，異日朝恩還下泣〔三九〕。

父庚觚

蓐收積氣凝堅剛，銅英布濩草木黄。何年采鍊鑄法物，破觚爲圓稱有商。商人敬鬼惡不祥，製器立象殊精良。雷紋震疊百物懼，饕餮森列羣邪藏。尊彝罍甒觶爵觴，因時備用各有常。觚戒德孤寓深意，如置監史立兩旁。數千百載韜古光，何人掘取歸縑囊。想當埋瘞向深土，野火與赤苔與蒼。輕雲油油復煌煌〔四〇〕，相對肅穆嚴冠裳。父庚之銘義何取，篆法直逼誦與倉。十干作名厥旨彰，亦如祖丙父乙難追詳。或云字跡肖垂穎，無乃祈穀供烝嘗。句吳於越米價昂〔四一〕，斗錢四百嗟奇荒。上天殷念恤黔赤，五風十雨肥秋秧。禾頭斑斑麥吐芒，庚金成實司西方。宜舉此觚答天貺，灌實鬱鬯羞馨香。職思其居實稼穡，毋使沈湎譏太康。

太白罇

柴窑片瓦敵拱璧，何況世遠誇唐磁。朅來古罇製何代，龍文圾碎銜雙螭。云是太白狂飲之酒器，其説杳眇難深稽。質純釉細色澤厚，當是宋人摹倣之所爲。堂堂謫仙人，矯矯翔鸞姿。紫宮青府不稱意，偶來人世窮兒嬉。長安道上馳八姨，楊花撩亂天迷離。心知禍亂口不語，胸中磊塊澆千巵。金龜賀監解，玉硯妃子持。將軍脱靴不足顧，彩毫落紙驚淋灕。江南蜀道頻流移，子規叫血猿猱悲。糟丘麴壘氣彌壯〔四二〕，春江吸盡青琉璃。團團牛渚月，湛湛謝公池。手撫力士鐺，笑把桑落枝。飄然騎鯨忽歸去，天風吹髮涼絲絲。金門歲星不可見，但見柳旁三點颭酒旗。殘杯剩勺到處有，後人傳寶如瓊琦。此罇遺製特奇古，想見醉倒冠巾攲。嗟我兩長無一得，不能豪飲兼吟詩。膽銅在手汲新水〔四三〕，插花植卉爲清怡。沈香亭畔牡丹少，一枝隨分新胭脂。

諸葛甑

瀘溪毒淫不可渡，五月炎風吹墨霧。射工藏影伺人過，跕跕烏鳶墮深樹。武侯用兵疑有神，不毛深入搜峒岷。强酋玩弄在股掌，七擒七縱蠻心馴。流傳青銅脱粟甑，土花暈彩光燐霦。其腹稍寬附雙耳，馬鞍側挂堪隨身。盤旋數層作蝸篆，覆以高蓋遮霾塵。中深外小特精便，一物用心彌苦辛。昔聞沈舟破釜誇項羽，匹夫健鬬吾不取。指揮羽扇運長籌〔四四〕，士有餘糧甑堪煮。想當月白萬馬停，篝篁密翳炊煙青。誓將滅此始朝食，戈鋋力掃蠻風腥。南征纔定議北伐，兩表忠誠懸日月。木牛流馬艱轉輸，屢因糧盡歸倉卒。吁嗟乎！天心未厭當塗高，雜耕嘔血心徒勞。蜀人釜鬻魏人奪，他時三馬還食槽。祇今一甑人爭寶，想像雄師服夷獠。商彝周鼎共尊嚴，髹几華堂安置好。君不見，蜀中遺像鬱峥嶸，俎豆芬馨檜柏清。落日黄苗齊賽廟〔四五〕，年年銅鼓振秋聲。

聞雁有懷商司馬寶意

蘿庭風細月孤清，哀雁雲中送遠聲。木落早知芳序晏，天寒宜愴别家情。江空露冷人千里，鬢短愁深雪幾莖。不用衡陽寄書信，故人近在武昌城。

九日同人遊南園用東坡九日黄樓韻

去年重九何堪説，制淚曾看秋榜發。西風打面雨沾衣，宣武門東泥滑滑。呼童戒旦速脂車，還我青蓑舊巾襪。豈無清醑百壺多，潦倒心情慵一呷。今年淮水菊舒黄，載酒城西還荷鍤。翻紅柹柏葉逾明，漸老蘭荃霜未殺。殘霞舒歛夕陽低，遥見鱗鱗露寒刹。年華逐水共推移，詩思如絲忽抽軋。高樓百尺試閒憑，烏帽風吹倩花壓。吾儕守身譬珍玉，寧使沈埋毋缺齾。儘嘗甘苦耐荼飴，待放狂歌駭鳬鴨。不須高會羨龍山〔四六〕，如此湖光勝苕霅。

校記

〔一〕競　蕺園詩集卷四作「境」。

〔二〕胭脂　蕺園詩集卷四作「脂粉」。

〔三〕浄　蕺園詩集卷四作「悲」。

〔四〕紺宇　蕺園詩集卷四作「琳宫」。

〔五〕傳　蕺園詩集卷四作「藏」。

〔六〕薄怯　蕺園詩集卷四作「怯薄」。

〔七〕翠　蕺園詩集卷四作「翡」。

〔八〕幾　蕺園詩集卷四作「二」。

〔九〕仍　蕺園詩集卷四作「還」。

〔一〇〕削　蕺園詩集卷四作「作」。

〔一一〕方　蕺園詩集卷四作「迴」。

〔一二〕鬟　蕺園詩集卷四作「偃」。

〔一三〕蕺園詩集卷四無此三首。

〔一四〕抑堂　蕺園詩集卷四作「尚友」。　滏亭過亭　蕺園詩集卷四作「晴嵐少泉」。

〔一五〕滏亭過亭　蕺園詩集卷四作「姪晴嵐少泉」。

〔一六〕蕺園詩集卷四題爲「題劉明揚姊夫澮園圖四首」。

〔一七〕瘦本　蕺園詩集卷四作「卻把」。

〔一八〕騫　蕺園詩集卷四作「騫」。

〔一九〕落落　蕺園詩集卷四作「磊磊」。

〔二〇〕堂　蕺園詩集卷四作「唐」。

〔二一〕漫　蕺園詩集卷四作「蔓」。

〔二二〕緇　蕺園詩集卷四作「京」。

〔二三〕數　蕺園詩集卷四作「一」。

〔二四〕山　蕺園詩集卷四作「潭」。

〔二五〕論世　蕺園詩集卷四作「略辨」。

〔二六〕「山水」兩句　蕺園詩集卷四作「江表開基扼山海，池中得雨失蛟龍」。

〔二七〕不果赴約　蕺園詩集卷四無此四字。

〔二八〕枝　蕺園詩集卷四作「枚」。

〔二九〕鐵　蕺園詩集卷四作「虜」。

〔三〇〕羌戎　蕺園詩集卷四作「强胡」。

〔三一〕手　蕺園詩集卷四作「筆」。

〔三二〕弗　蕺園詩集卷四作「不」。

〔三三〕酋長　蕺園詩集卷四作「虜酋」。

〔三四〕畢昴中間　蕺園詩集卷四作「天山旄頭」。

〔三五〕敵騎若棋布　蕺園詩集卷四作「雜種若鳥獸」。

〔三六〕輸誠　蕺園詩集卷四作「胡降」。

〔三七〕危　蕺園詩集卷四作「爲」。

〔三八〕忱　蕺園詩集卷四作「誠」。花門　蕺園詩集卷四作「天驕」。

〔三九〕異　蕺園詩集卷四作「他」。

〔四〇〕復　蕺園詩集卷四作「覆」。

〔四一〕句　蕺園詩集卷四作「勾」。

〔四二〕麴壘　蕺園詩集卷四作「壘麴」。

〔四三〕膽銅　蕺園詩集卷四作「銅瓶」。

〔四四〕揮　蕺園詩集卷四作「麾」。

〔四五〕黄　蕺園詩集卷四作「花」。

〔四六〕山　蕺園詩集卷四作「沙」。

勉行堂詩集 卷五

白門春雨集 壬申

寓金陵雜詩六首

其一

幾行新柳不成絲，拍拍鴉飛水面祠。懊惱行人無限意，青溪溪畔月明時。

其二

金粉叢叢映綺房，清淮一曲水猶香。於今滿目煙籠草，盡是諸天説法場。

其三

小住城南静辟塵，緑風紅雨自相親。一枝湘笛三杯釀，時與梅花作主人〔一〕。

其四

風起江城急暮潮，長更催盡可憐宵。多生自抱無窮感，那得閒情問六朝？

其五

瓊屑霏霏糝緑墀，老梅禁冷故開遲。疏枝會待繁香滿，奈是劉郎欲去時。雪中韓氏園林作。

其六

碧瓦朱甍繚翠垣，荒宫廢苑故依然〔二〕。春來燕子銜花出，月落曉林聞杜鵑。

春雨十韻〔三〕

如綫復如絲，濛濛密密遲。點苔成碧草，添葉綴繁枝。雲重纔成陣，風迴旋滿陂。芳塘波欲皺，遠岸霧相縻。徑滑妨行屐，郫寒濕酒旗。逼窗無促韻，到枕有新思。簀潤鶯將囀，簾深燕不知。一犂穿壠後，四望上樓時。何處明燈火，誰家感别離。黄昏畫欄外，煙軟杏梢垂。

秣陵春興

東風暗打暮潮來，渌水歌中淑景催。萬井濕煙籠岸柳，一天疏雨澹江梅。丁丁夕漏頻欹枕，漠漠春蕪獨上臺。莫問繁華千古事，瓊林翠苑總寒灰。

隨園四首呈袁存齋

其一

六年夢隨園，快意今始到。搆虛架危亭，瀉雪灑驚瀑。四面環奇峯，入掌攬其奧。板橋自逶迤，石壁争倚峭。客來草堂西，幽禽競鳴噪。指點樹成陰，徘徊月垂照。知君倦風塵，用此自慰勞。應對謝公墩，懷古發長嘯。

其二

春風一優柔，草木抱生理。尋彼種樹書，共此老農喜。芳蘭任當門，弱蘿扶使起。羃䍥含虛煙，潺湲引流水。我性躭幽遐，愛此萬緑委。不辭頻扣門，載酒坐花底。多恐翠雲裘，來時犯蒼耳。

其三

搜神志奇怪，荒忽不可信。云何柴桑人，握管繼餘論。將毋曠士懷，假此撥煩悶。大塊運茫茫，秘鑰本難問。遊魂工變化，斯理發易蘊。君今草一編，異事略凡近。豕立而雉飛，鬼伯競排進。棠梨動哀吟，薜荔掩秋鬢。萬怪紛陸離，彷彿如目瞬。展卷下數行，粟疹心魄震。颯颯雨吹窗，寒燈緑成暈。

其 四

富家貪積書，但遺高閣束。貧士乏縹緗，往往借書讀。今君快搜羅，錦贉連玉軸。經史粲星源，詞翰浩川谷。插架分部居，一一自標目。何假百城雄，置身恣往復。將毋遂成淫，馴旦曝其腹。我家淮水湄，故紙塞箱簏。何時困載來，有無互鈔録。朝日發長哦，杏花照深屋。

江亭大雪用聚星堂韻

岸頭細柳抽新葉，多事龍公猶作雪。山樓乍見凍雲封，遠浦遥疑飛鳥絶。天邊黄竹響飛哀，海底珊瑚青拗折。休論畫閣炭温馨，但覺漁村火明滅。眼花亂墜恐行迷，拳縮難舒疑肘掣。忽驚四角被生棱，安得千鍾面浮纈。回飈暮卷拂窗櫺，破紙長鳴助騷屑。層巒影澹失雙尖，平地尺深剛一瞥。野人咨嗟方仰屋，客子幽憂向誰説。偶吟禁體效歐蘇，筆力遐慚勁如鐵。

報恩寺

飛甍層級湧浮圖，勢逼諸天氣象殊。殺運乍終宜懺悔，慈恩難報託虚無。憑欄直俯三千界，照夜疑懸百八珠。亘古琳宫應不朽，長陵蕭瑟滿榛蕪。

雨花臺

樹擁層臺入杳冥，更從臺上起孤亭。六時細雨凋寒草，幾點蒼巒帶野坰。慧業人多工懺佛，圍城事急悔談經。雲容水態渾堪悟，自掃飛花禮石扃。

謁方正學祠

天風振崇岡，松檜奮清吹。堂堂正學祠，古屋矗雲際。金川昔遘難，老儒拙兵計。一死非所難，義聲振庭陛。成王且勿恤，寧論子與弟。慟哭驚蒼穹，雲深日光閉。峨峨遺像在，炯炯裂雙眦。正笏對鍾山，魂應訴高帝。長謡絶命詞，千載爲流涕。

謁景忠烈祠

躡衣陟苔梯，颯颯山雨冷。景公有遺祠，岌然壓山頂。其左正學祠，毅魄互光炯。生懷子房志，死作荆卿猛。七首澀秋霜〔四〕，星精墜無影。我來覲遺像，再拜衣裳整。當時忠臣骨，併作丹血瑩。即看緣階梅，紅凝猶耿耿。釃酒瀝庭基〔五〕，煙沈峭巖暝。

天界寺

九劫超無外，天心印寶池。松聲傳偈後，鳩語焙茶時。境僻人行少，林深月去遲。願從初地住，一問碧雲師。

獨遊清涼寺

祇洹出人境，暇日聊探尋。殘雪覆簷瓦，不知春氣深。稍稍水鳴磵，淅淅風生林。澹然冥羣想，對此松柏陰。蘿月自延賞，山禽多夕吟。孤亭峙空際，更指遥峯岑。

清涼山

紅塵千丈高，緬想清涼界。兹山峙城中，幽迴信爲最。波澄游魚集，巖聳飛鳥礙。白雲澹往來，木石交翳薈。俯眺萬人家，樓閣標繡畫。衆山遥拱揖，遠澗互縈帶。迢迢掃葉樓，欄檻倚天外。春風自優柔，秋思驚猶在。翠微架虚亭，石頭縱遐睞。嵐卷山氣晴，江清夕潮大。沖襟慕騫舉，心與煙霞會。結夏待脩椽，疏林聽鳴籟。

長干里

大小長干列綺櫳，于今禪塔遍西東。別離漫引華年感，恩怨都隨法相空。幽巷尚鳴珠絡鼓，流鶯深訴緑楊風。客來一盞憑闌酒，冉冉香蘭長故叢。

青溪小姑祠

一曲青溪水，荒唐賸古祠。清歌聞子夜，暮雨發辛夷。帳暖香凝久，魂歸佩解遲。南朝佳麗地，强半屬蛾眉。

金陵懷古十首

其　一

虎踞龍蟠舊帝都，山川如繡峙黄圖。帆檣萬里連巴蜀，鎖鑰千重控越吳。時去寒蘆圍故壘，月來高樹起驚烏。當年争羨長江險，創霸無人記伯符。

其　二

鐵鎖銷沈委逝波，阿童空唱水中歌。春迴廢苑迷芳草，鳳去荒臺長緑蘿。終古西州遺恨遠，從來南國綺情多。祖龍枉恃埋金術，佳氣葱蘢自不磨。

其　三

阿閣重檐失故基，東風燕子傍誰飛？無多花柳含朝雨，如此亭臺付落暉。鷺隱滄江秋事晚，鶴歸華表舊人稀。忘情欲問毘伽老，盡日繙經對翠微。

其　四

衷甲横刀老據鞍，千年毅魄不曾寒。星躔高度流光遠，棋到殘枰定局難。此日衣冠縈蔓草，當時笳鼓競秋壇。滄桑朝市寧增慨，只作琳宫變現看。

其　五

玉女窗扉夜月虚，江南賦就恨何如？總緣争國仍亡國，底用焚書悔讀書。花滿春庭傳蠟夜，夢回秋館焙笙初。匆匆軹道同遵轍，文藻風華尚有餘。

其　六

如屑清言吐未休，揮犀捉麈盡風流。阿龍肯下新亭泣，洗馬偏懷故國愁。誰遣金甌成裂瓦，空令綺殿狎鳴鷗。劇憐舊令歸來日，多少遺民訝白頭。

其　七

澹澹柔波故苑春，多年征伐感遺塵。補牢顧犬非無策，反舌膏脣奈有人〔六〕。麝壁貯香風晼晚，羊車入夢月逡巡。人間淪落樊通德，話到深宮淚雨頻〔七〕。

其八

迤邐河亭映板橋，碧紗籠霧未全消。燈凝錦帳三更雨，香過紅梨第幾朝。酒陣詩天春不老，湘琴檀板夜相邀。垂垂但睹秦淮柳，披拂新枝滿舊條。

其九

古刹蒼茫翠靄晴，轉頭千古笑紛争。通禪未必非名士，快飲仍須得老兵。晚樹著花芳有淚，澄江流月静無聲。時清漫引蕪城感，且學樊川載酒行。

其十

寒雨瀟瀟濕古苔，疑城辱井總堪哀。長干里要花迎送，少婦堂經燕去來。芳樂遊春徒入夢，昆明歷劫早成灰。登高覽古關情甚，惜少江淹擅賦才。

飛霞閣看梅呈蓴江兄

我昔南渡懸征帆〔八〕，天寒歲晚萬象緘。飛霞閣子一尋訪，但見古木圍空巖。阿兄愛山鑿山骨，誅茆葺屋依槐杉。攜持襆被就中住，自鋤荆棘持長鑱。老梅的皪發幽韻，對此妙味殊酸鹹。墨花濃淡暈長紙，酒痕深淺浮青衫。居然列仙卧雲岫，下視羣動皆塵凡。吾儕遊覽共奇癖，泉壑祇合銓頭銜。蝸頭争鬭太苛細，日鑿混沌誰所監。南宗結侶愛支許，北阮作達推籍咸。藏鋒斂穎貴不用，如錐處囊劍置函〔九〕。勖哉從此賦招隱，毋使梅笑空諵諵。

雨霽遊高座寺

梅岡多叢篁，古寺鄰木末。新霽快攀躋，草路緑如髮。入門聞異香，鐘鼓競鳴戞。長廊互詰曲，廣殿高突兀。雖無相輪基〔一〇〕，舍利光不滅。永嘉昔南渡，甘露結名刹。夜梵禮寒燈，曉鶴警殘月。頗疑懺戎兵，復恐佑新烈。何年西竺僧，於此契禪悦。一朝尸解去，抔土瘞神骨。吾聞清浄法，變幻起倉卒。卓錫近高峯，航海棄前筏。憫彼劫灰然，慧室啟初闥。廣博現全身，珊瑚吐靈舌。收形在頃刻，忽若煙霧没。胡爲墮塵跡，俗論毋乃劣。求劍而刻舟，將爲識者咀。嗒然返吾真，翻悔煩言説。

二月十日作 時省試第一場畢。

昨宵急雨吹狂風，三條銀燭黯不紅。肌膚凍縮若拳蜎，鏤肝刻腎無由工。側聞漏下近二鼓，掩卷合眼初朦朧。嗟哉吾黨百君子，呻吟達夜如寒蟲。膠膠雞鳴曉色白，展紙作草殊匆匆。束持襆被裹筆硯，急尋童僕歸園中。安知一夜氣栗烈，釀成瓊屑飛濛濛。身非茹苦不知樂，醇醪半盞春先融。江魚堆玉芼薑辣，紅秔飯畢圍爐烘。須臾雪花大如掌，茫茫一白迷高空。拖青忽失遠山岫，漸羽已絶冥飛鴻。棘圍此時尚扃固，先登拔幟争成功。我何頑孱不自振，退避三舍慚疲癃。華胥夢覺孰榮辱，槐陰戰罷誰雌雄？要須白業對書史，編茅葺舍依墻東。稻花蒙茸映蟹簖〔一一〕，游鱗雜遝當蓮宫。漆園萊氏去不遠，行吟帶索將無同。劃然長嘯更起舞，老梅破蕚窺簾櫳。

雨過隨園感賦

清華水木抱幽居，曾記題襟漬墨餘。野鶴不禁深夜怨，青燈猶照滿樓書。半巖香散寒梅折〔一二〕，别岸鐘鳴暮雨疏。遠出豈應同小草，故山回首意何如？

鈿笛行

疏疏皓月穿芳林，幽篁細作鸞鳳吟。雌雄審别削長笛，當筵一曲傾君心。君心雖娱侈未已，更裁玉律依柔指。吹徹關山夜色寒，梅花亂颭芙蓉水。一朝變起倉卒中，飛仙帳裏煙霧空。飄零鈿笛落何所，殿鈴搣搣摇秋風。嗜音炯戒垂丹册，不獨南朝事堪憶。君不見，梁州親按紅桃歌，倉皇蜀道騎青騾。

射雉場歌

平原草細緑毯齊，雜花茸茸飛古堤。射場二百九十六，錦棚繡柱黄金題。争趨隊主鞲鷹出，珠絡銀鞲耀朝日。鐵弩齊開矢未加，坐看彩翼飛來疾。老媒特立雙眼紅，長鳴羅罟生雄風。揚翹聳角怒相敵，丹臆忽墜如飛蓬。君不見，南皮角藝曹吉利，三十六頭誇絶技。又不見，紫髯男兒人中豪，撤場壞翳從臣曹。遊心騁獵等閒事，恐防殿址生蓬蒿。臺城月上烏啼柳，返蹕鳴鞘望鍾阜。市令宫中一笑迎，割鮮更爲君沽酒。

卞忠貞墓

寒鴉飛冥冥，草緑卞公墓。古廟無穠花，森森立僵樹。青溪憶血戰，斷脰目猶怒。忠節何堂堂，一門推獨步。死褫逆賊魂，上帝受厥訴。馬顛白木陂，功成若神助。至今懔冽氣，春水極寒沍〔一三〕。在禮重死綏，千載恪牲胙。悲哉石城曲，景倩英名著。護軍殉青塘，濟陽難争赴。凡諸結纓臣，合遺黄金鑄。云何俎豆絶，毅魄歸無處。作詩告長官，請以詢掌故。列祀祔兹祠，用激羣情慕。

同曹抑堂家瀣亭過亭兩姪遊靈谷寺〔一四〕

鍾山蘊靈異，紺宇披層巒。幽討愜勝侶，盡日孤賞延。拂竹挹清露，攀蘿陵春煙。登頓懍危石，岩峉窮高顛。松風過蕭蕭，不覺赤日懸。架空兀伽藍，層霞抱脩椽。衲衣挂寒雲，天音振繁絃。琵琶街擲之以瓦，鏗然自鳴，如絃聲。青楓帶冬姿，孤梅破新妍。永慰巖壑想，獨惜車馬旋。願因功德水，一洗塵中緣。

景陽鐘歌

靈谷寺裏有古鐘，赤苔斑駁翠蘚濃。傳是景陽宮中之法物，多年零落塵埃封。其製稍狹高二尺，旋蟲繞獸盤蛟龍。中銜白玉徑寸許，雷紋雨篆紛重重。小鳴大鳴叩輒應，金飈颯颯搖寒松。周官鳧氏掌鐘鎛，裁度律呂維和雝。兩欒九乳有定製，懸之明堂列辟廱。元音一振統萬理，左五右五連笙鏞。偏安江左氣象迫，古樂盡變崇纖穠。了無典則布軌物，但比鄭衛矜昌豐。流音怪底應商律，運祚短促無春容。此鐘遞嬗多年代，旁崙在懸終不壞。五更聲動閶闔開，金珂玉劍來朝會。夜蠟方傳虎踞關，曉妝又赴雞鳴埭。蒼蒼城闕起寒煙，一轉繁華歸法界。六時振響答流泉，古月婆娑話成敗。君不見，潛壤銅鐘似殷雷，鯨魚十二今何在？

鷲峯寺

絶憐士女繁華地，背倚荒城破刹存。鼠攫空堂燈穗盡，鴉鳴高樹水煙昏。春光漸老花侵路，梵唄纔傳月滿門。聞説天陰多舊鬼，哀歌不斷鼓笳喧。

桃葉渡

團扇傳歌曲，依依水一灣。煙横垂柳岸，花滿夕陽山。小艇來何急，春波去不還。從來名士興，多在綺羅間。

謝公墩

昔賢留勝地，終古願躋攀。賭墅流風少，看山幾輩閒。煙生巖壑外，雁去水雲間。把酒懷高躅，斜陽滿竹關。

莫愁湖

踠地垂楊浸碧波，蜻蛉船小慣經過。香銷故國芳華老，月冷秋塘墜露多。畫室尚營新燕壘，軟風誰唱伯勞歌。遠山遥映眉痕斂，對此增愁唤奈何。

能仁寺覆水梅歌同家瀣亭過亭作〔一五〕

金陵城南山崒嵂，禪刹隱現層林梢。偶尋古梅躐行屐，江天細雨吹寒郊。高橋穿竹泥滑滑，空園積翠禽聲交。忽驚香氣觸鼻觀，仰見聳幹舒紅苞。枝枝倒垂似照影，下臨石砌非塘坳。乃知此樹特奇種，澄潭虚映矜娥媌。何年移植向平地，無乃失所遭紛淆。拏雲巨顇積苔蘚，中有垤蟻尋窠巢〔一六〕。山僧長貧乏營護，破屋欹側三間茅。想當月白萬籟静，飛仙下瞰垂旗旓。曉鐘泠泠碎霜壓，晴日杲杲繁鶯捎。芳馨雖遠位置隘，不異珠玉埃塵拋。吾儕愛花入骨髓，對此背癢欣頻抓〔一七〕。便思疊石引流水，憑闌雜坐持樽匏。六朝松石久蕪没，此樹亦足爲矢嚆。共期火急誌幽賞，不能圖繪煩詩鈔。

雨中遊雞鳴寺

濕雲罩山山欲無，行行漸有攀其趺。旃檀林繞香積廚，苔階急雨跳流珠。多羅寶殿張氍毹，鬼物束縛如降俘。維摩示病形瘁臞，聞思大士静以僂。惕然起敬爲胡膜，霞光錯落環金樞。古木四繞凡千株，髯松特立偉丈夫。棱梅偃蹇與之俱，石筍削瘦如剥膚。空中兀立爲浮圖，鈴鐸競響鳴鐘竽。大千法界非常模，望古忽忽來悲吁。北湖雞鳴日未旴〔一八〕，鑾車翠蓋交争趨。紅妝寶馬馳長衢，羽林環衛紛有徒。驚起烏鳥飛畢逋，繁華電掃誠須臾。逶迤石埭生寒蕪，宵深月白眠狌狐，熒熒佛火錦娵荼。遊人競樂相唱于，澄觀一息收今吾。

登普濟塔望玄武湖漫成三首

其一

天晴候暖景更殊，籃輿他日重提壺。

古塔崚嶒聳翠闌，開軒極望水雲寬〔一九〕。驚濤似雪連天湧，密雨從風打面寒。六代蒼茫雕畫本，百年煙月老漁竿。蕭蕭松栝悲聲滿，疑有神龍起暮灘。

其　二

曾鑿昆明擬漢池，六時講武肄舟師。鯨舒石甲秋聲早，星吐寒芒曉色遲。流水不湔亡國恨，荒禽如訴失巢悲。五洲隱約層波裏，彷彿崇壇颭繡旗。

其　三

玉漏丁丁到曉傳，花深月午未迴船。當年鋪錦無餘地，此日徵租有稅錢。官禁祇容鴻雁到，堤荒銷盡李桃妍。滄桑更變渾如此，底用憑欄意惘然。

陳後主

繡柱迴環映蒻阿，臨平湖草日通波。羽書江介饒風浪，學士宮中鬬綺羅。商女綠天哀唱起，石闌紅雨淚痕多。斜陽冉冉投林鳥，猶似争飛喚奈何。

南唐後主

芙蓉池水漲新藍，鳳尾閒題恨孰諳。細雨空宮生綠草，小樓明月夢江南。經傳選佛詞偏愴，軍號陵波戰未堪。綃帳朱梅香謝盡，野紅撩亂發春潭。

題汪研岑封股圖

黑雲漲天天欲泣，孝子呼天籲天急。霜鋒棱棱碧血流，孝子封肉神鬼愁。豨苓無功勢不起，一臠奉親親病已。遂令司命輸威權，黄髮皤皤追兒齒。吾聞上古之世少獨行，民遂其天安本性。後來風俗多澆漓，間氣所鍾逾出奇。侵肌割膚匪愚孝，親安我安危我危。日斜展紙爲題句，慈烏飛鳴上高樹。

贈朱草衣

五字清無敵，江南老布衣。看山逢暮雨，席帽過斜暉。屋古雲煙冷，園香藥草肥。知音今漸少，實意、存齋諸君最相賞〔一二〇〕，今俱遠宦。漂泊與誰歸？

自建業返棹作

西風緩緩送歸船，柳碧鶯啼二月天。良友不禁判别袂，好花猶似惜離筵。江山綺麗供詩本，宫闕蒼茫尚禁煙。五載江南倦遊歷，最關情緒是今年。

燕子磯

樹隱殘陽柳拂磯，沙鷗煙鷺避人飛。江流百折隨峯轉，亭影孤懸帶雨微。入夜驚濤鄉夢闊，連天積靄客帆歸。緑蓑翻羨垂綸叟，不解南朝有是非。

遊永濟寺

其一

崇岫凌雲俯碧湍，繫舟一訪舊旃檀。林棲怖鴿禪枝穩，徑擁枯藤劫燒殘。韶序忽驚流水逝，好山宜帶夕陽看。于今悟徹楞伽旨，撒手懸崖未覺難。

其二

紅破丹楓記寺前，重來新草碧芊芊。雪中泥爪初無跡，松際清光舊有緣。漸覺寒生巖磵底，不知身在水雲邊。幽禽野鹿如相識，應笑勞薪又幾年。

贈永濟寺方丈師默默

其一

衲衣閒挂最高峯，曾挽河車護老容。邗水鶴招前度侶，江堤花引去時蹤。門臨滄海無邊景，月上經樓第幾重。相對無言茶共啜，疏疏清籟起寒松。

其二

興朝八載誕靈辰，甲子花開近兩巡。古鉢初蓮青有焰，寶洲香水澮無鱗。阿含悟徹原無説，舍衛頻來自有因。欲問七能參了義，澮波何日浣埃塵。

廣陵感興

煙花南部恨迢迢，野土芳魂不可招。古堞鴉鳴驚暮雨，隔江鈴語答新潮。春從哀樂場中過，夢到繁華盡處消。旅客最無情思甚，野梅閒對鬢蕭蕭。

題汪近人春深卧雨圖小影

廣陵春欲闌，雨勢挾風猛。荊扉掩昏朝，支枕度幽景。禽聲入耳稀，苔意逼人冷。娟娟枝上花，委地妍不整。遥知竹西路，旨酒載芳艇。楚笛間秦簫，吹破濕煙暝。何如高士居，焚香沸茶鼎。經時不出門，暗緑遍笭箵。經營成此圖，披玩發深省。君看柳亭邊，漸有斜陽影。

贈潘大南何

其一

書劍曾爲萬里遊，鵲山春老玉關秋。莫嫌歲晚霜添鬢，身是黄衫第一流。

其二

蕭蕭柳葉點征衣，極目關山但落暉。月裏笳聲試回首，連天波色鳥空飛。

其三

家累搶攘誤此生，蕭然裝橐羡君行。金臺覽古仍揮涕，莽莽寒郊夕樹平。

其四

十載蹉跎悔讀書，雨篷煙笠計全疏。西溪深處誰同隱，萬樹梅花繞雪廬。

有懷韓伯慧

清淮握手暫逡巡，鬢髪驚看漸染銀。文物雕鎪虧福命，江山蕭瑟老才人。孤琴泛雪誰傾耳，雄劍如虹自繞身。歸去蘇閶門巷冷，緑槐深映舊家春。

立夏日同鑑堂半江家兄蕁江弟述先坐曉甘園藤花下送春作〔二一〕

流光自循環，春去何煩送。奈兹繾綣情，每惜繁華夢。招攜得良儔，緑墅欣過從。新筠澹以疏，雜鳥紛然哢。好風拂餘塵，談言或微中。葳蕤紫藤花，映日光華動。密蔭引蜂繁，清芬壓架重。芙蓉爽秋期，柳絮迎歸鞚。五載緬清遊，佳時難屢共。安知及芳辰，坐受雲煙供。悠遊愜澄抱，散朗脱銓綜。更待藥欄紅，絲簧雜吟諷。

徐烈婦詩

烈婦吴氏，毘陵徐鑑可妻。鑑可客遊溺死，祖新心以婦方娠，戒弗言。婦夢夫歸泣告死狀〔二二〕，心疑之，朝夕悲歎。既産一女。閲七日，鑑可柩至〔二三〕。婦絶食〔二四〕，翁遣媪防護〔二五〕，卒投間自刺死。里人蔣丈東委爲立傳，並徵詩。爲賦長歌〔二六〕。

惡灘水駛如弦急〔二七〕，昨夢尋君磯上立。濁浪粘天不見君〔二八〕，山峯排劍猿猱泣。連宵復夢君歸來，告我永訣沈泉臺。覺時燈火澹無影，羅幃颯颯風吹開。朝來想像心然疑，含酸未忍垂涕洟。縱教妾命薄如紙，君無死相寧遭危。君雖不諱吾難隨，腹中煢煢慮是兒。何況殘更夢顛倒，卜錢鏡聽無凶詞。可憐彌月還生女，暗祝耶歸頻抱汝。萬里荒山返一棺，呼天泣血天無語。妾心已死安能生，鴻毛未敵身命輕。吳刀一刺委瓊玉，九泉路黑從君行。是日寒冰沍川谷，疾風怒號鄰巷哭。秋衾紅袖共孤墳，樹影連蜷雙鳥宿。吁嗟乎！撫孤守志寧非賢，勁氣所激無兩全。割膚滅鼻古人事，以此較烈何愧焉。矢詩匪以垂女史，鐵石心腸勵男子〔二九〕。

有懷金陵韓氏園林追述舊事感賦四首

其　一

此生何計免勞塵，曾記名園度好春。璧月一輪無主客，梅花千點是交親。鶯聲喚醒南朝夢，酒味邀來白社人。無限韶光買難駐〔三〇〕，頓教彈指悟前因。

其　二

二月秦淮春漲淺，招招蘭艇幾經過。羈懷不減新愁長，積雨初晴暮靄多。欹枕風亭朝聽鼓，擁衾水榭夜聞歌。蒼涼可待頻追憶，怪底當時喚奈何。

其　三

曾看靈鵲護新巢，鳩語空園夏又交。晏子生涯偏近市，沈郎詞賦愛居郊。遥憐勝境渾無主，自哂浮蹤慣解嘲。小築清涼知有日，幽人貞己卜中爻。

其　四

木雞埃馬任推移〔三一〕，悟徹何因解脱遲。澗底松寧嫌地近，幕中燕豈識巢危。山光最好雲開岫，花氣纔新月滿枝。卜墅莫教凡鳥到，待栽芳枳護秋籬。

寄懷潘太史筠軒用正月十八日見贈原韻

桃花新水送歸裝，又見蓮衣散古香。江鯉裁書情繾綣，故人感别月蒼茫。夕陽山外思千里，子夜歌中和幾章。莫問韶春舊來事，真慚傀儡慣登場。

苗刀歌次商司馬寶意韻

三苗遺種誇雄豪，花裙赤脛尻有毛。生兒斂鐵爲積産〔三二〕，十年浴鐵成苗刀。青絲細絡緑皮裹，寒光一髮收銀濤。晶瑩不受土薄蝕，拂拭但用人脂膏。千錢覬覦奮格鬬，刳腸抉面休輕遭。卅年前經大搜剿，委棄兵械深林逃。使君何從得此物，恐防鬼伯中宵號。寒窗把玩出素匣，愁雲蹙蹙風騷騷。方今四極盡康阜，婼羌疏勒無兵鏖。貝多奇樹釀酒醴，驊騮内厩栽葡萄。玀玀擊鼓日歌舞，妄念不敢萌分毫。羅田小寇實土著，何乃蟻聚忘撫匄。紛紛狐黨盡擒縛，奸酋竄匿同驚猱。願持此刀急逐賊，剸之千段如誅蒿。功成納鞘誓不用，凶器百勝宜終弢。長謡怒髪忽倒竪，寒星落落秋旻高〔三三〕。

寄江松泉表丈

金陵元夕春風顛，客子小住城南壖。柳煙浮浮山杏白，客子輕帆去江驛。來何太早歸苦遲，維君與我貪尋詩。六朝遺跡幾搜訪，幽禽喚人苔草長。娥娥粉黛餘高樓，落紅如霰慘不收。歸來扃户閒吟詠，松濤撼窗雨聲勁。經旬不見聊相尋，春泥没踝徑尺深。短箋長紙試問作，一笑階前梅破蕚。回思前事毋乃譌，越轅北轍失已多。有人菉葹采盈掬，君獨胡爲佩蓀菊。我今家居亦大難，敗意俗事紛相干。杪秋一棹遊江甸，西子湖邊波濯練。青陽漸轉春氣回，短衣匹馬趨金臺。問君今來復何作，遠水斜陽竹西路。紗幮籠霧爐香清，紅簫低按新詞成。君家兄弟良難及，花蕚蟬聯刊小集。思君三百水程賒，夢回涼月沈天涯。

寄懷嚴東有三首

其一

今年遊江南，快意覯才子。繁星燦恒沙，散作有源水。部居富圖書，一覽抉其髓。綷羽間明金，跟經躪羣史。春庭積雪深，叩户驚倒屣。異哉腹笥多，淵然更虚已。古人戒早慧，輕薄爲衆詆。如君弱冠年，抱璞藴厥美。别來風雨多，落紅滿階戺。江干夢迢迢，鐘阜靄餘紫。思君詠澧蘭，素月照千里。

其二

敏軒生近世，而抱六代情。風雅慕建安，齋栗懷昭明。囊無一錢守，腹作乾雷鳴。時時坐書牖，發詠驚鸝庚。阿郎雖得官，職此貧更增。近聞典衣盡，竈突無煙青。頻蠟雨中屐，晨夕追良朋。孤棹駛煙水，雜花拗芬馨。惟君與獨厚，過從欣頻仍。酌酒破愁海，覓句鏤寒冰。西窗應念我，餘話秋燈清。

其三

雕蟲本小技，我實愧壯夫。君胡愛我詩，謂可繼古初。遺我琳瑯函，雲霞與之俱。秋風聽落葉，夜月驚啼烏。爲我述哀愴，感我涕沾裾。欲持瓊瑶贈，長物嗟本無。吾家綿莊翁，績學探驪珠。遊思在六經，抉奥尋根株。烺烺日月光，詄蕩經天衢。君其從之學，庶不流偏隅。迢迢千載下，卓然見真儒。即此用相報，願君聽不愚〔三四〕。

校　記

〔一〕時　蕺園詩集卷五作「特」。
〔二〕廢　蕺園詩集卷五作「舊」。
〔三〕本詩不見於蕺園詩集卷五，但見於蕺園詩集卷二。
〔四〕七　蕺園詩集卷五作「匕」。
〔五〕醲　蕺園詩集卷五作「灑」。
〔六〕反　蕺園詩集卷五作「販」。
〔七〕話到深宫　蕺園詩集卷五作「才話天家」。
〔八〕懸　蕺園詩集卷五作「維」。
〔九〕置　蕺園詩集卷五作「在」。
〔一〇〕相輪　蕺園詩集卷五作「輪相」。
〔一一〕茸　蕺園詩集卷五作「葺」。
〔一二〕折　蕺園詩集卷五作「拆」。
〔一三〕極　蕺園詩集卷五作「結」。

〔一四〕〔一五〕瀣亭過亭　蕺園詩集卷五作『晴嵐少泉』。

〔一六〕垤蟻　蕺園詩集卷五作『蟻蛭』。

〔一七〕抓　蕺園詩集卷五作『搔』。

〔一八〕湖　蕺園詩集卷五作『朝』。

〔一九〕水雲　蕺園詩集卷五作『後湖』。

〔二〇〕存　蕺園詩集卷五作『簡』。

〔二一〕曉　蕺園詩集卷五作『晚』。

〔二二〕泣　蕺園詩集卷五作『對之泣』。

〔二三〕至　蕺園詩集卷五作『旋里』。

〔二四〕絶食　蕺園詩集卷五作『得凶問，絶飲食』。

〔二五〕遣媪防護　蕺園詩集卷五作『命人衛之密』。

〔二六〕爲賦長歌　蕺園詩集卷五作『感而賦此』。

〔二七〕惡灘　蕺園詩集卷五作『蟂磯』。

〔二八〕濁　蕺園詩集卷五作『惡』。

〔二九〕心腸　蕺園詩集卷五作『腸堪』。

〔三〇〕買難　蕺園詩集卷五作『難久』。

〔三一〕埃　蕺園詩集卷五作『秧』。

〔三二〕産　蕺園詩集卷五作『屋』。

〔三三〕本句蕺園詩集卷五作『酒人吾欲從荆高』。

〔三四〕不　蕺園詩集卷五作『其』。

勉行堂詩集　卷六

桂宧集 壬申

余書屋前頻年種桂，淮浦地寒，萎者屢矣。昨歲復種二株於庭之東偏，春夏之交，枝葉蔆茂；及秋，蓬蓬作蕊。考爾雅，室東北隅謂之宧，而桂適在焉，因顔曰『桂宧』，且以編集。

效元微之解秋十首

其　一

竢鬱嗟已久，昕夕冀涼天。竹陰墜新露，清風遽颯然。一室漸昭曠，邈絶塵中緣。燈火欣可親，發我殘簡編。

其　二

西窗掩朝日，新涼頗宜睡。微聞墜葉聲，漸覺風氣異。往跡無留景，來軌迭相繼。緇髮坐生華，憮然念身世。

其　三

雜卉被旱暵，寂歷餘疏花。雖無絢爛觀，緑意静不譁。灌木紛翳蒼，晤對懷清嘉〔一〕。塵機無事牽，吾生固有涯。

其　四

清雲覆華囿，澄煙動深柳。明月上重阿，徘徊照虚牖。鳴琴一再彈，圖史紛左右。時復與故人，歡然飲美酒。

其　五

蕭條寒雨飛，極目長川道。美人隔秋山，誰與玩芳草。蟋蟀中夜吟，涼蟬亦枯槁。攬鏡惜朱顔，誰能長美好。

其　六

青穹垂四野，林薄驚迴飈。鷹隼始下擊，紛然灑羽毛。時至會翦除，匪以矜雄豪。但恐叢莽中，竄伏狐兔驕。

其　七

屈宋本多悲，逢秋增怛憯。迢迢千載下，志士同兹感。達人貴自適，心亨處習坎。杜蘅雖可紉，耀美匪所敢。

其　八

梅葉漸凋謝，萌蕊待春律。生理在韜潛，妙旨無速達。愛兹芙蓉秀，離披映石室。誰言霜力嚴，貞姿明晚節。

其　九

金臺夢已醒，秣陵春在眼。十年歎勞勞，機軸困牽轉。閒尋秋水篇，濯髮坐天晚。寂寂無人聲，幽禽喚山館。

其　十

六籍宿敦好，將與古人期。忽忽壯年及，日月去若馳。榮名何所希，讀書差恨遲。蓄懷將誰告，秋菊爲心知。

九秋雜詠十首

秋　月

四時無定照，清魄最宜秋。影動林間鵲，光浮水際樓。華雲浄天末，細笛起邊愁。不寐空山客，猿鳴答澗流。

秋　雨

夕風吹更急，迴薄灑梧陰。燈影背窗暗，鐘聲到曉沈。荷香應已退，池水幾多深。添得愁人鬢，新霜點點侵。

秋　水

蕭蕭下木葉，遠浦日增波。芳芷碧如此，夕陽紅奈何。蒼茫孤島没，杳靄釣船過。鷗鷺眠應穩，菰蘆凉思多。

秋　煙

疏林紛漠漠，井屋晚來晴。山路和雲白，蘿庭漾月生。寒花分黯澹，遠水罩空明。不辨松梢寺，微茫度磬聲。

秋　花

寂歷數枝秀，庭幽石一拳。近霜無俗艷，冒雨得新緣。露洗竹間出，風來架上偏。亭亭終獨笑，照影傍清泉。

秋　柳

瑟瑟弄餘態，蘭臯墜葉初。橋危臨水瘦，煙暝度鴉疏。極目旅情杳，回頭殘照虚。江潭昔遊地，憔悴近何如？

秋 草

芳路眇何極，遠陽含夕霏。煙光依水盡，翠色接天微。冷雨怨痕長，舊宮殘夢非。中宵感鶗鴂，志士獨沾衣。

秋 燕

近社煙水白，分翻緑有痕。補巢防密雨，將子過黄昏。軟語歸期急，遐思海日暄。重來又芳序，莫忘舊朱門。

秋 蟬

孤潔雖自守，那堪氣候移。朝來傳遠響，仍在最高枝。紅樹驛亭路，黄花涼露時。委心隨物化，清豈畏人知。

秋 螢

乍飄還乍止，候至畏清霜。本自託微體，安能揚末光。虚窗來歷亂，旅壁感行藏。猶有餘情在，依依卷帙旁。

食蟹作

北海巨鼇雄壓山，荒唐舊説宜終删。專車之骨曷足貴，相賞惟在砧几間。胭脂作斑霜力健，金膏初盈玉質嫩。手把離騷坐酒池，差了此生無別願。卻憶宵灘燈火紅，摇江細網衝西風。爬沙窸窣遍葦箔，一丸小月煙濛濛。本無腸肚甘屠戮，封作含黄詎爲福。最憐疏雨近重陽，雅稱丹青傍殘菊。横行一世馬相如，身後文章莫羡渠。何似吳興饞太守，尖團换取擘箋初。

同澹園蒓汀焦峯食蟹再疊前韻

蘆中郭索浪疊山，蟹浪，見蟹譜。厥種巨細不可删。江鄉九月足風味，興在橙馨薑辣間。誰言越淮少肥健，看取流脂侵齒嫩。但無監郡得持螯，不獨昔賢懷此願。登盤纍纍背甲紅，簾前古桂猶欺風。支分節解太狼籍，天邊有雁飛冥濛。曾聞佛慈戒殺戮，貪食異味恐非福〔二〕。作法休尋金谷園，清樽且伴連錢菊。君不見，關西健兒貌虎如，膽落曾驚未見渠。誰識水村漁市曉，青煙籠罩出筐初。

以蟹餽半江三疊前韻奉柬

客子久客懷家山，蓴鱸興發誰爲删。淮干風物致不惡，魚牀蟹簖澄湖間。蝤蛑製虎逞豪健，嗟哉外强中絶嫩。生來才分備庖廚，合與騷腸酬滿願。書窗柏葉翻晚紅，壁間蟋蟀賡唐風。束蒲相餉十六輩，引君詩思來空濛。嵇康養生遭殺戮，阮公沈飲寧非福。且須放箸掃珍盤，安用峨冠佩芳菊。南園秋色畫不如，扶持酒力正要渠。可憶梁谿霜露冷，琴聲落落月來初。

閘吏以河蟹見餉四疊前韻謝之

愁城競起如排山，無肴有酒安可删。朝來筮卦欣得解，食指蠕動須臾間。河流近閘水性健，就中産蟹逾甘嫩。横弓挾弩遭網羅，竇氣蟠胸何所願。想像緣塍穲稏紅，離離夕照吹腥風。草泥行疾向深港，似畏重霧飛綿蒙。吁嗟駢首終蒙戮，遠愧髯蘇能惜福。君同魯吏饋雙魚，我勝陶公對叢菊。河豚石蛣應難如，一殼玄黄酷愛渠。椒豉擣馨封古甕〔三〕，待開春釀上燈初。

記　夢〔四〕

九月十二日夜，夢遊京城西之湖心寺，波光浩然，扣楫吟一絶，覺尚惺記。惟第二句尾三字忘之，因以意足成。偶識於此〔五〕。

長安春盡柳毶毶，小艇穿城過野菴。驚起亂鷗投别浦，接天煙水似江南。

鳳磯山人畫龍歌

國朝邊髯善撾鼓，漁陽摻弄乘酒酣。頭撞足蹋悉中節，闐闐坎坎諧雅南。鳳磯山人生同時，作畫亦以此法參。當其解衣恣盤礴，鍵户不許人窺探。凝神冥想起作勢，熊蹲虎踞駒脱驂。以身運腕指作筆，髮漬墨瀋垂鬖鬖。何年遺此畫龍障，墨霧瀰漫罩堂上。一鱗片甲雨氣森，閃閃平臯翻疊浪。傳聞畫成犴狴中，獄吏展紙心忡忡。亦如下柱創新隸〔六〕，鬱極翻使神明通。諦觀形態有千變，拏攫盤旋身隱現。職官安得劉累馴，駭魄休教葉公見。懸之素壁夜有聲，一月陰晦何嘗晴。風馳霆驟不飛去，世上何人爲點睛？

夢曹抑堂

山山木葉傍人飛，瘦馬斜陽夢子歸。春水多情懷舊侶，秋霜無賴點征衣。明珠入握光偏暗，古瑟頻彈和每稀。開徑已儲冬釀美，南榮清話共忘機。

題王石谷所畫夏山圖長卷

國初畫手推青溪，筆意遠到無町畦。金陵八家墮色相，野鶩詎敢欺家雞。後來秀者有石谷，三品六法窮端倪。此卷長凡數丈紙，覽披峯勢如雲起。袛疑嵐翠滴窗間，或恐簷頭翻瀑水。秋山太瘦春山妍，皴染夏景師巨然。初爲平坡乍偃蹇，遠浦如煙樹如剪。寺樓兀兀當山坳，疑有鐘梵傳林梢。忽驚對面聳層嶂，拔地崚嶒到天上。蘿薜陰留太古痕，松崖倒插迴溪漲。就中茅屋排參差，清風掠地暑不知。帆檣縹緲接何處，絶似清涼閣下巖。江湄笑我年來倦塵役，赤日行天苦炎炙。千巖萬壑馬頭迎，過眼匆匆悔輕擲。流傳贋本多失真，似此墨妙幾入神。卧遊剩覺情懷好，終愧溪山放浪人。

再題石谷所臨黄鶴山樵溪山無盡長卷

夕陽明半巘，空翠圍古陂。大曰峘山小曰岌，高爲懸澗洿爲池。峯迴徑斷影不斷，中有流波輕逶迤。蒼蒼萬仞崖倒挂，枯樹枝幽巖峭壑。人跡絶異境，惟許猿鳥窺。窈然碧溪深，峭石臨荒涯。舟行平水若明鏡，風吹細浪微生漪。横琴一三人，宴坐孤亭隈。想應不識世間事，風味仍是羲皇時。匼匝前嶺忽下垂，後嶺突起堅相持。盤旋鬱嵂勢欲盡，峻坂一豁千里馳。黄鶴所圖石田仿，兩卷妙絶無參差。烏目山人熟尋玩，心雖默識手弗追。胸中鎔鑄四十載，怳然有得神工隨。昔人一藝費詳揣，末流鹵莽吁可悲。我吟將爲作者規，見畫聊且觀吾詩。

題袁存齋隨園對雪小影

高峯凍縮層雲合，雪際園林勢重沓。已迷修竹到時門，不辨遥林圍處塔。搴簾騁望極高下，破碎巖巒如補衲。冥心歛視若有得，醃䤈孤梅香破臘。披圖一笑識君慣，欲贈狂言子其答。江南春早我曾到，襆被西窗勞下榻。燭寒無焰雪無聲，忽聽長松被摧拉。郵亭擁鼻送君去，懍懍川冰馬馳馺。羈棲客子不自慰，花信重重倦遊踏。溪山無恙對人閒，禽鳥關情傳響雜。我歸淮浦悔獻璞，君去秦關嫌嚼蠟。雞聲客夢髮成絲，泥首金人口三匝。蓮花峯頂萬丈秋，苦憶垂楊拂幽閤。道人玡玟示機祥，思婦小戎吟軜。歸來幸未失故步，十斛衣塵飄拉颯。冬心自抱堪寫照，清景無窮任收納。行年及壯楚邱噫，隱几喪吾南郭嗒。從教梟雁共沿緣，況有圖書任開闔。雪消春盡遲吾蹤，嗑嗑相逢傾十榼。

以秋海棠種送家蕁江兄並贈詩

冬籬無餘妍，寂對意不懌。豈惟緬韶春，秋景已堪惜。鄙性愛花草，庭院遍栽植。澆灌乏元功，落落寡滋殖。今年桂作花，牽引吟興劇。其時碧砌下，海棠開歷歷。素月分涼姿，微雨洗柔色。轉眼霜氣嚴，掃地失故跡。憶君園林中，萬樹插天碧。昨來看芙蓉，狂笑脱冠幘。更憐楓葉丹，映帶夕陽夕。候至物不留，爾我同嘆喈。呼童向幽徑，遺種幸拾得。餉君早分播，小春資土力。顆排烏目圓，徑待錦綳拆。定知競繁艷，斑駁繞白石。把酒坐花叢，君主我爲客。

買琴詩爲家筠樹弟賦

俗流同一嗤，好今不好古。況茲繁華區，箏笛事歌舞。清琴無知音，幾與爨薪伍。買者固解人，鬻者亦可取。焦尾與繞梁，代遠孰辨汝。零落螺蚌暉，製作猶楚楚。挂壁未即彈，對此敢狎侮。吾弟罕長物，此物堪作主。將尋少宮商，勿作變徵羽。石房迸疏花，興發一再鼓。裊裊篆香縈，高樹墜涼雨。

袁存齋以天女散花圖見示題三絶句

其一

世間小劫抵恒河，底事飄摇涉海波。十萬支提渾是妄，丹青不用補維摩。

其二

姮娥亦自憐孤寡，天女何曾慣索居。莫向圖中辨仙佛，眉間清恨總難舒。

其　三

絶俗難教露喜瞋，綃衣綷縩想天真。翻疑居士禪根淺，示病因由爲此人。

歲暮作

歲華已流暮，撫景惜蹉跎。故友幾回別，空庭積葉多。冰霜中夜念，蟋蟀古人歌。檢點殘編簡，吾將老澗阿。

聞滁州馮粹中没於京邸詩以哭之並告諸友謀歸其喪〔七〕

其　一

春園杏壓鬖髿髫，誰料承塵鵩示徵。海上松期方本幻，馮曾遇假仙於浙水。冢中文字焰猶騰。貧深旅次喪無主，病入殘春鬼可憎。誰遣餘魂慰邱首，黄河冰色曉凌兢。

其　二

西風落葉客將行，柳色河橋記子情。臣朔侏儒飢羨飽，涇流渭水濁兼清。凌秋俠魄高雲冷，倚壁丹輀亂草生。功業詞章竟何有，令人惆悵薄科名。

瘦

食蛙則瘦食熊肥，斯理荒唐未易推〔八〕。腰憶沈郎多病減，鬢經潘令積愁催。終憐少壯堂堂去，或恐清虚日日來。孤影支持誰是伴，引將涼鶴曉徘徊。

瀣亭過亭兩姪以月季花見貽賦此以謝〔九〕

對酒吟殘序，看花憶主人。移將四時秀，贈我數枝春。密葉承荄細，凝脂拂面勻。淡隨煙露色，雅結雪霜因。玉杏曾爲伴，緗梅久卜鄰。初蓮分艷冶，晚菊畀精神。暫謝蟾光缺，争開蓂莢新。芳宜占朔閏，香不斷宵晨。慣見人寧惜，含葩意自珍。何須品名目，已是出埃塵。隙地栽偏好，虚亭草似茵。疏籬編麂眼，異石疊魚鱗。弄態陵蒼柏，流姿傍古筠。閲來寒暑易，禁得雨風頻。客訝離披瘦，月季，一名瘦客。天留點綴貧。繁華時不覺，冷澹後堪親。供佛疑舒笑，巡闌合解瞋。淺深紅不定，插向紫綸巾。

偶過東城感懷邊葦間成七絶句

其　一

一幅城東畫裏詩，依然殘柳拂荒陂。菰蘆響雨寒波濺，想像蕭蕭落墨時。

其　二

臘雪侵除記訪君，江南江北愴離羣。寧知暮雨歸來日，荒草盈門失子雲。

其　三

老向蓬茅結浄因，丹青蕭瑟轉通神。夕汀鳧雁眠雲冷，誰寫荒寒付故人。

其　四

幻影何煩問去來，歲星天上杳難迴。累他鄰舍愁填耳，弱妾孤兒夜哭哀。

其　五

生前身後何窮事，握手曾聽絮論餘。寂寂九原人道隔〔一〇〕，也須裁答秣陵書。

其　六

一笑尊前落拓身，番番高會總成塵。憐余未到中年後，已是多哀少樂人。

其七

心營手畫築新廬，歎息殘年萬事虚。更忍看他書閣廢，但過門巷淚盈裾。

釋貫休所畫散髮維摩像

唐人畫衣褶，乃法玉筯篆。離披復肖水荇紋，葉葉絲絲風拂轉。維摩面帶古月光，靈機内隱目不揚。鬖髿髮委過肩背，覆頂冉冉高雲凉。或云此是貫休作，取神合契遺糟粕。臨摩羅漢一十六，年湮兵燹多零落。我聞文殊摩詰非有二，幻跡人間事遊戲。纔看病骨兀枯軀，旋見蜂臺布燈穗。不須泥作何世尊，熟視未敢以手捫。齋心午夜旃檀爇，悄然正似忘言説。

太平鼓歌和商司馬寶意

闐然擊鼓歌太平，寒花吐焰衆鳥鳴。百年里堠静不驚，鼎鼎萬物皆恬生。曰雨斯雨曰晴晴，和樂既久揚其聲。靈鼉雷獸轟殷地，别翻新樣供遊戲。高麗造紙如織絲，雪練平鋪肌理膩。雙裁冒鼓柄夾持，如團扇影滿月規。非宫非商發細響，暖煙弱絮隨風吹。歌童一色錦纏縛，蹈節應聲何綽約。當筵屢舞竦若傾，摇動銅鐶銀落索。憶初見此從京華，五侯堂上鯨燈遮。紅薇屏敞地衣暖，坎坎入耳和箏琶。我聞承平雖久不廢武，盍思將帥聽鼙鼓。不然此鼓堪勸農，迎虎迎猫賽田祖。國家蓄力禦西戎，賦減徭輕玉燭融〔一四〕。好倏呼韓爭國隙，堂堂金鼓出湟中。突厥君臣應縛面，受降軍帳吹笳遍。更編小鼓雜鉦鞀，奏向龍池慶成宴。

題元人所畫雙鷺圖寄商司馬寶意

有莞者蒲折者荷，澄溪澹澹静不波。翻翻白鳥食茄下，野性那復憂虞羅。一翹隻足仰其頸，一飛向空斜帶整。緑蘋風起似驚秋，紅蓼花深宜照影。由來愛潔毛骨殊，雪絲蓋頂圓沙鋪。誰能貌取最真態，春鋤上下如相呼。畫家恐是錢舜舉，我欲問鷺鷺不語。浪高憶爾破遥天，雨急憐伊避寒溆。有客思歸放白鷴，幾回對畫起愁顔。槎松葉暗霜魚小，争得江湖趁汝閒。

董賢玉印歌

雄狐化雌氣不振，榮落匆匆抵朝蕣。漢家曾鑄鄧通錢，後代猶傳董倖印。龜銜方鈕二寸盈，大司馬董不記名〔一二〕。篆文遒勁類披靡，四規汗血紅絲縈。牢耶石耶綬若若，後來年少仍高爵。避塵拜謁有孔光，何事單于偏錯愕。賜珍賜第未足酬，便房窈窕身後謀。若教禪授法堯舜，國璽奚待文母投。反膺高視者誰子，胸藏銛刀暗相擬。免冠收綬太倉皇，斷袖恩深爲君死。君不見，將軍猨臂力挽强，馮公白首還爲郎。乘珪列爵天所吝，翻使若輩懸青囊。我聞衛青玉印元朝出，古物斑爛鐘鼎匹。已驚高冢失祁連，尚有豐功傳鉅筆。吁嗟此玉何不辰，穢名鏤刻垂千春。桓魋之馬申侯璧，一笑迷途紛接跡。

宋徽宗畫龍翔池鸂鶒圖

我行骨董肆，瞥見古畫軸。筆姿墨彩愜飛動，摇蕩心魂眩雙目。諦觀乃是道君所畫鸂鶒圖，宣和小印鈐紅朱。瘦金書體數百字，拂紙靉靆雲煙鋪。緬昔酣嬉忘國步，江南花石催無數。清陰閣傍碧琅玕，雪浪金隄栽玉樹。龍翔池畔風日春〔一三〕，采蘭祓禊逢佳辰。瓊林宴上出此作，金華鳳藻驚羣臣〔一四〕。彩襟錦臆垂霞縷〔一五〕，顧影相矜如刷羽。直從禁地寫江湖，一片横塘澹煙雨。紇千山雀飛聯翩，如斯絶技天不憐。才藻南唐後主敵，兵戈西晉永嘉年。五國城西沙拂面，拂箋細寫師師傳〔一六〕。荒村古驛月痕斜，詞筆纏綿詠孤燕〔一七〕。故國蒼茫落照殘，春深誰更倚紅欄。無情宫鳥銜花出，幾許遺民拭淚看〔一八〕。

李桐園見示寒夜聽雨之作漫成長句奉柬

階前古檜吟風急，白雨侵窗窗紙濕〔一九〕。幽憂客子衾枕單，披衣起向空庭立。仰天天色何茫茫，密點斜行紛湁潗。更籌暗下昧時候，書卷紛披懶收拾。催晨坐待鄰雞號，禁冷真同壁蟲蟄。朝來示我愁霖唱，拂紙憐君百端集。故園消息夢中到，衰柳離披拂原隰。煙横葦屋燈影清，霜落蘋汀水聲澀〔二〇〕。以兹感歎動歸思，未免心長綆難汲。我曾彈劍賦遠遊，别意羈情久嫺習。北風沾水雪沾衣，黄葉江村雨催楫。其間觸境寡聊賴，往往觀空禮羅什。百年行止有定數，比似升階且緣級。邇來家居轉鬱鬱，欲訪名山負行笈。他時聽雨惱孤眠，應與君詩相蹈襲。詩成雲霽卷重簾，一片清寒月光入。

題士女畫障六首

烏孫公主

寒天風起日昏昏，衰草寒雲最愴魂。幾隻明駝數聲角，漢家公主嫁烏孫。

侯夫人

庭梅砌雪寒相逼，衣帶題詩枉自嗟。猶賸生香一抔土，杏花紅到玉鉤斜。

杜　秋

故宫紅雨春來夢，緑鬢叢叢漸有霜。一首哀歌數行淚，關情不獨爲秋娘。

小周后

紅羅亭子巧安排，一色瑶花拂玉階。故國煙銷春事晚，民間猶唱縷金鞋。

薛宵娘

一叢花霧立便娟，羅韈凌塵月未弦。卻笑荒傖齊後主，誇人步步有金蓮。

花蕊夫人

魂歸望帝招難返，玉彈雕弓暗寫真。千載細腰宫畔廟，故應配食息夫人。

題蓴江兄晚甘園風雨晦明圖

斜陽未没南樓角，一帶濃陰張翠幄〔二一〕。摇煙颭雨竹千竿，湖上風生波濯濯。園亭暢好得佳主，并寫丹青歸卷握。知君意不在圖畫，别有奇懷寄幽邈。朝霞夕霧紛變態，造化何曾費雕琢。從教歲月遞遷逝，渾渾初心無改朔。法曹靈運久親契，如此圖中來每數。案頭擢秀有冬蘭，池上披襟對秋藥。宵深燭跋朝日暾，短紙長箋互礱斵。所期汗漫遊天衢，肯守偏隅一家學。安知路鬼善揶揄，亦有方言殊鼠璞。君驚絲素忽盈顛，我笑諸毛空繞涿。半枯桐尚韻孤清，一足夔仍走跉踔。某邱某樹自位置，來復深機養從剥。已將得失悟筌蹄，或恐逍遥勝籛偓。即看尺幅含遠思，清氣棱棱眉宇撲。山川顯晦識時候，風雨雞鳴静商搉〔二二〕。聊憑畫裏著閒身，詎向涇流飲餘濁。暖回冰谷望巖梅，雲浄長空佇孤鶩。蒼茫好景總浮塵，彈指流光付圓覺。

讀漢書偶成三首

其一

買臣雖讀書，所志惟勢利。俯首食祭餘，不爲去婦愧。上書干明君，遂荷會稽拜。腰下印煌煌，驚倒故鄉吏。意得氣益驕，殃禍竟相繼。繁花豈不絢，逞色易爲敗。蘭生空谷中，歲晚芬馨在。

其二

相如諫遊獵，旨意類樸忠。奈何喻巴蜀，贊主開邊功。遺草頌封禪，大言何隆隆。雖云富才藻，毋乃佞諂同。始知詞賦客，罕能植當躬。泛泛若梗萍，隨波蕩西東。劇秦而美新，厥派開揚雄。

其 三

儒者治經術，先貴飭一身。嗟嗟匡張輩，竊禄爲具臣。賢才阻亨衢，貨利營私門。疏布禮下士，曾不如平津。將毋夙所學，淺陋非真醇。否則騰口説，不以心跡親。卓哉廣川相，曠世無與倫。

校 記

〔一〕懷清嘉 蕺園詩集卷六作「中情佳」。
〔二〕異味 蕺園詩集卷六作「味嗜」。
〔三〕擣馨 蕺園詩集卷六作「且須」。
〔四〕此首詩題據蕺園詩集卷六增補。
〔五〕遊京城西之湖心寺 蕺園詩集卷六作「在都門乘船過城西善覺寺」。第二句 蕺園詩集卷六作「第三句」。
〔六〕下柱 蕺園詩集卷六作「下杜」。
〔七〕州 蕺園詩集卷六作「郡」。喪 蕺園詩集卷六作「柩」。
〔八〕易 蕺園詩集卷六作「可」。
〔九〕瀣亭過亭 蕺園詩集卷六作「晴嵐少泉」。
〔一〇〕原 蕺園詩集卷六作「泉」。
〔一一〕玉燭 蕺園詩集卷六作「道氣」。

〔一二〕大司馬　蕺園詩集卷六作『衛將軍』。
〔一三〕畔　蕺園詩集卷六作『上』。
〔一四〕金華　蕺園詩集卷六作『奎章』。
〔一五〕鏤　蕺園詩集卷六作『縷』。
〔一六〕此句蕺園詩集卷六作『帛書空憶南來雁』。
〔一七〕纏綿　蕺園詩集卷六作『蕭疏』。
〔一八〕『無情』二句　蕺園詩集卷六作『無情水鳥争飛去，風滿清池碧草寒』。
〔一九〕白　蕺園詩集卷六作『寒』。
〔二〇〕蘋汀　蕺園詩集卷六作『澄溪』。
〔二一〕陰　蕺園詩集卷六作『林』。
〔二二〕摧　疑當作『榷』。

勉行堂詩集 卷七

小金臺集上 癸酉

輿地名勝志：黄金臺在順天府東南十六里，又有小金臺，相去一里，蓋後人慕燕昭王好士所築。余自癸酉仲春北上，秋杪湍返，征驂旅次，篇什漸多，釐爲二卷，統名之曰小金臺集，記所届也，且以别於易水金臺云。

辭家吟三首

其 一

不知何事又辭家，瘦馬登登驛路斜。遠浦波澄羡鷗鷺，空山春晚閉煙霞。難消欹枕清涼夢，且看鋪堂富貴花。多少金門詞賦客，敢將薄技向人誇。

其 二

蹤跡蓬萍豈自如，真慚小草託沮洳。論心舊雨煩留榻，謂芋圃諸君。攘臂何人笑下車。築室會須名止止，占爻未礙得徐徐。探奇尚有雄襟在，凝眺金臺落照餘。

其三

岸頭新柳不勝情，繾綣難忘舊隱盟。別酒一樽宵雨黯，亂山幾點曉雲橫。從知得失何關計，祇恐懷安易敗名。今夜魚溝邨店宿，斷鴉殘雪是初程。

蒙陰道中大風

羣山忽動摇，草木盡奔走。陰陽有陶結，噫氣恣哮吼。目眩耳欲聾，萬象互紛糾。雲飛籜飄墜，石起戈擊掊。孱馬競前驅，如有督其後。恐防最高峯，吹落同培塿。山靈太戲劇，客子誠窶藪。衣單懍餘寒，勢定駭彌久。解轡索村醪，新月上溪口。

新泰道中

山勢如崩濤，湧起不可遏。縱横亂石排，復似濺流沫。坎坷得登頓〔一〕，谽谺闢門闥。老樹無妍枝，夾道相逼拶。遥聞禽語清，知有澗泉聒。時從蜿蜒餘，平地一峯拔。欹斜出細徑，異境忽開豁。陽坡接平遠，栅舍倚杉栝。客途雖險艱，寓目轉奇闊。西村多寒雲，我馬於此秣。

望泰山

行行萬山中，忽睹岱岳狀。如隨兒曹肩，仰見丈人行。嵯峨冠太清，煙雲恣飄颺。隆高不自矜，但覺神魄王。蜿蜒走長陂，鑿鑿起屏障。了無濃媚姿，鄭重絶依傍。客行有常期，駐立轉惆悵。頗慚西向笑，差類北海望。重來冀秋時，玉檢一登訪。

遊嶽廟

告功及仲春，巡狩自茲始。亭亭暨云云[二]，秩祀古無比。陟巔愧未能，向夕歷巖趾。嶄然廟貌新，肅穆不可擬。漢柏鬱陰森，秦碑未傾圮。玉階帶雲横，彩棟接霄峙。殿古霞氣清，崖深嵐色紫。龍香垂霽靆，緑鳳下盤委。維天厚厥生，出震位元子。抱此霖雨功，冲漠贊神理。衆靈雜還會，旗旆紛戢舂。蹴踏墮星辰，鞭箠走神鬼。宜齋竦拜心，敢議綿蕞禮。

晚風拂生衣，歸路何邐迤。惝怳不成眠，天雞催客起。

長清道中杏花盛開

微雨灑輕埃，翠嶺出新沐。驅車凌修途，山路何屈曲。炊煙起長林，積水帶幽屋。俄鶩照眼明，野杏紛簇簇。籬落生微姿，衣袂染餘馥。居人豈解愛，結實冀成熟。安知便娟花，慰此行客目。行客亦多愁，悽然鄉思觸。江南春未闌，雜卉遍谿谷。鑾樝擔小紅，蠶歌出深緑。胡爲逐車輪，塵坱走鹿鹿。即事生遠慚，抒懷緩征躅。翩翾墮飛英，山鳥喚人宿。

涿郡懷古

蚩尤城

繚垣漸崩頹，尚作干天勢。伊誰弄五兵，縱彼封狼噬。芸芸淳古民，但用結繩治。奚爲事鬬争〔三〕，流毒且千世。堂堂涿鹿戰，營陳布鱗次。天網彌六維，勁翮安可逝。鼓角而龍吟，魑魅已潛避。初占白虹亘，忽睹妖星墜。帝乃垂衣裳，鏗鎗洞庭吹。曾聞强死者，終古作長厲。事同支祁鎖，典異烈山祀。我欲告長官，遺址盍燔棄。俾此首虐人，滅没等塵翳。不見薛伯高，亭廟毁有鼻。

琴高祠

虚堂祀水仙，雲氣白於練。崚嶒峭石姿，磊砢古松面。流波學挿琴，沙際墮寒雁。頗聞陰雨天，龍子或隱見。空濛遼化鶴，想像鳬飛縣。生平慕隱淪，所尚匪奇幻。如何塵役身，逐此車馬倦。長謡步虚詞，山花墜如霰。

華陽臺 舊傳燕太子丹與樊將軍置酒華陽館，出美人、名馬，即此處〔四〕。

涼風拂層臺，旭日散平野。疏疏草樹煙，遠水無聲瀉。嬴秦昔肆虐，燕國爲菹鮓。懍懍蓄陰謀，志士來宮庌。美人且勿恤，何況追風馬。寧知慷慨懷，事敗同飄瓦。秦氏亦荒涼，石隧無餘灺。空餘激壯風，弔古涕頻灑。苟無愛士心，孰是酬恩者？

樓桑邨

吁嗟潞涿君，故里枌榆緑。年荒祈賽稀，廟古冠裳肅。吞吳爽初志，大業未全復。迢迢永安宫，南北但遺躅。當時荀許輩，寇盗視巴蜀。安知千載下，正統歸天屬。童童數株樹，兀兀懸葆纛。豈惟上牀卧，終見靈光燭。七十二墳邊，無人薦芻束。

將至都門先寄諸同好五首〔五〕

儲鴻臚梅夫

曾陪炎暑共題詩，夕照風和欲别時。孤棹久尋淮上水，清班仍總漢朝儀。花經宿雨開應滿，雲戀寒山出每遲。猶喜九門春未晚，暖鶯啼遍最高枝。

陸侍御抑齋

閒題秋扇伴征行，策策寒花照錦楹。一曲艷歌將進酒，三年清淚故交情。庭前鶴倦氃氋態，爨下桐孤激烈聲。莫問升沉近來事，鬢邊絲已學霜莖。

費員外笠浦

顛風密雨滯長征，君到還應計我程。行色月邊涼雁語，鄉情花底慢歌聲。門臨僻巷塵沙遠，屋有藏書几案清。始信坡公詩句好，萬人如海隱王城。

鄭太史誠齋

晚甘春曉共探尋，早識澄波不染心。興到狂時吟句穩，情從淡處締交深。蟬餐墜露風偏急，鶴唳清宵月未沈。漫擬故山松桂隱，海棠如雪一開襟。太史舊有詠白秋海棠詩。

吳上舍山夫

四別吟成欲判年，君北上，有四別詩，蓋別弟、別内、別子、别友也。短衣寒日向幽燕。病餘老鶴思翀舉，食飽韝鷹厭縛纏。閒訪漢唐碑字古，静摹鐘鼎墨花妍。轅車彳亍長安裏，可憶蕭湖放鴨船。

次韻奉和儲鴻臚梅夫寓齋述懷〔六〕

長安春盡旱不雨，櫻桃風急塵滿街。我來城西僦矮屋，筆牀茶竈聊鋪排。南鄰歌鐘北里鼓，玉河橋下新流湝。墻頭纖纖挂初柳，草生石徑門休闔。雖欣地僻絕來往，鄉思根觸嗟違乖。忽驚琅玕墮尺幅，摩娑倦眼開氛霾。長謠不覺月舒魄，快舞欲礙松橫釵。聞君舊宅太湫隘，庭緣贏蚔窗生蠹。朅來移去居更仄，但愛繞屋多榆槐。戲拈鼠鬚寫襟抱，逸韻往往宮商諧。怒雷搜壁出幽蟄，涓露著土濡芳荄。詩高顧我豈能和，强以蚓竅隨鶯喈。君今秩視典屬國，鹿門有夢通金階。奚爲遐情託邱壑，嗒然隱几忘筋骸。銅官山中溪水緑，竹弓乳鴨長牽懷。我今頭童齒欲豁，燕雀猶自棲藩柴。十年滿飲費墨汁，賈勇難奪三珠牌。便思從此清淨退，耕煙釣雪尋朋儕。期君功成訪我去，蒼巖遥指雲中埋。攜持兩詩作張本，藤池小築連莎齋。

讀鶯脰湖集題贈王梅沜五首

其一

十丈紅塵裏，稱詩得此人。閒尋雲刹古，老對鳳城春。入骨愛朋侣，坦懷忘賤貧。把君吟卷讀，意得轉傷神。

其二

弱冠編詩日，飄零四十年。溪山迎笛舫，風雨逼吟肩。匣有千金劍，家無一棱田。辛勤託書卷，倦向酒家眠。

其　三

雪壓孤篷夜，煙横晚岫時。風懷一瀟灑，逸韻吐參差。句險蛟龍攫，心清鷗鷺知。朝來蠟雙屐，又擬去探奇。

其　四

淼淼春波碧，千秋鷲脰湖。天寒收橘價，港闊減魚租。從此棹歌去，自然煙景殊。知君歸隱計，凉夢繞菰蘆。

其　五

邗水經年住，秦淮一棹過。交遊比零落，心思復如何。久病花垂幔，工愁月減波。冷吟江上去，葉葉晚楓多。

豐臺芍藥歌

廣陵芍藥推名邦，繁華電掃吁可慢。洞庭條谷亦蕭瑟，擢艷不足誇蘭茳。我遊長安值三月，穿簷急雨鳴淙淙。豐臺欲往泥滑滑，坐惜春事隨奔瀧。曉風吹雲赤丸吐，小車試駕馳輕䉶〔七〕。傍城煙樹最蒙密，鱗鱗碧水窺魚矼。初驚霞色照四野，忽有香氣侵單裿。粉痕低翻折釵股，翠幹細聳標修橦。奇枝浩態紛觸目〔八〕，蜀錦濯濯鋪澄江。就中純白最矜貴，静意不受羣英嘔。誰言品地合近侍，姚黄徐紫宜輪降。惜哉北人不好事，遊跡那復聞跫跫。江南繞砌植芳朵，小石疊映高崆峣。朱欄深護粉垣短，清蟾流影明珠釭。青裙蠟屐競來往，亦有絲竹紛掙摐。祇今爛漫對花海，荒菴幾處飄松幢。野禽下啄丹萼破，時見蜂蝶來雙雙。居人曉劚八市賣，但唱紫韻兼紅腔。乃知凡物貴點綴，不然奚取豐且龎。聊從寺僧乞數種，膽銅吟玩臨春窗。

旅寓遣懷四首

其　一

去住渾疑有夙因，重判衣袂涴緇塵〔九〕。柘枝偶作當場舞，雞骨慵占野廟神。澹澹鶯花憐故國，疏疏風雨度蕭晨。故應難展穿楊手，老作清時擊壤民。

其　二

世情鹵莽競錐刀，得失雞蟲祇自豪。殘篋誰憐白團扇，新聲終愛鬱輪袍。波深滄海龍吟細，天抹閒雲雁陣高。積障破除書卷在，一枝籬菊送香醪。

其　三

瀟瀟初雨撲雕簾，睡起懵騰興未恢。南國夢餘花信晚，西城居近井泉甜。不慚齒壯名難就，長是愁深病亦兼。何事故鄉消息斷，辭家兩見換新蟾。

其　四

無恙春雲覆竹窩，閉門從遣歲蹉跎。芳苔漸長幽居穩，壯志潛消鄉夢多。穿幕燕惟尋舊壘，揀枝鶯每學新歌。生涯會得天公意，終許閒身寄薜蘿。

以芍藥送李芋圃太史附詩代柬

市頭婪尾壓籃新，浩態知君賞最真。江國久虛臨水讌，京華聊作餽花人。旅情獨對難成趣，瓊苑相看倍覺春。向夕玄言期茗飲，兩枝芸燭月如銀。

題符幼魯員外春凫集後

聲聞非淺諦，尚恐涉因果。何如大清浄，一舉空物我。惟詩亦如斯，妙境不容揣。翠竹澹無姿，黄花寒婐妮。君詩契三昧，灑落匪堆垛。想當得意時，解衣盤礴羸。如梅點宮妝，無意自帖妥。如角挂羚羊，宛轉弗摧墮。良能掃翳霾，而勿食煙火。予亦事謳吟，未免好張簸。所期爛雲霞，旋復兼瘯蠡。勞思疲精神，自顧計何左。因君詩觸悟，便欲解韁鎖。淡泊全其天，圓朗得珠顆。悄然逗真機，迅若絃釋笴。初月照迴環，春江開澹沱。持此證維摩，應得一笑可。

暮投法源寺次庚午寓壁舊韻呈天月長老

其　一

擾擾塵寰孰息機，重尋夕寺入煙微。鶴歸遠嶼雲垂影，松偃閒亭月漾輝。未信暫來殊久住，聊憑昨是證今非。彌陀居士渾無恙，水木青葱識所依。

其　二

三年小別豈前因，又著繁霜點客身。積雨徑披新緑草，護門犬識舊歸人。蒼楠翠栝僧同老，古鉢清琴榻少塵。與佛有緣宜合十，結香花下整冠巾。

其　三

塵海何人涉淼茫，琳宫梵宇自旁唐。上林賦註：旁唐，言盤礴也。燈傳枯瘦維摩影，烏下惺忪水月埸。雨社風巢成驛舍，雪泥鴻爪問空桑。紗籠題壁休尋覓，且掃松花卧鹿牀。

其　四

曾聽粥鼓閱昏明，禮鼠慈鴉識姓名。萬卷秘經容我讀，幾枝修竹對人清。沙邊卧柳寒多態，户外流波澮作聲。欲叩導師傳了義，斯須來去即三生。

白丁香花十二韻

種得愁千點，團將雪幾枝。緑風迎曉幕，素質近清池。綴露羅羅影，含煙娜娜姿。蕊繁惟欲墜，香細不禁吹。瑣碎禽傳語，纏綿雨散絲。憑誰訴幽恨，差解繫相思。軟玉玲瓏態，餘春澹蕩時。敢爭桃李秀，已被蝶蜂知。珠珥垂相亞，瑶簪簇最宜。下燈人病酒，促漏月過墀。豈是忘憂侶，非無解結期。粉身休競艷，閒詠少陵詩。

茅岾瞻招集半園分韻賦得安字

空翠澹然合，此中常夏寒。藤英覆煙沼，松影凌雲端〔一〇〕。駊騀出亭臺，嵽嵲開林巒。誰令咫尺間，具此千里觀。疏疏度清風，賓主皆言歡。爰持盈觴酒，紅藥紛當欄。旅人雖即次，塵抱殊未安。邱壑愜微尚，浩歌天宇寬。驅車分手去，夕陽鳴禽闌。回瞻絶勝地，余懷良未殫。

題吳漢槎秋笳集後六首

其　一

紅鹽地接古居延，衰草黄雲别是天。家令一言初徙塞，營平三奏遠屯田〔一一〕。健兒躍馬恒輕命，介士乘秋競戍邊。誰是漢臣工飲羽，早驚絶漠姓名傳。

其　二

驛臺高並曉峯寒，旗鼓堂堂接白蘭。獵火緣山飛彍騎，雪花凝幕擁刀官。天晴鶻鴞無留影，令出風雷改舊觀。肯使至尊勞遠慮，待封姑衍築秋壇。

其　三

戟門宵警奏伊涼，羽檄潛飛抵朔方。行部按修光禄障，前軍争縛谷蠡王。催將白練來軍府，盡放明駝卧夕陽。辛苦捷書經百戰，幾人勳伐上旗常。

其　四

少卿題字緑斑斕，下馬曾聞拜雪山。羌性迷離工兩面，邊防巖阻重三關。威加湯姐姑繒外，恩在金河鐵勒間。拊髀壯夫思報國，休憐明月唱刀環。

其　五

畏吾方語篆龍蛇，夜市星盤俗共誇。珠玉不珍西女國，酪酥争獻梵王家。温磨馬舍牛欄火，鄭重頭綱八餅茶。失喜葡萄新釀熟，醉眠蕃帳引清笳。

其　六

專閫雄藩製便宜，康居遥步列旌旂〔一二〕。踐更素練寧無備，諜間潛行豈不知？争國呼韓初侍子，逞驕頡利漫勞師。渾瑊亦是防秋戍，未讓凌煙颯爽姿。

聞　歌〔一三〕

其　一

青鳥沈沈少信來，當窗瞥見轉驚猜。劇憐一掬珠泉水，流向東溟更不回。

其　二

雕籠玉粒誤生平，猶是春風倦柳情。莫恨他時成老輩，人間難得米嘉榮。

其　三

處處柔波樹樹煙，紅簫吹上采菱船。吳宫花草邗江月，誰博纏頭十萬錢？

其　四

星津脈脈未通波，誰遣黄姑夜渡河？茗碗爐香太情分，不煩清調起陽阿。

遊太學觀石鼓

纖雲浄掃澄高穹，旭日正射東膠東。虎門書庫垂魚銅〔一四〕，蒼碑丹碣何穹窿。兩廡忽訝光熊熊，左五右五蟠紳虹。叩之其響非逢逢，厥形肖鼓名從同。籀法變换删禽蟲，麀鹿速速秀者弓〔一五〕。鸞車既好矢則彤，左司妙句開鴻濛。文考有作垂酆宫，韓蘇繼起筆力雄。云此實頌中興功，竹書汲冢試折衷。載紀未及奚鑿空，廣川跋語據左曹〔一六〕。岐陽簡狩修師戎，時遥莫辨初與終。考古曷若勤尊崇，三疑妄説真夢夢。先秦宇文紛亂訌，赤烏踆兔猶朦朧。六經聚訟如蟻叢，法物怪底遭羣攻。元人南伐何匆匆，巨石作礮紅衣紅。此物先已來燕中，金鑲玉勒辭疏櫳。草葉拂拭光氣融〔一七〕，璧水半璧環沖瀜。滄波匯海嶽有嵩，縮瑟萬象歸牢籠。穆書原鼎同馮隆，誰其述者鼎與蒙。四百六十字可通〔一八〕，紫凰白鳳交飛翀〔一九〕。偏旁漸失數不充，剥蝕豈必問磨礲〔二〇〕。孰云汝壽碩且豐？投梭歲月方無窮。南劍木刻珍瑶玒，安得琢石臨摹工？至寶零落吾所恫，念之不覺心忡忡。且求遺拓裝書筒，墨香披拂來松風。

金臺雜詩

其一

春去東城更向東，競鋪芳席藉殘紅。抛毬角射歸來晚，策馬長楊細雨中。

其二

氣候難將月令憑，深春寒日滿觚棱。征裘未減柔桑短，已聽街頭喚賣冰。

其三

柴市蒼茫度夕曛，曾驚碧血灑寒雲。知心共説王炎午，可惜猶多生祭文。文丞相祠。

其四

郤聘書成有淚潸，峥嶸壯士厭生還。寧知一片娥江水，暗赴金臺葬疊山。憫忠寺偶題。

其五

金粉樓臺夕照中，曉妝曾傍翠簾櫳。何煩遠涉江南地，黄蝶秋苔問故宫。洗妝樓。

其六

玉堂舊客題詩處，野刹離離放小紅。三十年來人事改，棗花香細月朣朧。翰林舒子展有摩訶菴看杏花詩，一時傳誦。今寺無杏花，惟棗楊雜樹耳。詩云：「花發誰能認舊枝，曲欄深處我曾知。兩年離别同遊少，三月春光再到遲。莫遣壺觴虚後會，已輸蜂蝶失前期。嫣然一樹留人久，又是黄昏欲去時。」

其七

白袷閒披下直餘，朱藤飄墮緑階除。誰能解向升平日，燭影清寒但寫書。海月菴，吴匏菴讀書處。

其八

水雲歸去競題詩，愁絶青娥掩淚時。寂寂澹煙荒草裏，不知何地葬胭脂？

其九

閃閃雙眸燭九幽，龜毛拂子挂牀頭。莫嫌衲子無禪氣，已是淩煙第一流。護國寺姚少師像。

其十

騰笑先生住海波，長安逸事費搜蘿。於今斫卻蒼藤樹，古屋清光夜夜多。

其十一

漁洋才調接元虞，遲日閒尋主客圖。沈歎宗風太牢落，涼花開遍澹巴姑。

其十二

碗地楊絲蘸麯塵，高粱橋水碧粼粼。劇憐煙雨逢三月，絶少湔裙祓禊人。

其十三

角黍垂垂映翠鬟，分棚遥見控烏號。内城人向天壇去，彩檣番番送艾餻。

其十四

迎節纔過笑節來，涼風吹散紙錢財。莫愁泉路無昏曉，荷葉香燈照夜臺。

其十五

錦罽紅囊覆野鶉，千金勝負決朝暄。豪家别具清秋賞，捧出宣窑蟋蟀盆。

松柏菴避暑

盥漱乘早涼，逍遥出林樾。緣溪流自激，映日霞初没。古刹倚修篁，翠色擁樓闕。不聞山鳥噪，但覺清風發。茗飲愜餘歡，玄言探理窟。支頤對遠空，雲氣來飄忽。細石冒孤岑，餘花覆幽碣。寧知炎暑威，適此浣冰雪。披衣出寺門，歸路有新月。

計五文然索題姬人鑾鑾傳後

其一

百琲明珠敵體清，沿階涼葉起秋聲。靈光細讀堪千古，底用天隨識小名。

其二

試硯桐窗佐擘箋，慣將新句付田田。春蠶絲盡情何盡，思曼而今況少年。

其　三

波冷吴淞記按簫，秋琴閒夢夜迢迢。孤墳種得垂楊小，留待深春試舞腰。

諸類谷移寓蓮花寺作此代柬

其　一

聞道蓮花寺，欹松映短槐。澄波動魚鳥，清露洗樓臺。境寂晨鐘起，窗虚素帙開。憫忠名刹近，訪古一徘徊。

其　二

野店流塵滿，情應與世疏。停雲閒命酒，新雨又移居。曉枕聞傳梵，幽篁對檢書。比鄰今漸遠，謂易堂侍講、褱楓上舍。相憶復何如？

次韻吴褱楓雨中書事五首

其　一

久厭乾風撲面灰，衝簷雨遣積懷開。故人添我清涼境，七字新吟拂曉來。

其　二

當場何事操風琴，一曲箏琶好足音。我欲載書湖上去，水天涼思蕩疏襟。

其　三

甘居塵陌豈嫌囂，静思還憐夜雨遥。誰寫江南好煙景，畫船閒泊撫銀簫。

其　四

龍山山下堪招隱，一勺泉煎雨後茶。擬擇芳鄰共來往，諸君杏程西舍子東家〔二一〕。

其　五

緑郊真見黍油油，我輩聊須鼓腹遊。三尺短筇雙蠟屐，西山高處看懸流。

萬壽寺

其　一

昆耶舊地饒松竹，萬瓦鱗鱗覯幽築。寰宇升平閲百年，晨參夕梵祈多福。威武將軍昔荒佚，奄人用事傳張谷。回天獨坐信豪横，欲使蝦蟇鑄天禄。作禮慈雲懺禍愆，莊嚴寸割民間肉。鷹房甲宅有銷歇，此寺巋然傍西麓。宫中菩薩九蓮號，更施金錢營寶屋。誰與督造司禮馮，百堵陾陾興怨讟。

其二

熙朝丹堊偶緣飾，階宇何曾拓邊幅。華嚴巨鐘設前殿，往往遊人競追逐。即今鐘徙寺門荒，時見寒鴉飛簇簇。引流疊石最深峭，別爲瞿曇開面目。挐雲匝地舞高槐，飲水緣廊喧野鹿。絶憐異境少塵榼，頓覺忘言據枯木。拂衣歸去晚煙横，他日重來乞齋粥。

費笠浦餽柑以四絶句報謝

其一

炎方十月初嘗橘，直北三時已薦柑。雙帕嫩黄風味足，殢人何必洞庭南？

其二

好同諫果論瓜葛，欲傍維摩發異香。酒渴夜分宜擘取，花瓷閒置枕函旁。

其三

泥山小隱事如何？未信中藏敗絮多。最憶江南春色好，攜將斗酒聽鶯歌。

其四

老去羲之抱弱孫，奉甘遺墨帶霜痕。引泉種樹吾差解，那得臨江二頃園？

題梅妃吹笛圖

朦朧樹色簾衣揭，一片沈沈宫禁月。誰寫江妃擫笛圖，綴景傳神總清越。嶺南妙選入深宫，玉笛閒吹號最工。檻外春晴方鬭草，筵前舞罷更驚鴻。無端釵盒承新約，黄金買賦知難託。眉際潛傷桂葉凋，笛中暗訴梅花落。團扇非秋早棄捐，明珠和淚譜商絃。亞墻花静人倫曲，惟把霓裳碎拍傳。芝焚蕙棄無須歎，鼙鼓漁陽起天半。蜀道青騾爲阿誰？此身幸不關危亂。從古君恩易重輕，樓東才豈讓華清？西風妒煞垂楊碧，還向朝元作雨聲。

秦未央宫銅香奩歌同商寶意司馬作

滈池璧遺祖龍死，指鹿閹兒狎天子。鮑魚遺臭幾千年，香奩舊器人争傳。銅人可徙棺可穴，小物何因長不滅？螭蟠虬走儼儀形，土暈斑斑盡成血。離宫複道簫雲高，卷衣春女明珠袍。漫誇暘睒併天下，别有旖旎非雄豪。奩邊想像紅爐熾，膽怯空房理香事。棄粉流脂滿御溝，絪緼雲氣當窗膩。後來宫殿幾經營，片瓦還堪敵楚珩。秦漢紛更竟何有？摩挲光澤眼逾明。君不見，成周圖譜今猶在，四神奩作雷紋繢。古人製器必尊天，閨闥密邇防疏怠。政斯蔑古自作聰，懸崖巨石勤磨礲。此物雕鏤去古遠，後人何用相尊崇？施南司馬淮干駐，示我長篇邀我賦。物懲奇巧有常箴，肯學冬郎搆新句。

題文待詔落花長卷

栗留聲裏韶光急，露洗繁紅紛似泣。小院沈沈静下簾，掃花人傍閒庭立。衡山筆墨號專家，偶對餘香貌落花〔二二〕。細字烏絲題歲月，格詩宫體餞年華。柳絲飄煙竹光翠，曾是遊人繁會地。鈿笛銀燈彼一時〔二三〕，零脂斷粉何容易？猶得縈窗拂砌看，他時蕭瑟倦憑闌。青苔古巷無車馬，白首騷人怨茝蘭。由來枯菀渾無定，過眼花枝催夢醒。池亭殘照自空虚，愔愔暗緑餘清境。獨有羈臣思婦心，每逢春去似秋深。東城樽酒銷魂别，南陌高樓倚瑟吟。披圖猶覺香風舞，想像含毫工織組。卷起生綃夜氣清，紫藤陰下吹涼雨。

愛貓詩爲王梅泮作

烏圓雖柔馴，所志惟搏擊。區區常畜耳，何用重憐惜？吾友梅泮翁，好之遂成癖。種勿辨珍奇，毛勿取錦織。裹鹽向僧换，貫索從市得。豈惟賚魚乙，亦且分肉食。桃笙聽晏眠，花影撲狼籍。懷袖一撫摩，俯首笑啞啞。我前爲致詞，子亦太癡劇。右軍愛籠鵝，神契在筆畫。文公賞神駿，所嗜乃逸格。彼皆有寓意，而豈盡沈溺？今子胡好爲？玩物作無益。寧伸唐宫冤，恐附義府魄。朝聞瓦盆翻，夕訝鄰雞礫。護短而憑愚，奚不速自克？支頤初不答，徐徐乃爲釋。人生各有好，彼此勿互易。禮經載八蜡，農事渠有力。珠光一圜轉，線以子午測。下帷傍張搏〔二四〕，穿柳聘魯直。稱曰玉狻猊，被以金鎖勒。誰張雪姑傍？孰向臨安索？楚金七十事，事事典以則。昌黎美相乳，用以表仁澤。吾生本貧賤，萬里一書策。破帽不改新，破衣不加飾。夫豈盡攫鼠，而有護防責？吾但取其名，徐乃課功績。飢惟盡一簞，功足蕩四壁。時時看洗面，瀹茗待佳客。亦復錫嘉名，應聲如僕役。錦堂氍毹春，我但敗氊席。雲圖抵數金，我以百錢覓。余方媿負若，何乃動譏斥？況余久羈滯，寒坐冰雪宅。獨酌一壺春，左右伴岑寂。宵分共卧起，氣暖若裘裼。既非衛侯鶴，乘軒喪厥國。又異葉公龍，瞥見心膽惕。黄耳鬱高墳，事不厭奇特。佳鷄死懷中，帝豈累明德？予方瞋子迂，慎勿誚我惑。我聞輒拊掌，所論良亦得。豈惟謝子過，且使余悦懌。客遊多歲月，此輩宜物色。贈子毛穎雙，畀我含蟬隻。

校　記

〔一〕頓　戴園詩集卷七作『磴』。

〔二〕暨　戴園詩集卷七作『與』。

〔三〕事　蕺園詩集卷七作『恃』。

〔四〕本詩爲蕺園詩集卷七所無。

〔五〕此五詩爲蕺園詩集卷七所無。

〔六〕本詩爲蕺園詩集卷七所無。

〔七〕馳　蕺園詩集卷七作『如』。

〔八〕枝　蕺園詩集卷七作『姿』。

〔九〕判　蕺園詩集卷七作『教』。　涴　蕺園詩集卷七作『犯』。

〔一〇〕淩　蕺園詩集卷七作『媚』。

〔一一〕遠　蕺園詩集卷七作『已』。

〔一二〕步　蕺園詩集卷七作『怖』。

〔一三〕本組詩爲蕺園詩集卷七所無。

〔一四〕垂魚銅　蕺園詩集卷七作『縱觀眺』。

〔一五〕蕺園詩集卷七此句前尚有『口不能讀心差通』一句。

〔一六〕左瞢　蕺園詩集卷七作『盲左』。

〔一七〕葉　蕺園詩集卷七作『萊』。

〔一八〕此句蕺園詩集卷七作『煌煌四百六十字』。

〔一九〕白　蕺園詩集卷七作『威』。　交　蕺園詩集卷七作『争』。

〔二一〇〕問　蕺園詩集卷七作『關』。

〔二一一〕東家　原作『家東』，據蕺園詩集卷七改。

〔二一二〕香　蕺園詩集卷七作『春』。

〔二一三〕鈿　蕺園詩集卷七作『鳳』。

〔二一四〕下　蕺園詩集卷七作『紗』。

勉行堂詩集 卷八

小金臺集下 癸酉

題陶然亭二首

其一

四郊晴緑早秋天，瘦蝶黄花媚晚川。勝地易消愁恨事，何人偏敞别離筵。斜陽已抹亭臺去，野水還侵坐卧邊。入眼西山晴翠滿，不知衣袂染蒼煙。

其二

清凉地面近毘伽，倦柳成行一徑斜。欲奏古琴延夕月，忽驚山鳥墮松花。全消城市塵氛擾，每對盤樽興會嘉。何事酒醒風露冷，倦遊孤客轉思家。

北地載物悉以車連轂接軫填塞城市暇日偶成五詩命之曰五車詠

水車

西城多甘井，東城饒富民。載水駕牛馬，不惜來往頻。和羹瀹苦茗，灌此花竹新。嗟嗟西城中，接跡皆朝紳。蹴蹄驢一頭，朝天去清晨。亭午飼半芻，驅策向水津。苦水備浴濯，甜水供嘉賓。

屭車

屭麗走長衢，力盡不得奔。泥濘或顛躓，車轂爲掀翻。歸來整輻蓋，傾倒囊中緡〔一〕。人生在富厚，勢位何足云。

煤車

朅來采煤人，狀乃肖烏鬼。西山深復深，黑焰騰騰起。摶埴方西隅，面作花紋委。滿載向單輪，鹿鹿走城市。江南樵薪者，負擔出煙水。雖非檀與槐，差得和平理。北地惟食煤，潛毒中肌髓。鄙人初到時，浹月病牙齒〔二〕。噉粥味甜漿，北方有甜漿粥，能解煤毒。檢方得梨子。熟習乃復常，汹然汗出已。風氣各有宜，所尚詎同軌。無爲考燧人，温炕有餘美。

酒車

頗聞嗜酒者，麯車對流涎。況彼醞釀成，載以過市廛。雕轂而華輪，瓶罍何駢闐。厥味豈盡佳，亦有微尚焉。或行芳樹下，或駐碧沼前。觸處如山村，小旗復翩翩。我飲僅數合，愛此彌留連。一酌再三酌，面熱中陶然。歸來踏花影，枕手騰騰眠。

冰車

赤雲障高空，夏日苦烈烈。誰穿冰窖冰，如鑿雪嶺雪。嗟彼載冰人，所觸盡炎熱。揮汗行六街，長恐易鎔滅。雖無槃鑑登，尚作玉筯折。鑿山想豪宴，堆垛雜梨栗。吾儕澹薄胸，頗爲郢人悅。峥嶸遂當面〔三〕，疹粟起膚末。買取調酪漿，吸飲對新月。

溷車

溷車走中衢，掩鼻畏逢乍。勿嗤狼籍污，所用在耕稼〔四〕。匆匆逐臭去，牽挽及炎夏。羣蠅競飛隨，行客勿敢迓。緬懷江淮間〔五〕，繡野相蹈藉〔六〕。勃壤曁騂剛，灌溉分等差。壓擔出桑陰，論錢過水汊。北方任地力，詎解推土化？厥種少肥圓，睹此重嗟咤。歸索博山鑪，熏衣度微麝。

七夕前一日劉侍讀印于招同梁學士瑶峯朱秀才竹君學士石君王庶常岺暉熊庶常兆堂集城西王氏園亭分各體得七絶六首〔七〕

其一

草深地僻礙行車，忽喜開襟對畫圖。千頃風潭荷萬本，此間合是小西湖。

其二

略彴斜穿一徑通，春鋤飛起態從容。田間野叟休相避，識字耕夫是阿儂。

其三

闌風伏雨近秋初，蟬韻蕭蕭遶竹廬。擬借三間湖屋住，紅蕉幾點照繙書。

其四

雨後遥峯一桁青，水邊樓榭竹間亭〔八〕。不須寫入倪黄筆，已是當窗設色屏〔九〕。

其五

蜻蜓船小蕩澄波〔一〇〕，涼滿菰蘆雨意多。有客銜杯倍惆悵〔一一〕，來朝怕見鵲填河。時侍讀新喪耦。

其六

柳陰如畫對銜杯，村笛漁歌夕景催。好刻琅玕題歲月，草堂深處七人來。

馬乳葡萄歌

江南芡嘴呼雁頭，寒煙細織菱塘秋。塞北葡萄誇馬乳，綠房的的迎秋雨。由來異物工肖形，渥洼産處草木靈。苜蓿花紅集蕃錦，芳藤宛結瑰奇品。長如東棗浥露腴，絶勝圓者排瓔珠。南村諸楊北村盧，用東坡句。比似荔枝合是奴〔一二〕。想見碧荂舒曉艷，星精磊磊青無焰。繞架扶疎酒病蠲，堆盤錯落飢腸饜。虬髯天子真英雄，高昌薄伐銘膚功〔一三〕。同時葉護獻方物，此種流布中土中。無煩作醞深巵引，流涎那得須臾忍。較量風味署頭銜，何止銓卿太原尹。

槖駞吟二首

其一

任重何煩説馬牛，坡陀千隊出蕃州。夕陽古驛程程緩，細草平沙段段秋。雪點吳鹽還給食，霞披蜀錦未全韝。明妃去後關山遠，穩坐應添幾斛愁？

其二

臃腫形藏太少妍，丁零窮塞但耕田。翠盤乍聳雙靈岫，雪塢平鋪一敗氊。陳裏輸贏堪卜歲，行間蹴踏待成泉。羌兒不計前程晚，吟嘯還從背上眠。

萬柳堂二首

其一

溪鳥如傳一曲歌，西園裙屐此經過。芳時荏苒涼伙早，名士銷沉夕照多。千點倦鴉投緑野〔一四〕，三間古屋長寒蘿。依然驟雨來天杪，頻向深塘打亂荷。

其二

六時花竹記平泉，曲榭閒堂半野煙。好景何曾負芳醑〔一五〕，晚風隨處有新蟬。湘琴檀板宜春墅〔一六〕，牧唱樵音振遠天。比似江潭憔悴意，攀條人去幾何年。

拳毛騧歌寄和張漁川蔣秋涇

東家駿馬驕緑楊，西家錦絡鬘絲颺。但能服皁飽芻脯，幾見蹴踏萬里馳疆場。拳毛騧屬秦川張，我初未見窺詩章。主人唱于蔣生和，刻畫體貌推行藏。旋風片片毛色蒼，在膺在肘背闋黄。身非文縞突兩眶，高顴蹙頷瘦且尫。圉人但作惡馬綱，鞭箠所施及腹長。安知精魄連心房，修彌遺種蘭筋强〔一七〕。廣陵夜月嘶嚴霜，凌秋思騁態激昂。詰朝驅策還故鄉〔一八〕，遥隄一線飛練光。奔雲滃霧失形影，巖巒草樹俱騰驤。晨趨孟津夕咸陽，一試自此知非常。布韉改换珊瑚裝，明沙豆飼紅薇芳，在坰辟易無敢當。我聞顛末慨以慷，古傳名駟今何嘗？儀同駁龍飾殊號，將軍自在親戎行。頗黎有穴孰探取，白民之國誠荒唐。吾子吟情在驢背，凍雪祇怕寒梅僵。神駒縱得老無用，何異上坂牽鹽箱。張公嗤我語太狂，物之所寶惟材良。但令夙具千里足，鐵關不到庸何傷。惟餘一恨增窘惶，昔未拔識今始彰。君不見，寒風秦牙與九方，後來誰擅三物量？相人相馬理頡頏，孫子所論殊精詳。先生曷鼻終持粱，借面亦復堪臨喪。支離五管契物化，如臯一笑神揚揚，物非材力奚否藏？願君謹辨天下士，勿謂昂藏盡驌驦。

儲茗坡餉荔枝成二絶句

其　一

陳紫方紅未易材，感君珍餽敵瓊瑰。堆盤欲食還先拜，知自經筵講幄來。初四日設講經筵，以食品賚講官，茗坡所餽蓋他所分餉。

其　二

是否嬋娟十八娘，清寒沁齒瀉天漿。老饕卻笑東坡叟，三百甘從嶺外嘗。

以桃餽曹侍御地山繫以詩〔一九〕

臨淵空羡魚，不如歸結網。屠門誇大嚼，未若適口爽。蟠桃實似斗，舊説殊惝恍。玉嶺浩茫茫，安得共來往。肅寧八月桃，霜色白盈掌。沁齒如甜泉，渣滓盡融蕩。蒲萄與蘋婆，亦足佐清賞。譬彼秦越雄，難狎齊晉長。旅人貪異味，對此忍獨饗。知君愛臨池，酒渴坐書幌。永好庶可投，役志豈云享。試摹來禽書，妙蹟繼晴囊。

劉姬行

昌平城東北十八里，有劉娘娘墳，明武宗所納晉府樂工楊騰妻也。江彬、錢寧輩以母事之，從幸揚州，彬等欲選處女、寡婦供奉，以姬諫而止。歸京師，居豹房，寵冠一時，然終帝世無位號。其死當在世宗時，紀傳莫可考者。乾隆戊辰，盗掘姬墓，多獲珍寶，縣官捕焉。淮陰吴山夫作長歌記其事，予感而和之。

康陵石馬嘶寒緑，鬼唱秋墳夜來曲。松隧紅門守衛嚴，魚燈奕奕承鴻足〔二〇〕。别有荒祠卧斷碑，居人指點説劉姬。蒼茫二百年來事，誰念承恩複道時？武皇外傳稽前史，火照離宫中夜起。作使惟稱江令家，輕驂徑度桑乾水。宣府繁華舊擅名，朱樓夢雨不勝情。君王半醉山村酒，武宗詩：『野花偏有艷，村酒醉人多。』小部催傳樂伎名。琵琶宛轉當筵訴，舞態纖纖呈雅步。入侍更衣促漏長，明珠十斛蒙恩顧。含淚何煩憶餅師，人生莫信紅顏誤。燕燕鶯鶯彼一時，紫鸞棲老琅玕樹。璧水張灣淡灩秋，仙音法曲轉多愁。急趨鳳艒呼同載，別是春江花月遊。廣陵佳麗煩搜致，婉語微言罷荒恣。雖乏當熊慷慨風，尚援戒旦殷勤意。小碧殷紅繞豹房，朝雲冉冉在高唐。杜秋已飾紅椒壁，瓊樹初成蟬翼妝。鼎湖枉自求丹汞，銅雀哀歌競囉嗊。班女終宜奉寢園，定陶已入承天統。老去蛾眉化野塵，依然芳冢粲青燐。妬煞茂陵秋草色，年年長傍李夫人。偷兒五夜椎幽穴，温明秘器猶陳設。寶匣雲衣旋旋空，龍香醃䤈風中滅。豈有餘芬播汗青，徒聞累德屬娉婷。炙手勢家曾拜母，繡旛禪刹竟何靈？君不見，玉鉤斜畔飛紅急，馬嵬羅襪秋苔澀。商女歌殘辱井荒，昭陽事往樊姬泣。漢寢唐陵已廢墟，珠棺玉襚待何如？誰修冢宰家人政，一考高堂習禮書？

題石磴菴

修篁通石徑，寺僻少遺碑。昨夜過微月，煙蘿餘翠姿。雲深剛没岫，泉漫欲成池。試叩楞伽旨，斜陽去鳥遲。

秋日燕臺雜興六首〔二一〕

其　一

雉堞重重漾曙暉，朵雲如葉曉争飛。三邊遥控人知武，九月新寒客授衣。龍虎氣雄金闕迴，鳳鸞音遠玉霄微。蒼涼莫起窮秋感，濁酒清琴願未違〔二二〕。

其　二

駁娑椒風接上蘭，繁花如霧不勝看。魚龍出没昆明水，蕭蒳温磨太乙壇。四姓期門嚴宿衛，五侯甲第盛衣冠。西山遥望晨暾起，湧出蒼蒼髻幾盤。

其　三

五都列肆最紛紜，日下憑誰誌舊聞？花市西城圍粉繡，書樓東廠亂籤芸。儘多倀舞迴靈雨，亦有新歌駐曉雲。擊劍呼鷹輕趫甚，書生悔不學從軍。

其　四

紛紛冠蓋溢交衢，繁會從來數大都。令署誰憐典屬國〔二三〕，閒民終畏執金吾。逡巡酒雜醍醐味，頃刻花成縫緑趺。誰是閉門高隱士，接天煙水夢菰蘆。

其五

玉蝀坊西最早秋，參差琳閣俯清流。長楊細柳通中禁，珠絡銀鞍從小侯。黄紙新恩頒藥物，緑章封事進詞頭。人間枉羨華胥樂，未敵春明汗漫遊。

其六

樓船萬里奉儲胥，枕倚三邊壯帝居。西竺國傳供佛懺，南單于上乞降書。唐虞威德何曾遠？漢宋封疆總不如。最是巡行蠲免詔，萬方民力盡舒徐。

劉侍讀印予餉米詩以謝之〔二四〕

都城遊宦家，食米仰南漕。司農計俸錢，按品以時糶。翰林最清寒，屢空靡控告。太倉請米歸，入市易紅糙。計直稍贏餘，用以濟日耗。奚爲亟饋我，念我冷突竈。剜肉而補瘡，將貽識者誚。與君俱南人，薄産在江徼。春嘗麨麥粥，秋薦䴵牙稻。飽食殊嬉嬉，諷讀從所好。君今繫一官，我且隸學校。動止寧自如，飢窘不可料。監河豈不仁，魚已懼乾鮑。洵堪三日穀，何止一簞犒。長吟柴桑詩，贈子期冥報。

寄家書

兩字平安大是難，勞君翻覆解顔看。戒朝那得眠中夕，觸熱無端犯早寒。人對秋風增老瘦，月依桂樹作團圞。一名何與榮枯事，且掃書堂整藥欄。

白塔寺歌

金天一抹霜氣凝，飛橋隱隱連長繩。穿雲古塔高崚嶒〔二五〕，白虹宛宛立不騰。雪峯銀海鋪層層，望之縣幢絡素繒〔二六〕。瓔珠繆繞飄華燈，毘婆變相何清澂。契丹舊史粲可徵，磨牙猰貐雄幽陵。兒視晉帝同纖繩，斬薙黔首刈葛藤〔二七〕。乃尊佛力歸三乘，三塔互建如分堋。石華細研鏤寒冰，惟青惟黑以色稱。引絙直上飛奇肱，環列精舍當林芿。西方肅殺運所憑，此塔最久餘騫崩〔二八〕。石欄銅網元代增，童謡慷慨非妄讇。歷千百祀相綿承，清霞馥露互結烝。罡風寶雨力所勝，摩錯日月圓無棱。下視羣刹皆郲鄫，熙朝祝嘏靈慶升。鐘魚粥鼓延幽僧，琳宫紺殿新捄陾。敦圉怒虎伏且興〔二九〕，翔鶴四舞盤神鷹。限以禁扃勿敢登，但聽鈴鐸遥呼譍，奇觀到此得未曾？須臾暮色來遠塍，晶光激射夜不瞢。歸來衣袂寒凌兢，矢歌聊以誇南能〔三〇〕。

自潞河登舟閲四日始達天津即事偶成四首

其一

擊汰臨清流，秋氣浩如許。寒花尚隱州，墜荻已盈浦。生平壯遊心，未覺厭羈旅。即境有去來，適我故鄉土。俯觀游魚樂，仰羡黄鶴舉。風袂吹泠泠，夕景自容與。回瞻玉京遥，依依念儔侶。

其二

夜潊叫哀鴻，寒風振秋籜。念我同心人，幾載滯京洛。謂芋圃、笠圃諸君。朅來春未闌，微雨命新酌。露氣拂初筠，煙姿冒紅藥。判袂及秋清，先期懷已惡。送我南城闉，謂我歸計錯。訂我重來期，勿待梅破萼。驪歌唱逡巡，有淚含未落。不遇别離難，安知聚首樂？

其三

放舟楊柳青，遥指直沽水。石尤風太狂，舟子呼止止。須臾急雨來，濕漏到篷底。衣衫無餘乾，況此薄行李。半生走長途，偃蹇輒如此。惟動鮮亨貞，於易探微旨。所以灌園人，泥塗甘曳尾。

其　四

夾岸雞初鳴，柁長刺船去。起看朣朣月，尚挂深深樹。遥山如斷續，隔浦人相語。時於寂境中，意得啟微悟。吾生若夢幻，勞逸隨所遇。但持無住心，豈抱多艱慮。幽賞在當前，撫事適成句。多恐日高眠，家居無此趣。

途中偶興

疏柳殘鴉欲暮天，客程消得月虧圓。倦聽薊北蕉心雨，穩泛江南鴨嘴船。漸悟筌蹄參外物，休教哀樂起中年。鄉關莫訝繁華甚，居士清涼自結禪。

讀商司馬寶意詩題後

潞河南下流波澮，水驛山村倦臨覽。閒把君詩枕上看，冷吟驚破魚龍膽。霏煙拂霧紛變態，陶汰工夫出夷憺。泠泠清響脈通池，往往初甘味回欖。珍廚鹽豉豈異味，要在饔人善和糝。就中妙境難舉似，醃醽微香發新菡。堂堂旗鼓列雄師，韓魏依然自視欿。憶從南園握君手，芳樹亭亭鋪碧毯。揮毫落紙君自擅，分騎揚鑣吾豈敢？金臺夕寺共追尋，九陌新秋轡同攬。歸駿淮水葉蕭騷，去棹巴江雲黯黮。竹王山鬼互將迎，𪃡鳥蠻花增怨憯。大江春早重登艫，澎湃奔濤驚習坎。集中有驚濤四律。匆匆燕市一相逢，草草杯盤論坎壈。卅年銅綬滯青衫，如此儒冠困丹槧。即看車馬尚雞棲，那得功名追燕頷？徒勞瑑句腎肝疲，或恐搜奇天地慘。江鄉隨處有蓴鱸，箬笠差宜傲珩紞。秫田二頃待同耕，願與先生披錦䙡。懷人掩卷暮愁生，淅淅涼風吹亂菼。

安德抒懷詩

癸酉九月十四日，舟次德州，閱京兆牓録，得平韻三十章，寄都門諸知己。存十九首〔三二〕。

其　一

跂脚船窗日下舂，渾如短夢覺惺忪。燕臺舊稿傳銷夏，淮浦餘花號款冬。壯志已隨寒潦退，歸心遥共暮雲濃。故人漫作重來説，頑鐵何堪屢鑄鎔。

其　二

小試當場舞態僛，勞他猿鶴怨空帷。已難捧檄同毛義，差喜生兒唤衮師。七月中始得一子。鼹鼠飲河情易足，兼山入卦事堪知。元旦筮得艮之九三上九爻。卅年彈指匆匆過，瑑腎雕肝大是癡。

其　三

勞人草草減腰圍，飽趁西風一葉飛。直似春秋書大去，遠煩音信勸當歸。敢將石隱同高士，不用天官測少微。曝背南榮梅信早，阿兄相對兩忘機。晚甘九兄今歲不復應試。

其　四

得喪曾將物我齊，忽從枰局論高低。花栽隙地開仍滿，人到鈞天聽易迷。古井無波寧待汲，石田自好莫分畦。疏頑不起中宵舞，從遣荒雞徹曉啼。

其　五

面具西涼豈是真？唐花細翦不成春。遥憐墮淚餘知己，祇覺無顔對俗人。路畔揶揄疑有鬼，江邊波浪怕迷津。也知匡濟全無術，合作耕煙釣雪身。

其　六

秋衣抖擻舊塵氛，誰道氍毹不出羣？術士漸譏星命劣，家人猶勸揣摩勤。終慚玉石難分判，未信芝蘭易翦焚。丈室一燈花氣暖，天香如篆散氤氳。

其　七

早年刻意懶窺園，爲學粗能證本源。見兔不妨頻顧犬，焚林豈必遂亡猿？閒嗤李廓輕揮淚，自異劉蕡好直言。多謝天公安置好，緑風間繞槿蘺門。

其　八

官體由來較狹寬，誰令野服慕彈冠？事經辛苦傷心易，技到文章食報難。肅肅霜華新築圃，疏疏煙色舊垂竿。此身終擬同松柏，巖谷婆娑耐歲寒。首題歲寒章。

其　九

九陌西東共往還，新篇舊草幾評删。無心偶作雲歸岫，縶足真如驥在閒。載酒車來澆磊塊，烘花窨暖鬭斑斕。淮南叢桂堪招隱，只少聯翩大小山。嵩寄山夫、心友諸君子。

其　十

數點銀花綻木綿，芋圃太史寓棉花七條衚衕，余居八條衚衕，相距咫尺。洪崖曾拍幾回肩。雍容瑶闕無雙籍，散朗塵寰有漏仙。别意蒼涼初月上，懷人蕭瑟晚秋天。生涯已定君應識，老守斑斑一棱田。

其十一

舊業曾連廿四橋，余舊家廣陵。繁華勝處最蕭騷。身從冰炭堆中過，夢向煙霞窟裏遥。豪氣可能吞海若，名心合遣懺寒宵。鈍夫自此無拘縛，一任南華哂鷽蜩。

其十二

亡羊失馬總浮泡，自墮塵因自解嘲。老婦肯施新粉黛，山僧還打舊衣包。萍生細葉魚游沼，月漾空林鳥擇巢。斟酌此身安穩在，心亨習坎契中爻。

其十三

入夢文通五色毫，翦紅裁緑總勞勞。擅長未許穿三札，吐氣徒能壓二豪〔三二〕。伯樂有神工相馬，庖丁絶技善藏刀。商風一奏魚天遠，驚起離離雁陣高。

其十四

卧聽河橋漏箭加，茫茫幽思繞天涯。半生枉學鴉塗墨，一笑真成豆有芽。俗以豆芽菜不種而出，比下第舉子。吟樹還期對南郭，拂衣無復夢東華。曉來徙倚蓬窗望，點點輕雲欲變霞。

其十五

端策曾煩詹尹評，已將身世判分明。屢卜仕隱，皆得遯蹇之卦。漁人漫結千絲網，書客還專百座城。涉歷漸多情早淡，鄉園纔近夢都清。跼天蹐地非吾分，肯學寒郊訴不平。

其十六

疊翠秋籬儼列屏，此中宜着拜書亭。余新構一室，置經史其中，朔望揖拜，名之曰『拜書亭』。偶思舊雨頻沽酒，莫近浮名且讀經。入饌魚蝦供晚飯，盈囊杞菊製頹齡。從教過客題凡鳥，白板扉應日日扃。

其十七

史液經腴炳一燈，敢云文獻遂無徵？攤書最忌輕心掉，論古須教實證憑。儘有閒年供討索，從他丹篆競飛騰。腐儒莫更嘲東魯，緩步颺塵我最能。

其十八

老我浮生寄竹龕，閒依雪北倚香南。幾曾捉鼻愁難免，且要投書謝不堪。半壁青垂搴繡薜，一燈紅細薦霜柑。眚災發粟勞宸慮，飽食安居自覺慚。

其十九

鵲噪鴉鳴不待占，逍遥遊裏送烏蟾。築窩何礙名爲孏，着論還應唤作潛。鞭辟工夫歸象罔，刮摩詞句到無鹽。閒情别有勾留處，花外柴車柳下簾。

喜胡蕖汀舉京兆試即寄二首〔三三〕

其一

失喜軒窗倒一壺，如君端合致亨衢。挑燈十載心同苦，折臂三公識可符。君今年北上，墮馬傷臂。已許苗紳先折桂，曾隨夢得共探珠。他時倘引蓴鱸思，重訪甘城舊酒徒。

其　二

聞道金門相士真，肯教地上走麒麟。冷吟冰谷應懷土，穩奪宫袍莫厭貧。勝概歡場呼五白，先鞭舊雨記三人。甲子茗坡、壬申抑堂、癸酉菉江皆與予同寓應試。篙師柁長原吾分，慣送征航達要津。

戍樓聞角

其　一

寒雲幾點凝如絮，夕景寥寥水東注。遥聽山樓角吹哀，列防知是尚河戍。出塞聲兼入塞聲，天涯倦客最關情。艱危舊曲傳三弄，慘澹離鴻事遠征。蓬萍蹤跡從飄蕩，鼉憤龍吟起惆悵。似訴琵琶商婦船，驚聞觱篥滄江上。餘音迅急問酸辛，遠憶江南被水頻。幾處無衣悲婦子，何人罄室逐波臣？

其　二

九重宵旰垂矜惻，大吏勞勞亟供職。疏築宜遵水性行，賑施莫遣奸胥蝕。我今歸卜一枝安，暮雨青燈展帙看。聊尋野老田夫樂，省識人間行路難。君不見，士衡絶代稱才技，仕宦寧酬棲隱志。爲問連營鼓角鳴，何如野鶴華亭唳？

下邳懷古

其一

奚仲遺墟但野煙，星芒猶自粲高躔。道旁老樹如人立，曾閱梁唐戰伐年。

其二

辟穀虛無慕赤松，橋頭鴉語樹冥濛。艾山大有崚嶒石，是否當年濟北翁？

其三

黄流如馬駛趁蹮，回首郯徐夕照酣。一笑阿瞞殊桀黠，卻從此地控東南。

舟中讀書

其一

家居苦塵紛，客邸困酬酢。迢迢水國程，差遂讀書樂。生無百歲期，寒暑迭相薄。顯晦隨其時，詎忍自隕穫？古人如蓍龜，簡牘恣搜索。獲我明夷心，所契在淳泊。安能守一編〔三四〕，空谷長棲託？

其　二

青燈何熒熒，澹月照叢葦。舟子盡酣眠，息意對書史。從知爲學方，漸進未宜止。治經慕董生，校誤懷向子。向朗。及此夜氣深，宛轉究玄旨。微聞草間蟲，佐我誦娓娓。解衣不成眠，時復擁衾起。

其　三

文選雖浮華，修辭得窔奥。西漢杜陵翁，勖子用垂教。如何近代人，屏棄勿復好？淺册窺兔園，巴吟等蟬噪。吾觀上達者，下學每精到。所貴擷其英，而勿襲其貌。誰歟賞此言？流水方浩浩。

校　記

〔一〕緡　蕺園詩集卷八作「錢」。
〔二〕病牙齒　蕺園詩集卷八作「恒病齒」。
〔三〕遂　蕺園詩集卷八作「忽」。
〔四〕在耕稼　蕺園詩集卷八作「乃彌大」。
〔五〕江淮間　蕺園詩集卷八作「江南地」。
〔六〕此句蕺園詩集卷八作「緑野重耕稼」。

〔七〕劉侍讀印于招同梁學士瑶峯朱秀才竹君學士石君王庶常岑暉熊庶常兆堂　蕺園詩集卷八作『同人』。『分』字下，蕺園詩集卷八尚有一『賦』字。

〔八〕榭　蕺園詩集卷八作『映』。

〔九〕設色　蕺園詩集卷八作『六幅』。

〔一〇〕蜻蜓　蕺園詩集卷八作『蜻蛉』。

〔一一〕銜杯　蕺園詩集卷八作『當樽』。

〔一二〕是　蕺園詩集卷八作『有』。

〔一三〕高昌　蕺園詩集卷八作『高唱』。

〔一四〕投　蕺園詩集卷八作『沉』。

〔一五〕芳酹　蕺園詩集卷八作『名宦』。

〔一六〕湘琴　蕺園詩集卷八作『清樽』。

〔一七〕修彌　原作『攸彌』，據蕺園詩集卷八改。

〔一八〕詰　蕺園詩集卷八作『凌』。

〔一九〕曹侍御地山　蕺園詩集卷八作『秋漁』。

〔二〇〕承鴻足　蕺園詩集卷八作『泉臺燭』。

〔二一〕六首　蕺園詩集卷八作『八首』，多出兩首，分别爲『市南遥睇一星明』和『隱隱飛甍列近廛』，詳見本書之蕺園詩集卷八。

〔二二〕未　蕺園詩集卷八作「豈」。

〔二三〕令　蕺園詩集卷八作「冷」。

〔二四〕蕺園詩集卷八此詩題爲「謝友人餉米」。

〔二五〕高　蕺園詩集卷八作「何」。

〔二六〕縣　蕺園詩集卷八作「如」。

〔二七〕刈　蕺園詩集卷八作「紛」。

〔二八〕騫　蕺園詩集卷八作「騫」。

〔二九〕恕　蕺園詩集卷八作「怒」。

〔三〇〕「但聽鈴鐸遥呼曆」六句　原無，據蕺園詩集卷八補。

〔三一〕存十九首　蕺園詩集卷八作「存十一首」。其中，「小試當場舞態傲」、「勞人草草減腰圍」、「早年刻意懶窺園」、「官體由來較狹寬」、「九陌西東共往還」、「舊業曾連廿四橋」、「亡羊失馬總浮泡」、「疊翠秋籬儼列屏」、「史液經腴炳一燈」、「老我浮生寄竹龕」、「鵲噪鴉鳴不待占」十一首爲蕺園詩集卷八所無。而蕺園詩集卷八同題下亦有三首爲本處所無，分别爲：「北馬南舟歎轉蓬」、「不脱襴衫賦遂初」、「不受韁韁局自安」，詳見本書之蕺園詩集卷八。

〔三二〕徒　蕺園詩集卷八作「空」。

〔三三〕本詩爲蕺園詩集卷八所無。

〔三四〕守　蕺園詩集卷八作「手」。

勉行堂詩集 卷九

拜書亭稿 甲戌、乙亥。

南園看梅呈家蕁江兄

其一

溪頭上初日，樓閣但蒼煙。此際林園裏，孤梅破曉妍。行吟對南郭，煮茗話東田。向晚香應酷，同君掃石眠。

其二

偃蹇空林意，蕭疏我輩人。花時謀一醉，暇日益相親。九九寒都盡，寥寥賞獨真。更番風信急，蠟屐豈辭頻？

別離夢

深宵夢遠遊，驅車出煙郭。寒葉卷蕭蕭，山雨紛漠漠。中途忽停軌，馬殆峯巇崿。命僕駕言旋，似悔征行錯。妻孥怪我歸，喜極翻淚落。兄弟幸我歸，把酒競酬酢。無何一欠伸，白月照東閣。經年多別離，京邸屢飄泊。雖懷四方志，詎免中情惡？歸來悟息機，空谷長棲託。如花已謝枝，何事萌新萼？將無功利心，剗刻無鋸鍔。所苦亦云深，魂寐猶驚愕。亟宜自懺悔，無令宿疴作。矢詩告家人，用博一笑噱。

題家筠榭弟春宵話別圖

缸花凝笑流蟾白，主客玄言傍深夕。別酒初開下若尊〔一〕，歸程遥指梅心驛。龍眠老丈詩中豪，竭來訪舊臨江皋。蕭蕭假館得吾弟，朗吟竹屋風騷騷。柳絲初長花匝地，緩緩長歌將別意。絶憐邗水峭帆人，猶念燕山衝雪騎。翁贈別詩屢意及予。我昔從翁始受詩，三唐六代許尋窺。瀛洲小水通波日，峽口濤頭怒起時。祇今真派何人得，阿弟才如吳錦織。始覺前賢畏後生，丹青慘澹傳顔色。亭亭松影碧窗虚，如此清宵恨少余。擬裁歲暮懷人句，遠訊江關庾信居。

馨兒病愈後作

其一

孤生鮮適境，得子方中年。長懷舐犢愛，敢望詩書傳？昨者忽嬰疾，幾至危殆焉。發怒責乳媪，調視功弗專。澄心對醫人，瑣細謀湯煎。生平讀書力，遇事差安便。到此忽盡失，悵惘心旌懸。癡愛結有根，割取真無緣。涊然始汗出，感激蒙天憐。親戚競相賀，憫我憔悴顔。猶懷驚惕意，比夕難成眠〔一〕。

其二

我七八歲時，多疾苦不休。吾母素羸弱，撫我逾珍球。寢食或至廢，數月不理頭。我命即母身，視我爲欣憂。鞠養竟何成？闒冗爲親羞。雖懷甘旨供，親逝匆可留。兒今勞苦我，償博固有由。汝長即不孝，報復吾無尤。遐哉罔極恩，積累如山邱。發恨自春擊，涕泗横交流。

其三

驚弓有飛鳥，惡聞弦急聲。昔喪玉雪兒，夢寐猶屏營。此子黝且悍，氣力殊錚錚。昨從金臺歸，落魄傷浮生。幸得慰懷抱，啼笑俱關情。況我雖壯年，齒脱髪已星。陶公有五男，劉氏授七經。得隴復冀蜀，斯念吾敢萌。所願一男兒，愚鹵日長成。他時亂墨汁，詎忍嗤添丁？

題關仝楓林蕭寺圖

衆山襞積如懸衣，煙光漸歛峯漸微。突然當面起層嶂，丹崖翠壁争環圍。摩空古刹高巍巍，鐘聲起處山葉飛。寒溪流水忽生白，老樹經霜新著緋。繚垣積雨苔色肥，漁村蟹舍相因依。深巖邃壑不見日，静處窈窈含明輝。穜也畫得無上機，駢錯萬象一筆揮。紛紜作者誰繼徽，秀骨巉露天真非。山川滿目不可極，元氣浩蕩盈堂扉。披圖凝玩增歎欷，江南此景未覺稀。老樵羡爾畫中住，夕靄疏林荷擔歸。

秋日過菰蒲曲感懷族伯父水南先生

其一

當年茹歎鵬承塵，衰草重披重愴神。宰樹拂雲都作勢，驚禽翔影更無人。性情清澈原非福，風雅評量自有真。幸得諸兄守遺澤，詩書門户不憂貧。

其　二

楚吟蕭瑟薦荃蘅，未得酬恩負此身。獨漉泥深蓮轉艷，優曇界穩月孤明。雅遊異日傳陶峴，高會何人識顧瑛？論定尚期千載後，不應終古重科名。

哭馨兒

其　一

再索何知再悼殤，十年襟抱又茫茫。前塵欲問無由問，衰柳寒蟬淚幾行。

其　二

學語閒房解送迎，忍看繫臂舊鉤鈴。金環待得他年認，何補愁深鬢欲星？

其　三

炎威正熾愁風逼，晝睡方甜慮乳遲。今日殘骸霜露裏，可憐何計與扶持？

其　四

世間恨事偏敦我，架上叢編欲付誰？一抹寒林斜照裏，桂殤時近悼亡時。九月二日爲亡室蕭氏忌辰。

郢塍諸三將歸錫山索題類谷居圖賦以誌別

夫君家近龍山下，桂葉蕭蕭窗暗打。閒乘霽日曝煙蓑，醉看黄團挂簷瓦。深庭樹静一禽鳴，遠壑風生諸澗瀉。取將巖谷貌幽齋，窈窕山川入陶寫。披圖相對輾然笑，如此人寧負騷雅？京華塵土一揮手，淮水暄涼共樽斝。豪鷹整翮睨青冥，寒燕何心戀殘社。依然歸向畫圖中，插槿編籬樹枌櫝。獨憐落木又離羣，略似羈雌歎孤寡。清宵斜月草堂開，想像攤書落燈灺。人生適意斯可貴，未必候鯖敵山鮓。雖無負郭秫二頃，幸有蓋頭茅一把。高眠聊可傲羲皇，洛詠還堪繼韶夏。藏身每羡愚叟愚，入世難容野人野。我從坎壈悟深機，樸略工夫勝姚冶。比鄰安得共斯人，評跋文章到枚馬。滄江眇眇歸思闊，別緒茫茫秋雨灑。河橋異日繪新圖，攬袪我是留行者。

疊前韻題華丈溉山翦取吳淞半江水小影〔三〕

柳風吹遍花谿下，獨木船安雙槳打。楓江冷落泖湖青，處處晴波疊鱗瓦。阿誰裁翦八圖畫，黛緑沈沈向人瀉。少陵詩境最蒼茫，句裏憑將襟抱寫。鷺鷗盟豈負生平，欸乃聲偏薄風雅。羊裘一領謝衡紞，壞飲千塲賤匜斝。問君風雪灞橋圖，何似雞豚洛陽社。劇憐結想太孤清，槭棘芟夷種梧檟。江南暗雨撲笭箵，此景良難知者寡。故應飽識箭鋒機，肯逐勞薪乞餘灺。蓴羹千里足家蔬，鹽豉何煩問秋鮓。洲邊紅荭鴨争眠，采采黄花況盈把。三間屋好住香山，二寸冠應逢子夏。已尋箋註補冬官，更考陬維志方野。是身頑鐵老更頑，略遣陳編爲鎔冶。即看空翠遶西塍，定有閒吟到秧馬。先生終是出山人，造物難容此瀟灑。還君畫卷笑掀髯，余亦澄江釣魚者。

家南陂兄招觀所譜拂水劇漫賦三首〔四〕

其　一

秣陵春事唱都殘，譜就繁聲字字酸。羯鼓待傳天寶録，琵琶剛續玉京彈。荒枰敗劫圖謀少，逸老元勳位置難。累我書窗燒燭坐，英雄小傳夜深看。

其　二

絳雪舒卷傍高樓，枚卜荒唐昔夢休。歧路王孫空飲泣，南朝天子自無愁。文章革命傳江總，褒貶私言繼魏收。多少滄桑遺事在，並將楚調入吳謳。

其　三

紅豆離離發故枝，尚書頭白有餘悲。香嬰照月繙經夜，珠斗横天説戰時。十卷勝披龍衮史，三生重寫杜秋詩。馮班已逝無能哭，感慨當筵點拍遲。

題孫養恬秋宵秉燭圖〔五〕

百年鼎鼎馳駒隙，作達何人工蠟屐？柴桑一老浣花翁，拼取酣中窮日夕。此圖此景更清曠，特遺繁華破岑寂。秋香著樹影團團，月向蓉塘弄寒碧。谷兒菱角立階砌，是否香山小臧獲？半天風露下深更，的皪明燈彩相射。如君真是達生者，逸境還能獨開闢。故衫認取酒痕多，芳徑寧教苔草積。我今懶病似希逸，把酒看花仍一癖。君不見，蘭亭觴詠樂遊園，從古佳遊成掃跡。且須茗艼歌夜來，自列長筵自爲客。

題夏相人槖中集後

其　一

嗟爾饒奇節，從師赴極邊。關河雲葉暗，心事劍花圓。指凍裁星檄，笳哀警夕眠。遺聞紀松漠，詩筆世爭傳。

其　二

感激孤臣淚，峥嶸烈士腸。山川圖鄯善，風物表河湟。霜曉旌旗白，春晴草木黄。兹遊誠壯往，回憶極蒼涼。

其　三

瀚海磧沙飛，蒼茫日隱暉。磨刀冰作水，暖客火爲衣。迎馬名王拜，堆盤湩酪肥。歸程知近遠，南去夢金微。

其　四

小疾情逾怯，鄉書到更疑。終能叶征吉，何止遂歸期。雲霰春無影，鶯花界屢移。辛勤非望報，聊記舊艱危。

哭吴敏軒

其　一

三年别意語纏綿，記得維舟水驛前。轉眼詎知成永訣，拊膺直欲問蒼天。生耽白下殘煙景，死戀揚州好墓田。時客死邗上，前一夕，屢誦『禪智山光』之句。塗殯匆匆誰料理，可憐猶賸典衣錢。

其　二

沈醉鑪邊落拓身，從教吟鬢染霜新。惜君才思愁君老，感我行藏慮我貧。曾擬篇章爲社侶，空將雞黍問陳人。板橋倦柳絲絲在，誰倚春風詠麴塵？君詩有云『遥思二月秦淮柳，蘸露拖煙委麴塵』，爲時所稱。

其　三

促膝閒窗雨灑燈，重尋歡讌感偏增。艷歌蛺蝶情何遠，散録雲仙事可徵。君好爲稗説，故及之。身後茅堂餘破漏，當年丹篆想飛騰。過江寒浪連天白，忍看靈車指秣陵〔六〕。

有懷蓴江兄遊吴

歲晚翻爲客，非關慕遠遊。家貧身易役，吟穩鬢先秋。雨送吴娘曲，霜侵季子裘。歸來休滯戀，江上凍雲愁。

陽羨周生舊爲余暨弟述先寫小照一幀于今二十年矣偶檢故簏題二首並邀述先同作

其　一

撫卷依依見故吾，陸家兄弟記流譽。霜清梅宇催行酒，月冷桐陰對校書。少日居諸憐荏苒，中年哀樂費捐除。分明聽雨連牀夜，青鬢看來總不如。

其二

上學書堂慣比肩，兒嬉歷歷話從前。春晴戲展風鳶紙，夜午閒籌撲滿錢。齒弱未經離別苦，親存惟覺歲時妍。畫中幾許天真在，重憶當初倍惘然〔七〕。

題陶柳村江南春曉圖

遠山眉展欲破愁，近山攢黛黛色流。鱗波細浪互周折，楊絲匝岸風初柔。此是江南春色曉，拂拂煙光散林沼。一聲反舌萬峯晴，枝上嫣紅夢猶悄。世間何處無好春，南國韶華最殢人。陌上清歌纔宛轉，溪頭笛舫又逡巡。此際豔娘酒初酹，蠻榼招攜成勝會。鬬草人歸緑有痕，賣花聲近情無賴。丹青妙手繪茲圖，全楚依稀接古吳。燕燕鶯鶯風物好，分明塵界有蓬壺。錦屏繡谷紛相錯，誰道山川形勢弱？覽勝猶兼齊宋雄，夢遊真羨華胥樂。我耽登涉想南征，夕霧朝霞總繫情。梅花幾點江千里，買取芳船自在行。

雙鬟度曲歌同商司馬寶意作

情田與余同里居，晨酬夕酢惟詩書。家有小部近示余，流風回雪世不如。雪兒當場韻徐徐，纏頭恨少千瓊琚，施南司馬塵滿裾。梅家巷子來停車，重爲樂方樂只且。明妝姣服雙雙出，畫得長眉年十一。高歌緩舞非所難，別調還能協初律。主人教曲應自知，羚羊掛角園客絲。此中大有文字訣，世上但賞清妍詞。蠻絃洛笛紛相助，哀樂當前變何遽〔八〕。曲終燈暗凍雲垂，夜送使君刺船去。

家南坡兄失子以詩慰之

其一

騎馬曾看玉面郎，掌中珠忽隕奇光。秋猿夜叫腸先斷，更忍聞君賦杏殤。余今年八月喪子。

其二

峴首碑垂千古淚，香山寺弃萬篇詩。世情只道多男好，無奈名流每乏兒。

其三

有情癡被愛緣牽，開謝何殊水面蓮。自是旁觀爲惆悵，道人終結上乘禪。

除夕大雪用聚星堂韻

爐邊細火明松葉，律紀將迴纔見雪。三家村裏影模糊，百尺樓頭望奇絶。重簾暗撲訝身輕，老幹初摧笑腰折。神清頓覺眼稜寬，氣冷頻防蘭燼滅。殷勤匙取迎年飯，撫景還驚電奔掣。鬢邊絲欲效悠揚，面上春猶駐丹纈。空懷灞上倚驢背，那得江州鋪木屑？匆匆入市買癡獃，緩緩孤斟對飄瞥。詩文酒脯未須祭，我已觀空息言説〔九〕。明朝爆火入新年，試看紅霞磨鏡鐵。

廣陵二首

其一

廣陵二月杏花殷，客對韶花每倦還。輕重有書傳管子，天人何策踵河間？迷離小杜生前夢，淺淡歐公去後山。試問蜀岡頻眺遠，驚濤千派起松關。

其二

六朝南渡幾紛營，想像紅樓冠太清。帝子夢寒鵑有淚，美人歌杳月無情。秋來螢壤傳燈火，劫後霜鐘餞甲兵。依舊笙歌間紈綺，風光渾不似蕪城。

春遊

故城南去草芊芊，依約餘寒近水邊。社燕未來山杏淺，村煙初白酒旗偏。垂鞭緩度穿花騎，搦笛閒催放鴨船。誰道心情減年少？耽遊長是一春顛。

郭外即事

春樹静愔愔，拏舟過碧潯。桃花紅不定，飛過兩三禽。

魏文帝廟

畏人客子感飄蓬，飲馬無緣得句工。賈詡識兵懲戰伐，孫郎倚險號英雄。西園雅許凌羣彦，春水曾看走若翁。回首漳南歌吹杳，莓苔一樣鎖秋宫。

九曲池

李花撩亂拂垂楊，水面傳歌雜羽商。天際奔虹閒照影，堤邊舞草倏成行。老伶淚墮秋陰碧，西院魂歸落葉黄。猶有哀禽學絲竹，曉風啼遍小雷塘。

康　山

故人慷慨抗章初，詔獄驚心片紙書。比似陳公弔張讓，何煩得意薦相如？眼中簪戟春暄冷，醉後琵琶語密疏。今日斷山無一角，草痕猶認子雲居。

天寧寺三詠

簡禪師爪髮塔

古塔峻嶒記簡師，六時瓶鉢此攜持。氈毛拂每嫌多事，龍樹香能出好枝。泡影已隨塵寂滅，風輪還與世推移。飄蕭秋葉雲衣冷，想像豪光夜陸離。

晉樹軒

老木千尋拂野廬，煙光曾記六朝初。清言小憩宜垂蔭，高士閒來此卜居。緑影暗穿禪窟宅，涼陰長映佛碑書。攀柯忽引無窮感，已閱興衰百劫餘。

青龍井

井以龍得名，殊異曲江派。寒泉洌以清，石甃完不壞。何年縣赤旱，童叟盡愁噫。奔走祈百神，膏澤不一賚。蜿蜒小青蛇，吞日出井外。持以登壝壇，雷雨怒滂沛。須臾乘雲去，電影雜虹帶。一龍而一蛇，斯理難契會。古來繁華地，往往示奇怪。人聚物亦靈，百變出機械。梓潼祀元膺，殿宇積塵壒。湯東黄長虬，杜老爲悲喟。當時志神異，舊跡吁可怪。此井瀏然盈，疑受老僧戒。時復陰晦天，水立勢澎湃。我來照旅顔，空洞昧所届。一勺味天漿，魂夢清無奈。

白沙二首

其　一

漸減繁華漸有山，冷雲遥浸碧溪灣。夭桃倦柳自遮映，估舶漁帆相往還。燈影迷離沙浦外，笛聲依約畫樓間。東園勝地吾將隱，肯使風塵换好顔？

其　二

麂眼籬邊看緯蕭，無多野意總蕭騷。過江風調憐雙槳，隔岸溪山見六朝。占樹鶯啼煙外嶼，賣花人唱柳邊橋。孤篷閒掩三分月，旅柝無聲上晚潮。

浣紗女廟　在儀真縣西四十里，伍員亡楚，遇女浣紗，囑勿泄語，女乃投水死，事與瀨水相類。

國士偏蒙巾幗憐，無端瀨水又溪邊。謾誇漁父辭金劍，肯逐鴟夷上畫船？史失嘉名同夏五，地多寒雨失秋千〔二〇〕。荒雞唱斷前山曉，留雞山即伍員留雞祀女處。冉冉西風放野蓮。

昭明讀書堂　即禪證寺，在儀真横山西。

維摩家世最耽書，江介何年此駐車？萬簇曉紅窺案帙，三楹香閣近沮洳。重輪易賞天難問，奕葉交争恨有餘。理障懺除煩佛力，疏疏煙靄度鐘魚。

儀真東園

古藤絡蔓石陂陀，三絶流傳跡未磨。池漲墨痕連宿雨，樹禁霜力長南柯。後來名士遺聞少，前此蒼煙白露多。幽境不隨陵谷變，田田長自占新荷。

文丞相祠

過江餘卒帶刀瘢，譌語分明併力難。段氏忠偏疑越石，留侯智豈復全韓？滄波竭後殊無焰，碩果成時樹已殘。片石荒祠霜月古，遥從柴市照江灘。

送寶意司馬之粤

其一

暮雲壓林端，天意寒欲雪。使君東南行，惻愴與我别。此行雖萬里，遊覽定奇絶。服官知何郡，要不出兩粤。兹邦吾未到，士俗頗能説。曩者唐宋時，風氣未開豁。瘴霧起重重，颶風姿狂颶。韶連稍近北，溪毒不可越。況彼梧桂間，炎海聚百孽。于今千百年，林澤久澄澈。人民樂欣欣，官府利遠出。奇禽送好音，蛇虺縮其舌。花草不知名，爲客獻時節。君行異左遷，五馬映朱紱。草生聽訟庭，發興操不律。顧我愁索居，青鳥睇天末。行寄潮陽詩，竊效賈島佛。

其　二

貪吏不可爲，廉吏良獨難。古之賢達人，貧薄託一官。取與必有分，持身榮辱間。君雖久仕宦，五十城始專。聲名折官職，孰謂途不艱？家無二頃秫，未可謀歸田。守己盡所長，亦勿希推遷。詩文良細事，無爲苦雕鐫。王事正靡盬，暇日須安便。栩栩羅浮蝶，當作如是觀。離支生内熱，勿過耽芳鮮。雲母研芙蓉，詎使壽命延？節用薄所奉，庶有餘俸焉。期君北歸日，還受一大錢。

以盆松贈袁明府存齋商司馬寶意爲作移松歌辭甚古予因作贈松歌存齋當補乞松詩成一佳語也〔一一〕

天都巉巖石屏古，怪石噓雲倏成雨。松欱似石復似雲，下吸雲泉飲天乳。虬鱗漸長鬐鬣張，奮髯直欲淩風霜。忽從石罅幾縈折，如蜿蜒路盤羊腸。憶昔先人耽竹木，異種移來凡六六。此木微嫌直少姿〔一二〕，别置墻陰同棄逐。其餘聳榦各争奇，偃蓋蟠根近夕池〔一三〕。

古月照來渾有態，澹煙籠處又生枝。十餘年來盡摧死，青青猶傍墻陰裏。不材擁腫盡天年，古來凡物皆如此。使君訪我曉褰簾，春酌涓涓花滿簷。指松一笑盍贈我，楚弓楚得君無嫌。君家隨園漾花絮，樸拙聊堪林野助。會須穩護渡江時，莫遣淩空駕濤去。

哭郭昆甫

都門黄葉愴離羣，墮淚聞君誦我文。入夢故交吟舊雨，傷心春草護新墳。筆花料爾能千古，劍氣憑誰張一軍？從此湘南哀怨地，不徒懷屈薦蘭芬。

寄懷胡菉汀儲玉函粤東〔一四〕

鉤輈啼罷佛桑紅，二客聯翩去粤東。海底珊瑚量尺寸，酒邊詞賦角雌雄。驚心桂玉驅人遠，入眼溪山設色工。沈歎文章成底用？無諸臺畔又秋風。

食竹鼠作二首

其一

朝盤忽軒渠，何乃登鼠輩？甘腴勝蒸豘，細碎卻鳩膾。南中茂叢篁，圍過徑尺大。跳踉緣根株，竟體納蒼翠。土人薦家鹿，曾不數鮭菜。奚爲到江北，異味供一嘬？有皮安可蒙，被礫復何罪？料無神邱智，刀几竟爲祟。蘇卿昔仗節，掘取雜草芥。昌黎苦南食，蜜唧動驚怪。今我刺齒肥，徒犯口腹戒。行持爾雅讀，頓起倉中慨。呼童烹月團，腸胃一澆溉。

其二

紛紛紫衣郎，槐下立數輩。侈汰不須臾，五鼎烹作膾。徒聞折體馨，寧論如盎大？肝腸失犀玉，肌理餘煙翠。姓氏竹有孫，膏腴面無菜，爲鯽爲飛鼴，悉付飢涎嘬。憑社而穿墉，惡得謂無罪？況彼窶藪姿，入穴夢成祟。吾儕闊胸次，雲夢吞若芥。奚耽腐滋味，嗜好無乃怪。將持三日齋，遂奉八意戒。區區飲河願，爲爾觸深慨。秋畦饒佳蔬，秉耒勤灌溉。

同許丈藕生分詠淮陰古跡三首〔一五〕

楚元王廟

隆準帝天下，嫚罵溲儒冠。弱弟乃淹雅，説詩埒申韓。未央功狗烹，分茅涖淮壖。遺廟尚香火，迢迢二千年。傳聞炎宋時，亂賊亡其元。陪祀得汲尹，桓侯復桓桓。當時起草昧，入侍傳王言。嗣孫棄醴酒，厥後幾傾顛〔一六〕。西京宗室賢，終古推河間。安知封建初，王已開其先？更生亦苗裔，經術何便便。嗟彼莽國師，有愧爲曾元。我來一瞻拜，野鼠奔頹垣。紅音絳。侯失故泒，蒼柏生餘妍。遥憐歌風臺，廢壠牛羊眠。

鉢池山

老父歎龔生，天年惜夭歿。安知神仙人，委蜕從弱質？緬昔王子喬，沖齡慕元術。騎鶴而吹笙，雲路去飄忽。後來鍊丹井，卓錫化禪窟。吾聞昆耶教，本自老氏出。竊取其精英，而不繫株橜。時時示變幻，萬象揭一鉢。轉眼歸虚無，齋餘納麨麧。小龍出其中，昂首類訴渴。吸飲畀甘泉，驚魚倏奔突。地靈土氣盛，猝起高硉兀。彈壓資化人，雌伏作邱垤。此邦無名山，一拳亦可悦。奇禽獻幽花，苔草擢新髮。終當卜數椽，歲晚茹芝術。

枚皋宅

少孺事漢皇，詞藻徒俳優。遲工速轉拙，慚非犬子儔。舊宅指點間，俯映清波流。未知古淮陰，當復在此不？梁園茂修竹，奉母曾遲留。想像阿翁怒，拂衣倦西遊。何年返故居，狐死必首邱。惜哉平樂賦，散失不可求。去此一里許，荷芰林塘幽。柳邊數聲笛，人説趙㛹樓。

送春

年年送春歸，春去復還來。安知送春人，少壯老相催？顔凋雙頬紅，彭籛不能孩。春誠無情物，何用相憐哀。或言惜春者，本不爲春故。韶光倘長新，我景與同駐。此意殊纏綿，亦復蹈奇誤。君看枝上花，新蒭著故樹。是故復是新，微旨宜默悟。持杯語春光，我醉子姑去。

哭家洴江伯二首

其　一

支枕曾驚病裏顔，海山兜率遽歸還。多年攬盡煙霞趣，舊日曾參侍從班。詩備西崑長慶體，心隨野鶴斷雲閒。蕭然杖履看如昨，羣從何由與訂頑？

其　二

風雅邗江夙主盟，遊蹤記取竹西亭。闌邊點筆花光淺，雨後彈琴石氣清。紅豆按歌猶有譜，時家洴江伯以諸家詞譜多有謬誤，細加考核審定，極爲精密，惜未刊板行世〔一七〕。仙蒲延算竟何靈？公以午日下世。騷壇未必無人繼，沈歎衰宗失典型。

乙亥夏至日邀同情田穀原潤園墨巢家吟暉兄晚甘園小集分體得六言四首〔一八〕

其　一

過夏人稀酒伴，探春詩展奚囊。時閲穀原秦淮邀笛圖。椰子三巵午飲，槐亭竹院風涼。

其　二

秘笈休尋小酉，清泉爲洗中池。淺立鹿葱花畔，虚亭月上遲遲。

其　三

粘屐苔深碧院，搜吟人過紅橋。如此風光澹宕，緑楊煙淺鳴蜩。

其　四

露葉痕垂蕉卷，蘋花香静禽眠。一笛離亭風咽，夕陽古驛征船。時穀原北上。

題王穀原丁辛書屋圖

斯人太清曠，結屋剛三楹。掃灑絶塵翳，位置茶酒鐺。疏疏紫蘭花，飄風落其英。卻立泯羣想，短袂吹泠泠。時復動詩思，盆草生微馨。春明憶舊遊，鄙事慚紛營。撫卷忽興羡，悟彼出世情。何當下簾坐，書畫閒商評？

題韓熙載夜宴圖

江南楊花飛作團，北海進士爲粗官。楊花沾泥李花白，學士籠頭製輕格。奇才自許亞管蕭，惜哉俯首事小朝。火城雖好給笑柄，詩天酒陣聊逍遥。格言五篇奏前殿，五緯何當爲爾現？掩鼻偏嫌宋子文，吹簫閒過諸姬院。此圖摹寫中夜遊，緑蕉紅桂林塘秋。長廊曲榭照燈火，妖姬狎客交觥籌。當日君王最瀟灑，丹青潛遣閎中寫。屈戌摇摇錦幕遮，樹梢隱隱明河瀉。苕溪藏軸是耶非？丹翠零星認舞衣。莫歎餘生付荒宴，笑談原自解兵機。東風失却誰爲補？宫體裁量付金縷。遺像猶堪誤退之，前知亦復窺真主。天水鉦鼙動地來，教坊絃管盡堪哀。謝公墓上梅根老，從遣徐郎作豆魁。

題李桐園長水歸耕圖

李郎晨起心不懌，溜雨鳴簷花掃跡。指皴澹墨條成圖，貌得家山溪水碧。由拳城南古長水，蘸緑飄馨連峽石。經年小别夢中到，吹笛船頭脱巾幘。蓴鱸可念拂衣去，黄葉連江一歸客。祇疑風骨太孤峭，塵世難容此高格。燕吴酒痕衫袖在，鷗鷺紛紛俄奪席。村農竈婦愜情性，葺屋平疇樂晨夕。故應狡獪事吟詠，牛角彎環掛書册。人生辛苦爲識字，造物從知妒明爐〔一九〕。隱弅不語具深意，此外無煩更求索。君不見，蕭兀程髯壯歲過，擁書萬卷終何益？

情田移居中街與余居相距咫尺爲賦二首

其一

舊燕移巢趁主人，秋花門巷斬然新。屋完待卷蒙書被，酒熟先邀覓句鄰。魚鑰暗垂歌畹晚，竹燈閒剔話逡巡。沿堤笑指蕭蕭柳，得與先生接近塵。

其二

醬瓿蚊幬壓擔輕，柘枝小鼓傍書籯。寓公久住難言客，歸計徒勞未易成。五畝旋開新雨地，一椽回憶故交情。舊宅，家實齋兄所借。知君近市無妨隱，林月溪鷗待主盟。

喜熱

今年夏多雨，炎暑默默徂。宵眠怯單衾，晨起被袷襦。蕭蕭北林風，迴薄振座隅。緬彼田野間，耕稼多憂虞。耕稼雖可虞，氣候亦太殊。豈有庚伏中，而似霜落初？平時畏毒熱，酷吏思逃諸。及此望赤日，杲杲期來蘇。凌朝忽軒爽，一葉墮井梧。撑犂孰掃開，捧出三足烏。伏極乃愈奮，爚爚掀紅爐。頑金被煎爍，燥氣相吹嘘。俯視濕苔蘚，倏忽成焦枯。此熱雖後時，在理不可無。開窗坐南軒，汗出如流珠。陳我青竹簟，安我雲碧幮。索我故繩拂，布我調水符。可憐白團扇，到此翻用渠。脱身獻蚊蚋，勿用藏肌膚。父老過我談，喜色揚美鬚。節候順其常，人物無疾痛。側聞天子仁，議賑還蠲租。我民鮮疵癘，蒙此雨露濡。不敢怨田荒，我漁婦織蒲。無爲慮無衣，入市酒可沽。睹此樂欣欣，我亦滋歡娱。夜來貪露坐，還復尋詩書。

放　船

飛煙迷前潭，白日麗晴宇。秋水闊無垠，放棹出湖漵。境接發興新，孰謂遊已屢？迢迢指新城，掠水燕争語。衰朝昔建鎮，樓堞布千鹵。空中五丈旗，其下競笳鼓。人物號繁華，臺榭紛錯互。後來製置司，于此繼開府。横索捋髭錢，遍教柘枝女。狐鳴何荒唐，烏合遽禽虜。蒿蓬固宜芟，何事拔蘭茹？事見吳山夫山陽志遺。祇今太荒涼，雜處鮮豪户。籬根響蒲風，塘坳吠蛙部。北過龍興寺，長橋貫横浦。破刹映斜陽，敝瓦竄鼷鼠。鐘鳴殘僧歸，月出林鳥聚。當年會人天，晴梵振煙莽。琳宫千百間，金碧焕廊廡。俯仰卅年餘，蕭瑟盡如許。

即事有盛衰，觀化小今古。叩舷發商歌，新露墜如雨。

秋花著題四首

其一

卻月盆深厚葉披，晚風吹遍綻偏遲。光生露脚斜飛候，香近雲翘半卸時。漢殿罷安雙股髻，齊宫初刻九鸞儀。酒邊燭下關情甚，挂向纓冠好自持。玉簪。

其二

絡角疏籬態不濃，也將新翠試西風。螢飛古竹涼偏悄，蟲語秋星夜正中。農丈畦邊分點點，綵絲筵畔散叢叢。天孫欠聘何關汝，謫向珠塵類轉蓬。牽牛。

其三

岌岌高冠飾組纓，昂藏翻恨少柔情。色分金距初呈鬭，晴傍書窗似有聲。養就丹砂榮晚歲，唱來玉樹滿江城。怱怱洗手迎秋節，貝葉經前倍眼明。雞冠。

其四

夏雨離披秋漸加，露痕分得牡丹芽。歌傳法曲來朱鳳，指拂宫絃散曙霞。可惜穠華少香事，差宜妝點向貧家。東籬枉自頻呼婢，冷澹生涯未有涯。鳳仙。

題滄江漁夫圖

漁人老傍澄江宿，紅蓼花深低結屋。疏疏晚雨撲青蓑，釣得槎頭鯿項縮。蘆根吹火蟹燈細，古月如丸挂林木。挐船信意漾深浦，驚起沙禽飛簇簇。苔磯一點蔭蒼樹，取醉閒眠坦其腹。習看山水不覺好，孰料兹身八圖幅？畫師寫此寓深意，似惜塵寰空鹿鹿。天公位置亦太厚，日遣鬚眉映澄縠。誰憐此老不識字？我笑名流少清福。未從魯望詠笭箵，已悟蒙莊論濠濮。便應從爾老煙津，更訪秦人向深谷。

蠹魚二首

其　一

羽陵遺種是耶非？散帙沈吟對粉衣。紙上久開三面網，書中新透百重圍。須知丹槧宜深味，豈有文章不療飢？數點朽瓜傳列子，可能鬖髿悟真機。

其　二

夾註朝來改密疏，試尋爾雅溯生初。身安魯壁藏經後，族衍秦灰息焰餘。黠吏舞文聊共擬，老儒困學慣相於。硯池一寸難分潤〔二〇〕，好是書中涸轍魚。

寄懷劉侍讀印于 時督學嶺南〔一二〕

羅浮桃李逐時新，海徼衡文重使臣。南極度高星在水，西清夢遠月隨人。瀧流可少平安字，淮屋仍收落拓身。記得春明卧風雨，贈來官米白如銀。

校記

〔一〕尊　蕺園詩集卷九作「樽」。

〔二〕比　蕺園詩集卷九作「連」。

〔三〕丈　蕺園詩集卷九無。

〔四〕三首　原作二首，實爲三首。

〔五〕秋　蕺園詩集卷九作「春」。

〔六〕秣　原作「抹」。

〔七〕憶　蕺園詩集卷九作「緬」。

〔八〕哀　蕺園詩集卷九作「安」。

〔九〕息　蕺園詩集卷九作「忘」。

〔一〇〕失　蕺園詩集卷九作「濕」。

〔一一〕存齋　蕺園詩集卷九作「簡齋」。

〔一二〕木　蕺園詩集卷九作『本』。
〔一三〕蟠根近　蕺園詩集卷九作『潛虬映』。
〔一四〕菉汀　蕺園詩集卷九作『慄侯』。
〔一五〕丈藕生　蕺園詩集卷九作『藕生先輩』。
〔一六〕後　蕺園詩集卷九作『腹』。
〔一七〕『時家』幾句　蕺園詩集卷九作『時製詞譜未刊』。
〔一八〕言　蕺園詩集卷九作『絶』。
〔一九〕明　蕺園詩集卷九作『隱』。
〔二〇〕潤　蕺園詩集卷九作『闊』。
〔二一〕本詩爲蕺園詩集卷九所無。

勉行堂詩集 卷十

拜書亭後稿上 丙子、丁丑。

古鏡歌爲吴秋漁賦

鍊形瑩質工冶良，玉棨珠籀星舒芒。菱花葉葉交青蒼，爾前爾後慮必詳。多年埋没苔赤黄，諾臯魄老海底藏。吴生得此自實坊，圓經九寸以指量〔一〕。背有篆體分行行，魅魑是禦厭不祥。辟邪之號從咸陽，旋蟲土蝕垂文章。曾孫詔獄驚焜煌，八銖繫綵鞶絲囊。元相所寶龍交翔，赤鯉騰出波洋洋。何來小兒自納腸，霎䨴掩目目彩揚。美人夜出珠翠涼，懷中暗祝雙鳳凰。藳砧何日旋故鄉，金精夜泣智井荒。斷釵並出紛古裝，其人誰何物不亡。從容持此歸文房，摩挲碧緑擬漢唐。容成故侯呼壽光，位置鐵硯銀槎旁。勿似癖好東家王，策勳名亭舉百觴。倒篋未已衣裘償，一夔已足堪自彊。朦朧雲霧夫何傷，毋令磨錯明秋霜，照見爾我朱顔蒼。

王莽貨布歌

成都火井黯不然，昭陽禍水方乘權。巨君睢盱目睨鼎，刻意摹古欺愚賢。周公孺子餙假面，金縢洛誥增外篇。六官改竄不足道，貨泉變自居攝年。十品頒行別次第，卯金之號旋舍旃。契刀大布類叢雜，訟簿擾擾愁株連。黄牛白腹理當復，填耳莫禁民謡傳。鰒魚臭尚播千載，漸臺死不直一錢。當時著作悉無取，貝貨所製殊精研。昔聞伏羲摶九棘，燧人農皇相後先。曰刀曰幣別子母，爲輪爲郭分方圜。吕姜佐王管子霸，但取民用流如泉。嗟莽何能識此意，刻舟求劍徒拘牽。要其規矩必古法，小篆如薤如針懸。秦碑漢石有摩泐，銅質堅勁其神全。委宛成文庶堪媲，黍銖定樂彌相宜。豈如鹿皮雜金幣，大異鵝眼浮清漣。食因咽廢古所誡，舊製況復非彼專。鄱陽莽錢入僞品，通山濞海紛糾纏。別書刀布信卓識，雖不適用毋輕捐。夷甫不言信高致，王昕取一奚過愆。宜男可徵勿深考，囊中伴我倉斯箋。

光堯玉碗歌

疇昔曾讀梧溪詩，建炎酒觶詠汝甆。浮青滴翠但想像，何來玉碗光陸離？文曰光堯法大篆，遍體瑩潔如凝脂。當唇一寸獨純赤，晴雪影裏紅霞披。六陵夜發異寶出，製造想自淳熙時。貍奴一蹴癯者帝，雖非己出誠佳兒。老作閑人謝機務，忘憂便面時自怡。是時戎馬稀游牧，不厭偏安保南服。魚脆初陳安嫂羹〔二〕，雪香更進梅花粥。料應此碗列長筵，翠釜銀盤錯彩鮮。不知侑食徵歌夕，可憶冰山雪窖天？吁嗟壽皇真令主，一飯何曾忘中土？岳韓去後更無人，怪底金甌缺難補。即看孝養備情文，尊號堂堂媲放勳。蘭棟紅鵑芳掩冉，龜兒雁翅舞繽紛。君不見，杯羹且望分强敵，擁篲迎門何踧踖。又不見，南内悽涼蜀道歸，自調龍笛教張徽。豈如聚景園中風景異，引觴遥挹蓬萊翠〔三〕？玩好先呈德壽宮，山陵雜置温明器〔四〕。沈歎重華積草痕，瓊巵墮後缺晨昏〔五〕。老臣淚浥雲衣濕，天道悠悠未可論。

鐵如意歌爲臧南園作

迦林八意夙所聞，鐵工鏤鐵成秋雲。其長盈尺呼握君，惟順以動覞云云。謝郎白面氣不羣，公等勁卒徒紛紜。阿瞞撾鼓西日曛，起舞那復憐雙齦？何年出自山間墳，金魚玉杯雜巾氛，光焰忽吐陵高雯〔六〕。臧生急取走若麇，奇觀示我海外文。爾家浮玉荒江濆，神金作鼎蛟龍蝹。隱君鶴銘石半皸，傲人不啻岐陽蕡。奚爲對此三沐薰，旃檀篋儷皮帛纁。朝來凍廚火不熏，摩挲古澤意若欣。驅牛麈尾同策勳，葫蘆長柄雜羽帉。從容鎮壓當書芸，水仙閑吟叩夜分。如朝青麥曳裾裙，海山一角雨雪雰。想伊指麾梅作芬，唾壺擊罷蒼顏醺。

寓真州碧梧書屋漫題二首

其一

浮生到處即安居，況對清流碧樹疏。舊燕暗窺新下榻，宵螢争照讀殘書。潮聲静後山生月，霞色晴時市賣魚。遥憶金陵數同輩，盈盈江水正思余。謂存齋諸賢〔七〕。

其二

桐樹連階柳拂津，地偏還喜託閒身。焚香滌硯吟新雨，除架編籬累主人。麥熟漸看童叟樂，江空聊與水雲親。沙鷗相識宜相誚，衣袂猶沾十斛塵。

白沙看荷花戲成三絶

其一

鑾江圖畫數城東，二里荷花映肉紅。鸂鶒自眠人自過，一枝柔櫓翠煙中。

其二

繞釧菱絲拂不開，蜻蛉飛去又飛回。低頭背面如相避，白足兒郎蕩槳來。

其三

魚鱗雲淡襯遥天，翠蓋亭亭夕照妍。猶有棹歌聲未遠，晚風吹上酒人船。

別碧梧書屋

三句小住豈前因？去作江南一葉身。黄鳥數聲如戀客，青山幾點欲迎人。曝蓑灘際徘徊路，垂荔墻邊拂拭塵。他日重尋舊門巷，古梅應有數枝春。

留簡家南陂〔八〕

堅閉衡門拒客深，池塘幽夢好追尋。論詩每藉鍾嶸品，事佛先窺白傅心。霜外寒花饒古色，夏前濃柳學秋陰。東風夜送吳船穩，相憶還成江上吟。

吳彩亭舍人招集陶氏園亭作

蟬語夕陽明，涼煙滿江郭。疏疏池上風，過此命尊酌。咸迴沿流棹，或駐遊山脚。延覽資古歡，嘲轟亦間作。百年緬遺蹟，齒冷誚元惡。相傳園爲阮圓海故居。法曲寫紅闌，羣賢礪冰鍔。遂令異代人，鑄鼎懲不若。民居想豪奪，園榭日張拓。帝子樓已迷，吾公谷遂壑。祇今數弓地，静緑繞山閣。惟懷劫灰歎，詎識爽鳩樂？側聞主人賢，冰雪浣餘灼。謂陶衡川，時應京兆試。抱膝事高吟，擁經恣冥索。匆匆燕趙轅，幽怨付轅鶴。吾儕敢相笑，南北共羈絡。終期守殘編，與子共商榷。青檠炳遥夜，賓起互酬酢。簷星散磊砢，亭草香漠漠。境寂增流連，交深從脱略。歸途殘角鳴，兀卧驚漂泊。

自金陵赴姑孰途中熱甚偶成

上得籃輿汗雨傾，朝霞如火徹天明。山環南面形逾闊，人蔭高林氣始平。日永未容羸馬息，伏闌偏與素秋争。清涼池館成追憶，觸熱何因又近名？

慈湖道中

人家住水村，曲徑倚山背。稍稍蔽日色，宛宛垂柳帶。鵝鴨驚行塵，牛羊卧風籟。六朝此名鎮，拱衛環冑介。時移變桑田，境僻長松檜。流連坐盤石，灑濯俯鳴瀨。漁童下新釣，樵斧破煙界。兹焉得宵棲，窅爾出塵外。

太白樓歌

長江千里月萬里，月波平處危巒起。謫仙到此偶留止，高樓矗矗雲間倚。我來登臨六月裏，褰裳灑汗寨葛芷。光騰四壁矍驚視，衡華嵩岱辨尺咫。云誰圖畫蕭氏子，粉垣縱筆不煩紙。如聞濤聲風霾靡，上方樽櫨雲氣委。錦袍玉貌非常理，生時糟邱築春壘。笑挹天漿嚼瓊蕊，乾坤一垤衆一蟻。渴飲狂流作庚癸，大匏酌公公不死。憑欄萬象罄遐邇，峨眉秀聳角雙峙。赤盤中央行邐迤，媚川惡灘雜迴沚。景新詩故遥相擬，豪情鬱律遘奇旨。秋中襆被期來此，長波卷空澹無滓。應有羣真騎鳳紫，抗手相招弄煙水。

采石懷古十首

其　一

聞道秦皇帝，從兹達會稽。石根青突兀，不見李斯題。

其　二

顧曲周郎逝，全琮又結營。魏人如鼠伏，不獨畏川兵。

其　三

十萬繡旌旗，伐晉謀大舉。朝來引師還，仍在横江渚。

其　四

莫唱水中龍，聲名怖殺儂。寒磯無故壘，霜寺打秋鐘。

其　五

石激水潺湲，如聞罵蘇峻。遥遥望蔣山，草木含清潤。

其　六

堂堂石季龍，躍馬欲南渡。風吹草樹聲，似列沿江戍。

其　七

可憐魏佛貍，飲馬澄江水。勾陳望太微，黄星兩消委。

其　八

小峴勤王去，長沙故自超。深憂家弟在，餘恨咽江潮。

其　九

白馬渡江來，荷荷唯指口。如何南豫州，但遣王郎守？

其　十

一戰存微宋，虞公信可人。筆來何足懼，堪笑北朝臣。

姑孰懷古四首

牛渚磯

奇士從來愛遠搜，犀燈凝碧照江洲。珠宫玉府呈寒影，鬼馬靈魑起大幽。豈有瓊瑰泣聲伯，翻同巉石隕譙周？史家誌怪知真僞，笑拍洪崖俯碧流。

白紵山　桓温張伎處

老奴風調類曹瞞，彍騎纔休樂部彈。名士會逢三楚盛，美人歌怯夜堂寒。郗公尚恨兒遲死，謝傅何慚背久乾？衹少西陵供帳在，滿山松柏夕煙殘。

淩歊臺

北望神州涕泫然，還從南國舞三千。臺高六月飛涼雨，樹老千崖抱遠川。無地可容冲讓主，有人空誌義熙年。葛燈麻拂平生事，傳與諸孫總不憐。

青　山

風流遥想謝宣城，幾疊青山帶水縈。勝地他時來李白，詩才曠代繼袁宏。寡妻空恃吴鉤利，家令何煩史筆清？眇眇敬亭雲氣接，一天秋色起猿聲。

家顒書姪餞席聽祝道士彈水仙操

貝宮無煙濤氣白，老仙長住鮫人宅。天邊攬月置懷中，笑向龍堂輕一擲。冰絲播弄流水聲〔九〕，寥寥秋闊夜宇清。遺宮剩徵到人世，異韻未許參凡情。道人神姿腴不寢，爲我揮絃佐匏飲。存齋太史適共聽，跂脚西窗手支枕。是時緑桂吹古香，高雲飄墮雁起翔。浮音切響振岑寂，指頭湧出波茫茫。阿咸心閑得琴意，解帶松間對花醉。夜闌更請奏歸風，我欲臨江鼓征枻。

留宿隨園臨發贈袁存齋

其一

一碧千林樹，亭亭長舊圍。閣添山際影，泉過竹間扉。軟草無妨屨，輕雲欲上衣。五年撫遊歷，小住已忘歸。

其二

草草勞人事，閑閑隱者園。書能供我讀，文欲與君論。鶴警窗初白，香凝榻正温。爲鄰終有日，芳樹隔幽樊。

其　三

念別三年永，懷人一夕深。風煙桂嶺字，冰雪故人心。時從存齋處得寶意先生粵信。梅老宜防蠹，山多不廢吟。西堂相憶處，涼雨拂秋琴。

其　四

窮匪虞卿甚，相期各著書。古人渾易到，壯歲倏云除。百尺樓堪卧，千秋事豈虚？他時公論在，南北兩樵漁。

其　五

放艇及斜月，澄江生古煙。思君起中夜，白露不成圓。奉母饒瓜芋，稱詩富帙編。應憐塵網客，何日謝拘牽？

政陽二姪招集約莊作

野水荒灣浄少塵，小林茒館構偏新。開軒偶殢三分酒，種竹行逢八月春。荷草童歸垂柳岸，嗚榔聲近古煙津。楓香謝後梅舒早，蠟屐重來問主人。

榜下與儲石亭言懷

西風㨃㨃撼蝸廬，矮枕懵騰覺又蘧。琢句騷人黄葉晚，棹頭漁子白鷗如。掃眉入世無新樣，曝日盈階有蠹書。三尺巒氊地爐暖，爲君沽酒翦園蔬〔一〇〕。

蔣孝廉秋涇與余神契有年未一識面丙子閏九月偶來淮上園亭過從觴詠數晨夕歸舟將發投贈長篇成七律三首〔一一〕

其　一

漁詠亭邊畫壁詩，十年漂泊識君遲。黄花節晚人重到，古柳霜清席共移。芳藥曝晴知善病，清言達夜每忘疲。琅玕相贈勞相慰，如此頭顱已後時。

其　二

桐帽棕鞋處處留，風華偏愛古揚州。倦眠旅榭三更雨，冷詠江城一片秋。别浦乍尋鴻雁侣，歸裝催上水雲舟。松滋居士漁川叟，好約嬉春共冶遊。

其　三

千林楓柏背斜陽，同調關心一舉觴。昭諫有才名易厄，雲英未嫁鬢先霜。荒煙白葦窮幽討，小月疏風到草堂。高會者番殊不惡，晚甘園作閏重陽。

同弟秋泉泛舟珠湖作

秋溪無緩棹，急水抱長林。漸改楓杉色，空驚摇落心。酒人疏舊賞，斜日滿園陰。共羨忘言叟，垂綸向碧潯。

寄上鹺使雅雨盧公四首

其　一

戟門秋早桂香濃，曾上丹梯十二重。朗藻久懸虛室鏡，清名如扣翠微鐘。地當淮海推王質，人對風華慕簡雍。想得公餘領雙鶴，冷吟閒眺石橋松。

其　二

漢置平原推望郡，峥嶸家世孰能儔？傳經獨騁無雙譽，駐節重臨第一州。插架青編多秘籍，題襟上客總清流。聲名官職原非易，曾閱冰霜到白頭。

其　三

篠園叢碧俯荒池，白甫交情四海知。扶杖每同看夕月，到門曾爲訪遺詩。香山幸有孫承嗣，六一何堪位並祠？家汫江伯歿後，篠園改爲三賢祠，僦園貲以贍。其後且將祀先伯于歐蘇二公之側，皆公意也。身是謝家諸子弟，幾回感激涕横頤。

其　四

金河涼雨白門煙，烏帽黄塵二十年。松菊未荒成我隱，文章何益荷公憐。擁書廬廢前修業，愛士宜爲後世傳。擬待春來更陪從，柳絲風趁竹西船。

同三弟秋泉夜坐

燭寒人意静，緩語漏方沈。霜老松聲健，塘空雁影深。古香開蠹簡，斜月轉簾陰。冉冉塵中事，相看鬢雪侵。

贈儲孝廉玉森

長安書六上，運拙不關人。酒汁青衫涴〔一二〕，溪光白屋貧。探秋風拂帽，折竹雪迷津〔一三〕。笑指梅根蠹，梢頭見古春。

送李桐園南歸

曰歸情轉怯，知爾益清貧。折券難逢古，爲炊耻乞鄰。苦吟千嶂雪，寒卧一溪春。猶有淮干舊，挑燈念苦辛。

寄懷李情田

春草前溪别，西風病未安。思深愁易集，歲稔食猶難。倦笛鳴秋雨，滄江起夕瀾。天涯余漸老，吟眺倚危欄。

邘上送秋涇南歸

江鄉稻熟蟹螯肥，穩掛蒲帆問竹扉。水闊暮煙連舍緑，月寒沙雁傍人飛。中宵對酒頻開卷，小婦鳴梭爲授衣。等是客遊情最惡，暫時握手送將歸。

樂府四首同李桐園作

雅瑟詞

雅瑟絃成二十五，瓊徽零落不可數。響泉寒玉溯當年，復道軒皇教素女。綺琴雖舊人習彈，此器於今失宗譜。桐材七尺肌理細，拂拭雕文散塵土。抱持入市少知賞，暗壁長懸誰摶拊？時從絃上一迸指，颯拉秋堂振風雨。雖然無用等敝帚，肅穆猶存舊規矩。補殘審律待良工，莫道今人難續古。

蟋蟀詞

戧金盒子籠蟋蟀，夜夜有聲在華室。五陵年少工兒嬉，捉取初從風露時。海堂籠霧秋陰薄，罷管停簫看鳴躍。長鬚鉅股性黠奡，體微亦被將軍號。紅牙蓋啟碧毬張，旁人聚觀如堵墻。小草遥遥擢纖尾，引向當場矜翅嘴。往來一喙直千金，頃刻人情易悲喜。芳條煙老玄蟬泣，轉眼涼霜將汝及。閨中織婦不成眠，月户秋燈暈紅粒。

黄雀行

黄雀啾啾何唧唧，四顧無人纔振翼。飛飛蒿下薄深叢，一點凝金漾沈碧。田中噉粒不滿口，復起騰身自藏匿。無多飲啄易果腹，猶自經營費心力。鳳皇不來蒼鶻衆，未免遭逢虞搏擊。富家貪多復嗜味，竊恐登盤雜丹鯽。託身雖小憂患重，如此行藏良可惜。安能爲爾告虞人，偃矢弢弓勿彈射。

廚娘曲

江瑶横玉柱，猩猩點絳唇。名都豪族聚八珍，致彼難得物，奉此無用身。朅來誰擅調烹手，廚娘家家争聘取。輕袿淡抹釵綴玉，入廚先審火候足。醯鹽葱涤總不除，到手能令滋味殊。紛紛肉食久生厭，别開新意陳嘉蔬。來其一品費錢萬，卻用侯鯖相煆鍊。冰盤錯雜果蓏鮮，鏤枝刻葉逾精妍。銀刀善藏歸去晚，風吹鬢花香氣遠。老僧敲鐘煮芋粥，不如且聽廚娘曲。

有懷潘大秋查

空囊如洗過年年，一劍昂藏肯受憐。潁士舊餘知己僕，嵇康新贈絶交篇。江風拂岸鳴殘柳，夕月逢僧話定禪。多恐斯人老流落，阿誰爲置買山錢？

輓邱浩亭

其一

春初喪我崧畦叟，謂周子白民。又向殘冬哭浩亭。暮雨棋枰收故局，荒煙文冢理新銘。多生懶病餘清賞，握手親知散旅萍。欲報秣陵書一紙，杜鵑寒食草青青。

其二

行年七十非爲夭，釁有餘糧未是貧。可惜詩騷失宗主，每因風露感斯人。臨摹斷墨垂朝幕，拗折繁花送好春。沈歎九泉交道隔，夜來猶夢鶴精神。

丙子除夕

其一

赴壑修蛇歲又除，奔轅迅輯竟何如？囊中漸減千金具，架上新增百卷書。炙兔煙清催命酒，封梅雪淺待停車。生平冷暖經來慣，每對佳晨樂有餘。

其二

迎年急鼓振比鄰，試掃荒齋滌故塵。宿火槐榆驅耗損，新詩脯醢慰精神。難回竹馬嬉酣景，又向花谿判斷春。四十即看明日是，未妨老作石田人。

贈萬少滄

幾年握手從京國，兩度題襟向廣陵。來去何常秋社燕，清貧無礙上堂僧。潮連夜雨鄉心遠，人對官梅酒態增。又指西江事行役，苦吟殘月憶交朋。

留別王梅汧

京華淮水夢依稀，黄葉飄零一棹歸。凍雪易成高士卧，飛花偏上酒人衣。霜侵短鬢才非減，燭翦深宵願豈違？忽忽相逢又相别，芳蕪南浦有餘暉。

三弟餽榆葉餻以詩答

東風不待人，吹散滿園緑。未作看花詩，已飫餳白饊。俄驚子公指，蠕動一何速！珍盤從阿弟，製造誠乃獨。吁嗟沈郎錢，位置近苜蓿。安能買韶春，差足塞空腹。餦餭雖異味，饔飧夙所熟。芬馨沁牙頰，蒼翠達眉目。豈防臟神訴，此子腸漸俗。食經亟思補，聊復見乳粟〔一四〕。卻笑欒城蘇，局促詠草木。

和蔣秋涇喜予過訪

幽人抱膝吟，庭花自開謝。遠道遲所思，芳禽喚深榭。披衣起迎客，小屋焚香罷。何因被岑寂，瘦竹澹初夏。還期一樽共，流月美清夜。

贈易松滋

近市厭煩囂，入山苦寒餒。此身位置難，進退屢觸觝。伊人抱幽情，在濁不塵滓。萬象紛糾拏，澄心自爲理。招朋或泛流，裁詩且責子。竭來行役歸，閉關卧不起。翩翩枝上花，静逐流雲委。余生等勞薪，役役殊未已。感君杜德機，不僅恃書史。默坐輒忘言，底用覓婁尾。他時偕隱約，素業共煙葦。

效元微之表夏詩十首

其一

炎景何滔滔，草木亦幪幪。乾雲起前澤，重緑媚閒壟。春扈罷餘喧，驚蟬發新聳。得暇非偶然，息意對羣動。

其　二

海榴雜五色，細莢張火繖。娟娟紅薇花，浮艷擢幽館。了無蕭寂態，灼灼照心眼。時至物固然，豈復憂盛滿？

其　三

夏蟲非一名，瑣細競明燭。紗籠礙急投，有似嫌障覆。寂窺憐其愚，自顧仍局促。誰能守微身，儷彼不材木？

其　四

朝盤雪素藕，午飯羅輕冰。撫此孱陋質，所享殊難勝。惟應窮永日，伏几横遺經。遥遥黄髮期，寡過慚未能。

其　五

南窗晝長闢，畏此西日景。鳴飈拂晚竹，張簟就虚枕。支頤方跂脚，隙月照單衽。靡靡蠻舶花，凝香薦幽寢。

其　六

酒人既樗散，樂部亦蕭疏。喧寂任所遇，抱獨匪無餘。閒依紫桐樹，檢讀未見書。去日豈云少，荒落將何如？

其七

蚊噆不擇肉，蠅飛寧謹聲。澮然與之遠，紗幮有餘清。嗟嗟火攻策，已甚非持平。亦有玉麈柄，聊助談縱横。

其八

五時花已闌，下伏暑彌盛。放艇過菱塘，取涼依水逕。老農勤秉耒，揮汗泥没脛。笑指迨秋成，黍香開曉甑。

其九

池荷布圓鏡，向夕施明妝。蟾彩不徒映，溥溥珠露涼。結根雖自殊，長養從洿塘。始知獨漉泥，亦足揚芬芳。

其十

孟月惜春徂〔一五〕，季月懷秋心。浮生類如此，坐遣鬢雪侵。短夜妨熟眠，沈思恒緩吟。亭皐足綿雨，慮爾凋繁陰。

生第三女作

其　一

耳耳聲從道路傳，依然柔玉入懷妍。欒城較數今居半，祝氏關情漸覺偏。未信琴書歸此輩，且看啼笑慰中年。丈夫巾幗曾貽誚，轉把笄裙冀汝賢。

其　二

一將遠嫁一成癡，第二女風疾不可治。三索何知又得雌。錦樹乍榮花發際，繡綳初試夏涼時。低徊舊事香山恨，齋肅他年季女詩。最怕旁人頻致慰，隔春歡喜定生兒。

挽朱草衣

熟記前聞愛品詩，吟成五字重當時。席間懷餌遺嬌女，道上看碑弔古祠。暮柳漸疏人別後，冷雲難定鶴歸期。江淮逸老於今少，三歎因君淚染頤。

送家晴江兄遊皖

鷩濤走江東，怒氣不可遏。劃然開天門，青入兩崖闊。帆平出遠樹，如櫛理秋髮。曉紅浴滄日，夜碧湧圓月。於兹爲壯遊，鼓楫叩吟鉢。前登太白樓，遂禮謝公碣。山形何逶迤，龍卧影曲折。方舟向緑岸，草色引行韈。雖懷故鄉思，即事紛可悦。孤亭縱奇觀，萬象入微睫。荆楚餘霸氣，川巖恣蟠結。神怡忘力疲，景寂增興烈。笑覆皖公杯，高峯丹葉脱。

邗上酬陶篁村六十韻

昨遊城東隅，筍輿緣荒畺。餘花依故井，散葉下女墻。叩門訪嚴生，隙口穿修楹。握手語離别，哆口論文章。因之誦君詩，驚喜欲發狂。其勢如雄風，迴薄經南榮。窗户競排突，帟幕爲開張。砰訇振鐘磬，微響鳴竽笙。大木號怒竅，抑遏逾張皇。縈紆拂細草，茀鬱聞幽香。又如萬里流，曲折太縱横。灑灑任所達，不可施隄防。瞪目告嚴生，此令我心傾。嚴生爲我言，君知我特詳。曾書我詩後，小楷蠅頭行。又爲懷我詩，暮雨神蒼茫。近來客邗江，行卷多秋聲。萍蓬適相際，良會天所藏。是日遂逢君，豁達披肝腸。凌晨投素紙，韻脚六十强。上言逮騷雅，下乃溯平生。中復通相思，如影置我旁。疏絃振古音，四壁摇金商。側聞前哲言，修詞貴立誠。陸機評文體，多變隨所長。風詩道歇絶，剽竊以市名。選字必六朝，取格希三唐。試觀宋金元，一一標奇英。底肯學優孟，衣冠貌行藏。君家本稽山，開門挹嵐光。鏡水三百里，瀚濯秋月精。其中多名流，挨藻飛丹瓊。君復癖嗜古，吸髓餐天漿。出語必自己，雕刻萬物情。折除容容福，才老鬢則蒼。結緑閟大璞，缺黍爲干將。時復賦遠遊，蘭佩芙蓉纓。輕衫走燕趙，馬瘦西日黄。高歌對易水，怒氣鬱峥嶸。覽古輒題詠，懷舊含悲涼。以兹富篇什，束筍連箱籯。而我學謳吟，短澀同寒蛩。君胡嗜我詩，嗜痂剥膚瘡。款曲話遊歷，矯首懷春明。翰林鄭宫坊炳也。與李檢討芋圃，視我如弟兄。鄭公寄我詩，乃在君行裝。舊好杳難即，新知欣和賡。此邦盛簪裾，筆陣驅班揚。君來競酬酢，矢勁雕弧弸。逍遥事文讌，紫蟹堆紅薑。余也蕞爾國，敢與齊秦争。堅壘偃大旗，宿春慮無糧。嗟哉彼巖生，年少學早成。飄零向淮海，破帽懸空囊。高會一灑翰，和糝骨董羹。佳時有離别，取次尋歸航。懸知話此遊，又已成滄桑。涼煙罩浙水，漁笛傳初更。石頭石巉巉，淮浦波浪浪。眇然千里心，雲樹遥相望。

石人行同陶篁村作

寒風吹林月如紙，道旁翁仲語生死。曾見驪山築土來，復覯東平樹西靡〔一六〕。洛陽灰燼猶等閑，金魚何事歸人間？玉馬蕭蕭汗血灑〔一七〕，銅仙耿耿涕淚潸〔一八〕。自兹移置因名族，重鑿鬚眉開面目。勳重朝廷特賜碑，一邱圓土千人哭。冷煙寒食西郊陌，鬼啾芳椒丐餘炙。世遠年湮少子孫，野鴉飛盡山空碧。來時羊虎跡已陳，墓門傾側松作薪。兒童敲火船繫纜，復恐摧殘遂及身。赤棠飄飄灑迴雪〔一九〕，沈恨滄桑幾興滅。無情世人有情物，那得心腸勁如鐵？

送王梅浒北遊

白首他鄉客，秋深復遠行。馬驕嘶倦柳，酒薄問荒城。揮手長川雨，勞人遠戍更。山田無半畝，莫漫定歸程。

覆船詩三首

其　一

揚州西去片帆程，誰道輕舟夜忽傾？製命不煩滄海闊，洗心先試暮流清。詩書失後珍殘本〔二〇〕，戚友來時話再生。莫歎遭逢磨蝎重，世間風浪幾曾平？

其　二

客船高駕類艨艟，南北相持力不同。絶叫忽驚身在水〔二一〕，舉頭猶見月如弓。全生別有慈雲筏，作難原非少女風。隻履飄然歸去遠，轉從幻業悟諸空。時失一履。

其　三

舟人搏顙哭偏哀，嬌女孱妻命遽催。新婦竟隨河伯去，老夫纔問水濱回。宮袍捉月飛仙跡，古殿摛文曠代才〔一一二〕。端賴此生詩筆弱，乖龍原不愛凡材。

題曹太史容圃茭門課耕圖

吳淞水環匯，遠者茭門塘。黄芽出淺渚，好鳥鳴高桑。春餘夏未中，茁茁分禾秧。叱叱黄犢耕，鷺起飛成行。時哉風雨交，農喜遂所望。有客此爲家，宦遊懷故鄉。寫圖寄秋心，逝將命歸航。豈不念榮名，園圃嗟已荒。行行理蕪穢，書卷隨鋤筐。歌吟和田父，月出東皐涼。

和袁存齋春草二首〔一一三〕

其　一

倚闌新草正霏霏，似共春來不共歸。灞岸雨低人漸遠，蘇堤煙淺燕争飛。青袍較色年年舊，遊跡回頭種種非。一片斷霞千里色，爲誰清瘦減腰圍？

其二

生意愔愔静少塵，繁華浄掃見天真。夕陽凝望渾疑水，小徑平鋪不見人。舞歇還如弔紈綺，宫春偏與護梁陳。衡門掩處離披長，伴得孤眠又幾旬。

校記

〔一〕經　蕺園詩集卷一〇作「徑」。
〔二〕安　蕺園詩集卷一〇作「宋」。
〔三〕觴　蕺園詩集卷一〇作「巵」。
〔四〕雜置温明器　蕺園詩集卷一〇作「還用非常器」。
〔五〕瓊　蕺園詩集卷一〇作「玉」。
〔六〕陵　蕺園詩集卷一〇作「淩」。
〔七〕存齋　蕺園詩集卷一〇作「簡齋」。
〔八〕簡　蕺園詩集卷一〇作「別」。
〔九〕流　蕺園詩集卷一〇作「饒」。
〔一〇〕翦　蕺園詩集卷一〇作「薦」。
〔一一〕閏九月　蕺園詩集卷一〇作「秋閏」。數晨　蕺園詩集卷一〇作「連」。
〔一二〕浣　蕺園詩集卷一〇作「涴」。

〔一三〕折 蕺園詩集卷一〇作「斤」。

〔一四〕見 蕺園詩集卷一〇作「覓」。

〔一五〕徂 蕺園詩集卷一〇作「阻」。

〔一六〕此句蕺園詩集卷一〇作「復向長安侍天子」。

〔一七〕血 蕺園詩集卷一〇作「交」。

〔一八〕涕淚潸 蕺園詩集卷一〇作「清共潸」。

〔一九〕灑 蕺園詩集卷一〇作「若」。

〔二〇〕珍殘本 蕺園詩集卷一〇作「懷佳本」。

〔二一〕忽 蕺園詩集卷一〇作「已」。

〔二二〕代 蕺園詩集卷一〇作「古」。

〔二三〕此二詩又見于袁枚全集續同人集和韻類，題作「春草二首和存齋先生」，詩中文字與本處差别較大，現摘録如下：

其一

倚欄新草正菲菲，長共春來不共歸。灞岸雨低人漸遠，蘇堤煙淺燕争飛。青袍較爾年年舊，艷賞回頭處處非。

一片斷霞千里色，爲誰清瘦減腰圍？

其二

逼近泥塗轉絶塵，青葱面目本來真。夕陽凝望渾疑水，小徑平鋪不見人。舞態還如弔紈綺，愁容可似憶梁陳？

衡門掩處離披長，伴得孤眠又幾旬。

勉行堂詩集 卷十一

拜書亭後稿下 起戊寅，盡己卯三月。

樂府二十首 並序

唐初，樂府大率準古人繩尺。青蓮、少陵輩出，始立新題，馳騁橫縱。元、白、張、王繼起，采古曲，運己意，雖音節少異，要之不愧風雅。余暇日偶有所觸，得二十章，題雜新舊，體兼倣效，用以抒寫積懷，未堪與前修頡頏也。

慈烏引

秋林影薄風葉斜，雛烏繞樹聲啞啞。低張兩翼向田畝，望巢背日如歸家。口中青秔雜赤粒，吐向巢中不遑食。老烏毛稀頂全禿，力薄氣衰飛不得。引吭啄粒顧小雛，雛復接口哺老烏。竦身却負出巢裏，引近寒溪飲溪水。勞勞未必解酬恩，但覺微心難自已。夜深子母相傍眠，祇愁霜重壓巢偏。飢鷹下視不攫害，側翅排雲去天外。

送遠操

池龍在天鳥升翼，人生那得長安宅？雜花茸茸照綺陌，送君萬里爲單客。知君此行非得已，楚笛當筵淚如水。關山有路非難行，無奈今爲第一程。在家瞋喜隨所屬，此去人情有生熟。安心善飯倚僮僕，愼勿懷鄉增感觸。親朋慷慨勖君去，臨別踟蹰愴回顧。願君歸期及素秋，宜車宜馬復宜舟。離腸九迴春不管，渭城城南柳條短。

寒女詞

寒女機絲白於雪，鳴機軋軋臨窗月。織成蛺蝶相並飛，東家女兒作嫁衣。阿母房中悲自語，貧家有女歸無主。女興再拜阿母前，渠儂不羨妝鏡圓。朝花榮榮暮辭樹，人生轉眼無新故。願教歲歲勤織絲，心如明燭影隨母。世上男兒例輕薄，不分因人爲苦樂。

對酒詞

南洲杳海摧高柯，蓬萊水淺塵如波。涓涓細溜成江河，鳧仙遺冢高峨峨。涅槃佛語理則那，百年萬劫相搓磨。有酒瀲灩盈紅螺，欲飲四顧如愁何？客前致詞主人喜，勿貧勿富宜孫子。竹木盈庭雜圖史，白首無成老鄉里。

塞上曲

鐵衣瑣瑣生古花，霜凝堠靜鳴哀笳。將軍撤帳閑兵去，馬蹄簇簇騰雲霧。塞垣尚有春楊柳，北望驚沙漫層阜。占時頻看月過弦，臂强拓盡弓力圓。昨日同袍新戰死，淚枯磧下收遺骴。沙場馬革恒如斯，不暇長愁且歡喜。家人書至問當歸，令嚴寇警無定期。歸時妻孥告貧窶，不如老作邊城土。

短歌行

中原不近塞不遠，從人生處分疆畛。海南遍看隱界星，西北矜誇老人顯。舉頭日月不可攀，晝夜潛從脚根轉。火禽食炭如食雪，潛鱗只道冰窟暖。莊生嘲惠荀刺孟，賢哲由來互長短。龐眉所歷多苦辛，殤子且得全天真。短歌行，笑失聲。

貧士吟

貧士貧無一長物，老屋欹斜風雨窟。兒無襌襦索梨栗，婦無膏油斷梳櫛。長安有路懶上書，要令出處同古儒。當門卧柳煙薄薄，倚墻挾策意自若。朝饔夕飧不自給，却晒他家事奢樂。行行雪中履後穿，寧甘指笑弗受憐。東郊一夜新桃李，先生感春吟不已。

賣花唱

洛陽春多花事早，賣花人向花中老。浪浪夜雨曉乍晴，街頭巷側都有聲。壓擔連筐紛簇簇，繁枝却用青條束。朱門愛素復愛奇，貧家偏與紅紫宜。女郎聞聲出門外，未及論錢先取戴。緋桃妒色柳妒瘦，那得韶顏久長在？一番春信一番花，牡丹芳後芍藥芽。日日供人賞新樣，自家瓶鉢無花養。

塞下曲

長城彎彎偃月形，漢家插幟屯邊兵。羌人遥望兩走馬，垂鞭擊鐙嗚嗚聲，八月天寒裹裘卧，一夜雪花如席大。曉來四野白瀰漫，埋著穹廬圓箇箇。塵飛一騎天使來，後車茶布紛成堆。低頭舉手仰大國，孰敢有意同狼豺？留犂試酒碧浮蟻，馬湩三番釀酸美。室中婦豎勿染指，明年翠罽行邊鄙，持獻大家作歡喜。

失釵怨

寶釵銜珠明瑟瑟，上有雙鸞纍絲密。雕鏤年月作細字，曾結同心爲信質。朝來女伴邀同去，相攜直到花深處。蘭膏滑膩墜不知，夕妝對鏡中始疑。紅燈自持尋近遠，闌干曲曲苔陰轉。逕微心怯有時立，緑露團團著衣濕。繁枝上窮下纖草，驚起塘邊夜棲鳥。勿言改製價值微，稾砧恩意重當時。掩閨不眠淚如霰，他日何顔與君見？

雁飛操

雁飛莫向斑竹林，桃弓射汝刺骨深。雁飛莫近澄水湖，漁人網禽如網魚。嗷嗷雪中念儔侶，木丸抨響行及汝。雁飛雁飛將如何？瀟湘水闊菰米多。楓根摇摇荻花冷，蒼鷺白鷺鳴相引。斜風密雨交翅頸，睡足涼煙看秋暝。

精衛詞

刑天娛樂舞干戚，精衛填海終何益？豐柯銜盡高嶺平，海中日日風浪生。毛摧頂禿不自惜，上帝垂鑑知我誠。孰言身死子堪繼？願及生存酬此志。歲時緩緩心力長，崇波有日爲高岡。鄧林失杖走夸父，精衛於今猶笑汝。

張樂謠

海西毯子紅結心，十圍繡燭摇明金。主人識曲精七音，延賓張樂達夜深。急聲引長慢聲止，换拍選腔俱合理。當場酷肖古人情，一時坐客移欣怨。銅爐焰短炭更加，鼓聲催醒未綻花。但覺元顔熏酒暖，不知月墮墻陰斜。客欲言旋主稱緩，更唱新詞翻促管。夏日不長冬夜短，人生快意何時滿？

羈旅吟

秋燈摇摇紅挂壁，車鈴作聲催旅客。玉衡星轉天未明，蹇驢戀棧懶不行。山崖重重水繞繞，但得天晴不憚早。輿人撲鞭緩唱歌，草間蟲語霜露多。長安到時取富貴，富貴未成顔色悴。家書接得不遽開，當頭先看平安字。主人温慰中更悲，在家骨肉無此辭。墻陰樹梢葉半缺，缺處迴環見圓月。可中春及早還家，木蘭看作當門花。

獨樹吟

江皐老樹橫青椏，一苞兩苞時放花。行人繫馬一俯仰，夜靜月明維古槎。昔年吏士栽官樹，疏整行行準程度。崇桃苦李相後先，勢密不嫌風雨妒。年移禁弛群木盡，獨立悽悽煙泯泯。巢禽占盡南北枝，蠹蟲穴根根半隳。灘頭土虛岸傾圮，側身倒映橫波裏。居民卻道有靈怪，日賽樹神來下拜。

古碑歎

古碑剥落無年月，贔屓猶存雙紐缺。雨淋日炙苔色暗，橋南水次當堤列。摩挲斑駁認句讀，似頌勳勞勵風節。載稽史册失名氏，或恐諛詞寡真切。上橫篆體類垂乳，後有短銘文特古。置山沈水復何如？不若人心能記取。昨日繩穿城北移，棱棱沙鐵相磨治。樹陰朧隧道直，看取豪家重立石。

織婦詞

織衣寄遠人，遠道塵浩浩。梭鳴閨裏風氣酸，霜落征人身上早。少年輕薄耽遠遊，料應敝盡黑貂裘。不辭並日苦身手，生恐到遲時節後。近來花樣争新奇，疏疏竹子團團芝。生絲不用跳絲去，看取中間細心處。織成開篋理線鍼，棗花格子涼影深。剪刀響落機頭斷，對葉當花不相亂。舊時尺寸嫌太長，短裁令稱單急裝。辛勤織紉與君著，去向紅樓多處樂。

巢燕行

堂前燕，去年此地長相見。秋社飄零記送歸，無端暮雨又斜暉。春來繞梁尋故壘，凍雪猶封丹杏蕊。銜枝葺壘旋補泥，勢高影疾身向低。豈無他家新屋宇？爲惜從前此辛苦。謀安謀食語喃喃，一雙翠色穿入簾。主人年來罷歌管，夜棲不驚巢更暖。

田家賽神

去年麥爛桑葉稀，室中兒子恒啼飢。官家村村賑粟米，不若豐收足歡喜。今年小雪微有雪，眼見麥苗青茁茁。老翁斂錢聚少年，紛紛伥舞來神前。村樂無文打秧鼓，低頭羅拜雜婦女。土蔬掩豆酒味枯，神聰神直憐我愚。願教牛不生蝨蠶不疫，明年薦汝子鵝炙。

空倉雀

空倉雀，頭斑斑，尾趦趦，蒿下飛飛草間啄。官家曬穀守吏驅，偷尋殘粒飽爾軀。一朝倉廢移他所，雀飛不離故巢處。瓦花絡角新露稀，俯仰掇拾充朝飢。那知新倉雀争聚，脂肥羽滿翔高樹。幾時此地重置倉，爾雀引雛欺鳳凰。

次韻陳直方見贈即送南歸

草草相逢袂遽分，人中淳粹比崔羣。一編緑字欣初覯，三歎朱絃久不聞。春雨太繁憐作客，梅花正好未留君。江南故舊知垂憶，爲道沈吟對楚雲。

漢銅印歌和華澹園

華君示我漢印歌，氣出唱已翻江河。蝎蠶爲龍軒大波，奇相突出排蛟鼉。珠林蟠木交遠柯，壁光四照芙蓉茄。結繩稽古繩偏頗，厥後細密非煩苛。都鄙國節旌羽娑，牙璋駔圭比戟戈。漢興承嬴蔑姬科，刻符佩璽垂環緺。高卑秩禄印是哦，鄉官亭吏何其多。周知民隱察惡佗，侯王奪予戒謾詑。以此收衆若鳥囮，流傳年久紛赤莎。圭刀作方圓角搓，趺龜立鶴高岌峨。後來仿像用切磋，屈鐵横軼除嫇婐。吾兄荔江喜搜羅，力致千篆勤拂挲。或完以好或鬭譌，質堅劫重字不磨。紫蘭著花風翠蘿，對此勒譜庭之阿。芝泥紅深映面酡，弃藏石匣青綾絅。何年此物辭淮渦？盧公嗜古職轉鹺。千金購價同瑶瑳，騎驢惠子來經過。偏旁考證隸與蝌，華君瞥見屢舞傞。沈郎好奇雙鬢皤，夜闌開篋競揭摩。但恐旭日出頃俄，滿紙錯落呈坡陀。如棋連陣車接軻，各懷一本驪以呵。我初見之淚雨沱，昔從阿兄吟澗薖。齋頭法物陳尊犧，雅甃斕煸官汝哥。丹青唐馬帖晉鵝，此印在旁供縷覼。兄爲碧雲歸碧窩，歲月一擲騰輕梭，忍對故譜聞吟哦。華君目動手斥訶，髯乎所見誠爽蹉。汾陰大鼎移朝那，石鼓裝載數駱駝。爽鳩齊樂歸田和，況此微物誠么麿。曷不悟徹提多迦，攜歸煙澤披漁蓑？石徑犖确催疲騾，護持肯使離衣韠。雪鴻指爪窺雪坡，摹畫大字擘鵲窠，掎倉捃籀探星娥。貧人得此餐嘉禾，子雖感激如予何？

白華谿曲看垂絲海棠同楊鑑堂家蕁江姪瀣亭過亭作

春光欲暮如酒濃，海棠簇簇矜韶容。粉欄一曲砌一角，花枝低亞葉下從。色深欲破晚煙罩，質暖不待朝陽烘。緗梅野杏競芳艷，凍蕊未免經嚴冬。化機到此不藏蓄，繁絲密縷呈大工。空庭樹石闘幽峭，宜人偏是能嬌慵。成都放顛數陸子，定惠把酒傳坡翁。吾儕狂發興不淺，筆陣那復漸凡庸。品題名稱列芳炬，邀約來往隨園蜂。不愁雲重度疏雨，折枝圖取歸屏風。

春往白沙經九龍橋覆舟處次丁丑十月韻三首

其一

停橈認取舊征程，記得舟從子夜傾。怨魄定悲殘月冷，謂舟人溺水者。晴波如對故人清。由來習險宜思險，自此餘生衹倖生。到岸抽帆渾不易，每因閱歷愴難平。

其　二

碧灣飛渡駕輕艟，回首安危境異同。縱壑魚龍逃罾網，傷弦烏鳥怯鳴弓。攬春堤柳迎新霽，得意舟人説好風。占夢夢中成一笑，微雲何礙綴高空。

其　三

夜永號聲萬木哀，重來暖序改寒摧。千金垂誡徒諄復，一擲浮生信往迴。馬鬣敬陳新誓語，時將省墓。椒觴遥酬古騷才。風濤穩便還知警，破浪真輸作楫材。

李情田移寓街西以詩贈

街南巷北縱飄蓬，越鳥何心戀楚叢。十口累人無遠計，小樓聽雨又西風。清機試檢琅函秘，散序初傳舊拍工。四載比鄰餘悵望，夜談閒殺一燈紅。

慰鹺使雅雨盧公失子

瓊樹無端折一枝，温言難釋此中悲。曾傳秘笈三冬業，已是神駒萬里姿。浮世彭殤皆幻理，晚春風雨又經時。清詩濁酒聊須遣，磊磊珠光況繞墀。

題汪春浦平山泛雪圖

去年冬大寒，飛雪灑千里。鍵關下垂簾，僵凍臥不起。摧頹蒼竹根，噤斷黃鵠嘴。安能睹晴曦，一照萬山紫。春回氣融融，擁棹適邗水。吾友春浦君，捧袂問居止。披圖示昨遊，指點蜀岡趾。淮陰去廣陵，水程一日耳。余方縮菌蠢，君適發興始。豪懦難共論，雅俗辨尺咫。卓哉蔣中翰，下筆抉天髓。點染高下峯，草樹微靃靡。如聞冰琤鏦，響徹舵樓底。皎然發光明，身在玉壺裏。生平愛遊歷，野性逐麋鹿。昨覆鑾江舟，餘命乞龍子。以茲倦登臨，氣索類寒餒。恒願爲北人，鞍馬時習倚。知君壯往志，破浪戲煙海。況此近郊遊，挐舟出葭葦。談虎易色變，見獵敢心喜。還君泛雪圖，疹粟懍生體。

聞李芋圃太史將南歸先以詩寄

空山猿鶴久驚疑，聞道歸程有近期。閣上故螢窺舊卷，水邊輕棹趁花時。重聽菰葉鳴秋雨，記向蕭湖唱柳枝。十五年來倦遊宦，鄉人驗取鬢邊絲。

有懷儲丈茗坡

廣文官冷局單微，得遂清狂未覺非。拾橡有時呼僕去，看出無處不雲飛。兒能誦讀差娛老，友問行藏幸免飢。三十六峯吾故里，把竿何日共漁磯？

邵伯舟中

淮波與湖水，祇隔一長隄。沙鳥移家易，漁帆對面低。新工勞板築，宿麥起耕犂。冉冉斜陽隱，澄霞古驛西。

歸舟漫成

蒲帆懸十幅，風水激成聲。浦女歌春苧，村船賣野櫻。攤書消永晝，見月到深更。行役年來慣，還家不計程。

慰蓴江九兄失孫

森然嘉樹繞階楹，何意芳蓀墜曉英？令子抑悲期釋感，故人交歎勸忘情。中宵執燭陳書坐，小圃攜嬰奉杖行。處處回頭莫深憶，鬢邊絲雪已多莖。

哭女綴

其一

中春失一女，中夏失一女。前女病成癲，後女纔學語。人情憐稚小，況復秀眉嫵。伊母適姙身，投地類春杵。悽詞相勸勉，我淚旋如雨。頻年歷艱辛，憂緒不可數。晚風庭户暗，寂境傷宴處。絮絮雛燕聲，明燈翳還吐。

其二

多年不宜男，黄土埋白玉。謂言女差勝，刻意勤養鞠。翻緣嬌愛深，罹此種種酷。旁人咎醫藥，復道失寒燠。鳩巢本自拙，蕙折毋乃速！誠知化生理，殤壽同一局。況年未衰頽，秋實冀成熟。即境難遽歡，俯仰動根觸。茫茫暮雨來，漏點助新哭。

其三

長女嫁有期，行將奩具送。自兹朝暮間，色笑孰參共？徒懷後福至，詎減清愁重？曉猿啼一聲，孤月警圓夢。惟將達人喻，釋此片時慟。逍遥託遐情，餘事付吟諷。

題王蘭泉舍人三泖漁莊圖

其一

鱗波交映帶，樹老護閑居。涼氣通圓泖，流颸到野蔬。鶴眠新劚地，客借秘抄書。盡日垂竿坐，幽懷不在魚。

其二

京華冠蓋地，何似水雲居？入畫憐深竹，當杯憶晚蔬。秋船繫斜浦，田叟話鄉書。紅槿籬邊夢，時時看打魚。

夏寒三首

其一

炎官何事久藏威？六月輕寒透竹扉。幾見奇峯雲突兀，即看疏陳雨霏微。西疇候變禾苗減，小院陰多草莢肥。不分乘鸞秦女扇，及時還復懶相揮。

其二

澤國蒼茫饒水氣，祝融風調太高寒。荔墻過日翠光澹，槐市鳴蟬緑韻酸。拂簟尚嫌湘竹冷，語冰誰道夏蟲難。野人未解占時歲，且喜清涼病少安。

其　三

碧瓜朱李粲盈筐，傳語家人幸少嘗。坐向閑亭少蠅蚋，開來故篋檢巾裳。鵲爐不厭零星火，蓉浦偏憐索莫香。揮汗轉防秋後熱，踏冰應似少陵狂。

喜芋圃至即送南歸二首

其　一

潞河聞道久拏舟，度臈偏經兩月留。失喜故交舒望眼，驚人新句到書樓。宦成念爾仍寒士，市隱憐余改黑頭。看取珠湖十年樹，短枝都已拂雲稠。

其　二

歸去蓉湖孟瀆邊，居然無恙古林泉。茭田葉戰風侵袂，藕蕩花深月滿船。兄弟自成書畫侶，鷺鷗閒共水雲天。淮陰地近寧傷別，祇恐來遲遂隔年。

魚樂圖爲吴丈山夫賦

其　一

五載春明策蹇驢，烏篷船小旋遊吴。而今卻渡濠梁去，自寫觀魚第一圖。

其　二

九道晴虹拂練光，荇風交處翠鱗翔。先生罷眺渾無事，背手穿雲過石梁。

其　三

石根巉峭樹扶疏，秋水茫茫浸碧虚。莫道會心人獨少，我知子樂子知魚。

早秋放舟蕭湖作

至人内葆己，不慮外物侵。伊余昧道要，埃鬱寧久任。得暇引遐眺，鑑水開煩襟。摇摇檝頭船，拏入葭葦深。暑氣未全斂，湖面涼愔愔。雲衣起暮色，蟬語明秋心。初月光闃寥，林影生微陰。漁歌雜菱唱，結響無凡音。始知人境外，隨處堪幽尋。胡寧類狗縶，役役馴至今？

挽李情田

其一

翩翩裘馬記當年，老整衰容對綺筵。黯澹巾裳從酒污，纏綿歌曲傍花妍。每聽絮語連長夜，旋見沈吟出短篇。今日撫棺成怛化，但思談笑已潸然。

其二

一関淮陰古市廛，蕭蕭客鬢點霜新。香凝雪北逢僧侶，夢到江南失好春。弱息可能諳禮法，殘書猶自見精神。撫孤欲報平生諾，莫賤儒冠畏食貧。

題趙叟深柳讀書圖

垂柳覆澄溪，溪光静如練。江南三月暮，煙景隨時變。樹深交密蔭，草毳緣芳甸。落落小桃紅，東風弄晴絢。伊人抱書坐，流目姿循玩。意得忘近情，禽幽送微囀。何煩搜逸境，即此有餘善。倦輒枕書眠，拂衣飛絮亂。

園丁送晚荷賦三絶句

其　一

木犀開遍拒霜紅，景到秋深判澹濃。偏是園公惜時候，翠衣擎出水芙蓉。

其　二

小港炎風記泊船，千枝勻露月横天。西堂不厭秋光冷，一種嫣香半偈禪。

其　三

膽銅除却時新供，爲惜開遲意倍珍。一桁水簾經夜雨，看他風貌越精神。

秋中得一女客來賀者詩以謝之

其　一

經時茹歎失雙雌，又見香横女字枝。且祝長庚宜福命，敢嫌中歲少男兒？天教翻覆同償博，人爲躊躇感落萁。秋桂滿園湯餅熟，呱呱聲裏一軒眉。

其　二

從來少得皆天幸，生女生男豈異看？比似三山覓珍果，何如終畝種幽蘭？强顏賀客陳温語，多難浮生有近歡。懷抱即今添好物，不應徒恃酒杯寬。

題花蕊夫人小像

其一

眉間不著纖纖恨，應是承恩國未亡。好片摩訶池上月，繡簾低揭水風涼。

其二

多少畫圖心事在，此身還入畫圖中。蜀王灘畔啼鶯曉，誰唱遺詩問故宫？

其三

朝天髻擁宿妝殘，龍腦香清扇影寒。閑夢君王金彈子，又摧鶯羽落雕欄。

其四

後徐前費名相亞，至竟才華屬後來。誰寫江南小花蕊？別離歌裏一興哀。

寒夜觀劇三首

其一

滿目悲欣逐境移，錦氍毹暖夜寒時。江南小令徵桃葉，塞北晴霜怨柳枝。扇底生香來緩緩，簷前缺月去遲遲。只須閲盡繁華相，莫遣無端唱别離。

其　二

素瓦鱗鱗暗結霜，深春依約在華堂。花因羯鼓催頻發，隊似秋雲澹作行。顧曲不嫌徵酒緩，掃眉偏許訴愁長。分明暮柳無煙絮，又逐西風一夕狂。

其　三

稱娖吳兒髮覆肩，裲襠裁錦夕妝妍。漏長不敵繁音緩，舞急偏隨減字圓。總向虛無徵故實，翻教哀樂起中年。華嚴富貴吾差解，失笑空山芋火禪。

小除日以銅官山筍盆梅送鑑堂東詩三首

其　一

貧子畏殘年，豪家迓新歲。紛然同一俗，形植神已敝。墻東有一翁，不醒亦不醉。白眼玩年華，蒼楠共身世。時時憐故交，束縛困塵事。馳我雲外箋，附彼青鳥使。在濁幸不緇，守己得無累。春風來優柔，與子接遊袂。

其　二

荆溪儲長源，詩筆最寒瘦。潗汩生水華，空濛漾羣岫。窮冬涉長淮，衣敝面皴皺。山筍載盈筐，屢賈用不售。因之馳贈君，厥包比橘柚。迢迢離墨峯，産材特幽茂。老䉽生龍孫，不待怒雷鬬。雪霜與滋榮，人口訝鬆秀。想當亟燒煮，松火爛晴晝。遶屋白雲多，頳顔付清酎。

其　三

江南尚盆梅，剪刷絶精巧。椶絲與纏絡，不使自舒矯。疊石島縈迴，折枝風縹緲。天機良已傷，亦足供玩好。之子愛初禪，澹若野梅縞。此種最嫣紅，相對免枯槁。古瓷護新泥，雅態發奇藻。孤山千萬株，昨夢定環繞。蓬室迴春姿，花光映溪老。

題新安汪氏水香園册子三十韻

杜老詩中句，王維畫裏人。阮溪流澹蕩，蓮阜碧嶙峋。刁氏園相亞，龐公興最新。曲欄迴倦柳，芳榭敞初春。沙尾眠晴鷺，波心躍隱鱗。嵐光圍小閣，翠色映諸鄰。祖德堪遥溯，名區緬夙因。選奇康樂癖，高蹈偓佺倫。書載嫏嬛秘，琴安結緑珍。誅茅編素杙，伐樹展長闉。疊石山争秀，栽松地不貧。樵風生别澗，桐蔭待垂綸。覓句詩千首，銜觴酒數巡。水煙凝暮藹，蘭氣動蕭晨。流轉仍孫子，棲遲遠俗塵。高槐更舊業，老竹護新筠。酷愛庭梅古，相看野意親。枝枝分雪色，一一伴閑身。檢點前賢事，流連宿景頻。全家食甘井，十畝樂天民。溪女來挑菜，山童競采蓴。柴門迎月小，蘚徑積花勻。簾卷霞根雨，峯懸黛脚皴。雲輕閑拂枕，泉冷静掩紳。算弈憑烏几，支笻岸角巾。避人翔鳳子，繞架集蜂臣。繪畫徵題詠，披圖愜討論。山川故鄉好，心性老農醇。短棹吾將隱，前溪擬問津。鍊丹臺咫尺，三宿訪棲真。

許丈耦生示秋林詩意圖爲作長歌用家瀣亭姪韻

生平吟癖同秋蟪，但恨唱和無松陵。蕪城許丈最稱許，謂有可好無可憎。長箋投贈發雄響，牛鐸土鼓遥相應。尤耽畫裏寓詩意，妙諦默契吾何曾？爬搜苦思效賈島，誚訕劣句防來鵬。即看粉本工位置，清氣浄掃塵煙瞢。書堂涼月白於紙，橘林密處明宵燈。紛紛墜葉若飛雨，吟懷到此應潛增。念君才高齒云暮，霜雪兩鬢垂鬙鬙。覆蕉失鹿悟身世，坎坷不用嘲天夢。愛詩酷似嗜山水，深巖峭壑窮攀登。時從象罔出奇句，松風落澗敲寒冰。我雖識字苦拘拙，吟詠略解非真能。丹青畦畛稍涉獵，未到深處難誇矜。況當塵事坐勞攘，跛雖能履慚行縢。摩挲恐污寒具手，歎羡欲荷叉魚罾。遐思襆被就君住，溪山勝概閑評徵。懸淙千丈墜瀺灂，晴巘萬疊開崚嶒。定期世外結遊侣，又見畫裏添詩朋。俗流復恐駭高致，亟藏卷子毋傳謄。

鑑堂老友所奉定瓷觀音囑作長歌

巉峭補陀石，的皪千花妍。聞思大士衣袒偏，威容廣大不可擬，何乃肖像歸陶甄？定州琢紅磁，獨此矜天然。工人浣手取埏埴，無焰火炙冰花磚。真身彷彿降塵世，明燈繡幙爲周旋。歷祀幾八百，劫燼澆寒泉。破門野刹袁江邊，老僧敲鐘索施錢。石案蒼鼠竄，古貌蛛絲纏。鑑堂老子倏取旃，眼明法界開清躔。斗室銅乳爐，漠漠含清煙。一瓶一鉢位置好，華嚴雒誦當其前。峭然孤光躍，照見心地圓。雪飛霜浖浖，湧出異色蓮。天人示現無定處，名士結習工逃禪。普門遺畫今不傳，羅漢押綱吁可憐。此像滅度知何年？聊爲子參來去緣，文字贊誦皆枝駢。

易松滋招集抱山堂分得寒韻

社前雨霽尚輕寒，徵逐朋儕罄古歡。苔壁故香吟蠹紙，露畦新翠上春盤。人憐小別移燈語，時持齋學士赴都，穀原主事將南歸。砌有名花倚醉看。等是蕪城老流寓，百年心事共漁竿。

邗上送楊鑑堂遊楚中

忽忽淮南久滯留，送君却放漢陽舟。三春旅思晴飛絮，六月江風冷御裘。但遇名山頻酌酒，莫同騷客又悲秋。老容尚健吟情好，忍説兹行匪壯遊。

送蔣秋涇之咸陽

經旬邗上住，送子適關中。春事行將晚，離觴惜未同。野碑尋漢跡，新句有秦風。應結江鄉夢，涼煙拂短篷。

廣陵送春

客中經夜雨，春去廣陵城。飛絮無留影，傳歌有慢聲。叢殘花意態，牢落酒心情。亦擬尋歸棹，東風不待行。

勉行堂詩集　卷十二

涉江前集 起己卯四月，盡辛巳四月。

寄懷蔣星巖舍人

延緑旗亭判袂初，清和節候軫離居。横琴夕院纔通月，奉母朝饔又典書。身世相看成泛梗，討論何日共精廬？三時擬傍焦巖住，十斛煩襟倩掃除。

郭璞墓

石冢多年説葬師，舟人指點重然疑。不隨王氏淮流滅，也繫羊公峴首思。荷鍤埋身慚曠達，臨江讀賦歎瑰奇。暨陽故壠傳青史，是否岩嶢類昔時？

閏六月一日作

繞砌苔痕滿，幽吟獨此身。花光迎閏夏，客況閱三旬。散髮依涼樹，看帆度遠津。行將秣陵去，鹿鹿飽風塵。

儲石亭過訪即送過江

冷暖邗江地，何因久滯留？詩隨貧愈健，人與歲俱秋。步屧來山寺，看花倚石樓。晚煙帆色静，乘月俯清流。

僧院鳳仙花開漫成

書帶離披間鹿葱，又看金鳳遍墻東。多情夕照分餘艷，有信秋風到小叢。佛地花皆呈幻采，旅人懷每託諸空。略憑綺語相排遣，休傍書帷盡意紅。

題金山寺浮圖

何年鼇背此飛騰，彈壓還資佛力能。環檻大江浮四面，蕩胸孤月湧千層。雲煙捧袂疑騫舉，鈴鐸從風語廢興。且欲攀登最高頂，不煩陪從謝山僧。

華髮二十韻

華髮來何早，年纔四十餘。已知心血減，兼訝鬢毛疏。少日虞難老，今兹緬最初。長簪安小髻，翠額俯玄裾。上學人争羨，髫齡景正舒。匆匆成壯大，鹿鹿負居諸。倦轍老南北，浮名慕庾徐。夕風維旅艦，曉月上行車。哀樂情相並，馳驅願豈攄？秋先到蒲柳，分合隱樵漁。甫覺星星長，還思一一除。怕成翁意態，頻對鏡躊躇。拔白尋丹笈，零霜付短梳。添莖從聽雨，滋蔓爲耽書。友勸吟休苦，醫言藥療虚。黄精登服餌，萊菔戒盤蔬。衹是珍皮殼，何曾悟几蘧？放情聊命酒，至樂且觀魚。一任啼鶖秃，從看積雪如。後生休指笑，老輩漸推余。

沈丈學子乘雨過訪即送歸吴淞

過江風雨太蕭森，尚泊孤舟遠見尋。高興不隨雙鬢減，相思真慰十年深。擬從向朗讐羣籍，堪與陶潛寫素心。此去三吴秋正好，疏荷倦柳起長吟。

將往江寧留寄金棕亭

西風太劇酒初停，同向燈前感鬢星。握手暮春三載別，卸帆江界萬山青。談詩碎月穿蘿逕，點拍疏花墮石屏。料得自憐還念我，曉煙涼露動征軿。

留別蔣舍人春農時春農將往邗江

過眼流光竹箭馳，兩看圓月到殘時。江山絶勝同登覽，風物新秋有別離。野寺鐘聲人去早，夕津帆影客歸遲。與君各是爲形役，南北何須歎路歧？

秋　熱

方暑暑不來，處暑暑不去。天時有遷變，候過乃償數。寂坐汗自傾，揮扇日難度。安能走長衢，訪我舊知故。所居況卑隘，蒸濕動楹柱。鼃黽馳介裙，蚊蚋摇足咮。撲除通晝夜，展轉對燈炷。旅人興咨嗟，鄰叟勤告諭。子昨初來時，狂雨挾飈怒。平地起驚漲，緣墻折高樹。涼氣催掩户，宵分争擁絮。茫茫感秋心，悄悄爲魚懼。幸今天融融，空碧掃霾霧。歌聲出里巷，歡笑動婦孺。農人放積潦，樵子覓乾路。子胡重歎爲？憂樂昧所務。秋熱如春寒，强弩末難固。清風有時來，垂垂下白露。聊當忍須臾，看月挂煙素。

姑孰道中

老樹垂垂禿，江皋復此行。三年青鬢改，兩岸亂蟬鳴。慈姥磯艱險，桓公井濁清。遐思重遊覽，賡續舊吟情。

慈湖道中

十里慈湖路，煙中度筍輿。江山欺客老，雲樹八秋疏。曉市分紅柹，迴溪網白魚。前塵一回首，風物肖南徐。

秋別曲

藕花艓子尖兩頭，青煙碎織南塘秋。芳樽濁醑不成醉〔一〕，行人惆悵歸人愁。蟬吟蕭蕭隱深翠，落日微茫照衣袂。野水無邊雁拍空，此身擬到天窮際。年年爲客盡冬春，在家迫促辭家頻。垂楊未老湘蘭瘦，如此風光惱殺人。

客夜

涼風起秋夜，客子抱冬心。窗白戀殘月，蟲悽無緩吟。求名生積悔，繞樹感驚禽。耿耿天方曙，鄉園夢轉侵。

隨園讌集同人分體賦詩得七古一首

三年不踏隨園路，自笑浮蹤如墜絮。秋草秋花護短垣，故人宛在花深處。看花邀約衆賓來，指點紅蕖赤桂開。犀角長髯紛入座，江南江北信多才。兹園占勝原無兩，排拓能令倍幽敞。穿竹人隨鶴步停，登山屐應樵風響。謝公墩接小倉山，下下高高任往還。舊種短松青出屋，新開止水碧成灣。灣環承抱長林静，幾點飛鴉度溪暝。欅柳初黄月有痕，蘭煙欲暮峯垂影。主人張席散華燈，火樹枝枝映玉繩。倒轉亭心作池底，盡搴花影上高層。池光花氣争縈繞，如此佳時行樂好。二十年來緬舊遊，坐中我與君皆老。老態疏狂興轉妍，花前吸盡酒盈船。擬裁康樂遊山句，試仿蘭亭片石鐫。

銀山禪院即事書懷三首

其　一

夏山無際樹陰長，閑掃松花卧石牀。門對江光引帆影，柳梳風岸見迴塘。晨鐘動牖霞侵枕，曲徑通巖麝落香。圖史滿前琴衲解，回頭塵土在襟裳。

其　二

夜境寥寥萬壑清，疏燈斜映半龕明。月銜山影連庭影，風挾濤聲作樹聲。絡角花枝圍露井，逡巡杯酒近書城。鄉心不逐涼颸起，一任秋蟲拂户鳴。

其　三

曾擬龍門百尺柯，年來風蔓引蒼蘿。韓昭䩞線零星久，王遠屏風屈曲多。倦倚樓頭窺鏡匣，仰看秋影動星河。江鄉豈少樵耕地，自逐勞薪可奈何？

鶴林寺

卯金遺事鶴翎黄，霸業荒蕪一草堂。染就衣雲散虚白，招來海月放清光。欲尋米石苔深黝，閑誦坡詩句老蒼。僧衲可能容久住，翠篔篭裏縛藤牀。

鶴林寺讀家南坡兄詩碑次韻却寄二首

其一

渺渺連疇綠稻田，淙淙遶寺過流泉。客來小院松陰午，鐘起西廊夕照偏。剔蘚碑吟雙律穩，煮茶僧話老兄賢。故應容我揩禪壁，也證雲堂一宿緣。

其二

廣厦千間食萬鍾，晚依禪悦且爲恭。杜鵑啼處花無跡，翔雁來時雪有蹤。蕉鹿世緣參北叟，風泉清話付南宗。從教吟遍池塘草，未敵山僧學種松。

瘞鶴銘歌

松毛脱翠蕉剥膚，殿廊射日明金樞。有字落落光塗塗，上承雲蓋下琢趺。珍禽羽化仙所痡，玄黄幣裹當匣襦。垂文聊代涕沾濡，乘龍而來以馬瘉。荆門邈接華亭隅，波礫缺失藹謝蒡。尚作稱戈比干殳，體近晉宋非唐模。諦觀眼障去膜稃，吳興小兒貌不都。安能寫此鸞鳳雛，援据舊館終厚誣。或疑右軍疑顧逋，棗華赤海競測摹。歲持綿綿歷娵荼，誰能證實徵虚無？惟應鶴魂歸夕晡，下視銘在人則徂。悲鳴躑躅翱天衢，滄洲嗜奇歐趙徒。

長絚力挽臺隸呼，貞珉湧現排青芙。聯衆爲一若合符，取真別贗交列臚。冪以蜀錦番氍毹，三幡坐鎮依苾芻。當年水涸山骨枯，仰拓面受松煙污。寒湍嚙足葉覆顱，摸棱不憚手瘃瘏。奇士往往輕艱虞，搜一字得千盧胡。巨黿垂涎目睢盱，幸不澤吻及腐儒。冥默定有奇相扶，易頗爲平功絶殊。氈椎敲擊來凡夫，本無多字球琳腴。日朘月削良可吁，石鼓零落同老癯。吳季札墓瑕掩瑜，何況岣嶁沈幽蕪？此石寧保千金軀，吾儕年壽弱草煦。嫠不恤緯爲周忏，又憐蛟龍識字粗。失寶勿覺何其愚，終防抉脈窮根株。攫取自照明月珠，昔賢作勞遠垂謨。坐享厥利歸今吾，試搨兩本裝單䌊。西家鞏施東蹷嫫，鐵網何必皆珊瑚？歸時花前倚窗洿，揮蚼蛉筆拂硯蜍。勿嫌空腹如刳瓠，虛中襮外乃足娛。金薤石墨閒闚闟，更展四幅張弨圖。

不寐

滾滾秋聲走大江，疏疏斜月耿山窗。偶成鄉夢憐偏短，倏起棲烏定不雙。壁暗飢鼯生衆響，風悲老樹振空腔。挑燈起對殘書卷，未到僧鐘第一撞。

招隱寺

寺掩斜陽裏，千林一嶂分。泉清含宿雨，窗冷納歸雲。老桂同松貌，孤僧友鹿羣。昭明書石在，拂拭繡苔紋。

寄懷楊二鑑堂漢上

其一

如翦霜風漸逼人，何因久滯楚江濱？衰年尚抱勞薪感，暮雨宜驚獨客神。每對郵書頻致嘅，但成歸計莫憂貧。白雲社裏黄花晚，昔賞新遊負幾巡。

其二

辭家杜宇旋催歸，又值千山木葉飛。出岫孤雲憐澹蕩，行空天馬受韁鞿。安心有術身應健，滿腹無多願尚違。鎩翮故交情緒惡，期君仝懺昨來非。

抵淮寄家兄邗上

纔及鄉園歲已闌，行衣披拂雪霜殘。經時小别情懷惡，兩地關心去住難。近市河魚留客饌，當階臘樹破春寒。東風又擬催征棹，暖席何曾冀少安？

聞胡半山自楚歸廣陵寄懷三十韻兼報去秋詩札

一水通江漢，孤帆乍返時。秋風爲客久，暮雨到家遲。老屋塵應掃，齋廚甑試炊。米鹽陵雜甚，賓從笑談宜。舊燕營殘壘，新梅長故枝。年光春正滿，生理鬢成絲。轉憶飄零日，翻多歷覽奇。閑過鹿門寺，遥酹屈原祠。停船傳哀笛，捫苔讀斷碑。鷺從西塞隱，魚自武昌貽。故舊逢楊叟，琴尊伴旅帷。巵言銷刻漏，狂論動鬚眉。疊嶂連行履，疏簾對弈棋。歸雲憐澮蕩，墜葉共悽其。白髮迴船早，青衫别淚垂。鑑堂以十月先歸。殷勤付書卷，問訊到茅茨。我昨趨南國，從秋緬夏期。潮聲瓜步暗，柳色白門衰。覽古情遥集，論文數最奇。歸航從泛泊，倦羽獨差池。老友扶筇至，開緘讀子詩。格高聲自健，意到筆俱隨。慷慨嗟潦倒，纏綿訴别離。挑燈同擊節，把酒起遐思。楚俗原多獷，高才歎久羈。清禽怨楊柳，幽夢寄江蘺。遊子今還里，衡門豈樂飢？貧難爲去住，境每雜欣悲。邗水風兼浪，雷塘草又滋。繁華容冷客，煙露琢春詞。亦擬承輕舫，相將倒接䍦。晴花竹西路，沽酒趁青旗。

補屋

行役兩可悲，學廢家事荒。歸來謀卒歲，齪齪勞行藏。老屋數十椽，與我同頹唐。仰視雨漏痕，側見鼠穴光。墮瓦塞眢井，溜塵冒空梁。塊然處其中，意境增悲涼。乘春稍補葺，命匠升垣墻。殘蘿掃故緑，破壁塗新黄。早燕亦營巢，來去泥水旁。緬懷甕牖賢，寂處神揚揚。内薄斯外飾，默揣多慚惶。聊掩俗人目，頗爲妻子臧。

曝書

鹿鹿從制科，計與讀書左。牙籤三萬軸，盡遺高閣鎖。朝來啟書堂，始復見故我。餓人對長筵，侈意過頤朵。蠹蝕吁可傷，況乃殘缺夥。稍稍整録目，一一事堆垛。安能待秋期，陳曝雜瓜蓏？破門架竹樞，鱗次布帖妥。曉風吹翩翻，晴日照婐姽。時取一編讀，信意置否可。涉淺見幽深，識大略叢脞。吾生誠有涯，歲月駛箭笴。安得謝塵緣，十年此中坐？

憫女

年來頻悼殤，尚屬在家時。一女及秋亡，值我試省闈。炎風仲夏月，女病已阽危。制痛出門去，掉首不忍回。客夢雜凶吉，曉夕空然疑。杪秋獲家書，蕙草嗟已萎。經時勞瘁餘，復此益深悲。神枯不能淚，中心泣濯濯。爾命太局促，令我何情歸？歸來小房櫳，却憶拍手嬉。汝母面黧瘦，語及輒涕洟。俯仰無一歡，吾生信何爲？不堪訪孤墳，寒棘生離離。

種　蘭

東風梅信遲，籬落殘雪凍。野人獻叢蘭，緑箭浮錯綜。愛兹秀離披，索取山土壅。瓦盆爲護持，拳石與彌縫。西窗灑微雨，棐几列新供。隨意花分敷，有時香鄭重。當年屈大夫，懷抱澹相共。奚爲註騷人，辨論交一哄？與花結幽期，清露入疏夢。

送瀣亭姪應禮部試二首

其　一

晴沙一片繞長淮，相送河堤强執杯。秋柳吟帆懷白下，春衫行色上金臺。名高射策人應羨，親老關山首重回。官職軒榮鄉井好，期君釋褐早歸來。

其　二

川年衰颯歎吾宗，羨爾寒潭起卧龍。已見霜華集鬚鬢，却憐歲晚得遭逢。詩書味雋同清賞，漁釣心孤守故蹤。日下交遊如問訊，應言癡叔久龍鐘。

次韻酬曹劍亭太史見贈四首

其一

握手雜悲喜，君今病果除。經時感離別，昨歲斷音書。冷意謝華紱，遥情慕古漁。憑欄一樽酒，花影度徐徐。

其二

名已清銜挂，年將壯歲過。心情託書卷，風物老煙蘿。悟徹人間世，聊爲勞者歌。蕭蕭禪悦意，渾欲問維摩。

其三

等是爲形役，飄零爾最難。家貧饒食指，雨細渡江干。黽勉馳驅事，蹉跎歲月闌。空餘冰雪抱，相對證清寒。

其四

夕日照離袂，送君邗上遊。芳時過正夏，細草緑中洲。未罄别來語，相望天際頭。前期眇何許？紅桂白門秋。

儲丈茗坡挽詞四首 時卒於新安學署

其一

一慟聞傳訃，層冰九夏寒。古懷今寂寞，吾道益艱難。二頃田何在？諸孤淚不乾。連宵頻有夢，夢輒到新安。

其二

墨瀋斕斒甚，愁看近寄書。心情初減病，潦倒酷憐余。乞假歸期近，甘貧晚計疏。歡然定相見，兹語遂成虚。

其三

十七年前事，攤書白下門。秋燈花黯澹，健翮雪飛翻。業豈儒冠誤？官惟冷署存。青氈定何物？天吝若璵璠。

其四

刻意耽羣籍，浸淫類老蟫。杜陵憐太瘦，李廣竟難堪。纂述平生志，廉清衆口談。何因作歸計？旅櫬尚天南。

八月朔日隨園即席贈尹似村奉峨兩公子

其一

木犀香近石闌干，翠醑筵中見二難。清彩夜潭呈皓月，春風素沼拂紅蘭。情疏七葉金貂盛，吟對千林夕雨寒。款款相逢還惜别，柳煙深處促雕鞍。

其二

錦樹園林雁到初，雙珠流照小亭虚。香奩瀋墨宜同詠，霧夕紅蕖帳獨居。八公子尚未婚，故戲及之。文雅特高諸戚里，風流還似老尚書。席間才士何曾少？比校丰神總不如。

轉運使雅雨先生招集三賢祠看桂花同限秋字

歸裝欲上水雲舟，還爲招攜盡日留。溪鳥翔隨雙棹緩，木犀香領一庭秋。談詩坐促同呼酒，感舊人來獨倚樓。祠爲先從伯文篠園故址。漫對芳祠懷往哲，使君端不讓風流。

趙文端木挽詞

其　一

冷暑微官三日期，時卒於丹徒學舍，受篆纔三日。竟隨冬草著霜萎。書生薄命憐伊甚，江上招魂酹酒遲。爲我評文餘墨瀋，尚留殘稿説風詩。君著詩説甫成。名場晚達成何益？空使時流誚橘皮。

其　二

殘炙餘羹歎寓公，春明學廨舊過從。翻緣善病期延算，自喜荒衙稱養慵。塵土忽醒千載夢，絃歌空憶六時蹤。門生故友頻揮涕，南望寒雲結幾重？

初寒同穀原主事春農舍人家兄蕁江作分得肴韻

曉角寒聲重，元冬候漸交。霜華黯庭影，風意翦林梢。擁褐垂簾坐，拈題袖手敲。誰能待深夕，亭午想樽匏？

冬日淮水舟中作

歲晚翻行役，浮生事可知。枯容存岸柳，寒影冒空陂。風疾帆行健，冰生溜響遲。水郵門閉早，迎客少青旗。

寄懷商太守寶意

子城環匝劍峯齊，五馬何由騁玉蹄？青草瘴深行散數，魚天浪黑寄書迷。吏傳星檄通苗界，鳥踏山花墜毒溪。遠道衰年宦遊倦，定思懷綬把耕犂。

柬張漁川

聞道張居士，鍵關拒客深。逃名嘉酒德，繕性悟書淫。雪意侵窗竹，茶香動晚吟。可能容過訪，翦燭對揮琴？

柬易松滋

憐君貧且病，跡未謝囂塵。卷軸存孤賞，冠裳禮俗人。園荒除架懶，樹老得花新。寂寂垂簾坐，枯棋半劫因。

贈孫石芝處士

傷足卧經年，神專服氣全。腹中書襞積，枕上句精研。拯世惟憑藥，藏名不墮禪。行將理春棹，歸飲故山泉。

次韻寄答劉宫坊印于

其一

如雨秋聲落葉頻，遥傳錦字一編新。似憐散木難施斲，尚許乘槎重問津。意外枯榮參定理，年來進退惜兹身。途窮肯抱無端感，裁玉量珠况有人。

其二

衆美堂前獨目成，感恩豈獨戀微名？龍門士望元推李，刁斗軍聲漫説程。身賤久甘爲世棄，公知端不受人輕。劇慚未擅凌雲賦，東馬嚴徐詎敢并？

自邗上將赴姑孰疊前韻再寄印于宮坊

其一

竹西斜照倦遊頻，雁渚蒼涼燕壘新。欲去雲山誰是主？久留煙水怕迷津。春花到眼憐浮蕊，雪柏連階鬬健身。且辦輕裝指江界，雨燈風夕傍伊人。

其二

四十頭顱學未成，此生翻愧負聲名。枳從橘化非前度，絜結萍因是近程。庚癸計疏家累迫，雞蟲喻切衆緣輕。可能紫芋紅薑畔，耒耒横經論説並。

廣陵寒夜書懷六十韻

江北繁華地，天涯落魄身。一枝欣有託，百感頓教新。青紵袍如昨，丹砂術豈神？餘冬黄卷味，未老白頭人。早歲尋縹軸，孤懷越等倫。龍蟠繁露字，鸞翥草元晨。禮囿閒馳驟，經腴恣討論。激騷時扢雅，銘座或書紳。目笑羣流俗，心期古哲親。望洋誇海若，乘筏問天津。寒水珉磨瑩，秋汀芷佩紉。世從輕驥騄，情每狎麀麌。謬騁雲霄思，羞爲隴畝民。舞低吳袖窄，眉效越溪顰。刻楮難成葉，鏤冰欲待春。幾曾嗤坦率？已是飽風塵。野戍嗚笳晚，檀林法鼓震。旅眠驚夕枕，吟館雜霜蟎。孰解金龜贈？空勞腐鼠瞋。田荒遺稗熟，籠密縶禽馴。藥縱治龜手，琴還抵爨薪。庸中稱佼佼，衆裏祇旼旼。漸訝囊錢澀，旋看羅雀跧。才難問生産，氣不識金銀。冷暖煩調護，悲愉費冶鈞。管絃尊下里，綸祀闕西鄰。繞指柔何益？吞舟氣益振。殘編雞肋在，家學鳳毛珍。散處憐鴻序，追隨比雁臣。論年俱老大，更事極艱辛。共植田家樹，同烹陸氏蓴。鵜鴂原密邇，梨棗意平均。雪淺庭梅小，香清臘醞醇。歌喉聽一串，弈旨鬭千巡。郡擅魚鹽利，風無懷葛淳。高門棄粱肉，隙地布荆榛。裸國衣宜袒，狂泉飲必頻。浮雲蒼狗態，風絮雨萍因。杜牧遊偏數，歐公跡未湮。遠峯低歛黛，凍草細鋪茵。錦靶馳雲騎，貂茸掩玉輪。唐裝争吐艷，隋苑不飛燐。柘鼓圓隨節，鵝笙暖壓唇。酒闌餘翠鈿，夢去落花勻。獨有深居客，能參萬象泯。星回躔次肅，夜永性情真。展册窺今古，澄思遠蕩賑。漏長燈減焰，巷僻犬消狺。身瘦嫌裘重，爐深覺火堙。境從耽寂寞，相豈合艱屯。青丙遥難問，紅埃鬱不伸。朝榮摧粉槿，老壽想靈椿。身世成樗散，行藏慕隱淪。三間五架屋，近郭遠城闉。倦柳圍煙港，疏篁遶露畇。溪流雲屈曲，山拔樹嶙峋。攀磴扶鳩杖，臨溪岸鹿巾。自開池上酌，静引月中綸。遣子勤鋤溉，看妻事組紃。達生期寡過，晚景庶堪循。

鰣魚歌

春江澮織松文綾，漁人設網先祭烝。鰣魚隊逐夜潮上，摇動海月圓生棱。横江突取最前輩，騈頭接項歸煙罾。可憐惜鱗勝惜命，縮伏不類常魚騰。小舸艚疾渡楊子，罕物合向揚州矜。萬錢庖廚特珍餽，中人之産價倍增。吾儕朵頤伺市賤，耀眼忽向朝盤登。魴身鱮尾好鬐甲，紺碧色似沾苔冰。雖然多骨不足恨，風味正敵南豐曾。爾時新花綻梦尾，油窗羅幕開層層。貓頭筍雜索郎酒，椰杯螺盞交引揯。生平奔走爲口腹，異物入饌分淄澠。松陵丙穴等閑耳，此視彼若曹邾滕。定呼瑯柱作儔侶，肯與鮑肆充疑丞。昨者遨遊向姑孰，故人亟勸餐河豚。小桃繁紅照四座，犀箸欲下情兢兢。覓檄欖汁顧僮僕，怕浮塵撲覘梁甍。同時饜飫二三子，何異刎頸爲交朋？李貓有毒勿深近，齊侯在莒宜終懲。醇疵隱士況多誚，白圭夫子寧同稱？温風暖節六十日，但有可嗜無可憎。紅糟頓思貯吳缶，丹荔何事飛南驟？試烹龍團滌牙齒，不用櫻顆羞頻仍。閑尋鮓帖自臨寫，鼠鬚散卓揮溪籐。兒曹尚學越女様，編取碎雪窺銅菱。

題汪對琴後談藝圖

作詩貴異不貴同，意到各自開鴻濛。惟求一是毋亂訌，如江河漢齊朝宗。無爲樹幟争擊攻，奪彼所尚使我從。當年何李角兩雄，宜欲追配浣花翁。下視餘子皆蠛蠓，佼佼獨立維迪功。雅瑟戛奏排鼓鐘，西原叔嗣澹以沖。遥相映帶矗秀峯，牧翁漁洋論不公。私其鄉人服偏衷，吾子雅抱參天工。窺圖乃見意所崇，五言泠泠拂孤桐。碧月在水光玲瓏，特出意匠非襲蒙。欲談且止瞻遥鴻，數年春明走飛蓬。霜圍古屋雪點濃，孤吟絶似號寒蟲。何人剥啄搴簾櫳？南醪甕寫清若空。瀾翻舌本義不窮，忘言日午搜書筩。不用堅白誇雕龍，我論詩如貯藥籠。温凉毒苦悉有庸，春蘭秋菊别一叢。采掇自釀同遊蜂，毋襲其貌神不充。惟君與我投鍼鋒，惜哉易别稀相逢。抱書有願爲花農，角韻鬭句堪駢蹤。曷不寫我歸圖中，拂髯相對吟疏風？

和吴竹嶼泛舟紅橋長歌

芍藥殿春春不去，廣陵四月煙光曙。遊子相逢引興豪，烏篷船指紅橋路。我是邗江久住人，爲君發興賞偏新。山川窈窕露真態，樓臺鬱律含孤雲。坐中吴君有遊癖，黄海天台頻蠟屐。把火遥探古洞春，緣繩直上參天壁。由來觀海難爲水，此地寧誇丘壑美？況復塗脂拂粉妝，軒渠料爾應寒齒。吴君摇手瞋我錯，一臠嘗米都不惡。冷淡繁華各有宜，底須軒輊争評泊。君不見，京華昨夢軟紅多，每憶江南唤奈何。此遊此景豈易得？況對舊雨成高歌。又不見，前夕快晴今夜雨，幽尋險爲衝泥阻。去日匆匆不可留，急宜秉燭招遊侣。我聞此語倏起舞，大匏淺杓亟量取。快意居然在阿堵，秋來定唤江頭艑。直抵金閶造君墅，洞庭兩崦青如許。莫對杞薛詡齊魯，溪花茸茸霜月吐，與君老作湖山主。

運使雅雨先生招集三賢祠瑞芍亭看芍藥得絶句五首

其一

測地安亭記去年，木犀香散早秋天。憑欄忽訝花如海，纔壅新根態已妍。

其二

玉盤金帶漫争奇，並蒂還舒品字枝。好錫頭銜加九命，不徒標榜託風詩。

其三

兩使君來作賓主，時江鎮觀察錢公同集。一雙清節映槐廳。花呈異本非無故，要與韓陳繼典型。

其　四

風來綠畝吹香錦，吟對紅雲熠晚霞。更藉錢塘老尊宿，說經縷縷代判花。謂堇浦太史。

其　五

名葩也自憐風雅，傍砌翻階出格新。看取酒邊燈火映，座無一客不詩人。

校　記

〔一〕酺　疑作『酺』。

勉行堂詩集卷十三

涉江後集 起辛巳五月，盡壬午一年。

送守恬姪觀察荆南

荆門遥控蜀江湄，五郡官寮秉教規。壯歲功名真磊落，生平謙謹信掾持。揚聲終仰先人澤，顧影彌慚爾叔癡。明月樓頭楚天闊，好憑南雁説相思。

徐厚菴招集水東小圃即事四首

其一

出郭濕雲暗，沿堤新水流。不辭沾袂雨，同上看山樓。斜日忽開照，溪風冷欲秋。煩襟頓消釋，清語共冰甌。

其　二

凝緑三篙水，飄紅六枳籬。主人偏愛客，斗室坐圍棋。岸束池痕瘦，苔縈石壁垂。精心營搆處，一一爲催詩。

其　三

小艇連長舫，前溪溯近村。晴花隨緩棹，新月對開門。渺渺銀塘夕，依依玉醑樽。相將起爲壽，不止説天孫。時春浦六兄將慶三十初度，故戲及之。

其　四

石芝舒曉艷，瑞色動林泉。比似宜男草，應成種玉田。衮師他日秀，佳話此時傳。豪飲寧辭數，重來菊定妍。

建隆寺懷古同杭堇浦太史作兼示夢因長老

建隆禪刹宋初置，寺額猶存紀年例。樹老因芽八百秋，經傳白法三乘義。迎涼客愛拓軒寬，覽古心驚陳跡異。雕青滿臂皇帝甥，似舅分明説無忌。鬱金纖已痛橋陵，柘黄衣遂加同輩。勉修司馬記室牋，忍檢金塗鐵鑄字。卧榻休教久晏眠，青州聊遣依從事。田横倔强薄封侯，黥布咆哮欲爲帝。遂令此地六軍屯，蛇榦龍鋒軒勇氣。可憐國步發新硎，絶代繁華禦精銳。赤焰匆匆葬黑王，餘骨難分五侯利。從來懺劫賴毗伽，竇所峨峨高佛髻。或言節度本不死，滅度江州祖其背。覆巢完卵太荒唐，未若圭齋裁傳記。不見燭光蕭蕭斧劃地，拱手河山歸介弟。殘臘俄更興國年，夕陽尚掛邗江寺。御榻何時蹤跡空，真容異代倉皇際。此寺頹唐卅載前，破椽飄瓦西風厲。感夢初驚居士魂，跳梁忽假狐鳴隊。黃曉峯居士感諸靈異，重葺此寺。須知佛亦厭卑棲，何況浮塵奪壇幟？即看階面湧初蓮，蹲鳳盤獅示遊戲。鱗鱗碧瓦對天寧，戞戞遙鐘答禪智。月走珠盤殿脚圓，雲垂匐葉蕃書麗。往來憑弔摠徒然，寺閱遊人人閱世。不如揮麈對高僧，披拂吟箋雨花膩。

重寓銀山禪院作示五雲長老二首

其　一

午風茶板又今年，桑下人來證昔緣。掃卻白雲安藥裹，放開青眼對江天。巢痕綠待銜泥燕，駒隙馳如下瀨船。深愧山僧相勞苦，黃塵席帽故依然。

其　二

片雨東林訪導師，江波如繡落帆遲。關門洗足浮塵滅，煨芋然柴暮色宜。涼鷺靜同千里夢，小松青出二年枝。焦巖欲去還停棹，試待潮平月上時。

秋日漫興

火老金柔序又更，臨風稍覺葛衣輕。卷舒涼雨蕉窗暗，吐納晴雲菌閣明。雁語旋驚鄉夢覺，鬢絲將鬬曉霜清。年來終藉毗伽力，粥鼓聲中百感平。

八月十六日夜雨霽對月

三年客裏中秋月，兩次雲遮一度圓。已過佳時仍皓色，剛逢望夕展清躔。江波極目澄千里，鄉國回頭近北邊。燭灺更闌堅坐久，免教孤映不成眠。

汪春浦挽詞

姑孰昔遊邗水譑，五年彈指一悽然。燈搖雪穗閑呼酒，硯拂紅絲共搨箋。事去浮雲飄粉絮，悲來寒雨濕江天。他時茶旆魚標裏，忍上橋西弄笛船。

江聲三首

其一

江聲鳴静夜，撫枕聽淙淙。氣盛防崩岸，風驅屢撼窗。魚龍起惆悵，星斗入舂撞。客子雄心在，真思吸老龐。

其二

趻踔馳萬馬，潮怒不輕迴。清定含霜駛，圓應湧月來。直從巴峽裏，流到楚山隈。中有英雄恨，秋深倍愴哀。

其三

積勢併趨東，堂堂震鼓鐘。地維憑振刷，天籟助春容。密響時兼雨，飛濤欲亂松。提衾耿無寐，鄉夢續何從？

自京口赴秣陵作

聽盡沿流唱櫓聲，又持襆被赴江城。新鴻舊燕同來去，赤日繁霜管送迎。歸計熟籌行更遠，寒邨小憩夢都清。回頭松際禪扉掩，夕梵晨鐘倍繫情。

冬雨十二韻

小雪行將及，兼旬雨不休。颸窗蕉罷響，罨岸柳低頭。氣冷疑成霰，雲深漸失樓。夜聽搴絮被，曉對擁青裘。薙草緣階緑，迴波入户流。菊收含露淺，楓減卧霜稠。鴉隊慵無力，更聲急下籌。衝簷同九夏，撼鐸儼三秋。野老何曾歎？鄰人祇自謳。幸時過刈穫，有喜潤來牟。從此逢初白，毋煩祝滿篝。旅情迷遠計，覓句緩離憂。

次韻酬梅隅菴贈别

已戒脂車指近坰，故人慷慨奏離聲。摛文漫擬呈三殿，議禮終應愧二生。墜葉閑催衝雨騎，促觴回憶翦燈情。江臯取次梅花白，時寫冬心寄客卿。

鑑堂招同人小集半雲樓即席次舒懷明府登樓原韻二首

其一

欲别欣且住，同登雨際樓。客懷三盞醖，僧樹六朝秋。野馬憐馳隙，寒潮未放舟。會看微雪霽，清泠豁詩眸。

其二

談詩飲連雨，話舊倚僧樓。晷恨寒天短，風摇旅鬢秋。易諧鷗鷺性，空憶水雲舟。除卻看山色，何因慰兩眸？

自金陵將之姑孰與鑑堂言别

祇知握手成狂喜，誰料臨岐欲别離。蕭寺停燈孤坐久，客程驅馬萬山寒。何當聽雨晨昏共，定取編詩反復看。歸對鄉人語離合，酒邊休引百憂端。

留柬袁存齋時遊吴未返

羸驂欲發屢停鞿，待取千山漾霽暉。雲重預占來日雨，神悽頻祝故人歸。横塘船過簫聲細，老圃煙稀芋葉肥。孤負西窗剪明燭，行行終覺寸心違。

書柘坡集後二首 萬孝廉光泰，字循初，秀水人。柘坡居士集，其遺詩也。

其一

昔聞京邸隕才人，庚午夏，余客京師，聞孝廉已卒于薌林梁尚書家。忽忽經過二十春。戛玉冰函欣始覿，披蘿山鬼恍相親。嘔心長吉原妨命，授筆文通定有神。寒瘦從兹笑郊島，琤琤清骨古無鄰。

其二

下拜憑拈一瓣虔，敢論盧後較王前？徑思發篋排羣稿，君有雜著十六種未刻。深恨同時失比肩。剥盡蕉心清見雪，尋來石脈暗生泉。詩才絶世名灰冷，修到梅花亦枉然。

贈陳古漁

與子往還今五春，子貧如故我貧新。耽詩祇益頭先白，賣藥偏逢手不龜。莎徑緑環徵酒宅，葦燈紅映掉船身。閑思荷笠相從去，長向江湖踸散人。

金陵曉發

西風穩放一朝晴，起整輕裝事曉行。堤樹冷含霜後態，磵泉清瀉雨餘聲。煙從沙鳥去邊白，山向麥畦平處横。裘葛往還頻此路，廿年寒暑飽經更。

途中經田家

淺淡雲横小雪天，幾家村落抱流泉。方場貯稻何憂雨，大甕醃葅欲趁年。絡緯風聲鳴户裏，燒燈巫語拜神前。人生識字空勞攘，悔不勤耕下潩田。

次日寒甚漫成

其一

瘦葉鳴乾風，綫埂走孤驛。井舍人晏眠，而我起行役。重裘厚覆體，茸帽低護額。猶自不禁寒，粟疹肌懔栗。稍稍辨霽色，四野同一碧。日出魚市紅，霜濃林屋白。探取懷中書，皸指不能直。村醪立飲盡，温氣達支腋。

其二

淖泥徑尺深，失足戒所履。輿人俄一跌，直下寒溪水。槎枒賴老樹，車作驂絓止。身爲緑毛鳳，梟梟懸枝底。僕前遽扶將，亟遣援溺起。單衣已濕濕，局縮誠觳觫。取我氈裘裳，覆彼孤露體。小險信可懲，傾否詎云喜。惟懷薪炭炙，冀有邨廬抵。遥遥指山莊，夐越三十里。

其　三

餘丹在楓柏，冬月未逾孟。如何氣懔冽，似逼寒苦令？至人守谷神，冷燠不爲病。緊我柔脆姿，久閱辛苦境。有如煉藥物，浸曝違本性。自然老態增，安得初心定？勞我以浮生，造物且持柄。聊隨所遭值，看山足高興。

吳竹嶼招集聽雨棚同人分韻得以字

澄碧漲三篙，閑園編六枳。搴蘭撰良辰，芳席對晴汜。于時春氣遲，花事憐初起。梅英香一橋，絲柳覆層圮。主歡賓志愜，松籟清入耳。憑欄眺衆峯，衣上嵐光紫。彎環指眉月，迴映石齒齒。覽古集遐情，選勝知有以。明當理遊屐，登陟自兹始。還思聽雨眠，桐户翦燈蕊。

贈趙璞函十首

其　一

脱手詩從萬口傳，挑燈曾記賞名箋。夕陽江上梅如雪，一笑先償鬭酒緣。

其　二

詩格近多隨手變，越波吴嶠共争奇。已看造物雕鐫盡，鬌底青青未染絲。

其　三

暮雨吹簫結響遲，錦鞋心事斷腸詞。藕花白近紅橋路，商調吟成寄阿誰？

其　四

拍板初筵趁好春，梅痕詩韻角清新。他時重楫題襟集，楚尾吴頭廿四人。

其　五

聽雨棚邊修禊事，好山明日約同登。衣裳翠染嵐雲濕，不覺身居最上層。

其　六

柳花多處抱書眠，殢酒懷人定惘然。謂裕圃。傳語吴郎真幸事，險將一炬付吟箋。白華寓居金閶，有回禄之驚，出詩集於燼餘。

其　七

莊生神骨如秋水，策蹇閑衝嶺上雲。孤月照人山店白，徹宵清話重思君。容城道中遇虚菴，同宿旅店，言次每憶竹嶼及君。

其　八

板橋柳色藏鴉碧，紅雨桃花爛作堆。等是忙人趁閑事，小倉山畔踏青來。

其九

裙屐風流我最知，空梁落月寫相思。老懷判得無端别，怕見他人欲别時。

其十

眢井塵生思久枯，劇慚伸紙信鴉塗。簹筤小院清無暑，待詠龍湫濯足圖。

閑

匝歲勞勞竟日閑，柳風吹緑故松關。支頤酷戀繩牀穩，袖手慵拈竹管斑。羅藥氣通垂幕厚，選巢衾帶片雲還。來朝又逐朱塵擾，覽鏡空驚黧瘦顔。

書屋爲訟家所得漫成四首

其一

久嗟老屋長蒿蓬，誰料全輪十畝宫。厦蔭千間徒結願，家餘四壁豈爲窮？緑天入夢榮書草，紅藥隨人散綺叢。月榭雲廊留賞處，從今抛卻舊東風。

其二

上下書堂敞十楹，筆牀硯匣有餘清。曾經刻苦排千卷，肯羨崢嶸擁百城。燕去秋巢泥尚在，鴻翻雪爪跡都輕。劇憐營構辛勤意，回首當年淚雨橫。

其　三

葛蔓蘢葱本接柯，分枝别葉信如何？葦間雁户容鷗占，花底蜂衙任蝶過。逋邑豈同虞芮訟，割城翻似楚秦和。不知塗墍垣墉後，可有幽光到薜蘿？

其　四

拜書亭北桂宧南，昕夕朋來快盍簪。花氣入簾通竹影，酒香開甕啟詩函。東籬頓失陶家賞，上座猶思謝客譚。薄宦金華同梗泛，編茅何日老江潭？

挽蓴江兄四首

其　一

失聲豈獨感人琴，密雪零霜共素心。太璞不雕真態露，芳泉自潔古懷深。因予履境移悲喜，忍見帷堂襲屨巾。黄壤茫茫招不得，海山兜率漫追尋。

其　二

文章肯藉科名重，鑿齒清聲四海傳。百氏九家穿蠹稿，戊籤甲集刻新編。燈篝未燼閑商確，鉛筆猶存費討研。收拾壁間題詠句，從今冷月過階圓。

其　三

灌園抱甕鬱孤情，樹耳閑删薙鶴翎。花事慣持匜酒緑，草痕猶敵紵衫青。蕭晨風雨懷蘭友，夕照丹黄坐葦汀。爲報揚雲同一哭，謂鑑堂老友。晚甘門巷忍重經。

其　四

去者誰言日以疏，迢迢百感集深居。撫牀訣絶仍憂我，入世沉淪倍惜渠。大木遽彫霜後幹，諸孫猶擁課殘書。殷勤一語重泉慰，編集銘阡盡屬余。

上太保望山師二首次學使圃山先生韻

其　一

幕府清風襲素襟，拜塵重仰吉光臨。十年種樹成陰晚，三日爲霖荷澤深。經國久煩元老策，讀書真見古人心。嘉言諄復承衣鉢，更誦琅琅絃外音。

其　二

黄流一綫走巖關，想像乘秋相度間。跋浪巨鯨俱奠宅，依人涼鷺也分班。芳船夜色臨淮浦，紅樹吟情在攝山。疏柳邗江暫遊寓，蠻牋細擘待公還。

尹似村公子邀遊西園疊前韻二首

其一

西園勝處一開襟，曲曲紅闌面面臨。桂露自流芳榭迴，荷香未退水塘深。山川南國凌秋景，花木平泉出世心。步屧巡廊凝佇久，囀枝黄鳥送清音。

其二

射圃寬閑傍竹關，天書輝映翠微間。「不繫舟」扁，上所賜。池連皓月成雙璧，鶴引浮鷗共一班。秋響漸傳涼夜雨，詩懷半在夕陽山。雅遊況對佳公子，茗飲留連未忍還。

白沙留别家兄南陂四首

其一

衰門凋宿望，碩果幸留君。熟識三朝事，深研六籍文。枝津綿正派，片雨出高雲。視我情尤重，秋汀整雁羣。

其二

淮海論功日，曹司著望時。斲輪今袖手，列面舊施眉。獨斷羣流服，深思素髮垂。漢庭推舊績，肅肅想威儀。

其　三

江潯宜息老，客至罷衣冠。禦疾唯須藥，披吟正倚欄。塵緣哀樂寫，法酒歲時寬。止水蘆根碧，扶孫試釣竿。

其　四

頻來欣握手，我亦鬢添銀。別遽秋光老，官微白屋貧。蒼茫千里道，鄭重百年身。時和法曹句，緘題付錦鱗。

金棕亭招同人小集分韻得心字

良月天宇和，霜葉紛染林。故人惜分攜，朋集欣盍簪。粉壁剥苔緑，拳枝嘯孤禽。鱗雲淡以疏，覆此蘆屋深。聚散未可期，且復爲清斟。白波卷若雨，積藪排如岑。江南煙水鄉，夙尚窮探尋。漁兄雜樵弟，泉石盟初心。此境良獨難，夕月窺離襟。各各爲飢驅，寧論浮與沈？谷音矢素志，清夢依寒潯。

寄懷方竹樓

雁足燈明映故書，冬齋遥憶賦閒居。懷人坐對楓林雨，沽酒行烹柳市魚。南部傳歌同綺席，北風吹雪上征車。邗江留滯頻搔首，不及浮鷗縱所如。

題李道南斷鍼吟後

孤子捧遺篋，淚筋垂涔涔。爲問何以悲？中有斷折鍼。慈母勵冰節，作苦力所任。書燈影羅羅，課誦兼組紝。孤子百結衣，慈母三冬心。餘力給口食，皸指成縑紟。缺月入破牖，酸風振寒林。持此一寸鐵，挫彼歲月深。遂令藕孔鉒，委折同廢鐔。孤子幸成名，母氏幽泉沈。零星共殘綫，宛爾手澤侵。薄俗鮮樹立，起靡煩規箴。曷聽斷鍼吟，甘節垂吉金。

奉送運使雅雨先生告歸即次留别原韻

其一

乞休真荷聖明憐，應爲勤宣力最偏。治賦歲凡輸十道，杖朝人已過三年。溪山佳處宜調疾，名字閒來號信天。公望公才本難並，收身況與璧同全？

其　二

垂柳垂楊拂漕河，旗亭是處譜新歌。酒邊才士揮雲紙，花底伶工舞繡紽。上巳蘭舟前度勝，東門祖帳此時多。朝端簪笏推名輩，聲價依然在翠蘿。

其　三

公歸花鳥亦增愁，無計留公勸且留。試詠芳梅倚官閣，漫催畫鷁及深秋。木犀接塢排丹粟，紅藥連房並緑頭。處處都經遊賞遍，不應容易別揚州。

其　四

紀羣家世接清門，末座摛詞荷賞存。橐筆行將趨禁省，抽簪剛直返林園。南榮話舊三杯暖，鄉老傳經兩塾尊。他日輕帆溯安德，賓鴻猶訴稻粱恩。

留別老友鑑堂即次見贈原韻

其　一

鞭絲遥指鳳凰城，石友驚心攬轡衡。老去情懷誰倚託？多年煙月共經營。拊肩吉語駢蕃祝，入手新巵瀲灎明。生恐含辛類兒女，依然雪涕灑初程。

其　二

鏡湖晴颸柳絲風，少日辭家老作翁。不繫舟原同泛梗，無絃琴亦韻孤桐。賞心自具驪黄外，抱獨誰憐冰雪衷？想像菰蘆最深處，夜涼弔影有棲鴻。

其　三

十丈東華踏軟塵，依然清夢接儕倫。江南已少立錐地，塞北空驚聽雨神。仕宦易教書史廢，規箴彌見性情真。前期難定勤餐飯，留得他時會合身。

其　四

揮袂邗溝别恨將，又從徐浦答篇章。歲闌人意偏思遠，鬢短余心豈得長？菊圃好滋三徑露，松身穩護九秋霜。破除煩惱憑經卷，重爇維摩丈室香。

留别袁明府簡齋即次見贈原韻

其　一

風催征幔葉飄闈，人似林禽相背飛。剌剌語言臨别見，番番遊賞自今稀。熟循鬢髮吳霜點，暢好溪山釣侶違。他日江南寄雙鯉，開緘應是寄當歸。

其　二

桑下猶堪証夙因，況從廿載溯交親。山眉點黛迎新月，柳帳如煙送去春。奉母每分留客饌，剪燈平坐選吟身。知君後夜長安夢，除我何曾夢别人？

其　三

渡江帆帶片雲遥，潭水情深怨豈消？存齋與予攝山言别，閲一月，復渡江至邗上相送。南去松煙圍古屋，北來霜影上豐貂。何當屐響通三徑，重倚樵風話六朝？認取攝山彈淚處，緑痕憔悴到蘭蕭。

其　四

仕隱俱深出世情，陽關偏遣恨人聽。離懷耿耿宵難寐，枯柳行行眼忽青。好著丹鉛銷寸晷，愧無文字報彤廷。此身珍重臨歧囑，地北天南兩客星。

淮上與親友别

中年倦行役，復此去鄉關。寒影易傷别，浮生難得閑。攬袪勞折柳，席帽又看山。倘似巢林鳥，翩飛有日還。

途中送雁

一行遥起塞雲孤，回首長天漸欲無。暖景多應就南國，旅情何計訴征途？啄來香稻叢叢碧，飛處紅霞寸寸鋪。我有江干老兄弟，可能戢影共菰蘆？

車中作

四更村柝尚呼嚴，攬轡搴襟覆帽簷。墜月似追雙轉轂，繁霜難障一重簾。深藏頗似房櫳閉，壯往寧符輿衛占？歷碌聲中雞唱急，不知經過幾郵籤。

紅花埠雪霽曉行

凍雲推日上徐徐，四野瑶花漾碧虚。逐隊鴉投沙際岸，裊風煙起草間廬。馬頭山色開東郡，衣上冰棱墮軟輿。擬上天公牋滿願，快晴衹放一旬餘。

渡沂水

撲馬黄塵滿，驅車更渡河。沙虚過橋險，樹老得煙和。童子僛僛舞，輿人緩緩歌。捶鞭試冰面，瑩若鏡新磨。

蒙陰道中夜行

冬林無綴葉，凍鬉息鳴喘。落日客多畏，空山晚更寒。冰堅防折軸，村遠急催鞍。小憩仍須起，當頭月未闌。

重題羊流店

羊公祠下路，重到十三年。燈影熠雪壁，碑陰積蘚錢。山雲衣上滿，客鬢鏡中憐。涉世誠無補，低頭愧古賢。

渡汶水

昔賢思避地，終古泛祟瀾。隄遠樹陰直，馬鳴風力酸。論錢三老數，浣手一襟寒。彩翠層層起，遥瞻泰岱巒。

途次懷人詩十二首

袁江寧簡齋

三宿郵亭再夢君，不知何事悵輕分。自淮抵徐，夢簡齋者再。失羣漫擬空羣驥，出岫終憐駐岫雲。吳下輕舟凌暮靄，燕南薄酒對斜曛。遐思遠室梅花白，茶鼎香清自勘文。

楊居士鑑堂

西風薤露送吟暉，臨水登山袂又揮。重契徒言託生死，微官豈爲慕輕肥？千林落木行偏早，一念新羅願已違。我得早休君未老，定將談笑解愁圍。

史廣文梧岡

智度微言閉睫參，脱將青綬憇名藍。梅花王是知心友，秋水篇供哆口談。弄墨孫能窺畫本，煮茶僮亦掌詩函。施錢貸藥歸來晚，燕子紅衿共一龕。

李太史芋圃

年來蹤跡如相避，衣食驅人不自由。嫁女歸來繞書閣，探山倦後引漁舟。絳帷遥映蓮花阜，時爲六安山長。雪袂重經易水流。頗憶珠湖舊遊賞，竊脂啼遍柳風柔。

吴廣文山夫

雪屋寒氈坐冷官，蹴蔬羊定訴辛酸。魯魚譌字燈前校，漢晉高文筆底攢。能使濠人尊宿學，衹今淮水避騷壇。秫田二頃經營就，終與先生賦考槃。

曹彭澤抑堂

宦海餘生病後身，十年重覿倍淒神。芳巢縱换非堅壘，予與抑堂别，值其移家。石友相依得近鄰。謂過亭。彭澤休官成故事，白門沽酒是前塵。與君同抱無兒慼，不獨探囊一例貧。

蔣前輩春農

淮遊何日返江鄉？骯髒情懷醉幾場。賣宅爲予揮急淚，典衣因爾折柔腸。空倉久缺長腰米，名帖仍装古錦囊。小鏡宜鐫利孫子，北堂行樂未渠央。

杭太史堇圃

總宜船載蜜梅黄，少别江橋返古杭。餞歲食單增小品，殢人棋局過三商。漁師款户輸新税，書客談經列下堂。謾訝垢衣工笑駡，世間誰復得臣狂？

尹公子似村

鈴閣朝寒下錦簾，趨庭禮罷課尤嚴。乾皴學畫排長紙，淡墨懷人付小奩。秋草閑亭共杯酒，霜溪斜月數郵籤。春明握手諸昆在，爲説耽吟興更添。

家綿莊先生

矻矻窮經歲聿除，衰齡誰與致儲胥？申公已受車中聘，向栩偏教竈北居。寡女分營薪水供，諸生略記纂研餘。吾宗玉石原相混，誰識家珍在野廬？

家南耕先生

淮水波明棹共移，北風吹別恨依依。編年有作追孫盛，祭酒何人拜杜微？舊日諸侯勞短夢，集中遊覽露真機。璡瓛文學高流輩，不改清時兩布衣。

家上舍過亭

科第奚能輕重人？劇憐廿載共艱辛。力由未是逢年候，摇筆偏宜載酒晨。鳩鳥媒稀終待字，梅花氣冷旋開春。阿兄相對龍池夕，遥話天南一愴神。

勉行堂詩集 卷十四

日下初集 癸未正月至八月

次韻吳鑑南元夕過訪二首

其 一

日下重來溯舊聞，剪燈閒話漏初分。芳柑惜未傳觴底，圓月剛宜照帽裙。絃外清音咀宮徵，洛中名士對機雲。藝林馳驟慚精鑑，巢睫居安不見蚊。

其 二

亂擲纏頭舞榭中，十三年憶酒杯同。翠眉詩癖看猶昨，燒尾官筵賞已終。人羡劉琨如郭奕，鑑南爲竇意先生外甥。我知坡老繼歐公。出蘭泉前輩之門。林檎花下銷長晝，摇筆看君選句工。

盆梅次熊蔗泉員外韻

雪窖由來無暖植，盆梅雅愛及春芳。甫澆新水移烘日，爲怕濃薰戒爇香。近硯池邊冰照影，施簾押處月通光。居然小試凌風格，清詠宜迴鐵石腸。

盆桃次韻

古田漫詡望成霞，劚取閑苔護淺葩。秘色磁中斜整影，髹文几畔兩三花。傳神擬倩春風筆，塗頰仍沾露井華。贏得舊家根葉在，些些紕慢向人誇。

次韻申少京兆拂珊時晴齋漫興三首

其　一

掃除老屋敞軒楹，新賞何妨襲舊名？上下牀容閑客坐，東西廨得雅人并。繁花弄蕊初開夕，小月如鉤正破晴。想像公餘事休沐，煮茶童子款門迎。

其　二

花當平排近鴨欄，吟餘擁膝縱遐觀。幽居隨分容身易，勝地經時得主難。快雪三霄欣爽霽，名禪一指透清寒。饒他簾外顛風急，止水心澄不起瀾。

其　三

未許營巢燕占先，數椽聊借屏塵緣。游魚過罶争呈隊，鬬雀當階忽墮綿。延月定添賒酒券，補茅應用典衣錢。更餘一事高流輩，脱口吟成衆已傳。

題王光禄禮堂西莊課耕圖四首

其　一

治經人作老農師，墳壤騂剛辨地宜。幾棱僧衣青不斷，女桑門巷立多時。

其　二

一片濕雲圓蓋頂，林間鳥語代催耕。歸來漉酒藤花下，又補田園雜興成。

其　三

也知負郭良田少，隱計聊憑畫裏傳。鶴濼西偏鄉夢穩，么荷紅近打魚船。

其　四

要術齊民自有真，往來椎髻古風淳。别江南後閑馳想，我亦冬畦抱甕人。

汪貞女挽詞

義重承筐聘，悲深含玉晨。兩章吟絶命，九地問前塵。嘉樹成連理，冬心送冶春。招魂愁阿父，歌些益傷神。

袁古雪前輩屬推星命曾以狀頭許之竟不售詩以解嘲

蹲甲從知未易穿，翻憑箕斗卜流年。通幽管輅占猶失，擅賦温岐譽豈全？寒水即看成綺雪，暖雲休待妬羅綿。淮南雞犬仍相羨，道是蓬萊有漏仙。

送錢思贊同年南歸五十韻

一歎行將別，歸帆潞水斜。漢庭非棄老，獨客最思家。揮手雲霄上，探程驛遞賒。行藏隨鹿豕，變化喻龍蛇。種學從芳歲，通元夢筆花。詞源瀉煙海，書味逮津涯。畫壁傳歌拍，蕭齋暈墨華。零縑逾琬琰，斷句叶箏琶。似爾才雙絶，何難手八叉？天教埋丱璞，戰輒靡旗牙。倦柳秋汀碧，新槐古堠遮。往來仍席帽，蹤跡抵驚麚。駒隙駸駸逝，霜斑續續加。豈甘吟伏櫪，終欲問乘槎。翠罣臨江甸，春膏浥露葩。科頭編色目，試典黜奇衺。共獻千言賦，同瞻八駿騧。采風唐選籲，持奏宋搜爬。倚數同羲卦，壬午召試江南，欽取八人。排名應斗車。君次居第七。憐才推幕府，放老踏官衙。制府望山師奉命閲卷，稔君宿學，拔置一等。泣豈緣先輩？馨宜向晚誇。緑霏雞樹雨，紅熖藥欄霞。儤直聯丹禁，求鄰隔翠闍。君寓米市之關帝廟，與予比鄰。鯨鐘蕭寺静，虬箭省門呀。暇接三衣侣，勤宣五色麻。四聲敲玉韻，七碗沁腸茶。月滿燈痕淺，殽清酒德嘉。狂言脱畦町，妙解契莊迦。淡墨名終滯，朱櫻宴已譁。文章非坦率，身世有盈差。遂使連鑣侣，羣鶩爾室遐。百壺開組帳，雙疊感征笳。宛宛裝如葉，翩翩鳥釋筊。歸仍披晝錦，宿每近圓沙。故里通光福，香風引若耶。棕鞋餘幾兩，莎徑出三椏。買桂添囊粟，移蘭茁箭靫。開船散晴鷺，倚杖數昏鴉。細織羅紋網，閑安麂眼笆。朝盤薦魚鱠，夕浦摘芹芽。息老宜縹帙，懷恩撫綬緺。孫雛呈課誦，農舍並鍪鏵。散木成余懶，懸匏祇自嗟。夢猶思覆鹿，廬豈易藏蝸？學愧青箱富，身防白璧瑕。投箴懷礪石，送遠望浮槎。何日尋書閣，相從問緑畬？袒衣松下弈，脱帽鼓中撾。鴻雁繩應合，鶺鴒願匪奢。馳心遥極目，彼美在蒼葭。

四月十六夜儤直喜雨呈閣老前輩二首

其一

喜心稠疊枕函邊，寂聽鳴簷急溜懸。已慰宸懷向丁夜，旋因乏月兆豐年。陟壇明水崇朝應，是日清晨，建壇祈雨，向夜雨降。于野農謳向曉傳。須識爲霖從此地，燮和勤誦衮衣賢。

其二

禁勅稀傳夜氣滋，青綾被擁手頻支。藥欄葉重傳聲細，虬箭音遥和響遲。望歲心期珠桂賤，懷鄉念逐水雲馳。五更旋結江亭夢，艕舸閑撑近月涯。

送王少林南歸二首

其一

簫雲高格竟投閒，兀兀南船趁夏還。鉛筆載稽羣典籍，筍鞋重問舊溪山。紅綾餅對鄉人說，竹葉杯從社日頒。悟徹楞伽空妙理，忍冬花畔掩荆關。

其二

白馬湖光遶故居，荻風蒲雨襲凉裾。凡君曠識輕强國，宓子清聲待夜漁。重爲摭言編續稿，幾經澄觀坐幽廬。樽盤草草春明別，歲暮懷人定有余。

送秦澗泉學士南歸四首

其一

乞假封章闕下陳，舉朝動色歎完人。暫辭紅燭修書局，重引青溪釣月艑。有子繼探中秘籍，奉親閑愛水雲身。劇憐十二年清宦，瑟瑟涼氈不掩貧。

其二

已近穹窿尺五天，掉頭偏及好風便。停驂久試瞻雲眼，激箭先迴放溜船。海外奇文衡玉府，署中學士選金錢。主恩説向趨庭際，感激多應涕泫然。

其三

玉虛重到歲猶寬，此去寧親匪即安。田叟乞書藤紙滑，山僧傳疏褐衣寒。煮茶論弈師韋曜，鍵户研經類井丹。兩塾不徒尊老宿，卅年前已占騷壇。

其四

賃居無幾送將歸，持耳行杯雜感欷。老境自驚鬚鬢改，鄉情酷憶筍鱸肥。夢隨雨櫂穿溪角，擬結芳鄰對月扉。江上梅花如雪積，莫辭驛騎送清緋。

送吴二匏前輩南歸

西風吹離襟，漠漠雞樹雨。得假旋言歸，三沽縱柔艫。勤勤將母心，惟孝天所與。京華多故人，繾綣情獨苦。况復井里同，送遠引鄉緒。惟昔帝再巡，南國士舉舉。有賦肖班揚，有文繼琳瑀。君以樸雅稱，盛典膺擢取。六載春明春，旅食太酸楚。官箴等懸匏，世味悟浮羽。文園況多病，寒草映霜户。飄然振衣塵，暫去問鄰圃。堂上太夫人，八十雪垂縷。叩頭問起居，温凊以時補。紫蕨茁新芽，花猪上雕俎。竭蹶奉滑甘，式抃自掀舞。君家鶴髮兄，睟穆想眉宇。於時稱二陸，奮筆跨千古。往還與我久，邗水屆牛渚。疏楊白門秋，判袂攬袪語。昨者寄我書，字字沁心腑。此行洵可歡，一燈兩難聚。暇或訪丹臺，桐帽靸芒屩。傴僂峯折腰，瀺灂谷瀉乳。松門如眠虬，石磴駭蹲虎。搜吟必聯篋，選勝恒接武。我來鳳池邊，後躅仰前矩。江南好煙水，宵夢遊已屢。熟循頭上髮，星點不可數。吴船動帆索，越鳥慕汀溆。别勿告遠期，遊可訂遐侶。他時溯張本，援此作題序。

題畢弇山前輩小照

磵翠落寒聲，西堂接溪崦。不栽羣草木，密篠紛冉冉。兹軒可名竹，兹山昔號弇。延緑上琴牀，招涼近花篔。連行錦棚拆，數尺青玉剡。簷月與玲瓏，池波分瀲灩。校書坐頭廳，柳汁生衣染。馳思緬鄉園，畫圖寄高檢。即看庭户間，濯雨風枝颭。小別幾冬春，墜粉蒼林掩。何當聯袂遊，屐影破苔點。

題顧晴沙侍御春風啜茗圖長卷三首

其一

剌梅花下晚颸晴，玉乳浮甌泛雪輕。品罷旗槍掃苔坐，報春禽遞隔林聲。

其二

桓典青驄暫卸鞍，玉川七碗劇清寒。東風急送穿簾絮，静勘唐碑展墨瀾。

其三

幾度西垣諫草焚，鬬茶猶足張新軍。更煩詩筆評諸水，第二泉清果屬君。

題韋約軒前輩采石讀書圖

才人底用區今古，脈脈靈淵通一縷。采石磯邊百尺樓，謫仙人去空林莽。後千餘載韋郎來，負書自斸林間苔。吟餘嗚檝蕩寒艫，醉後洗竹澆瘦槐。十詠孤亭遥控接，讀書聲振秋梧葉。真仙位業寫霜毫，瘦本黄庭披蓋篋。無何傫直藥欄紅，内相聲名壓鉅公。青綾被擁結幽夢，曉猿啼徹蒼巖空。此山别去年時久，此景蒼茫落誰手？摹煩畫史索題詩，爲問山靈相憶否？我遊翠螺凡五度，煙嵐雨嶂憑闌處。把茅何地屬君居？但見流雲滿杉圃。人生至竟讀書好，況有山川恣遊討。一點青鬟萬顆松，湧來白月當晴昊。何時與君載酒卮，夜涼牛渚同課詩？古人勿笑今人陋，秋菊春蘭各一時。

夏日過龔鑑雪寓齋即事成六首

其　一

亭午炎曦集，來停薄笨車。故人先我至，謂璞菴同年。趺坐小亭斜。香瀹龍團茗，涼分虎掌瓜。不須謀爛醉，閒即是生涯。

其　二

短紙連長幅，詩豪太逼人。晚楓靈谷暗，垂柳御溝春。覽古登高處，懷鄉聽雨晨。流珠生咳吐，始覺筆端神。

其　三

爲説銅峯好，編茅近氿居。夕煙分柳市，晴雪聚杉廬。遊目送歸鳥，跳波看巨魚。何時相逐去，終老學樵漁？

其　四

長物餘先澤，名家溯舊聞。車來頻載酒，客至或書裙。帖遺林檎美，香從篤耨熏。墨光浮動處，垂露振秋旻。

其　五

一竹菴長卷，乾皴擅惲生。孤僧題斷句，大隱識高情。展處衣裳潤，坐來煙露清。更開秋草幅，瑟瑟百蟲鳴。

其　六

知有耽山癖，行將縱棹歸。花農留夕飯，桐雨上生衣。鍵户羣書富，關心故友違。時因南雁返，莫遺爾音稀。

七月二日同辛未丁丑召試諸前輩暨壬午同年集城西大雲寺兼送褚鶴侶吴錤勺兩前輩南歸分得十四緝

清弦動秋聲，涼氣被廣隰。同沾異數榮，適此塵外集。拘盧地寬斥，重屋勢巍岌。朋簪引盍各，餞席雜欣悒。昔歲在協洽，巡輦瑞用輯。江塍迓鳳艒，海甸眄瓊鈒。户室租税豁，耆孺帛錢給。天子曰南人，才藝紛戢孴。試良拔其尤，禁近俾涉習。茂異選略似，幽素科特立。遂令菰蘆士，取次瑶草拾。駛歲倏一紀，瀸恩已三及。丹梯踐初桃，樊桐攀末級。星芒華蓋近，燭焰藜光熠。魚尾燒莘莘，蚊角挺䶵䶵。温室掌秘事，青邸授經笈。六曹籍分莅，諸藩典攸執。亦有奉諱居，秉禮情訑濕。或扈從行圍，跨馬著紫褶。養疴甕牖鍵，息老修鱗蟄。吾儕十七輩，萃若羽螽揖。于時歲豐樂，俯仰元氣翕。南教訖紅獠，朔聲暨白霫。煇玹大庖飼，赤汗列閑㬰。九莖禾茀鬱，連理榦堛㙎。願維聖人懷，虛已尚冲挹。射雉有逸矢，失禽任逋邑。措安登衽席，在宥除棱㭝。武略儆芒曶，文澤極瀼浥。生逢明盛際，微職忝綜緝。丹籞槖筆趨，華省帶星入。休沐契清暇，招邀同火急。曉霽商飈浄，魚雲承覆笠。嚶鳴隨柳變，蜩響敵泉唈。棋裳跡交錯，車馬音霅霵。衽扱末行進，韠垂尊齒揖。敷座藤陰蔭，交扇槐影襲。映花削藕芙，然竹瀹茗汁。蟹擘金縷脱，膾斫玉脂泣。飛拇陳衙衙，卷麯波潗潗。論詩溯鼻祖，譚空禮龍什。覆射竭心計，奕笇甘手戢。松陵哂苦吟，河朔笑豪吸。坐中兩先輩，得假行鼓楫。離懷實悁勞，空谷想維縶。江皋帶芃野，句吳連古歙。到日計水程，近卅且逾廿。平岡緑排岫，流瀑翠投濈。芰衣替長杉，錦韉掛柔苙。訪菊畦露涴，探梅堠霜裛。秋寺支笻紆，野塘濯波潽。自慚峯培塿，依倚山屹岦。坦率抵宋五，蹈襲儷潘十。來棲碧梧枝，謬竊瓊壤粒。閑夢江南去，蓼煙紅岸濕。懷恩勤撫紱，憶舊緬嘗葴。濟濟彈冠慶，拳拳抱甄汲。文章愧揚馬，蠹簡奉軻伋。迎鑾賦可編，考古社堪葺。歲歲爲兹會，勿憚囊底澀。

題龔鑑雪秋水揚舲圖

披圖雙眼浄，帆影漾澄碧。曰歸及秋清，樹樹起寒色。沙河性沉緩，活字形曲直。乘彼泠風善，一駛眇何極。昨來寓春明，幽室隱蘿薜。竹静鳥窺書，花繁客鳴屐。談諧未云暢，匆匆鼓行楫。念君富文學，塵外意蕭寂。心苦喻書淫，神清帶詩癖。王維養痾慣，謝客遊山劇。銅官即栗里，溪崦紛蕟積。桐帽靸棕鞋，水邊或林側。黄團薦村酒，緑棱翻鵶墨。話對寄包僧，吟兼倚風笛。回思北地遊，未共翔南翮。聽雨裁古牋，折梅付孤驛。逝將從子去，快意邈難得。翩如在籠鶴，蹴若退飛鷁。茫茫撫長幅，湛湛想江國。卷還好丹青，久使神不懌。

題龔鑑雪所藏柳娘圖

髟髟欅柳垂秋髮，柳下豐容何婠妠。松雪丹青貌阿誰，鐵崖咐會憑吟札。愛梅妃子例稱梅，有如丞相單車軋。呼曰柳娘疑欲下，印可奚煩精究察。鞦韆背面泣春風，是否年華剛十八。

詩人好事工鑿空，拂卷擩毫抽思乙。玉溪集裏博山然，永豐坊畔秋煙刷。弓彎波旋虛想像，鬟影移痕殊秀拔。雙身漫檢小名録，獨立如嫌芳露滑。倚竹便娟翠袖寒，吹花澮蕩苔庭闊。嘲桃謔李意久倦，讀畫參玄情頗恝。小幀卷付病維摩，鑑雪善病。証妙空禪休抹殺。

舍弟述先寄立秋前一夕見懷詩次韻疊和二首

其一

擘箋憐阿弟，憶遠奈愁何？竹影動虛牖，雁繩低曉河。流光炎燠换，别思水雲多。撫卷南窗晏，如聞勞者歌。

其二

衰門稀吉語，慎悔誦伊何。用姚元崇語。蓮浄香澄沼，膠清止濁河。少慚更事淺，老欠讀書多。努力惟相勖，永懷明發歌。

題阮唐山秋雨停尊圖

其一

董公畫學兼詩法，小幅精摹爲阮郎。窗雨模糊燈灺暗，一年秋是此宵長。

其二

淮干故里同昭國，遺挂殘熏入夢來。滿酌轉因連雨廢，四條絃上寫清哀。

其三

簾衣密灑漏聲重，羃思茫茫引緒風。稺竹高荷俱作響，聽秋心只在疏桐。

其四

月没何妨養魄圓，西堂休悵擁衾眠。獨醒風味吾曾領，雨滴空階十四年。余庚午年悼亡。

勉行堂詩集 卷十五

日下集二 起癸未九月，盡一年。

重九節寄懷家兄邗上舍弟淮陰七言長律一首計一百韻

長安九日登高會，兄弟迢迢各一天。檢校花枝羞短髮，料量酒味怯新筵。巡廊看度捎雲雁，支枕聽吟抱葉蟬。客思憑闌呼曉笛，商聲掠户迸悽絃。別腸漫擘尖團種，右手徒繙屈宋篇。南食猶誇苧茶美，東津那得藻鱗鮮？紅分錦柿連筐秀，緑翦穲橙拂指圓。倦柳罷呈迴雪舞，慵荷都契散花禪。叢叢密篠争飛籜，側側纖鉤乍上弦。十地盡開涼世界，六時難忘故因緣。高原鴿影渾相並，暖砌荆株本自妍。鴉挽髻遊經塾畔，虎騰身戲畫堂前。推梨讓棗天真在，護筍排鈎樂事偏。陽子始知無室好，姜生長得展衾眠。羣覘樹向珠宫植，共説峯從玉圃聯。炫服正思娱暮景，素冠早是遘奇邅。疾飇有信頻摧木，苦淚無多暗滴泉。短卉遽辭華樾蔭，雛禽争傍廣霄仙。鶩將鵠刻彌懷慎，石用蒲紉竊比堅。姊妹張温行有序，詩書殷絢藝堪傳。曾分駱粟恩逾篤，每感嫛言行必悛。煮藥鐺邊改鬚鬢，題門句裏播衡茎。輕塵弱草離披散，露蒂霜根曲折連。誰蕹荒榛弔寒冢？但驚墜魄咽啼鵑。佩來晉玦形存半，割取吳綾幅欠全。識字劣能消福慧，耽書癖藉解煩悁。散錢久謝繩能貫，頑礦終期碫可研。短几烏皮陳素帙，窪池墨瀋近青編。丙丁帖向閑中仿，甲戌籤參象罔詮。兀兀似蟬緣夾註，依依類蛹戀兜綿。周珍玉璞行過鄭，越駕金車旋適燕。侘傺幾曾消骯髒，奔馳惟是益胝胼。殘熏滿鞁循坡騎，積漲盈槽泊港船。羹釜櫟餘香稻滅，藜牀坐處敝裀穿。卑叢燕尚翔雕户，淺渚蝦寧託蕊淵？襛纖逢人矜漫與，揶揄有鬼笑將然。歸來錦瑟長如許，夢去香燈黯不燃。崔子題時清恨滿，孟家殤後俗情捐。藩身夙擅通人目，決踵遐師有道賢。虛室即看成壁立，廣庭奚自有鶉懸。驅驢負醋惟資訕，茹術餐芝詎釋痟。溺在中流翻失笑，嗟來當路肯蒙憐。偶探上界琳瑯籍，遂拍洪崖左右肩。拔宅自茲疑泛梗，賣琴聊與補行饘。書麻袖底雲凝紙，視草廳前日過磚。不見藥翻銅釦上，但聞鈴掣畫簷邊。暴腮擬擇香津渡，塌翼仍棲病樹巔。失馬亡羊俱是幻，味蔬豢肉本難專。摛詞自落徐霖後，成佛還輸謝客先。得隴詎宜重望蜀，爲儒何事更求仙？清癡枉喫桃花飯，劇戲貪牽繡線鳶。聞道阿兄頭愈白，也知弱弟鬢非玄。迴汀曲沚途雖接，別壘分巢意豈便？淮市潦收蘆泊水，隋堤秋澹杏塍煙。繁華遍歷澄懷在，律序頻推麗景遷。圜鑿由來忌方枘，韔弓未易執空拳。扶搖鵬運能欺鷃，跉踔夔行轉惜蚿。肆覓枯魚常呴噢，林趨駭鹿亟騈闐。吐虹氣作餘霞斂，選驥羣非下駟孱。好洗丹臺瀹靈府，莫悲桂蠹逐蘭煎。材如腫櫟山間老，潔比芳蓮沼上搴。三昧悟隨鸜鵒慧，半生閑趁海棠顛。勿疑安用求詹尹，知命奚勞問弼乾？祇是相思當暮節，可堪索處逼衰年。插茱定側林間帽，乞菊應攜杖底錢。赤葦村邊初嫁橘，綠棕場裏旋登秈。載桑落醖看調馬，掃麴塵波試釣鯿。細雨一犁侵草屩，涼鷗幾隊啄花田。佳時縱遺餘情戀，遠道寧無別恨牽？此地秋中兆霜氣，何人郊外訪雲廛？黑窑彌望堆陶旊，白塔遙攀掛鏡銓。香水院中清讀梵，芙蓉城下急鳴鞭。衝颷刮面揮茸袖，薄霰沾裾障毳氈。棱棱瓜圩泥滑滑，茗茗菌閣漏涓涓。梧吟慣入騷人耳，楓卧猶捎冷客韉。的皪冰痕承末候，參差鳥咮上高躔。打圍斗築毬場闊，教戰旗翻鸛陣翩。鹿舌細和蓬餌俊，兔肝馨雜乳羔羶。數株洋種金逾鑷，幾輛遊軿翠落鈿。頻遺襟情赴孤賞，無多簿領及閑員。綵糕雅讌名卿預，瘿木新符故俗沿。大有年書足豐稔，太平景值妙陶甄。虛糜廩俸中良愧，忝厠班行力未宣。罕有奇文能賦獵，遐搜野乘事懷鉛。時承修通鑑。軟塵撲袂迷長巷，寒序關心到舊阡。列廨東西通款款，對牀風雨致卷卷。狀江南句惟伸紙，附水東籬待構椽。時服芰衣椒結佩，幽居蕙棟藥承櫋。黃梅別塢芰榆耳，紫草斜畦藝蕨拳。苦蕒碧沈堆凸盞，甘蕉丹浥寫長箋。方文檽靜鶯流響，亞字墻低蝸篆涎。裏箬笠穿蒼蘚徑，整椰帆過夕陽川。咬春敷坐頒么朵，伏臘褰裳舞大袄。牛日柔波飛艒艗，社前娟霧濕鞦韆。老來硯席同歌詠，巖際林塘共獵畋。非是慰飢誇餅炙，還如見彈想鴞鸮。可哀怕聽神君曲，獨往思敲漁子舷。數別期剛近重十，溯歸程不滿三千。探更歷歷窗難曉，闔眼匆匆轡屢旋。努力加餐强排悶，團圞晚節庶逢旃。

顧北墅前輩招飲即席賦贈二首

其　一

令節由來足風雨，招攜欣與素心并。衝泥亟走長鬚僕，賭酒閑依折脚鐺。擢艷金鈴緣砌小，凝芬玉茗泛甌清。縱談渾忘形骸隔，醉聽窗棱打葉聲。

其　二

鄭公三絕雅懷兼，投轄留賓興最忺。故事熟諳推閣老，唐時中書舍人資久者稱閣老。清曹洊歷識郎潛。才穿塞柳揮鞭影，時扈從新返。旋摘庭萸上帽簷。帶水長淮接香井，土風閑話倍清恬。

和北墅前輩看菊之什即次原韻

客散仍聞獨飲卮，短叢芳與夜燈宜。漸經朔候仍相守，等是寒香不厭遲。雅稱捶琴賡小令，閑來斫竹寫騷辭。他時躡屐東籬畔，定有金鈴糝雪墀。

鄭西崖所藏前蜀王鍇書妙法蓮華經殘本

熊熊淳酘光浮紙，幾葉名經樹靈軌。誰爲小楷王鱣祥，僞蜀相終唐刺史。書工八法類仙手，佛繫一家稱弟子。牙籤著録二千卷，紫閣迴翔三十祀。散膳應分當面廚，校讐待續崇文匭。白藤擔子筆氣遒，青城山匡鼓聲死。修降表但罪李家，草創寧知自公始？寫經誓上般若船，藏匣教歸貝塔址。風輪缺破到琴泉，長共松柴栗薪燬。潼川令君絶好事，急走如麕搜寶庋。依稀跋尾紅朱鈐，武成三年戊辰是。是時帝者餅師兒，兔子金牀識初紀。辟支牙獻賞僧諛，半面妝成窺女美。婆羅花作雪絮飛，薝蔔香隨絳雪起。角冠才禮玉宸迴，珠帽俄驚灌口似。興亡瑣瑣託仙釋，進退容容彼卿士。冷淘飥飥紛何樂，銜璧牽羊吁可耻。厥惟釋序品居入草人終保暮年，得無象教慈堪恃。此經法數七卷完，此本叢殘一卷止。各據奇琛裝錦首，勖造莊嚴結歡喜。第四卷復歸虞山，顧主事鎮，字備九，常熟人，得信解品卷第四。

綺。牡金粟綻石函邊，女珊瑚攀鐵網裏。奔荼迦利梵語謂白蓮花。殊相呈，阿耨多羅妙音委。直將大地喻根跗，照破山河千萬蕊。面上豐宜免狹長，舌端腴漸舒華蒻。諸説騰瀾果是非，古姿觸眼勞銓擬。不見能仁院弃宗壽札，本業碑詩德筠技。須臾變滅逐雲煙，獨遺書淫留俶詭。金壺記以鍇爲書淫。行間體勢特嚴謹，柳骨顔筋抉其髓。雖無楚雲刺血虔，已會毗耶握拳旨。江瑶寸柱敵諸味，天酒盈囊瀝甘醑。貪奇玩物信可箴，説理談宗未容呰。詮題與証文字因，雁掠寒空影沈水。

錢籜石庶子所畫墨菊長卷

庶子胸藏十斛墨，揮灑縱横皆自得。階前牡菊獻藍本，二丈長幀爲摹泐。露芙雲朵競排拶，老幹卑叢交曲直。落紙旋見光塗塗，叉手時看笑啞啞。似惜寒姿挽不留，收來桐几麝牀側。枇杷樝子間蜂兒，厥種區别以類隨。每于慘澹經營處，想像辛勤種莳時。朝衫暫卸日亭午，傴僂循墻澆翠甀。甲葉濃分竹徑煙，豐苞潤濯莎庭雨。客來耽賞坐閒廳，蟹擘雙螯卧酒瓶。暈影離離近琴衲，折枝短短迴燈屏。宵深客散先生醉，磊塊心情生畫意。意到空濛結撰成，格詩今體相酬次。聞昔尹白始以墨撰花，二徐設色安足誇？子畏雜卉兼用花光畫梅法，亂頭粗服皆成家。覽披此卷真奇絶，唤起古人應縮舌。須知體勢類君書，字外出力神有餘。又如詩不落牙後，千態萬狀歸我有。凝霜殺草十月中，月波浸户燭退紅。開緘茀鬱妙馨襲，令我側帽懷西風。劇憐此是君長物，應付裝池藏隩室。來歲看花酌主人，攖身儼自圖中出。先生莫歎囊無錢，已將三絶契清禪。如椽秃筆浮蛆甕，位置花顛與墨顛。

芋孏五十韻

食品徵寒序，蔬材指芋畦。留公縈石乳，唤母雜花荑。北産形俱斂，南船價不低。賞新雙匕舉，掌故百篇稽。富術岷通蜀，芳言莒近齊。三千頭並蓄，十四種分題。殿瓦翾疑雀，江津照用犀。輕紅隨荔薦，濃緑與瓜齏。九月場初滌，三農候詎迷？軟茵鋪稻穗，重襲展糠粞。行闊晴沙壅，區深暗水隄。飄颸來冉冉，墜露濯萋萋。大葉排疏雨，團科冒濁泥。荷高閑對影，蔗瘦淺遮蹊。選日壬居北，占星昴在西。紫莖栽碧月，緗莢裹丹蜺。蹲踞鴟搏翼，輪囷轂隱輗。數圍如斗覆，徑尺待筐攜。似此誠么䏖，居然耐削刲。黨魁成附從，甲族藉提撕。蠢蠢雛孚燕，連連轂伏雞。非癰能贅果，比瘿善緣稊。芥且生孫矣，梅猶育子兮。口宜承故相，湩不飫諸奚。晏起茸裘擁，朝餐竈婢卟。糢糊粘碗汁，叢雜和盤饗。菽發香逾嫩，桐垂脆易剸。温馨熨羅襪，潔白卸纖袿。糝玉霏瓊屑，批脂引翠鎞。充腸秋實饜，染指夕霜悽。絶憶中吳景，閑扶下潩犁。吁吁遍村舍，若若近廚窒。啄不虞山鳥，偷應任石鼷。煙塍堆瓦盎，土銼爇薪烓。自撥銅爐火，時吹木甑墼。作甘同飲酪，食淡免調醯。童子分停騎，郎君餉祝嫇。踏光來小市，取醉載偏提。誤匪書羔膳，馨教和麝臍。底須憐餺飥，已自勝餹餅。物信辭鄉貴，懷因觸事悽。遐思繞田稜，誰與摘巖梯？成梠渾堪惜，爲蔹漫引詆。古經搜註疏，平性驗刀圭。吟句消寒餓，添肌免瘠羸。匙邊麗邱蜜，盞底薩波虀。饕餮真成習，林園久擇棲。溝臨楓葉蛇，隴接菊英媞。偃柄黄茆塢，敷華白石谿。迎年收榾柮，終老託羹藜。

十一月六日作書與琴南姪是夜夢與譏别因寄二首

其一

燈下踟躕裁短札，夢中仿佛對深知。月穿暗壁迴花影，酒殢初筵拍柘枝。似慰盈懷羈緒集，俄驚揮手去帆移。覺來拊枕增長喟，夜氣如冰柝響遲。

其二

勞薪暫息才知病，神馬尻輿悟繕生。堂上起居承豫色，臘前歌舞得鄉情。緇塵細澣仍須染，翠竹閑看倍覺清。應憶京華往來數，雪花遮道碾輪聲。

寄懷鮑雅堂次夢樓侍讀韻三首

其　一

雪泥蹤跡緬飛鴻，記共摇鞭建業東。桃蕊竊紅孤驛外，茶香分緑午煙中。羣覘洗馬風神朗，獨許參軍筆力雄。作賦蘭成方綺歲，早將聲譽動羣公。

其　二

轉頭姑孰横經地，潑翠溪山畫且難。舊宅羅含歸庾信，高名張鬴並袁安。謂圃三師及階平大前輩。塵揩粉壁交燈影，月漾紅亭罄酒歡。定寫黄皮紙盈束，詩筒頻寄客中看。

其　三

焦巖桂老覆書堂，幾度淹留水月鄉。醉吐車茵逃綺席，笑拈花朵入禪場。秋來連雨偏多思，熟處闗清最不忘。每對真長謂夢樓。憶玄度，斯人豈合久沈藏。

和吴鑑南冬日移居即次原韻四首

其　一

風烏不定選寒林，蹤跡由來任陸沈。三尺古琴隨轉轂，一囊蠹册抵儲金。屋租難禁迎年索，紙價偏增刻意吟。穩放氊簾窨花朵，從教冰霰灑堂陰。

其　二

刻意孤吟帶瘦姿，清狂原自與貧期。上樓客戒知書少，植援心嫌種樹遲。又傍西疇緬東墅，可無暖酌賞寒司。萬人如海藏身易，試續南村五字詩。

其　三

官非閑職趁間身，結習難忘定夙因。話對韋三秋月白，鄰依杜二野禽馴。引泉自滌煎茶具，燒燭頻留看雪人。至竟城南多好事，料量新句遣排春。

其　四

一九小月隱窗棱，吟興偏于夜坐增。臘月風光分糯粥，中年心事攬銅菱。抽萌筍觸懷鄉思，纏架藤呼耐久朋。我亦年來漂轉慣，蓬心試向卷中徵。

趙甌北前輩移寓裘家街諸桐嶼前輩以詩致賀即次元韻一首

十四年前殢酒因，望衡仍接草堂鄰。幽懷聽雨猶堪寫，往跡飄風已倦陳。紅蠟近窗删舊史，翠禽當户報先春。甜泉細酌燒香母，不礙清狂號散人。

題家竹波弟吳江秋色圖三首

其一

栘柳傚傚水荇紅，片帆閑趁鯉魚風。吳江此去三千里，秋在微皴淡抹中。

其二

霞衣紅襯孝廉船，無恙家山夕照前。一桁鷫鵊飛不斷，圓蟾挂向碧羅天。

其三

早歲聲名動京國，扶摇暫息漫嗟遲。祇憐打槳乘潮去，不寄西陵渡口詩。

夜集聽雨樓二首呈畢秋帆前輩

其一

高雲層疊護簾陰，雅概偏宜子夜尋。素質箏斜催理曲，黄絲毫軟待搜吟。取温近炕移纖朵，冒冷開窗眺遠岑。新魄一鉤渾易墮，紞如街鼓漸沈沈。

其二

地非仙客難高據，宅待名流始落成。星逼重簷虚隙朗，書陳曲几古香併。夜闌鶴語伴人語，坐久樹聲疑雨聲。絶勝年時限魚鑰，輕車催入夕陽城。

得石軒歌用查初白韻爲畢秋帆修撰作

弇山先生流輩伯，抱向山心餘石癖。横街迤北近移居，日與奇礓稱主客。軒頭舊署得石號，墨寶流傳年歲易。誰從泐字擅書淫？孰傍煎茶成水厄？藐躬難得如汝壽，善地偏教爲衆惜。斷紋瑣瑣認苔斑，圓罅泠泠逗泉脈。障來花影剛半面，分得筍矼纔幾尺。巨如扶桑挂藺甕，瘦比枯楊蜕蟬脊。緬昔豪家别墅勞，力盡千夫移一石。雲氣遥連闘鴨欄，雨姿暗映籠魚柵。往事飄風刷流電，奇觀簇錦窺藏壁。即看孤峙向庭隅，未免勤湔走臧獲。方體旁參麂目横，長身仰見松牙鬣。敷坐盤桓釣岸温，高眠解卸秋衾襞。況有捶琴壓笛人，閑隨立鷺翔鷗席。與君夙思闢徑延三益，江草江波鄉思積。拜石寧蒙玩物譏？開軒且效浮家役。不見袖底仇池蕉葉皴，偶然落手娟朝夕。他時人指小玲瓏，定説頭廳才子宅。

臘日偕璞菴伯思白華習菴姬傳小巖集夢樓侍讀寓分得連字

餘雪尚飛殘柳絮，新泥欲涴錦鞍韉。吝晴天作魚鱗瀋，選勝筵慚馬齒先。酒盞春波剛在手，葅盤寒色又經年。傳芭故事深宵語，排户欣看月色連。

題江蔗畦表丈紀行詩卷後

其　一

十年遲一面，握手鬢俱蒼。舊事成新語，長征託短章。竹寒淇水北，雪霽鄭州旁。覽古何窮思，揮鞭夕照黄。

其　二

官好門庭静，閑耽水石奇。卓旗尋古寺，席帽拓殘碑。篋蓄千篇富，裝仍片橐垂。他人難到處，唱和有壎篪。

題梅花硯圖二首

符省郎得歙石硯，楊苑仙爲作詩，查儉堂太守見而賞之，以女妻楊，兼乞符硯伴奩。毗陵惲鐵簫爲繪圖，并作長歌記其事。

其　一

藉甚梅花研，宜安繡闥旁。稱詩逼姚合，銘字得高常。細裹連枝錦，濃熏度臘香。緗紋桃樹底，對寫十三行。

其　二

琢艷青含萼，鐫腴翠集坳。冰容浮石面，墨彩暈花梢。海賦酬龍女，山心引鴿巢。他時玉堂樣，仍作鳩媒嘲。

次韻吳泉之同年留別四首即送南歸

其　一

聞説將離冀未然，歸航何意趁新年？怕聽驪唱催人起，想見鷗羣導客前。此去那無三宿戀？重來剛契六時緣。阿兄官冷知難別，又爲治裝損俸錢。謂白華前輩。

其　二

訴到漂零語恐譌，君猶年少我如何？眼中玉色棱棱秀，鏡裏霜華瑟瑟多。洛下久騰名士價，花間且縱散人歌。征衣暫卸仍須著，閑殺春雲覆竹窩。

其　三

破楚門東跡共投，襲裾花霧踏青遊。江城別似辭巢燕，京國居如對岸鷗。賦雪舊傳吳子句，感秋時倚趙家樓。從兹遞發池塘夢，又爲詩壇下一籌。時損之令弟先南歸。

其　四

甫聽琵琶出塞彈，旋看江國柳飛團。雅吟自對螺山好，小柱終憐雁室寬。石乳烹泉消宿酒，松柴燒筍佐新餐。沈郎卻羡同舟去，照影春波共拂竿。

送沈閬山同年南歸三首

其　一

春風昨夜來，凍蕊未全開。獨客鄉心切，輕帆下水迴。川冰隨撥棹，驛雨灑飛埃。芳草迢迢色，依人到越隈。

其　二

第一橋西路，開顏慰起居。日暄庭有燕，潮減市登魚。友訂遊山約，僧求供佛蔬。江樓閑倚遍，琢句定何如？

其　三

比鄰剛半載，此別最關情。聽雨同燒燭，持杯待瀹羹。一行汀雁遠，千里月波平。雅調憐吳子，看山共此行。

歲暮掃塵四首

其　一

那得凝塵爾許多，歲闌卻掃到行窩。禪宗有味參茗箒，仙籍無方播藥籮。紙壁羅紋雲乍吐，花磚翠縫鏡新磨。略教湧現光明界，琴薦書牀費手摩。

其　二

星星瑟瑟轉沙沙，拘袂童奴靜不譁。虞愿故居成委積，林宗小住必清嘉。竈煤黑尚侵香飯，屋網紅曾罥落花。種種倂隨横篲去，一塵又是換年華。

其　三

京國浮埃本自繁，霏珠屑玉未須論。畫梁半受梅痕黦，綃帳全經燭焰昏。直似繙書勤檢校，頻教噀水滌粉煩。衹愁門外顛風起，又遣元規污井垣。

其　四

卻無華褥辟無犀，厚束荆條矮架梯。南陌香車猶碾錦，北窗蠹粉已隨泥。深防燕舍遺殘破，謹避蜂衙勿觸撓。一笑浮蹤同野馬，官閑何礙拂塵棲？

勉行堂詩集　卷十六

寄藤集 甲申

曉起偶成

曉起步徐徐，鉤簾上日初。草痕侵躡屐，梅影映飄裾。喧尚傳鄰鼓，閑唯檢道書。探春足幽興，戒僕亟脂車。

東郊探春

步屧領春風，東城更向東。鬢嫌緣頜白，花愛亞枝紅。野鳥呼林末，閑杯到手中。波光晴可泛，捩柁幾人同？

四十七年人

四十七年人，花前岸葛巾。不材同朽櫟，多故喻勞薪。耽飲唯三爵，搜吟又一春。頭顱已如許，衹合作閑民。

題顧員外北墅趺坐讀書圖時將南歸

知有南歸興，行將及杪秋。樽盤軫離別，圖畫見風流。影入圓蒲定，功仍素帙收。不離文字窟，合置水雲舟。阮放真名士，楊炎果絶儔。南曹西掖地，藥砌鳳池頭。老氣渾無敵，天懷得自由。每參中禁秘，酷愛北窗幽。將母情逾切，同儕挽不留。鄉關連海甸，歌吹近揚州。定訪林園數，辟疆園故址尚存。仍殷菽水謀。連塍香糯熟，背日晚楓稠。細滌紅絲硯，閑安翠線鈎。古經籤軸富，蠹册魯魚讐。宛爾跏趺坐，都非跡象求。小參舒一指，快讀豁雙眸。落墨環新幢，澄波狎遠鷗。月痕侵竹枕，煙色韻茶甌。此景良堪慰，余懷轉欲愁。幾時尋大隱，拂樹上山樓？

三月十四日同趙璞菴馮均弼沈南雷朱笥河吳沖之陸健男高著之泛舟二牐分得雜字

選遊趁蕭閑，曉起雲四合。勇往懲退心，小駟馳沓馺。人持一宿糧，車載三升榼。出郭倏開明，不負此簪盍。沙虛石氣輝，林静鳥聲雜。偏岸艇招招，徑載度煙牐。景曠意自舒，瀾生風已颯。跂脚扣船舷，長年歌屢答。放眼遥嶼集，哆口百鍾呷。披披桃杏花，稊楊枝匼匝。苔色迴古堤，鈴音語高塔。園荒叟謝客，寺破僧浣衲。所遇非一境，要之無猥黯。家本江淮間，湖緑繞屏榻。閑身寄葭亂，涼影並鳧鴨。北來但吹塵，秋夢掛魚罨。少許亦足慰，翠色映烏匼。從兹蕩歸橈，一水通苕霅。奚爲坐拘縶，櫂疾如騎騽？馮子鼓餘興，翦燈啓雙闔。時復至均弼寓小飲。談諧逮漏下，燈淚剔餘蠟。續賞申後期，繫杙聽鳴蛤。

中光禄拂珊招飲時晴軒時有他約不果赴即限程字二首

其一

看花延末侶，珍重主人情。踐席緣偏澀，搜吟興未平。簾波涵石影，鳥語亂琴聲。莫惜重開酌，春歸漸有程。

其二

六時恒被酒，書牘任縱横。每憶花開處，頻爲郭外行。涼軒對芳藥，小雨快時晴。偶語憐坡老，詩流每説程。

四月六日同飲藤花下分得作字

居無窪池石峎崿，但有樛藤枝蔓弱。引架凌冬縛竹竿，要令緑陣全張拓。春來取次破煙萊，紫焰鬬星芒作作。一日花間繞百回，仰看天隔玲瓏幕。生平愛花少便足，吾欲由來異溪壑。獨賞奚如衆共之？亟馳折簡延疏酌。夫子披襟隔院過，清神照座傳詼謔。謂圃三師。揎袖從教白波卷，揮刀且戒銀鱗斫。錢籜石庶子謂藤花下忌食鯽魚。打頭千片香觸衣，今夕羣稱樂上樂。舉杯招月月竟來，已轉墻陰近西閣。鯨吸何妨待曉鐘，鳳城會見開嚴鑰。吏部堂前老根榦，給孤寺側繁瓔珞。貴從我手著翦裁，此外紛紛秦越若。來歲移居樹屬誰？對花自哂僧行脚。

四月十三日笥河太史招同人吕氏宅觀古藤歸飲擷英書屋同用三字

都城藤花孰第一？吕氏宅子鄰精藍。史稱結根自元代，大德兩字工鐫鏨。流傳耳熟目未睹，屠門欲過先聞譚。寓齋山櫐特小小，屢遲客坐吟芳馦。待經滄海眇河漢，毛羽久厭家雞毿。笥河太史昨許我，急報花信馳丁男。請俟異日告他故，孰知狂雨妨窮探。穿簷鳴溜徹晝夜，憶花不寐憂心惔。及時行樂古所勖，誰遣佳日剛遲三？太史前三日見招，屬有他約，請改期。熟思咎豈在吾子？我自纏裹如春蠶。帝青排雲卷高幕，斜照已拂衝泥驂。相攜奓户達花所，翠絡冥冥何紞紞。零紅剩紫時復有，太平粉片隨坳潭。胸中描摹妙附會，落寞亦足酬奇貪。諦觀蟠踞争叫絶，青銅柯著犀皮函。驚蛇直上不可綰，奔鹿突出誰所攙？暗穿鬆土擢别榦，獨據大石當幽龕。縱横捭闔曼紋理，十楹老屋遮猶堪。餘枝倘餉衆藤舍，尚號雄國非邾郯。乃知花特末事耳，古物何異窺盉盦？閲人間世四百載，怪底面皺爲黄曇。遠懷二子朱竹坡與萬柘坡，結廬樹底依香南。繁英迴雪墮衫襖，翹朵摘露施冠簪。風流往矣不可作，我輩狂態猶相參。歸從書舍證藏帖，太史藏帖最富，是日與辛楣學士、籜石庶子、厚石舍人同賞。遞索名酒傾瓶甑。來年招邀勿改卜，興雖未敗心終慚。櫻桃繁紅近賞續，市上棼尾方盈擔。

韋約軒編修索題尊人鐵夫先生授經圖即次錢辛楣學士元韻

危坐有似秦博士，九世治易稱理門。子維七兮此第五，敬受書册依松根。聞昔教授居金沙，下帷懶復窺籬園。手摹隸文薤葉倒，口述經語河波翻。彭城種學少翁得，堂下或與耆儒論。本厥經術緯吏治，紅秔稻給千家村。至今泗民頌且祀，謂駕赤鯉乘修黿。六籍大義炳星日，已失周故惟漢存。于今太史號名宿，取次蕊殿頒金盆。文章五夜發光怪，神珠白月相吐吞。想從舍披衛闥，干人爲徑列涂軌，朝夕斯用同饔飧。低昂羣説運獨斷，儼測垣指畫通辨難，句讀瑣細偕諸昆。孤梅作馨傍蘭竹，太璞一剖成瑶琨。奉圖茹泣慕疇曩，丱角披袛隨朝昏。摩挲故幅索題詠，試挹古貌癯而温。精研倘肖盧景裕，著述定富崔靈恩。翠螺他日讀書處，竹簡尚漬隃糜痕。我不識公識太史，退舍幾欲迴櫜鞬。郎君況復箋四禮，兀兀歲月炎涼習。吁嗟末流重詞藻，篤古詎識經師尊？他時史乘溯家法，小同故是康成孫。

題袁古雪前輩香影菴圖

阿誰繪此林亭雪？薄粉凝朱隨意設。屋底人爲擁鼻吟，屋外梅花鬬清絕。香耶影耶渾不辨，但覺盈庭有波澈。君家例得掩關卧，寂境仍煩老禪説。丹青善手識冬心，耳不能聰工筆舌。自言作畫劣宋元，早契維摩三昧訣。必逢佳士乞始應，料得與君交最切。前年送我發邗江，亦畫梅幀代言別。多作花叢少作枝，要於實地昭虛轍。似此描摹意有無，居然紙面冰華潔。冷意侵眸欲益衣，暗馨動牖初浮纈。終知湖墅稱蕭閒，誰遣塵埃久拘綴？十年漁隱申舊約，半幅濃皴窺素節。勿嫌著景太荒寒，吾子胸中本難熱。

晝長

晝長鍵户卧，不韤不冠巾。戒僕謝生客，把書懷古人。庭花開謝後，簷雀去來頻。止酒仍除茗，閑中理病身。

送徐鄰哉前輩之任夔州

其一

宣南坊角柳吹綿，促坐談餘指月圓。小别十年剛一面，大都青鬢换華顛。人求書法防將去，老閱官場契説禪。行部即看施五馬，瀼溪秋色劍門天。

其二

刊石臨當去甌粤，擁車聞道婦嬰啼。重來丹籞推前輩，試拂苔墻省舊題。訪友亟詢人在否，謂陸賓之、王梅洪、費笠浦諸君。搜吟又過峽東西。高唐女定排雲雨，此使君名故不低。

其　三

丞相祠邊撫松樹，少陵宅畔種梅花。遊情好在簿書外，報政適從雲水涯。斗映高城笳宛轉，香凝燕寢墨欹斜。異時金帶如嫌重，中泖月寒尋古槎。

題曹劍亭前輩棗南書屋五首

其　一

斗室自生悦，貧將奈子何？取閑觀世妄，因病讀書多。素壁蠅難點，虚梁燕作窠。時成和陶句，試遣盛叢歌。

其　二

纂纂垂青實，鄰家棗故完。日華晴亦隱，露氣夏猶寒。分影侵幽幌，吹香助夕餐。軒窗開一面，看雨過西欄。

其　三

樹似緣君種，當階浄遠氛。曲躬頻鑑井，袖手獨看雲。舉拂驅蜂子，揮箋試墨君。新栽誇向客，開可及秋分。

其　四

此臺寧避債，此室且逃禪。閔閔殊堪惜，堂堂不受憐。邀人候新月，對鏡溯流年。夢裏吴淞景，初潮漫蛤田。

其　五

各有傷心賦，余今春聞長女凶問，君亦於二月喪子。還營乞米書。一枝棲尚爾，二頃願何如？頭責從教數，經畬未覺疏。六時來往易，勤爲翦珍蔬。

題汪耦漁別駕清江眺月圖

其　一

但説淮干夢亦清，卌年老屋住秋城。羨君去縱水邊棹，雪壓庳篷窺月明。

其　二

雁臣魚婢皆吾友，赤葦叢邊蚱蜢舟。安得與君荷港坐，静看涼露瀉花頭。

其　三

公路浦前十柳枝，防河秋盡影離離。白銀盤湧大堤上，訪菊夜歸吟楚詞。

五月十六日集沈樓新寓分得花字

巷狹相將遠駐車，中庭緑意静無譁。放言旋遣杯承口，小坐仍須月上花。竹醉離披生日過，露寒淅瀝夜籌加。排期從此宜銷暑，火速詩成寫慢麻。

銷夏第二集笥河太史齋中分得柴字

河魚腹疾連朝似，時余患泄瀉。强赴招攜過曲街。十日流光弦釋箭，一時新味菜兼鮭。時各攜一壺一碟。密雲疑雨釀風色，幽鳥隔花吟竹齋。難爲病身堅飲戒，絶憐醇酎異茅柴。韓駒詩：「飲慣茅柴諳苦硬。」

六月十日銷夏第三集王露仲師寓齋食鹿肉同作

炎月延古歡，跌宕文史會。清言佐茶瓜，盛饌卻胾膾。吾師苜蓿盤，異味矜縷劊。色碧爲菊葅，絲細剥銀艾。莫辨菜與鮭，入箸戀甘馤。叩之爲臘鹿，度臘久藏瘡。此品南方稀，頤朵得新概。周官並羊蠲，虢國以觴酹。懵騰醉仙客，糟粕化霞靄。未知奉常餐，嚼過屠門快。念彼嗜楮麻，宛宛掉書袋。異聞逐鯊飛，同鄭獲麞大。紫茸折應姤，蒼角聳爲兑。銜花露一叢，飲澗水雙派。遂令遍體腴，不比凡獸飲。高張飲湩筵，牽引哨羣隊。切用卑手刀，薦以闊葉薤。兹製别選奇，乾胏録瑣碎。微聞鹽豉馨，標出羹臛外。察性温且平，植筋健而釜。冰碗拯氣寒，火令益金僊。便思遊溪山，荷裹敵持糒。或寫卻老方，悦顔袪賴玻。釋甲嗤登黿，去乙匪烹鱝。從容議食單，似此未宜汰。秘法乞腰眴，私廚將具戒。

夢中書事 七月十日夜

峯頂蓮花勢倒垂，天風扶掖上雲涯。不知黄葉迎頭下，仰面貪看碧落碑。

夜 静

夜静小房櫳，明燈未殺紅。捲荷連砌雨，穿竹打窗風。氣冷知秋早，鄉遥與夢通。來朝青鏡裏，絲雪又添叢。

題蔣清容前輩歸舟安穩圖即送南歸次錢籜石庶子韻

斂手呼阿難，吾乃今子睹。全家入圖畫，閑處卜安愈。波恬止瀾浪，秋澹無風雨。落落挂蒲帆，寥寥問竹祖。十年館閣間，昔昔夢煙塢。慈母最同心，歸計浩無阻。中吳好山水，名按圖經數。君家子文廟，突兀當踞虎。豈必吸西江，斯稱懷故土。有室終覬韓，築堂將息杜。居然登彼岸，摇軏謝洪觽。魚陳夕淵涵，雁痕遠沙聚。人言廣漢任，居今行篤古。婦爨粳白紅，兒課月子午。繪手妙傳神，身影映澄浦。弭楫泊荷馨，家事説覼縷。豪氣故不除，詩味見眉宇。懷哉輪囷材，詎老桔橰圃？欲言攬去袪，舌縮不遑吐。黄鐘殷地鳴，敢測以瓶甒？渺隨雲一窩，坐聽蛙兩部。拜石爲玉峯，鬬茶充酒府。探山笻自拄，出院松自撫。微聞逸民傳，盡付捶琴譜。江東流輩少，末學待陳矩。我友杭堇圃與袁簡齋，見子首且俯。寒暄爲致思，乖隔感離羽。何當聯袂遊，罛疏扈陳腐。壤闢草種鉏，籬缺山光補。他時結西鄰，先爲謀藝樹。

訪菊四首

其一

擁衾夜氣懍微霜，曉起尋思菊有芳。拂帽風尖過柳市，著靴塵厚踏槐廊。深叢大本纔舒葉，細蕚圓罌盡倚墻。壓架瓜花寒不謝，尚緣籬角鬬新黄。

其二

但是毗耶都種菊，兩三連襶挾吟曹。灌畦老叟延賓懶，扶杖殘僧説價高。聊借狂遊舒野抱，漸看暮色隱晴皐。移栽酷愛遲開種，炙蟹冬軒伴老饕。

其　三

聞説花農灌蒔勤，芳塍一日走千巡。捉生手亦誇擒虎，食菊蟲類蠅虎，謂之『菊虎』。記事符應抵刻麟。菊之名品及他家寄養年月皆有牌記。每近禪枝參佛性，偏教忙計屬閑身。如何匝歲論辛苦，纔到開時盡乞人？

其　四

北方絶少梅迎臘，開到黄花勝序闌。户大幾經連軫載，官貧也要貯瓶看。何人泥飲傳歌數，幾處西風剩本寒。深羨酒顛錢庶子，墨香粉暈寫無難。錢庶子籜石近畫墨菊長卷。

次韻同人永樂菴訪菊歸飲耳山冗寄廬作

秋懷憯無豫，枯坐寒藤下。偶謀訪菊罇，仍策尋春馬。好花如遁人，香味託波若。間竹亞松梢，寥寥意俱寫。澆宜石甃近，種説洋州寡。也著緋緑朱，居然脱姚冶。毰毸起暮雀，澹瀲明煙野。小憇戀雲堂，繩牀未容假。聊因適所慕，詎待餘英把？歸來説頃事，狂笑揚芳斝。得句子云何，和詞吾亦且。卻憶故江鄉，楸籬楓暗打。

疊韻奉和璞菴看菊宴集之作 余生日將近，圃三師偕同人以紗燈、盆菊爲賀，因置酒邀飲。

性僻遇花顛，才薄處人下。忽忽數流年，去若馳風馬。何來燈熠熠，相伴菊若若。古情絶鄭重，愧意費描寫。酟酒縱清言，不藉女絲寡。君家名父子，璞菴令子亦有作。賓鐵出神冶。翹袖舞必工，圓音吐非野。筆楮所難傳，偏於手腕假。憶昨訪楞伽，穿林臂交把。茶甘回舌本，意豈在尊斝？及兹勸茗芋，愜興貴姑且。何妨學少年，醉裏骰盤打。

哭董東亭四首

其一

駭耳凶音徹寓廬，呼天惟祝語成虚。然疑莫定先抛淚，月日都真旋得書。劉蓮勺書來，言東亭死事甚悉。失勢幾同蝸離殼，招魂空藉紙爲車。玉龍騎折年相埒，才信人間是謫居。東亭今年三十有六。

其二

三載東華拭履簪，紅薇省對閬風岑。籥雲汗漫憑虚想，拈管踟躕選勝心。揚子何從授經傳，東亭丙子鄉薦，座主爲方耕閣學；癸未會試，出甌北前輩之門，皆當代名宿。蕭郎空遺慕山林。先靈暴野遺孤弱，夜夜哀猿助愴吟。

其　三

字褚河南畫大癡，都將蕭瑟寫淋灕。翻疑境苦年當永，終驗才多數必奇。小志搜書成束筍，時修常州府志，未卒稿。遺文在篋抵棼絲。偏貽吾黨前車誡，飽喫安眠罷角詩。

其　四

蒼茫訴別教治疾，次第安吟促引觴。句裹驚人羣閣筆，燈邊談鬼共欹牀。曉風楊柳誰歌曲，東亭兼善填詞。暮闕芙蓉又禮殤。手把茱萸南向哭，佳辰忍溯展重陽。去年九月十三日，同人作展重陽會，聯句送東亭南歸，距今適一年。

哭龔鑑雪二首

其　一

小別俄成永訣期，人寰遊戲果何爲？壁間碎墨吹塵暗，畫裹疏楊度雨遲。鑑雪藏有柳娘圖，索題句甚多。笑我燈紅冠屢側，憐伊草緑冢初披。喃喃伏枕懷諸友，便當臨終絶命詞。聞鑑雪臨歿，念筠河、茗生諸君不置。

其　二

舊簡新吟費榷評，夜窗蟲語傍疏檠。干時最耻描眉獻，論古偏工竪目争。山色曳煙迎屐齒，酒花如雪灑銘旌。如何落落千秋想，脆葉浮根送一生？

觀腌菜三十韻同趙甌北前輩作

擾擾家人事，迎寒蓄旨菹。翠畦方起鍤，黄葉動盈車。候驗飄風急，時占凍雪初。論錢過小市，接擔入深閭。安肅名應爾，元修種並諸。偃條含露重，敷甲迸霜疏。本大剛縈抱，堆高漸没除。嫩猶供細擇，粗心藉親攄。廚媪形拳跼，山童手拮据。捉刀談瑣屑，繞指見根茹。兩縛疑施緪，中纏訝綴裾。亂抽青蒞若，斜覆緑巴且。鹵瀉緣安石，瓶開異漉蛆。紅鹽審輕重，香豉費爬梳。用法參生熟，爲饔備空虚。圓磁雙珥置，冷玉數行臚。粥沸擎甌緩，躬歆下箸徐。苦心憐宛轉，冰齒免齟齬。瀹弗調醯醬，珍偏近鱐腒。頻添耽酒夕，連啜罷餐餘。彈壓羶腥膳，兼包上下蔬。嘗仍依北竈，嚼豈羡西屠。漫拾柴煨芋，休彈鋏憶魚。酸還經醡釀，曝可代庖苴。南人入夏曬冬菜，謂之『菜乾』。舊圃窺曾遍，頳顔笑每舒。窗糊教謹貯，炭築會相於。燕越俗非異，葵菭品詎如？有司奚迫促，見月令。無地不儲胥。梁柳宜過我，王昇莫污渠。官園徵故實，知味屬中書。唐書：中書園蔬日給衆官，崔祐甫嘗詬主事曰『門下侍郎安得理中書之蔬』，以其白常衮減蔬數也。又奚陟爲中書舍人，躬親庶務，下至園蔬悉自點閲。

送商寶意太守之滇南

故人别多年，鬚雪面腴潤。爲言歷蠻疆，每怪遲驛信。安知余所遭，悉數多悔吝。家無一椽植，食少餘膏餕。竊禄從太倉，低頭隨少俊。塵蹤渺秋葉，擺落不自振。寂處類藏逃，遠道疏問訊。快哉此握手，窗白剔寒燼。藏鉤醵錢數，度曲擕簫親。各出所著詩，澄心交體認。晚甘歸北邙，袁子守南畯。感舊追昔遊，去日但如瞬。長安富才彦，先達推後進。玄酒賞韓休，青楊訪蕭沓。横箋連短幅，接袖或催韌。漢吏處疑獄，老將決强陳。人皆爲翼伏，筆訝敵風迅。吁嗟吾子才，晚益不磨磷。天子眷炎方，持遣握紅印。莊蹻所經營，莽莽山削刃。青蛉稽曩異，碧玉睹新濬。行經萬里餘，到及二月閏。鳥翠墮征韉，花斑拂吟鬢。維昔疊持麾，所莅皆殊鎮。溪峒輒躬探，猓猓亦辭順。良由海宇寧，干舞苗格舜。今郡冠滇池，風化貴先峻。夷情本夙諳，鐸教衹旁徇。譬諸主器人，匕鬯恭勿震。此别最驚神，慷慨一尊酳。微生肖蒲柳，幸未凋槿蕣。少君十七齡，事事愧疲韌。顧維朽鈍質，尚荷組纆引。雖矜范叔寒，不受黔敖賑。吾友夢樓君，王侍讀文治，時爲臨安太守。豪氣慕廉藺。官偏接鄰壤，交勿煩介儐。唐子再可跌宕人，束帶山衙趁。各爲道殷勤，相憶等渴饉。吾子衰且仕，志豈羡騰駿？使有二頃田，歸定誓潮訊。守身同朗月，奚待薄雲襯。於古重交遊，匪諛必忠藎。雪花吹馬頭，宵鼓動街𣗳。明發頻攬車，余懷吐方僅。

疊前韻送同年朱子穎之蜀

士寒守枯叢，不假膏自潤。有如孤梅枝，冷不盼春信。一朝去宰縣，自顧恧而吝。豈其憚操刀，抑或羞飫餕。人才蓄有徒，子實吾黨俊。徐徐爲譬之，俾作氣自振。不聞大將壇，堅壁畏執訊。苦無田負郭，清話對農畯。高燒燭十圍，詎復肖尺燼？念君寡嗜好，故紙情獨親。詩門雙錦奪，禪筏一眼認。之先大夫，夙夜著勤慎。今庭可張羅，昔巷且塡軔。前年舉於鄉，飛衛射不瞬。宛異野人野，輒慕進士進。子名，走及飛鳥迅。子胡抱疏拙，寸鐵硯穿磷。方今重疆吏，此去佩侯印。詩人例遊蜀，得句妙遊刃。杜叟放翁居，菴掃花溪濬。以子厠其間，主客位非閏。判事束長衫，覽古撩短鬢。邊隅殊近地，所貴惟靜鎭。下方仰澤惠，上勿事阿順。賡颺樂德詩，倀子慕嬀舜。奚羨曲江遊，題名碑斗峻。峥嶸投筆人，俗尚肯輕狥。丈夫弁則鬱，長甬曷先震。伊余嗜飲醇，糟粕亦未酳。與子締交心，蒼梧匪丹蕣。戟鬚吹蕭蕭，豪概奪柔韌。酒徒數燕市，先屈一指引。春明集文彦，冠蓋紛隱賑。偏持骯髒懷，所取必英藺。裁詩告我别，佳句悉嚧儐。天方下微雪，隔院宵鐘趁。飲酣歌杕杜，道左心如饉。身雖列中禁，老遜驊騮駿。行爲買山計，艓子泝淮汛。餘年抵皴畫，衹待雲林襯。箋幅頻寄余，勿更秘篋藎。遥遥路七千，迭和簫篪帪。勖哉蘭石期，毋俾古賢僅。

題盛子昭所畫圓社圖

幀首子昭自識云：『青巾白衣者，趙太祖也。方面居中者，太宗也。高帽對鞠者，趙普也。並肩在太宗之下者，石守信也。巾垂於額者，黨進也。年少無鬚者，楚昭輔也。此本舊藏於内府，兵火之後，流落人間，因得摹之，亦可想軍中之樂耳。時至元乙丑夏日。』

寒食天宜步打毬，社影團團喚批鵊。二十五篇漢佚書，三百餘年宋開業。寺裏蛛絲未網塵，軍前虎旅方拋甲。就中罕見乘輿物，故應周鼎猶安郟。介弟親逾五主貴，元臣氣已十公壓。元張憲有唐五王擊毬圖詩。張昱輦下曲：『閑家日逐十公侯〔一〕，藍棒相隨覓打毬。』著柘人争第一籌，縱鷹帥逞無雙眨。若楚若石爪且牙，滿堂颯爽豪情洽。緩裝競抹鵲尾巾，單服仍施鹿皮袷。捧出規儀肖日輪，繡成宫樣盤雲圔。要將趫捷試嫖姚，時遣玲瓏運肩胛。承首誰如鰲抃山，背身孰是泉過峽？彼迎此卻整而暇，定似投壺花柳插。亦有旁觀藝未呈，不禁忍俊弓衣扱。畫圖那得悉描摹，吾以意揆知恰恰。由來此技兼訓練，漫此尋常事遊狎。昌黎諷諫識太拘，貞觀論説口徒喋。小勇須教綽有餘，大敵才覘應無怯。猛入西川兆乞降，斜門南漢來分夾。地圜倘喻築毬形，十六燕雲虞缺乏。殊能躍躍蜩附丸，故事茫茫棋置劫。此日甘輪白打錢，後王靳賭青苗法。子昭渲染師仲美，筆底峥嶸山海狹。繁艷如探桃李春，精神倏啓蛟龍匣。裝演屢易剥絹素，款識長新工記劄。晚窗閑挂復閑評，窺人璧月當簾押。

題查丈儉堂榕巢圖

丈人官粤西，峒獠安其巢。民啜粟飲水，咸思太守勞。簿書偶清暇，木石供遊遨。池上老榕樹，蟠屈如塘坳。大本擢雙幹，伏地仍干霄。團陰覆廣畝，側理成飛橋。年深閲歷久，臃腫除纖枖。禽翔羽弗集，匠過斤弗操。時時作秋聲，勢若風雨交。䩄然顧而樂，亟命工索綯。曰是可巢焉，因樹爲周遭。匪辛楣杏梁，匪蕙根梅寮。椽足架櫛棁，窗足搪炎歊。譬蜾蛣在腹，如輪輿置尻。位置善本書，一一經手抄。石硯小銘篆，瓦鼎奇香燒。兀爾結静果，筮得隆棟爻。霜降石痕瘦，月出溪光高。憑欄眺遠景，勝境窮秋毫。毋云斗室狹，中有萬象殽。人皆目鳳雛，自喻同鷦鷯。寧取義容容，用適心慆慆。邇來寓春明，夢寐依寒梢。難忘是熟處，談輒雙鬢搔。寫影著澹墨，衫翠披團蕉。修根巨顙間，託足何超超。生爲鳥窠禪，乞食而打包。平地悟奇險，始信木處牢。何當共結隱，穩蓋一把茅。芒鞋著幾緉，日與探嶅巢。上枝蔭松桂，卑渚搴蘆茭。匏居與穴處，隨分安晨宵。師意不師跡，此畫毋煩譊。

校　記

〔一〕十公侯　據張昱輦下曲當作「小公侯」。

勉行堂詩集卷十七

得酒集 起乙酉正月，盡丙戌五月。

題慶雨郵水石小影

畫師生長江南地，盤礴因君寫幽致。不獨傳將阿堵神，兼傳水石江南意。十笏林亭倚翠巒，長松六月懔生寒。分明楚水吳山色，移向横窗尺幅看。吾師南服恒開府，有子十三君第五。馬上騰身仰射雲，案頭捉筆閑吟雨。樸直心情澹蕩姿，寫懷紅豆寄新詞。每於柳港含煙處，坐到蘋風墮月時。蘇州也逐龍驤後，露版修期能草就。出入螭頭豹尾間，江皐遥憶嬉春候。昨從鸞旂指越西，瀟瀟暮雨子城低。聽歌欲競鶯先囀，徵夢偏驚烏夜啼。采芳拾翠情何已，定託名箋賦春水。何事兹圖轉寂寥，別從三昧參微旨。樹影羅羅石骨青，半披衫襖步中庭。貪尋禊帖偏旁考，又著茶經甲乙評。君家兄弟聯花萼，短翰長編争寄託。曷遺披圖一題，吾衰豈復工爲作。三郎聞説近移居，點石栽花嘯詠餘。試憑畫裏相摹似，陸廨東西果孰如？

送諸桐嶼前輩出守辰州

其　一

天子巡方諏里俗，益知作郡貴儒官。詔從中泖林泉降，人去三湘水竹寒。繡麥連雲占瑞異，花苗傳鼓報平安。蓬瀛回首思前侶，記得銜樽欲别難。

其　二

簉笥他時搜二酉，科名邇日説三辰。三十年來，丙辰、戊辰、庚辰三科，在今日爲最盛。簿書暫屈詞章手，邊徼羣瞻侍從臣。南楚愔愔聞報政，東華昔昔夢探春。江郎佐郡聯朝夕，刻燭搜吟定有神。蔗畦江丈時爲乾州司馬。

閏二月十二日同人陶然亭看杏花用昌黎韻

小菴如芥僧説空，兩三汲井澆藥紅。春光值閏去緩緩，敗垣粉杏猶欺風。城南亭子此稱最，野性略喜吾儕同。開軒拂檻一循覽，花供予玩予何功？何年落實種幾本，嫵媚久在塵埃中。看花客即是花主，奚待曲院移深叢？舊家江南寓京國，寄生柳耳隨高楓。千緋萬紫人遥想，少得亦足償奇窮。酒香浮碗花照眼，西日返景陵墻東。沿流掉臂縱歌去，驚倒没稗雙鳧翁。

燕山亭 三月二日，同人法源寺看海棠，限「海」字。

茶板東丁，唤起倦遊，蕭寺花如海。斜亞石欄，紅影深深，不定照人風袂。錦雨糢糊，要勻染、淨天香界。無奈。被蝶妥鶯捎，破他禪戒。算是芳閏纔過，便明日，搴蘭幾多春在。珠槽漫滴，翠管停吟，脈脈閒情相對。如此穠姿，但消受、竹煙杉靄。稍待。又新月、痕弄彩。

送家竹溪姪之任濟南

其一

殿春花事倏將闌，手板行持去鵲山。水漕陸程資轉運，舊編新草待評删。吾宗似子差强意，此别驚神最愴顔。深羨錦秋湖畔住，放衙人對曉荷殷。

其二

京國三年踏軟塵，家藏名士見無因。孤琴試與論心久，老馬寧推識路真。官好不持門户計，時清未乞水雲身。舜祠泉壤如相寄，定擘紅箋附錦鱗。

題曾孝女傳後兼柬馮均弼

昨夕蒙手書，貽示孝女傳。俾作古調詩，用以當訟讚。循覽事顛末，祇竦發三歎。孝女曾氏兒，未嫁從父宦。廨弗戒於火，焰焰及帷幔。母病不能興，搥牀急哀唤。女時在户外，聞聲奔赴援。家人挽裾袖，手格衣帶斷。近前抱持母，淚迸如流霰。母身重於山，女力單於綫。赤烏騰枉矢，簇簇著頭面。女猶可以出，千唤不爲轉。第云母垂亡，奚忍棄之竄？可憐母暨兒，雙璧爲一炭。此時曾牧心，碎若刀戟劃。出之煨燼中，堅抱勿可判。其事類娥江，負屍出江岸。彼且軀殼完，此作魚肉爛。今人爲其難，匪特古同貫。曾昔官蕪湖，鄰壤視淮甸。清聲最流著，不謂蒙後譴。人窮叩夙因，天毒搆奇難。時惟丙寅冬，祀竈日未旦。郴州羣吏士，酸鼻含驚惋。到今二十年，名字薄星漢。定綽芙蓉旗，爇屬紛後殿。被服縹色衣，來往瓊玉觀。南熏教絃詩，異行所登選。作傳者桑子，叙事體精繕。余於忠孝事，捉筆輒手顫。慮文弗克稱，轉以污幅卷。吾子森正氣，談理神勿倦。謂宜繼鴻詞，毋俾桑子擅。燈昏庭葉墮，作意寫黄絹。

秋來

秋來清氣動雲涯，窗户涼生硯席佳。蟹未滿筐先欲擘，蘭初弄蕊已堪懷。雁行肅肅趨南國，日影徐徐轉北階。蕭寺可尋郊可出，選遊應不乏同儕。

寄答袁簡齋一百韻

征雁連行起，因聲訊遠途：故人今健否，宿疾果平無？分袂從西浦，藏身向大都。聽雞趨曉漏，待兔守寒株。顔色懷佳友，煙波眄後湖。薺荼恒自茹，寒暑迭相踰。每得書成喜，閑徵夢益吁。纏綿增悱惻，蕭寂罷歡娱。昨歲承嘉問，遐思報賤軀。詩凡裁十紙，才可壓千夫。格老松排榦，神清竹洗膚。氣能噓橐籥，機不滯方隅。質語芟枝葉，奇詞唾玉珠。肺肝冰雪見，歌泣鬼神俱。憶昔初投紵，傾懷抵合符。考經頻酌史，摘纇必搜瑜。騁筆尊袁虎，垂辭慕董狐。巨山才子目，魯望散人徒。蛩駏形交倚，笙琴韻不孤。清狂蹤久習，冷澹味時須。嗜古蒙奇癖，搜神理衆誣。開池釵得鳳，度嶠履爲鳧。燈暈談魈魅，茶馨辨鼎盂。釋愁轟哆口，逞辨捋長鬚。淮浦鍾山接，松舟桂楫趨。評量新撰述，擺落俗規模。春服聯綃縞，秋裳裹碧朱。幾家盆菊綻，何處砌桃敷？側帽穿林薄，褰裾涉澗瀆。傳歌聞緑荔，選舞對紅氍。商調憐車子，齊紈付慶奴。酒痕迴霹靂，蠟淚墮珊瑚。家事閑商略，親年近晚晡。休官如脱屣，振翼抵逃筊。夕架收藤稅，寒梭課絹租。牀間坐陶澹，飲裏喚程瞿。誰料中年後，真成小劫徂。逍遥方共子，侘傺遽加吾。猗卓何心學，顏黔攘臂呼。揮金方若若，寄食漸區區。懸券逢蕭薄，傭書敵闟迂。念深勞遠計，意激棄私逋。伏櫪期騰轡，垂蛩勉奮枹。三年慚削棘，一擲訝成盧。狂笑馳緘札，歡言策蹇駑。擬雷驚蟄蟄，喻雨潤彫枯。失喜才顛倒，傷離重感忏。招遊紅杏館，爲敞碧紗幮。慈母方封肉，深閨嫩瀹酥。僮親捧匭盉，犬熟舐襟襦。本擬南鄰並，翻憐北轍殊。征程教暫緩，後約慮難圖。無子同元白，悽神判李蘇。攬袪言瑣屑，拭面淚糢糊。且命攝山駕，仍登京口艫。搜吟隱花當，引嘯傍山廚。古跡閑留覽，中情黯弗愉。强低頭跽拜，重握手踟躕。杳杳尋荒驛，迢迢駕慢駒。依然成旅寓，漫説謝泥塗。白髮爲新婦，華妝遂妙姝。欲藏真面目，先愧好頭顱。饒詡繃兒巧，俄羞失杖愚。飲原甘吮墨，射本乏彎弧。詮史叨微廩，停年減盛餔。曳衣過藥院，提塹走星衢。眼注千秋隙，心營一字誅。豕魚關詰難，盲腐繼褒諛。近職兼輿地，時兼修一統志。羣言采乘觚。九垠窺豎亥，八樹辨賁禺。生幸逢明世，官猶厠衆儒。升堂揖姚宋，列館從歐虞。難解懷鄉切，非關慕道腴。據鞍吾老矣，彈鋏曷歸乎？下潠田何在？東偏室已蕪！未容還鄭璞，且信濫齊竽。隱篋曾嗤鄙，鑽瓠幸釋拘。昔思爲襆被，今哂作襜褕。

結想馳津溢，迴腸轉轆轤。火金争氣候，苓术慎匡扶。瘧遣江干鬼，騷吟楚澤巫。籟澄消肺渴，貌静得山臞。寡女悲塵鏡，諸姬引弱雛。勝男供目笑，將母愜心劬。五十年差次，三千路鬱紆。離弦迸哀響，墜蒂戀豐跗。聊復玧謡詠，伊誰續唱喁？米薪勞擘畫，文字費雕鏤。自感蘭芝殞，如遭鋒刃屠。余長女於去冬淪謝。勤惟寫經卷，倦不整丹爐。丸藥需蠻婢，徵庴卜紫姑。寧知是璋瓦，也冀慰桑榆。于古存交道，唯聞契理樞。終期尋柳谷，與共釣江鱸。展卷榷疑似，披裘共臘膢。複溪環獨枕，明岫入清臚。神物參離合，真修匪覬覦。歧多虞折軸，船急仗提壺。各保凝霜潔，休令濁水汙。心隨沙溆月，夜夜繞菰蘆。

寄答楊二鑑堂

其一

旅食寄京華，歲籥遽三徙。風吹庭樹枝，悽絶念君子。念君老且孤，胸次鬱磊磊。自别我邗溝，復訂别淮水。漂泊向彭城，素約乖所擬。生平數知心，首爲屈一指。别久魂夢親，念深憂懼起。揮毫託尺書，淚下不能止。有懷類飢渴，安得窮片紙。斜月白滿窗，搔髮空佇倚。

其　二

髮禿不勝梳，鬢白不勝拔。歷歷溯行年，四十遂加八。封侯驗骨相，窺鏡少肥妠。澤脂而繫韋，奚忍自黥刮？供人筆墨事，澀思苦抽軋。驅車出中途，馬瘦泥滑滑。感彼松桂姿，老不畏霜殺。思爲啞鐘鏞，叩輒罷鳴戛。歸心詠大刀，何日遂懸轄？

其　三

阿堵夙所嗔，恬不理家事。安知此遊宦，遂作避債計。吟哦殊未已，薪米紛告匱。儒冠果誤人，書史姑廢棄。拙辭叩誰門，引領冀稱貸。迫我以苦難，阻我所樂易。轉頭望江南，一瓦覆何地？遑遑念阿兄，孑孑惯孱弟。家門久衰謝，蘭艾虞芟薙。君知我最深，前策曷煩置。

其　四

朝來讀新詩，篇四各四韻。賢人四十輩，清徹有餘蘊。中多沈痛詞，匪獨申問訊。君方契楞伽，閱世同鳥迅。尚願保兹身，握手訂重認。我少君廿齡，疇敢不自振。加餐宜努力，過日且精進。祈年固云貪，箋天庶不吝。他時結鄰社，扶杖花間趁。

其　五

吾宗瀣亭姪，近歲登瀛州。其人諒且直，洵矣吾黨儔。此其家不貧，近復虧長籌。親老隔遠道，小别懷深憂。以玆抱微疴，頭眩不可瘳。與我同巷居，甘苦相綢繆。夔蚿本互憐，鍼石仍交投。濁燈鳴滯雨，碎葉吟高秋。談每徹夜分，念子阻且修。云昔遘蒲盧，頻問君安不。因之遂陳辭，迢迢望黄樓。

遣　興

荒塹移花種，閑階領鶴行。讀書餘眼力，學道有心情。糯酒連樽釀，羊裘一領輕。生涯隨分足，芥蒂視浮名。

九月朔日同人集陶然亭分體得五言古

乾葉作寒聲，霜節倏云近。數晨猶隔九，選景已萌朕。招遊利西南，野屐快徐引。煙稀冒潭水，荻亂拂車軫。歸然亭子出，佳處攬之盡。平田坼故衲，遥岫排束筍。微陰疑雨集，忽霽畏風緊。層軒振褒袖，甘酒濡渴吻。奚假絲竹娛，墨暈揩壁粉。九衢罕逸境，於此攄幽藴。觀海人可藏，問菊僧無隱。休論夕候催，轉約後期準。高唱冀清言，一爲洗塵窘。

送鄭東亭南歸

秋雨太刁騷，久客感時逝。況送故人歸，殘燭照離袂。吾子於文章，干鏌稱利器。遭逢會有時，近且歎沈滯。一鞭謝春明，雙堠指郵遞。落葉下繁霜，哀禽連朔吹。想像到鄉園，低頭承喻慰。江魚正堆白，緑筍兼紅豉。把酒對梅殷，擁書爲獺祭。何如冷宦人，驅策銜泥轡。吾友徐與俞，日夕當造詣。縣圃、耦生。煩爲道殷勤，并勖事文藝。學書如學稼，不理虞荒穢。衰遲弗自振，轉望人策勵。因之生内慚，短語當揮涕。

疊前韻送趙映川

驥良縶其足，咫尺不得逝。便娟誇妙舞，難以揄短袂。君年十八九，脱穎儼成器。試偶挫銛鋩，勿用歎幽滯。譬諸馳羽書，遲速達所遞。豈有折楊枝，能掩停雲吹？吾言匪虚譽，勉勉宜自慰。此去大江秋，蓴香足鹽豉。詩須刻意作，濫勿如汛祭。吾近且交綏，吾後希執轡。君家有書閣，念昔曾登詣。種樹長於人，羨爾躬澆藝。浮生喻范子，飄落從幽穢。幸結阿翁鄰，松盟冰雪勵。投予冀長篇，一笑爲破涕。

再疊前韻送葉涵峯

握手曾幾時，告我從此逝。留難賦攬袪，別且信揮袂。京國萃人材，子實瑚璉器。將空冀北羣，遽感周南滯。江鄉萸菊候，好夢遲佳遞。大塊助噫嘘，卷地作狂吹。前席浮一觴，敬爲子釋慰。卅年事科名，味頗辨薑豉。東鄰宰肥牸，久遜西鄰祭。不如乘款段，于野縱閑轡。況子英妙年，學圃會精詣。劍頭嗤一吷，不試益工藝。北郭有良田，秉耒自鋤穖。古之賢達人，顛蹶奮愈勵。毋視千佛經，猥屑難收涕。

三疊前韻送莊虛菴

朝懸京兆牓，故友紛雨逝。子尤我所欽，奚忍遽判袂？壯年過三十，抱此鼎彝器。十日長安秋，風顛雨淫滯。行將適青齊，授餐從館遞。人生寄斯世，風過簫間吹。造物工倒顛，未肯令愉慰。隨分啜糟醨，也敢嘗玉豉。登壇數儕輩，子合主觴祭。三四舉制科，脱軫弛銜轡。孤情眇雲煙，静向崇壑詣。著述知等身，藏弆不名藝。雖懷蘭杜香，弗棄菉葹穖。與我最周旋，歲晚期交勵。子行吾留旃，悵望空濡涕。

家　書

家書盼不到，到轉益深悲。兄弟瘠逾甚，田園歸幾時？擁衾無熟寐，援筆有繁辭。答後仍搜覽，心勞恐事遺。

淒　風

淒風起遥夜，簷鐸競相摩。已觸耳成覺，難令心不波。有懷非定緒，互答起長歌。明發看庭樹，寥寥減翠柯。

曉過蔡新儒前輩寓齋看菊花讀詠菊詩八首率成十絶句奉和

其　一

南鄰聞説有花看，犯曉勞君爲整冠。先讀詠花詩八首，較花風韻更高寒。

其　二

山農衝雨送花來，刻意相憐匪自媒。卻累先生忙事起，東西位置走庭隈。

其　三

纔幾株開興已豪，便思多購慰奇饕。賞伊儘費閑詩句，兩宋風規免和陶。

其　四

細種洋州索價多，書生縮手欲如何？斗思寓意非求異，三百青銅買十科。

其　五

購得猶煩細壅治，朱朱白白頗争奇。紙痕挹水磁甌注，料是晨昏自課兒。

其　六

點罷文書羔袖偏，自移曲磴坐花前。正嫌月白難賒酒，又聽敲門索酒錢。

其　七

絳囊零露寧相及，錦帶摇風枉自誇。廿載東華官局冷，不抛人只有黄花。

其　八

重陽已過二十日，一一循階傍短籬。花亦似諳人意味，兩三新蕊迸殘枝。

其　九

此花開後花仍好，暖窨晴烘艷艷霞。偏是古情瞋矯操，倦迴冷眼對繁葩。

其十

馬倦馳驅僕苦煩，懶持霜朵照塵顔。瓦盆近亦移新種，難似先生鎮日閑。

送家瀣亭姪南歸

其一

無計留行送早歸，歸期甫定淚潛揮。公私誼已權輕重，來去緣寧較是非。將父情懷珍晚景，養疴風味愛初衣。枌榆里社閑燈火，莫歎春明素侶違。

其二

磨蝎都緣有此身，奚論掉臂不能仁。時患右臂，不屈伸。雕篋未負持螯手，唐肆休嗤索馬人。姑布子言終入聽，星士甯生爲測躔度，勸早歸治疾。九方歕相果通神。石渠舊夢時參領，本色居然共野民。

其三

冰霜淅瀝小春天，觸冷徐牽下水船。兀坐工夫餘一月，重來消息判三年。諸郎毷氉煩澆酒，時令弟暨諸姪南闈報罷。古德清幽與説禪。謂具用禪師、梧岡居士。深羨得閑緣引疾，宵分攤卷午時眠。

其　四

述祖賡吟謝客詩，情親久略分崇卑。衰宗正待人經理，弱弟曾煩力護持。君爲余弟述先籌策備至。此日休嘉占丙吉，他時蕭散慕王維。有田負郭期同隱，可奈鄉園罕立錐。

其　五

緑楊秋巷並門居，夕過朝從得自如。憑几深籌及家事，拓窗閑共理羣書。披枝轉類傷心木，呴沫俄成涸轍魚。忍犯酸風度霜磧，廣渠門外送單輿。

瑣窗寒　吴百藥前輩寓齋小集

脆響敲梧，涼姿洗竹，幾番霜信。朱塵倦侶，接袂綺筵同趁。粉垣邊，疏欄短窗，舞紅宛憶江南景。漸斷鐘報晚，團爐促坐，篆香浮鼎。　風俊。雕盤飣，想細意中廚，芋肥蟹嫩，鄉情頓遣，領取今宵談柄。把年來、碎墨剩箋，剪燈甲乙閑共品。儘更闌，小月穿池，碎踏冰花影。

渡江雲　璞函寓齋小集，時鶴侣二丈、二匏前輩至自江南。

征人衣上雨，梅痕點點，曾泊阻風船。鳳城霜葉老，淺酌雞缸，簾暗燭花偏。梧垣蘚砌，是而今、才子修椽。空記省、尚書頭白，傳拍倚紅筵。寓齋舊爲大司寇秦公選曲處。堪憐。鴻汀夢冷，鹿塞塵清，恁飄零重見。還博得、簪花坐月，看缺成圓。閑愁斗覺深宵盡，更分曹、細擘銀箋。尋後約，消寒九九誰邊？

慶似邨納姬戲柬三首〔一〕

其一

自種桃根待養成，春風背面不勝情。祇防姊妹花相妒，團扇歌中翠葉横。

其二

楚楚閑房位几罏，洛神摹榻見工夫。一雙鏤翠湘紋管，大小山眉畫得無？

其三

謝庭兄弟總齊肩，難免窺窗覷整鈿。各向深閨施冷諷，他家大婦衆稱賢。

丙戌禮闈報罷漫成三首

其一

不應拊髀歎沈淪，藥玉垂腰佩綰銀。人道青紅增近玩，我知塗澤損天真。低頭矮屋無長策，唾手新裁有夙因。頭白江臯兩兄弟，好音猶自盼宵晨。

其　二

秋山歷盡路盤紆，坦坦春衢屢覆車。五十難成少進士，三年穩作禿中書。轉喉觸諱誠知誤，時以首藝有觸忌語見擯。跂脚高眠得自如。多感故人聆捷信，抛殘清淚重傷余。謂沈樓大兄。

其　三

墻東隱隱鵲聲傳，通德門高合占先。賀客徐更弔喪面，羸僮故聳怯寒肩。眼中文字違知己，事後行藏荷可憐。江上新蘆蒻柔緑，拍波擬問網魚船。

小婢生一女閲四月而殤詩以悼之

其　一

何苦頻來惱亂人，依稀中夏似前春。去年三月，内子生女七日而殤，與此女同甲申日。情知合作空花觀，到眼偏教礙一塵。

其　二

十二旬如波赴壑，漸工憨笑口嗚嗚。人間纔兩經時節，紅映燈輪戴虎符。其生也，正月十四日，殁以五月十五日。

其　三

祇言人種休輕失，誰料初生又悼殤。應是前身老伽衲，無因徼福合歡牀。

其　四

摩挲暇日聊相遣，也勝頻傾旣毦杯。天意尚虞懷抱好，一團粉雪奪將回。

其　五

肯學纏綿兒女悲，傷心淚久罷横頤。余自己卯喪第四女，壬午喪第三子，皆一歎茹恨而已。惟長女歿於揚州，則哭之。此女亡，亦竟不哭也。不知宿負償多少，三十年中十失兒。

校　記

〔一〕三首　原作『二首』。

勉行堂詩集　卷十八

照檻集 起丙戌六月，盡十二月。

六月十三日，移寓寒葭潭，屋之東偏有竹，有石，有小亭出其間，正東向，朝日夕月，光可攬也。因取楚辭『照檻』二字顔亭之端，遂以編集。

移居四首

其　一

每笑營巢競燕鶯，偏難穩便住西城。地紆一里攜輕具，天展三朝放快晴。積雨兼旬，霽纔三日。揮汗轉憐孱僕健，濬波才見濁流清。溝池積潦停污，稍爲疏濬。絶饒點石栽花興，倘典衣裘料易成。

其　二

只隔墻腰樹一株，耦居恩誼最優殊。少宗伯圃山師同寓三載。飛觴稍急乘公暇，曳履方榮念我枯。野鶴回頭殘粒在，山僧行脚晚雲孤。惟將立雪橫經事，閑證東鄰萬卷朱。新居距笥河編修家至近。

其　三

兩罷禮闈三喪女，共懲宅法勸更移。厠姑竈媪寧操柄，燕兆蛇祥祇費辭。且逐蟻行沿磨轉，也隨鷁隊受風吹。妻孥曾住華堂慣，每到新居怪狹卑。

其　四

糊壁新光耀兩眸，頻教拚灑爇香篝。書囊細檢防零亂，酒具親持待拍浮。人向東遷成遠徙，屋經重僦鮮長籌。苦心豈獨緣珠桂？數數移家也白頭。

寄祝家南坡兄八十壽

其　一

江波瑟瑟繞江村，聞道匡居自課孫。几上歷頭開九帙，牀間酒母釀千樽。華嚴富貴恒經涉，實勝工夫愛討論。真是魯靈光比數，科名同輩幾人存？

其　二

豈獨淵源號大師，遠謀碩畫最恢奇。國程曾預功能補，家運逢衰力尚支。松古不嫌霜隕久，桂馨偏稱月來遲。楸枰影靜羅窗午，搘肘看人筭劫棋。

其　三

朱査曾許阿龍超，竹垞、他山皆所親炙。正派樅陽與鑄陶。曾受業望溪方子之門，盡傳其學。清異選搜窮百氏，太平歌詠閱三朝。閒探月窟天心奥，兀坐寒燈細雨宵。下筆輒堪垂久久，不徒雙鬢老難凋。

其　四

鵶青雲幕展羅天，祝嘏辭煩早夜傳。也附庭荆舒蒂萼，每憑池草説因緣。出羣年齒推胡叟，驚坐衣冠想葛玄。謹守谷神期强飯，啓期三樂故能全。

題錢方壺先生歲寒圖小影

是何臞而清，所尚無近慕。孤梅枝連蜷，松竹環溪塢。共此歲闌盟，皭然守真素。于時天欲雪，慘慘雲結沍。僮擕熨手爐，鶴引穿林步。相賞在高格，眼底蔑凡樹。每聆學士言，心折契名父。勤鈔師向朗，熟誦如董遇。六籍自授兒，奚止該四庫。即今拭束絹，儼睹傳神處。横斜峭蒨間，風骨軒軒舉。恍焉動幽興，便欲隨遊屨。北地多茂松，未易植園圃。竹來伏雨栽，瑣碎體姑具。梅花最難活，盆盎强枝梧。黄金臺下客，難寄林逋語。何如守江鄉，廣藝待遲暮？江鄉也自寒，寒轉益奇趣。愜性偕本色，琴酒得知故。澹漠明冬心，洵矣美無度。

四十九行年

四十九行年，豪情頓減前。難辭飲墨汁，終愛擁琳編。卻茗圖宵睡，焚香習古禪。生涯過半百，自問孰堪傳？

秋齋

秋齋延衆賞，兀坐當登臨。樹老排風健，亭虛貯月深。屧邊縈積翠，眼底數歸禽。宛爾空山隱，堅予向道心。

偶成

只道園亭好，何知不世情。干霄幾株樹，夜夜作秋聲。

七月廿九日同杉亭前輩沈樓筍河均弼崟山耳山陶然亭小集分得背字

鄙性耽野情，不樂處闤闠。孤亭最昭曠，月輒來一再。況乘秋氣清，壺榼喚儕輩。車穿荻花過，人立槐陰待。師席訝左虚，時露仲師不至。酒盞愧先啐。七人中余年最長。寧虞疥癬侵，余方患疥。未覺嘯歌廢。遊目煙水涯，縱嚼膾炙內。醒狂良復佳，矧乃蒙醉態。驚座語出奇，測天理無礙。時與筍河、杉亭讀歲差之法。微波生沼曲，落日隱山背。申辭明後約，遊興發重慨。絮絮話未休，拍臂呼共載。

題饒霽巖太史秋山策蹇圖即送南歸

山容瘦削瞿曇臞，一枝泉瀉雙澗濡。疏花小草澹可悽，宛然身入行旅圖。江臯艇子飛若鳧，舍舟循陸奚爲乎？壺公巖壑仙所都，南豐一瓣分境隅。十峯百谷相抱扶，君家近此安甕樞。幾年作宦林園蕪，忽興歸思馳朝晡。請急勿復停須臾，作誓墓文依古模。隨侍宜肩隨清娱，維時天秋露塗塗。蹇驢與飼青玉芻，尋山如覓故酒徒。猿鳥宿識遥相呼，足掎手拂皆松梧。雞豚歲晚勞卒痡，泥飲爛醉歆團蒲。久住或恐爲飢驅，又騎款段遊京衢。仕隱無事判區區，此心長住境弗殊。聊題此篇供説郛，行矣月白方登艫。

題邵蔚田侍講收綸圖

綸清釣鮮獲，斯語古所傳。意苟不在魚，奚有于察淵？先生步玉堂，宛若棲林泉。灑掃有陋室，驅駕無華軒。心遊而筆耕，所得惟簡篇。近且侍講幄，丹炬明秋蓮。倏爾告休去，卜築塗松間。畫師貌兹圖，妙旨同忘筌。一壺直千金，似鑑中流船。人咸慕夷曠，先生摇手言。年衰遘多疾，不任趨後先。得鮒與得鯉，是則有命焉。爲樗且爲櫟，不材期自全。我聞前致詞，即此寧非賢？涉世貴知止，驥紲殊鴻騫。昔鉤本自直，今網何妨懸。袖手坐澄溪，波滄雲娟娟。漁父信可狎，月潭亦可沿。迢迢望蒼葭，渴思誰余羉？

同沈樓雲椒晚過法源寺漫成二首兼呈天月長老　時長老甫退院

其　一

遠塵曾不涴苔斑，秋到毗耶最解顔。孤磬自鳴雙樹静，三人同趁一燈閑。花農指菊論分本，野衲燒茶説閉關。引我江鄉煙水思，蓼畦紅似占汀灣。

其　二

一袈裟地穩棲禪，也似儒宗老可傳。讕語華文驅别派，苦瓜寒竹蒔東偏。時移禪室在方丈之東。

齋惟恃粥過辰巳，見林間録。偈已垂書志月年。曾向雲堂支榻久，叩公何日解塵緣？余與沈樓先後寓兹寺最久。

九月廿四日查丈儉堂招集寓齋賞菊分體得九言

丈丈昔住城東境僻遠，不緣好客何事移西南？補籬除架張拓貯書庫，位置略定遽已呼朋簪。菊花開遲宛似與人待，五枝十枝叢雜圍幽龕。席間裙屐幾盡京國美，顧余瑣瑣亦厠末座談。紅燈作暈静爲花寫影，碧螺競吸暗覺香傳醃。藏鉤射覆底用角小令，脱帽露頂已自催長酣。清閟閣中羣物聚所好，月泉社裏故事争遐探。琳腴一片摩拂發光怪，時同觀謝疊山橋亭卜卦硯。畫圖一幅添補成溪嵐。堂上古畫爲衆名手集成。胸中眼中師法盡奇瑋，毫端舌端論説争詀諵。漏沈鼓促須待下弦月，骰空炙盡尚擘平蔕柑。今年賞菊已過九月九，去年詠藤頗憶三月三。度腔敲韻老手出新句，簾波蕩緑醉髮吹鬖鬖。芳時暖節去若弓釋笴，兩見霜清潦水澄寒潭。得閑且效捉卧甕人格，有錢但買出色花盈擔。安能敵人開户肖處子，一任温風吹老飼葉蠶？告公袁峻更具寫書癖，著録善本倘許來窺參。

謝疊山橋亭卜卦硯歌有序

謝文節建陽橋亭卜卦硯，析津儉堂查丈弆藏，同邑周上舍焯月東所遺也。周珍惜此甚，眠食與俱。查每過周，輒索玩竟日。周曰：『子愛之耶？吾身後贈子矣。』越數年，周遘疾，抱硯以死，其子奉遺命，攜達粤西以歸查。查至今言之，猶泫然也。硯長一尺一寸，博六寸，厚一寸六分，背有程文海銘，舉夷齊爲況。又有閩趙元題云：『永樂丙申洪水去，橋亭易爲先生祠。』元出處無考，豈宋之苗裔耶？乾隆三十一年丙戌九月二十四日，同秀水錢宫詹載等觀於宣南坊之澹安居。

周生月東抱硯死，所寶匪硯惟其人。其人維何謝文節，橋亭抗跡希逸民。聶政全身有母在，君平學易甘沈晦。天心厭宋龜筮違，猶對凡人説貞悔。毋言此硯藏卜肆，蓋篋隨行關大計。曾草餘干上饒檄，曾書瑕呂飴甥字。玉光亭外兵氣微，鵝湖山前空落暉。芒鞋何日踏雲谷，蟾蜍滴淚相因依。首陽高義存禪窟，舊物流傳遍燕越。元鼎遷移迨有明，幾經名手鑱年月。雪樓題此想低顔，我心易轉先生難。天水王孫記祠事，字字如聞拊石歎。海潮不到錢塘岸，洪潦無端嚙橋畔。百年水局總滄桑，又酌寒泉奉靈觀。柘坡吟句工言語，秀水萬循初孝廉曾作長歌，柘坡其别號也。查丈求旃月東許。萬里孤兒捧硯行，故人海外教傳與。周生周生古性情，延陵贈死今贈生。豈惟臣節兼友誼，硯於人紀司權衡。榕巢翠墨分餘絢，雜記應如碧湖繕。春明小築秘藏多，先歸書堂置一硯。測量庳厚寫銘辭，憑几摩挲重感咨。寧知一片溪源髓，壓倒娥江幼婦碑。

十月十一日趙甌北前輩招集寓齋次韻二首

其一

隱几噓天羨子綦，清言每悔到來遲。種松經歲恒招客，搏黍迎年又改時。荆楚歲時記：是日以𪏁黍相餉，謂之歲首。引古未妨争執説，賞奇須示近編詩。名山事業歸吾黨，誰道匡居好勿爲？

其二

木落霜清度浹旬，知君多感對蕭晨。疏狂易縱騰瀾口，刻苦仍餘肖鶴身。往復煮茶論酒會，兩三無事愛閑人。消寒底用拘常格，乘興相過勿計巡。

送鄭誠齋太史南歸

零景集元冬，離思興暮節。故人夏將歸，及此乃言别。官書有程期，館職虞失闕。已成舟不繫，復作驥蒙紲。久留知故欣，寖耗囊槖竭。豈有二頃田，輒慕五湖闊。古人守兹身，謂巧勿勝拙。山寒花自秀，溪冷魚亦活。由來太清質，不假浣冰雪。與君昔投紵，淮水帶林樾。吾家晚甘兄，素卷映元髮。相顧各少年，相期追曩哲。吾庭樹桃李，材士搜楚粤。余攜長甕汲，歲晚蓬樞閉。年華瑟柱遍，鬢影星光徹。壬戌，識先生于淮，今二十五年矣。春明近來往，肝膽數披閲。才周事顛末，言罄心曲折。趨陪門生後，奚啻郲莒列。余兩會試蒙薦，一爲露仲王公，一爲雨齋阿公，皆出先生之門。顧爲略分交，筆陳開鬱硉。連篇申去意，菹韭慚薄設。荒亭未掃塵，凋樹不障月。此情何可道？此酒宜深啜。眼中三塔紅，小市登薺蕨。竹鄰竹可問，梅里梅争發。故鄉誠苦貧，視此孰優劣？抵淮訪二阮，白帽重嗚咽。先生出吾淮棐園太史之門，太史没將二載，兩嗣君皆守制里中。爲言余老蒼，歸志久逾切。晚甘今宿草，忍淚應一醊。得暇書可著，編詩稿宜脱。如君所藏蓄，定自不磨滅。終當從之遊，經疏與研説。鄉居無他箴，高卧亟捫舌。

十月廿七日同集沈樓寓齋食菊花餅作

官衢滯往來，馬殆車躑躅。時方修溝。偶兹赴招攜，衣拂塵簌簌。褰簾主有欣，索坐客不速。時令妻弟陳孝廉來，遂九人同一席。嘗珍俄出新，初未審名目。厥形類粉餈，所糝乃芳菊。其法本榆葉，相雜陳杏粥。何從得斯製，昔未窺譜録。憶昨過秋齋，花色繞寒屋。開猶判早晚，種亦辨吳蜀。賞餘落其英，寧待風日曝。京華冠三輔，餈子技精熟。尚煩口傳授，調飴潄麥麴。春綿裹柔薄，細雪與澆沃。擣宜糅椒馨，卷詎籍葱縮。黄者壓碎金，白者屑羣玉。縷瀡識露瀼，臺心去煙簇。明燈照盤盂，霜影凈可掬。老饕恣飽啖，信鄙嗤食肉。圓隨箸轉移，熱費手翻覆。澹泊舌端知，芬馩鼻觀觸。是皆吾臭味，奚假佚佩服。當筵起三歎，于食果何福？蘭煎桂自焚，此亦有同局。寄人短籬下，何似在空谷？客瞋毋迂談，花定哂卑俗。凡物貴人用，乃弗慚碌碌。陳根得異品，況果吾輩腹。公羊義可研，孺子跡難續。倚狂盍詼諧，起舞遂更僕。旋開大盆盎，拇陳争角逐。窮臘轉眼近，高興擺拘束。細細嚼冰梅，聊輟楚騷讀。

好事近 為人題漁航小影

家住小蜻蛉，漁婦漁童清絶。閑趁翠波來往，醉柳陰殘月。一枝湘笛寫孤清，梅影澹於雪。枕上道書讀倦，聽乳鶯調舌。

十一月四日同君弼司直漁村前輩章蔡兩文學集笥河太史椒花書屋分體得五言

良會匪豫測，偶訪高齋過。籖瞫鬱古馨，隱几方微哦。殘菊澹屏影，書味潛相和。適會馮君來，執手一笑呵。主人戒勿去，開甕傾紅螺。更招二三賢，皆所恒搜羅。魚邨前輩及章蔡兩君皆笥河及門。先輩述先世，鍾山廟峨峨。章生有書癖，故紙環行窩。蔡子實英英，劍鋒截螭鼉。飲作虹吸井，談如水增波。千古重交遊，問學匡其頗。招弓有嚴畏，鋤金滋譴訶。所取乃至約，于得良已多。睹兹歲光闌，顛風撼危柯。峥嶸冰雪腸，懔懔相磨礎。後此四三年，離合知如何？行藏倘異致，趨向毋誤譌。有客製小序，莊論除嫏嬛。謂均弼。寒燈照破壁，駛筆疑騰梭。太史實繼作，樹義懸秋河。往復勢紆曲，峯迴見坡坨。脱幘余發狂，髮禿公然婆。長謡志兹盛，用以當鑴劘。

鼠嚙詩爲王蓬心前輩作歌

蓬心先生作詩兼作畫，詩藏篋笥畫斥賣。得錢貰酒博酣眠，廚竈空空鮮遺粺。可憐鼠飢類臣朔，曉夜跳踉穴墻角。潛身入笥飽饕詩，拄肚撑腸字班駁。先生暇日展篋看，碎比蠹蝕尤叢殘。三年爬索得百首，寧知供汝一夕餐。急思追憶揮長紙，十失八九費摩擬。爾鼠胡爲不遄死，我笑伊無肉食鄙，先生之怒良可已。梁上欣聞長者論，小點居然能學問。安知癖嗜非賞心，得一知己可無恨。雖云覓食諳調停，未嘗緣几窺丹青。倚爲活計詩則否，顧子厚意殊惺惺。卷中風味定酸苦，咀之攢眉齒應齼。可怪生吞意無忤，他日祭詩惟祭鼠。先生畫筆探真詮，後此歌吟皆續編。謹藏毋令逞故智，猶堪與畫同流傳。不見易堂學士飫馬豆，吳學士鼎炊爨不繼，煮馬豆以食。疲騾減料骨逾瘦。曹主事家犬苦飢，謂劍亭前輩。東西鄰趁遭鞭笞。天遣子窮相暴衒，異事流聞誇僅見。繁華熟誦帝京篇，冷落誰修貧士傳？

題王蘭泉前輩蒲褐菴圖

戢戢讀書堂，落落逃禪室。自記自裁詩，圖繪煩妙筆。居然擅三絶，邈爾全太質。知君杜德機，隨境鮮拘窒。舊家青浦間，白屋映楓橘。研誦誠苦心，食苦如食蜜。自入承明廬，卜宅取幽謐。西城最西處，老樹匝蓬蓽。苔墻故衣坼，竹砌新梢出。風景稱蕭閒，急購勿教失。遂横琴軫徽，遂布几髹漆。局脚牀連連，凹心硯一一。休假坐其中，谷神虚不溢。蒲圓敵滿月，褐暖曝初日。譬如重氊覆，三覺味諳悉。見林間録。以此喻家園，主客奚待詰。矧且異頑空，遊藝工撰述。文章儷元八，聲韻越秦七。微吟笏拄頰，冥想手扶膝。淘濬在靈源，眇弗繫恒律。即看墨痕濮，翠葉掩丹帙。客來敞荆扉，酒至嘗甕秫。歲事倏晏闌，披卷觸興逸。便思入畫中，著我拄即栗。看雪坐南窗，款語對捫蝨。

題趙甌北前輩甌北雲松小影

晴沙抱洲尾，繡葉明籬角。野色稱郵居，稻熟秉初剥。天然入圖畫，澹弗假雕琢。掃石坐中間，擁書同抱璞。且飲且晏眠，亦撰亦潛學。清虚日日來，體瘦神嶽嶽。溪南鷗引隊，竈北花圍幄。停雲甫飄蕩，倏爾去綿邈。菜霜青可割，松露翠疑濯。何從得斯境，或恐費商推。人間世流閲，有觸斯大覺。歸田蓄兹志，丹繪偶從朔。豈遂能荷鋤，獨醒掃羣濁。聊從粉本看，所願誠卓犖。如聞蛙鼓吹，儼奏鳥音樂。白篷船可泛，紫玉笛堪搦。恒持無住心，隨地有含握。還君圖起歎，余亦思種藥。

送趙甌北前輩之任鎮安

消寒會未展初九，君去粤西爲郡守。煮茶燒筍話匆匆，聚散難知姑飲酒。鎮安近事吾差記，曾涖兹邦咸我友。稱詩絶代寶意翁，日坐煙林對晴阜。儉堂查丈適鄰郡，儉堂三丈曾知太平府。徐子鄰哉相左右。鄰哉前輩昔爲太平同知。傳鼓人求大字書，摩崖碑享千金帚。詩筒郵遞今闃寂，又得名流繼斯後。念君登籍未三十，東觀西清鏘佩玖。運筆能令豐榦葉，選辭酷愛除窠臼。邇來閱世薄浮榮，第欲編摩垂不朽。自鈔詩集綴雜文，精進心猶窺秘酉。天公妒閑瞋愛好，特遣紆金印懸肘。不然要令狀山川，觸眼奇觀煩妙手。扶蘇山接古梅山，地軸天關相錯偶。鳥飛不到下雷州，瀉玉鵝泉挂魚罶。萬家老屋縛藤竹，四節繁華繞窗牖。舉似邕州暨麗江，土風一色無妍醜。翠裙花毯聚猺獞，筠洞蘿溪交窟藪。董之以正煦用恩，苗亦娭娭喻仁厚。黄茅青草瘴霧深，將息宜專慎毋苟。南連交趾控滇蠻，修爾戎兵嚴扞掫。三年例得遷大郡，且勿懷歸問田畝。此行密雪灑貂裘，卷地北風隨馬首。繪圖休繪贈行圖，使我低徊沈歎久。識君面目十七年，君謂片長宜可取。零露飄霜數往來，草堂蘭杜開尊卣。拂墻碎墨經我題，沿砌小松非子有。先生於寓齋種松十數本，今宅歸家辛田少宰。懸知獻歲抵江鄉，堂上起居詢阿母。南民拍手笑相迎，太守由來一詩叟。政閑覽景定懷人，京國朋儕餘某某。梅花驛使附數行，故人眠食平安否？書來萬里余最珍，記取臨歧歌折柳。

長至後六日雪霽鐘石宫詹招同儉堂太守心齋侍御辛楣學士秋帆侍讀竹虛太史集寓齋分得六字

癡雲散若煙，霽色宛可掬。歲晚愛招尋，況有酒儲斛。坳堂不盈丈，古意紛簇簇。印楷列圓方，錢範暈朱緑。秋寺幢寫榻，海嶠碑敘録。遂爇鵲尾鑪，小飲近書簏。主豪方吸川，客飽但捫腹。須臾出畫卷，分體見梅竹。化工王與吳，元章梅、仲圭竹。兹事擅也獨。墻畔影斜斜，窗間榦矗矗。居然示香色，眼浄鼻微觸。簷端耿餘雪，透幙相照燭。生平鑑圖繪，拔十得五六。似此二妙稀，毋入巧偷目。咀嘗戀苦茗，街鼓俄迫促。後約夫何難？難得此縹軸。

景泰發藍唾壺歌

發藍製本拂菻國，字隨音轉恒謁乖。景泰仿造特精麗，昨偶把玩從西街。圓儀仰俯利開闔，黝光自瑩非摩揩。洪爐鼓鑄僅七載，漸忘邊警耽淫哇。有如金花牀上坐，雞犀翠羽當前排。拂菻國多雞犀、孔翠，其王坐金花牀。見舊唐書。衛侯設定避餘穢，魏皇吐亦生芳荄。竊黄小白加塗飾，湧現蒼巖古苔色。海南事事尊法輪，描畫紅蓮繞香國。從知如意難敲破，緣以胎銅堅不愜。雲雷四面隱文章，珠玉九天承咳唾。寡兄此際閉南城，捉髮初無叔武迎。鍍梁繡袋讒方搆，牙盒金錢賞未行。鎔鐵鍵門同範器，石徐唾手圖功易。示喜徒傳進粥甌，復辟録：英宗臨朝，謂羣臣曰：『弟昨日食粥，無恙。』灌神不改揚瑶觶。英宗實録：天順元年，禮部奏：『祀天地社稷，舊用瓷爵，景泰間，易以玉，應否裁改。』詔仍之。當時傭匠厠卿貳，此技知經誰考藝？錢唐司馬善匡扶，寒嗽何曾忠武異？翠汁筤篭授秘方，詎聞御物同頒賜。吳言宰相工細唾，讕語閹人示十字。多年陵冢上牛羊，流沫無人誦碑記。蘇勃泥青巧刮磨，區區鑑賞類宣和。宫人豈少靈蕓淚？但灑秋池化碧波。

儉堂查丈貺寶坻銀魚詩以報謝

故人昨餉膾殘魚，箬裹銀光照素書。冰柱作行登匕箸，雪痕隨分點芹菹。波心料得清堪數，酒畔嘗來飽有餘。引起江南水郵興，凍雲如墨網痕疏。

招均弼筠河小飲

炙硯旋冰爐易燼，連朝始是十分寒。顛風繞屋作雷吼，碎月浸階疑雪殘。呵手仍煩長袖護，褰帷時取故書看。韭芽細煮松醪熟，可少同心話歲闌？

寄答錢樹參同年用昌黎贈崔立之評事韻

余也塵根鈍不敏，矧逢衰暮才都盡。有如狹巷驅短轅，敢接通衢長轂軫？故人昨寄一緘詩，俊氣凌秋霜色緊。陸離耀眼不可辨，碧海掀波掉蛟蜃。案頭雒誦翻覆觀，欲和先慚喉轉蚓。徐徐刮席自姗笑，難免當場博羣哂。清裁躍躍衛洗馬，子昔聲華動卿尹。倚聲讀畫見風流，骨幹蒼臞異酸窘。棘闈小試豈緊難，强弩偏教遇堅盾。浮名所繫知幾何，剩欲抽刀斷韁紖。子珠内索神久涵，我玉中藏足非贋。獨憐倉卒理歸裝，袖拂落花情憫憫。蓉湖潘葑夏木清，棹八蓮塘風自引。訪僧蕭寺拓碑看，細劈茅柴燒荻筍。夜闌斗室禮楞伽，參厥初門契玄牝。江南好夢到京華，顧我猶堪當簵箘。我從小蹇悟真機，百態交乘且安忍。讀書有暇託琴酒，撫己無庸覩槿菌。春秋似子值鼎盛，青幕雲開戾飛隼。來詩自貶翻見許，大巧何因羨茫蠢？春明門裏歲云徂，祀竈迎年祭先腎。相望相憶路三千，即訂前期慮難準。唯應涉足慎修塗，忽似摽枝逐風隕。入世終持出世心，墝田勿慕腴田畛。閑來著作要等身，此外紛紛任夷泯。

鄒同年豫章書來言杭遊之樂並寄所書天后廟碑洎芽茶疊前韻奉謝

吾友豫章書妙敏，瀹茗談詩意無盡。雙魚昨寄附雙珍，爰自吳航達燕軫。茶經雨采焙甘香，字搨油硾露圓緊。錢唐江上水妃廟，靈怪傳聞役龍蜃。令弟守邦和子倅，嗜古真如魚食蚓。祠堂豈少舊刊碑，文字闒冗吁可哂。阿兄作文師北宋，筆力時時追柳尹。此碑揚頌得大體，彈壓波濤洗塵窘。一戈一磔生古姿，武庫森森羅戟盾。書中侈説西子湖，問我所何時謝羈絏。我雖通籍謁承明，智第如葵思免臏。此身猶未著湖山，不獨君憐行自憫。
品流久避下中評，位置奚勞左右牝。寓齋也復肖園林，吟對苔花摩石筍。
難忍。恨不相從十日遊，僧房晚飯炊槐菌。雕鏤文字耗心力，慧巧何曾勝頑蠢？刻舟刻楮等無成，曷若尊生師祝腎。
非關吾子老嵌巖，窮岫才能生棤箘。古杭雜録置巾箱，我同西笑情難
左券年來業操準。終當訪子惠山西，柏葉迎霜紅未隕。語君人生不滿百，歲月奔馳雲掠隼。無田亦歸恒自矢，
并煩裁句報春明，余亦因之幸不泯。即今地遠寄相思，神契寧論隔疆畛。

歲暮雜詩十六首

其　一

戟耳爐中慢火添，柳花磁碗粥膠黏。偏於窘境求安適，寒序森森又解嚴。

其　二

一丸冷月轉墻東，照見林亭面面空。貪看古光簾外立，袖遮雙耳畏尖風。

其　三

亭子不教窗户遮，晚來枯坐數棲鴉。冬林葉謝潛含蕊，知是三春稱意花。

其　四

一色凍雲疑釀雪，滿�新賞濁醪傾。天公似惜酒錢費，瘦竹漏光開薄晴。

其　五

夜寒羣動寂無聲，獨擁黄綾睡未成。霜氣撲簷冰作柱，墮敲階砌響鏗鏗。

其　六

青銅二百筍三顆，味較山中總不如。小市南頭占歲盡，厚唇豐頦鬻鱘魚。

其　七

祇取妍華不取香，家家梅杏窨花房。未如倩取寫生手，澹暈墨痕塗短墻。

其　八

經年檢點讀書暇，難與忙時强半分。可惜者雙箋述手，糢糊酬應託詩文。

其　九

酒人長夜説風詩，門户堅牢競把持。聊舉片言供一噱，春蘭秋菊豈同時？

其　十

金碗擎來鹿尾羹，豪家餞歲侈煎烹。野人異日無他顧，爛煮豚蹄饗弟兄。

其十一

三月不蒙阿弟書，也知進退苦踟躕。宵來忽夢牽衣泣，衹説相思不道餘。

其十二

瀯亭病起書來報，漸契禪燈屏藥方。想傍蜜梅花底坐，澆書細爇水盤香。

其十三

隋園老梅百十本，恨不憑欄接袂看。删却少年花柳興，要同瘦影角清寒。

其十四

七十老翁何所事，鑑堂此日寄袁江。定裁歲晚懷人句，油炷昏昏雪打窗。

其十五

乾風連連晴雪少，隴上麥苗穿土稀。殘臘猶餘十五日，箋天早乞玉花飛。

其十六

大書福字少泥金，明代歲暮書宜春帖子，皆中書以大筆蘸泥金，納之於袖。見内閣小志。消受西清冷况侵。且免攜衾充夜直，擁裘閑作打乖吟。

送沈樓省覲南歸

其　一

適聞情急呀然驚，訊答徐徐慨慕生。夢裏庭闈關遠念，歲闌風雪且單行。久諳作宦輕來去，自説承歡鮮弟兄。手把雙巵覘色喜，古梅環映月波清。

其　二

聚散茫茫豈易知？暖寒杯换贈行巵。東華門畔霜侵袂，西子湖邊柳掃眉。洗竹山窗成句後，探花僧院憶君時。經年小别無窮感，莫道重來慮緩期。

勉行堂詩集　卷十九

曰艾集 起丁亥二月，盡十月。

次韻望山師絢春圖偶成

其　一

西園煙景澹堪親，點綴工夫絶等倫。石漸坡陀成峭削，樹從蒼老發鮮新。詩書盡檢能怡性，風月閑談妙寫真。想展雲箋布苔席，衹容池鶴伴吟身。

其　二

夜録長籤待漏稀，仰看天闕散星璣。三千牘未酬今債，五十年將悟昨非。別墅頻遊雙眼豁，好山難買寸心違。江南籬舍梅花白，誰討春光戒野騑？

與褚丈鶴侶同直疊前韻二首奉贈

其　一

夜談絶勝一編親，樹義森嚴語有倫。秋士關心憐境寂，春花到眼鬬時新。公羊喻餅殊堪味，斥鷃搶榆自葆真。各有茸荷紉蕙念，補籬何日寄閑身？

其　二

相次行年鬢髮稀，自知燕石抵瓊璣。語除臧否工諧謔，德喻支離罕是非。小喜詎能妨大隱，時將擢主事。無營未用歎多違。看公款段行遊樂，肯羡斑輪服兩騑？

題陸丈葵霑吴淞歸棹圖

宵夢不傴仄，浩蕩觀湖江。披襟曉兀坐，吹塵風滿窗。讀畫足慰意，矧乃圖歸艭。瞟塘一片石，千山丈許幢。草堂所固有，老樹吟孤腔。離心撫鄉景，急駛同奔淙。昨遊春明春，人物觀宗邦。子賢奉鍾粟，孫戲圜珠釭。書味展箱篚，酒滴開筝䉶。興闌整裝橐，文度心驚慺。相招有林麓，拓翠排崆峣。帆斜檣影直，岸矗濤頭撞。遠志在煙水，獨樂不可雙。賤子慕尊鱸，逐逐念未降。息機待隨踵，古柳維船樁。

輓家南陂兄

其　一

衰門無吉事，摧折到斯人。上壽纔稱祝，浮蹤已脱塵。昨傳雙眼暗，詢我近年貧。此意良深厚，高墳緑草春。

其　二

科名登綺歲，郎署耿星光。武略森雄戟，洪波捍漫塘。淵源有游謝，吟詠洎裴王。式靡扶顛力，松身百丈强。

其　三

晚年耽静攝，卻掃卧江干。識定知書隙，才高審事難。極玄詩選輯，寡和曲鳴彈。此日孤寒士，搴帷涕泗瀾。

其　四

昔訪白沙居，呼孫出拜余。結縭今有室，憑几舊傳書。白業千秋盛，華胥一枕虚。他時述顛末，銘誌敢辭諸？

拂珊副憲招飲時晴軒看藤花漫成一首

旦晚花期訊給孤，給孤寺街東吕宅藤花最有名，今年開特遲。那知照眼此紛敷。席間好影垂枝蔓，意外新吟入畫圖。時讀題畫扇二絶句，舉座歎服。管領風光推白傅，料量酒醴到麻姑。同飲滄酒，絶佳。夜闌更遺燈環映，吹面繁香襲襖襦。

山桃始開用東坡坐上賦戴花韻

小桃也作玉珊珊，纔及春中破粉妍。强項頗容松作伴，相近有小松一本。出頭未讓杏争先。支窗亭午教傳盞，夾岸烘晴記放船。續續開猶禁十日，不孤寒食雨餘天。

丁香花

丁香瑣碎不足名，繁艷差宜慰枯槁。兩株環列庭左右，高及層簷如樹葆。日繞花間怪放遲，及至争開虞謝早。瓏玲墜玉薄朝華，細結清愁難浄掃。地寒候淺蜂蝶稀，一二過墻徐探討。晚來粉色防月奪，拂處風枝任尊倒。三杯酒力苦不勝，獨賞情懷終草草。北方此種稍易植，翦薙功深開愈好。花將謝時，須盡翦花頭，次年乃盛。故居紫藤應吐莢，此是新知露頭腦。

無何又趁海棠顛，自哂狂夫狂漸老。

三月十九日同籜石宮詹儉堂太守秋帆侍講仲思編修紉蘭司直杉亭厚石耳山三舍人調夫孝廉法源寺看海棠過耳山寄廬留飲作

香山飲酒九百首，東野踏春一百回。當時得景貴陶寫，有花詎可虛罇罍？法源海棠吾舊雨，慣攜密侶尋芳荄。適來探花花迸蕊，坐久日炙争妍開。亭亭冉冉光灼灼，力軟正藉微風擡。墻陰一本罕跗萼，披紛翠葉清無埃。鐘魚唱梵拜衲子，轉頭誰復憐斯材？矧持戒律拒羣飲，苦茗造次傳藤杯。夭紅相對鎮索寞，吾友拍臂呼去來。寓廬距寺十弓地，捎簷絶少大樹栽。彼間花態此良醖，眼中宛爾蒸霞堆。離之雙美固弗失，是一是二煩參猜。惜哉笥河吟屐阻，時笥河編修以事未至。不然鯨吸推渠魁。勝遊火速圖再舉，莫待粉片縈蒼苔。

笠屐硯歌

自冬徂春覯兩硯，疊山謝暨文山文。玉帶生疑是贋製，銘語缺漏異昔聞。真者微聞進大內，掞天藻捧玉葉雲。于古讀書貴辨僞，以書例硯吾亦云。最後復睹笠屐硯，熊熊光氣陵蒼雯。彝齋放誕肖顛米，尚友乃慕東坡君。方磚硯子泐其背，長髯戴笠穿屐裙。商邱絹本小弗類，面腴手曳持青箮。當時取意不取貌，奚必畫一爲區分？正如小冠着半臂，東坡自海外歸毗陵，病暑，著小冠，披半臂，坐船上。見周輝清波雜志。雖無笠屐亦出羣。風神散朗衣毰毸，雨邨婦笑犬吠狺。舉似主賓圖互臥，春葩未許誇秋蕡。廣陳鎮上西日曛，濡髮擩筆乘微醺。端淳四絶畫居一，賴爾供事隨昏昕。篛林給諫倏收得，硯匣小字揮顔筋。紫芝俞生趙同里，鐫名想見交沐熏。震澤三橋又藏弆，翻緣寶愛生憂懂。于粵之東達京國，傳示不異尊索墳。山桃花開風息氛，晴窗篆香心字焚。試墨細膩揚芳芬，下巖嫡泒雀眼紋。冷浸水骨從溪沄，長尺廣半厚溢寸。微凹厥背施重棼，家貧吉金鮮一斤。把玩自哂徒殷勤，還之姑聽束紫纁。略觀也解百念紛，寓意不滯中欣欣。誰能購之日耕耘，與余東井同策勳？予所藏坡公東井硯，項子京家故物也。攜將北宋誇南宋，棐几横陳足張軍。

法源寺看牡丹晚飲蘭泉前輩寓齋

唐寺依然種牡丹，數枝娟態倚叢蘭。僧棲别院愛閑好，花在寺之東廂，天月長老退院居此。人賞餘春欲去難。招飲絶憐書閣近，論文同翦蠟燈看。時讀河南張孝廉文。顛風門外顛逾甚，連日大風。咀味茶甘達夜闌。

四月六日呂氏宅看藤花同得六字

看花貴得朋，嫌擾亦嫌獨。偶兹三五俱，不忝酒人目。發興在景先，終藉景陶淑。街南呂氏宅，藤本環竹屋。小别遂三年，歲籥馳急轂。款門踏莎徑，氣味先馥郁。老根蟠厚地，作數十廻復。絢極造平淡，幹鮮紫苞簇。旁枝無屈勢，直上爲直木。花色稍張王，傾吐弗含蓄。遂令素襟裳，粲若在霞谷。晚風吹歸車，壺榼近書簏。説詩月斜斜，語怪燈倏倏。頗聞昨年春，花事尤可録。主人矜盛概，延客攡絲竹。揭來翁老病，花亦類顰蹙。孤孫抱書卷，静向花底讀。人情今慕昔，物理盈兆縮。吾儕願匪奢，少得也爲福。惟煩學士筆，繪寫屏六六。籜石宫詹擬作藤花圖。

和望山相國德壽寺看牡丹元韻四首

其一

旃檀林種鼠姑饒，上客開軒倚翠寮。瑟瑟綺紈疑傍李，用唐李進賢賞牡丹事。熒熒丰態似歌姚。酒懷觸祇緣心醉，詩思來非藉手招。才氣如公果無敵，玉珠稠疊滿吟瓢。

其　二

花光四照渾無定，静對惟應佛力勝。富貴儘教呈好相，清涼聊與説真乘。須知繞砌尋芳客，曾是敲鐘掃地僧。老去未容高興減，洛陽聲價品猶能。

其　三

争傳上相賞花遊，花亦如人放出頭。雅有篇章寓懷抱，每從端重見風流。烘階日正松交影，弄袖風微麥懔秋。隨地覓緣歡喜現，古賢何事輒工愁？

其　四

廣平鐵石具心腸，未礙行吟縱酒狂。夏課清嚴陪列邸，春遊迢遞及諸方。銜杯細雨侵莎逕，下筆澄波繞石房。也自看花証圖畫，可能殊地不殊香。近與錢籜石宫詹輩法源寺賞牡丹，宫詹繪圖徵詩。

得雨後邀籜石宫詹榕巢太守紉蘭司直笥河仲思兩太史看芍藥同用雨字

客來掀眉手拍拊，今者快晴昨喜雨。天心默契宸衷慈，倒瀉洪波潤乾土。時聞黑龍潭禱雨立應。豈惟麥秀田父欣，得氣花房艷争吐。吾儕官冷罕知識，休假惟應覓歡聚。婪尾街頭聽賣聲，急趨古肆搜瓶甀。骨董肆中賃瓶供花。匪曰連畦接檻多，數十高叢粲可數。白花開遲品斯貴，已見舒苞垂雪乳。折枝疏密任天然，不用揚州鐵絲縷。揚人插芍藥，以鐵絲縛之。酒醴芬馨乞自憐，榕巢丈饋獞酒，即以侑坐。省闈故實推余主。腰間帶重久相忘，眼底玉清差足取。無花樽底故不空，更直花時非小補。點燈促坐勿言歸，看月團團照廊廡。

五月九日作

花盡酒人稀，林亭暗緑霏。蝶翻成夢少，燕笑引雛歸。小飢牀堪倚，閑吟樹可依。漸能除外事，獨坐學忘機。

獞酒歌

今夕慚暴殄，獞酒傾長瓶。致此自萬里，藏弆逾十齡。巖巒廻合溪瀨激，陸煩車輛水艫舲。乃供吾輩暫酩酊，何福享此甘而馨。花苗銅釵扣銅鼓，椰杯羅列兼羶腥。蹋堂舞枚祀木客，髑髏環拜揚旂旍。覬神來斯飫斯酒，徐乃飲福連朝暝。歲時歡喜相餽遺，豈有祗肅如尊經？丈人昔作南荒守，蠻族欣欣迎馬首。緇巾裹髮戴盆甂，云是峒溪自製酒。卻之則猜疑，受之均悦服。一甕還如一大錢，馭夷有道非云黷。乃賚金連鎰，乃錫帛純束。犬不驚喧兒不哭，争勸使君試醽醁。三年治成雙鬢禿，博得牀頭酒盈斛，載向春明充我腹。我腹摩挲慮負兹，徒揮惡札吟小詩。第從口吻别風味，似異黄藤翠藤製。沾唇肥膩沁齒酸，將無採鍊百花調露氣？丈人摇手曰非然，是乃石湖桂海志所編。厥名老酒麥麯煎，溲用緑潤紅沙泉。窨之有法造有日，雖曰異品無異術。以彼膠弓淬弩劣心性，含醇也解和天質。惜哉難繼不敢請，埋頭待學虹吸井。澹安居藏良醖知最多，倘論品第榕巢所貯應甲科。詰朝淮釀招余賞，怕引鄉愁唤奈何？時丈人儲淮陰臘黄酒，復訂飲期。

送儲梅夫宗丞南歸

歸期訂秋中，奚乃及夏盛。火雲鬱輪囷，涼露未娟靚。從知展墓心，猝起未容平。趨朝且卅年，恭謹閲晨暝。鬢影即星星，官高亦云稱。喬煌五車旁，數點天潢瑩。木深茂枝葉，教肅壹情性。胸含卷軸光，斯與躔宿映。公乎膺選遴，位次大宗正。匪文匪言職，古篆冰華凝。今兹譜瑶籍，珠貫玉連亘。末屬逮小侯，清詩美公姓。方從編纂繁，遽以假歸請。問公果何心？曰老且孱病。舊家陽羨間，田宅眇何賸。來兹用文售，歸去以貧勝。國山一宵雨，山子鳴若磬。穿花拄笻杖，裹飯拂荷甑。烏帽坐蜻蛉，招招指蕫棱。銜樽溯交契，淮浦共燈檠。蠡塘鶴髮翁，方應嶽井聘。歲闌舉殽炙，談笑啗主孟。公已遂初衣，余猶驅駑乘。

看社趁春忙，居塾起鄉敬。多年煙水夢，見獵秖心競。爲言極相思，公可代余證。何時西沈西，維艇索孤詠？

題倪閣學迂江藏尊人樣疇給諫所畫七芳圖

曰蓮曰水仙梅竹，山蘭澗松籬下菊。名父繪事乞佳兒，敬以七芳名卷軸。卅年妙手競題識，我初未睹耳先熟。畫之先後各有序，志喜徐徐用箴勖。黄門風節爲世重，嘉樹無忘香草目。當時本不以畫名，即以畫論高絶俗。楊枝翹翰霜露晨，改時易地完其真。種雖區别品則一，此外卑之無足論。水墨氣與詩書親，想見下筆凝淵神。美哉繼美揚芳塵，月卿邇日爲清臣。

題貞烈王二姑傳後

平陵之隈，爰有貞石。不蘚不苔，露洗寒碧。一解。

其石伊何，烈女是褒。生魄死骨，籲雲爭高。二解。

嬋媛十三，許吳氏子。既許之生，亦許之死。三解。

天慒弗弔，曾不二年。幣馬未迨，厥以凶聞。四解。

謂言秘斯，口或漏巵。祈往弗聽，乃黠而癡。五解。
餌金餌鉛，婢子毋讋。汝或漏言，汝爲鼉妾。六解。
讕言旁訊，卒獲死所。成我堅金，寶哉尺組。七解。
生不識夫，九原孔覿。匪情之縻，意氣之激。八解。
投金古瀨，死殉路人。越二千載，邁其芳英。叶。九解。
叔會稽守，搏膺欷歔。太史作傳，謂鉛山蔣苕生前輩。以述二姑。十解。

送李蘭臺南歸

主客何因共黯然，時讀潤齋世兄贈别詩，兼聞望山師相惜别殷至。輕裘將母去江天。傳來急語歸難緩，釀就新秋别最先。款曲挑燈成舊事，平安問竹又今年。異時槐目黄于錦，穩着官衢白玉鞭。

喜　霽

漸收雌蜺卷雄風，仰視圓穹翠若空。分得新涼在高竹，滴殘餘點引疏桐。晚來難免杯持手，醉後聊看月持弓。書帙暫抛增睡思，陶陶化蝶任西東。

送阮紫坪之任德清二首

其一

多年規左發膏肓，青褐徐更墨綬光。地隸吳興稱緊望，山分越絕展陂塘。蕭閒境擬陶彭澤，純粹襟如顧建康。聞道土風工織組，願教大布滿流黃。

其二

形役吾生未有涯，寧煩望雒想京華？蟲悽晚景抱霜葉，魚樂春波玩水花。溪上探奇龜左顧，樓頭寄遠雁西斜。阿兄沂泗應攜手，細雨推篷話別家。

贈庭前榆樹二首

其一

種來應百載，根似石難移。空腹人堪隱，羸形鳥不窺。春纔添幾葉，月爲寫餘姿。連夕風顛甚，先披最老枝。

其一

摧折仍盤踞，渾如崛强人。所輕在皮骨，難朽是精神。小樹行争長，繁霜又點身。臞僧示禪病，坐閲去來塵。

雨後漫成二首

其一

雞鳴風雨逼深更，燈焰摇摇枕簟清。久罷逢迎懷故友，成何事業愧浮生。裹糧五岳非無計，舐筆三經漸有營。枯菀不煩遥測揣，嘗來世味一漚輕。

其二

雪莖雙鬢久相侵，竹馬騎時豈料今？製服不供當世好，讀書難契古人心。雲辭岫有歸山意，蟲感秋爲刻骨吟。落落此懷誰共語？茗爐殘汁且孤斟。

七夕日舉真率會分得時字

立秋前七日，遂已届星期。風急作涼早，蟬稀占閏遲。滁鏄謀古歡，樹彩緑葳蕤。抱拙不願巧，相對煩襟披。深慚涓滴飲，嚴若戒律持。時余以病止酒。客未醻先醉，仲思太史後至，已先醉矣。舉盞仍觴之。延陵適僕直，書亂不可治。杉亭前輩署典籍，方理故書，將直宿六十日。迢遥一城限，漏箭鳴花枝。復諗戒駿者，將指汴水湄。缺一慮不可，加少夫何爲？時仲思將往大梁。悠悠我之懷，百結爲棼絲。庶幾詠唐風，行樂毋愆期。

題紀曉嵐侍讀雙樹軒

耽耽雙樹軒，昔賢所營治。歲久剩隻影，守故名弗移。楮穀詎有別，聊當辨雄雌。荆凡孰存云，得一二可知。嘉樹亦擇人，將子來庭簃。楹闊稱書富，境閒搜句奇。軟紅日衮衮，兀坐心弗馳。浮生擬刻楮，似子真餐芝。昨者過門傍，大木爲風隳。停車急問訊，軒樹是耶非？答云幸無恙，顔解心融怡。從知神物護，當亦如子詩。秋風漸有信，點滴聞摽枝。疏蟬庇餘響，凉蟲絡其絲。何可不圖飲，賞此招毋遲。

次韻和吳興徐孝廉秋海棠二首

其　一

卑叢繞砌學啼妝，滯雨戎戎幸未傷。夢去韶春濃似酒，照來初月澹於霜。幽居好慰清明眼，淺態能迴木石腸。品第未須誇緑裹，掃眉都向合歡堂。

其　二

絶艷前因改静娟，碎苔拳石共翛然。知書婉約宜呼婢，舉袂輕盈儼欲仙。已閲三秋能獨守，豈緣多麗荷深憐。冰華未結霜華皎，緩緩當窗試晚妍。

閏七夕遊法源寺作

節好不關僧，興新偶尋寺。蕭蕭葉攬衣，客子軫寒意。鐘魚叩晚時，疏響薄雲氣。豈煩瓜果設？與證虛無義。人間溯天上，佳話喜複次。佛固泯悲忻，仙寧好離異？景澄露初白，白豆花妍媚。積雨三日晴，胸懷與俱霽。瓦盆菊蕊繁，潛蓄探訪計。後此益清涼，知弗阻遊騎。獨往仍獨歸，杉陰月痕細。

聲聲慢 閏七夕，和榕巢太守韻。

瓜筵縷縷，榆館沈沈，乞來巧倍他宵。別未經時，關情夢可迢迢。辛苦奔龍重馭，料靈禽、頂禿應饒。愁暫寫，把鮫紗紅聚，添灑銀橋。鏟廿載星期兩閏，早秋霜點鬢，綺句慵敲。戊辰閏七夕，今十九年矣。屋角餘花依然，翠滴涼梢。晚晴幾多煙景，念誰家、團扇先拋。泛翠醑儘，更闌河轉，飲興難銷。

閏七月廿七日邀同壺樽宫詹紉蘭司直秋帆庶子竹君仲思白華編修坴山同年社糕小集得程字

吾儕夙好事，謀飲必有名。社集尊古風，儉樂非奢營。閒亭掃風葉，秋日如水清。昨雨朝戒寒，蟹螯知可擎。銜觴罷讀騷，狂論抒野情。瑣細羅雜花，意到景自呈。所愧藜藿盤，淡泊殊候鯖。餦餌設數品，春糯調飴餳。不異市闤味，頗效田父傖。歲華又遷移，芳閏無留行。梁燕勤往還，辛苦奚所成？睠兹慕遊賞，排日毋紆程。

新霽出郭

經時霖潦阻，適霽愛郊行。馬黠尋乾地，蟬衰咽緩聲。雲依孤寺斂，水入斷墟明。野老閑相語，疏懷罕世情。

八月七日同紉蘭司直笥河太史秋帆庶子坴山同年予嘉文量兩秀才遊西便門外馬氏園亭分得野字

秋中無桂探，鬱懷何用寫？頗聞城西郛，幽靚利持斝。五里訪閑園，十日過秋社。結茅殊草草，妙以水環厦。菰實列縱横，花枝罕姚冶。俊氣兩儒生，刺船如刺馬。沿流入深處，圓瀨夾泉瀉。風聲蕩葦間，煙色明柳下。悄然江湖心，鄉景暗縈惹。多時京國塵，此亦賴湔灑。驅車篠徑穿，乞茗松門打。歸途渴甚，道旁圓通菴瀹茗小坐。道人鬚髮蒼，枯坐肖蟬啞。將無墮色相，未可嘉遁捨。如何樂遊人，三兩戛羣雅。孤笑夕陽横，疏禽散遥野。

挽商寶意太守四首

其　一

争忍忘情罷寫哀，手書昨尚自滇來。千詩爲校麻沙本，九地驚埋跌宕才。擘荔甫誇侵齒美，滇省獨元江産荔支，君有詩詠之。刈蘭堪喻切身災。鏡湖丹旐歸何日？歷盡頑山惡水隈。

其　二

鸛鵝軍陳走魚書，郡將趨韉縛袴襦。太守謂之郡將，見班史。懶性豈堪馳馬上，炎威未可避山隅。元江夏熱尤甚，官吏無事，届四月即入山逃暑。犒師幾訝氛侵壘，惜别原憂雪點顱。終竟名襌有深契，蓮花瘴裏去仙都。滇南諸瘴一帶有蘭花、蓮花、桂花，蓋感蓮應時而至，君卒以六月花瘴也。

其　三

暇時洎我恒相許，可與論詩剩幾人？隻字推敲紅燭暗，經旬談讌翠醪春。偶逢徵債仍調曲，不諱持籌自脫塵。多少風光三楚地，從茲一一證萍因。

其　四

遍向蠻荒擁旆旌，君歷任湖北之施南，廣西之太平、鎮安、慶遠，皆苗疆也。那知完劫有昆明。經營陸氏莊何在？編次香山集幸成。乞郡爲嫌無米貸，君自翰林編修特乞外任。歸魂應祝有苗平。長歌難寄泉臺曉，愁對君家似舅甥。謂令甥鑑南農部。

中秋日寄舍弟述先

薄宦來京師，月夕遽過五。溯余始生年，四十九秋數。余生于戊戌十月，今年五十初度，是歷四十九中秋也。枯菀非一情，雙鬢雪絲組。遥遥感離别，促促困覊旅。安心禦衆囂，留身期晚聚。曉霜趁朝班，歸騎日未午。飯罷睡懵騰，風吼類虓虎。昨來氣清明，何忽徵拗怒。即境難預量，有若晴變雨。家書取裁答，苦語動覼縷。兄弟益加貧，回首胸撞杵。相慰冀加餐，相勉在循矩。阿弟有行卷，體製雜今古。讀之清以悽，音調近徵羽。感我腸鬱紆，兀坐神色沮。要其微至處，秀萼生澄浦。自然觸妙香，欲攬無處所。匪余阿所私，公道不避舉。晚來圓鏡懸，亭樹息掀舞。銀光照四海，豈獨爲林圃？驅愁進一觴，于我有深補。賞詩遂答詩，封札聊寄與。

長亭怨慢

送吳杉亭前輩南歸

看燕樹，盡含霜氣，斜日離筵，送將歸去。暢好江南，此間無計挽君住。二年紅藥，闌低護，銜樽共賦。似舊銀缸，怎今夕、難如前度。堪妒。邗江應小憩，松影蜀岡閒步。鉤簾待雪，想吟到梅花深處。歎孤身、已是沾泥，轉羡煞、舞風輕絮。攬殘醉疏更，牽起鄉愁無數。

送辛楣學士南歸

其　一

學士吾南鄰，夾巷槐陰共。該洽夙所師，匪特前輩重。溝塍阻車騎，徒步恒過從。温温古風味，叩輒剖疑壅。北衢得笥河，討貫相伯仲。燒燈説今古，口辯驤脱鞚。緊余厠兩大，局縮若寒凍。雨風銷歲月，虛已受磨礱。云何作歸計，潞水霜帆送。

其　二

帝方譽伯施，人競諮獨頌。君之在翰林，夏屋表隆棟。去亦終復來，此別憐倥傯。藥爐養春疾，弦語傷秋夢。撫己念庭闈，焉能戀常俸。長編蒙古史，同異經折衷。當年纂述儒，屈指首王宋。倉卒罕稽覈，脱漏失彌縫。著書貴得間，摭實非鑿空。江南多秘籍，搜輯充撰綜。此行有攸繫，此學如均種。十年冀書成，廣博闢榛葑。流傳資眼福，飲飫快甘湩。又聞擬浙遊，龍井看茶貢。瓜皮船涉湖，石像碑尋洞。乃知暫收身，端爲閒適用。馳思冰雪間，何地著塵閧？顧兹勸觴情，惻愴心播動。三人影缺一，高興減吟諷。采藥探花行，倦聽沙禽哢。迢遥白鶴江，江淺宜汲甕。霞丹雜鴉柏，煙白沈魚綜。到日衣班班，歡言陳旨供。爾音毋契闊，余懷深惚恫。冥冥望雲間，威遲歎玄鳳。

哭張少華

其一

眼中淪落見膺榮，五載流光葬墮英。小售豈能酬遠志？放言每怪迕恒情。無端淺病投諸藥，徹底奇貧過半生。苦器脱來樗散甚，九原休振不平鳴。

其二

驚才絶代舊知名，海雨江風助性靈。點拍柔煙拂蘭榭，校書寒日下薇廳。災生白酒嘗牛肉，夢斷青蘆接雁翎。深羨孤身存一綫，扶棺有女十三齡。

九月廿六日過姚念慈寓廬

狹巷駛單車，言尋隱客廬。得朋方命酒，時與揚對宫允對飲。縱論間繙書。弱子看遊戲，閒階倦掃除。感秋示新句，菊影淡相於。

題入蜀圖送榕巢太守之任寧遠

筆意貌山山峭拔，丹翠離披濕雲潑。梟煙一綫棧千盤，上有懸崖通箭筈。蜀道非難亦非易，壯志寧教畏塗奪？白團扇子繪騎驢，如何五馬中林秣。使君久建鎮邊勳，于粤之西歌召茇。苗民番番拜碑碣，家有儲糧人衣褐。經時觸瘴病弗摧，吟對泉飛山態活。故人争訝鬢髮疏，天子親憐齒牙脱。邛都所統亦蠻荒，赤脛諸猺待鈐括。劈來成竹無礙節，玩到全牛有專割。金沙江水自滇來，形勢犬牙湊階闥。邇者緬夷誕方命，大師克若焚枯枿。到時羽捷定先馳，憺以餘威釋觵撻。由來理郡異宰邑，敦本奚庸逐顛末。女施髻鬟士笠撮，父老所矜孺所怛。雍雍儒事亦可治，未要鞾刀絳巾抹。彼間詩人例卜築，橘柚團團茂松栝。成都先問子雲居，石室琴臺以次達。紫姑山前禾穰稠，琵琶川間魚潑剌。譬諸采蘭握椒茝，異觀奇聞歸拾掇。刊鐫詩句剔苔斑，陶淪靈源非祭獺。顧惟兩年數過從，花底連觴叩銅鉢。細雪敲簾語徹漏，虚堂讀畫燭銷跋。送行肯效兒女悲，終竟離懷鬱難豁。誰能跳身入圖畫，獨往懷伊駛軨轄？相思自此喻飢渴，紘振繁音難遽撥，矧我年來厭塵聒。嘗盡虀酸桂薑辣，行且溪山捫蘿葛。君亦一貧難自遏，仕非夏涼取蕉越。江湖何時共泃沫？懷哉短艇秋波闊。

五十初度自遣四首

其一

五十異篤老，亦復非壯年。功名鮎上竿，歲月箭釋弦。攬鏡面皺皺，鬢鬚半蒼然。中夜胸擊撞，匪爲境邅邅。内省實多疚，樹立苦弗堅。古之賢達人，豈盡壽命延？精神貫千載，功業垂簡編。詩人罕頭腦，自託無乃偏。近雖註麟經，事雜功弗專。自外慕紛華，内徒矢清寒。桑榆庶可收，積過希能悛。日復慎一日，持爾動與言。

其二

孟冬下弦後，九日陽始萌。自十月二十四日至十一月，凡九日，届長至。昔余伯祖父，二伯祖笏山公。爰以是日生。綺歲成進士，年止四十齡。有詩編江村，水部傳官聲。余年已過之，頭白徒營營。前輩王受銘，鶴立骨峥嵘。賫意商太守，氣腴貌充盈。一時兩詩人，謬許爲知朋。年長實同物，届日偕持觥。五年頻歎逝，墨妙儲精靈。復有褚王黄，褚鶴侶年伯，少余一日；王肅卓前輩，少余二日；黄鶴溪前輩，與余年月日皆同，生時稍後。次第居薇廳。三日四中書，年齒咸齊衡。天公亦何意，振翮俾小鳴。吾師少司空，謂武進圃山夫子。初度亦在丁。長我四十日，休命揚王庭。庳厚各有值，奚羨軒紱榮。江卿幾宿老，貫史淹羣經。各各死牖下，無一簪朝纓。揣分良已過，愧赧業未成。唯思理歸棹，聽雨催犁耕。

其　三

吾少多疾疢，撫視勞慈衷。年已十八九，珍惜如嬰童。食則慮飽飢，衣爲籌單重。前屋達後屋，院落咫尺通。紅氈裹身面，教避寒天風。弟妹争鬩笑，三日新婦同。吾母遘勞疾，吾父昏雙瞳。膝下即環繞，孝養慚未充。白沙一抔土，淚漬朱草叢。年長益多悲，五十俄已逢。視吾父母年，修短適得中。後此未可知，疇敢貪天功。睠昔鞠育恩，匪特偏愛鍾。謂是善讀書，行且昌吾宗。寧知不材身，臃腫而愚蠢。散盡千黄金，輸卻十畝宫。無兒歲聿暮，有句吟非工。教誨祇殷勤，生我將安庸。自恨自擊摘，哽咽填膺胸。

其　四

鷦雀抱野性，所樂在藋蒿。置之松檜間，戢翼中怛忉。浮生卌年餘，居近淮東郊。無山足煙水，日日杭輕舠。兄弟二三人，一室同爨庖。星散從近歲，僅限水一條。相思輒來往，伸被連疏寮。淮人最誠樸，文字爲古交。族婭競恬熙，酒暖花光高。誰令遽别去，飢驅類逋逃。春明五載居，廛坱盈衣袍。年長喻馬齒，身賤如牛毛。尚煩故鄉人，致祝來嘉褒。往報承頌言，薄禄慚久饕。轉眼四五年，抽版偕遊遨。稻種爲我播，繭絲爲我繅。飲社倒臘甕，扶我煩兒曹。人生適所願，褦襶足自豪。鄉情抱耿耿，夜永寒蟲號。

蓬心前輩畫秋亭放鶴圖祝余生日走筆報謝

子之知我洵真知，祝我俾我即閑散。一把蔓茅蓋白屋，畫裏行窩宜習懶。露緊風高候直秋，遥天翠色新磨澣。倏翔倏集兩胎禽，步者徐徐飛緩緩。放向青雲最上頭，歸來似戀幽人坦。此松是我舊圍量，此竹曾經細題款。雖無故業在江鄉，境佳例屬吾曹管。百年閑數剛過半，難遣碔砆削圭瓚。飽嘗茶蓼鮮甘馨，十度凝寒一曝暵。鬢多枉肖麥連陂，鬢秃真如禾脱稈。冷官所涖異右職，隱計徐商終左袒。古人樂志匪鳴高，大抵用長工匿短。子之於畫夙通神，當代名流見亦罕。酒盞圓隨綺席偏，茶爐紅趁花枝暖。一貧視我誠有加，疊詠酬君已無算。邇來遇事觸迕多，適對兹圖意先滿。是倪是黄姑勿辨，丘壑煙霞妙聯斷。裝成小幅倚虚窗，勝列疏屏障華館。微身何日置亭中，看舞苔陰喚琴伴。解絛釋籠豈關人，行矣吾方任迂誕。流年長子僅二歲，似桷連榱畦接畽。蓴鱸入夢賦歸田，子且將然吾豈但？歲華收拾料無多，瀨静從知勝湍悍。過橋拄杖幸相尋，墨花香共臨池盥。

勉行堂詩集卷二十

无眚集 起丁亥十一月，盡己丑八月。

丁亥仲冬，僕徐盗郵使金，累幾及余，賴聖天子仁恩，免議。歲闌風雪，偶有題詠，取訟初九爻辭名集〔一〕，曰『无眚』，以志小臣感激之忱云。

送畢秋帆之任鞏昌

繕性憂患餘，送遠冰雪夜。疏筵撫凍醪，沾吻未能下。交遊越五年，襟愫與俱化。科名以人重，器識王宋亞。帝將試民事，俾爾馳遠駕。雄風古洮岷，符吕用小霸〔二〕。江源澮沮洳，嶽麓猛陵跨。西瞻盡驪筰，東顧連涇灞。羌戎恒雜處，威信可鋤詐。沿邊近屯田，瘠土慶耕稼。雲生馬隊來，日落茶市罷。觀察樹方面，守令所憑藉。稽功考羣慝，如木辨荆柘。文人菈實用，密緻無纖罅。温温好風度，想見整而暇。行諸歲功闌，俎豆陳臘蜡。江鄉將母情，得請暫歸假。早春及塗松，穉杏嬌欲嫁。家山如故人，别易逢迎乍。遄征隨北雁，回首聆南鷓。九姓望干旌，跪拜垂玉靶。詩題隨地有，似彈求鴞炙。三十六峯盤，九十九泉瀉。山川增筆力，文字重聲價。浮生抵瀾浪，懶僻從嘲罵。子獨謂可人，味痂同噉蔗。茲行誠壯往，寂處依塵榭。治經炳燈檠，相憶過涼夏。微情戀花竹，剩欲營五架。顯晦或殊塗，於義未離舍。何時款雙扉，容我科頭迓。

題阮吾山行卷四首

其　一

開卷循環讀，三年爾許詩。句奇驚縮舌，語妙笑拈髭。兄弟近傷別，田園蕪不治。無勞歎行役，行役是閒時。

其　二

各有臨淮宅，新攡卷土來。波心澹煙樹，夢到夾城隈。合寫移家卷，難抛寄興杯。因君好詩句，懷抱轉恢台。

其　三

小宋才名重，謂小宕。偕行得蔣侯。謂辛仲。霜悽催作客，月悄慣聯舟。險韻攢眉押，奇蹤縱目收。長年窺竊笑，癡絶見斯儔。

其　四

阻風休歎悒，曾有順帆時。身世聊隨分，文章信足奇。人經一番别，鬢長數行絲。翦燭看行卷，差能起我衰。

寄懷慶侍郎樹齋三首

其　一

鄰封昨偶未輸誠，彈壓遐荒倚月卿。到日已看茶市復，坐來真覺雪山清。遠謀魏絳能紓國，奇策陳湯勿喜兵。想像攤書消永夜，蕭蕭霜角繞營鳴。

其　二

相公臨别諗嚴詞，報國行旃勿念私。燈下撫孫仍説子，歲闌馳札重郵詩。排成雁字霜留影，唱到刀環月展眉。也識疏襟多慷慨，可能南顧免相思。

其　三

師門恩重八年餘，勢分都忘接佩裾。清茗一樽酬絮語，繁花幾樹叩深居。老懷最怕窮秋别，遠道難傳盡意書。幾輩故交新别去，雪窗孤抱對誰攄？詒堂南返，秋帆近任鞏昌觀察。

温硯罏歌

新安方子所弆温硯罏，晚乃歸之惠山寺。楚弓既得楚人欣，越客長吟越箋寄。寄向春明索和詩，久慚鈍澀無才思。罏式經營自二泉，樸質都殊七寶製。唐代有七寶硯罏。王仁裕開元遺事。取諸既濟肖鼎形，方楕縱横銘以識。堅沍成冰利冶鎔，離明出火開文字。匠心世上日爭奇，金吉因人匪其器。先生正派啓東林，心若寒泉湛且深。故山乞去不教去，離披短草成孤吟。見顧元慶夷白齋詩話。此時此罏製成否？細雪縈窗風怒吼。摩拂琳腴呼石友，温之且以熨瘃手，大異沈煙篆螭紐。側聞墓道樹豐碑，瓊琚佩玉大放辭。精魂尚恐石磨滅，中宵示夢事絶奇。顧震滄先生爲余言：曩曾夢人峨冠大帶，前告曰：『我，汝鄉人邵二泉也，墓碑將爲人移，盍往止之？』侵曉往視，途遇華豫原，告以故。華曰：『豈有是哉！』因剌剌語不休。比至，碑已斷泐矣。一名所繫念在兹，罏兮可有神護持？方子曠達人，老去計非左。也如放駱遣楊枝，雅具教添妙因果。昔遊邗江不示我，交臂失之恨亦頗。書生嗜茶耕者硯，竹罏遺法性海擅。兩事能兼數錫山，一儒一禪相耀絢。我今百事寡欣羨，剩欲箋疏盲左傳。乞靈如睹先生面，想搦霜毫布長卷。賈服微言供緝繕，若觿解結通其變，朱塵誤人歲馳箭。願得安罏近琴薦，灑墨冬齋尊杜撰。

十一月二十八日喜雪三十韻

冷節逾三九，瑤霙散大千。甫嫌冬久霽，終覺候無偏。昨夕陰霾合，通宵默禱虔。雲衣須襞積，風力勿羈牽。簷靜鈴銷響，窗虛粉逗妍。急呼童啓户，始覯柳飄綿。墮地無聲膩，穿庭作勢旋。枯林閒點綴，瘦石細沿緣。撒麪俄堆砌，鏤鹽可列箋。啓珠難出匣，投玉札連篇。世界宜誇富，樓臺宛屬仙。銀峯排朵朵，縞鳳降翩翩。調燮關名理，禎祥測有年。徐覘銖寸累，漸訝澮池填。土脈甘承潤，冰心懔共堅。多多洵益善，皎皎欲通禪。騰貴長安米，奇零薄俸錢。睹茲饒厚望，失喜慕春田。蝻蝗摧形影，麰麥蔽陌阡。汙邪申吉語，利市逮遥廛。撫己躬誠菲，同人樂最便。遭時徵愷豫，爲治極昭宣。破蔡鳴朝佩，唐書：貞元中，裴度平蔡，以十一月二十八日入朝。宜孫敞御筵。唐貞觀十七年十一月二十八日，誕皇孫，晏百僚於宣教閣。今年，上舉皇曾孫。璧方呈向趙，書已捷馳滇。時滇師已克木邦。再白連初白，堯天是佛天。逢人開笑口，起舞露華顛。縱少尋梅騎，猶遲入剡船。屋深儲柏火，鑪暖透茶煙。擁袖支簾坐，披帷枕手眠。滌觴謀小飲，欲暮竟陶然。

十一月三十日雪

喜雪吟成雪遽晴，更遲一日更飛英。人心暫歉天能補，日紀將窮歲兆盈。著樹花多妝轉澹，迴風勢重落偏輕。者回果見深逾尺，千里河山玉削平。

臘前三白歌

今年社酒宜多罯，三白連飛迨殘臘。此去春朝五日期，天公厚意來重沓。及時雪勝及時雨，先爲農功布周匝。一度飄花一度深，田塍喜色連閶闔。截肪何曾污脂澤，量珠更不煩升合。階前堆垛覺勢重，眼底晶明無物雜。高抬簾額看迴旋，細壓車轙没馳軷。短松瘦竹寫濃澹，宛肖幽人披白搭。從知造化眈繪畫，汲骨山川粉調䶊。誰能狀此冷飛白？翠墨淋灕費摹搨。六年朔雪斯爲盛，得意忘言息噫嗒。春粱織布等閒事，此是儲糧施衣衲。占定户户足蓋藏，腐朽繒錢歸職納。箋天願乞著爲例，十年此景應逢卅。層累而加千百年，悉教露處棲華榻。邇聞滇師大克捷，阿瓦崇墉定摧拉。萬里銀沙颭絳旗，遐宣露布傳宵蠟。降王面縛走單軺，覲我中華玉樓塔。自兹甲士化春農，穩著煙蓑釋戎鞈。生逢太平老無用，清興猶堪鼓衰颯。呼童掃片煮銅鐺，瀹素磁甌啓茶榼。上池漱嗽一襟淨，枯腸掃殄三彭嚌。雪水能煞蟲。見本草。北風圖更憶江邨，泥滑溪橋芒屨踏。酸風逆鼻吟小詩，也勝束帶趨黄閣。遠馳狂想增神王，近覓同儕幸簪盍。南城馮子紉蘭西鄰朱笥河，料持凍硯勤呵欿。急炊皛飯往招呼，夜永拈書交難答。

歲晚寫懷三首

其一

五十人前號老翁，顔非童壯頂先童。當杯遠遠思南食，繞屋蕭蕭撼北風。餽歲盤登餳黍白，烘花窨趁杏桃紅。承明久直原非望，衹愛清霜壓淺篷。

其二

眼眵燈昏手一編，旁行註追獲麟年。時註左傳初稿，將卒業。粗材敢望抉經髓，晚景猶期獲硯田。振袖古香霏蠹紙，褰簾殘月隱冰磚。斗思舊日閒心力，拋向詞章亦枉然。

其三

漸老年華漸益貧，歲闌冗事集流塵。謀身不作多金想，軫念難忘索米人。歡喜緣生兄弟夢，清涼境隔水雲津。連朝奇富如堪詡，買得探春傲早春。時購盆花數種，探春開最盛。

次韻璞菴同年唐花四首

海棠

星星石火藴閒坊，幻出青霞襯綺妝。久抱冬心耽寂寞，類馳春轡引顛狂。低垂也似愁輕雨，薄媚翻宜玩凛霜。六曲屏風雙樺燭，了無蜂蝶鬧紅香。

蘭

淺亞盆磁静結根，同心歲晚待深論。生從暖地情蕭瀹，笑向寒齋貌粹温。簾幕有香徵吉夢，佩環如水認騷魂。三枝兩葉煩誰筆？與寫西窗雪影昏。

梅

清夢閒依古水涯，烏皮几上忽横斜。略煩束緼傳薪力，宛見含冰鬭月華。翠羽一雙渾未集，青蚨三百偶從賒。適來北地矜標格，倘老江南又足誇。

牡丹

錦灰堆裏過殘年，意外名花擢艷偏。富貴本宜誇早歲，清寒聊與證初緣。免教設色雕欄護，恍聽流音羯鼓圓。瘦隱山肩病希逸，未應倦賞怯新筵。

壺尊宮詹以南果二品見貽走筆報謝二首

橄欖

翠顆青膚入眼明，歲闌投餽自宮卿。世情秪嗜甘和味，此果能專婞直名。醒酒微功消積困，點茶酸況助徐清。咀從儀舌瀾翻甚，卻笑揚州妄置錫。

柑

聞説寒槳敵蔗漿，包來猶帶洞庭霜。殘枝映手不成緑，喜色連眉相間黄。千本久思隨橘種，一絲端欲亂橙香。上元燈火匆匆到，留待分傳仔細嘗。

人日同朱笥河馮紉蘭史文量陶然亭登高分得人字

雲亭宴罕下士與，冰雪境許閒儔親。吹塵比日驚巽二，説劫一笑輕波旬。人日爲劫餘，見法苑珠林。都盧勿問徑思出，四三友涉寒沙津。岧嶢亭子倚佛閣，冷落不見幡垂銀。千林萬樹葉未擢，太璞渾渾完其真。闢門聽風述山水，時爲諸公言金、焦、北固之勝。憑闌寄目闕城闉。熏天侈食匪所慕，鬬酒局換炊茶新。西巖斜日攬盈手，小廨疏梅開待人。青鞵第一痕須記，自此番番約討春。

移居三首 戊子二月，移居琉璃敞之火神廟西夾道。

其　一

擇木孤禽豈易安？每緣風勁慮巢寬。眼明乍指琉璃界，襟浄旁瞻薜荔壇。室小閨人傳語競，巷偏客子出車難。深宵始覺南榮好，處處支窗有月看。

其　二

風前小酹別花巵，已是丁香破粉時。知爾依人情不淺，慚予入骨俗難醫。過頭竹記攜罌灌，空腹榆經倚檻窺。辛苦山僧行脚慣，撫笻循玩去遲遲。

其　三

㕑東西畔結深廬，藏海微身一葉如。聽鼓趍衙塵擾擾，打鐘吃飯步徐徐。勢家歇馬評珍玩，冷客攤錢問故書。倘趁春燈倦遊歷，煮茶燒筍幸過余。

申南屏停車圖

日月疾轉轂，疇能似車停。達人窺其微，隨地覓駐程。行役山氣秋，楓柏羅紅青。遠峯接近巘，緯以草木英。即景契心得，眼界爲澄明。舊句入新圖，髯乎神太清。詩人例赴蜀，匪特趨其名。且作吏且遊，瘦筆揚高聲。歸田宜早計，松桂毋乖盟。異時西子湖，濁醑期同傾。

寄鄭研農

其一

柏田王子昨停車，説子河間近寄居。織紝勤應同賣屨，數錢工定慕揚裾。地紆一水彌勞望，人隔多年未報書。古有相思涉千里，我誠匏繫子何如？

其二

年來宦味一漚輕，剩欲環山結桂楹。舊業久荒難卜隱，高人有術善藏名。白頭親可安眠食，黄口兒方解送迎。搔首燈窗緘札與，峭風微雨識兹情。

呂氏宅看藤花同籜石宫詹慕堂侍御紉蘭司直笥河中允沈樓庶常峑山同年作二首

其一

三日爲期待餞春，訪花聊與證前塵。青蛇滿壁争騰彩，紫霧漫天欲罩人。香喻豆棚彌酷烈，話隨茗碗出清新。湖山倘遂拏舟約，此地寧忘挈榼頻。

其　二

林禽不斷語相催，選勝何辭取暇陪？高屐短笻吾願足，五年三度此中來。花如人意開無盡，日轉庭陰賞未回。有約更尋蕭寺去，竹風多處藉蒼苔。

海波寺韓宅雙藤爲竹垞老人書屋遺跡同厚石紉蘭笥河嵇川晴湖小飲其下晚集嵇川寓齋用竹垞紫藤花下醉歌韻

竹垞翁逝六十年，海波兩藤腴不槁。巷子西偏步舍車，珍重尋遊非潦草。主人望姓昌黎後，延客閒庭蘚初掃。舉頭火焰拂肩領，觸鼻香風縈耳腦。春光欲去挽仍留，想費多金量栲栳。當年蠆尾刺人深，此日蜂衙喧日杲。山經海志纂黃圖，屋尚如舟樹堪抱。才人豈藉職官榮？照眼繁枝供絕倒。浮生雪浪疊相踰，菌槿聊同閱昏早。撰述真成不死方，一瓣齊心尊此老。罷免猶嗟久逗留，輕帆不遽歸湖島。飛英下襲翠樽盤，蜜錦來遮素襟襖。差宜飲況繼前修，往事文人互評藻。街南移席指槐陰，燈灺月高談愈好。

秋聲一首寄舍弟述先

秋聲本無心，物觸作悲瑣。宵分擁衾聽，一一如爲我。我有同氣兄，新赴重泉下。魂悸讀南書，痛甚遭割剕。愁城爲繭絲，外絡中纏裹。蕭寥户外音，雨颯風掀簸。不待樹紛披，嘈雜無一可。何由塞知聞，無計俾喑啞。昏燈半壁懸，苦淚千行墮。有弟住淮陰，應已赴淮左。水程三百餘，心急掉奔舸。入門發奇哀，靈旐雪婀娜。遺孤鬱成行，幼者髫猶髻。百務待深籌，弱力奚以荷？緬懷阿兄姿，鳶肩色騰火。烈性慨以慷，智術妙鎔冶。氣欲吞十牛，辨可炙雙輠。摧折僅中年，斯理眇難揣。每詢北來人，眠食諳亦頗。咸云兄貌羸，懷抱極坎坷。沈憂能傷人，兹語信非假。父母生我儕，珍惜喻珠顆。未見慶充閭，先訝隕碩果。中流失長年，誰與正檣柁？搶攘身後事，自大及叢脞。圓者削使方，博者鑴使橢。旁觀手爲束，何策令怗妥？生平共事多，哀樂相排垛。別來六改秋，歲月弦縱笴。醒輒愴單行，寐輒夢團坐。天乎太慘苛，猝遺丁此禍。同懷五六人，大半成燐炮。顧我髮蒼蒼，亦豈長年者？易占棟方撓，有木堪支廈。唯我與爾躬，肩任非苟且。一息尚存諸，疇敢謝勞癉。必戒必洗心，毋以玉當瓦。鑑水取澄明，狀石愛磊砢。蘭兮苟刈鋤，圖畫存幽朵。昕夕各勉旃，襟袂冀重把。

送璞函同年之滇

縛袴從戎跨馬鞍，豪情豈免雜辛酸。飲逢密友言難擇，去適遐方歲漸闌。草檄中宵踰極險，忍飢十口寄長安。書勳穩附旂常末，同調偕行足自寬。謂蘭泉先生。

又送蘭泉前輩

宦味嘗來悟鏡花，偏令持槖走天涯。元戎料敵資奇策，聖代憐才棄薄瑕。縫線慈親教報國，挽鬚嬌女問還家。獠人風土閒登記，不獨編詩異日誇。

送萬黍維上舍南歸

名父留貽善本書，單心研誦廿年餘。古裝大異描眉樣，別袂輕揮落葉初。冬釀靜偕孱弟飲，春田閒課短童鋤。國山雲浄巒頭擁，悔不于中共結廬。

招友人看菊

秋來奚止一端悲，强理歡情對菊枝。高下紅黄疑襞錦，淺深屏障勝安籬。疏櫺月到霜難到，佳種開遲謝亦遲。頗怪故人稀問訊，連宵空貯酒盈瓻。

次韻和寄查儉堂太守

箋來剛是雪來初，爲報萍蹤又徙居。大郡擁旄成治久，蕭齋卧疾得詩疏。千山極目增寒景，一夕開顔對遠書。君仕未衰吾倦矣，金閶近擬結精廬。

放歌

老夫行年五十一，百無一能祇捉筆。奏牘連行烏作焉，官書纂義十遺七。譏姍譴訶雜然至，時復關門引微疾。季冬行及仲冬畢，風緊簷頭吹籥箑。氊簾布幄下層層，宛爾重綿裹蟣蝨。詩騷子史羅滿架，嗜若兒曹慕梨栗。審音高下勘唐韻，斷義精粗申漢律。眼底清明翳障除，胸中磊砢光怪出。自有蕭閒自弗耽，日日從人甘縛桎。不求空山餌芝术，不理荒園種柑橘。待築書樓四五間，井深汲用長繩繘。朝光熒熒花散苾，夜深沈沈燭挑炧。數甌白粥可扶身，三尺烏皮足容膝。視死生如經旦暮，貧賤知非難人術。生平茹蘗同食蜜，誰信蓮枯猶有薏？蹊田正好爲飯牛，啖葅行且潛吞蛭。掉首終慚出世遲，白髮盈顛不堪櫛。吳門煙水一千頃，何日歸舟月涓吉？吾蛇尚在喜方溢，吾舌猶存語毋失。窗前雪花灑蒙密，起舞長歌用自逸，欹枕懵騰上初日。

申拂珊前輩補光禄卿詩以賀之

經年怕見策單車，疚豈他人祇在余。三品幸增新俸秩，一生端賴古詩書。雖殊執簡威棱重，已覺調梅氣象舒。轉欲向公陳淺語，單心勤職勿求餘。

次韻筍河學士同人陶然亭對雪過余寓齋小飲作

枯林向夕投窮鳥，深居祇用書圍繞。研誦徐耽理趣生，儼陟層巖展佳眺。亞階明明懔初雪，自卷簾看燈自挑。雲衣凍結不輕飛，玉龍尾大知難掉。狂飈疾撼膚粟疹，曲几閒憑爐篆裊。蒼琅遽聞傳急響，橐橐履聲來不少。爲言同陟孤亭上，盡闢軒窗送清瞭。西山忽變作銀海，海静不揚波浩渺。眼中奇絶賞糢糊，胸次瑩然增慧曉。我雖未遊興弗淺，萬象來歸虚室皛。曷不招呼共駕車，九州鎔鐵錯非小。唯將少許傲多許，殘片簷端仍了了。筍羹作馨魚炙爛，姑爲鶴氅毋鴻矯。諸公爾時異訪戴，賤子明年將過趙。江南塞北起長嗟，暮景懷人風月悄。讀畫誰將首頻肯？評茶孰以手争遶？矧我年來憂患深，澆愁懶復持香醥。促坐差宜夜縱談，藉舌瀾翻祛訬謏。繩愆韓子幸交籍，省難魯人欣得湫。何當寫作歲寒圖，如雪襟期如日皦。選遊易耳得朋難，念之彌使心旌擾。

寄懷慶潤齋二首

其一

春風披拂蓋牟城，晴雨都宜驗政平。堤柳又看新葉吐，山泉唯對長官清。想應撫卷投閒坐，悔未持觴送遠行。碌碌近慚無好狀，鏡中雙鬢雪添莖。

其二

吾師黄閣密調元，暇輒深居杜里門。雅有謳吟懷令子，新承恩澤喜諸昆。五兄擢任，十弟授職。書生作吏增貧況，農事興歌播遠村。眇眇心期託蘭茝，古人風誼我思存。

雪意

毼毼凍雀語相呼，遠木叢叢澹欲無。四野風聲歸寂静，一天雲氣罩模糊。占時野老籠羔袖，卜晝騷人炙酒壺。景到將然未然際，物情欣願總難摹。

正月五日至八日雪

其　一

油窗曉色太分明，起揭簾旌見拂縈。鬧市收聲歸闃静，虚堂斂抱對寒清。舞空有勢蹤難定，琢物無心象自呈。比似沐膏吟好雨，同功異態仰生成。

其　二

南方雪届春嫌苦，江南農家以春雪爲苦雪。北地能令稼作甘。花瓣拈來剛綴六，日車推過已逾三。揮鞭驢背抽思緩，試手龍公作戲酣。淮浦斷橋波一曲，幾人維艇事幽探。

疊韻奉和鏡山掌科病起同人載酒相過之作

其　一

僕辭生客户恒扃，凫足燈緣我輩青。病起心情書在手，春來風物草盈庭。雅宜沈湎賓兼主，底用竛竮影答形。細煮月團澆舌本，夜談能使倦懷醒。

其　二

聞治藥餌導關扃，小惡彌看電眼青。載酒雪光侵暖席，賭棋花氣撲閒庭。春回不減風霜信，交澹渾忘爾我形。葷食尚稀方恃粥，且攙客醉主長醒。

晴

十日晦方晴，東風大有情。人懷尋樂意，鳥減怯寒聲。沼底雲光動，林端雪點輕。差宜把書卷，卷幔下廊行。

笥河學士椒花吟舫盆花特盛暇日奉訪率成一首

山礬雪白鼠姑紅，一領茸裘坐向中。清福轉容貧境占，飽看差許故人同。休憑七碗茶消興，倘擬千篇句鬭工。見説豪家花列幄，未妨有限傲無窮。

正月二十四日雪

細壓春田豈厭多？漸晴彌覺氣温和。餘明著砌休輕掃，令節回頭已倏過。賞處爐煙仍篆紐，銷時山影易浮螺。待他滑滑泥乾後，拄杖青原聽鳥歌。

春來

春來一月晴三日，人近衰年減壯遊。新得異書剛慰眼，舊栽小樹漸過頭。關門苦謝匆匆客，煮粥貪嘗淺淺甌。頗憶江南梅信早，横溪壓港冷香浮。

夜聞歸雁有作

數聲淒切自南來，遮向簷前落枕隈。整婲舊行知已失，荒涼故土慮難迴。應防處處饒弓繳，豈戀區區足米苔？老屋昏燈耿無寐，攬衣中夜起徘徊。

比日寒甚率爾成詠

東皇端不吝陽和，姑爲玄冬續一波。日漏雲根呈黯澹，山含雪影失坡坨。池光欲動冰仍合，爐炭重然手屢呵。穩下氊簾掩關坐，從伊門外雨風多。

五十年過二

五十年過二，三春候適中。茗爐隨處處，花徑步匆匆。歸夢入遥夜，醉吟當晚風。都無希幸事，差擬信天翁。

題　畫

煙中柔艣一枝枝，亂落楊花撲酒旗。頗憶清淮三月盡，半晴半雨倚欄時。

三月十七日法源寺看海棠二首 時禮闈試事甫畢

其　一

險負名花誤卻春，花能含蕊待遊人。酬伊入手三杯釀，洗我填胸十斛塵。身外有何關得失，眼中隨分覰清新。孤行儕坐皆恬適，斗覺回頭太苦辛。

其　二

謝了緋桃趁海棠，借花聊欲逞清狂。詼諧也自關名理，絢爛纔堪證道場。風雨已曾經小劫，蝶蜂原不選殊香。四三日尚能供賞，取暇仍思命急觴。

十八日重過法源寺看海棠作

花未闌珊貴數來，晚風蕭寺靜無埃。欄斜徑曲當階見，雨掠晴烘盡意開。久坐漸聽禽睍晼，遲歸剛與月徘徊。繁枝欲拗徵因果，寺僧懸牌於樹，寫因果經，戒遊人折花。叉手巡行復幾回。

訪寒葭潭故居丁香作

前度人尋舊折枝，出簷高格益争奇。攜家徑去真成忍，躡屐重來勿訝遲。新露柔風相掩拂，疏香妙態自矜持。款門例不煩詢主，幽榭聊須憩片時。

法源寺看牡丹同徐鄰哉前輩作

舊識夭紅一徑斜，春光知定戀毗耶。偶成西笑偕前侣，不負東風賴此花。幾輩遊人俯欄檻，片時清語卻茶瓜。慈恩枉説唐年盛，今事仍須向昔誇。

得假言歸漫成四首

其　一

七載流光指一彈，看花走馬興都闌。得閒且飲陶公酒，有口重彈貢叟冠。匡坐徐徐理書卷，欹眠昔昔夢漁竿。浮家泛宅真長策，要與汀鷗證歲寒。

其二

入袋猢猻上竹鮎，幾回持鏡感霜髯。官書百卷從擔去，病牒三行有印鈐。暢好掠波馳雨櫂，雅宜炙背近冬簷。閨人那解投閒意，晚火疏窗怨語添。

其三

面面欄低藥圃紅，可知希逸怯春風。千毫揮罷情都懶，一臠嘗來腹已充。寡學他年思晚植，多尤中夜省微躬。箋天有願非難副，半畝涼花近竹宮。

其四

晚景渾如風利船，豈煩百丈纜徐牽。舌存齒敝良多悟，瓦智金昏信可憐。楓葉冷搖千岫雨，梅花香破一溪煙。饒他飢凍驅人走，不廢探山玩水緣。

送陳復初中翰南歸

觸熱行裝冷性情，接天雲水認歸程。離杯入手花光暗，官味回頭雨點輕。力學更須持弱體，思親無那別難兄。橋西選宅吾將隱，拄杖敲門免送迎。

寄懷王孟樓

白藕花間雪鷺羣，出塵風味想平分。眼中建水如珪月，袖底焦巖琢葉雲。湖海氣高難卜隱，椒蘭香重勿逢熏。開秋鼓楫謀相就，自譜新歌定許聞。

胡菉汀挽詞三首

其一

殘春握手愕然驚，病骨支離改故形。時出緒言評卷軸，了無清興對罍瓶。灰心久爲貧相迫，蹙額潛憂藥少靈。一片金臺煙草色，引人思舊搨新銘。

其二

鈴塔鴉鳴古寺昏，挑燈雨夕敲禪門。庚午歲，同寓法源寺。薺甘荼苦原相共，雲散風流忍重論。煙水歸舟魂欲語，星辰纏舍手曾捫。君長于象緯之學。驚才絶代如斯止，仰叩蒼靈默不言。

其三

科試逢年祇益勞，供人煎煉是明膏。青編枉喻兼金貴，白戰猶持寸鐵鏖。荒冢峥嶸埋紙筆，故箱蕭瑟罕巾袍。脱驂誰會貧交葬，下拜吾將爲伯高。

題張曉巖前輩空山鼓琴圖

詩人貴領悟，了不繫吟諷。偶兹託圖畫，遂享雲煙供。七絃響泠泠，妙諦相錯綜。山静語禽稀，池平落花重。此中著想難，有觸如覺夢。五音南土偏，斯語豈奇中。月華蕩虚簷，目寓指時縱。行試武夷遊，一曲聆一弄。

題任幼植儀部雪屋箋經圖

老屋雪封如裹繭，欂櫨深栭渾不辨。咿唔時出讀書聲，人與梅花俱偃蹇。叩渠所讀何典籍，二禮周官日數卷。熟諷巧心徐自生，沈思妙義深可吮。祖鄭非關樹義偏，規賈能教瀾舌捲。昔敖楊氏今盛蔡，撰述專家極繁衍。自繪新圖縱復横，時出大篇典而顯。知從衆經通一經，史子集皆供闢闡。儼登高隴呼順風，若濬巨川達遥畎。功之衣被在後世，服有絣緣車有幝。其人貌古學愈古，未肯塵埃終踏踐。昨者綴科授儀部，旋整歸裝問溪艑。上堂起居掃書閣，窗竹羅羅覆階蘚。擁裘卒業過三冬，故紙堆中情不淺。指僵尚作字蟬聯，涕凍猶傳音宛轉。空山老衲叩鍾魚，貝葉勤繙知黽勉。吾儕生幸號爲儒，往往束書甘劣謭。吾子真能自强者，一貧相迫以樂遣。更施餘技託謳吟，清緒旁流泠然善。我甫欲歸子先去，披圖有羨鬒頻撚。過江異日約比鄰，冒雨行畦持鎛錢。課耕取暇訂經疑，并坐汀南柳絲軟。

題習菴然燭修書小影

常時造君廬，盈几皆官書。紛若箔簇蠶，多於獺祭魚。破窗榻塵凝，匡坐勤爬梳。炎月不揮扇，寒天不炙爐。客來漫酬接，神志猶拘拘。問子奚自苦，一笑自捋鬚。三館流輩中，疇能似子劬。他日出此圖，撫卷爲軒渠。曩吾窺其藩，未識子樂且。桐階月露清，涼幙風卷舒。兩鬢澹妝束，綷縩揚紈裾。焚香立楚楚，秉燭來徐徐。蓮花吐青焰，雁足承緑趺。餘明有可繼，人定開卷初。雖曰寄閒情，未敢即燕居。要之此景光，集菀匪集枯。帖且搨雙鈎，文定成連珠。裒然睹巨帙，功伐録彼姝。昨者過江來，大婦新登艫。琴絃續高唱，明鏡懸綺疏。兹圖倘瞥見，薄怒寧免夫。願君益恢張，勿用長柄驅。行看施絳帳，女樂環生徒。

蓬心爲余作吴門小築圖並系詩四首走筆報謝

吾生大抵爲形役，彈指春明七年客。衰病侵陵遂欲歸，歸時待卜吴門宅。吴門迤西山水好，疇昔曾遊今頗憶。彼間況復盛人文，奚止寒山一片石。即無人搆若思居，定有路通遥集屐。無田亦歸免貪誚，有書可讀真奇策。邇者相邀作圖畫，暇日唯教先決擇。廚人捉刀理蔬膳，奴子掃庭治硯席。君來攢眉稱小惡，河魚腹疾作逾劇。半槁未成呼促駕，寸㕀不盡匆行炙。吁嗟一畫且艱難，況果結廬終託跡。兹圖補來二旬浹，律體四篇蒙附益。綴景分明肖石湖，涼煙薄霧疏疏織。一船一塔皆有思，何福能承此蕭寂？子實吳人羨此行，話到鄉園情惻惻。年來爲我成卷幅，慘澹中間尤著力。我報以詩亦屢屢，大葉粗枝罕雕刻。此詩此畫告同儕，盍贈行裝揮數則。説經舊約任儀部，事佛行偕羅古德。謂幼植洎臺山孝廉。歸思於今益浩然，看取檣竿入雲直。

鄭晴波同年索題其先祖職方公影園圖記爲賦一首

士生值亂世，生死良細事。要其始中終，率履貴無媿。影園職方園，記其所自記。遺址吾熟經，裔孫況同輩。豈惟對圖畫，風概久默識。有明遘末運，九域驚鼎沸。二寇未殲除，四鎮復驕肆。騰踔高家軍，宜薄邗溝次。職方舊識高，排難施遊説。全城所託命，遑作一身許。奈何謡諑興，羣小競疑忌。歷稽前史跡，覆轍必相繼。段公猜越石，信國逃李帥。賢哲且若斯，況彼輿臺隸。唇舌枉翻瀾，肝腦倏塗地。無何恩命下，秩授人已逝。使公不遽死，閣部亦旋至。終且與俱亡，先驅如有意。方其假歸時，泉壑駕所税。爲園十畝寬，擇木千章藝。客來角文酒，解帶松雲際。乃知生平居，貴以逸養氣。養之既純全，毫髮審義利。捐軀赴急難，輕若脱屣視。百二十年餘，臺沼益荒廢。裔孫録遺筆，委曲託名繪。池涵花閣清，苔覆板橋翠。文傳景周折，圖亦與之儷。寧知碧血化，但覺蒼煙霽。一樹亦堪思，一石亦當拜。行將挂帆去，園側蜻蛉繫。冷塢弔殘梅，呼公三爵酹。

校　記

〔一〕初九　據易應爲「九二」之誤。

〔二〕符　當爲「苻」，指苻堅。

勉行堂詩集　卷二十一

南船小草 起己丑九月，盡十一月。

都門留別十首

其　一

酒闌風細月當天，始信今宵是別筵。千里清霜遊子夢，一灣寒水郭門船。休論隔歲重攜手，難定茲行果結緣。落絮飄花知分定，且持瓶鉢學安禪。

其　二

弱息孱妻尚寄茲，江鄉去索米來炊。貧人作計都成左，拙性干時未是宜。待訪雲山尋釣侶，略嘗櫻筍過花時。吳煙越水相須甚，收拾唯應付小詩。

其　三

交到羣賢信坦真，曾無三日阻清塵。停車不畏宵行警，拒客唯防倦僕瞋。試挈芳樽穿柳去，更攜襆被翦燈論。謂伯思。佛宫大有忘情樹，照見將離亦愴神。時于廣渠門之古寺言别。

其四

歐血酸辛淚浥衣，憫予搨翼惜將歸。謂竹君學士。一條冰雪腸相映，千古文章事共依。玉體珍宜加别後，金人誡願懔危機。冬齋知定偕馮子，謂紉蘭比部。細數行蹤對落暉。

其五

扈從松亭月照營，馳書頻勸緩趨程。謂印于師。酬恩無地身將老，覓食于今事不輕。公尚羈棲謀築室，我寧長往待編楹。銜卮款語非無日，祇歎蒼茫作此行。

其六

肯學文昌諷退之，花天奕陣久追隨。謂露仲師。病餘未絶狂吟侶，謂鏡山給諫。盥罷閑臨聖教碑。果痔木癰相類甚，衲衣經卷授來時。定書粉版過吳子，謂百藥前輩。玩世逢伊著鹿皮。

其七

未得休官睹去官，憐他厚石病初安。青門餞共東陽沈，有沈樓農部。白髮繁于騎省潘。與貸兼金償累急，勸澆九醖賞秋殘。朋簪只有春明盛，小别匆匆境大難。

其八

蹤跡年來喻角張，卸裝人對打包忙。茶煙裊翠三楹隔，謂彩亭前輩。書本研朱百卷藏。謂竹汀前輩。聚似春禽吟日暖，行隨秋葉卷風狂。豈惟給諫追難及，謂慕堂給諫。絮語無因對六郎。謂姬傳儀部。

其九

纔試閒曹便欲休，鷺川臨別益工愁。雲間派許題長紙，謂白華昆季洎穆堂農部。甘井鄰邀共夜舟。午樓與習菴同寓，頃偕余南返。苦調凄凄難入耳，征人去去屢回頭。長波日夜東南下，也有旋潮赴北流。

其十

渡口他時折嶺梅，九門風雪驛初來。何人寫偈焚香坐？謂竹虚侍讀。若個停琴選竹栽。謂籜石、惺齋諸公。鐵嶺戍隨涼雁至，金沙騎逐暖雲回。者番藏海廬招集，五字聯吟倒百杯。

舟發潞河漫成同雲椒午樓作

舵長鄉音不久聞，登艫觸聽已微欣。未遑十口謀歸隱，且喜三人話夜分。設色漸多黄葉岸，無心又對白鷗羣。閒程那計舟行緩，從遣淤沙閡水紋。

贈香河明府徐圖南四兄

其一

作吏信非易，看君鬓髮斑。高城新版築，流户益歸還。束帶趨大府，把書成小閒。鄰封去平讞，往往闢榛菅。

其二

習俗知難革，高才果累人。堅持冰雪操，静對雨風晨。種秫猶虚計，看山得此身。談餘徵喜色，孫竹長初筠。

其三

忽忽辭家去，西風作暮寒。勞君解清俸，爲我設珍餐。各有艱辛境，深知去住難。臨歧一揮手，碧月照澄湍。

舟次言懷

也算還家也别家，秋帆影逐雁繩斜。鄉園椽舍竟何託？京國宦情良有涯。且欲銜巵對松菊〔一〕，漸欣登饌足魚鰕。萍因絮果休援證，隨地逢迎即鏡花。

觀漁人撒網漫成三絶句

其　一

縷縷殘霞隱暮山，打魚人在白蘋灣。何曾減卻江南景，燈雜寒星出葦間。

其　二

船頭蹲坐網頻張，高樹團團夕照黄。省識世間無止境，占來閒地也須忙。

其　三

寒水魚潛不上波，網維施設待如何？旁觀束手休相笑，空網從來撒最多。

阻　風

纔掛帆行旋泊舟，茫茫古水引新愁。沙禽急起投溪尾，岸葉争飛打客頭。此味當年曾習慣，生涯何地不淹留？掩窗擁作提衾卧，到曉顛聲也合休。

津門鼓櫂行

春光如醉秋如醒，客子逢秋心目炯。日彩澄鮮月魄圓，照人襟袂逾晶瑩。匡居已自足歡喜，況掠晴波摇短艇。不緣行役詎遊覽，緑阪青巖判高迥。岸容曲曲屢迴腰，柳影垂垂未髡頂。通潞亭邊昨解維，河淺沙淤船數濘。以篙舝拽類簇箭，用力獨扛如舉鼎。不嫌賤子蹔羈身，深憫舟人寒没脛。無何怪雨又翻盆，掀簸狂風疑震霆。艱難幾日達津門，倏爾大波開浩瀁。天清景明氣平善，盡得欣娱忘恚悻。此地由來一都會，血肉中間成綮肯〔二〕。直沽丁沽帶圍繞，西山篋山笏揞斑。估舶漁帆遠近來，淵魚雲鳥飛潛並。仕女梳鬟鬖鬌偏，遊人盛服裳衣褧。琵琶響急阮箏緩，碧檻紅樓邀酩酊。從教塗飾足粉繡，我已安心守麻縈。胸中自具瀛渤寬，不用登艫窺溟涬。乘風從此溯江南，故家兄弟遥相訂。同舟況喜得兩賢，如玉之温金澤洗。推篷眺遠輒肩齊，停筆敲詩頻首肯。較論身世升沈事，評泊文章甲乙等。爾我居然接皃侣，鄉國多應荒鹿町。且持霜螯買滄酒，莫挑燈蟲瀹吳茗。平生此聚亦因緣，異日遐追思欬謦。沙鷗豈解客狂吟，飛入叢葭破煙暝。

對月次午樓韻

蟾彩明明桂影凉，照他河水不漸裳。幾家静閉惟依樹，獨鳥頻呼似怯霜。始覺羈人無暖景，又攜清夢去寒塘。舟中第一回圓月，曉起尋思未杳茫。

黄葉

倦眼明虚驛，秋林幾樹黄。清惟鑑澄水，澹不受斜陽。已濯三秋雨，曾霑九夜霜。苦心成老態，高契得禪裝。莫漫驚摇落，猶堪傲景光。西風人策馬，寒月鳥棲塘。淺淺無深色，疏疏少密行。酒悲生掩冉，詩思引微茫。便欲支藤杖，從兹訪荻莊。年華紛似掃，吾道寂堪傷。蟲語香燈暗，琴捶石磴涼。蕭然鎮相對，飛葉攬裾裳。

燭花

體結誠因熱，頭繁祇自然。簇趺紅玉輭，翹朵絳繪圓。蒂弱仍拈蠟，臺重忽湧蓮。多多含意蕊，嘆嘆護心田。朗極翻徵暗，中分或近偏。幾曾和露種，聊可緩蘭煎。勢重防先墜，光收取薄妍。非香還選艷，是色也通禪。但惜灰成錦，何知淚滴泉？獨挑情未忍，雙照影彌憐。几曲屏低掩，宵清漏疊傳。酒頻催盞底，風不到簾前。吐寸能争月，交枝欲化煙。話深渾忘翦，詩急免教鐫。緬邈長征客，冥濛小雨天。有何欣喜事，窗眼弄蟬聯？

聞鐘

到耳生微聽，鐘聲出遠林。似隨流水影，能引入山心。響寂頗疑續，旨深如可尋。月寒煙盡處，應向此中沈。

詠鴨

淺泛恒依岸，羣喧不避人。行藏與萍近，氣味得鷗親。頂綠能欺草，趺紅愛拍漘。都忘爭鬭意，未羨畫欄春。

寒蝶

已到飄零候，寧憂生理微。繞荒園畔去，近衰草叢飛。嗅菊逢霜緊，棲蘭得露稀。夢清渾欲化，舞歇竟何歸？烘日粉全褪，翻風影不肥。擬憑團扇畫，團扇事先非。

題雲椒蘭韻堂集五絶句

其　一

裁翦冰花琢玉痕，慣摹清景唱高言。韓吳體格居然見，細膩風光骨榦存。

其　二

著色不多真諦在，耐人咀味儘尋看。香狂香重都無取，吐屬幽微直是蘭。

其　三

到處句留逸興乘，筍鞵椶帽一枝藤。東南勝境歸行卷，半屬錢塘半秣陵。

其　四

兩載秋窗鏡掩塵，幾曾傾視及他人。偶然寄得閒情在，秀色西番詠洛神。近集有題西番美人及洛神圖詩。

其　五

卿雲糺縵殿庭隅，賡和年來葉典謨。須識玉堂推作手，轉緣胸次貯江湖。

題午樓蟬雪山房詩集次陳句山前輩韻二首

其一

倚窗新句見量裁，更索全編讀幾回。振撥秋心無近語，卷舒錦段歎斯才。玉溪以後嗣音少，金馬諸賢拱手推。紅樹吟蟬山雪霽，就中清景妙能該。

其二

裴公宅子陸公莊，不藉家聲自樹强。錦瑟如人他日感，烏裘衝雨十年忙。清詩有味抄名紙，賤子無端觸冷腸。較爾春秋逾半倍，飽曾領略此風光。

燒香曲用玉溪韻

倉琅掩夜雙懸魚，花嫩穗涼飄粉鬚。鬖文横几鵲尾爐，畫屏倒影垂青蕖。錦囊坼封碎檀炷，睡蝶驚飛燕呼母。摺繡勻紗護絳窗，只許濃煙向中吐。珠斗迷離桂影昏，寶書細字銷愁悶〔三〕。丁東墜漏戛瑶瑟，裊裊翠綫通吟魂。蒼龍涎白化雲氣，繆繞皆傳不平意。綃帷夢去暖氤氲，鸚鵡調簧説香事。論石量燒勿限度，架上紅薇少新露。

梨

壓擔秋梨白，油坊小市清。刀輕冰片削，手重雪團擎。渴肺寒漿潤，疏牙爽氣生。精粗辨瀯易，肌理最分明。

柿

磊磊繫驢背，是能充晚饔。鞭揺趁日影，口嚼爛霞茸。品或在中下，味仍兼澹濃。轉頭看餘葉，火傘尚重重。

憶菊 禁霜、露、風、雨、煙、月、蜂、蝶、蟹、酒、黄昏、籬、徑等字〔四〕。

蘭若多培菊，京華舊擅兹。官卑趁閑事，意得選清枝。磊砢花頭重，紛披葉脚垂。輕紅卷綃紵，大玉捧盤匜。種每標洋異，名偏鬬蜀奇。移從古松舍，擔自小沙彌。摺疊屏雙掩，分張塹四維。淺深揺壁影，高下亂燈絲。邇日剛逢候，佳晨悉付誰？短轅停小巷，瘦策拄苔墀。何處尤誇勝，相邀試共追。當叢繞迴匝，惜價立羈縻。自歎懸帆去，行經野水涯。空空難入手，䀎䀎祇勞思。近事三秋誤，前期一載遲。江南豈無此，到已過芳時。

廢園有感三首

其一

雨裹頹垣損荔衣，朱門盡日鎖煙霏。梁空燕挾全家去，花少蜂尋別徑飛。荒店夢知酣與醒，太清遊果是耶非？當時選舞徵歌急，早有旁觀諷式微。

其二

竹館蘭軒貯異書，往來評榷盡歐虞。塞垣回首停霜雪，詩句從人入畫圖。曾訝王陽富車馬，敢輕郭解肖侏儒？私情公罪難相掩，清淚無端到綠蕪。

其三

崔鄭門楣水樣清，百年小劫示虧盈。韓重花已操長算〔五〕，戴九江仍損政聲。好事玉山饒勝賞，誇人金谷太知名。達生倘悟蒙莊理，遊屐何煩繼尚平？

秋懷十一首用昌黎韻

其一

孤蘭生何庸，不敵黍稷嶷〔六〕。嚴霜隕草木，憔悴與俱已。如何空谷操，偏感幽人耳？良由抱至潔，有觸必興起。置之繁艷中，澹泊了無似。士生握奇珍，泛跡罕依恃。冥心尊古賢，斂足就中軌。自好誠足多，奚必爲世喜？

其二

衰顏不再腴，古鏡灼新悴。愧非松柏姿，挺立最寒地。搜吟適自斲，薄遊取微恣。老氏守雌黑，公孫辨同異。學勿師專家，葆己信爲貴。

其三

秋容太晶熒，秋氣少柔曼。風搖沙浦燈，月照夜船飯。言從解組歸，靜愜疏放願。由來當境決，不待妻孥勸。人生無百年，結念浩盈萬。犧防文錦披，禽拔翠羽獻。椿菌各天遊，造物無恩怨。

其四

鷙鳥擊淺草，氣勢含冰淩。蟋蟀亦謀居，戀暖惟癡蠅。因時感所歷，得失明愛憎。霜威所磨戛，是物皆有棱。潛蝶不黏竿，潛魚不投罾。了了乘化機，以遯爲多能。

其五

鐘定人罷行，露零蟲有警。擁衾意熒熒，聽漏宵永永。暗水得窗明，敗葉挾風猛。羈情非一緒，徐引如綫綆。安居彼何人？自不知厚幸。白板兩漁扉，心跡幾時屏？

其六

衰齡始舉男，弱可慰遲景。夜啼聞聲呱，曉視憐目冏。如何彌月餘，翁去成泛梗？丈夫多遠懷，負劍非浪騁。他時候門迎，問事挽鬚請。

其七

盈縮契元功，至明貴用暗。必逢嚴肅候，生物始無憾。幽幽古蟾魄，下傍虚室瞰。萬象争餘妍，約之以虚澹。萌芽蓄寒序，春及始觴濫。奈何士棲棲，舍久計其暫？要當如虚舟，縱去不施纜。有琴供撥彈，有書待點勘。飢寒細事耳，豈復慮儲甔？

其八

帆葉入秋聲〔七〕，舉舉何軒軒。兩堤駛如馬，雪浪隨之奔。缺月耿餘照，舟人多夜言。行篋有故書，拂几陳我前。寧知是水宿，且復耽霞餐。詞章雖小事，曩昔曾親編。浩蕩六經旨，一語該數千。甘和識正味，不復貪鹹酸。願得日研討，箋疏隨食眠。娱己亦云足，豈以傳他年？

其九

秋盡潦雨收，后土皆暵乾。明星耀宵宇，磊落垂珠玕。夜久氣森森，露白不成團。孤懷多默感，轉側眠未安。推篷視川野，静波躍微瀾。生涯隨日月，跳擲如彈丸。不遺霜壓舟，則爲塵没鞍。

其十

淒淒秋士居，摇筆成秋聲。窗草謝衆緑，夜燈含小明。心孤抱百憂，境寂懷一誠。淺觸輒深契，寸積俄尺盈。選樂無近方，衝愁出奇兵。唯應謀酩酊，跂脚當南榮。桂熏椒椴焚，自促非人令。

其十一

南濱行漸及，書問弟安好。七年風雨期，握手苦不早。骨肉予與汝，晚歲各自保。冬齋一笑春，花蕊紅不槁。人生聚實難，貧賤安足道？

寄懷趙緘齋比部

風雨誠知出郭難，又傳避酒去淮干。掃庭自愛榕陰直，入世休驚絮影殘。舊夢燕雲含凍雪，新愁衛水弄秋瀾。故應早擘紅箋寄，摇艇匆匆惜未看。

聽　雨

今夜江湖夢始成，瀟瀟雨雜小波聲。徐敲枕畔生寒思，細滴篷根有故情。人與沙禽俱冷澮，風搖濕燭欠分明。更添葭菼稀疏響，便是三吴兩越行。

桅燈和雲椒韻

高引組繩附巨竿，舟行傍夕一燈安。明光落樹不成映，暖影入波終自寒。淅淅最防微雨灑，星星又逐曉風殘。憐他曳纜人辛苦，頻向沙堤掉首看。

浪花

欹枕看奔浪，紛如花怒開。雕鐫銀幾葉，排垛雪千堆。側犯紋方疊，中衝艶更哀。舟輕梭一擲，篙急翦雙裁。顛舞隨芳絮，盤旋學冷梅。争明露蘭臉，亂泫粉蓮腮。水種元無骨，雲姿不受埃。逆風呈的皪，因雨妙瀠洄。草草寧分瓣，浮浮未託荄。吹噓到瑶蕊，包孕得珠胎。湧屋金神護，爲山玉貌頹。高從低處落，前被後來推。繁朵愁兼集，狂枝恨並栽。奈他寒簇簇，做就白皚皚。灑定縈虛檻，飛難入淺杯。鷗嬉留影乍，月漾透痕纔。稍見平於掌，深知幻是媒。古今何限事，勞爾暗相催。

十月三日舟泊武城紀事

忽聞收纜語諠訌，已曳南船墮急洪。滅頂幾人無可拯，切膚往事略相同。丁丑歲，予覆舟於廣陵之九龍橋，有詩三首記其事。頓教閣筆忘孤詠，奚忍持杯禦冷風？繫艇荒堤經日住，雪花何限打烟篷？

檢舊作覆船詩再題一首

舊事尋思又此奇，星周躔舍路分歧。前因有定終無謂，野哭頻聞祇益悲。三日好風行十里，一川寒色偃雙陂。自武城之西，移舟近城，以待訟決。從知蹭蹬關天意，準勅唯教補惡詩。

舟發武城漫述二首

其一

水濱祇合移風檄，崑玉何堪覓鵲償？盜指不疑誠影響，讒加曾子太荒唐。身依磨蝎頻遭謗，星家以月爲身主。牙可穿墉未易量。留僕寒郊須訟息，霜天晚景最蒼涼。

其　二

行路難曾喻上天，江湖風味轉茫然。每懷覺岸期投筏，又向中流看失船。文致語爲蠅翼附，更番辯脱蠒絲纏。何當老屋三間住，長謝高檣短轂緣。

詠舟中花卉畫屏八首

其　一

三兩坼寒塢，好風時一吹。轉頭覓香氣，不覺度橋遲。梅。

其　二

紫衣素爲緣，含毫吐綿邈。但解琢春妍，何曾掃眉學？辛夷。

其　三

影落鵝溪絹，嫣然笑靨開。分明簫笛舫，載得小紅回。桃。

其　四

三十六體詩，妍麗肖花格。記向法源遊，與説禪一則。海棠。

其　五

恒持澹泊心，爲閱繁華過。穩重看屏中，露寒清夢破。牡丹。

其　六

百枝爲一枝，細路簇圓錦。應悔拋青春，面目作冰冷。繡毬。

其　七

收水種仙蒲，別有艷於火。中庭緑意深，賴此相印可。石榴。

其　八

誰此憑闌干，瞥見嬌欲語。淡寫一枝紅，含顰奈多雨。荷。

晚　霞

日脚微茫隱下春，幻成霞氣散重重。溪光乍展練明浄，樹影忽如金鑄鎔。瓊玉有痕傳異彩，舊花隨意吐新茸〔八〕。清能涵碧宜占霽，澹不成紅欲作冬。冉冉舞裾憐旖旎，軒軒仙帔孰裁縫。輕依野艇疑皴畫，平學流雲未起峯。銀瀑千條剛界斷，蒼巖幾轉又相逢。尾披竟作雙魚貫，路細頻看一鳥銜。漸共涼煙收宿靄，略分暖色映衰容。達夫心事如堪寄，指點遥空倚翠笻。

響細調難圓，徐聽枕手眠。有風來水際，流怨到燈前。各抱纏綿思，煩伊一口傳。

聞歌

沈石田楓落吳江冷圖

沙平石浄秋娟娟，風凋葉紅波悄然。清雲垂空雁拍水，野色做暝鴉翻煙。畫家自具詩家骨，句裏描摹罄毫髮。阿誰且飲且牽船，渡口漁燈大於月。

第二回圓月

第二回圓月，無憀倚檻看。水程纔及半，霜色懔生寒。牖密穿仍透，宵長落最難。舟人閒計語，晦日達淮安。

水禽四絶句

其一

雪頂飄蕭立水隈，漁兄漁弟久無猜。白荷花外秋雲濕，瘦影何從辨去來？鷺。

其　二

泛時汀草連雲秀，棲處堤沙簇錦鮮。水閣有人相對懶，平分暝色掃花眠。鸂鶒。

其　三

軀幹誠微態最穠，遊人悄悄下池東。驀然飛入竹深處，襯託桃花無限紅。翡翠。

其　四

曬翅魚梁只片時，又看連隊去長陂。自圖一飽非難事，忍餓依人大是奇。鸕鷀。

聽雨疊前韻

昨夜清蟾吐不成，五更雨作打篷聲。淙潺似共長川響，纖細能添小睡情。艇子徐牽剛欲泊，窗棱逼曉轉難明。未妨冷意頻催雪，墜絮飄花送客行。

魯連臺

敗姬爲火兆嬴秦，六姓紛挐蟻附塵。一笑星光迴帝座，尺書雨泣隕燕臣。肯如黄鵠矜長嘴，自跨朱魚涉遠津。片石荒臺表東海，泱泱風氣見斯人。

寒色次雲椒韻

天涯倦旅過殘秋，寒色蒼茫引薄愁。平岫乍凋眉葉秀，渟川漸異眼波流。煙沈不見稀疏樹，霧淺能迷缺斷洲。西崦日華殊慘澹，北軒風力太矜遒。晴非弄暝光偏暗，清到無痕畫怎收？使我恓惶恒聳膊，何人怊悵怯登樓？雅宜鍵户呼名酒，誰遣趍程曳短裘？斂盡雲容開大野，釀成霜氣壓虚舟。恢張肅景交元律，領略酸情歎白頭。江上梅花諳冷信，應含小朵對輕鷗。

午樓煎龍井茶共試漫成二絶句

其一

索茗聊須助快談，故人開箬檢清函。七年布幔收天水，何似來嘗北汶甘？

其二

此品今爲第二茶，未經小雨滴泉花。開春準赴西湖約，堅坐溪頭看揀芽。

喜晴疊聽雨韻

比日沈陰雨未成，曉聞乾鵲喚晴聲。碧波打槳淩虛景，紅縷穿窗得暖情。緩曳裘當篷底坐，細抄書益眼邊明。順帆輕駛南鄉近，鱗次何憂閘阻行。

太白樓 在濟寧城南隅

當年賀李此交親，落日崇樓氣尚新。三面下臨千派水，一時超絶兩狂人。大都玩世唯憑酒，未有稱詩不出塵。雲樹相輝對江表〔九〕，翠螺黄鶴總嶙峋。

王仲宣墓

弱體爲文力尚堪，齊東墓樹冷光含。人生難得藏書讀，世味曾同覆局諳。誄出陳思深惻愴，碑如德祖默尋探。依曹事業輸荀許，獨步何妨老漢南？

木瓜分得佳韻

也附匏瓜宿，鵝兒色嫩佳。磁盤宜小貯，筒布與頻揩。引睡得甜味，詠詩增古懷。山礬相映帶，雅致是冬齋。

臺莊水淺同人各易小舟南下賦別四首

其　一

三里郵亭達古徐，題襟未了遽分裾。涸河那許高帆渡，專席差宜小艓居。遵陸幾時同白雁，胠沙前夕類儵魚。艱難淹滯頻相累，感激諸君尚戀余。

其　二

聽雨聽風驛漏遲，幾開口笑幾攢眉。豈能從此鍵雙户，長是相思過六時。春及旋催雲外騎，雲椒將於正月北上。花明閒葺柳邊茨。謂午樓。述征不用逢人説，舉示新編唱和詩。

其　三

冥目搜吟袖手敲，併將新境付長鈔。酒殫食繼逢需義，水絡山連得蹇爻。剩一錢看唯旅橐，抵雙管畫有書包。鄉情振觸程偏阻，各自驅愁當解嘲。

其　四

籛後人如玉粹温，謂錢禹牧、達泉昆季。整襟聆我輩狂言。世間果有斯風漢，味外宜參此法門。黄孏仍期究終始，素心難得數晨昏。蘭船栗杖行相訪，不獨馳書問水邨。

小舟兀坐即事遣懷柬雲椒午樓八絶句

其　一

小就從知易著身，篙師摇艕疾於神。庾將軍尚能容足，何況江湖載酒人？

其　二

三人各據一蜻蛉，蓬打頭低足礙檽。轉覺看山情不淺，沛徐寒岫入船青。

其　三

几不能張硯不爐，揮毫膝上選吟餘。别開新樣殊堪哂，跪著衣裳卧讀書。

其　四

飯後難將跬步移，夜眠覆首避風吹。衛生小訣吾差解，即境何容自主持？

其　五

一葉衝風浪響㕒，回看大艑滯沙隈。安便豈不懷寬處，那得長時快意來？

其　六

支頤寂眺楚天長，眉月初傳一棱黄。寄語多情午樓子，而今真箇是淒涼。午樓兩月以來頻有淒涼之歎，故戲及之。

其　七

魚箔燈紅隔葦簾，撈蝦淺渚映虛簷。前身合是煙波長，水景頻看總不厭。

其　八

銜尾船如雁接羣，相先相後語相聞。蒼茫別意從兹始，掉得餘波也張軍。

抵宿遷縣唐芝田司馬以所乘舟相送至淮漫賦一首邀雲椒午樓同作

又辭卑趣得高蹤，展拓筋骸縱懶容。廣厦庇人差可擬，慈航近岸適相逢。頻聯吟席揮長紙，不遠家山隔數峯。酒罷惺惺倚孤枕，未分襟已軫離悰。

抵淮與雲椒午樓別再賦一首

堤深樹老古淮津，此別驚神遂欲真。千里江波數峯影，半帆寒色兩詩人。滿船燈火思前賞，躡屐溪橋訂後塵。多少喜憂相共事，又吟殘雪度蕭晨。

寄謝芝田司馬三絶句

其　一

離緒三秋話一宵，芳船借與蕩蘭橈。知君心事隨流水，相送長淮不覺遥。

其　二

暖簾摇漾緑波如，穩閣行裝雜置書。昨日短篷今廣艦，人生隨地有乘除。

其　三

澹碧紗縈牡蠣窗，風華難似此艕艭。不知司馬來欹枕，閑看何人剔淺缸？

校　記

〔一〕松菊　蕺園近詩卷上作「親婭」。
〔二〕縈肯　蕺園近詩卷上作「肯縈」。
〔三〕閎　蕺園近詩卷上作「門」。
〔四〕昏　蕺園近詩卷上作「香」。
〔五〕韓重花　當即韓重華，中唐人，韓愈族子，嘗營田於代北，大獲豐收。
〔六〕巖　蕺園近詩卷上作「巙」。

〔七〕聲　蕺園近詩卷上作『雲』。

〔八〕舊　蕺園近詩卷上作『蒨』。

〔九〕對　蕺園近詩卷上作『到』

勉行堂詩集 卷二十二

吳楚之間集 起己丑十二月，盡庚寅閏五月。

次韻答楊二鑑堂二首

其 一

執手彌嗟此會難，七年況味歷鹹酸。高人指月身恒健，獨客衝風歲又闌。有幾新篇慰潦倒，無他奇福幸平安。絮花慣惹紅塵去，容易穿巖近雪蘭。

其 二

片語傷心覿面初，留身相待酷思余。清言有味輸玄度，老境無儕愴仲舒。此夕歡顏斟桂醑，他時苦淚附魚書。蜜梅花畔宜安榻，眠食將隨冷客居。

白沙守歲示姪國詔

雪後簾櫳照眼明，凍雲猶未展新晴。來尋小阮傾寒釀，坐聽斜街轉急更。節改山梅含暖色，地偏村爆少繁聲。生平歷數曾經處，晚景鑾江分外清。

庚寅元日試筆

幡勝搖搖砌影斜，山城小草未舒芽。感時祇覺能催老，到處難言不是家。糁緑吳波思縱棹，竊紅燕樹待停車。打包行役勞人分，遊興還教一倍加。

庚寅人日金廣文棕亭招同人小飲登文昌閣眺積雪分韻得識字

先生苜蓿盤，頓頓兼肉食。豪情禦冷況，展拓繡胸臆。新年罄殘橐，折簡召親暱。四座談稍伸，孤梅開尚嗇。曾經匝旬雪，人日晴始得。攀桄上傑閣，高舉如附翼。俯眺百萬家，一一玉磨泐。繪事莫如素，明心倏生識。隔江認焦巖，圓影暈澹墨。瓦鱗揭粉本，樹榦貫珠薏。安能留此景，點綴桃花國？聳膊難久淹，松火南窗即。細斟家釀酒，與雪乃同色。簷冰鏗脆響，燈彩落餘艶。遄歸抵江界，斯樂信爲極。頻來知弗厭，章句互鉤棘。

題汪對琴春衣細馬小影

詩人及春顛，輕服與時稱。名駒聯細步，緩緩入花徑。苦茗雜醇醪，壺榼付擔簦。天公不吝巧，繁艷舉相贈。柳帳籠薄煙，禽簧生遠聽。隔江山影緑，渡水澹遥映。何心付圖畫，畫乃見情性。他人未容厠，幻相交質證。復以馬喻馬，錦膊花鬉並。紅橋迤西路，屐齒熟尋認。吟懷所藴蓄，於此得究竟。翳余風塵目，覯此倏明浄。行思縛短衫，遊從託後乘。

次韻楊二鑑堂除夕見憶之作

無定行蹤敢浪傳，關河冰雪況森然。擁青綾被聽殘漏，鬻玉梅花餞小年。涉世易更暄冷境，棲禪應識去來緣。草芽未茁思團坐，肯待啼鶯序屢遷？

齊天樂 席上感舊，贈定郎。

秦淮一曲秋容黯，垂簾曾對才子。月小亭深，燈明竹浄，有客招攜園裏。抛人遽起。便閃得紅帷，夜衾如水。倚調淒清，白頭詞客感何已。　誰描筵畔睡臉，競題墨粉綃，狂煞名士。十載重逢，知音濩落，憐我頭顱如此。燕雲萬里。更不管江潭，柳煙憔悴。掃雪空庭，怨情分凍蕊。

挽書舸弟

西堂夢草尚依稀，竟化寥天一鶴飛。曾訝病深支瘦影，爲言貧甚減冬衣。驚人奇句存遺草，映水寒星失少微。剛是家門零落候，濁塵埋翳悉珠璣。

偶如弟招同述先幼清小集

春事徐來候漸平，瓶花澹濘鼎香縈。關心風雨閒杯酒，本色鄉園老弟兄。自哂浮蹤依食住，難諧隱計傍山行。交衢塵坌紛如積，愛此籬門映雪清。

疊前韻和述先

相看不厭境平平，差免懷鄉別夢縈。已拂汀煙尋雁侶，更穿溪雪喚梅兄。燈前細數艱辛事，花外徐思澹蕩行。自許脚頭隨地穩，共君擕杓試泉清。

再疊韻和述先

峥嶸豪氣近都平，肯學眠蠶自裹縈。荆樹作花頻念弟，霜絲填鬢愧爲兄。懶從塵陌驅車過，貪向莎堤挈榼行。終與子成歸隱計，千章榕木壓簷清。

濋亭姪疊前韻四首見貽率答四首

其　一

幾託修鱗問疾平，歸來始免寸懷縈。瘦藤自撫如依僕，迦葉閒參合唤兄。幸得安心理耕稼，欣看運腕作真行。眼中福地兼泉石，位置人間第一清。

其　二

荻莊初荻與苔平，板閣柔煙往復縈。花外一丸窺月子，水邊雙槳趁漁兄。酒懷未減陳驚坐，吟句正如劉曉行。擬載故書依水榭，魯魚相證校讎清。

其　三

廣渠門外曉煙平，記唱驪駒淚暗縈。似爾情癡良類叔，較余年長儼如兄。轉頭寒淑蒼茫別，握手花田自在行。此段因緣誠不淺，天容心跡片時清。

其　四

絃語春温和且平，怕聽霜角旅情縈。露芙争忍辭煙蒂，芡弟仍思傍藕兄。已羡巖深雲戀宿，可緣風定絮留行。三年準作蓴鄉計，小築松廬映雪清。

又答過亭姪四首

其　一

别懷如水激難平，一笑燈前酒態縈。鶯隊過花尋燕侣，溪朋摇艇問山兄。每逢愜意思長住，欲語韶春且緩行。曾幾合離人遽老，可能松竹共寒清？

其　二

花間色笑板輿平，日暖椿庭老榦縈。難免心傷軼羣子，最貪吟對養疴兄。步隨芳草聽鸝去，手把殘書並鶴行。真性每於文字見，在山泉水本來清。

其　三

家聲底用羡韋平，濟濟秋堂屐袂縈。後勁如君纔是弟，殘年嗟我竟無兄。霜鴻譜曲難充聽，天馬淩空尚滯行。爲説安心事禪悦，煙鐘飯板韻虚清〔一〕。

其　四

古香懸桂畫欄平，怪底曾無一念縈。作達恒偕仲容姪，求名宜勝樂天兄。輕華宫體何妨學，端正秋帆正好行。偏愛涼扉掩疏雨，斯人風骨太酸清。

瀅亭昆季招同半江十五丈蠡塘太史荻莊小集漫賦五首

其　一

把酒東華夕，遥情憶荻莊。春波偶停棹，柳影半遮廊。蓄願欣能遂，辭家澹若忘。梅花慳好信，未許縱疏狂。

其　二

竈北宜安榻，池南悉貯書。人來千里外，半江丈時自錫山至。樹老七年餘。養鶴生雛大，看魚破浪虚。鳴榔隔煙浦，此境又歸余[二]。

其　三

館閣雖連袂，相期須石林。老疏經世術，貧引向山心。存殁唯增感，升沈不廢吟。水雲空闊際，時有墮樵音。

其　四

倚棹桃花水，披襟杏葉風。昔遊渾似夢，相對儼成翁。破寂資文力，催妍惜化工。酣嬉煙郭外，剩覺此心童。

其　五

有弟同朝夕，彌憐小別難。春江搖艇去，煙水太清寒。述先時有白沙、京口之行。晚景攤書坐，流年秉燭看。斯遊未能共，倚樹起遥歎。

疊前韻五首答瀣亭過亭

其　一

知養王維疾〔三〕，非營陸氏莊。疏疏荻邊雨，寒色滿筠廊。溪曲棹移影，茶香人坐忘。囂塵曾不染，澹定即真狂。

其　二

疇昔同玄覽，心情付蠹書。相思動千里，捧袂及三餘。暖信憐初轉，花天賞不虛。交遊俱雪鬢，衰謝豈惟余？

其　三

露弱纔依草，禽清宛在林。江湖倦遊侶，風雨故交心。几曲披襟對，欄欹抱膝吟。孤絃頻擊拊，難得此知音。

其　四

文偶嬉頭責，痾纔愈手風。墻鄰種花叟，話共祝雞翁。有味禪初覺，無心句輒工。山桃紅半磵，摇艇問溪童。

其　五

且共林泉樂，休憐去住難。夢仍鄉國穩，盟豈鷺鷗寒？酒罷蒼茫立，詩來反覆看。牽船旋將别，花亦助微歎。

花朝前一日南園探梅泛舟抵興龍寺作〔四〕

柔波染煙光，分緑上堤柳。緑淺黄色深，垂垂遍溪口。隔潯呼艇子，摇出花前後。石疊階自斜，香繁襟暗受。沿緣去深樹，風氣稍寒颸。岸轉瀾始寬，一徑達深呦。秀荻環釣家，疏筠啓僧牖。孤亭類浮瓠，斷彴疑折藕。古殿佛愔愔，不語知善誘。枯萍填敗井，云此昔神湫。欄欹綆痕在，雨漬碣苔厚。物理互推移，觀化立永久。茶板響楸陰，擁楫重回首。

濯亭昆季招同半江十五丈蠡塘太史吴甥秀亭弟述先荻莊看梅三首

其　一

招攜賴素心，與説梅信近。行穿曲曲籬，坐酌深深醖。古柯類高人，所在成典訓。時於凍雪苞，錯雜見紅暈。暗水濯明姿，輕苔寫寒韻。徙倚拓窗軒，歡境静不紊。緇塵待湔滌，清賞欣有分。探討殊未厭，欲向南溪問。

其　二

顛風怒不休，竟夕念孤旅。風定客歸來，衣緑染新雨。時述先自京口歸。言尋澹泊花，慰此離闊緒。綴萼半依水，交枝或迷墅。夕霽煙始霏，庭虚香暗聚。猶憐寒太峭，未許艷争吐。得少吾所甘，至樂於焉取。

其　三

清言見老容，人似梅偃蹇。言從九龍峯，緑泛蕭湖艑。翰林亦寓公，白首共遊衍。蘋風雙槳打，松雨一燈翦。奉席有生徒，閒領緒言善。秀亭爲蠡塘及門。雪岸炤疏襟，孤花迴冷眼。主賓吟興愜，緑意入深琖。重遊復幾許，萍絮又争轉。珍重此花時，余情益流湎〔五〕。

上農姪昆季招集柳衣園

冥冥養花天，落落湖上屋。芳晨一簡招，遣散煙水目。苔痕引欹石，鶴影過深竹。老柳挂新絲，作態猶婉曲。曩時釣遊地，弱植總喬木。縹緲瞰湖樓，幾度理棋局。虚堂面水勢，吐納千泒緑。堤迴雜樹明，汀净數鷗浴。夕照打魚人，看我醉醽醁。談諧既清暢，更漏漸繁促。月彩蕩疏簷，時聞梅氣馥。

雨中同孟髯過亭兩姪止園看梅用誠齋梅花下遇小雨韻

園爲家秋水二兄所構，時下世兩匝月矣。

小雨從風寒策策，牽引詩朋拂苔席。高下梅花百本餘，種花人去池亭寂。橋隨水曲枝自斜，濬雪一抹縈窗紗。春來萬慮待消遣，療人沈痼唯此花。酸吟不成聊擁鼻，香静徐參味外味。茗飲流連境太清，當時曾向花前醉。攜持方蒳小遮頭，細細飄絲漠漠愁。笛聲吹徹三更月，來拾殘英興未休。

梅花顛翁歌

古人有癖乃成顛，老夫夙具愛梅癖。七載京華冒冷風，江上一枝勞遠憶。亭子徒聞説漱芳，不見巡簷舊標格。此花果是野心性，未肯低頭娱熱客。祇爲探梅也合歸，斜橋暗水閒停楫。今年南國春氣變，多冷多晴到寒食。晴堅時聽鳥嘲喧，冷甚還愁花禁勒。昨宵微雨暖候回，破萼不待撾鼓催。一拜當花飲一杯，我視狂枝更疏放。滿插繁香映白頭，獨持細蕊登青舫。老幹著花勢張王，薄霧籠梢疑疊浪。蕭湖南汊河北塢，款户去踏棕皮鞋。各自有主張，爛醉賓筵縱高唱。旁人瞋怪太酣嬉，此是花間真率樣。東風竟日大放顛，片片吹落吁可憐。惜花三歎捲簾立，攜衾欲就殘英眠。元章拜石張旭草，在昔流傳風調好。我今頗類海棠顛，狂甚將毋被花惱。不用孤山千萬樹，不去銅坑訪玄墓。多多益善少絶佳，但取容余放顛處。擷芳略肖别文字，以鼻徐參較眼異。此花謝後花正多，終欠山心禪氣味。對花自署好頭銜，顛翁小印封篋函。江湖散人庶堪踵，雲林遺事聊可參。行思結屋依溪巖，種梅百本連松杉。不花時也看枝葉，蘚皮苔骨非塵凡。山腰曲曲泉瀠瀁，曉月通白煙染藍。就中著個顛翁住，香雪繽紛曳短衫。

四月四日泛舟紅橋歷諸園寺看牡丹三首

其一

十日陰霾值快晴，冥濛絮引放舟行。轟天歌吹仍傳響〔六〕，匝地香光大有情。經幾番風猶吐艷〔七〕，不多時坐已飛英。年來萬事工排遣，獨惜餘花念未平。

其二

幕護欄遮尚畏風，坐來貴客儘嬌慵〔八〕。折腰委珮争迎送，一本雙頭判澹濃。落墨試摹終影響，斜暉欲去轉從容。蕭寥僧院持杯茗，認得芒鞋舊日蹤。

其三

秀嶺迴環掩翠潺，長春嶺，先兄所築。當年倚檻酒逡巡。千枝自現繁華相，九地難招寂寞人。紅火焰縈方醉眼，白頭翁餞大歸春。參天老樹渾無恙，曾見柔波化渴塵。

沈學子以詩見贈次韻奉答四首

其一

老懷冰雪净，一室屏囂凡。旅寓春行盡，閒庭草自芟。微言付清茗，小雨滴凉杉。兀兀攤書卷，何殊鹿嗜鹹？

其　二

自哂候蟲語，流音涉淺凡。勞君把詩卷，竟夕與評芟。裨海收殘水，卑藤附老杉。翻云有真味，含咀異酸鹹。

其　三

朱墨精研勘，寧唯識大凡。深心無淺詣，浮論必親芟。潦盡窺文石，巖清倚翠杉。藝林尊宿學，牙狄審甘鹹。

其　四

棲遯從三泖，仙源迥隔凡。幾時連屋舍，荒徑共鋤芟？倚杖穿深竹，談經蔭短杉。湖波連海氣，不厭水泉鹹。

立夏前一日潞川招同棕亭偶生東亭泛舟城西泊三賢祠小飲作〔九〕

其　一

怪爾無田亦竟歸，古梅花下脱行衣。食單宜忌初平疾，談藪縱横妙解圍。煮酒招朋班坐久，拏船沿浦入煙微。春餘一日彌堪戀，看取花飛雜絮飛。

其　二

翠篠娷娟倚桂杉，古賢祠宇肅燈龕。曾偕作達行花外，三賢祠爲汧江先伯父篠園故址。又見徵歌出水南。文字因緣歸小劫，溪山風味引遐探。持杯擬縱煙雲觀，偶觸情懷最不堪。

其　三

寶相酴醿間白紅，殿春猶未展芳叢。低回柳影雲廊月，約略蘋香水榭風。憑檻放言皆有旨〔二〇〕，穿林尋逕轉無窮。前期易鼓重來興，忘卻孤蹤逐斷篷。棕亭有望前泛舟之約。

四月十四日棕亭廣文招同人泛舟紅橋訪秋雨菴晚飲洪氏園亭分韻

深居聽繁雨，薄遊逢霽時。天意憐倦客，動輒燠休之。振衣出郊闉，逸侶招銜卮。澄煙冒水次，柔艣過雲涯。柳重交幄帟，禽清戛金絲。將西復轉東，一徑穿長陂。叢竹相翳蔽，於此開蘭簃。不知濃翠積，謂是雲霧垂。寒聲摇四壁，急取單裘披。拓牖看飄灑，始見日色移。老僧最祇肅，能畫兼談詩。愛其處静極，點綴花草奇。迴船泊芳墅，晚景明瀾漪。月彩漾虚亭，落英香滿池。俯檻聽鳴榔，遂欲從漁師。蕭閑數弓地，庶託鷦鷯枝。

訪芍藥四首

其　一

緑風多處泊輕艖，半是僧家接釣家。側步怕傷縈屐筍，淺晴催放亞欄花。艷經晚出香彌重，賞到春餘惜倍加。窣地畫簾教盡捲，細揩老眼對夭斜。

其　二

緩轡豐臺記昔曾，廣陵元未減名稱。風人易引無端謔，上客宜爲有道徵。小雨輕容增綽約，深杯野興劇飛騰。江湖浪跡成疏懶，除卻尋花百不能。

其　三

供客奚煩獻佞爲，但憑繡檻繞苔墀。詞頭未了如相顧，別袂將揮悵可離。身在仙宮渾不覺，名參近侍恐非宜。竹西鬧市全消滅，壓擔何人買萬枝？

其　四

歐九祠堂花不繁，煮茶棚子問西園。夭桃小白羣分態，落譜衰宗忍重論。謝後亭臺真寂寞，開時蜂蝶太煩喧。挑燈向夕看駢錦，輸與殘僧掩槿門。

題歐陽竹溪讀書秋樹小影

斯人管郭流，抱藝弗矜詡。覃恩甘石學，接踵章亥武。雙眸青炯炯，萬象供默取。奇編恣搜討，經史厥宗主。羣流日紛紜，精論折其祖。適來秋樹根，把卷聽禽語。庭清草自芳，暗緑墜桐乳。神閒喻游刃，妙諦契少許。童子復何知，夢化蝶栩栩。韓江十萬户，達者罕君侶。把杯容我參，燈畔説䙰縷。讀畫勝讀書，書義復間舉。終成偕隱願，持甕灌蔬圃。漁唱答樵風，所得匪小補。

看花雜詠十首

其　一

江雲黯澹日熹微，拄杖行穿竹徑歸。好景不妨多設色，菜花畦畔竊黄飛。

其　二

繁杏林中數舉杯，惜花大抵肖憐才。不風雨也知難久，又著顛風密雨催。

其　三

木瓜花似海棠妍，觸鼻濃香小檻前。偏是豐容欠柔曼，大都勝事苦難全。

其四

輕煙冪冪雨浮浮，春盡紅橋古渡頭。千片桃花萬堆絮，相縈相趁水東流。

其五

離離幽樹倚亭隈，托月烘雲妙剪裁。架上酴醾澹于雪，低叢一抹紫玫瑰。

其六

玉版白花開不多，天然真色異凡科。霧痕捲盡霞光斂，瀉到中庭是月波。

其七

木香棚子雪垂垂，疑訝梅魂乍返時。香味過甜終減格，不徒柔蔓逐高枝。

其八

舞罷楊枝困不勝，新萍低掃翠層層。怪他一味貪臨水，又會牽縈到壁藤。

其九

一水揉藍抱古祠，繞欄芍藥罕繁枝。翻緣憔悴難拋賞，記得驚人絕艷時。

其十

五色連畦玉粒肥，當年誰個解羅衣？休憑畫餅相嘲弄，但遺幽懷足療飢。

送沈椒園觀察入都

江鄉遺獻鬢垂銀，祝嘏行將拜紫宸。東國尚傳諸大政，中朝争識舊詞臣。崇階會見承新命，令子彌欣侍老親。無計從公理征棹，自憐漂泊古淮津。

食筍十一韻

山腰雲白白，溪腹露塗塗。偶劚林間筍，將歸松下廚。泥鬆初脱襁，斑淺儼援觚。紫燕襟分翦，文犀角斷株。種休教母妒，輩且及孫雛〔一一〕。滌釜泉頭活，然糠火氣粗。香根禪性在，肉食鄙情無。齒豁宜餐雪，眉伸看列盂。至甘由澹泊，稍瘠勝豐腴。未許緣陂種，聊充上口須。尋僧坐詩社，風味更應殊。

同玉井沃田松泉斗初漁川江臯松滋集對琴新居分得以字

瘦苔擁斜階，高士宅新徙。目病欣漸除，觴政行未已。愔愔樹交陰，春盡夏方始。琴囊近書庋，惟約不惟侈。瓶罌花粲然，釵茗澹彌旨。多年風雨期，慰藉良有以。吴遊裝已戒，小住亦云美。明發重懷人，空江擷蘭蕊。

遊寒山寺徑法螺菴

籃輿徑西去，洞壑披重重。言尋滑笏泉，遂上岧亭峯。山清花不艷，掩帶唯竹松。隱士傳昔跡，别墅今琳宫。淩雲横夏嶂，泠面無暖容。懸瀑下千尺，霏雪翲高風。揺目自生眩，震耳將毋聾。知分月魄瑩，濯素從太空。馥郁衆草馨，氣亦投磵中。法螺在咫尺，垂樹交蒙茸。倒茄紛狎獵，馳煙澮沖瀜。中喝外廣拓，石狀皆玲瓏。梵唱有時斷，磵響相彌縫。意愜得微尚，境偏宜野蹤。諸天斂暝色，送客聞疏鐘。

自支硎寺抵白雲泉同竹嶼夢樓作

杖策及炎夏，舊遊緬中春。山氣紆且暢，編徑爲魚鱗。竹木盡蒼老，何況同遊人。高僧涅槃去，宿景無纖塵。石平如静波，蘿薜紛垂綸。煙破寺門出，露洗崖壁新。餘花縈佛髻，好鳥鳴溪漘〔一二〕。壑掩欲迷往，洞開遂争循。白泉如白乳，上有雲輪囷。泊與澮相遭，成此不竭津。衆峯峭當面，丹翠錯雜陳。一綫看流轉，要不迷初源。願言結重茅，飲酌全天真。

登天平山

微雲掩驕陽，不雨亦不霽。於焉利攀陟〔一三〕，捨筏煙水際。山根景平澹，花草相蔽翳。驚禽避持策，殘絮引揮袂。一陂宛而長，平石乃如礪。誠知妙渟滀，漸作奇怪勢。外博中鋸句，上廣下鋒鋭。有蛟不騫舞〔一四〕，有鶴不鳴唳。兩獸臂爭搏，雙魚目交睇。丈夫具冠劍，女子垂髮髢。懸脚跂而望，半面天且劓。矗矗樹長幢，盤盤結危蔕。多爲怒潮湧，去若輿柴曳。白疑孕鉛汞，青匪挂薜荔。赤窺朱火燒，黑啓元圭瘞。吁嗟氣之核，摶控真宰制。瓏瓌無滯相，變動匪常例。祇愁當頂落，或慮失足蹶。龍門腰一束，上若嚴關閉。蛇委而猿緣，奮不爲身計。愈險愈奇絶，泉洞相點綴。老樹非一名，林立陳羽衛。何人散卓筆，直上如植篲。蟾蜍逃月窟，渴吻俯涯澨。振衣造絶頂，一鏡涵衆慧。茫茫瞰溪湖，落落呈表畷。孤痕裊直線，圓景覆單篳。羣峯搢珽笏，疊巘列綿蕝。應從雨星夜，散布失次第。其支爲高頸，茶塢儼臣隸。秦臺適鄰並，路怵羊腸細。擇地始趺坐，倚岫得微憩。昔遊纔及半，勇發勝斯濟。嘗茗對僧伽，巖光倏沈曀。

靈巖山望太湖作

草緑吴苑荒，山空楚天盡。當年歌舞地，瘦竹鄰石筍。峯環樹争抱，飈動花微隕。翔鶴過兩三，與客爲導引。叩鼓石音希，滌硯玉姿韞。涼蟾不可洗，帶水如拂粉。禪居特幽衍，僧貌亦修謹。積翠擁松門，殘陽上鵾吻。湖光落眼前，素色彌遠近。島嶼相蔽虧，安能究其藴？漁帆指天末，幾葉行蠢蠢。從兹鼓栧去，庶或覯仙隱。

庚寅夏五訪竹嶼於吴門時夢樓太守先至同寓芥圃西偏極文讌之樂臨別留詩六首

其　一

自子移家後，余纔一到來。飄零爲客久，蕭寂罕鷗猜。養疾成詩少，穿林選竹栽。都將清絶境，掇拾向庭隈。

其　二

有客先余至，閑園對主人。款扉欣倒屣，掃榻遂爲鄰。惝怳六年別，艱虞萬里身。絮萍風約定，此會轉驚神。

其　三

架屋從高地，通泉及小池。謀居匪云侈，適意偶然爲。孤坐冥羣想，開襟對夙知。亭陰幾風雨，茶話又經時。

其　四

十輩聯裙屐，回頭勝賞孤。追憶壬午春遊山之樂。挑燈懷釣伴，謂璞菴諸人。抵掌説兵符。夢樓談滇事最悉。漸老諳時味，相看抱古愚。夜談擭晏起，無事可牽拘。

其　五

聽曲偕詩侶，看山逐酒狂。蕭疏殘鬢髮，細膩好風光。又引千波棹，頻回九折腸。平原留十日，别恨益蒼茫。

其　六

久擬依山住，終嗟買宅難。何人卧秋雨，長此占漁竿？白月盈書舫，黄塵撲馬鞍。又煩江浦上，箋札寄長安。

題竹嶼所藏仇實父畫雲林高士像

十洲作畫以工傳，獨貌倪迂用筆異。衣冠襞積法唐人，晬穆豐神見高致。不將澹墨掃亭柯，似避雷門布鼓意。壽承書誌衡山跋，父子同然集遥企。吾友搜羅偶得之，寶藏不異登清閟。古賢玩物恒近癡，唯癡乃以韜其智。彝鼎皆涵卷軸光，僮奴亦帶林泉氣。寧甘介弟老拳加，勿計番人膜拜亟。後來瘦筆多贋學，曷若披圖昕夕侍？爇香看子薦寒泉，遠紹清風幸無媿。

鈎弋行鐙歌

行鐙近出西安府，雁足羊頭紛可數。趙曼造者容二升，建業行鐙刻趙曼名。甲觀形模方應矩。愈出愈奇鈎弋鐙，曲折如欄梟如縷。雷紋嵌字辨牛毛，銅質涵苔滴花乳。恒隨手覺導前宜，定有盤爲植柄所。乃知古器無定式，鑑賞諸家失編譜。當年開握始承恩，不異仲子文成魯。小星三五粲東隅，曲榭迴環燃密炬。步滑階深賴引光，夜涼風急防吹雨。未識長門别樣愁，已逢秘殿無端怒。掖庭獄暗遽捐生，墮珥遺釵孰藏弆。追思那得似前人，燈下姗姗帳中睹。六十萬人旋起墳，二千餘載空懷古。殘軀尚惜此嬋媛，獨斷終知帝英武。西池又去迓雲車，北魏仍教尊鼻祖。十三年果賴佳兒，和輯强鄰奠中土。倘溯虹流電繞祥，門名堯母非無取。又一燈形適相類，篆書大署平陽主。將毋持此照子夫，或大將軍猶負弩。祁連冢映茂陵秋，不敵吉金鎔少許。走邯鄲道聽絃歌，往事如風足酸楚。且伴書帷刻漏清，蟬紗籠罩飛蟲語。

魏黄初殘瓦歌

吳君岑渚嗜奇者，示我所摹魏殘瓦。兩字黄初隸體明，一痕翠墨煙光瀉。傍註我朝康熙間，登封張令行田野。牧澤遥臨魏國南，汴沙流逕梁城下。此瓦居然到眼前，昕夕循觀不離把。繁臺歌吹失喧闐，孝王賓從隨灰灺。唯頡造字曠識聲，世無賓儷知者寡。七年承漢五官郎，陵雲臺扁仲將寫。落地雙禽認錦鴛，騰空一獸疑天馬。似刻花磚紀歲時，定拈淨土歸陶冶。香姜三驗近來希，繐帳漳南風雨灑。何因此物到蓬池，也雜陶泓入文社。想承覆水向長溝，曾與何人遮大厦？其形已橢失修整，厥利伊何唯古雅。今之七寸古逾尺，版屋豪奢信非假。見漢書武五子傳。書生分守一茅茨，底用回青玉葉爲？毁方合圓知不慣，聊存此作閒中規。刳竹去節剜柳皮，小椽漏月光陸離〔一五〕。摩挲黛色侑晚食，補苴藝事忘朝飢。也勝細搨冰花様，萱草將離玩幾枝。

遊虞山

山爲龍蜿蜒，城櫓據龍腹。了無岩崒勢，秀色奪人目。真仙不可招，零露下空谷。溪鳥時一鳴，萋然蘭薙緑。青巖稍陡拔，奔水無定矚。霏霏雪花散，投磵碎冰玉。都忘夏月遊，欲覓禦寒服。從兹躡屐去，百里及海隩。毋滋望洋歎，孤賞良已足。微雨送回橈，冥冥晚雲覆。

將往武林不果以詩柬梁二千樓

沈郎繫艇淮之浒，二月韶光過一半。爲説殘年宿子家，打窗雪與梅花亂。翦燈迴憶昨同行，過眼雲煙俱漫漶。搜吟太苦冀流傳，落筆連篇互循翫。摇首頻規隻字非，愜心果得同聲讚。紆程不憚水山遥，短夢俄驚風雨散。燕越吴今異地居，冬春夏已三時换。小伻幸解訟旋歸，合集應煩手評竄。我於淮南數往復，嚼蠟人情嘗熟爛。頃泊横塘小様舟，餘花戲蝶迎風幔。殢人歌曲有排場，著色溪山成片段。泛宅初心未窅茫，買山至計終河漢。此去錢塘兩日程，故人凝望經瞟盱。不挂南帆竟北歸，大都囊澀妨遊觀。更休騰笑俗難醫，應亦深知貧可歎。子之治生舞短袖，那得騎鯨游汗漫？清絶湖光是故知，芙蓉采采乘青翰。霜天各自戒行車，柳影鞭絲交拂絆。浮身似鐵久成頑，造物爲鑪偏好鍛。攘臂將停搏虎車，垂涎遂挾求鴞彈。春明炙酒又呼朋，與話重重舊公案。

虎邱對月

夕樹含清姿，零露浩如洗。人聲稍闃寂，香草紛靃靡。昨遊已前塵，小住適憑几。月波漾澄空，倒入劍池裏。荇藻影浮浮，青旻絡其底。怪石怒獸蹲，亦肖流雲委。低蓬延素光〔一六〕，心湛若澄水。不知何處鐘，觸聽最驚耳。淩曉挂帆行，沙鳥鳴不已。

半江十五丈可亭文學招遊惠山寺抵寄暢園得詩四首

其一

小雨不妨遊，草木氣清潤。好山如故人，久別煩熟認。巖深野雲宿，竹暗餘花襯。奚待喚提壺，班坐觴屢進。石牀平若砥，滑笏經掃汛。松風吹月行，晚卧有吾分。

其二

温硯銘載尋，竹爐句盈卷。古賢誠好事，後進工數典。儒林寓巧思，禪法裨藝苑。因思玩物情，與物適流轉。其跡猶可循，矧乃名理闡。賞奇讀畫竣，風外荻花偃。

其三

九峯仰一峯，千派承一水。石門最清泠，簾幕雲所委。箬啓小鳳團，碧香縈手指。烹煮第二泉，甘澹入骨髓。且飲且看山，山翠拂衿履。人間有此境，何事逐塵軌？更笑鑄金人，水厄加陸子。

其　四

鳳谷有行窩，以水作經緯。水窮大石立，老木交薈蔚。亭樹出其間，繚繞雜雲氣。嘉樹一披拂，君子澤未既。近嶂爲屏遮，遥林紛茹彙。于焉足力殫〔一七〕，小憇亦欣慰。回船翦燈花，日涉想真味。

春農前輩齋中瓶松忽吐新葉漫賦一首

款扉尋故人，椒實粲垂乳。與談别來事，簾隙灑繁雨。瓦瓶小松枝，翠色若可撫。觴急更漏希，送我過河漵。兩旬再來過，月下弦幾許。適睹瓶間松，細擢秧針縷。吁嗟古心性，不根良有緒。疇昔所慕尚，無取花媚嫵。庶幾歲寒盟，勖勉余與汝。江雲有離合，江波無間阻。桐窗翦夕燈，留待他時語。

北固山

孤巖峭摩空，顥氣絡城府。羣山相拱揖，不敵首一俯。江流亘其足，駭浪瀉今古。外拓極瑰麗，中涵絶深阻。藤懸嶂色幽，鳥語花林聚。文言孰題識，武略備干櫓。羊眠呼不起，鳳集軒欲舞。遐思抵掌談，頃刻折樽俎。事往失英雄，山空足煙雨。立鰲奠四極，聳柱承八部。唯兹甘露門，物博欣有序。巨靈所擘畫，大觀非小取。浩歌振風襟，玉魄澄海浦。

宿焦山石壁菴

萬木擁焦巖，遥睇如伏蝟。拏舟徐就之，深草没雙扉。碉壑相遏抑，時一露靈概。意愜非口説，味乃喻味外。隱君不可作，石室藴蘭氣。綫路裊懸棧，壁峭倚天際。風來恐摇動，澹澹落煙翠。江光涵樹色，涼影集沙汭。夜寂山愈高，松竹吹静籟。缺月上海門，端正與山對。披襟受繁露，觸目盡蒼靄。濤響逼深更，雜以龍堂唄。坐久不成眠，殘星壓簷大〔一八〕。

江南懷古三十首 以遊歷後先爲序，不分時代。

劉瓛宅 在上元縣青龍山前〔一九〕

九曲青溪萬木疏，當年破屋隱通儒。忠如景倩纔堪哭，學擬康成廣授徒。剩筆與人添訓詁，隔墻有弟整襟襦。何因百世無香火，風月唯聞賽小姑。

半山 在鍾山陽

流毒行看宋業傾，惟將不出慰蒼生。閒驅蹇騎銜殘日，碎翦秋光入斷楹。拜疏豈能忘特召，尋僧聊與證逃名。登高我亦關情甚，公詩：「情多自悔登高數。」似聽泉聲罵惠卿。

東田 在鍾山下，即沈休文宅。

才人大抵急浮榮，也戀青郊愜遠情。夢覺試捫儀舌在，春殘欲鬭楚腰輕。王筠識字能邀譽，袁粲輸忠未損名。枉憶顛童舊時讖〔二〇〕，芋田瓜隴尚縱横。

邀笛步 在青溪橋右

君臣淚落按箏歌，不比新聲受譴訶。涼夜自淒篁有韻，秋船小泊水微波。一言此際奚煩置，三疊于今不可磨。爲問山陰乘快雪，較量兹夕興如何？

諸葛恪宅 在上元縣古元風觀前，南接青溪〔二一〕。

鬼瞰高明果是耶，才如元遜竟亡家。阿翁幸免爲驢誚，遠客初聆待鳳誇〔二二〕。著論每憂吳國沼，旋師真見魯人髽。棟撓終與童謡應，石子岡西日又斜。

謝公墩 在朝天宫後

何年屐齒入山中？適與籠鵝内史同。九點齊州看擾擾，一生玄覽契空空。淒迷遠景樵漁唱，冷落秋亭草木風。從遺始興工發冢，此墩終不屬荆公〔二三〕。

顧野王宅 在瓦官寺〔二四〕

痛哭臺城陷賊圍，書生擐甲太清羸。終成左次迴風旆，曾記高蹤落劍池。著脚書從金殿誦，收腸夢賴玉篇垂。瓦官閣畔風兼雨，唯見毗伽立斷碑。

張麗華墓 在江寧府城西南賞心亭側

曲赦荒君斬艷姬，免教絃斷訴哀詞。有人切齒銜高頬，異日傷心累總持。玉樹傳神難仿佛，雞臺示夢太迷離。秋墳草色填荒井〔二五〕，小朵花猶學染脂。

華林園 在臺城内

宋略齊書述侈淫，翳然何似晉華林？玉爲麈柄渾如手，禽語山梁足會心。樂府舊歌增艷曲，射堂新鬼泣秋陰。荒墟一抹寒煙裏，斷鏃殘釵或可尋。

魯肅墓 在鎮江府城東

黄金散盡悟時窮，一劍江東識所從。吴蜀須令固脣齒，雨雲何惜借蛟龍？少年尚被狂兒目，身後能摧劫賊鋒。大帝相知殊未盡，徒云長者善容容。

顧長康宅 在江寧縣瓦官寺東北

子亦神情邱壑宜，撤梯拈筆對晴暉。曾經破冡身纔出，自信開厨畫已飛。詠效洛生瞋技淺，賦同叔夜歎知希。平生酷賞唯安石，偏爲桓公涕一揮。

梁武帝宅 在上元縣城東十五里長樂鄉

此秀才堪作騎兵，三橋風度有遺聲〔二六〕。廟中垂涕尋香火，户外飄雲擁棟楹。大業儘從身得失，故居爭禮懺圓明。一家才調如曹魏，寶籙纔能十載贏。魏祚四十六年，梁五十六年。

百尺樓 在上元縣

壁帶遥從北斗懸，最高寒處著神仙。險同陳主逃宫井，雅勝齊姬湧步蓮。昨夜小樓風又緊，過江殘夢月難圓。紅羅亭子香蘭宴，總把繁華换可憐。

孫策墓 在蘇州府門東北二里〔二七〕

下馬神亭舞戟枝，英雄氣壓萬熊羆。如何撲鏡傷容毁，也類搔頭傅粉爲？文叔因兄纔作帝，諸樊有位不傳兒。喬公二女同孤寡，記得周郎手札披。

韋蘇州祠 在蘇州府學内左偏

武皇仙去剩閑身，射手俄驚筆墨神。衙裏焚香無别事，詩中成佛有斯人。唐書竟爾遺佳傳，白傅依然託後塵。永定禪林拾松子，併將寒露薦蕭晨。

干將墓 在匠門外

越絶談餘炭滿碪，匠門西去柏森森。雙煙一氣成虹霓，缺黍純鈎又陸沈。能與要離共青史，應同牧犢訴秋琴。五陵遊俠遥生敬，淬雨磨風夜夜心。

白公堤 即虎邱山塘路

也仿餘杭築大堤，經年十二度留題。貢尋橘柚湖波杳，賞到笙歌月魄低。名士服官皆有蹟，雜花無語又成蹊。紅欄絶少青山在，尚説紛華著處迷。

滄浪亭 在蘇州府學東

人雲寺圮此亭留，不數錢王樂爽鳩。酒食困人成小眚，林泉得主遂千秋。可哀兩字煩知己，獨酌連觴遣薄愁。吹笛夜塘涼鷺起，荷花風外有漁舟。

桃花菴 南畿志：在閶門内，宋章楶别業，明唐寅于此築菴，取今名。

端爲錢徽累此身，小闌干外露桃新。雨風易引殘春恨，雞犬難招避世人。婦孺齊聲説羅隱，詩書得氣勝周臣。六通八難閑參遍，澹墨痕中示浄因。菴有夢墨亭，亦子畏所題。

玉山草堂 在昆山西

且占豪華且占閑，半緣溪磵半依山。秋華小景入篇幅，鐵笛老仙時往還。舞罷翠娥分素紙，雨餘金粟滿禪關。從教大姓移豐沛，隨地埋身詎愴顔。

陸魯望别墅〔二八〕

星星漁火被江灘，甫里遺墟宿草殘。鶴夢最清風月悄，茶煙無跡水雲寒。溪山繞屋同鴻乙，臺省連章薦幼安。可惜春秋手頻録，更無箋疏與人看。

二陸草堂 在松江府干山圓智寺

晴臯鶴唳故堪聽，列廨東西儼畫屏。三世將家餘二子，千秋文譽遇雙丁。雅宜細煮青蓴菜，何事争翔白雉翎？兄弟瘠肥都略似，朝霞瓊蕊易凋零。

蔡邕墓 在常州府武進縣

一歎俄從座上收，全生翻羡閣能投。豐碑莫繼林宗美，秘籍徒煩孟德求。負鼓盲翁何所説？聽笳孤女最多愁。捕蟬倘向琴心悟，肯逐輕凫上下游〔二九〕。

東坡書院 在常州府治顧塘橋北

瘴海歸來萬里身，恐防看殺果成真。偏教買宅逢貧嫗，豈爲投琴慕隱淪？駡世文章終漏網，辭軀聞觀此傳薪。書堂便是華嚴界，長把峨嵋月照人。

李公讀書臺 在無錫縣惠山寺

芙蓉湖遶閣峥嶸，短李堂堂負盛名。作相基從知稼穡，遂人才每服歌行。孰嘲蝘蜓非無謂，遠適湘沅最可驚。松下壯心餘幾許？衰年回憶不勝情。

石曼卿祠 在丹陽縣治

幽燕豪氣竟何施？枉説芙蓉繞塹陴。一桁軟盤供劇飲，雙描翠黛寫春詞。樓頭濡墨偕惟演，泉下騎驢覓補之。歐相祠堂隔江界，鼪鼯也竄草離離。

藏春塢 在丹徒縣清風橋東

聲稱籍籍富歐閒，一釀錢微遂去官。養就木材空谷老，栽成花萼故人看。春風此日無多在，松色連雲特地寒。莫溯南唐賡祖德，江鄉名派久凋殘。

宗忠簡公祠 在丹徒縣學内

三呼黄河阻暗塵，星如茀矢下高旻。直同守塹摧羊侃，奚止行師失祭遵。舊句吟來新恨滿，兵機閒與將家論。中原父老頻南望，淒絶吴絃降夕神〔三〇〕。

米元章墓 在鎮江府長山

藻火繽紛一洗餘，三山瑰麗稱閒居。畫傳令子濃皴法，詩博舒王細筆書。尚憶連船裝古錦，可能墜魄化仙魚。墓田頑石如人拱，未必掀眉賞到渠。

丁卯橋 在鎮江府城南

一聲遮了緑成圍，詩客遺橋果是非。選日用剛聊可記，修辭好整轉蒙譏。詳見瀛奎律髓。穿城野水流花去，荷擔樵人伴月歸。夢裏飛瓊好臺殿，何如紅葉打山扉？

題江七丈松泉九丈蔗畦所搨劉莘老石鼓山題名後

楊繪引愆學士怒，此翁强項難令俯。一碧浮湘問朱鳥，二子從行登石鼓。屈讒賈放名非忝，泉花湧處山眉斂。指壁留題不署年，後人能記何時貶？北宋猶尊争座帖，四大家從此薰染。公書頗類山谷書，玉瘦崚嶒發光焰。兹時尚荷主恩寬，異日瘴鄉逾極險。惇也作慝寓微巧，謫所皆從名字檢。子瞻儋耳子由雷，莘老新州一棺掩。歸魂應戀祝融峯，蒼翠宜人好崖隒。聞孫摹搨臨深峭，絶勝構亭誇墨妙。孫覺與公同字，嘗構墨妙亭。歌頭曾博相臣歡，跋尾彌思祖德邵。從來顯晦跡相循，只有孤忠足憑弔。江丈弟昆嗜古篤，響拓氊椎自空谷。傳看正氣凛千秋，豈特琳瑯增録目？

茂樹次玉井韻

婀娜中庭樹，密葉垂繁陰。攀條在咫尺，宛若巖岫深。漏月延耿光，因風襲凉襟。緣根罕浮蟻，樂意聞新禽。幽人愛流蔭，布席成孤吟。養材知已久，娱目方在今。自異樗櫟質，勿受梁棟任。無用斯有用，微理差堪尋。

新蟬次玉井韻

夏閏未逾半，鳴蜩適應期。聲從風外落，人坐晚陽時。清況乃如許，流年大可知。有懷難自茹，非好語高枝。

校記

〔一〕飯　蕺園近詩卷下作「茶」。
〔二〕境　蕺園近詩卷下作「景」。
〔三〕維　蕺園近詩卷下作「微」。
〔四〕興龍寺　蕺園近詩卷下作「龍興寺」。
〔五〕湎　蕺園近詩卷下作「緬」。
〔六〕仍　蕺園近詩卷下作「猶」。
〔七〕猶　蕺園近詩卷下作「仍」。
〔八〕坐　蕺園近詩卷下作「生」。
〔九〕偶　蕺園近詩卷下作「藕」。「作」字後，蕺園近詩卷下尚有「三首」兩字。
〔一〇〕旨　蕺園近詩卷下作「意」。
〔一一〕此句蕺園近詩卷下作「技欲詡龍屠」。
〔一二〕滑　蕺園近詩卷下作「膺」。
〔一三〕陟　蕺園近詩卷下作「涉」。
〔一四〕鶱　蕺園近詩卷下作「鶱」。
〔一五〕月光　蕺園近詩卷下作「光月」。
〔一六〕蓬　蕺園近詩卷下作「篷」。

〔一七〕蕺園近詩卷下此句前尚有『草徑生暗馨，了不繫蘭蕙』兩句。

〔一八〕此句蕺園近詩卷下作『懷人發長喟』，後有註曰：『十年前，曾與春農信宿菴中。』

〔一九〕劉瓛　蕺園近詩卷下作『劉子珪』。

〔二〇〕此句蕺園近詩卷下作『曾與玄暉相唱和』。

〔二一〕上元縣　蕺園近詩卷下無此三字。

〔二二〕聆　蕺園近詩卷下作『憐』。

〔二三〕此二句蕺園近詩卷下作『信是靈光擅千古，不將姓字屬荆公』。

〔二四〕瓦官寺　蕺園近詩卷下作『瓦官寺東』。

〔二五〕荒　蕺園近詩卷下作『眢』。

〔二六〕此句蕺園近詩卷下作『橋南長者舊家聲』。

〔二七〕門　蕺園近詩卷下此字前尚有一『盤』字。

〔二八〕蕺園近詩卷下此題下有註曰：『在震澤縣。』

〔二九〕游　蕺園近詩卷下作『浮』。

〔三〇〕降夕　蕺園近詩卷下作『憶降』。

勉行堂詩集　卷二十三

楚豫之間集　起庚寅六月，盡辛卯二月。

六月六日過椶亭署留飲有作次韻

敲煩不耐此炎官，脱帽逢君意已寛。雨後苔縈行屐嫩，樹頭風送夕庭寒。斟篘熟酒連筒飲，拈曝殘書凴几看。端賴石交聯絮語，豈惟清暑戀齋盤？

六月七日招同玉井學子松泉椶亭鷺川耦生湖上納涼分得添字

先秋十日氣尤炎，棹八湖波鏡展奩。深柳亞橋孤嶼隱，高楠藏閣晚雲添。數聲蟬咽催持酒，四面荷香對捲簾。始覺身遊涼世界，照人歸袂有清蟾。

建隆寺避暑贈夢因上人

十年重訪寺，一徑共穿林。僧貌不加老，松風徐觸襟。誠知埃𪩘境，別有水雲深。讀罷寒山句，泠泠續梵音。

題朱仲嘉蜀道尋親圖

倚船窗眺峨嵋雪，絶境何曾易得來？可奈思親逢急難，愁看落日下長堆。江遭峽束枝枝瘦，樹有鵑啼字字哀。設色畫圖剛入眼，引人清淚墮瓊瑰。

題顧仙沂春草閒房圖

杏花明野屋，林表初煙霏。庭閒草易生，緑影蒙疏扉。幽禽下窺人，掠地爲淺飛。西巖歇微雨，翠篠通餘暉。擁書觀物化，爰得静者機。道心凝籟寂，無取清琴揮。

同看雲棕亭對琴過夢因上人雪廬茶話遲叔子不至分得交字

秋令行十日，訪寺過西郊。頽陽弄風雨，戰此炎熯交。梧竹貌清肅，第許蟬語淆。小花含露色，澹抹緣籬梢。名僧愛冷客，野簌充珍肴。所遲或幸約，歎息無訾聱。高城一回首，輪轂方喧呶。寧知結社侶，已卜幽人爻。

七月九日沈學子招集寓齋

漸欲生涼易入街，招邀深感故人懷。客中治饌偏能美，語次談經罕及俳。征思又隨鴻雁起，閒蹤難得水雲偕。何當歲晚相劘切，橘柚香清掩雪齋。

七月十六夜椶亭招同人泛舟紅橋聽石莊上人吹簫彩郎度曲作

白露未零熱未已，晚來圓月當澄水。水月相涵得少涼，故人招遣嘗醇醴。阿師橋畔縞如霜，三賢祠邊翠若洗。酒後舟行從緩緩，夜靜草香猶靡靡。觥籌絲竹錯雜陳，醉裏聞歌易感人。怪他衲子參神解，竪笛吹來六氣勻。阿彩年纔十三四，唇舌應簫柔且脆。宛轉蟬聯哀艷呈，將無破道妨老僧。潛虬不吟語蟀咽，座客徐聆歎奇絕。調轉腔移半闋闌，天清月徙三更徹。林亭泉石澹欲無，好風瑟瑟吹輕裾。迴燈泊船衆響寂，荷葉千枝向人碧。

徐藝農招同人小集分詠鶴聲

張口向孤月，秋亭漏點殘。有人眠未穩，茲夕露尤寒。

滯雨

滯雨通宵夢不成，打窗縈砌亂疏更。似嫌急點能催曉，頻向蕉林作慢聲。

竹西訪桂歌

百花大抵乘暖開，冷始繁者菊與桂。菊唯點綴籬落間，桂亦連蜷巖壑際。生來蹤跡總幽偏，桂之視菊温而惠。涼風琢露作玉團，老竹環村散秋禊。仙人修月並修樹，悉遺如規作圓勢。吹香雖好葉尤勝，翠色濃陰交翳蔽。南來未訪紫陽花，晚棹閒過邗水裔。何人植此萬萬本？園子荒蕪花不替。比櫛都無隙可窺，迤邐難窮境所詣。奇芬四觸豈煩覓？緩飲一觴聊注睇。巖山圭木古心性，金粟如來在塵世。不因凡土改辛辣，肯使他叢出根蒂？拳石周遭絶深峭，清池掩映逾溶濟。蒸雲遂欲變黄海，拗朵旋將安緑髻。海棠階畔蟋蟀吟，酷郁頻來襲襟袂。候爽纔知氣正中，河斜更覺天澄霽。江干席帽春復秋，只有看花爲得計。孤梅矯絶稱大宗，似此奚慚名族系？明年北地勞相憶，但取蟠枝香細細。北地唯有蟠桂，價貴不易得。倚笻忍訊平泉舊，流涎枉羡頫斯製。到頭終遜愛閑人，穩卧空山看落砌。

秋燕次汪春橋韻

漸圖歸計未應閒，猶自喃喃語未删。月社獨來稀舊侶，苔墻輕掠有詩斑。翩翻急影過寒水，淺澹斜陽抹遠山。且補香泥休徑去，金堂人易愴離顏。

錦春園看桂

中流聞飛馨，始識園墅近。停橈陟幽岸，步步生緑韻。樓榭互環匝，丹粉自昭藴。隨地得花林，隔竹散煙暈。黄深白淺澹，類植不相紊。老叢鬱高致，憑石如几隱。多雨勿能妨，香氣静逾奮。飄英糝粟粒，落落布蘭蕡。攀枝證禪諦，獨契語仍靳。江干足清景，境僻罕尋問。寧知持蓋遊，小坐愜吾分。餘芬送懸帆，冉冉襲重緼。

白沙中秋示姪丹書

堅晴四野慶秋成，滿月行天萬象清。露濕桂囊馨晚砌，風傳柘鼓亂疏更。辛盤列炬思前賞，己丑除夕寓此。柳葉飄衣問近程。隔夕蟾光知未减，峭帆應住石頭城。

十六夜江心玩月放歌

天懸一片青瑶席，帖上團團玉蟾白。影落空江萬里明，疏風夾岸摇蘆荻。夜深江静少船行，飛墮涼鷗聲拍拍。昴畢徐升欲二更，露珠潛向篷窗滴。生不嫻羽衣横吹鐵孔笛，亦不能綽鐵板歌商調激。但覺心清萬慮澄，眼中了了非塵跡。少别江南八載餘，故景重逢驚創獲。金罍廣開瀹逾碧，曾無一點雪衣襞。水月蘆花爲一色，舉觴連釂漸成醉。醉亦不眠坐通夕，人生詎可無行役？

燕子磯

社燕盡歸去，青山影尚留。帆痕低拂水，柳眼倦迎秋。風送塘西曲，月御松際樓。南朝千載事，一笑俯清流。

留宿隨園别袁存齋

其一

前夕耀圓蟾，微風送帆片。浮觴先自慰，指顧達江甸。我有蘭石交，巖居川壑觀。歲致四三書，不敵一會面。頗聞伏枕席，病與秋争戰。款關不能迎，八室褰帷見。爲言疾差已，畏避風如箭。握手悲喜併，小聚果如願。所争在存殁，敢恨鬢絲换？庭樹多老態，溪花似春絢。拂我舊眠牀，食子常餐飯。支頤對書閣，横肘當琴薦。刻燭期夜談，叔寶那辭倦？

其二

年來君稍貧，未至缺升斗。開户延衆山，鍵户事阿母。阿母近九十，精力未衰朽。小病與子同，拒藥不入口。寒熱勢甫平，竟日堅坐久。時復入中廚，割肉斷葱韭。幸哉有令子，唯孝稱老壽。伶俜女一雙，幼者生己丑。指我怪長髯，拜我拳兩手。拜已姆劍持，遊戲亭左右。君曰子慈之，余敢拒勿受？不因孱兒病，幾欲訂爲婦。相顧各衰年，卻立顧其後。唯應悟達生，徐飲佐談酒。

其三

林園所熟經，舊賞愜新趣。迢迢八年别，促促六宵住。豈惟主人情？猿鶴悉知故。憑欄俯蓮汉，陟榭尋杉圃。意得山鳥喚，聽清澗泉注。三間思久借，半世爲塵誤。爲學果何福？小隱亦堪妒。君知余將行，謂後不難聚。斯言雖互慰，惆悵情頗露。應識飢驅人，動止費調護。寒更急沈箭，朝日俄升樹。漠漠叢桂馨，送客出門去。

其　四

且話且讀詩，詩卷選方闋。尚恨文稿繁，未暇悉流閲。當夫坐相對，瀾舌翻已竭。别後重思維，幾許忘陳説。乃知去終遽，咫尺判秦越。事有宜口傳，非可藉筆札。荒雞唱山店，輾轉成淒咽。甚願愛兹身，養之類金鐵。他時對宅居，丹槧互怡悦。松楠老幹枝，不受繁霜折。矯首望江城，清雲渺天末。

去廣陵二首

其　一

九月越三日，程子去廣陵。初蟾如眠弓，岸草含煙明。登艫剔瓦炷，愴恨百念縈。自失阿兄來，有若隆棟傾。遠聞輒魄駭，近睹彌心驚。撓雜類棼絲，疇能使機清。久留諒無益，聊且催行旌。寡嫂見我去，拜跪涕縱横。叔視諸從子，幹蠱非所能。煢煢五歲男，弱妾所晚生。汝兄病革時，指此言丁寧。願以此累汝，教之俾有成。再拜啓阿嫂，此語敢敬承。余苟不即死，勤遣讀古經。貧子得書詩，如杖可輔行。茫茫九泉下，有以對吾兄。嫂再拜起謝，雖死感子誠。揮淚出門去，寒風拂衣稜。

其　二

衰年甫舉男，彌月行遠遠。回頭足歡喜，憂念亦豈免？傳聞最靈秀，益遣挂心眼。書來説有疾，中腸爲屢轉。三母撫孱兒，藥性詎能辨？顧此髮蒼蒼，睠彼情婉婉。何曾撫抱勤？但憶眉目善。兹行擬救貧，貧乃不可遣。深盟負煙霞，淺夢寄豚犬。投老服微官，進退益偃蹇。如此好溪橋，何當遂疏懶？

哭丑兒

其　一

傳聞小疾屢延醫，近少家書頗致疑。一紙忽傳酸骨語，百端難解過情悲。倘云誤藥寧非命？再祝宜男已是遲。悔不攜孥江海去，免教縷縷促歸期。

其　二

年來觸緒足憂慬，自得兹兒頗慰欣。身外頓除情繾綣，人前難答問殷勤。本無長物堪貽汝，猶冀他時學誦文。孑爾一身何所寄，頻繙蠹册擁爐熏。

萬里春 次和偶如弟詠煙花

涼風拂翠。簇嬌紅含蒂。未供人、酒畔噓雲，憑相看如醉。繡譜遺名字。是氊帳、獨眠情思。倚西風、薄媚矜持，檢巴姑箋記。

偶如弟齋中看菊

半舊衣衫半老人，訪花不憚犯霜晨。入門果見枝駢錦，徵酒欣逢甕貯春。坐久香痕微掩冉，晚來燈影最清真。東籬點綴尋常事，小疊秋屏景倍新。

題陶悔軒太守望衡圖

衡岳相望如對宇，合江有跡尚名亭。今人不在古賢下，近壑能含遠岫青。迴雁送聲清入耳，幽蘭弄色晚遮廳。敬微風趣少微畫，勝事他時補水經。

十二月一日自淮之濠將遂入都留别諸兄弟戚友及瀣亭昆季三首

其一

歲光倏將闌，客子趨首塗。賓友揖前庭，觴榼連後車。便蕃聞吉語，繾綣牽長裾。豈不戀鄉國，一椽嗟久無。巨川移别壑，涸轍爲枯魚。歸鳥投故林，已屬他禽居。長安米薪貴，江介逢迎疏。僕僕難久留，況擬營精廬。人生難合境，開闔如户樞。直截慮寡味，要使多盤紆。進止聊信天，非所能豫圖。倘知我悲懷，勿更歌驪駒。

其二

驪駒去匆匆，西日逝促促。斷戍咽淒笳，荒鴉啄枯木。故家幾兄弟，密邇匪疏族。衝寒送遠行，顧爾尚單服。重綿果奇温，竈突煙不緑。離披事鶉結，枯瘦喻蟬腹。昔時繁華界，寥落遽盈目。居者悉如斯，翻羨行逐逐。守貧未易言，堅忍貴自勖。松筠有操持，雪霰無殺戮。聊將片言誡，用代數聲哭。何當回陽春，積凍解冰谷？

其三

冰谷鬱峥嵘，耀眼玉光潔。將傳遠道心，惜少梅花折。我有金石交，乃在阿咸列。年齒相比次，書卷互礲切。病不耐官職，試乃久蹉跌。一水抱林亭，以逸自怡悦。多年雞黍約，適踐遽言别。篇章雜涕淚，輪轉中腸結。縷語剔青燈，寒風刺酸骨。兹身宜自愛，嘉遯明素節。木雁神自專，腐鼠味終劣。行思對宅居，問難申甲乙。藥苦宜急吞，味珍貪緩嚙。庶幾娱晚歲，接膝慰飢渴。

别述先

衰年又作此别離，絲鬢相看敵冰淞。去雁棲鴻總寂寥，沙汀雪沚勞相送。西日如盤黯不紅，南河繚帶堅成凍。風霜於我久習慣，尚費臨歧説珍重。之燕翻作泗濠行，大抵浮蹤多鑿空。幸非垂足懸崖試，豈必彎弧當的中？箋天乞問幾曾得？聽雨連宵未容共。纔見塵消又積塵，豈惟痛定仍思痛。何處能偕大隱居？此生未醒遊仙夢。家門零落到吾儕，端賴艱貞與彌縫。爾餘雞肋匪棄物，我向鵷行覓微俸。一味忘情豈易言？十年成樹猶思種。轉頭揮淚看迴車，漸隔堤煙穿岸葑。燈下應同笑伴談，初程此際停驂鞚。勿恨前期太渺茫，儘隨造物工摶弄。神光離合喻雙劍，雲表迴翔歎孤鳳。安知列廨不相依，勉矣袪愁倒香甕。

留別楊鑑堂

其一

酒悲何事起當筵？遠別逢君篤老年。磐石要盟如昨日，孤雲蹤跡向誰邊？山僧退院仍參佛，水鳥求魚但信天。穩護食眠登耄耋，他時握手益欣然。

其二

偶緣避債來江國，誰料鄉園住更難。俯首最慚涼鷺侶，愜心空負好魚竿。老圖饘粥猶無術，飽閱寒暄已倦看。斷句八章吟旅次，西風吹淚幾曾乾？

別弟偶如

遊衍歡場不自知，飄然別去悄然悲。屢煩夏屋陳多品，酷愛西陵獻小詩。白雨點翻歌闋後，黄梅花謝臘殘時。未須嘅念遐征客，弱體工愁慎自持。

途次寄灐亭昆季用別述先韻

故人感我事長征，涕淚霑鬚結霜凇。滿勸三杯臘酒温，默馳千里心旌送。兄賡弟和豈不樂，活水園林初解凍。祇是挑燈念別深，早梅亭館春愁重。壁間有我舊題詩，掩映圓題補方空。屢馳箋札僮應倦，不設機鋒談亦中。湖山遊歷成虚約，文字因緣難久共。别語纏綿寓諍規，何異神針施病痛。落月空梁愴客魂，霜天野店凝宵夢。投贈篇章反覆看，天衣渾合無絲縫。占得才華又占閒，鶴糧大可欺官俸。由來養疾藥宜慎，暢好關門菜勤種。妒煞榕陰十畝寬，蜻蛉船小行菰葑。他時請急重歸來，蹇驚纔能卸韁鞚。雙林淨業思長住，小笛漁蓑供晚弄。久已逃名慕伏雌，不煩高舉追翔鳳。定應開札笑癡人，未了寒虀三百甕。

寄内

衝寒不憚起蕭晨，耀眼冰華泗水濱。傳語金錢休卜遠，南行人是北歸人。

盱眙縣

小邑聚寒色，斜墟喧野風。打冰人唤渡，穿岸月懸弓。巷笛送遥吹，漁燈飄晚紅。山荒草枯盡，延望尚無窮。

古溝

淮流導桐柏，南下勢泱沛。匯爲洪澤湖，包絡徐揚界。黿鼉蓄憤怒，星斗涵細碎。古溝承下衝，險要扼其最。頗懷卅載前，秋漲雨滂湃。皇皇淮海民，行懼爲魚類。長官奉牲祝，天意不少悔。大波走山清，岸動若摇膾。計惟決古溝，庶可緩激汰。居民數萬家，防守夜不寐。傷少救實多，酌劑出機械。金堤一線開，白骨千堆在。到今雞犬静，疏密水楊對。長帆掠遥涘，風響迅濤瀨。兹湖本清流，利涉厥攸賴。借黄自明初，用以濟糧饋。刷雖恃淮力，壅亦受黄害。湖身日墊高，砂礫塞其内。所繫誠不細，況復懲往誡。願言告冬官，長算操勿懈。

望龜山

小山坐鎮淮泗間，老木叢叢紛聚蟻。新河故跡想無存，遶址寒流卧殘葦。不作龍眠鶴翥空，伏氣嚴冬曳其尾。往賢談笑雜禪宗，七百年來繼者幾？山川不必太幽深，只要高人談斐亹。欲往攀躋歎路紆，心逐飛鴻翔急飈。停車擘紙慰山靈，照袂迴環初月朏。

濠梁雜詠四首

其一

魚樂濠梁未易知，高人玄解渺難追。泗徐風氣驂相靳，宋魏疆場局屢移。禪窟半山棲衲子，秋墳兩地葬虞姬。憑欄絶愛長淮水，蘸雪拖煙出郭遲。

其二

衷甲潛師夜不囂，手中如意太風標。呼盧作簺良難及，騎馬猶龍故自超。朱瑾兵能增壯氣，郭廷心尚戀衰朝。紛紛割據成何事？剩有殘僧話雪樵。

其三

龍劍提攜運虎韜，賣漿屠狗盡英髦。心勞祇在平南楚，手滑誠知過漢高。千載規模垂典誥，一時輔弼遜蕭曹。累他冗散犂眉叟，歲晚歌吟寄鬱陶。

其四

風雨園陵燐火青，蛟龍舊説起遥汀。赤眉遂有摸金想，黄壤猶驚掣電靈。當道高樓沈夕鼓，插天雙闕映寒星。擁旄伏節傳孫史，運去都無伐可銘。

留别吴丈山夫

十三年别三宵聚，先生告歸吾欲去。歸日猶悤去不停，磨上蟻旋株待兔。生平不作率爾人，此際難尋灑然趣。青氊坐席挑寒燈，紅藥闌干吟斷句。敢説天公位置非？相看尚得完儒素。大苦由來爲有身，是身外復多姻故。王郎去食良非易，向子寫經如可慕。似我真慚逐絮萍，羨君且得依丘墓。金石斕斑與訂疑，蟲魚細瑣煩增註。淮干耆宿凋零盡，舊物於今推獨步。珠湖水面櫯頭船，正待拈毫詠漁具。夾城柳色鶯調曲，三月桃花人喚渡。爲問貂裘下釣絲，何如棕帽遮桐雨？吾家瀊亭病謝客，阿弟攻文能自樹。相逢定把玉巵談，念遠仍期錦鱗附。後十憶詩倘付鐫，寄與春明慰朝暮。

合肥道中遇雪

旅人喜晴農望雪，一境難教兩怡悦。天公酌劑重輕間，唤起玉龍霏玉屑。及此春前臘未終，三日先庚補其闕。飛花落絮紛妙態，漫隴侵畦非泛設。宵眠一榻重衾薄，曉歷千村雙眼潔。需泥滑滑没長韉，上阪盤盤虞九折。田父關門正睡酣，輿人側足都愁絶。紀程月朏月圓時，暖色恬融霜不冽。頗覺輕裝整卸宜，劇憐寒序風光別。須知夷險有乘除，那得修途遵一轍？槖囊沾濕渾閒事，麥麨穰稠應飽啜。或言昨冬雪三尺，今夏蝗蟲禍尤烈。我寧信常不信變，耒耜諸經有成說。況復官胥掘蝻子，毋俾易種存遺孽。行路雖難已慣經，豐年可樂于斯決。當前絶愛景色佳，粉堊何曾費雕鍥？翻鴉似墨灑箋素，立樹如人施珮玦。北苑疑繙畫本看，南溪只少梅英纈。炙餅炊茶小店清，烘衣熨手西風劣。登車遥睇古浮槎，疊巘森森魚貫列。

途次立春寄懷舍弟述先

十日餘冬暗換春，征驂回念獨居人。迎年最是貧家忌，乞福終疑冷竈神。庭際孤梅舒萼緩，江干細柳擢芽新。時時夢到書堂下，手把吟箋點勘頻。

柘臯斷句十五首

其一

欲訪劉君跡，今無慎令碑。依稀二百字，歸日對燈披。

其二

獨秀因名蜀，山分大小形。故家邗水上，也有一岡青。

其三

矯首東南望，曾無孔雀飛。單禽巢尺木，獨立想餘輝。

其四

潮與胥門應，千秋表至忠。如何異杭郡，香火奉沂中？

其五

沮澤三十六，祇今存者幾？微聞蘭杜馨，箏笛沸沙尾。

其六

木著繡裲襠，倏然被儒服。是否寓閒情，讀書兼讀曲？周公山，公瑾讀書處。

其七

紫髯急登船，張齊淚如雨。藏舟壑已移，漁唱出煙浦。

其八

燃脂滿將軍，用爾周郎策。勝負理循環，斯名小赤壁。

其九

疲馬愁程緩，驚鴻掠岸飛。臨流歎肥水，同出不同歸。

其　十

天褫强秦魄，人誇兩謝功。國殤多少在，歸去哭符融。

其十一

雅謔殊堪憶，佳名會錫渠。一鞭風雪裏，散秩合司驢。

其十二

韋虎最清羸，岳王苦寒嗽。由來大將才，不必皆健鬭。

其十三

霸業吳初建，鞭笞走蔡儔。李花終自艷，奚待斫楊頭？

其十四

手把金巵勸，樊公遇合稀。病中惆悵甚，親見白登圍。

其十五

墩畔祠包老，清容挾冷霜。河清雖未易，猶恐遜元萇。

途次有懷滇南二友

王蘭泉前輩

縷縷千言萬里書，磨穿盾鼻尚思余。生平氣誼文章在，落日鄉園涕淚餘。且喜慈親身正健，漸成歸計夏方初。異時通籍承明裏，兀兀相從注豕魚。

趙璞函同年

休文瘦損不勝衣，匹馬仍隨羽檄飛。三月成詩凡數卷，千山送客又斜暉。荒涼地要人留詠，談笑閒看敵受鞿。得父膏腴憐令子，幾回書去報當歸。

六安紀遊四首

槐花沖

老樹無纖榦，孤吟向北風。人稀鴉列陣，霜曉月行空。去阪作龍臥。伏岡疑獸窮。短車搖兀兀，睡思尚朦朧。

苦竹河

土室連蘆屋，人煙此稍稠。佳名傳苦竹，小令唱甘州。糶穀如聞賤，垂竿亦有求。山僧衹聳甚，指點勸登樓。

棠梨岡

不見棠梨樹，空原有墓田。西風吹急雨，孤墅引遥煙。水駛欲侵屧，草青知换年。棲禽倏驚起，應爲撲吟鞭。

楓香澗

曲磵環岡勢，幽偏致足耽。高雲來觸袂，殘葉下歸潭。虚艇不招渡，晚鐘徐出菴。相逢垂白叟，愛聽率真談。

題易咸叔惜陰小影

口傳劉瓛經，手寫何妥籍。臣叔如古人，兀兀光景惜。紛然好眉鬚，坐此黑變白。精神入蠹簡，遊衍乃大適。康成諸婢僕，亦解誦典册。以兹付圖畫，影響妙刻劃。看取桐陰斜，遥對楸陰直。

贈别夏湘人

老嘗貧境肯低顔，慷慨俄形指顧間。病起門庭清似水，讀殘書卷積如山。冰天舊夢迴孤枕，梅苑疏香拂淺灣。蹤跡久疏判袂速，應憐倦鳥不知還。

霍山道中

一綫山腰路，青含赤燒痕。田低泉入隴，寺隱石當門。峯頂鶴孤往，松山雲半吞。陰崖韜日彩，錯認近黄昏。

山行口占

其一

盡日看山坐軟輿，手中仍把一編書。只除觸曉淩寒起，此外何曾略負余？

其二

一道泉流百澗瀌，千峯迴合萬松鋪。此身已是雙身幻，坐畫圖中看畫圖。

其三

離披石影瘦崚嶒，拔地穿雲勢欲騰。飛鳥到來如欲避，尖風迴吻立蒼鷹。蒼鷹崖。

其四

鳳去臺空記昔遊，那知晾翮此山頭？九千仞上翔寥廓，下視蓬萊水一漚。鳳凰嶺。

霍山守歲

往復江干路七千，粃盤藴火又經年。心爲形役勞勞爾，山展春容霍霍然。淮樹燕雲都入想，緑蓑青箬尚慳緣。鄰雞迭唱天微曙，兀坐貪看燭影圓。

辛卯元日試筆

八表同開壽域新，祥煙旭景啓初晨。占時屢見逢穰歲，沛澤行看及小臣。取暇支窗尋蠹簡，探花攜榼趁韶春。雪髭盈頷丹顔改，只有年光不負人。

遊霍山

于役匪近遊，勝境亦頻踐。舊聞南岳名，及此始經眼。爰乘朝氣晴，遂陟雲中巘。峯欹隨樹隱，泉細逐巖轉。層絡相蔽虧，湧現極微闡。襲衣梅未摽，承履石斯扁。高崖立騶虞，濕濕雪光泫。金神赫以怒，玉色蔚然變。懸壁峭鋒鋩，卧壑堆甑甗。側足竟靡所，掉魄知不免。有風洞中來，初若領微善。俄爾掀大波，浩浩恣舒卷。草卉遭蕩激，陵谷慮夷殄。身輕或飄去，羽化逐毛毨。靈湫澄不動，下視静若洗。其質最清微，酌飲極甘雋。墜霧雜流雲，于此久縈羂。空澹勿可名，龍齒所嗽吮。紫電掣淵水，緑雨灑郊畎。神功歸造化，掉尾伏蜿蜎。惟漢建元中，于此築壇墠。祝融八姓神，來降飫牲犬。明珠輝繡衮，黄玉導蒼瑑。霏煙來丹軫，華月捧雕輦。不知何峯上，築土瘞金簡。昔看贔屓横，今少史程篆。地脈厚以澤，千古豐物産。鱗杉鋭上端，黛柏列遥棧。漆栗所取材，蘭茝亦紛衍。秀葛蔭疏桐，繁芝擢芳蘚。羅羅萌竹笥，簇簇布茶荈。採堪備包匭，望若垂髮鬋。雪消鞭漸抽，花後旗初展。至味得山心，冷食佐禪膳。荆揚集商旅，川港駛艖艑。攘攘走壑谷，汲汲善鳩僝。伊余抱山癖，適至愛遊衍。于時春尚穉，未聽鳥音睆。猿訝一巾偏，鶴隨孤杖撰。探幽類讀書，曲折益詳辨。所得匪意料，奮往貴知勉。明發重裹糧，勿惜足胼繭。

題畢樹滋塞獵圖

其　一

籠鷹手挽射雕弓，踏遍胭脂塞土紅。此是左司年少事，異時詩句擬陶公。

其　二

細馬明裝擁固始，邊秋唱徹小單于。晚來軟語氍毹帳，藥玉盞兒飲得無。

霍山雜詩

其一

馬糞諸王聚族居，因憐末行苦留余。粉餈饋用烏蠻榼，翠鬣擎登淠水魚。

其二

繡燭披紅夜向晨，門前馬色起征塵。一樽緩勸將離酒，更著青山遠送人。

其三

背郭青林霧氣浮，低棚小榭絶清幽。自慚徵逐紅塵去，不爲嘗茶啜茗留。

其四

天際浮螺擁髻鬟，清泉細汲飽看山。祇愁小住能妨福，敢擬移家著此間。

固始縣曉發

一城斗大俯平川，兩夕西郊博晏眠。冷暖自持孤客況，陰晴莫定早春天。柳含嫩色縈堤側，山少奇峯立馬前。秔稻最多魚蟹賤，此間長住信安便。

歸雁亭

春風已到弦黄國，車馬驔驔驅不息。歸雁亭邊雁遞聲，一行與客偕還北。湘南菰米豈不戀？來往嚴期如豫尅。是物都隨運轉移，浮生那免塵羈勒？惜爾來時不過淮，故家住向珠湖側。定有長箋寫别情，絶憐淺渚韜寒翼。陣斷從知片影孤，天高最怕繁霜逼。忍取鳴琴一再揮，俯看流水清泠極。晴臯雪盡大堤平，亭子岧岧入雲直。縮手垂鞭正懶行，輕煙細柳都無力。歐公去後七百年，誰向荒蹊勤物色？偶然閑事屬勞人，也拍闌干憑頃刻。驗候頻拈小正書，紀程且搨斜行墨。

修竹臺

檀欒今不多，臺榭異豐構。蕭蕭幾枝葉，淺翠落沙溜。當年學士肥，愛此竹枝瘦。叢低雨勢斜，林密月光漏。留吟不計工，遂已足傳後。蒼然一片石，磨滅失點讀。大都古遺跡，名在實難副。聊尋野亭步，坐聽清風奏。刀筆刻琅玕，記目所親覯。

光州雜詩

其一

山泉百道匯成河，艇子邀人狎緑波。風景自兹分楚豫，蒜畦青比菜畦多。

其二

蓼邑斜連淠水湄，鄰封土物詡珍奇。果貍甜美鵝肥腯，不敵儂家有鴨兒。

其三

草笠編成入市初，不愁風急雨疏疏。便思結個茅亭住，看種紅蘁讀異書。土人善編草箬，種蘁尤盛。

其四

小憩禪房静不煩，微聞竹外有鶯喧。春光果是今年早，紅杏駢枝作上元。

汝南懷古六首

其一

堅伯信有道，經術爲儒宗。三仕倦遊歷，一椽掩蓌蓬。汝墳誠可歌，蓼莪亦可風。韜光此明時，勤母之尸饔。

其 二

處材不材間，黠者蒙莊子。大賢如河江，浩浩任填委。卓哉牛醫兒，黨錮莫能指。奚待著書爲？僞託天禄史。

其 三

友朋喻土德，厥用周四時。大樂無柷敔，動止何由齊？此道今不立，往籍如可稽。崇臺拜范張，炙黍烹黄雞。

其 四

董袁粗暴人，誅閹太狼藉。仲舉鸞鳳姿，乃匪椓子敵。天下未易澄，曷若掃一室。所以郭林宗，至輒拚几席。

其 五

參商主兩墟，兄弟實乖異。祀典尊大神，釁乃集門内。古稱二龍鄉，亦復循此例。月旦徒勞評，其後我將議。

其 六

析産本秦俗，後世奉不違。孟嘗取弊棄，乃復工言辭。觀其放逐時，戚戚户外悲。幾見純孝人，而以財自私？

葛　陂

一陂新水白泱泱，擲杖遺聞或渺茫。照眼櫻桃花數點，柳風吹動袷衣裳。

鵝鴨池

鬭鴨籠鵝兩不妨，春池瀹淹澤蘭香。柳詩韓筆仍千古，武略何如翰墨場？

曉發朱仙鎮

趨朝有近程，覽古乏雄作。束衣撫鈴馱，曉色展雲幕。堤寬千騎容，林邃衆禽樂。世泰罕巖疆，風俗守耕鑿。土人談宋事，淚迸齒猶嚼。忠義在人心，膚切匪隔膜。事往足興嗟，天寒思命酌。側帽去匆匆，桃枝舞風弱。

題湯對松給諫就日圖

大梁陌上驅車客，款户尋君近消息。手把行看子示余，海天一碧澄秋色。島嶼蟬聯樹蔽虧，紅萍控馭金鴉翼。長鬚盈頷映丹顔，來往煙雲拂巾屐。頗疑此是古仙真，不食人間煙火食。見説淩波龍節舟，曾經絶嶠鮫人國。乘風旌旆最悠揚，弭跡黿魚弗惶惑。還朝又閲十年餘，詩筆多於怒潮積。海棠靈鵲聲名舊，烏府霜臺風範飭。豈獨文章嶺外傳？驄馬驕嘶人盡識。滔滔江漢昨拏舟，宋玉羅含有遺宅。邇聞中州名下士，極口談君交嘖嘖。入唯奉母出傳經，更借丹青表襟臆。瞻雲幸不違跬步，向日何容釋昕夕？把卮閒話到西湖，葛嶺梅花應放白。爲言自此攜家去，鋤菜澆松良亦得。君家住近嶺東西，人與香光共喧寂。貓頭筍闊芍田斜，蠶月桑濃柳陰直。聆之從臾復三歎，恨不支笻日相即。故書堆著兩修髯，談笑從教風墮幘。他時曝背就南軒，定有奇温獻丹極。

古大梁行

荒煙古道生荊杞，展墓遐思魏公子。決溜懸河喻淚多，輕財好士無君比。濁世難居最盛名，賤流乃荷殊常視。二千餘載景光新，酒色何妨促年齒？身亡國與亦俱亡，方信名賢可深恃。誰與奮起繼英聲，只有寒風吹易水。載稽古事若循環，變視其中推厥始。春秋世禄執大權，幾許奇才沈下里。洎乎戰國衍儀流，韋布縱横拾金紫。奪人卿相破國都，談笑間纔一彈指。因之嗜賢若飢渴，淺技薄能皆可喜。自茲遊俠遂争名，迨漢西京猶若是。刻舟求劍嘻其甚，懲熱吹齏諒非理。他人所好得糟粕，公子探珠研玉髓。驕矜示色雖可規，正見疏懷無飾美。未須刺繡憶平原，暢好執鞭同太史。到今遺俗重恩仇，髮上衝冠裂雙眦。北去遥瞻博浪亭，壯士行藏真弔詭。一椎兩事足千秋，後有秦皇前晉鄙。

梁園行

梁園兔月微微缺，彌望平蕪消積雪。錦騎霓旌久寂寥，朱樓粉堞俱磨滅。分藩在昔築新宫，浴雁翔龍更在東。不是憑依母氏慈，豈容執手重揮涕？阿兄堅忍過先皇，常棣猶能誦幾章。百姓曩曾逾制。愛士清聲原足忌，多財流弊信無窮。倉皇吴楚兵戈際，大都耦國嫌歌布粟，雙星今不歎參商。同時嚴馬皆才子，奢僭何曾聞諫止？文士由來善誤人，賦心未必能通理。元王醴酒奉儒生，後裔談經藝術精。更有河間尊禮樂，千秋青史蔚聲名。孝王亦是賢豪者，買骨多因求駿馬。數篇賴有好詩騷，絶代唯傳此風雅。簫鼓繁音接吹臺，紫鸞白鶴想飛來。三蒼遺字誰能辨？大阮悲吟只費才。金枝易代頻更换，别館離宫構無算。周藩竟爾肖梁亡，倒決河流相浸灌。修竹寒煙古水濱，居民指點尚驚神。緑分蘭渚青娥色，紅破梅花絳殿春。東風十里梁城驛，無復嗚臯送征客。卧甕難尋畢卓墳，著書已失虞卿宅。窣地縈波萬柳絲，三千殿脚擬腰肢。晚來醉倒樊樓側，火暗燈清又一時。

艮嶽行

神霄紫誥凝香靄，極意娱遊知弗礙。已築華陽禮上清，更培壽嶽摹東岱。禽魚靈囿任飛潛，弓鞨高禖虔報賽。當年慘澹事經營，要抉天根窮地肺。峯隨雲吐盡玲瓏，水逐風行恣縈匯。翠竹斜穿緑碉腰，紅泉倒瀉蒼巖背。卦取連山得夏時，星連營室師秦代。七寶裝從鏡殿環，九枝燈與珠光配。儼同三閣望神仙，奚止千門敞闤闠？花如解語石能言，定訴催綱煩苦態。最憐芝館漾清華，又羨農家去雕繢。黄竹叢深雪塢平，白桃花澹漁航對。户外煙微鳳腦馨，簾前雨細龍團焙。弆藏名畫由心契，臨搨羣書經手裁。牙籤是處軸相連，小印多年紅不退。太清樓似太清年，轉眼教人詫興廢。艮方亦自有金源，江介何容標木柿？可憐秀壑擬仇池，攻具頻隨飛礮碎。鸚鵡含情問上皇，珮環何日歸南内？纏綿詞句訴飄零，駢儷文章謝頒賚。恨不移將錦洞天，略煩點綴丁零塞。因知造物忌奢盈，攲器防傾土鼓概。亦由委任總宵人，諾唯從君如不逮。近臣踏鞠太匆匆，天子騎墻方憒憒。不見柏梁災後建章營，九成清冷乾元塏。但令翊贊得忠賢，未必遊觀致疵纇。此地遭逢信不辰，一記流傳供詬誶。倘云李煜是前身，幸有婆留充後輩。禁扁今無隻字存，黨人尚有豐碑在。他時聚景更名園，南北高峯拂螺黛。吟社人旋赴月泉，夢粱録又勤登載。從來禪乘善爬搜，只有繁華生感慨。荒堤騁目思何窮，聊對斜陽舉樽斝。

金明池覽古四十韻

凝碧三篙水，曾容萬斛舟。昆明漢朝制，玄武晉時洲。麗日開鵝鸛，晴煙上衮旒。六韜親講授，八陣隱隅陬。快劍森長戟，重弓挾二矛。魚龍皆宿衛，參畢擁旗斿。迭對艅艎擅，孤行艕舟旁優。櫓摇聆語雁，帆舉逐翔鷗。捷步疑登陸，潛蹤果善泅。飄雲俄爾集，猛雨颯然收。遂往江邊砦，真如領挈裘。偏師從采石，大捷獻清流。降表蟬聯至，温言次第酬。翻教修堵禦，知定匪仇讎。已見南朝服，仍殷北地憂。秦王饒武略，魏相具深謀。謂王朴。氊毳三千帳，燕雲十六州。居高誠易呼，懸足敢輕投。竟使巖關下，行思故地求。倘令綿鳳紀，詎肯劃鴻溝？病豈緣銷佛？天偏不祚周。氣能吞虎兕，運止敵蜉蝣。有宋洵寬大，開基太葸柔。力纔堪自守，智不及遐搜。此地仍清絶，閒時選勝遊。竹松煙滅没，臺榭玉雕鎪。何處馳蓉檝？誰家試錦騮？絮沾思女袂，花拂酒人頭。選舞嫌宵短，徵詩歎物尤。地圓初作社，山瘦欲迎秋。事往繁華改，春中景色幽。荆凡奚得失，蜩鷽枉啁啾。引汴功非淺，環堤跡自留。有緣來問渡，無緒適登樓。湛湛如相照，茫茫遂起愁。斜飛月汀燕，雙唤雨林鳩。淺葉縈蘭荻，疏鱗躍鯉鰷。亭欹拳石倚，井泐晚梧稠。細笛時傳響，殘箏不耐搊。

住名譜長調，惜少雪兒謳。

過淇園二首

其　一

竹箭淇園古所稱，箋家篇蓄太無憑。豈惟正史龍門在，述異何妨證彥昇？

其　二

盡信書非善讀書，工疑善斷始爲儒。箋詩不識梅花樹，披卷曾供一笑無？

湯陰岳鄂王廟

占杭例是稱臣地，痛飲黃龍豈易論？草草遂判難定獄，翁翁同醉太平春。寧甘雪刃藏鞾鞠，肯爲青衣浣塞塵？故里曾飛侍中血，駃如晉惠且知人。

鄴中懷古四首

銅爵臺

西陵高冢是耶非？日日清歌攬繐幃。階下有人能反顧，月中此鵲不南飛。從容坐論勞荀彧，惻愴行文待陸機。旅客探囊餘破硯，曾無片瓦可持歸。

芳林園

偶緣避諱取華芙，已是當塗運欲徂。五色絲囊盛瑞露，半塘春水浴鵁鶄。南朝勝地遥相應，北宋行宫久已蕪。懶證鄴中諸記乘，君還平仲尚甘腴〔一〕。

井冰臺

直上崇臺接渺茫，觚稜金碧儼迴翔。曹瞞一去風相競，魯秀重來跡已荒。畫壁仙靈齊縮頸，冰盤清潔抵湔腸。西風撲馬紅塵起，不似樓頭散衆香。

齊宫

日飲狂泉孰與同？百年悽惻片言中。扶牀已悔傷慈母，補眼何知失令公？勑勒悲歌如可想，琵琶艷曲未能終。一行殺攊天邊去，不見千山獵火紅。

校記

〔一〕君還　疑爲「君遷」之誤。

勉行堂詩集 卷二十四

南曹暇稿 起辛卯七月，盡壬辰六月。

夜直聽雨

積雨苦無緒，又從官舍眠。蕭然對遥夜，宛似讀長篇。簷瀑罕停響，更籌希近傳。迴身覷苔壁，冀爾十分堅。

八月十四夜同集施耦堂儀部讀畫軒分得夫字二首

其一

街西雨霽秋方半，有約偕攜酒滿壺。招手澄空延月姊，愜心奇句和雲夫。閒評書畫尊前輩，細擘尖團味上腴。夜久蟾光應更皎，肯緣漏促減清娱？

其二

從教急景馳雙轂，且學長房隱一壺。止足情懷師老氏，交孚契分遇元夫。雲霾净掃金虀肅，草樹平分玉露腴。已是將圓迨初滿，未妨連夕訂酣娱。

法源寺乞菊

車軸成勞薪，車中人可知。新霜悴百物，冷態空自持。野刹入微想，已近黄花時。昨睹種溉勤，紅紫應離離。禪燈照不夜，澹影迴摽枝。欲買嗟澀囊，冒雨尋奚爲？乞水益眼福，施粥爲貧資。此例倘許援，不比斷臂肢。多用道林錢，淵明詎蒙譏？黄金布滿地，不散或匪宜。更願擇其尤，上品勿自私。珠盤鶴翅翎，習見殊卑卑。自喻惡札人，選毫别純疵。賴公無盡意，笑色歸寒籬。指月卧花叢，定弗瞋狂癡。

答家瀣亭四十韻

故人貽長箋，敦勸久仕宦。其言雖切至，如藥未投患。身爲病樹枝，怯與雨風戰。懶率天所賦，更練性不貫。讀書成錮癖，廢去輒愁歎。尚恨學未成，奚忍棄一旦？奔走而鑽研，詎弱力能辦？餘年無他志，俯對六尺案。縱横列圖史，晝暮供點竄。編纂弗冀傳，聊以愜循玩。飢寒亦細事，所貴適初願。子昔知我深，豈未識涯涘？余齒日稀疏，余髮日凋換。歲月走坂丸，不足博摶玩。子爲山大木，臃腫神内善。翦燈百本臚，命酒千花爛。襟袖裹山雲，不贈人寸段。幾見獨鶴騫，翻羨玄豹變。以勞敵蕭閒，譬蚓畀魚飯。聽彼寒號蟲，得過且樗散。生平數師友，落落晨星粲。東平劉司空，風義一時冠。近乃得噤疾，瘦骨支秋半。竹君學士詩，古味相浸灌。有命俾督學，別意極悽惋。環顧鳳城中，翩若失羣雁。何心戀官職，鞭策筋肉緩。死生亦小數，此外無足算。江皐千樹梅，竹影與縈絆。昧昧勞我思，牽船將住岸。轉疑福祚薄，清境難久戀。況乏買山錢，何以佐烹爨？有客官大梁，招我弄柔翰。隨境任推移，車逐輪蹄轉。念與子昆季，相去邈河漢。子之風眩疾，勿藥功自見。課誦亦勞心，釋去閒遊衍。他時幾老翁，作社飫蔬饍。長爲太平農，或厠儒行傳。狂言率吾真，曷亦申辯難？

送黃可亭南歸

北風釀雪吹寒浪，轟轟斜帆指惠山。無恙萱堂奉芻酒，有情松色隱柴關。泉清徹底依然在，雲出何心也自還。掩卷勿嗟沈抑久，學中福地是真閒。

送沈層筠南歸

淮干到及小春初，細澣衣塵縱所如。苦筍林邊試村酒，黄梅花下讀仙書。揮絃隱几成新操，卧雪關門有宿儲。應念春明未歸客，幾時免策短轅車？

送房師筍河先生視學安徽三首

其一

喧闐郭門西，炫服熠華騎。霜風冒遥林，斜日引新轡。紛然送遠行，此别洵得意。胡爲執樽酒，於邑不伸氣？昔友今吾師，敦勉在行誼。蘿藤本連蔓，瓜蓏無分蔕。緬彼同聲禽，孤翺白雲外。淮干昨判袂，怊悵前期滯。近别且酸辛，況以三年計。連宵陪餞席，惘惘成滋味。諏吉幸遷延，奈此將離際？寧甘儕衆後，潛睇行旌逝。奚忍揖驂前，示公以涕淚？

其二

先生命我仕，知我家赤貧。我爲氉毦鶴，不敵雞呼晨。懶性利野處，乃亦紆朝紳。譬搦蘆管吹，混入簫篪塤。南宫瑣碎事，鈎校如霧昏。詩書所託命，役役不暇親。耕田守白業，斯念徒逡巡。尚賴數知己，風雨互討論。掃除世俗情，披對以性真。頃又舍我去，抱獨彌傷神。盤盤高巖松，淩雪舒蒼鱗。落落卑磵蘭，憔悴弗自存。情同境則異，太息何由陳？

其　三

黄海天下奇，九華蔚名跡。天子命公行，校士量玉尺。豈惟文章事，足療煙水癖。陶公信酒人，謝客匪山賊。穿花緩春轡，訪寺停秋屐。吾鄉黟歙間，風氣尊翰墨。篝燈夜讀書，倚樹尋詩格。不振曷以興？遂得公揚激。賞奇析疑難，剖玉光歷歷。願公愛士心，内蓄泯其跡。祝公衡文法，棄滓瀝其液。異時收實效，光焰藴經籍。上以樂菁莪，下以康里宅。

銷寒第一集詠冬菊分得肴韻

賴此南窗閉，潛經密雪交。晚馨微觸几，隙月静窺梢。時過乃逾重，性真無可淆。頻教灌新水，三兩尚含苞。

十月二十一日銷寒第二集同對琴秋山午樓于平圃石畫軒食鯉甚美分得書字

昨承吾子言，買得琴高魚。長可二尺許，潑刺出水初。旨物不自享，招邀試嘗諸。晚燈門巷静，穿竹停柴車。新吟互評泊，塵抱差寬舒。錯坐酌浮蟻，堆盤薦嘉蔬。遂登赤鱓公，夏屋驚渠渠。觸鼻得甘馨，入齒不齟齬。快啖供六人，大半猶贏餘。惜兹好髻鬣，瑣細隨牖腒。庚辛緬故穴，乙丙如仙書。河涷腹未堅，失勢辭沮洳。應緣形骯髒，莫遯網密疏。吾儕信老饕，嗜好癖不除。口腹累及汝，暴殄豈獨余？深感主人懷，既飽交樂胥。促膝漏永永，啾茶話徐徐。後約期速踐，異味宜多儲。歸來摩醉眼，倦對殘編臚。

銷寒第三集汪比部棣寓齋同詠盆中水仙分得冬字

花高葉短布重重，窗影横波似月溶。小盎略同陳粉本，點塵曾不涴清容。閒情幽洞琴三疊，冷韻遥天雪數峯。賴有梅兄共岑寂，曲屏深掩過餘冬。

題同年王嵩高梧竹書堂圖

昨歲詣高齋，令子方疾亟。束書面有憂，老樹捎簷碧。今年君入都，跨蹇挾蠹册。搔首别書堂，苔草起寒色。寫圖因寄意，三徑渺堪即。理民讀故書，于義本不隔。世人乃歧視，何處著定力？他時官廨中，妙境故堪闢。舊賞弗齟齬，新景多創獲。栽花百千本，間置坡坨石。鳥吟樹始芳，琴静月初白。繩牀卧解帶，斗室坐脱幘。我雖住京華，勞甚過行役。逝將訪君去，敲户蒙倒屐。談玄有同契，訂古推獨識。斯時把深杯，一笑兩相得。定掃竹陰清，仰看梧露滴。

題秦學士大士柴門臨水稻花香圖

中年掇大科，晚歲耽小隱。人間所願欲，毋乃攬之盡。本色舊籬門，映帶翠色畛。溝池萍藻馨，與稻香交引。静言風月佳，閒課陰晴準。農叟相往來，所得在樸蠢。畫裏狀江南，俄與几硯近。知君歸計決，乘此寒序緊。草堂三五間，縈念殊閔閔。舊栽盈尺松，已蔭數株筍。倚枕聽喧禽，傾瓶嘗臘醖。治經窮細大，覓句酌險穩。出世好襟期，觀化悟椿菌。我無負郭田，務穡嘉力本。頭白服微官，精氣久衰損。盟心廿載餘，唇舌附齒矧。捨我拂衣行，回顧惜且聽。勞人羡閒人，掩卷重紆軫。

寒天雜詠十二首

冷　月

冷月無人翫，移東近北堂。林枯難匿影，雪淺欲交光。酒意觸都醒，漏聲清不揚。穿幃耿餘態，未似挾冰霜。

晚風

晚風狂太甚，動地撼重門。自遠來諸聽，吹寒竟小園。聳肩唯避勢，垂幕鎮無言。定後雲争聚，纔知雪意繁。

北雪

北雪簷間覆，從風悉墮階。不教珠作滴，誰惜玉成霾？賫片供徐飲，飄光漾冷懷。呼童戒輕掃，留翫乃爲佳。

曉霜

更闌跨驢去，月暗板橋平。霜意挾風經，天容炤野清。重裘無定力，殘角寫酸聲。日出翻應暖，先教慰旅情。

凍筆

凍筆拳於蜎，試拈仍屢呵。腕從心不易，人與墨相磨。澮暈難生彩，斜行遂脱窠。漸看成老秃，猶説穎功多。

暖硯

信美琳腴質，淩冬合弆藏。賴兹頑礦在，宜試火耕方。近燥頻添水，徵奇更爇香。暖情增好思，伸紙不嫌長。

墜葉

片葉如碩果，抱柯留至今。鏗然韻遥砌，不道是空林。單跡何煩掃，陳根幸自深。後先同一盡，天地本無心。

盆梅

此亦江南種，終嫌失自然。開從冬窨暖，位向小庭偏。花少存高格，香清得近緣。何如横老榦，偃卧雪溪邊？

寒雀

寒雀巢枯木，形危意頗安。也知求稻急，終覺處堂難。風逆未成陣，雪深俄作團。飢鷹憐眇小，不取備常餐。

温炕

内熱避奇暖，宵唯板榻支。偶從温炕坐，偏愛煑茶宜。複疊無毬錦，鋪張有硯池。外間寒特甚，暫出始深知。

臘粥

賀臘無奇品，秔炊芋栗兼。由來貴和劑，非止樂香甜。軟飽渾如酒，清餐不藉鹽。畫虀常分在，隨俗興猶忺。

冰　葅

細剪盤中綠，擣椒和豉虀。冰花微點綴，夜氣太清涼。口悦心逾瑩，齒寒唇不亡。留餘教閉甕，春節撥醅嘗。

題吳通參玉綸古藤詩思小影

都城春日桃李花，不敵江南十之一。穀雨方闌朱夏臨，獨有藤花最蒙密。海波寺側兩株高，給孤園外千枝茁。唯傳大德某年鐫，了無騰笑先生筆。今年五月官吏部，大本縈棚青鬱鬱。已過花時尚足耽，如詩存法文存律。人情務遠遺所近，漁洋宅傍余西室。此宅曾經通進居，枯藤似藕無纖蔤。聳肩孤坐想前修，迸地俄驚翠痕溢。陳荄也解愛詩流，作意求伸辭蠖屈。兩年别去幸重來，遂有一梢含繭栗。與證塵因訝返魂，頓添韻事煩争述。扶籬灌水迨今兹，煜煜繁枝耀初日。隔院經時拾墜英，主人匝月慵他出。自哂春中于役歸，低頭角藝粗能畢。黄埃撲帽惹襟多，紫霧連墻交臂失。披圖讀所自爲文，漏滴殘聲燈脱垔。君續前聞我續遊，補牢信是亡羊術。轉眼韶光上巳過，亂拋煙莢侵書帙。會須躡屐屢敲門，勿慢鄰翁責冬秝。

十二月十九日爲東坡生日王縣倅秋山招羅上舍兩峯繪坡公小像甚工同人設筵致禮分體得中調祝英臺近一闋

粉雲低，銀絮密。風起逗簾隙。獨鶴南飛，坡老去無跡。有人描繪須眉，酹酒焚香，也抵做、梅花生日。勝流集，更看燕顫釵梁，東君屢呼出。秋山命姬人出拜。彷佛朝雲，柔情伴詩客。夜分簫試玻瓈，燈籠翡翠，又何減、黄樓吹笛？

題舊作斷鍼吟後寄同年李景山

故人執手臨歧説，舊句宜書片紙來。荏苒冰霜集遲暮，奔馳車馬足風埃。纔能展篋尋篇什，想見緣江發柳梅。令節一家千古事，搜吟枉自費微才。

摇鈴卒

摇鈴卒，十月朔夜應候出。豹尾繫縧縧繫腰，雙鈴大可過拳栗。從風響異塔上鐸，振股鳴同壁間蟀。二更徐轉初上街，六街寂静冰皚皚。一人執鈴一執柝，擺動跳踉鈴響作。丁丁當當響不齊，愈繁愈雜境愈悽。幾人久客獨擁被，欲眠被爾遥提撕。提撕眼類鰥魚醒，直待黎明纔暫暝。曉來神氣索然疲，破睡何曾因苦茗？久客子，爾猶擁被上牀卧，辛苦何如此卒邏？腹不暮充衣碎破。翻緣苦極自覓娛，一呼一叫歌嗚嗚。人心至竟向歡喜，排遣豈必關禪儒？五更行盡霜氣重，風力如刀割肌痛。低頭磕睡小墻舖，晷促神昏定無夢。摇鈴卒，爾之貴在防詭慝，五城日日報竊賊。司城歲歲無俸食，爾之詗伺何所得？摇鈴卒，穿衢入巷誠草草，將無爲賊先除道，官府行書下下考。摇鈴卒，爾雖苦辛樂終有，除夕家家錢入手，反著羊皮啖雞酒。

回人伎

回人伎，勤政樓頭揭竿起。乞薛倒刺何足言，都盧尋橦差可擬。深凹醜凸爲一部，碧雲孄孄連竿尾。吹螺打鼓響多端，欲上先如畏勢難。偏從疑憚出奇巧，足捷身輕肖飛鳥。上竿手足皆放空，一身盤旋隨迴風。又向竿頭施軟索，天高地虛難立脚。豈知繩軟足更軟，有如蟻附膠黏著。回人隊，倏爾翻身半天墜，己身則定人膽碎，面不汗沾神弗悸。一人猶曰繩可勝，更三兩人以次升。或相擊刺或揖讓，往來互換交肩肱。宸懷對此深怡悦，内府金錢頒賚物。拜賜欣欣笑舞歸，西風吹動質孫衣。燒燈自唱涼州曲，以小金刀割羊肉。

煤黑子

煤黑子，面煤可洗獨不洗，終年身坐黑雲裏。日斜叱馭鼓長鞭，足踏車簷及馬尾。煤黑子，運煤也似運甓勞，堆垛直過花磚高。生葱尺長餅一尺，舉碗立啖充其饕。京官貧苦不自給，月日貸煤濟呼吸。索逋整理短布衫，徐入門堂與官揖。煤黑子，爾之執技賤且粗，手口所需不患無。世人巧藝累千百，誰能肖爾得自如？煤黑子，曩昔煤之輕重有定制，邇者煤輕過一倍。人以全值博汝半，汝之厚植洵得計。煤黑子，善事司坊巡邏手，擔煤自送堅而厚。毋敢置水俾濕沾，毋敢以土相雜糅。煤黑子，蠢然耳，亦且曲心能致賄，不然久獲輕煤罪。

寒夜獨坐有懷舍弟述先寄二首

其一

人情迫歲闌，風意競天晚。虚齋翦燈坐，默念千里遠。清貧致足樂，塵累苦縈引。才雄壓百夫，力罄營一飯。梅花冷照人，抱膝吟自遣。睽離遽經年，冰雪挂心眼。昕夕對妻孥，誰知我悽惋？筮易悟艱貞，用晦乃逾顯。山卑松自高，樹静禽思返。欺君葆暮齡，于道益加勉。

其　二

頭鬚白星星，面目益枯槁。詞壇負虚聲，所就歎卑小。餘年即無多，不欲令草草。殫力思治經，屏心唯向道。看山挾故書，風雨亦娟好。從苦覓微甘，所得或不少。爲余買笠瓢，宿景愜深討。

那　能

那能博取片時閒，印匣纔封已換年。索負急符頻調水，待炊冷突不生煙。日斜且把殘書玩，漏下難從短枕眠。冰蘖境中宜煉性，浩歌真覺古人賢。

題陳比部泰暉閉門覓句圖

君家故態誠難掩，琢句渾如事雕剡。工夫那復計遲速，聲韻奚煩别夷險？要從象罔取精神，遂覺寰中足塵溓。避人直似鹿逃林，鍵户不知雲過簟。肩方獨聳鶴將騫，口或微哦魚有噞。忽驚剥啄類敲檈，墜葉從風自摇颭。庭虚衆響悉歸寂，理得清機來以漸。愜趣彌形笑啞啞，灑墨徐翻鴉點點。一時絶構定争傳，竟日苦心猶未慊。問君今在市朝中，何如疇昔依林崦？秋泉繞户少人尋，槿扉本不勞關店。邇來得閒如得寶，兀坐難忘舊習染。乃知于野選吟時，富于何曾知歲儉。南曹事冗隔西曹，風雨相思覩萋湆。美酒連觴豈易逢，故書盈笥何由撿？偶把行看子示余，翠色眉稜望之儼。著貂帽與著漁蓑，如此人材皆不忝。我今暇亦罕爲詩，目送流光行冉冉。開門第欲對青山，蘆汊中間剥菱芡。歸田小築異時成，編卷因君摘瑕玷。古來友道貴相資，子毋附和余非諂。

題沈椒園臬司菊水詞瀾圖

詩瘦見精神，貌瘦脱凡俗。翛然雪眉鬚，種學享多福。兖青傳大政，蓬閬重名宿。于詞泛崇瀾，于水漱寒菊。曩賢所稱説，囊括平生足。比年住江鄉，薄雨墊巾幅。縱艇得西湖，倒映兩峯矗。春明藝塍花，秋澹剌園竹。無何異色芝，秀出砌苔緑。遂驅北來車，敬爲蕃釐祝。昌時錫仁壽，粲若加緋服。有子鶴騫翔，諸孫虎蹲伏。淩晨問疴癢，奉杖進羹粥。燈火極團圞，歌吟遂更僕。暖風將送行，故里看驅犢。歲月悠耳長，知白葆其獨。頗聞皖公山，静對螺杯覆。生徒待講解，如涸待膏沐。治經知有年，倘許參校讀。他時刊長編，家數申轅續。

宋徽宗桃花幀子

一笑如窺太液波，例隨花鳥弔宣和。當時設色尤加意，粉瓣紅于内印多。

羅兩峯所畫鬼趣圖

此趣勿誤墮，此圖非淺製。唐賢遺法在，近代罕儔儷。煙雲有變怪，木石出瑰異。昭然揭情狀，奇想闡幽閟。韓子五原中，陋甚未達意。孰肥如大瓠，孰瘦剩枯骴。揶揄盈道路，哭泣以文字。人毋見此怖，爲厲復爲雄，爲妾且爲隸。于無何有鄉，作不可窮伎。循環八幅絹，足補睽車志。爲祟委蜕所必至。此輩宜怖人，大苦緣有器。穀焦芽更生，薪盡火俄熾。有幾得逍遥，不受轉輪弊。真仙多謫降，曷若無拘繫？黑雨罩青林，素月行白地。兹焉欣自在，縹緲工遊戲。魄者或自慚，才者或堪記。吾子于丹青，衆體靡不備。明心具妙眼，冥物入潛視。秘不告諸人，徐徐寫風致。因思龍眠子，晚不畫騏驥。遊神大莊嚴，八部狀瓌麗。子之畫墨梅，遠紹花光裔。頗多作長幅，吟魄化香氣。絶勝陶家瓶，糟粕土中瘞。儼同旃檀林，趺坐參了義。斯圖即奇特，束手勿輕試。泠泠冰雪襟，豈競曹吴藝？藏之備一格，姑以傳好事。

壬辰花朝偕方耕梅孟蘭洲盧閒峯王鎮之前輩蔡澄齋同年冒雪遊陶然亭至則水漲不得渡晚飲耕梅先生寓齋分體得五言絶句四首

其　一

欲訪禪堂去，青林隔水灣。寧知攀絶閣，直似望三山。

其　二

載酒將何適？非同興盡回。虚亭明晚雪，失笑款門來。

其　三

三五輩咸集，百千觴不辭。重雲漏圓月，冷色助敲詩。

其　四

不恨無花看，飛瓊徹夜明。蕭蕭歸騎緩，松塢打殘更。

憶梅十首

其　一

忙人憶閒事，如渴亟思茶。此際春江上，孤梅正作花。禽音未圓熟，橋勢太欹斜。是否尋幽客，披裘坐古槎？

其　二

紅橋西畔去，晴雪散紛紛。小別逾三載，相思到十分。鐘聲來自遠，香氣静多聞。興愜唯堅坐，都忘意所云。

其　三

已近春分節，猶遲上巳辰。枝枝皆占月，落落不逢人。蝶小慵悽蕊，煙清與辟塵。孤亭背斜照，蕭寂見精神。

其　四

羣流非不賞，未許結心知。獨樹依圓衲，疏條類瘦詩。晚風寒至此，新水碧多時。可少吾儕對，鋪箋點筆遲。

其　五

猿鶴從驚怨，良非意所存。低頭最慚爾，含緒鎮無言。本不厭闤市，居然遠濁喧。冷雲圍竹屋，誰更屢敲門？

其　六

是處得香徑，泉鳴石氣寒。逆風徐覓路，隨鶴悄經巒。筍礙棕皮屐，籐欺箬葉冠。幾時重探訪，背手繞林看？

其　七

牢落西溪側，輕容縱小舠。水平單槳急，屋短一花高。宿雨妨微步，冬衣貰濁醪。無因縱幽討，垂幕北風號。

其　八

花白開逾晚，雲封綻不多。溪山最深處，風調近如何？墜粉應盈尺，餘芬漸委波。清商流怨笛，又是一年過。

其　九

屢賞何曾倦，難爲久別離。餘暉在沙尾，薄恨減冰肌。有分拖笻過，無端隔竹窺。倚欄渾易感，況憶倚欄時。

其　十

小本棕繩縛，天真被鑿雕。遠情思汊口，澹影失山腰。畫手煩名輩，裝池對綺寮。也勝眠紙帳，燈夕照無聊。

二月晦日作

心情索寞境紛紜，春色三分減二分。躡屐不逢苔迸筍，看山唯愛雪和雲。故書插架何容讀，小雨敲窗最易聞。幸是此間花事少，花繁那得訪殷整。

三月二日移寓李鐵拐斜街房師朱笥河先生宅也先生視學安徽俾余居此且以書籍見付漫成五首奉寄

其一

首冬旌節指江淮，特遣攜家宿舊齋。花事六時環近砌，市聲三面出斜街。南爲櫻桃斜街，北楊梅竹斜街。先時已寓談詩客，謂梁午樓。小憇彌深望遠懷。是處皆公選吟地，步趨何術逮津涯？

其二

安巢自哂鳩謀拙，過社行逢燕壘新。授鉢傳衣倘同例，複窗重幕不沾塵。風簷立雪曾叉手，月地看花又得鄰。謂曹光禄慕堂、孔農部葒谷、史儀部文量輩。饘粥于斯感公甚，更無人索賃租頻。

其　三

南榮北户步徐徐，藥裹茶鐺位置餘。黔突齋廚辰巳葺，銀鈎法帖丙丁爐。儼同幽鳥能遷木，倘比神猿善守書。從此客來欣廣術，舊時巷狹最妨車。

其　四

椒花萌蕊柳披綿，夏始春餘境特妍。陶隱居家容弟子，白香山宅有林泉。杯亭宴坐唯思酒，舫屋閒評抵放船。滿眼江湖好風雨，可能相待及三年。

其　五

束衣趨府日奔忙，少暇因探秘西藏。萬卷静排芸葉秀，十弓閒占竹風涼。甫能信手蠹諸本，那得安心誦幾章？頗似童嬰貪果餌，堆盤填几不教嘗。

效元微之遣春十首

其　一

司寒餘勁氣，青女已乘序。桃輕有餘態，柳弱紛多緒。舊夢隨月來，新懷逐風舉。行堤選嘉樹，梅唵復何許？

其二

拓軒眄西山，山翠曉含嫩。時至嵐氣變，匪藉煙雨潤。風來襲几研，泉壑想幽峻。簿領繫微身，遐探固吾願。

其三

好鳥非一名，競響繁枝柯。鳥亦異悲喜，聽者皆成和。駭緑應舞節，夭紅委頹波。唱予行和汝，拍拊傳新歌。

其四

堅冰化爲水，流緩生暗碧。早有花來照，漸看魚上食。英英白雲姿，溶漾乃無極。雲水相混含，漁人鼓煙楫。

其五

中春候始平，卯酉正日轂。夜火滅熏爐，朝衣減裘服。當花舉一巵，對月聆數曲。疇能日如斯，少得已爲足。

其六

竹瘦茁筍肥，松高萌葉短。刺蘗紅最妍，棘蔓緑争滿。所取非一格，聊用慰心眼。觀物忌分明，余懷固疏坦。

其七

舊壘泥摶摶，新巢枝糾糾。不見燕呼雛，但逢鳩逐婦。江干多子規，歸去不離口。遠憶如近聞，柔風蕩深柳。

其八

春色暗中去，性情深者知。酌斟欣感間，行樂差爲宜。浮花入深觴，勸飲如有辭。覽化窺物始，俶擾夫奚爲？

其九

煙露洵化工，跗萼供組織。粗材洎秀質，曾不異膏澤。無何風雨交，繡錦恣狼藉。成敗由天公，了不任怨德。

其十

蜂喧蝶無聲，等是採花侶。粉重祇自肥，腰減復何取？以甘悅人口，卒不保房户。瑣語倩秋蟲，細述此辛苦。

三月廿三日曹慕堂光禄招同嵇拙修司空申拂珊光禄竇東皐銀臺錢籜石宫詹錢辛楣學士紀惺齋少僕徐鄰哉太守曹習菴編修范叔度舍人梁午樓孝廉法源寺看海棠得長歌一首

眼中簿領紛填簇，奚暇尋芳適蘭竺？尺簡招攜賴故人，已是花開十分足。三株錦樹漲天紅，半畝閒園掩苔緑。倘遲昕夕始來兹，一錯寧容百回贖？無題艷體肖矜妍，有限青陽愈韶淑。鏤刻繁枝想化工，次第調停費寒燠。染雨烘煙又幾時，人自匆匆春豈促？善卻梅花聘亦佳，華嚴富貴成新局。司空見慣居恒近，拙修司空寓齋去寺最近。學士談餘典尤熟。佳蔬製自老僧廚，幽鳥能歌法王曲。古賢秉燭追良夜，惟是尊生擺拘束。匪特憐春惜晚花，偕遊大半顛毛秃。花光逾潤煙逾澹，始識斜陽挂疏木。馬首方東展後期，朱藤已覆松間屋。

四月六日同人集吕氏宅藤花下聽龍山人彈琴即送紉蘭觀察之浙東二首

其一

庚庚古時絃，不善爲新音。款款離客筵，疇能愜歡心。歡心雖則無，賴客調以琴。胡爲流水奏，背飛有孤禽？匪琴得斯聲，境乃生余襟。子方擁朱旄，察俗江之潯。素絲勿一染，直木高千尋。試聆宫徵諧，妙旨惟愔愔。毋耽噍殺響，瘦蕣鳴商林。行者將有爲，居者思弗任。願言託晨風，從子經溪岑。

其　二

十年四來遊，藤屋交步屧。昔賞渺難追，今别殊太急。看我雪眉鬚，有若蟄蟲蟄。同時聯袂人，風散秋樹葉。花寧解釋愁，霧滃繁香襲。攀條抵折楊，不語中庭立。獨食歌鹿鳴，何由免憂集？

四月十六日圓明園夜宿同蔣辛仲農部潘蘭查舍人登樓眺月作

登樓古月大于盤，夏木千章晚作寒。市静不聞笙瑟沸，地偏彌覺海天寬。須防來日清容減，難得中宵錯坐看。話到江湖增遠思，釣磯閒殺舊筠竿。

柳絮四首和陳組橋農部

其　一

捲簾人立晚晴時，飛絮漫空欲下遲。料得漸舒眉樣葉，適來相較鬢邊絲。飄茵墜溷渾難定，帶水沾泥好自持。應是漸除凡色相，不隨癡蝶罥花枝。

其　二

左縈右拂恣回斜，撲酒旗仍撲越茶。午夢有人憑倦枕，暖雲成障掠輕紗。偏於南陌隨飛鞚，也抵前塵歎落花。剛被臨歧攀折後，又甘流浪去天涯。

其　三

春歸誰與賦招魂？猶有纏綿意態存。暗月空庭微辨影，畫橋新水欲添痕。倚樓芳草連天碧，拂袖濃煙帶日暄。此際江南蠶舍緑，家家門巷禁河豚。

其　四

偶然飛墮軟塵紅，宛在潮頭簸蕩中。莫放顛狂防暮雨，枉將緩急倚東風。催歸杜宇啼偏切，薄命桃花境略同。不恨飄浮根蒂少，聊從粉碎悟虚空。

瓶中芍藥六絶句

其　一

婪尾風光又此時，雅宜孤賞畫簾垂。街西花市繁于菜，二百青銅買百枝。

其二

宣德窑磁家尚有，舊新相雜十餘甖。勞人暫領閒滋味，香滿虚堂一榻横。

其三

西牌樓畔多奇種，東草場邊少賣聲。只有宣南坊最盛，黄魚籃子折枝輕。

其四

豐宜門外足黄埃，懶去支笻步暖苔。曉雨乍晴聞剥啄，園丁親送白花來。

其五

高低排插任天然，姹紫猩紅分外妍。不似江南材地弱，酉時睡醒午時眠。江南折枝牡丹、芍藥，午時悉置盆中，浸之以水，謂之花睡。晚乃入瓶，否則易于蔫損。

其六

小滿經時未減春，香光静與故書鄰。獨眠獨酌誠多趣，更欲排箋唤酒人。

送孟瓶菴前輩歸閩中二首

其一

稱疾閒門閉緑苔，可知懷抱極低徊。主恩欲報身何有，家事關心首屢回。幾度當花慵坐久，昨宵含淚值書來。兩親鬢雪兒鬚雪，纔得承顏把一杯。

其　二

馳書先去説歸期，想見盈庭喜溢眉。掌上奇珠還合浦，盤中鄉果薦離枝。秋堂泛掃塵都滅，田叟逢迎話每遲。京國故交頻引領，他時朵殿待論思。

題汪氏雙節册子五首

其　一

斫卻中庭樹，三春勿作花。但餘枯竹柏，留宿後棲鴉。

其　二

大婦織匹縑，中婦織匹布。機梭作商聲，不待哀絃訴。

其　三

紙鏹積纍纍，兒毋攬亂爲。不多持上冢，待易米來炊。

其　四

羣言沸海水，古井澹無波。石爛泉枯後，清蟾映碉阿。

其五

兒今舉于鄉，母或存或歿。含酸捧玉音，行道心惻惻。

送鄭同年晴波之任建寧二首

其一

急裝豈憚蜀行難，改郡彌欣得建安。邗水荷風歸棹弭，嚴江桐雨釣絲寒。詩人慣倚橫秋閩，司馬今非左降官。北苑縱荒茶荈富，清修宜問子真壇。

其二

紅薇省下閣圖書，聚散蒼茫七載餘。誰是愛簪紗帽客？每懷夾巷緑楊居。荔枝飽啖遥堪妒，石廪清遊定不虚。小我廿年頭也白，寒暄持護勿教疏。

送胡令賓南之任龍川二首

其一

鑾鼓喧喧迓使君，雷江風物舊知聞。蒸醅大有梅花氣，織布都如蝶繭紋。不飲廉泉終自潔，閒書訟牒也成文。桄榔樹底揰琴坐，觸袂無聲過嶺雲。

其二

夾城簇繡俯淮波，梓里情深奈别何？蟲號寄居真類我，松横老榦未如他。酣中且勸蕉三葉，卜隱唯懷竹一窩。經過鄉園逢戚友，爲言鬚髮近都皤。

送李令沛堂之任泰順二首

其一

萬山環一縣，秋澹放衙初。地僻易爲治，官清能讀書。遥知簪解散，相映樹扶疏。東帶謁賢守，謂閶谷太守。賡吟況有餘。

其二

一水蕭湖碧，之官暫假歸。浦深泉注響，荷暗竹通暉。引我懷鄉切，如君大隱稀。東南時引領，江静有雲飛。

送邵閶谷太守之任温州

宗雷結社忝齊名，廿載同兹感舊情。紙貴最矜書法好，詩高慵與俗流争。一麾江海詢民事，三面芙蓉繞郡城。白石白雲都似雪，願君心跡與俱清。

蕺園詩集

蕺園詩集〔一〕卷一

籬東集 起癸亥，盡丁卯〔二〕。

南　朝

金粉南朝事已非，淒涼詞客晚春歸。驚心故國潮千里，雪涕江潭柳十圍。花信半隨年代改，遊人衹覺去來稀。臨春閣畔休回首，紅淚飄零易點衣。

落花詩同家綿莊作十二首〔三〕

其　一

子規聲裏送韶華，小苑紅闌景易斜。曉露暗滋湘浦淚，春風吹斷武陵霞。簾纖暮雨連朝雨，寂寞雲涯更水涯。又是一年芳意歇，衹將空幻證愣伽。

其二

陌上休歌緩緩歸，風光九十已全非。山鶯過處紅成陣，海燕來時緑作圍。迸蕊尚縈青玉案，餘香還惹碧羅衣。曲屏一夜尋芳夢，猶逐殘英斷續飛。

其三

纈衣簾外雨潺潺，悵望清塵減素顔。碧樹煙濃迷遠浦，夕陽影淡露春山。燕姬窈窕辭華幄，漢女逍遥解珮環。從此何心對芳草，楝花風裏掩荆關。

其四

月露千枝影半簾，幾番風細雨霏霺。不隨暖絮縈蛛網，更帶晴絲拂鏡奩。静墜膽瓶燈灺暗，閒飄曲榭水紋添。忘情不信維摩詰，一片孤芳手自拈。

其五

粉黛因緣一夕休，緑陰庭院冷于秋。寧教恨骨埋芳草，莫把丹心付碧流。塵染香蹤餘錦襪，春殘故國有紅兜。何當更逐天風起，飛上瑶京白玉樓。

其六

一夜天風掃絳巖，飄零從此恨塵凡。點粧冷艷侵眉額，漬粉新香落枕函。廢圃荒煙無蝶採，空宫斜日有鶯銜。關心最是春機女，織取繁紅上碧衫。

其　七

花時曾記蕩蘭橈，前度人來轉寂寥。兩岸青林飛白雨，半江紅雪帶春潮。恍疑仙骨從風化，可惜穠姿到地消。最是金閶三月暮，滿天絲絮過楓橋。

其　八

前身合是此花身，寂寞桃谿懶問津。盡道托根須暖地，恐防剪綵誤天真。烝霞捧日情何限，綴月鈎雲態每新。未會司花催落意，惜將芳澤與何人？

南　園

水漾池凝碧，鶯啼柳作圍。春風如有意，不遣片花飛。

舟行雜題三首

其　一

舟行十里五里，岸接長亭短亭。遠水二分生白，遥山一抹横青。

其　二

日影蕩空明際，炊煙起有無間。緑樹紅亭城郭，黄蘆白鳥溪灣。

其　三

桃葉桃根昔夢，聽風聽雨今宵。愁入江南秋色，和煙和水迢迢。

校　記

〔一〕蕺園詩集共十卷，其内容和排列順序與勉行堂詩集前十卷基本相同，衹少數篇章略有差異，這裏輯補的便是不見於勉行堂詩集者。

〔二〕蕺園詩集卷一和勉行堂詩集卷一同爲籬東集。但蕺園詩集卷一『起癸亥，盡丁卯』，而勉行堂詩集卷一則『起乾隆壬戌，盡丁卯』，兩者起訖時間有所不同。蕺園詩集卷一共存詩九十五首，其中有十三首不見於勉行堂詩集卷一，這裏輯補的便是這十三首。勉行堂詩集卷一共存詩八十五首，其中有三首爲蕺園詩集卷一所無，分别是雜詩十三首中的『吾稀管幼安』、『朝遊崑崙巔』及甲子仲冬歸自維揚舟抵氾水夜爲河冰所阻次日由陸路抵家作。

〔三〕勉行堂詩集卷一此題名下僅存詩四首，這裏輯補的便是其缺少的八首。

蕺園詩集　卷二

春帆集 起戊辰，盡庚午二月〔一〕。

春雨十韻〔二〕

如綫復如絲，濛濛密密遲。點苔成碧草，添葉綴繁枝。雲重纔成陣，風迴旋滿陂。芳塘波欲皺，遠岸霧相縻。徑滑妨行屐，邨寒濕酒旗。逼窗無促韻，到枕有新思。簧潤鶯將囀，簾深燕不知。一犂穿壠後，四望上樓時。何處明燈火，誰家感別離？黄昏畫欄外，煙軟杏梢垂。

題方蓮北青溪垂釣小照

遠山淡無姿，碧水自迴互。何人挂瓢笠，漱石倚幽樹？悠然濠濮間，澄觀愜深趣。豈同任公意，直鈎夙所慕。叩舷待夜月，拂衣墜清露。雅懷繼松陵，裁詩詠漁具。

酬曹震亭見贈原韻二首

其一

子山衹合住江關，枯樹婆娑繫玉鞍。作吏名區何礙隱，憐才聖世不論官。花村麥暖驅車去，翠巘雲晴拄笏看。知爾臨民清似水，一生詩思共郊寒。

其二

不須惆悵憶神京，柳拂江潭一棹行。雲夢侈豪煩作賦，襄陽耆舊待持衡。訟庭野鶴眠莎草，官閣蝦蟆促夜更。可憶淮干舊同舍，白蘋秋水對三城。

贈曹震亭之任湖北二首

其一

幾年錦帙誦君詩，豈辦逢迎在此期？珠樹有光凝上苑，彩雲無意戀蓬池。冷煙野寺閑吟處，細雨寒花獨去時。漫道武昌魚可食，夕陽淮水最相思。

其二

探奇黄海幾經春，又過名山問水濱。夏口西臨餘霸氣，洞庭南望憶騷人。殘碑碎佩尋遺跡，翠蓋靈旗降楚神。多恐山公時復醉，白銅鞮唱又教新。

詠蘆十韻

一水瀟湘闊，依依颭葦叢。花明惟向月，葉薄更欺風。玉渚抽芽淺，金河落雪濛。波長縈去岸，霜重拂征篷。半折眠沙鴨，初銜眺朔鴻。夕煙殘日隱，積雨暮江空。掩映衰荷碧，低迷野蓼紅。淒涼託窮士，蕭瑟感離衷。織被温堪藉，吹筒律始融。寂寥秋浦上，長伴釣魚翁。

寄家綿莊先生七首〔三〕

其一

歡欣生感慨，隱念惜斯人。葛亮吟梁父，賈生述過秦。抱此經世術，蠖屈不一伸。蕙蘭盈中庭，蓬蒿滿衡門。鵾鵯有時來，嚇此鸞鳳羣。願因元纁聘，委珮近楓宸。論思金殿中，惠風及斯民。

其二

斯民亦烝烝，承平百年久。四朝皆聖君，亭育豈不厚？旱潦有偏災，補救思善後。誰分宵盱憂？若借左右手。熙熙步春臺，化與隆古耦。鯫生有深幸，延想獨搔首。

其三

搔首而踟躕，自顧感以吁。生無松柏姿，託體在菰蘆。樂道期古賢，雕蟲愧壯夫。請從漁夫隱，日與人事疎。塵鞅苦相縶，積思安能舒？

懷人詩十八首〔四〕

吾憐曹漪南，瀟灑真才子。花鳥入詩篇，綵繡結駢體。紅袖乞新詞，吹簫緑楊裏。黄山千仞高，獨上探幽詭。長嘯天都峯，趺坐蓮花址。歸來紀遊歷，萬象叢筆底。貌寢失金閨，官微滯漢水。時因洞庭波，南望吟沅澧。白月弔湘娥，低徊不能已。歙縣曹學詩，字漪南。

校記

〔一〕蕺園詩集卷二和勉行堂詩集卷二同爲春帆集。蕺園詩集卷二共存詩八十首，其中有十一首不見於勉行堂詩集卷二，這裏輯補的便是這十一首。勉行堂詩集卷二共存詩七十首，衹存園賞梅一首爲蕺園詩集卷二所無。

〔二〕該詩爲勉行堂詩集卷二所無，但見於勉行堂詩集卷五。

〔三〕七首 勉行堂詩集卷二作「四首」，缺三首，這裏輯補的便是這缺少的三首。

〔四〕十八首 經核對，本處實有詩十九首，多出一首，爲勉行堂詩集卷二同題名下所無。

蕺園詩集　卷三

索米集 起庚午三月，盡一年〔一〕。

寓法源寺偶題四首〔二〕

紅塵碌碌苦勞機，古刹千年積翠微。寶筏何曾無導引？智燈畢竟有光輝。未除綺語來生業，已悔名心半是非。初地安身良不惡，好拈貝葉請皈依。

惆悵詞五首〔三〕

入世風懷出世裝，水晶宮殿玉衣裳。不緣名字人難曉，總爲無心夢楚王。

邯鄲道中

平林如水映斜陽，十里西風穲稏香。一枕黑甜渾未醒，主人催起飯黃粱。

校記

〔一〕蕺園詩集卷三和勉行堂詩集卷三同爲索米集。蕺園詩集卷三共存詩五十八首，其中有三首不見於勉行堂詩集卷三，這裏輯補的便是這三首。勉行堂詩集卷三共存詩六十三首，其中有八首爲蕺園詩集卷三所無，分别是：寓法源寺偶題四首中的『朱塵鹿鹿罕停機』、留别寶意司馬、贈别劉太史印于三首、旅舍聞歌二首寄陸賓之侍御以及夢商寶意劉印于兩太史。

〔二〕勉行堂詩集卷三該題名下亦有詩四首，但其第一首與本處第一首不同，故補輯之。另三首兩書所記相同。

〔三〕五首　勉行堂詩集卷三作『四首』，缺一首，故輯補之。

蕺園詩集　卷四

刻楮集　辛未〔一〕

題孫養恬紅梅古松圖

東風吹花花欲然，老梅先作紅葩妍。妖桃穠李不遑笑，獨與髯叟爲周旋。畢宏張藻今無幾，養恬畫松得神理。雪壓丹崖翠色留，月懸古洞濤聲起。絳宮飄忽來天人，粉脂雖在意態真。與松鬭骨不鬭貌，未妨鮮蕊隨輕塵。回憶空巖朔吹急，萬木無姿但僵立。横斜鬱律兩争奇，高格相同不相襲。爲君冷淡題此圖，趙昌風露何時無？

校　記

〔一〕蕺園詩集卷四和勉行堂詩集卷四同爲刻楮集。蕺園詩集卷四共存詩八十二首，唯本詩不見於勉行堂詩集卷四，故輯補於此。勉行堂詩集卷四共存詩八十四首，其中有三首爲蕺園詩集卷四所無，即聞歌三首。

蕺園詩集　卷五

白門春雨集 壬申（一）

明太祖孝陵

在昔乾綱紊，何人闢混濛？珠囊包率土，玉劍刈羣雄。法象懸無外，華裳褆在躬。世方争逐鹿，業已媲歌風。陽里鄰封古，鍾離地勢隆。神丹盈掌白，霞彩徹天紅。七曜環棲舍，千雲擁梵宫。苞符歸聖質，征伐啓豐功。擾擾黄塵塞，紛紛蟻穴叢。熊羆供指畫，屠釣待磨礲。戈舉迴晴雪，旌懸薄昊穹。誅鯨鄱水赤，縛虎葑門空。五老圖初獻，三靈卜既同。辰居星拱極，山静歲呼嵩。邛筰餘氛掃，蘭丹異賮通。文章師典雅，禮樂蔚昭融。飭訓家遵矩，陳言士孝忠。治隆唐代上，俗邁漢京東。鍾阜盤雙闕，江流抱曲弓。神基初創建，隧道尚穹窿。石馬嘶寒月，金人泣露銅。滄桑時久革，烝祫祀彌崇。屋桷蛟螭古，碑趺贔屭豐。池荒瓊苑草，園少鳳林桐。締造圖何遠，推移運有終。椒漿申拜下，初日照曈曨。

結夏集

題劉别駕若菴江上觀潮圖

生平竊慕祖士雅，渡江擊楫何瀟灑。英風更羡吴越王，射潮潮避鐵弩强。丈夫壯志苟如此，會須吸盡西江水。即看江上觀潮圖，蛟螭彈壓膽氣粗。居然萬里滙尺幅，茫茫千頃銀濤鋪。是日鱗雲紛𩆜靆，驪龍率舞魚作隊。轟掣雷霆戰騎馳，動摇山嶽天光碎。黄牛峽口白馬灘，險處急速成奔湍。逶迤千里乃一放，元氣浩浩驚奇觀。金支翠旗光閃爍，隱隱層波湧樓閣。使君胸次比江寬，壯游宦海無拘縛。笛聲吹裂山根石，兩岸蘆花如雪積。潮平天浄月輪寒，飛起羣鷗破空碧。

校　記

〔一〕蕺園詩集卷五爲白門春雨集和結夏集，而勉行堂詩集卷五爲白門春雨集。其中，蕺園之白門春雨集存詩六十二首，結夏集存詩十八首，兩者共存詩八十首，有兩首不見於勉行堂詩集卷五，這裏輯補的便是這兩首。勉行堂詩集卷五共存詩七十九首，其中春雨十韻爲蕺園詩集卷五所無。

蕺園詩集 卷六

桂宧集 壬申〔一〕

無。

校記

〔一〕蕺園詩集卷六和勉行堂詩集卷六同爲桂宧集，所收詩數目、題名和内容亦相同，祇少數文字略有出入。

蒧園詩集　卷七

小金臺集上　癸酉〔一〕

金臺雜詩〔二〕

其　一

一片秋臺萬木晴，居人争説隗先生。即看翥鳳翔鸞地，里第崢嶸簨簴鳴。

其　二

樓臺肸蠁動三靈，豹館熊房接近坰。遥望紅雲南淀起，天邊飛出海東青。

校　記

〔一〕蒧園詩集卷七和勉行堂詩集卷七同爲小金臺集上。蒧園詩集卷七共存詩七十四首，唯此二首不見於勉行堂詩集卷七，故輯補於此。勉行堂詩集卷七共存詩八十三首，其中有十一首爲蒧園詩集卷七所無，分别是：華陽臺、將至都門先寄諸同好五首、次韻奉和儲鴻臚梅夫寓齋述懷以及聞歌四首。

〔二〕蕺園詩集卷七該題名下有詩十七首，比勉行堂詩集卷七該題名下多出兩首，輯補於此。

蕺園詩集 卷八

小金臺集下 癸酉〔一〕

秋日燕臺雜興八首〔二〕

其 一

市南遥睇一星明，鬱鬱幽陵拱帝京。御苑寒分羊髓餅，瀛臺秋散冷蟾羹。黄門慷慨朝封疏，小宰雍容夜戒牲。一百十年調護力，古來誰似此承平？

其 二

隱隱飛甍列近廛，蕃僧邏卒慣摩肩。抱關重榷堆花酒，司市難平省陌錢。寺古尚拋長成中，地腴應少未開田。旅人擬獻金門策，孤月匆匆六度圓。

安德抒懷詩〔三〕

其　一

北馬南舟歎轉蓬，十年回首但書空。國門自重兼城璧，座客休憐入爨桐。曾擬雕鎪煩玉斧，悔將榮悴問神叢。芙蕖婑媠珠湖水，穩引新鱸上釣筒。

其　二

不脱襴衫賦遂初，休將鐘鼓駭爰居。先登已自慙麾幟，誤中何煩及副車？僕人以未見副榜録爲言，作此解之。世事虧盈龍樹頌，生涯進退鶴頭鋤。爽然一悟吾何恨？安飽從來有折除。

其　三

不受羈韁局自安，累他貢禹倦彈冠。由來貧賤論交篤，從古文章食報難。肅肅霜華新築圃，疏疏煙色舊垂竿。此身終擬同松柏，巖谷婆娑耐歲寒。首題歲寒章。

校　記

〔一〕蕺園詩集卷八和勉行堂詩集卷八同爲小金臺集下。蕺園詩集卷八共存詩六十首，唯此五首不見於勉行堂詩集卷八，故輯補於此。勉行堂詩集卷八共存詩六十八首，其中有十三首爲蕺園詩集卷八所無，分别是：安德抒懷詩中的『小試當場舞態傚』、『勞人草草減腰圍』、『早年刻意懶窺園』、『官體由來較狹寬』、『九陌西東共往還』、『舊業曾連廿四橋』、『亡羊失馬總浮泡』、『疊翠秋籬儼列屏』、『史液經腴炳一燈』、『老我浮生寄竹龕』、『鵲噪鴉鳴不待占』十一首和喜胡蕖汀舉京兆試即寄二首。

〔二〕八首　勉行堂詩集卷八作『六首』，缺此兩首。

〔三〕蕺園詩集卷八該題名下共存詩十一首，此三首爲勉行堂詩集卷八同題名下所無。

蕺園詩集　卷九

拜書亭稿　甲戌、乙亥〔一〕。

復陰

清晨掩關卧，忽覺屋動摇。伏枕一傾耳，始知是風飈。其勢太狂飇，若挾萬馬驕。墮瓦類敗葉，捲樹成驚濤。砰訇入堂闥，凌轢祛炎歊。須臾吹雨來，怒湧萬里潮。起視天茫茫，奔雲何繹騷。晴届月幾望，酷熱凡幾朝。奚爲重陰晦，淫潦不可消。閭里聞怨咨，漂我新割苗。沿堤走官吏，防河誠太勞。我欲生兩翼，謁帝排青寥。剛反在跬刻，以旱爲恩膏。慰我聖主憂，人民樂逍遥。精誠孰爲通？萬竅方争號。兀然結短夢，霞色舒紅綃。

校　記

〔一〕蕺園詩集卷九和勉行堂詩集卷九同爲拜書亭稿。蕺園詩集卷九共存詩八十四首，唯此首不見於勉行堂詩集卷九，故輯補於此。勉行堂詩集卷九共存詩八十四首，其中有一首爲蕺園詩集卷九所無，即寄懷劉侍讀印于。

蕺園詩集　卷十

拜書亭後稿上 丙子、丁丑〔一〕。

渡江漫成

紆青凝緑好江山，十二年來倦往還。筆墨但增新債負，風霜潛換舊容顔。心慚老鶴清猿侶，興在疏煙夕照間。何日移家維短艇，白雲深處一篷閒。

校記

〔一〕勉行堂詩集卷十爲拜書亭後稿上，蕺園詩集卷十爲拜書亭後稿。蕺園詩集卷十共存詩八十八首，唯本詩不見於勉行堂詩集卷十，故輯補於此。勉行堂詩集卷十共存詩八十七首，皆見於蕺園詩集卷十。

載園近詩

蕺園近詩〔一〕

阿膠聯句

濟流達阿城，程晉芳。屢起屢迴澓。高環井布輪，沈初。下汲瓶挈竹。清迅登茶經，梁夢善。鍊煮稽藥録。彼哉長耳公，晉芳。繫之小山麓。風聲引蹄蹢，初。雲氣覆黝黷。嗚應子午交，夢善。色取壬癸獨。陰崖露草咀，晉芳。寒徑雪花蹴。三年置閒散，初。一旦摧令僕。土人製膠，飼驢以北山之草，三年乃用之。皮存毛不附，夢善。支解尾猶禿。火紅文武添，晉芳。泉緑淺深掬。垂燈耐細煎，初。響雨雜微攎。滓融晷刻淹，夢善。紋皺分寸縮。照面漆髹几，晉芳。著手脂炙轂。牽連乃黐黏，初。悅澤遂膏沐。凝爲堅固體，夢善。割類方正肉。厥包附土貢，晉芳。其用佐金肅。劑和宜朮苓，初。價值過龜鹿。媚寧佩姪娥，夢善。濁待止河瀆。客來偶停橈，晉芳。市聚看列屋。粉書板雙扉，初。青曳簾半幅。檢囊罄輕齎，夢善。裹紙聽平鬻。瑣碎繙湯頭，晉芳。鄭重藏録目。酒杯化醇醲，初。夜睡益甜熟。真僞勿具論，夢善。歸去遺姻族。晉芳。

南旺分水龍王廟聯句

客行南旺津，沈初。水勢迫冬斂。巋然叢祠出，梁夢善。翩若靈旗颭。一徑窈而深，程晉芳。列像望之儼。雕甍丹杏裁，初。繡檻青荷塹。寶藏勃焉興，夢善。貝闕磨不玷。大中位特隆，晉芳。四佐禮少貶。作其鱗鬛鬋，初。倏爾視睗睒。周身雲下垂，夢善。拱手圭上剡。峩冠擢蝦鬚，晉芳。細甲簇螺靨。負圖馬駿驔，初。獻織女婞媕。駕黑黿赤蛟，夢善。噓陰火陽焰。古光篆香迷，晉芳。長鬣翠燈閃。疇昔供玉食，初。靈秘授金檢。導流紫綬懽，夢善。示夢白衣者。將由此適彼，晉芳。務就平去險。洸沂交灌輸，初。汶泗紛瀐潣。劃非犀琢簪，夢善。辟異珠拋芡。爲文背兩巳，晉芳。在戶判雙店。逢茲左右源，初。分厥東西陝。逆順理無違，夢善。多寡數弗慊。積斯廥倉盈，晉芳。達以艑航漸。神功奠瀾泛，初。祀典著鉛槧。綠漲浸蒲心，夢善。紅潮暈桃臉。攘攘或來祈，晉芳。萋萋俄有渰。鼓舞工變化，初。交際泯瀆謟。晚庭散煙霏，夢善。斷岸結冰溓。風波久滯留，晉芳。日月逝荏苒。薦馨乏椒蘭，初。肅拜攝襟裣。搜詩繭乙乙，夢善。落墨鴉點點。聊憑致心敬，晉芳。勿用嘲腹儉。初。

校記

〔一〕蕺園近詩分上下兩卷，上卷收詩五十四首，其中有五十二首見於勉行堂詩集卷二十一，分別是：舟次言懷、津門鼓櫂行、觀漁人撒網漫成三絶句、對月次午樓韻、黄葉、燭花、聞鐘、寒蝶、燒香曲用玉溪韻、憶菊、秋懷十一首用昌黎韻、聽雨、梔燈和雲椒韻、浪花、詠舟中花卉畫屏八首、晚霞、聞歌、沈石田楓落吴江冷圖、第二回圓月、水禽四絶句、聽雨疊前韻、寒色次雲椒韻、午樓煎龍井茶共試漫成一絶（『索茗聊須助快談』）、喜晴疊聽雨韻、太白樓、王仲宣墓、臺莊水淺同人各易小舟南下賦别四首。唯阿膠聯句和南旺分水龍王廟聯句兩首不見於勉行堂詩集，故輯補於此。下卷收詩九十一首，均見於勉行堂詩集卷二十二，分别是：次韻答楊二鑑堂二首、庚寅人日金廣文棕亭招同人小飲登文昌閣眺積雪分韻得識字、題汪對琴春衣細馬小影、偶如弟招同述先幼清小集、疊前韻和述先、再疊韻和述先、濬亭姪疊前韻四首見貽率答四首、又答過亭姪四首、濬亭昆季招同半江十五丈蠡塘太史荻莊小集漫賦五首、疊前韻五首答濬亭過亭、花朝前一日南園探梅泛舟抵龍興寺作、濬亭昆季招同半江十五丈蠡塘太史吴甥秀亭弟述先荻莊看梅三首、上農姪昆季招集柳衣園、雨中同孟髯過亭兩姪止園看梅用誠齋梅花下遇小雨韻、梅花顛翁歌、四月四日泛舟紅橋歷諸園寺看牡丹三首、立夏前一日潞川招同棕亭藕生東亭泛舟城西泊三賢祠小飲作三首、訪芍藥四首、食筍十一韻、遊寒山寺徑法螺菴、自支硎寺抵白雲泉同竹嶼夢樓作、登天平山、靈巖山望太湖作、題竹嶼所藏仇實父畫雲林高士像、鈎弋行鐙歌、魏黄初殘瓦歌、遊虞山、將往武林不果以詩柬梁三午樓、虎邱對月、半江十五丈可亭文學招遊惠山寺抵寄暢園得詩四首、春農前輩齋中瓶松忽吐新葉漫賦一首、北固山、宿焦山石壁菴、江南懷古三十首、題江七丈松泉九丈蔗畦所搨劉莘老石鼓山題名後。

勉行堂文集

勉行堂五經説序引

趙懷玉

古歙程魚門先生，先君子執友也，於學無所不通，早歲窮經，爲詩古文不傍門户，卓然必軌于中正。乾隆乙酉，懷玉年十九，應試京兆。時先生官中書舍人，與先君子同寓於宣武坊南之一經齋，每有所作，輒以相質，嘗爲先生作投桂林相國五言百韻，頗邀許可。是秋，落舉南還，先生以詩送行，慰勉備至，至今五十年，此景依依猶在目也。

庚子春，懷玉由召試一等得入内閣。是冬入都，以通門子，修後進禮。先生一見甚喜，勤懇之意見於辭色，因得備悉薇省掌故。嗣後，諸老宿有文酒之會，嘗預末座。時先生詩已刻一帙，文則欲假抄而未果。辛丑冬，畢湘蘅尚書巡撫陝西，知先生貧，自秦中作書相招，欲往而未果。初，先生艱於息，已立兄子瀚爲後，至是舉一子長年，同人作詩賀之，以『長』、『年』二字爲韻。未幾，懷玉乞假南歸，迨癸卯冬入都，先生則於前一月已赴畢尚書之約，明年夏，殁於西安節署。是歲，懷玉亦奉先宜人諱。以後人事乖迕，兩家之消息遂無由互達矣。

嘉慶癸酉，余主關中講席之二年，時已久嬰末疾，忽有款門通刺者，則先生之嗣子瀚也。坐定問訊，則以縣丞需次陜西，時方從里中來，而長年且早得痼疾而廢矣。自此數數過從，每以家貧無力不能裒刻遺稿爲疚。先生於五經皆有撰述：易有知旨編，書有今文釋義、古文解略，詩有毛鄭異同考，春秋有左傳翼疏，禮有禮記集釋，今俱在其門生謝祠部振定處。前刻詩版已没於水，詩文全稿則畢尚書嘗許代刻，後竟失之，遂不可得。然薈萃所餘，及説經之書，尚有數十百卷，非大有力者，無能爲役。

先生于世，詩名最重，人慕先生詩過於慕先生文，而説經之書則鮮有及者，蓋所託愈高，則知者彌寡也。乃告瀚曰：『表章先人，意固甚善。然羸弱之子，欲與賁育鬭勇，勢有不能。無已，爲先路之導而使後有所繼耳。故與其刻詩，莫如刻文；與其刻文，莫如刻説經之書。説經之書多，則請先刻説經之書之序，使世有同志見之，安知他日不爭助剞劂，由經及文，由文及詩，以復大觀，而成先生之志乎？』僉曰：『善。』遂述其言於前簡，且記夙昔見知於先生者，以志没存之感焉。

嘉慶十九年閏月，武進後學趙懷玉拜序。

序

宋世犖

處簿書叢委之中，談丹鉛點勘之業，迂矣。然而性之所近，樂或忘疲，吾儒所謂獲心，我佛所謂結習也。世犖夙耳魚門太史名，洎來關中，吳蔗鄉大令以新梓勉行堂詩集見示，因得卒業。既而令嗣約泉貳尹又以文集刊成，屬爲讐校。開函朗誦，掩卷長吁。憶昔挾策都門，假館椒花吟舫，朱習之太僕每言先生髯長一尺，目炯雙星，據案則故我嗒忘，揮毫則羣才斂避，顧第知先生爲詩人而不知爲經之師也，第知先生以詩窮而不知其文之富也。惟是論易則力推輔嗣，論學則平視象山，意似近於調停，説頗需夫質證。而如世犖者，束羣書於高閣，絆五斗於衝途，老尚折腰，塵全眯眼。晝漢儒、宋儒之界，笑任督郵；息朱學、陸學之争，媿非老吏。然則九原而可作也，微斯人，其誰歸？兩端其待叩乎？恨吾生之已晚矣。

時嘉慶己卯冬十月，臨海宋世犖識。

勉行堂文集序

陳鍾麟

吾鄉程魚門太史，才名滿天下，時賢如陸耳山、嚴冬有、袁簡齋、曹習菴諸前輩，相與轡策靈機，舒闡粲鬱，擷蘭圃之芳華，弄珠池之紅蘤，以是宇内士大夫識與不識，靡不奉爲詩人。歲丁丑，予由京秩出守延安，先生嗣子瀚以需次來謁，一日，出先生所著勉行堂文集，乞爲序。

予受而讀之，既卒業，喟然歎曰：『先生之邃于古文至此乎！其論經義也，探原而得其間；其論史事也，抉要而燭其微。』其詳不具論。如書後漢書後曰：『東京士習之醇，由西漢所釀成。明季士習之盛，皆程朱之蘊發。』書王涯賈餗傳後云：『涯、餗于富貴二字外，絶無所知，使當太平無事，亦不過如張禹、孔光竊取禄位；及有故而覆宗，非天所惜也。』明儒學案跋云：『明之亡，由其君不親政事，秉政者不恤民隱，士大夫肆于鄉里，驕佚之氣釀爲禍亂，非講學之過。』嗚呼，此非先生卓識韙論乎！

正學論凡七篇，一一切中利病，如曰：『士君子講求正學，弗事空言。』又曰：『喜怒哀樂之中節，此情之本乎！性者，如謂情所不得已，順之，勿逆之，則嗜慾横決。』嗚呼，此非窮理盡性之旨乎！又曰：『今之學者，得古書片言，必寶而録之；坐論必爾雅、説文、廣韻諸書，考據必旁及金石、文字，訂日月，校職官，證瑣事。』其于制度云：『爲安危治亂之旨，則爲齪齪小夫。』此不足以發聾啓聵乎？

夫語以不切者爲陳言，曼衍無當爲巵言，今先生以邃古之學，發前人之奧窔，啟後學之津梁，爲文若此，區區詩人云爾哉？雖然，天籟而有風霆也，地籟而生衆竅也，人籟之發于詩猶是也。自喜賡于二典，後此以有韻者爲詩，三百篇列于六經，以發乎情而止夫義爲準。詩與文，無二義也。杜工部，世稱『詩史』；白太傅，詩即諫書。如萬斛之泉，隨地湧出，何詩之非文，又何文之非詩也？則即以先生爲詩人也可！

鴻城館晚陳鍾麟謹序。

敘

鄧廷楨

刻魚門先生勉行堂詩集既竣，令嗣約泉又出先生文集見示。公餘繙閱，見其援引精博，議論名通，益信才大者無所不可也。夫自詞章、考據分爲二家，別户分門，固其識岐之，抑亦其才之有所不逮耳。而近時註疏學行又争與宋儒樹旗鼓，徒使沾沾帖括之士望洋自阻，似此而欲闖古人之藩籬，難矣！惟先生獨能兼而出之，酌而平之，何可令其集之勿傳也？會韓城冀大令、咸陽吴大令篤雅好學，醵貲續付剞劂，公諸同人。讀是編者，亦可以知先生之不僅以詞章鳴世矣。

嘉慶庚辰正月廿又一日，館後學鄧廷楨謹敘。

勉行堂文集卷一

正學論一

士生三代以下，不獲親承洙泗之微言，與冉、閔、游、夏之徒絃歌講肄其間，誠足恨矣。而九經具在，四子之説咸存，凡爲學之次第，咸可考而知也。況兩宋以來，諸大賢程功序進之方，修己治人之法，不爽毫釐，而爲學者多忽之，何也？夫古人爲學皆用以自治其身心，而識不廣，聞不博，則何以講求于三才萬物之故，以得其序而證其是非，而反之于約，藏之于密，以之應家國、天下事而出之吾心而裕如乎哉？然則處則爲大儒，出則爲大臣，未有剖事與心爲二，剖學與行爲二者也！

由漢及唐，孔孟之真傳不顯，而學行合一，默與古合者，亦代不乏人。及宋賢出而聖學大明，修齊治平之理較然爲一，如周、程、張、游、楊、李、朱子諸人，既小試之事，而無不治矣，使大用之而有不勝任者哉！自是以降，守程朱正脈者，四百年中且數百人，其尤著者數十人，其立身行事，皆所謂俯仰無愧者。而其末流亦往往有迂拘濡緩之誚，此則學者不及之弊，而非孔、孟、程、朱之過也。而世之人輒以程朱爲迂緩之儒作嚆矢，何哉？見曹馬之受禪，則怪堯舜之開先；嗤朏允之竊名，則議巢許之作始，不已過乎！

今海宇清平，上所操八柄、八則以馭下者，悉本孔、孟、程、朱之理，而士大夫之處心積慮，未見有盟幽慎獨之人，何其與上之所望者相戾也！豈以程朱爲不足學乎？生太平極治之時，而澒泂縱誕，以通侻爲高，其風將何底乎！士大夫，民之的也，而忽忽如是，將何以作民氣乎！夫爲人所不能爲而克紹前緒，斯謂之賢豪，矧往哲未遠，即以我朝論，潛菴、稼書、伯行諸公，距今才數十年耳，其流風餘韻，猶有及見之者，蓋不獨私淑已也。余故欲士君子講求正學，勿事空言，以蹈古人踐形惟肖之義。有作之，必有應之，庶足以輔國家協和之治于無窮也。

正學論二

或問于余曰：『程朱果得孔孟之真傳乎？』余駭然作曰：子之言，奚自而來耶？雖然，有自，由明以來顯與程朱爲難者，多陸王之徒，此各是其師之學，不足計也。我朝顏息齋目擊闖獻之亂，求其故而不得，乃歸咎于講學，以爲程朱之學非孔孟之學，學者但當從事于實際，不得高言性命，徒付空談。而其門人李塨剛主力闡其傳，別註四書，自謂直接孔孟。

望溪方氏爲剛主作誌銘，固已詳論其弊矣。近代一二儒家，又以爲程朱之學即禪學也。虚靈不昧，以復其初，非二氏之説乎？教人静坐，見佛即拜，調息坐功，非二氏之學乎？且延平、朱子，入手皆從内典，久乃自返，而禪根未脱，雖與陸氏争辨，實亦一陸氏也。嗚呼，凡斯之説，所謂彌近理而大亂真，知其一，不知其二！使此説行，其禍又在楊、墨、釋、老上矣。

夫『虚』字出自周易，『靈』字出于尚書，雖易以受人爲訓，而『靈』有訓善之文，要之，人心本虚，理以實之；静虚動直，本乎無妄之旨，故能茂對時而育萬物也。佛氏以心爲虚靈，本自不錯，由其守定，此虚靈之心不着實際，專愛己以忍人，兼逆情而葆性，此其所以大倍于儒也。至若復初之説，則易卦可尋，豈釋氏所創乎？寶玉、大弓忽爲盗竊，及其既得，則依然内府之寶，而謂既經盗竊，遂穢污棄之，可乎？至延平、朱子，初未嘗不究心釋學，知其不可信，而從周程正脈，以上契乎堯、舜、禹、湯、文、武、周、孔之心傳，皆足蹈實地，絶去空虚窅渺之談，由格物致知，以期底于明體達用。如是者，而目之曰禪，非所謂以不狂爲狂乎？且見佛即拜，隨地生敬也；教人静坐，俾收放心也。三代以降之人，受氣寖薄，用胎息法以養其身，使精神充足，足以衛道，夫何疑焉？以此而議程朱，是猶鷃雀嘲鵬也。

近有人謂孔子不輕言性，而宋儒好言性，以此爲異于孔氏之學。又謂人之爲人，情而已矣；聖人之教人也，順乎情而已矣。尊性而卑情，即二氏之術也。夫子罕言性，非不言也。夫子言性與天道，不可得聞，則亦有時而聞也。易曰：『窮理盡性，以至于命。』此非孔氏之書乎？孔子三傳而中庸出焉，四傳而孟子出焉。言性言天，不一而足，不指爲程朱之開先，而轉咎程朱爲創始乎？且所謂情者，何也？使喜怒哀樂發皆中節，則依然情之本乎性者也。如曰『吾情有不得已者，順之，勿抑之』，則嗜慾橫決，非始于情之不得已乎？匡、張、孔、馬怵于時勢而詭隨，馬融、蔡邕迫于威力而喪節，亦可以不得已諒之乎？噫，士君子束髮讀書，馴至頭童齒豁，不能辨學之真僞；而工爲異説者，甘惑世以誣民；淆于怪論者，又失心而熒聽：學術何自而端，儒行何從而正乎！

正學論三

昔呂留良有私憾于梨洲，註釋諸書，力攻陸王之學。而陸清獻爲一代大儒，亦過信陳清瀾之説，附和呂氏，于是海内士大夫以宗陽明爲恥。而四十年來，並程朱之脈，亦無有續者，此則非愚意料所及也。夫陽明之學，本于象山，其爲流弊，至使人自事其心，束書不讀，非其近禪之過乎？然遂指陸王之學爲禪，則愚不敢也。蓋天下事，視所歸宿而已矣。二氏之學不事君親，絶遠人事。爲陸學者，如何心隱、李卓吾，爲人口實者，固有其人；而末流如蔡維立、金正希、黄石齋、劉念臺諸人，其清忠大節，足以扶維八極，而謂二氏之教有是乎？

然必欲合朱陸爲一，而以爲皆可學，則又非也。詩家有李杜，而杜可學，李不可學，縹緲而蹈虚，高明之極，所謂學我者死也。文有八家，而歐曾可學，三蘇不必學，氣息罕和平故也。學亦有正脈焉、偏脈焉，以陸王爲洪水猛獸，攻之不遺餘力，是儒家惡習，不可蹈也；從而學之，則過也。宗程朱，不攻陸王，吾于潛菴湯子有取焉。

且非惟陸王不必攻，即二氏亦無煩指駁也。方唐之時，視二氏與孔子等，昌黎大聲疾呼，發聾振聵，而天下之耳目一新，此其不朽之功也。由宋以來，諸賢釐剔黄冠、緇流之弊盡矣。今海内匪特無真儒，亦且無真僧。欲祛二氏，非歐陽之本論不可也。江泌、徐孝克雖事佛，吾不能不謂之孝子；顔魯公、文文山雖事佛，吾不能不謂之忠臣。士甫學爲儒，先汲汲攻擊二氏，亦近于習氣未化也。然則，守程朱正脈，自治于衾影幽暗之中，博學于文，約之以禮，措諸事而正，施之行而利，余深有望于世之爲學者焉，而非己之所能及也。

正學論四

古之學者日以智，今之學者日以愚。古之學者由音釋、訓詁之微，漸臻于詩、書、禮、樂廣大高明之域；今之學者瑣瑣章句，至老死不休。何雅俗、大小之不同也！且海内儒家昌言漢學者幾四十年矣，其大旨謂唐以前書，皆寸珠尺璧，無一不可貴，由唐以推之漢，由漢以溯之周秦，而九經、史、漢註疏爲之根本，宋以後可置勿論也。嗚呼，爲宋學者，未嘗棄漢唐也！爲漢學者，獨可棄宋元以降乎？然而學士大夫相率而趨，同轍合塗，莫有異者，何也？

余嘗静而思之，有二故焉，曰：天也，人也。天之道，氣運往復而已矣。自明中葉以後，士人高談性命，古書束高閣，飽蠹蟫，其所教人應讀之書，往往載在文集，真所謂鄉塾小儒抱兔園册子者，足令人噴飯也。物極則反，宜乎！今之儒者，得唐以前片言隻字，不問其理道如何，而皆寶而録之，討求而纂述之，此非往復之道乎？若夫人心之巧，則又有暗與事合者。唐以前書，今存者不多。升高而呼，建瓴而瀉水，曰：『我所學者，古也。』致功既易，又足以動人。若更浸淫于宋以來七百年之書，浩乎若涉海之靡涯，難以究竟矣。是以羣居坐論，必爾雅、説文、玉篇、廣韻諸書之相礪角也，必康成之遺言，服虔、賈逵末緒之相討論也。古則古矣，不知學問之道，果遂止于是乎？

又其甚者，因考據字義而旁及于金石文字。夫金石文字之足以資助史學，夫人而知之矣。然不過訂日月，校職官，証瑣事，而于制度云爲、安危治亂之端，其所繫者終小。歐陽子固嘗篤好之，然亦其才力有餘，偶一旁及耳。迨趙德甫，而所見益淺矣。人之精神詣極，果能如歐陽子耶？抑將以趙氏自限也？勞勞終日，惟外之求，而不知身心性命之所在。試之以事，而顛頓茫昧，鮮不隕越；臨之以恐懼患難，而失所操持：由其玩物喪志在平時，故了無肆應曲當之具。以此爲儒，果足爲程朱供拚掃役乎？然則有志之士，必不爲俗拘，不泥古，不遺今，博學而反求諸約，養心而不弊于欲，卓然爲儒大宗，豈必專守一家，蒙齗齗小大之誚哉！

正學論五

有儒者，有學人。儒者，讀書不過多，而皆得其精，以内治其心，外治其事。學人，旁搜博覽，靡所不通，而以經史爲歸，期適用而已。儒者、學人，合而爲一，則爲大儒，世不多覯也。國朝以來，有三儒焉，曰：湯文正斌、陸清獻隴其、楊文定名時。清獻之立朝治人，可以無憾矣；所微惜者，攻陸王太過，猶墮道學習氣也。若潛菴、賓實則昭昭乎與日月並行，玉粹金堅，吾無間然矣。而或者猶恨二公著述不多，無以輔翼經傳。夫顔淵、仲弓之賢，固嘗有著述耶？必經傳輔翼而後稱賢，則匡衡、馬融爲賢于龔舍、王烈耶？

三大儒之外，有三學人焉，曰：處士顧亭林炎武、黄梨洲宗羲、大學士李安溪光地。

安溪之學爲最醇，仕太平之時，事仁聖之主，其所施行，皆有用無弊，而人不以大儒歸之者，以其心術之微多作用也。亭林、梨洲博極羣書，其于古今治亂、興廢、得失之數，皆融貫于胸中，因筆之于書，以爲世世法。然亭林生于明末，目擊寬弛之弊，思以嚴厲矯之，説近申韓，幾不自覺，使其術行，必有磽確不安處；幸而不試，故人寶其言；而要之不可盡廢，在審所用之而已。梨洲于出處、進退大端言之，可謂確矣，而其主意以爲不封建、不井田則世不可以治，此則迂生習見，不宜出于學人之口，烏有經天緯地之才而不能達權通變者乎！前乎三人者，有程雲莊焉，金正希、蔡維立之師也，當時如念臺、石齋輩皆尊服之，謂是三代以下第一人；鼎革之後，逃于禪，今其書具在。其高明廣大之識，信乎？爲曠世材而舉拂清言，詆諆二氏，究適依其門戶，宗事儒者，亦已戾其大端。賢哲不世出，間一見焉；而其歸也，不必由川以達海，豈不重可惜乎！今之學者，不必求爲過高之行，亦無煩多讀未見之書，惟是行己有耻，自盟幽獨之中，孝弟慈惠以自將，希賢希聖，不躐等以進，則亦庶乎其可矣。

正學論六

禮稱師嚴而道尊，道尊然後民知敬業。荀子謂師有四術：尊嚴而憚，可以爲師；耆艾而信，可以爲師；誦説不凌，可以爲師；知微而論，可以爲師。周子曰：師道立而善人多。天下未有無師之學也，漢以下訓詁相傳已異乎孔孟之授受矣，然守其專家，不敢倍師一字，雖拘執是病，知古道之猶存焉。及程朱出而師道大行。宋明之際，分而爲陸王，宗派弟子各是其師，互相攻擊，然淵源有自，派别井然。王學雖近似禪，而其門徒多言作用，好事功，矢孝成忠不絶于史册，況程朱之萬全無弊者乎！

今者鄉學、府縣學、太學猶是古之黨庠、塾序、辟雍之遺意，然士子之入泮者、貢成均者，其人業以成才自居。教之者，又不復以師道自處，惟延師訓蒙，與課時文、制舉業者乃謂之真師。方童丱入學時，父母之所望者，取進士也，掇大科也，如是而止矣。及其治制藝也，其師所以教之者，揣摩風氣也，利在速成也，如是而止。其去漢唐訓詁授受已異矣，況宋明躬行實踐之學乎！且宋元四大書院之設也，皆以教人續孔孟之真傳，爲有用之學，在當時郡縣之學已漸爲具文，賴此以補之。今書院遍天下，惟取翰林、進士之名，爲縉紳退步救貧計耳，烏足以論師道哉！

夫師也者，所以代君父設教，使其人遠于禽獸之域，而躋人道之極也。今欲負笈從師，遍海内求之，不可得矣。爲人父母，必訪嚴正篤古之儒，先告之以不祈掇科第，惟欲令敦行誼，廣學問，而士子稍有知識，不欲爲庸下凡人，則世無仲尼，私淑猶在，砥心礪志以務乎學。芝草不必其有根，醴泉不必其有源，古籍具存，皆我師也，其亦庶乎躋正學而克自樹立也歟！

正學論七

古之君子置身于仁義道德之途，其强固清明，固足以爲人上矣，而出其餘藝如射、御之類，又足以備國家之用而捍患禦侮焉，此所謂有用之學也。蓋天之生人，同以五行之秀畀之，而氣質之偏，多愚少智。愚者好争樂鬭，弱肉而强食。智者與物無競，日處于遜讓弗遑，及一旦有事，而智者之才力又足以勝好争樂鬭者之凶頑，則蚩蚩之氓安得不拱手服也？古者，出必以車，戰亦以車。兵之及遠者，無過于射，故六藝，射、御居其二，自鄉黨、學校以達廟庭，興賢、校士、飲燕、朝聘、祭祀之事無不用射，豈惟不貫革是尚與應節之美哉，蓋將以致之于實用也。

春秋之時，士大夫承先王文教之餘，其服詩書者是人，其習武勇者亦是人，故列國紛争，猶足以保其疆土。迨漢以降，文武之事漸分。至宋，而學人益趨于弱，然校射之事或間代舉行，朱子猶私習射于射圃。明初，試文士尚考之以射。四百年來，文人褒衣矩步，悍强武力悉付之武科與召募之徒，于是詩書之業第爲歌詠太平之具；承洙泗之流者，有游夏之雍容，而無冉有、季路之操執戈矛者矣。夫古之兵事，射御爲先，其後無車而上騎，又有銃砲諸戰法。使真儒出而籌之，則當如古法，所以教射御者教之，必不使其束手旁觀，自謝不敏也。且銃砲、擊刺之事或有未遑，而弓馬之事，豈士大夫所宜諉謝乎？我國家承平百四十年，所以教習八旗者，文武並用，蓋古法也。北方之學者，以及邊省文儒猶或有兼習弓馬者。東南文士則專以詞章吟詠爲事，一遇盜賊卒起，則色變手顫，口噤不能動，而猶俯視一切，詡詡自得，以爲吾學先儒之道者也。噫！先儒之道，固若是其葸乎？

或曰：張子房貌若婦人，佐漢滅楚；孔明綸巾羽扇，坐車中指揮，亦扶蜀數十年。士何必以技勇稱！

曰：子房、孔明，將將之才也。苟無其才，則游之于藝，近衛一身，遠備國家之用，不亦可乎！然則騎射之事，亦篤古學道之徒所必不可廢者也。

古學校考

禮經言學校建置，名目各殊，後之解者，因以糾紛。余辨之曰：天子立四代之學，謂周家存虞、夏、商及本朝之詩、書、禮、樂，而非建學于四所，亦非一學之中以東、西、南、北識虞、夏、商、周之别也。劉原父之言有可信矣。唐虞官百，自天子之元子及公卿大夫之子，不過二三百人，一學之中，已足容之。後世官多，學者衆，或别爲廬舍以廣其教，要必以大學統之，不必定有四處。如大戴禮學禮曰：帝入東學，上親而貴信；帝入南學，上齒而貴親；帝入西學，上賢而貴德；帝入北學，上貴而尊爵。此皆漢儒增無爲有，好爲瀾翻絢爛之詞。又如易傳太初篇：『太子旦入東學，晝入南學，暮入西學。』五禮通考謂此下當有『夜入北學』一句。夫一日之中，轉移于四學之内，日日如是，業何由精，心何由定耶？蓋學貴乎專，地專則志專，故余于建學之説，獨遵孟子。孟子曰『夏曰校，殷曰序，周曰庠』，言鄉學也；『學則三代共之』，言國學也。可謂簡明該括，證以漢書儒林傳，無可易也。

或曰：『有虞氏養國老于上庠，養庶老于下庠。夏后氏養國老于東序，養庶老于西序。殷人養國老于右學，養庶老于左學。周人養國老于東膠，養庶老于虞庠，虞庠在國之西郊。』王制、内則皆同，豈不可信歟？

曰：孟子所説者，學之大略也。名目稍異，則時代久遠，間有更易。詳玩王制、内則之文，似『庶老』爲『鄉老』，則下庠、西序、左學、虞庠宜爲國門外鄉遂之學，經曰『在國之西郊』，斷可識矣。

曰：由子之言，國僅一學乎？

答曰：小學在公宫之左，大學在西，此其説可據。門闈之學即小學也。大抵胄子初由小學，十五而入大學。其學有序，則其地攸殊。虞殷之太學在西，夏周之太學在東，此又所置不同也。若夫成均之名，蓋古學名，董江都之言足據。學至于樂，斯爲大成。均者，韻也，李穆堂先生辨之最詳。後世不知，乃謂天子之學有五，辟雝爲太學，其南爲成均，亦曰南學。鄭氏鍔謂辟雝即成均，不知辟雝乃成均中之澤，所謂習射于澤者也，惡得與成均並？王氏詳説以成均爲上庠，可從也。五禮通考引詩靈臺疏謂：靈臺在國之東二十五里。左氏韓詩説辟雝在南方七里之内，立明堂于中，五經之文所藏處，蓋以茅草取其潔清也。左氏説天子靈臺在太廟之中，壅之靈沼謂之辟雝；諸侯有觀臺，亦在廟中。夫學之建置，古人論説已自紛拏，又復錯明堂、太廟、靈臺、靈沼于其中，不更紊乎！

大抵凡南向第一堂皆可謂之明堂：太廟有明堂，聽政之所曰明堂，太學嚮南之前廨或亦可曰明堂。儒家欲渾明堂、太學而一之，而不知教肄之所，非承祀班朝之所也。且靈臺以觀天文而兼爲遊觀之所，沼以靈名，因臺而設。詩人記一時營造，並及辟雝，而太學之鼓鐘于斯可記。辟雝斷非靈沼，亦必不與靈臺在一處。袁準正論云：明堂、宗廟、太學，禮之大物也，事義不同，各有所爲，而世之論者，合以爲一體，取詩、書放逸之文、經典相似之語而致之，不復考之人情，驗之道理，失之遠矣。準之言可爲確論。且小學在公宫之南，宜有然也。太學在郊，則必無是理。郊有鄉學，太學必在國門内，五經之文不藏于國中，而使冑子日趨郊研讀乎？皆由執明堂建于郊外之説，並以太學爲在郊，又混明堂、太學爲一。説禮而禮愈淆，不可歎耶？

或曰：教之之官，可得聞乎？

曰：觀舜命夔典樂，則後世之大司樂爲太學之長官矣，禮記所謂大司成者是也。鄭註謂大司成是司徒之屬師氏，瀏矣！

或曰：周官之師氏、保氏，轉在大司成之下乎？

曰：周官，後儒所撰，以太子有師保而著是名也。大樂正之官，非僅如矇瞍之通音曉律已也，所謂崇四術，立四教，順先王，詩、書、禮、樂以造士，有專職焉。近儒陸稃亭欲以大司成當宰輔之任，言雖近迂，要之，克任斯職者必非常之選矣。論説在東序。序，墻也，在太學之東，堂上之墻爲序，非庠序之序也。觀『侍坐于大司成，遠近間三席。可以問，終則負墻。列事未盡，不問』，則大司成之尊可知矣。

或曰：教之之時，可得聞乎？

曰：人之資性有敏鈍，因材以掖之，不可以時限也。總其成者，大司成。自大司成以下，詩、書、禮、樂各有分官。一藝成，又教以一藝。就禮家所載王制云：『春秋教以禮樂，冬夏教以詩書。』文王世子則云：『春夏學干戈，秋冬學羽籥。』又曰：『春誦夏弦，大師詔之；瞽宗秋學禮，執禮者詔之；冬讀書，典書者詔之。』其爲時已各不同，而陳晉之猶分別四時以教，不亦執乎！

後漢書三國志得失考

三國志不載荀文若婚唐氏事，爲賢者諱也。裴註載而辨之，以爲唐衡死時，彧年始二歲，不應有結婚事。夫人亦有襁褓連姻者矣，且此彧父緄過，不足爲彧病。范史書之良是。或國志載彧審張邈之譎，勒兵設備，馳召夏侯惇；而范史不載召惇，及豫州刺史郭貢求見，彧將往，始載夏侯惇止之。惇爲東郡太守，未免突如其來，不及陳書矣。范史言彧進操計謀之士中有司馬懿，而國志不載，晉臣避國忌耳。國志載太祖怒袁紹舉動異常時，而范史略焉，此亦未可略。若董卓傳，則范史所取別在陳書之外，精神最足，後來者宜居上也。

公孫瓚傳，瓚與鮮卑戰，殺傷數十人，瓚左右亦亡其半，遂得免。國志云：『鮮卑懲艾，後不敢復入塞。』范史删此語。按：瓚之戰在中平以前，迨中平中，又有與烏桓戰事，則此與鮮卑鬬是熹平、光和間事無疑。鮮卑傳云：『光和中，檀石槐死，子和連代立，才力不及父，亦數爲寇鈔。』是光和以後，未見其不入塞也。若討烏桓，則范史敍次尤核矣。陳書不載劉虞，故瓚傳多及虞事，其奏袁紹一疏，亦陳書所闕。裴註載漢晉春秋紹與瓚書，可以參觀也。此傳亦范勝陳，陳無足讀。

陶謙傳首，陳傳稍詳，如舉茂才、除盧令之類，范傳略之非是。謙殺操父，則范傳爲詳，此乃一傳關鍵，而陳傳不録，裴取吳書補之，是矣。

袁紹傳，本初坐作聲價一節，陳史所無，然頗有氣色。與董卓忤，陳史惟言横刀長揖，不載『天下健者，豈惟董公』語，裴註且謂必無此事，然范史載之，不爲過也。其載紹不肯迎駕，包藏禍心，破公孫瓚、滅黑山賊于毒等事皆詳于陳史，紹之上書罪操及檄操文亦詳載焉，勝陳史多矣！

劉表傳取司馬彪略平宗賊事視陳爲詳，其言安輯荆州亦詳于陳，惟陳書云表『外貌儒雅，而心多疑忌』，此似得之，范氏未及耳。其載劉琦謀于葛亮亦傳中不可少者。

劉焉傳，陳氏載焉信董扶之言，欲據益州，而范史失之，范之疏也。陳史載劉表上言『焉有似子夏在西河疑聖人之論』，而范史第于焉死後，云先是荆州牧劉表上言『焉僭擬乘輿器服』云云，此亦不及陳之詳。

袁術傳，范史載術與紹致釁之由及術擬爲僭篡特詳，陳志寥寥，不足觀也。

吕布傳，陳書布敗于傕，『將數百騎出武關』；范史乃云『將數百騎，以卓頭繫馬鞍』，此爲有色矣。范敘布失懽袁術亦較詳。凡裴註可采者，范悉采之，故每勝陳也。

華佗傳，陳詳而范略，少十餘事，蓋陳所載方術不過二三人，范傳載者多，故簡汰之不爲過。要之，佗傳宜讀陳書矣。

烏桓傳，國志載曹操破蹋頓稍詳，而通卷不及范之悉也。鮮卑亦然。然自裴註而外，范史所增亦少。陳史固云：『烏丸、鮮卑，撰漢紀者，已録而載之，故但舉漢末魏初以來。』則亦不足爲陳病也。東夷夫餘，陳志不載侍兒見天降氣妊身事，陳是也。其言公孫度制夫餘事，陳志亦詳，范史不宜抹去。沃沮，魏志云其地東北狹，西南長；而范史云其地東西狹，南北長：蓋傳聞異辭，非目見也。三韓、倭國，陳簡而該，讀之足矣。諸傳以兩史參之，大都范得五六，陳得四三。凡史以詳爲主，詳而不華，有義法在，後人一味求簡，遂少精神，故知前半史家未易及也。

繹祭辨一

繹賓尸，非祭也，承昨日之祭而燕尸，解家誤以爲祭耳。天子諸侯正祭，朝踐之時，有索神之事，爲行禮之始，詩所謂『祝祭于祊』是也。孝子思親，平日所在于室焉，于堂焉，于庭焉，于主焉，于祊焉。家語：周禮註曰：『繹，祭于祊。』禮記：孔子曰：『繹之于庫門之内，祊之于東方，失之矣。』皆指正祭，以其尋思，故謂之繹。以其自堂索之，至門而止，故總謂之祊也。周氏諝曰：『繹者，紬繹而求之也。繹之于祊，一祭也。繹，言其意；祊，言其地。今若離之爲二祭，其説非也。』陳氏澔曰：『繹是堂上接尸，祊是室内求神，皆一時之事。』凡此皆正祭繹之于祊之明證也。

公羊傳曰：『繹者何？祭之明日也。』穀梁傳曰：『繹祭者，祭之明日之享賓也。』春秋註曰：『繹，陳昨日之禮，所以賓尸。』朱子語録：『古者，宗廟之祭有尸，既祭之明日，則暖其飲食，以祭爲尸之人，故有鳧鷖之詩。』凡此皆言次日繹賓尸也。蓋天子、諸侯祭禮繁重，極一日之力始畢，不及賓尸，故俟來日，以其尋思昨日之祭而禮尸，故亦謂之繹，所謂『夏曰復胙，商曰肜，周曰繹』是也。大夫以降，賓尸即于祭日，獻數少而禮簡也。自爾雅註有『繹，又祭之文，謂祭之明日，尋繹復祭』，于是，其誤相沿，謂次日先繹祭，而後賓尸。陳氏禮書及何玄子輩皆沿其誤，雖有三傳正文及朱子之説，尚不足以正之。

夫大祭必卜日，卜則卜一日耳。若次日又行祭，將並次日亦卜耶？若不卜，是簡也；若卜之，則安能必連日之皆吉耶？考之經書，無疊卜之文，此其不可信者一也。祭不欲數，未有今日祭此祖禰，明日復祭此祖禰者，不亦瀆乎！諸家于次日又祭，並不指所祭何神，第渾渾言之，則可知其附會而疏略矣，此不可信者二也。公羊註謂次日之祭但不灌地降神。

大祭之屬，莫重于灌而降神，不灌不降，何以謂之祭乎？此不可信者三也。祭義引詩『明發不寐，有懷二人』，爲明日尋思而復祭，其説甚誤，此爾雅註所由舛歟！絲衣詩序曰：『繹，賓尸也。』其説亦可疑，夫載弁、衣絲爲士助祭之服，視牲視濯使士爲之，不知是何等祭祀？或以爲祀靈星，雖非的據，要不相遠，苟因此不類大祭而名之曰『次日之繹祭』，則不可也，且燕飲、樂章不列之頌，陳長發之言韙矣。

或曰：『高宗肜日，越有雊雉。』苟非祭祀，何以徵異而致戒乎？

應之曰：次日之繹，亦承吉禮而來，其典綦重而雉升鼎焉，非升而升，故足異耳，豈必祭祀也哉？

繹祭辨二

知繹之于祊爲正祭，則祊祭之非異日明矣。而禮記疏云：『祊有二種：一是正祭之時，既設祭于廟，又求神于廟門之內。詩楚茨云：「祝祭于祊。」註云：「祊門，平生待賓客之處，與祭同日也。」二是明日繹祭之時，設饌于廟門外西室，亦謂之祊，即上文云：「祊之于東方。」註云：「祊之禮，宜于廟門外之西室。」禮器云：「爲祊乎外。」以其稱外，故註云：「祊祭，明日之繹祭。」』夫祭之一日猶不足，明日又祭，祭不聞在正室，而猶在于祊，何也？

此明是因正祭有『繹之于祊』之文而誤以來日賓尸之繹爲祭；既以來日賓尸之繹爲祭，求其地而不得，則以爲祊于廟門外之西室也。

按：爾雅釋宫云：『祊，謂之門。』自室至門皆神所常居之處，所謂『于彼乎，于此乎』，索之不一所，求神之誠合如是也。次日，迎尸于祊，設饗食焉；割烹爛熟，薦牛羊焉；皆賓禮，不得謂之祭。而解家相承以祝祭于祊爲正祭，以次日又有祊祭。夫郊祭明堂，猶且衆説叢雜，而況于祊乎！然知禮者，不可以不辨也。蓋正祭之祊宜在廟門内，戶西南隅，陸農師、秦味經言之悉矣。正祭求神，自室以至門内，何次日又祭，不于室、于堂索神，而轉求之大門之外乎？求之大門之外，則較正祭索之愈遠，其事當愈重，而其禮轉略，此皆不可解者也。

爾雅：『祊』宜作『閍』，从門，則可知在門内矣。説文作『鬃』，云：『門内祭先祖，所以傍偟。』夫傍偟者，求索之謂也。昨日旁皇，神既降矣；今又傍偟，以期神降，何居？曰：『春秋壬午猶繹。』使非祭而燕賓，何爲言之曰：承正祭而賓尸，其禮與聘享等，正卿卒而祭不輟，次日之繹不可以已乎？故譏之也。以祊爲次日祭，必無是理也。

釋幣辨

禮記文王世子：『凡始立學，必釋奠于先聖先師；及行事，必以幣。』行事者，行祭祀之事也，何以知之？下文『衆至，然後天子至，乃命有司行事』，以此行事證之而知爲行祭矣。秦皇氏侃乃謂：『禮樂器成及出軍之事，其告用幣而已。』後儒沿其誤，遂謂釋奠不用幣。秦文恭五禮通考判學中祭禮爲三：『曰釋奠，曰釋幣，曰釋菜。』不知釋奠未有不用幣者也，釋奠之外豈又有釋幣之事乎！釋奠如今之丁祭，以神聖事之，歲不欲數。釋菜如今之朔望，祭以師道，事之朝夕，聆誨不欲疏。釋奠有幣有菜，釋菜則菜與酒脯而已。祭有大小，故品有增損，其有大事則儀如釋奠，春秋常奠，亦猶宗廟之禴祠烝嘗，夫禴祠烝嘗而有不用牲幣者乎？

祭之重物，幣帛居其一。薦帛瘞帛，天地、山川、宗廟之祀皆然，豈太學反替乎？漢唐以降，載在史册者，薦幣之文具在釋奠儀内，此與古禮暗合，無歧而二之之事。記云：『既興器，然後釋菜。』此分别言之，非一時之事。興器、用幣，謂釋奠也；釋奠之後越時，乃舍菜耳。若釋采之『采』，自當爲『菜』。周官大胥註鄭司農云：『釋菜，謂舞者皆持芬馨之采。』後鄭謂蘋蘩也。蘋蘩之説是舞采之説，非直是薦蘋蘩耳。漢孔耽碑：『躬菜菱藕。』古

『菜』、『采』字通。夏小正『大舍采』亦『菜』字。匡謬正俗云：『古之經史，采、菜皆同。』舊註以『采』爲『幣』，康成已不用，而宋儒遂有以幣帛當釋采者。『采』之爲『幣』，雖又別見周本紀註，要不可據以釋經。

余之爲是辨也，慮後世不知釋幣在釋奠之中，而于釋奠之時減去幣帛，遂使禮文不備，不足以昭敬。要之，釋菜、釋幣，其制灼然；釋奠，則有幣有牲，不得缺一。學者慎毋爲皇氏所惑也。

盧龍塞説

盧龍塞爲灤水所經，見水經註，其所云塞道向林蘭陘至清陘者，二陘皆不可考。後漢紀：魏武征烏桓，出盧龍塞，塹山堙谷五百餘里，後人謂之長塹，則此塞當長五百里，而舊志謂盧龍塞應長千里。

晉鑑：慕容儁使慕容霸自東道出徒河，慕輿于自西道出蠮螉塞，儁自中道出盧龍以伐趙。盧龍正塞在今之遷安，前人所考確鑿可證。徒河，漢縣。慕容垂載記：垂戍徒河，與石虎將鄧恒之屯樂安營者相拒。樂安，今樂亭縣地也。徒河，逼近樂亭，當在今昌黎縣東南，距遷安纔百三十里耳。蠮螉塞當在薊州之西，以晉書『慕容皝出蠮螉塞，長驅至薊』知之。近密雲一帶，今之居庸關也。而薊州距遷安祇百十里，喜峯口在遷安西北七十里。故欲求盧龍塞之正地，必以東之徒河、西之𡿧嵱塞考之，而盧龍居其中，而通計東西所距，共不過三百里，已届別境，豈有所謂五百里者哉！五百里且不可得，而千里之廣之説尤難憑信。今若謂北燕所都在柳城，距居庸爲近，則可矣。若謂盧龍塞外邊近熱河，除是援千里盧龍之説始能有合，蓋熱河在古北口外，去居庸又遠也。

勉行堂文集 卷二

周易知旨編序

晉芳非能註易者也，學易而已。學之既久，于漢唐以來講貫有得者，好之甚，斯著之。其不合者，間有辨論，亦記于篇。積以歲月，遂成卷軸，將以自誨，疇敢誨人？獨念易經輔嗣之廓清，又得康伯、仲達纂續疏解，宋賢輩出，大義愈明。我朝安溪講肄于前，家綿莊剖晰于後，凡諸乘、承、比、應之拘牽，陽位、陰位之傅會，與夫互卦、卦氣、卦變、方圓、先後、圖位，固已一舉而空之，宜乎四聖人之心思昭揭千古矣！而三十年來，學士大夫復倡漢學，云易非數不明，取輔嗣既掃之陳言，一一研求，南北同聲，謂爲復古。使其天資、學力果能上逮九家，吾猶謂之不知易也，況復好奇騁異，志在争名，徒苦其心，自墮于茫昒之域，不可歎耶？且六十四卦象既備矣，繫辭、説卦所發揮，數可知矣；而學者必欲于所既有之外，闡所本無，曰：不知數，無以知來也。噫，諸君子窮極漢學，果克知來也耶？京傳焦學，而焦謂得其道以亡身；程子謂邵子別是一種學問；就令數學造極精微，尚與周孔間隔數層，而況聖人所不及知者，后學轉欲知之，蘄勝于聖人，毋乃蹈至愚之誚乎？愚之爲是編耶，蓋欲潛窺古聖作易之初，謂人秉性以生，性專而欲雜；天秉理以運，理正而數奇；以多欲之人遇多奇之數，其能有吉無凶，免于悔吝乎？賢人君子有可亨之道，而值至困之時，其何恃而不恐乎？夫是以寫憂患于文辭，寄占驗于卜筮，因筮以明義，而全體大用，不專在乎蓍，即數以知來，而盡化窮神，必根極乎理。扶陽抑陰，其大旨也；履險處困，其大用也。其所以該三極而彌六合者，似奇而實平，似遠而實近。學者得其一節而行之，修己治人，恢乎裕矣。晉芳雖能言之，而檢束身心，未能力行一二也，安敢以爲教人之術乎！

尚書今文釋義序

二帝三王之道，莫備于書，自天文、輿地、職官、樂律、禮制、刑罰之大者，皆在焉。由其道則治，反其道則亂；得其片言微義，皆足以措天下于磐石之安，而綿翼子孫于世世。要其大旨不過二端：知人、安民而已。非惇、德、允、元則不能知人，人不知則民無自而安，而安民之要，未有過于省刑、薄税者也。

余檮昧寡學，何足以窺聖籍之淵深？然幼時幸從篤古者遊，側聞緒説，好集經書，剖别其得失。丁亥、戊子，間取伏書，反復讀之，意若有會。取諸家註釋，擇其尤者，次第著于篇。凡五載，而第一稿成。癸巳之夏，從事四庫書，所見書益多，重加裒輯，三年而第二稿成。又三年增删改易，第三稿成，而余年已六十餘矣。竊謂士君子治經之道，必鉅細弗遺，本末該貫，而後其學成。孔子之教人讀詩也，曰『可以興，可以觀，可以羣，可以怨』，是言性情之觸發也；曰『邇之事父，遠之事君』，是言著效之大也；曰『多識于鳥獸草木之名』，是言其纖悉必貫也。明乎此，則豈獨學詩爲然哉？凡治經者視此矣。孔傳雖晚出，而得于周、秦、漢之舊聞者多，數典辨物，中者十之六七。宋人取諸心得，不免武斷之譏，而于漢晉詁訓蔽塞、叢結處亦頗爬梳一二，均未可偏廢也。矧說九族者，不明五服之定制；論五刑者，不知肉刑之非古，其有關于世道尤大。

余之爲是編也，豈敢自謂跨軼前賢？然平心審擇二千年來講說之善者，遐採旁搜，遺漏者罕矣。其言之謬誤，足熒聽聞者，亦屢□焉。凡爲書四十卷，録而藏之。其耑釋二十八篇者，伏之與梅，去若霄壤，在今日已爲定論，學者固宜分別觀之，正無俟讕言詮釋也。

尚書古文解略序

梅氏晚出書，元明諸賢雖間一辨之，而未極其致。我朝閻伯詩、程綿莊、惠定宇輩出，始抉摘無遺蘊。雖以西河之博識多聞，爲之奮臂大呼，莫能翻已成之案也。然近儒沈果堂謂是書必不能廢，余獨有取乎其言，以爲匪特不能廢，亦不可廢也。蓋其書雖成于襞績之功，鍼綫之跡顯然，而一一皆有自來。如説命諸篇，氣象矜貴，言皆有物。士生宋明以降，凡六代、三唐詩文小集，片紙隻字，猶或珍襲之，況其彙輯三代以前嘉言懿訓，聯珠貫璧而出之，而遂視同土苴，可乎？特其不足信而能貽弊者亦有數端，前人固已詳辨之，學者要當分別觀之，且不宜與伏書相混耳。

辛丑初夏，排纂今文釋義第四稿竣，爰取梅書讀之，因孔蔡二傳略爲去取，參以別家之説，凡六閲月而成解略六卷。蓋其文義本自平順，詮釋無難，惟泰誓三篇雖非張霸僞書，而以臣訐君，類後世檄文、露布體；湯武並稱，湯誓、牧誓，其辭略近。此泰誓果武王作耶，則武王之志荒矣，故僅載白文，弗加詮釋，而于諸家辨駁僞撰之詞亦弗一載。學者第從本書觀之，此則當存釋經之體也。

噫！予嗜經成癖，矻矻汗青垂四十年，自謂持擇之功，視諸家差爲平允。後之覽者，或有訾其兼愛，又或□其曲意調停，則弗敢避責矣。

毛鄭異同考序

今之學者類稍知讀註疏，不盡從事宋學矣。然即一經之中，註疏之異同得失亦未易辨也。即如小毛公之于詩，得六世之傳于子夏，其言簡質而深密，誠有如李清臣、葉夢得所稱者。康成出而申毛以難三家，遂使三家坐廢。然箋之與傳異者，且四五百條。宋賢謂康成以禮釋經，與毛乖迕，然豈無鄭得而毛失者乎？王子雍詩學五種，今皆不傳，孔疏中間存一二，述毛非鄭爲多。王基申鄭以駁毛，孫毓朋王而難毛鄭，陳統又申毛鄭以駁孫。諸家之説，雖皆不得其全，然一斑時見，後人奉若殊珍，而曲直之分往往淆而莫定。譬之兩造既備，師聽兩辭，惟事模棱，莫分曲直，遂欲以兩是存之，詎足以了讞案乎？且宋賢之説經也，一則苦于瀾翻，一則好爲臆斷，然去取毛鄭之間，亦間有合者，而自出新義，有夐出毛鄭之外，足以勝之者。士人或泥古以疑今，或是今而棄古，皆未可爲平心善學者也。

余以暇日瀏覽説詩諸家，因即毛鄭傳、箋條其同異，雜取諸家辨正，復斷以己意。既卒業，編成十卷，非敢謂己之所説必不倍于經言，蓋欲告人以學經之法，不可專執一家，由此以斷杜服之春秋、先後鄭之周禮，庶幾是非疑似若觀火之明，爲不死章句下也。

春秋左傳翼疏序

余年九歲，受左傳于宜興儲風崇先生。于時，經師課弟子，尚遺讀全書，不似後來取坊間選本，約略教之也。先生既爲講析大義，余日讀五六十行，見其事蹟殊異，心頗好之。如韓之戰秦，穆姬使告穆公，及晏子、叔向論齊晉，輒感激隕涕不自禁。徐州張岵瞻先生，余兄師也，年過七十，時來坐余側，聽誦聲，拍手笑歎，告儲師曰：『是兒若深解左傳者，異日其以文鳴乎！』聽久則倦而鼾息，余讀自若也。稍長，與顧震滄先生往還，因知解左氏者，自趙東山以下，可十數家，購而藏之。顧先生有左氏癖，撰春秋大事表，自號曰『左畬』。每與余談論左氏事，至忘寢食。

余入都後，甲戌、乙亥間，始取左傳註疏反覆讀之，乃知元凱之註，尚意不尚辭，于典物猶多未備；孔仲達不長于地學，詮釋多遺；賈服遺文往往散見他書，未及收録：是皆可爲補葺者也。丙申之秋，治尚書漸有端緒，乃取唐以前書詳加校閲，其有關于左氏者，皆摘録之。又録宋以降諸家數十種，補正高氏春秋地名考略三百餘條。荏苒四年，得書三十二卷，命之曰春秋左傳翼疏，非敢規杜也，埤孔而已。

噫！余今年六十有二矣，回憶受讀時越五十餘年，使儲張二公而在，皆百數十歲人，即顧先生亦百有一歲矣。而余頭童齒豁，矻矻不休，視幼時精進之志如草萌木芽，勃發不自已者，已遠弗及，敢謂博取無遺憾耶？姑識數語于簡端。別編凡例，以志作書之指焉爾。

禮記集釋序

余撰禮記集釋成，爲三説以弁其端。

其一曰：所見異辭，所聞異辭，所傳聞又異辭，春秋之事也。不特春秋，即禮記有然矣。蓋周官雖多龐雜不經，而出自一人，無相矛盾處。儀禮則記一時儀節，次序秩然，無可疑議。禮記記周秦歷兩漢，作者非一人，傳者非一時；或親得之于孔子口授，或轉相授受，譌以傳譌；其精深博大者有之，其互相牴牾者有之；必欲比而同之，既有弗能，欲悉斷其得失是非，亦未易易，此康成于難析之義，遂以夏殷之禮爲歸也。

其二曰：宋賢謂儀禮爲經，禮記爲傳，此其説亦非定論。禮記中如冠、昏、聘、射、燕、鄉飲諸義，自是儀禮之傳，然儀禮本自有記，記即傳也。如冠義諸篇，亦可名爲傳耳。若夫王制、月令則近于史，表記、坊記、緇衣則近于子。至如內則、奔喪、深衣、投壺之類自宜與儀禮相匹，各自爲經，何由作傳！故欲舉一言以括古書之全旨，未易云然也。

其三曰：天之生宋賢也，既使彰孔孟之絕學，以昭示來兹，又使闡註疏未罄之藏，刮垢而磨光，使人不蔽于章句；而又將開數百年制藝之學，爲士子登仕之階，故其所著書，不獨理明典備，而亦簡括易讀。假使以註疏爲功令，俾士子習以作時文，必有難于措手者矣。然宋賢之自成一書，非謂世之人但讀己書，不必更從漢唐學也。而自有宋賢諸著以來，註疏束高閣者且數百年，無論程朱片言隻字，奉若圭璋，即蔡氏之書傳、陳氏之禮記集説，亦以淵源有自，遂爾户誦家絃，至于今弗絶。夫蔡陳之作，其于古註疏，豈無救正釐剔處，然又何至惟知蔡陳若齊人之知管晏耶？

余之編集釋也，于諸家同異遍列之，因以考證其得失。于典物，鉅細必有詮註，使人知禮記之卓然爲經，非盡取材于周官、儀禮也。于漢唐以及本朝註釋諸家，苟有可存，必録焉。而泛言義理，不待多方以釋者，則置而弗道，蓋欲于制義而外，别存古人淹雅一門，使三代以上文物、聲名可稽諸簡册。惜乎，精神衰薾，泛覽者無多，謏聞之譏所不敢謝也！

桂宧藏書序

今海内藏書家相傳無若寧波范氏天一閣，闤闠之四面池水回環，客有借鈔者，自置糗糒，具紙筆，坐閣中，不限月日，竣事乃去。揚州馬氏，余之族姻也，以數萬金購得傳是樓、曝書亭藏書。余嘗假其目録觀，則亦無甚奇秘本，意其畏人假索，别編一目以杜請求歟？

然竊聞有湖州書賈，設小肆于其宅旁，以利昫司書者，潛獲異書去，主人年篤老，防察疏，可歎也。吳郡朱文游者，嗜書成癖，家所藏三種：曰善本，宋元精刻及影摹舊本最工者；曰校本，經竹垞、義門及惠氏定宇朱墨讎勘者；曰秘本，人間所罕傳而己獨有者。惜其于四部恒有之書，不甚鳩集，而宋元人文集又復寥寥。然則稽古之儒，必衆籍賅繕，而後足備研求，日月如流，材力所限，不幾抱願以終乎！

余年十三四歲，即好求異書，家所故藏凡五千六百餘卷。有室在東偏，上下小樓六間，庭前雜栽桂樹，名之曰『桂宧』。四方文士來者，觴詠其中，得一書則置樓中，題識裝潢，怡然得意。吾友秀水李情田知余所好，往往自其鄉挾善本來。且購且鈔，積三十年，而有書三萬余卷。其後，家益貧，不獲已，則以書償宿負，減三分之一。自來京師十年，坊肆間遇有異書，輒典衣以購，亦知玩物喪志之無益，而弗能革也。壬辰長夏，病卧一室，取舊時書目閱視，爲之慨然。回顧江南，家無一椽片瓦，故書之寄在戚友家者，知能完整如舊否？而隨身書籍尚有萬五千卷，足供循覽，因就舊目詳爲編次，以志余疇昔之苦心。其存者，稍爲別識，他日或幸有力，猶將補所未備。要之，視范、馬、朱氏所藏，終不逮遠矣。歐陽子云：『足吾所好終老焉，可也』，遑計其他乎！

隸通序

無錫蔣子仲和，湘帆先生之孫也。先生工四體書，片紙隻字，人寶之若球璧。子勉齋先生嗣其學弗墜。仲和又因勉齋之訓，繩厥祖武，寓京師六七年，人争購其書若恐後。余嘗至其寓齋，老屋頽垣，幾不蔽風雨，而秦碑漢鼎搨本，填塞几席間，欲妨坐卧。余既傷其貧，又雅重其嗜古之篤也，每爲同人頌歎不置。一日，仲和手一編示余，則所撰隸通也。噫！仲和嗜書，將以書傳，如其祖，而又欲廣古人之緒，以開曉來兹，于洪婁著述以外，别闢町畦，可謂有心者矣！

昔蔡中郎謂鳥跡之變，乃惟佐隸，蠲彼繁文，崇兹簡易。成公綏謂籀篆既繁，草稿近僞，適之中庸，莫尚于隸。夫或以爲簡易，或以爲中庸，則在當時爲適用之體可知。而在今日，一隸之功，不止三楷，將所謂古今之别乎，抑今人之才分日趨于捷給也？

仲和之爲是書也，良以古之時，字少而義通，取所有以通其所無，必有確據。經史數見而互有者弗載，蓋即吾淮吳丈山夫著别雅之義。而秦漢之書與夫盉、敦、碑、銘存于今者益寡，仲和獨孳孳戛戛，苦志以審定之，以視耽奇嗜癖之士，行荒崖斷壁間，得碎石零金，考校偏旁，競相傳示，以爲珍秘者，其成就之大小何如也？

時庚子十二月中澣。

唐史論斷序

唐史論斷三卷，宋尚書、刑部郎中、天章閣待制孫甫之翰撰。馬氏經籍考作唐史要論十卷，文淵閣秀水曹氏學海類編收之。文淵閣書目作唐史記論三卷九十二則，與陳氏書録解題所載篇數適符，當爲完書，從十卷併爲三卷耳。甫生平自重此書，至于盥手啓笥，傳爲美談。歐陽盧陵謂其喜言唐事，有如目見。著唐史記七十五卷，未成。是書爲史記附論，故文淵閣目謂之唐史記論也。當時曾鞏、蘇軾既尊信而稱道之，文潞公彦博又從而借觀，朱子復爲之書後，其卓然行于兩宋間，可謂盛矣！

今觀其書，如蘇軾所稱『褚遂良不譖劉洎』、『太子瑛之廢由張説』、『張巡之敗由房琯』、『李光弼不當遺人陰圖史思明』諸條，皆别有所見，洵爲可傳。又『李勣爲僕射』條，于唐朝官制考核頗精。然亦有論議不越常人者，特其用筆簡古，猶是北宋人法度。東萊吕氏乃謂勝范祖禹唐鑑，不知唐鑑雖有疏失，而撮舉大綱，絶有關繫，非區區論斷可擬。朱子之論爲平允矣。後來李東陽作新舊唐書雜論，大率規仿兹編，而論議平平，無足多録。兹仍編爲上、中、下三卷，一仍浙本之舊云。

章奏批答舉要序

批答，宰相事也。前明中葉，司禮太監實主之，閣臣潛與交通，則共操厥柄。于是，爵禄廢置、生殺予奪之大權移在倖門，而威福非由上出矣。我朝定鼎，取監夏殷，票擬雖由政府，天子綜核庶務，一一覽披，毋或敢以意進退、高下其間，蓋宰相之權益輕矣。雍正四年，始設侍讀二員，助相臣勘本。于後，相臣多入軍機，始以批奏付侍讀。其有疑難事，侍讀奉以請命。苟無難焉，相臣署押而已。方乾隆之初歲，批奏二千餘道。迄今三十餘年，四方章奏之事輒以摺代本達之軍機，宜由内閣者少矣。而一歲之中，部本幾六千餘道，三倍于初年。蓋聖天子英明睿哲，鉅細弗遺；内外臣工，事纖悉罔敢自專，必陳之九陛之前，以待聖人決擇，誠所謂一日二日萬幾者已。于是，侍讀之外增設協辦數員，以佐理繁賾，漸增至五六員之多。陵晨而趨，日昃而返，一字一句，敬慎詳核，雖定式之宜遵，又貴因時而達變。旁觀者謂密勿重務咸在軍機，内閣秉成例而行，如郵傳耳，烏知國家大政内自九卿以下，外而督撫、藩臬，凡諸兵、農、禮、樂、刑、賞之事胥于是而出納焉，可不謂至重歟？

余以乾隆三十三年夏五月協辦批本，迄歲終，行走七閲月矣。視其事如繭絲牛毛，非一端所能盡。十年從事于兹者，猶或兢兢然，矧余樗材臃腫，十九遺忘，則所爲隕越、貽羞者尤可懼也。爰以少暇，取部通本，式及簡明本，黄檔、絲綸、雙簽、説帖諸檔，擇而裁之，編爲八卷，曰：章奏批答舉要。匪曰成書，聊以備忘也。至年例有案可稽者，本不悉載，蓋即此七閲月中事之增改于舊者，已弗勝舉矣。後有作者，以兹書爲權輿，增益新條，勒成全帙，宜掌故家之所亟采歟！

學福齋文集序

乾隆庚寅夏，余來揚州，與老友松江沈君沃田昕夕過從。沃田酷愛余詩，爲余作序，並屬余序所著學福齋古文，余不能辭也。憶在都門，萃海内勝流，論及近日士夫學問。或曰：『本朝經史考據之學，以及駢體、詩詞皆遠過前明，所不及者，時文與古文耳。』余曰：『時文則信然矣，若古文，豈遂多讓耶！』其人作色曰：『百年來，有能如潛溪學士者乎？』同坐者咸然其言。余未暇深辯也。

異日，閲井觀瑣言，譏潛溪好爲凌厲之言，以震盪人耳目，不覺喟然曰：『鄭氏殆先得我心矣！』夫古文鎔液經史，探事理之極以立言，非徒數典使氣以誇人，俾人望而却走也。讀古文者，如良醫切脈，三部之間尤貴沉按。昌黎之遏抑掩蔽，不使自露者，沉脈盛也。潛溪承歐、柳、吳、黄諸君子之後，學博而氣雄，以文章鳴開國之始，其傳者千篇，皆奕奕烺烺可觀覽；然固而存之，揔揉而渟滀之者少，且如淵穎先生碑，潛溪盡量作也，能如施先生、陸文通、胡先生諸銘表之簡鍊淳泊，使人百諷不厭乎？

余故論有明古文，沿八家正脈，耐人尋諷者，終莫如震川，而桐城方望溪猶譏其有序而無物。望溪自許其文爲北宋以來第一，而余第取以配食震川。蓋震川情文兼美，間失之平。望溪熟于周人之書，特風骨太露耳。衡而量之，分適均焉。既有以敵震川，則本朝之文亦不弱于前明矣。矧望溪前則有顧、黄、姜、魏諸家，後則沃田而外，蓋不下數十人。雖其人尚未經論定，要皆能自成一家，視王李諸人之贋作，不啻篇青雲而遊太虚，即謂突過前明，亦奚不可也？沃田之學、之遇，他序蓋詳，余不復論及，惟愛其文不矜才，不使氣，醇厚爾雅，足以追蹤前輩，函蓋衆流，因論文以發其端云。

望奎樓偶稿序

望奎樓偶稿，三十卷，日照丁萼亭先生著，其門人王曉莊前輩舉以示余，曰：『將付諸梓，曷爲序？』余讀竟而歎曰：著述之傳，豈不有命！曩余與錢唐袁子才尚論海内文人，統存殁計之，纔得六十餘輩。余與子才交遊最廣，自謂此外當無復有人，有則必識之也。諸君子經學最醇者，無過余族祖綿莊先生；記問淹博，則錢唐趙誠夫；詞翰之美，則山陰胡穉威。綿莊垂老，悉舉所著以畀余。穉威殁後，子元琢秘其書，不以示人；余索之堅且屢，始以草稿示余，爲理條緒，訂譌舛，凡得十二卷藏之。誠夫所著水經補註一百卷，自言閱書五千部，辛苦四十年乃成。誠夫死，其子貧不自存，質書于富且好名者，慮不可贖矣。嗚呼！士貧賤乃能著述，蓋憔悴專一之功，非是無以自見，幸而傳之身後，在作者已不及知；不幸而弗傳，遂與贩子、傭夫同歸于澌盡，悲夫！

丁君説書偶類，涵泳漢宋經師家言，不泥章句，獨闢性源，適與綿莊論語説相類。其説經、説史亦稱是。詩文典雅宏肆，足以副其經史諸篇。固知其于書無所不窺，嚌其胾，暢其流，非旦夕致也。余視丁君，生稍後而同時，江南距日照，不及千里，有如是之人，曩未及知，則余與子才所自許交遊遍海内者，徒虚語耳。然是書非其門下士攜至京師，余亦無從見之，且與綿莊諸君同抱淹没憾矣。丁君爲東海老諸生，困躓不一遇，身殁而書傳，不可謂非厚幸；然聞刊之者，令子也，則尤非諸君所能幾及矣。

金陵舟中倡和草序

東南勝概，推金陵、錢唐二邦，舊爲王者都，多古蹟，足憑眺。而錢唐巖壑之美，又過金陵，特至唐中葉，始有名于時；晚季，婆留一振興之。南渡偏安，距今纔六百餘載，其事尚近，興懷覽古，高遠雄異之思，漠然無所寄。金陵則六代繁華之所鍾，閒三百載，又得南唐李氏點綴其間，以故過而遊者，雖殘山剩水，發爲詩歌，往往邁往而悽愴，纏綿以款曲，非所謂積之久則感者深耶？

乾隆丙寅、丁卯間，余至金陵，則聞吾友江寧令錢唐袁子才與王太守孟亭、商司馬寶意輩選遊闘酒于秦淮水閣中，人皆艶稱之，而余以家事搶攘，往來僕僕，未獲與也。既因子才以識其同年蕪湖陶西圃，又知有曾令南邨，兩君皆以吏事名，而又能取暇日以詩歌相娛樂。蓋百年以來，裙屐之會，斯爲盛矣。其後，西圃與余相遇于京師，方之官山右，促促言別。自是十餘年，不復相聞。壬辰中夏，西圃之子竹泉款門詣余，延之入，聲音笑貌，宛然西圃也。叩之，則西圃下世已七載，袖中出所與南邨金陵舟中倡和詩示余。雖卷帙不多，饒有風趣，工力亦相敵。曾君之殁，已十數年矣。

以余曩所熟聞，朝夕往還，倡和諸賢，三十年來，獨子才在耳。夫人生無百年期，其不足與名山勝水争歲月之短長，信矣！而筆墨創獲，山川之秀異轉賴以傳，雖谷變陵遷，有不與俱泯者。山水之助人歟？人之助山水也？陶生南歸，道金陵訪子才隨園，舉吾文示之，當蹶然興愀然慨也。

乾隆三十七年五月下澣。

中南蘋詩稿序

南蘋，錢唐名宿也，與杭太史堇浦交，堇浦恒向余稱其工制藝，博洽無不能逮。庚午秋，余始識南蘋于陸侍御賓之座間，間一過從，叩其所學，井井有條貫，知堇浦所許不誣也。一夕，侍御招余，洎南蘋、商司馬寶意、方給事毓川飲酒。既酣，侍御乞南蘋度曲，司馬吹笛，侍御執拍板。南蘋脱帽，正襟徐徐而歌，聲響清絶，四座皆傾歎。司馬復歌以和之，侍御亦繼焉。給諫浮大白二十許，杯盞淋灕，讙呶狂笑，不知漏之將盡也。于時，余與南蘋皆壯年，髯各長尺許，三先達年皆稍長，給諫亦多髯，輒戲曰：『人三爲衆，今髯且三焉，以此横行賓客間，疇敢敵哉！』則大笑，復飲酒無算。

自别去三十年，侍御以丁丑卒于京師，寶意終沅江太守，給諫由藩臬、開府湖南獲譴死。南蘋縣令蜀中，緣小眚去官，往來晉魯之間，以事至京師，與余再晤，則又别去；今年將復爲縣令，需次京師，兩人相視，鬢鬢皆如雪矣，昔之狂歌大叫如在心目中，使給諫諸公不死，皆七十許人耳，世豈無八九十歲人耶？南蘋長余四歲，年六十有三，余亦明年六十矣，而皆無子。南蘋將效朱然立甥事，而余亦援澹園立孫議，爲香火之謀。人生斯世，不過如斯。余與南蘋，共一老翁，一切浮塵，久經勘破，豈復粘滯顧戀于難必事耶？惟是結習難忘，文字之緣牽連不斷。余既哀詩稿，以示南蘋，南蘋復舉詩稿三種示余，曰出蜀集，曰浮家集、晉遊小草，共二百餘篇，蓋南蘋入蜀以前詩悉毁于火，所存僅若是。讀其詩，則知其學，知其人，並知其遇。其清奇豪放之概，後之覽者，宜自得之。余姑述交遊之梗概，以志今昔之慨云爾。

嚴東有詩序

吾友吳君敏軒于世落落寡推許，獨盛稱嚴生東有，以爲才士，間謂余曰：『始識子時，年二十四，吾嘗語子，以爲子才可及，年不可及。今東有亦猶是也。』余心識之。壬申春，就試金陵，敏軒偕東有來訪。其氣凝以深，叩所讀書，無不有；索所爲詩，則謙讓不肯出。獨愛余詩，爲作駢體序千餘言。風晨雨夕，吾三人往來最密也。又三年，余訪東有于金陵。又一年，會于揚州。時敏軒已下世，而東有名蔚起，四方人士爭與交。顧欿然不自足，思沉酣經史，爲不朽業，以貪多務奇爲無足恃。噫，東有之志即余曩日之志也！顧余學未成，深有愧于敏軒之矜許。今東有能堅其志，而以余爲鑑，不以功名人事擾之，則敏軒所期望于朋者，微東有，其誰屬耶？

歲丁酉，東有來遊淮陰，出數年所得詩稿示余。其詩渟瀅恣肆，兼有衆體，固世所爭賞，無待予言。因述敏軒昔所以勖予者弁其端，俾世之覽者，知吾友之志固別有在，蓋不獨藉聲韻以傳也。

趙璞函詩序

癸巳六月，吾友趙璞函殉難于金川木果木軍營。越四月，其子秉淵迎其衣冠來京師，既殯且祭，將以明年二月奉櫬南歸；乃哀其生平所爲詩，屬余選定，並索爲序。余泫然泣曰：璞函乃至是乎！余前月爲汪君康古訂詩集，今又選璞函詩，兩君年少于余，而皆先余死。然康古死于家，猶異璞函死于兵之慘。昨秉淵省父，自川歸，璞函猶手書報余，偲偲焉，以余不定其詩爲怪；今余雖黽勉卒業于斯編，璞函其知之否耶？

璞函作秀才時，詩筆秀絶，江左老宿皆斂手，自謂莫及。來京師，與吾輩倡和，詩格益進。而天于璞函猶恐其詩未臻至極也，必折挫勞勩之，使所經歷皆人跡所不到，志乘所罕傳，爰是抒難發奇，縱横怪變，一吐其胸中之藴蓄，使後之覽者，咸驚咤嚄唶，謂其才之不可量，如是而又訝其遭逢之慘，爲重可哀也！

方其東短後衣，慷慨赴滇南，余以書生不習戎事，諄復勸阻之，至于泣下。而璞函仰天長吁，不出一語。出門，揮手徑去，無少顧戀色，何其勇也！由今思之，乃知其命中宜有是詩，不合老牖下耳。乃書數百字于簡端，還之秉淵，以志余悲。

卧雲山人詩序

天下之理常順，而文章恒以逆勢而成。水之就下，勢則然也，風撓之，石掎之，迴曲而紋生，激盪而瀾泛；山麓縮複疊，必有奇峯峭岫特出乎其間，是則文章之示象不可揜者也。士早掇科第，取富貴，終其身，偃仰廟廊，發爲詩文，玉節而金和，宜爲世模則矣。徐按其中，則體勢平易，雖紆徐澹衍，求其動人心魄、欲置不能者，罕矣，蓋境順則氣順，奇峭之思無由振刷以出也。

吾友李君雨村，生峨嵋秀異處，卓犖自負，于書無所不讀，發爲詩歌，嶔崟磊落，肖其爲人。弱冠，中乙科。三十而成進士，授庶常，既而改官文選司。君素不好吏事，獨以翰林爲易讀書。既改官，則又往往以詩自雄，雖怨詫不形，然其中抑鬱往復之致多矣。既而遭尊人石亭先生大故。先生爲直隸省北路同知，署密雲令，其殁也，雖有宿疾，亦有憂患迫之使然者。君茹痛奔喪，摒擋後事，艱難怛悼。小祥後，稍稍作詩，得百餘首，皆以寫其悲哀靡訴之情。余三復其詩，泫然閔然而告之曰：集中南宋宫詞百五十首，工矣、美矣。就其大指論之，改官後勝爲翰林時，近作則又勝改官時，所謂逆則成文，非有無繆不平即不能出奇以驚世者耶。

余之好爲詩，類雨村，而處境拂逆，視雨村尤甚，顧余詩多平易近情語，遠不逮雨村，是則撓之，掎之，蹙縮複疊而不能成文，又余所不自解也。余方將請假南歸，雨村亦于秋杪歸蜀，因爲序其詩以志別。昔東坡答王定國寄詩，嘉其藝之進，而云窮人之具將以交割與公。余于雨村，殆亦云然矣。

己丑夏四月廿日。

一詠軒詩草序

余生長于淮之山陽，二十歲後，與淮老宿往還漸密，就中吳丈山夫尤密焉。山夫篤古，嗜金石，精考據，亦喜臧否人物，于鄉人皆有所高下，而未嘗言及族子揖堂也。庚寅冬，余過濠上，山夫方爲鳳陽訓導，以病解歸，猶未去濠。與盤桓三日，留詩以別，言次亦未一及揖堂。

壬寅冬，阮侍御吾山自淮來，一編，曰一詠軒詩草，以示余，曰：『此淮人也，詩頗可，子知之乎？』余愕然曰：『不知也。』歸而讀之，淡若蘇州，酸若東野。詩僅二卷，三百餘首，生平茹苦嗜學，一露焉。前有韓滁州夢周序，又有山夫序，則山夫之族子也。蓋是時，山夫歿已久矣。讀山夫序，其未赴濠以前，尚不知家有此人。或揖堂深自韜晦，久乃出所作以示人，雖同族嗜學如山夫亦不以輕示與？然山夫在濠上既已知之，何不舉以告余耶？余未服官以前，居淮四十五年，而不知揖堂，是余之疏，又以知揖堂之介也。吾山謂其詩近陋軒，余亦謂然，特視陋軒磨礲之功又稍進耳。

嗚呼，士不出鄉井，忍飢寒，嗜書史，著述不爲人知者，衆矣！揖堂有韓滁州及其族叔父知之，又得吾山揚之，其詩又刻露清峻，有必傳于世之理，而揖堂固未嘗一口求知也。聞其年近七十，貧且耽詩如故。余行將南歸，他日道過淮上，出余詩以質之揖堂，揖堂或亦恨識余之晚歟？

乾隆癸卯二月九日。

王氏族譜序

同年王觀察復齋，曩與余同官内閣中書舍人，又偕辦票本事，已由内閣侍讀授迤南道。又五六年，待補來京師。與余往還最久熟，得其性情，蓋敦厚詳慎人也。一日，舉所撰王氏族譜十二卷示余，俾爲序。余翻覆讀之，而知復齋系出謝湊之謝氏，明初避難從外舅改氏王，于後仍而弗改，而譜載謝氏本末特詳。復齋因舊譜殘缺，爲增修，得今帙。其敘次詳明有法度，而祠規、塋域、祀産悉載焉，蓋兼有吳范氏家法矣。

夫類族辨物，取諸同人，蓋睽貴能同，故以遇主爲辭；同人貴能異，同所當同，而異者見矣。君子將修明禮制，則必反所自始，明族系，所以定禮之基也。今海内余所知者，休寧全氏、宛平黄氏系皆出新安程氏，與余同族。杭州沈氏有出自徐者，皆仍其故弗改，而譜牒載之綦詳，亦王氏之志也。

蓋原其易姓之初，或以患難，或以恩誼，久而背之，則有所弗安。又人所習聞，驟更之，則駭俗，故仍其更姓，以存敦厚之風，而備載始末，以盡詳慎之道。夫姓者，一而不遷者也；氏者，因事而更者也。謝湊之王氏，知爲姜姓之謝，而非姬姓之王，其可矣。復齋建節西南，有清勤名聲。今觀此譜，而知由同以及異，自家而之國，皆有不紊于中者存，可以爲人紀則也。其詮次始末則首卷詳之，通卷載之，余姑敘其大略焉爾。

祝氏海寧支譜序

芷塘祝子將奉其母夫人殯南行，持其宗人咸章重修宗譜目録示余，屬爲序。余曰：此子思親之切，而推類以擴其仁者也，余曷敢辭！既讀竟，而言曰：祝之以國爲氏，猶吾程之以國爲氏也。然程又有姬氏之程，而祝亦有以官爲氏者。崑山顧亭林謂程氏既祖重黎，不得祖嬰公，蓋嬰公爲晉之姬氏，出于荀中行〔一〕。余深韙其言，故余稱先祖，謂自新安太守元譚公始，而前此置弗論焉。且謂一切宗譜，皆當以支譜爲據，蓋支譜遠不過數十世，其遷宅本末，歷歷可考，而所載之人事近易核，無浮誕之弊。

今祝氏之譜殆猶是乎！卷首列舊序，識書法，編目録，謹其初也。第一卷曰統宗卜遷目，前人所載不得略之也；曰海昌卜派目，則自三五承事公始遷之祖以下咸載焉；曰本支分遷目，則由海昌别徙者附見焉。第二卷爲世系、宗支二表。第三卷至八卷統曰傳，分繫儒林、文苑、列女諸目。第九卷曰選舉，仿通志舉士、舉官之例而附以封贈。十一卷爲祠墓圖。十二卷至十四卷曰藝文，分繫恩綸、碑誌、家範、家集諸目。十五卷爲雜記。凡其所志，如眉之列面，如鍼之引綫，清而不紊，簡而畢該。信乎，其克盡類族之道也！

夫海寧族姓入本朝，惟陳氏兩世宰相，爲大官者最多，然浙西人皆以園花鎮四姓查、祝、許、董爲先，豈非以其居海寧久，人物蕃衍故耶？惟查與祝，余所識者尤多，且累世爲同歲生，其科名、文藝之過人，固不煩稱説；而方明之季，祝氏有開美先生，以查氏則一門九烈女，南北相望，族中得此一端，則一切皆居其下矣。今查氏之譜未之見，而獲覯祝氏重修之盛。爲人先祖，賴有賢子孫，固也；使非其先人積厚流光，則亦安所得子孫之賢，爲之溯流窮源，成不朽業乎？余方爲芷塘母夫人作小傳，芷塘歸，盍編之列女傳中？余文亦附兹譜以傳，不獨一序已也。

晚書訂疑後序

國朝諸儒，承草廬吳氏、震川歸氏、旌川梅氏之緒言，力辨梅氏古文尚書之僞，其尤明晰不可奪者，閻伯詩之尚書古文疏證、惠定宇之古文尚書考〔二〕；佐之者，家綿莊之晚書訂疑也。

先是，西河毛氏力主古文非僞作，撰古文尚書冤詞。綿莊後起，别撰古文尚書冤冤詞，以攻毛氏；晚年，復成是書，然未見古文疏證也。其後，余購疏證以贈之，綿莊讀竟，歎曰：『此與吾心適同。有勝我者，有與我異者。』其説載于中卷，蓋于閻惠兩家之外别闢門徑，而足以補所未及。書凡三卷，卷上自史漢載古文尚書之由，至孟子所見之武成尚存，凡十二條。卷中書序及辨尚書古文疏證一條。卷下雜論晚書二十五篇。附録今古文尚書授受源流一條。前有綿莊自序。余又曾見惠定宇爲之序，而此本未及載也。

夫攻梅書者，大抵以泰誓三篇訐詈過甚，與張霸之僞書等。又『爾有嘉謀嘉猷，則入告爾后于内，爾乃順之于外，曰：斯謀斯猷，惟我后之德』，非古君臣質直之道，黄氏梨洲已約略言之。又君陳以下四篇，皆平熟之言，如出一手，此其可議者也。尊梅書者，則以『人心惟危』十六字爲聖學心傳，説命三篇有儒家氣象。而閻氏、惠氏于凡人所共信者，一一指所由來。綿莊亦類是。

要之，梅書雖後起僞作，自是晉人之書，今人于唐宋人文集且寶貴之，況六朝以上乎！其中嘉言正論頗有來歷，當與伏書分别觀之，未可悉棄也。近儒沈冠雲謂：『梅書雖僞，終不至廢，學者亦不必慮其廢也。』知言哉！然儒生讀書不辨真僞，佔嗶囫圇，則又不可矣。

唐摭言後序

唐摭言十五卷，其爲嘉定宜春孫氏本，既無從知之，而視稗海所刊多十之五。蓋秀水朱竹垞借鈔于梁相國棠村，王漁洋又借鈔于竹垞。北平黄少宰崑圃爲漁洋門下士，因得此本。德州盧雅雨又崑圃門生，遂爲刊行，讎校未極精，與初本互有得失。余承乏爲四庫全書纂修，得黄氏鈔本，與盧刻對勘，存其一是，序以系之。曰：

曩余讀柳子厚送崔子符罷舉序謂：進士科必不可廢。尚之以孝弟，孝弟猶是人也；尚之以經術，經術猶是人也。喟然歎曰：『子厚不學至是乎！千古以降，墨守成規，俾人才不古，若皆子厚之説誤之也。』及讀摭言，而益信余言之不謬。蓋有唐三百年中，風氣澆灕，不逮漢晉遠甚。其未得科第，則干瀆而不恥；既得之，則矜詡而不休，至于謗詈主司，譏斥同輩，相習爲故。然幸而制科頻舉，不專用此途，故能盡人之才，不然，唐之爲唐，未可知也。

夫有國家者，不恃吾制度之精詳，而恃吾所以設制度之意。如進之以孝弟，而吾實有上孝、興弟之心；進之以經術，而吾實有篤古窮經之志，士何由而不應而患其作僞以相欺耶？且同是人也，以詩賦名之而爲進士，以德行名之而亦爲進士，吾寧取德行名焉，以爲是冉閔之徒，而非游夏所能企及也。鄉舉里選之法行，而猶有上書干進、投文邀譽者乎？由宋及明，考核之法益密，而制科益希，又莫唐若矣。正人心，求治法，司馬温公、二程子、紫陽朱子之説具在，酌其中而行之，使與科第相濟相維，而不求速效，將士風丕變，浮靡之習益屬矣。

胡稺威文集後序

乾隆丙辰、丁巳間，余伏處江南，聞山陰胡稺威之名，然未見其人，亦未讀其文也。歲庚午，商司馬寶意過淮陰，以所作懷人詩示余，于稺威則以羅昭諫擬之，且曰：『子他日見稺威，當知予言也。』

泊癸酉歲，余應京兆試，始識稺威。其貌果寢，甚好背誦：周秦以下，諸子僻書，晉唐史，琅琅然不失一字。讀其所著一統志表以下駢體文二十篇，皆沉博絶麗，羅江東不能爲也。與談論治河、用兵事，則舉前古得失之故，與今所宜行者，往復剖析，必得其一是。余謂竇意之稱道稺威者，尚未足以盡其才也，遂與稺威訂交而别。又數年，往金陵，袁君子才示余所作稺威哀辭，乃知其客死汾晉間。

己丑之秋，余請假南歸，其子元琢孝廉奉其遺稿訪余，且屬余選定。余視之，則真草相半，先後錯亂，或字跡漫漶不可曉。舟行七十日，老眼昏燈，摩挲校勘，差有次第，定爲賦一卷，詩八卷，駢散文七卷，凡十六卷歸之。

蓋自東漢、魏、晉以來，文字間趨于對偶。唐初四子以縱横宕軼之才，發爲駢體，其工整秀異，雖未能突過孝穆、子山，而氣足以舉詞，詞足以殫意，不規規于翰墨尺度，而人自不能勝之。厥後，義山出而組織典雅，間作大篇，如檄劉稹文，指事切情，陳琳、祖君彦之流勿能過也。迨宋以降，惟以明白曉暢爲宗，遥遥七百年餘，乃得吾稺威。今其集中，賦則規仿六朝，散文則墨守文粹，詩出入昌黎、山谷間，然未有若駢體之獨絶者也。其睥睨一時，無敢抗手，宜哉！往稺威嘗告余曰：『吾最惡「四六」二字。夫駢體者，散體之變耳。古人文，單句行雙句中何限？烏有字必四、句必六者！』雖然，亦稺威言之能爲之耳，其才與學固非僅與其年、園次諸家相馳騁後先也。

嗟呼！稺威既坎壈顛頓，不遇于時，所學亦未嘗一試于用，其見于文字間者亦百不得一，而使後之人徒以其駢偶之辭而賞之，非稺威之心。然即深知稺威如余者，亦不過因其文以想見其平生，而于其學之所以然則尚愧。余筆委弱，不足以起其文也。孝廉其以余言爲後序，可乎？

送朱子穎之蜀序

同年朱子穎，故都統朱公倫瀚之子也。公好詩書，能以指作畫，子穎詩畫得家法。壬午秋，舉于鄉。越二年，以知縣簡發四川，署珙縣事。不數月，捕獲盜僧數人。天子嘉之，召來闕廷，詢及家世，知其能畫也，命作蘭石小幅，賜宫紵二，俾赴蜀，以同知銓用。子穎將行，詣予言别，因掃榻留宿。出所作蜀中草示予，激壯悲慨，若有得于山川之助也。然竊窺子穎意，似不欲以捕盜稱最者。予獨以爲不然。蓋今之吏特患如漢之王成輩冒襲虚名耳，果有實政及民，緝捕之與撫字奚以異？且漢至武帝，軍政繁興，民相率爲盜。洎霍光輔昭帝，外和匈奴，内輯百姓，十三年之久，海宇元氣漸充，而盜賊猶未盡息。宣帝起而治之，同時如尹翁歸、韓延壽、趙廣漢、龔遂等，捕盜法不相襲，而成效咸著。于是，神爵、甘露之吏治爲西京冠。使昭帝承武帝之餘，不加撫綏，而勤用誅斬，則無以起瘡痍而綿紀歷；使宣帝承武昭之後，不勵以嚴威，則無以除宄逆而靖淑良，故芟夷蘊崇，稂莠去而禾苗殖也。

我國家承平百二十餘年，休養元元，登諸衽席者不啻十倍漢昭之世，宜其人安本業，爭攘不形，而猶有狃而爲盜者，宜爲上所重惡，而法所必及也。近十餘年來，由捕盜遷擢、緝獲疏漏得罪者不勝計，今吾子以實政收顯褒，宜當之無愧，其又何恨焉？雖然，推吾子之心，則誠仁人之心也。譬諸藥物，有硝黃、巴豆以攻邪氣，去癥結；又有土木之人參、交趾之肉桂、勾漏之丹砂以補養元氣，葆固性命。二者並行而互施，廢一不可。然而索之于市，硝黃、巴豆之類，不數十百錢而已足用；人參、肉桂、丹砂之屬，則所費不貲，豈非以攻伐之劑賤且多，補益之物難得而可貴耶？夫上醫之治病也，十去其五六，徐以補劑，調護其臟腑。子穎欿然如有不足者，安知非蜀民之厚幸耶？子穎郡司馬，督捕所專司，視縣令之得以實惠及民者有間，然或偶署一郡一縣，則志得行矣。自今以往，俾人咸稱爲良吏，而掩其詩畫之名，不亦善乎！遂書以當臨別之贈。

申拂珊副憲七十壽序

人咸言詩人少達而多窮，又或謂嘔心肝，擢胃腎，非益算延年術也。是特就一二人言之耳，烏足概其全哉？由唐以來，詩大家香山、放翁，官未嘗不達，而年近耆耇；廬陵、臨川皆至宰輔；近人朱竹、查他山輩〔三〕，官雖不高，壽皆至七八十歲。蓋天欲厚其傳，非使之長年則撰著不富，豈如名家之小者爭勝字句間，短幅寥寥，遂欲與『清晨登隴首』同其流播耶！至爵位之崇卑，又視其人之德、之命足以兼之與否，天固未嘗刻核軒輊于其間也。

拂珊先生家本山右，後家吾邗。少以文筆冠同儕，詩歌則精心結撰以成，不蹈襲古人一字，而典雅新異，同輩悉推之，謂他山以後一人而已。既，舉博學鴻詞科，不第。授中書舍人，行走軍機處。方休寧汪尚書任事，時機務詔草皆倚之先生。中書選入軍機者必先生是諮，先生曰可則用，否則退。凡所引拔或至大官，而先生不以爲功，操翰握管審慎，弗安下一字。以爲國家太平百數十年，聖聖相承，惟是敷教尚寬之一義，足以固萬世不拔之基。故凡所屬草，皆以和平寬大爲本，文成頒布，人莫見其用心之跡，而冥昧之中所益者多矣。以故先生年近六十，遞舉三子，人皆以爲陰德所致。而先生自部曹洊擢少京兆，爲大廷尉，一登銀臺，兩掌副憲，仍不離軍機。戴星而起，薄暮而歸，四十年中有如一日，天子亦知先生爲舊人。先生獨自處夷然，不欲與後進校官職。暇輒拈韻本，以詩歌自娱，積成卷軸且數十矣。惟其精神周密，處繁劇故無難。若夫性情之和適，視一切事無足介懷，則又詩人多壽之驗也。今年十二月二十四日，爲先生七十初度，晉芳得偕揚之鄉人敬進一觴，爲先生祝。且作而言曰：先生之功業，人莫能悉知，惟先生自知之，而又不肯宣示人，莫若裒集詩稿，付之剞劂，使後之覽者知先生襟抱所在，迥出尋常萬萬也。先生笑而頷之，且將以選事命余。余乃以片言介先生壽，且爲刊詩張本焉。

校記

〔一〕荀　疑爲「荀」之誤。
〔二〕伯詩　今一般作「百詩」。
〔三〕朱竹　疑下漏一「垞」字。

勉行堂文集 卷三

三長物齋記

先君子好蓄古法書、名畫及鼎、彝、盉、敦之類，後病目，猶取古物摩挲之，或令人鑑賞，博歡笑。迨先君子卒，余兄弟三人各有所分。三十年來，以貧故，易薪米，抵逋負，幾不名一物矣。

壬辰之春，移居房師朱竹君先生齋中，所謂椒花吟舫是也。檢篋笥所藏，有三物焉。一爲東井硯，歙石之美者，項子京藏，鎸坡公名而不氏。一爲聖教序，陳句山先生以爲真北宋搨本也。一元人畫達摩像，錢籜石先生亟賞之。乃即吟舫之旁爲小扁額，曰『三長物齋』。齋前有竹木花草，諸同好時來飲燕其中，出三物玩之，謂余家不貧。既而畫爲人竊去，乃取元明以降喻糜十八件代之，仍完長物之數。

夫人生無百年，凡一物玩好皆煙雲過眼，其不與我偕來者，亦不與我同去。即以先君子之篤志好古，而余兄弟不肖，不能恪守先世之遺，使散亡略盡，則凡物之不能久貯于一家可知矣。彼深居重屋中，擁珍奇秘好者，不啻如逆旅之留。矧余回顧江南，無尺土可依，入都十年，在在皆賃屋而居，是居逆旅之中又逆旅焉。不惟此三物者及身難保其長存，即此齋前之竹木花草，不三二年仍當屬之吾師竹君先生。惟苟安旦夕，娱目前，即是人生愜意境耳。聊志之，亦雪泥鴻爪之喻也。

三長物齋後記

歲壬辰，余寓房師朱竹君先生齋中，作三長物齋記。閱十年，壬寅，蓋長住米市衚衕九載矣。昔之東井研、古墨皆用易米銀，爲他氏有。聖教序，有愛之者，以朱提三百金質之。今三年，弗克贖也。檢點故篋，尚有宣和哥窑罏一、端石圭硯一、靈璧脱砂硯山一。于是復顔屋之南軒曰『三長物齋』。

噫，今之三物非昔之三物也，而物之貴重又非昔之亞也。獨念余以素封之家，日就折閲，朝齏暮鹽，典琴質書，役役弗寧。九載以來，日甚一日，而衰年雪鬢，行爲近七十人，猶克類林鳥川魚，翔泳啄食，摩挲舊物，與故書退筆爲緣，不可謂非天賜也。余師竹君先生最好書畫，今下世年餘，書畫宛然，後人克守，而先生已不獲把玩矣。余之三物，他日如墨帖之易米銀，未可知也；又或如先生之書畫，貽之後人，亦未可定也。煙雲過眼，何事非然？聊筆之，以代一粲。

淮陰蘆屋記

兩淮城東數十武，有水焉，抱屋而環流，清可鑑人，葭亂之所叢、鳧雁之所游也。吾友邊頤公壽民居，今爲左孝廉國柱得。頤公自稱曰『葦間』，孝廉亦號『蘆村』，皆以此屋故。頤公修髯，善談諧，能詩文，尤工畫蘆雁，四方求者絡繹至，則盤礴坐亭内，煮茶焚香，督童子磨大丸墨，注硯池中，雜研丹、黄、靛、堊，舐筆伸紙，隨意所作。雁拍拍循除鳴，掠簷迴翔，影與畫亂，荻風蕭瑟，若駛筆聲也。頤公目與心契，畫與神契，以故人爭寳之。頤公殁，子若孫不能守其業，屋乃歸孝廉。排岸編椽，一仍頤公之舊。風晨霧夕，坐卧其中，足樂也。然孝廉家益貧，不能自存，攜一子，待選來京師。每與余言及蘆屋，則慨然興故鄉思。余與孝廉交頗新，于蘆屋則爲久故。方頤公在時，南人好事者多交道廣，間拏船之荆楚，獲重貲以歸，雖老，未嘗窘迫，享蘆屋之樂者數十年。

孝廉雖不善作畫，然才思筆力且過頤公。而淮揚風俗益灕，逐逐治生，以纖嗇自保，無過孝廉者。得逸地，有而弗居，非嗜好攸殊，蓋所歷之境然也。然孝廉尚有是可樂者，以爲歸老計。余居淮四十餘年，釣船煙水，素所閱習，今遂無一椽之植。攜家北遊，薄宦取微禄，他日棲泊，不知何所，安得不羡孝廉之有而弗居者？乃援筆爲之記。時戊子夏五月十日也。

話雨亭記

吾友吳竹嶼具山水癖，江浙名勝之區，遊歷殆遍，所居必點綴木石，使得深林遠壑觀。壬午，竹嶼邀余，洎趙璞函、嚴冬友、陸耳山、徐烝遠爲天平、靈巖之遊。先日，宿所構遂初園。園在木瀆，距城三十里許，有水環之，梅竹幽蒨。其尤勝者，爲聽雨篷。篷如舫形，旁闊而中狹，俯大池，南岸欅柳百株，披拂池面，間以緋桃百本，皆含萼欲吐。余謂同人曰：『比日天霽，宜入山，特坐此篷中，不一遇雨，爲恨耳。』璞函輩皆鼓掌笑。

今九年矣，余重至吳門，竹嶼移居閶門外之水灘頭，詢及遂初園，則已屬他人，其新居亦遠隔塵市。宅東有小樓，樓下池寬五六尺，水瀏然清，萍開而魚躍。編籬架樹，雜植花樹十餘種，如名家小畫幅，雖不寬拓，而窈窕有致。余固知竹嶼胸中自具丘壑，能隨地位置也。

于時夢樓王子先余至，同宿一樓，暇則相與敘離索，摧文字。夏雨淫滯，鍵户罕出，夢樓或竟日作書，余則竟日作詩。閒召謳者歌一曲，隱几共聽，殊樂也。別之日，夢樓爲竹嶼扁小亭曰『話雨』。蓋宿凡半月，所話皆可記，以其不勝記也，乃記話時之景焉。念余十年以來，兩至吳門，今之話雨，似爲聽雨篷中綴殘補闕。而璞函輩皆遠遊，夢樓則未嘗一至木瀆，獨余與竹嶼爲舊時主客，知昔者之可念，則知今者之可貴矣。竹嶼得官後，未曾謁選。夢樓宦遊倦歸，築室京口之東城。余則買山未就，行赴春明。異時，夢樓買棹過吳，班坐斯亭，當又眷念遠人，如今之視昔也。乃爲文記之，屬竹嶼刊石亭陰，以當茶話云爾。

記藝菊事

己亥重九後六日，過曹劍亭觀察寓齋，有菊三十餘本，皆嘉種。啜茶留玩久之，因問曰：『松江，君故里，聞藝菊甲天下，視此何如？』觀察曰：『吾之菊，所費中人一家産耳。若吾鄉之菊，一本且數百金，豈易得耶！』余曰：『有是哉？』觀察曰：『吾試舉一端告子。上海有顧君行，字書紳者，善書，人求之，易以兼金，不輕畀也。王君敬義，字協中者，善讀書，精醫學。兩人皆好種菊，窮搜極羅，以爲極天下能事矣。聞嘉定某氏者有異種，人所未覯，非重價不得，乃相與摒擋白金百兩，雜以古名書畫及顧君所最愛者——文衡山小楷都爲篋卷子，買舟同詣某氏，舉金與他物獻之，告以故。某氏曰：「唯唯。」則張席款洽竟日，分菊之一幹與之，幹可六七寸，葉亦六七片。兩人拜謝登舟，遇逆風，不能抵家。舟中不敢置燈火，恐傷花，置磁盆于中，對座抵足圍之，達旦不寐。比至上海，則交讓，以爲此物孰主之，至再三，竟屬之顧君，而王君旦晚輒來視。不數日，葉漸萎，多方溉之，卒弗救，兩人相對涕泣。掘其根，有鍼在焉，乃知其人不欲傳種他氏也，則大恨。買舟載萎根與鍼，以示某氏。某氏曰：「信然。白金諸物尚在，謹以奉歸。惟受文衡山卷，爲一飲酹，何如？」』

余聞之，歎曰：今之所謂淵明菊者，黄色，大如錢，蓋最下品，非如所謂洋種徵五色、鬭奇怪也。古人寓意于物，不問花之貴賤，孰知後世有珍異若是者哉！然與夫金埒而珠璧，嗜裂帛，聽騾鳴者，平奇雅俗别矣。于此，又見士大夫生治平時，閒居無事，適情花草竹木間，謂之玩物喪志也可，謂之逸情遠致亦無不可也。因書之，佐談柄焉。

與家綿莊書一〔一〕

晉芳頓首。青溪主人足下：自冬徂春，兩接手書，久欲作答，緣官書催迫，又逼近試期，每握管伸紙，逆知其説至煩，不容立盡，則又暫置。今塵事稍定，乃得一罄愚之所言。足下所著彖爻求是説，初讀之，似平淡，猶人耳。及取古賢所著諸易説相質證，然後知兹書之精深窔奥，不惟突過古人，並前此尊著易説二種亦無能及。夫説易者，莫患乎好奇；惟好奇，故篤信圖象，欲于方圓奇耦諸圖探索其奥，以冀推測而知來，不知四聖人本無是學也。易者，聖人窮理盡性至命之書，理統乎數，而數不能越乎理，雖極變化，而皆有常道以馭之，故文言釋坤之初六，特舉臣弑君、子弑父爲言，蓋變異之事于斯爲極，天地幾爲之晦昧矣，而曰『非一朝一夕之故，其所由來者漸』，一若理悖乎先，而數乃應之，則舍此而外，更孰有數先理後者乎？天道無心而成化一切，理數第扼其大端，小有罅漏，要無虧于全體，故有冬無冰而夏雨霜者矣，亦陰陽之乖錯使然，而無害理之常行者。使執此以驗天心，鮮不墮芒昒之域矣。而篤信術數者猶曰：『聖人必前知，學易故也。』不知聖人之前知，以理不以數。千載以下，由吾道則治，不由吾道則亂。治亂之遲速久暫，亦視其理逆順多寡之所積，故孔子告子張以所因所損益，皆極平正之理。使孔子而知繼周者必秦，繼秦者必漢，則聖人之體段精神轉局促矣。

或者又疑卜筮之法出于易，雖三錢響卜、六壬奇門，苟精其術，靡不響應，易之旁推而不窮也。如是夫江湖河海之支流，有時散而爲沼池溝澮矣，循沼池溝澮指而目之曰：是江湖河海之支流，則可也；苟以沼池溝澮爲即江、即河、即湖、即海，其可哉？焦贛謂京房得其道以亡身，知其信數不信理也。嚴君平爲人演卜，語必根于忠孝，知理之足以統數也。

邵子皇極之書，先儒且謂其別是一種學問，他可知矣。故愚于足下説易之書深信不疑，以視王輔嗣廓清之功，謂有過之無不及也。

愚少時遊好，惟在六經，學焉而未有所述。今年近五十，思欲有所撰著，以發吾胸中之蘊。念大易一書，經足下再三研究，無能別闢蹊徑。春秋則方子望溪亦幾罄其義。尚書前人所述，咸多善本，又有足下通議。惟毛詩，先儒論説，各執一是，鮮能相通；足下青溪詩説，持論至精，而結體尚略，愚殆將從事于此。京華雖號塵海，苟減應酬，尚可有爲，五六載間，將有成書，未知天果假我以年否也？

天漸熱，幸惟加意珍攝。不宣。

與家綿莊書二

辱奉來書，首論毛詩，次及禘祫。愚于經學，未窺藩翰，尊所夙知，而三禮則尤未究心。承殷殷下問，此自尊之虚懷，豈以愚之説果遂足以定經制之是非耶！然竊以爲禘祫之辨，莫淆于鄭氏康成，一人而爲數説，齟齬不合。浙水二萬先生定其謬謬，是矣。尊復補二萬所未及，如公羊氏以爲五年再殷祭，杜氏以爲喪畢之祭，皆一是正，其有功禮經洵不淺也。

愚所疑者，爾雅以禘爲大祭。論語或問禘之説，子曰：「知其説者之于天下，如指諸掌。」又特舉禘自既灌以往爲言，意其爲祭必大異乎四時之常祭也。今據充宗之言，以爲即四時之祭，舉于午月，而特大其禮，未知先王之禮果如是否耶？夫祭太祖之所自出，而以太祖配之，此豈可以時祭而略變其文爲遂足以當之乎？漢儒之學雖承孔氏之緒，而源遠未分，説多參耳。萬氏主王制、祭統之言，而以夏禘爲時祭，不知周禮所謂夏禴之祭與禘果無別耶？以時之先後、書之純駁較之，則固宜先周禮，後戴記矣。今不據大宗伯祠禴嘗烝之文，而引王制、祭統斷夏禘爲時祭，可乎？賈疏闢鄭司農之説，謂追享、朝享果爲禘祫，在四時之上，則當如酒正大祭禮備五齊，不應在四時間祀之下，夫安知不以禘祫間行于四時之中，故謂之間祀而列于其下耶？

古文參錯變化，非可拘執。又編簡殘缺，或禘本有明文而失之，未可定也。今謂禘無明文而遂以禴爲禘，其何以處論語、禮記、爾雅禘有明文者耶？且大宗伯之肆獻祼饋猶可云四時之祭所同，而司尊彝之追享、朝享則六尊、六彝各有所用，明在時祭之外。愚于禘爲時祭之説所未敢安者，此耳！禘祫辨，如有清本，望假一鈔。

秋涼風厲，伏惟自愛。不宣。

與家綿莊書三

一月來，人事草草。獲奉六月十日手書，恍如執熱者之就冰水，心夷而目明。信乎，足下之能發我也！由宋以來尊程朱者，雖一言一唾，亦以爲是有故焉，不可議也，躋之曾閔之班，猶若有憾，蓋直以爲孔孟矣。從而議其後者，則又矜己之能，抗不相下，凡程朱所卓卓可師者，視爲瓦礫土苴，而以爲無用。來書衡量輕重，若權石之相程，洵乎韙矣。然愚所謂程朱不可輕議者，非以其解經論學爲無可是正也。其操心也純，其制行也嚴，其措諸事也明而有倫，因是以其身爲百世師，而人亦以是知二帝、三王之道之可貴而可從，雖其解經論學，或合或離，欲不以道統歸之，而誰歸乎？陸王之學雖近于禪，而卒歸于聖賢之域，非如釋氏之忘親背本而安于無用也。故愚以爲其終異者，其始必不同。釋氏之治其心，與諸儒所以治其心者，其跡異，其始安得從同也？顏李之學主于切實，指近于日用事物之間，如眉之着目，而于存誠盡性之旨亦直截無糾蔓，信可以補程朱所不及。愚所疑者，其自視太高，視程朱太卑，若己之説行而程朱之説可以盡廢，斯則近于好争取勝，而忘先儒功力之大矣。非謂程朱無一可議，而顏李卒無可取也。

顧愚學殖膚淺，于中庸、大學之道曾未歷其翰藩，而竊竊然好議論前人，非足下力諍其過，則且爲愚爲惑，矢口騰説而不知止。足下沉潛于内聖外王之學，于程朱所以離合于孔孟之故，與陸、王、顔、李之優劣必能一一條辨。愚自揣學不及是，不敢遽請，稍俟異日，問業于左右，庶幾袪其妄而警其檮昧焉。幸甚。不宣。

與家綿莊書四

淮水之濱，今有兩貞女焉：

一爲朱進士蘊千子婦張。蘊千一子十五歲而夭，張其聘室也，聞訃必欲至夫家成服，父母察其誠，以告朱而歸焉，于今八載矣。舅姑年七十餘，有疾，則寢食俱廢，晨夕視藥餌，以代子職。

一爲故河庫副使吳同仁女，許字熊翰林本之孫某。同仁以事被逮，適熊公孫夭亡，時女年十七歲，有勸母以女字他室者，則號泣，欲投繯以殉，如是屢矣。同仁家貧，菽水皆取給親友，猶不能繼，母欲以女歸熊，而熊未之許也。夫聖人制禮，過者俯而使就，不及者仰而跂，必適乎人情之中。女未嫁，不應爲夫守節，前人論之詳矣。今熊不欲迎女，非無所見，然風氣日瀉，宇宙間光明正大之氣，其附于人以行者，雖不必其中節，而要皆聖賢所亟取，以矯勵夫末俗。今女不歸熊，即餓而死亦不改適，然與其依于吳而無所附麗，孰若歸于熊而有可指名？君子成人之美，想亦有道者之所不廢也。女之姊爲某兄子婦，知之詳，故以書聞。幸一叩熊公，或託筠軒致之，用以維持風教，不令山陽朱貞女獨蒙美聲。幸甚。

與陸孝廉書

十月九日，程晉芳頓首。象新足下：比日不見，想福履勝常。昨于覃溪學士座中談及易學，學士盛稱足下于易最深，而持論以爲易非象數不可，徒以理解者皆妄也，于漢上朱氏、瞿唐來氏恒有取焉。余聞之而皇然内思，使先生之言果是，則晉芳數十年學易之功誤投門逕矣。然學問以明辨爲功，朋友講習非導諛可了事，敢以一二管見質之左右。

夫易之用，寄于卜筮，而其貫三才，而成六位，以通古今事物之變，非卜筮所能盡也。孔子願終身學易，豈日從事于卜筮乎？文王、周公釋象釋爻，其辭尚簡。至文言、繫辭、説卦，反覆詳盡矣。其教人持身處世，至確切矣。而其所論象數，具在簡編。使如後世之圖象果足以闡易之藴者，聖人何不作爲一二以教人，而僅『天一地二』、『參天兩地』數條而止乎？且足下謂宋以來之圖書，果即上古河洛之圖書乎？來氏之易彖彖繩繩，果即羲、文、周、孔之道藴乎？夫由漢以迄唐，飛伏世應卦氣、卦變、互體之説，由溺于卜筮而誤也。由宋以來，方圓先後天、黑白陰陽、反對相生之圖，由趨于象數而晦也。六十四卦以外無象，奇耦、上下、六位以外無數。若夫通微闡幽，自一至于無窮，天下之事不可以布策灼龜而悉得，所謂雖聖人亦有所不知也。君子之于易，亦用以自治其身心，達于事物之變而已矣。昔京房得焦贛之學，卒以亡身。邵子之于數邃矣，而宋賢尚謂其別是一種學問，觀其天津杜鵑之徵驗，似屬前知，然被髮以祭，執玉高卑，昔賢固同此見：不過察氣候以參微，非藉卜筮也，非究象數也。且如邵子所謂元會運世十二萬年而一轉者，其言足信乎？

士生三代以降，文學不及游夏，而欲極數知來，上追羲文之睿智，不亦勞而鮮獲乎？與其千搜萬索，卒不得其指要，而徒弊精神，曷若匡居玩索研究乎？輔嗣、仲穎、程、朱以降，諸書因理以明象數、吉凶、悔吝之故，識所從來，于何歸宿，爲不倍大易之正旨也。晉芳檮昧鮮學，豈復好爲争辨？獨念易學在今日經數大儒講明之後，而倡漢學者取已闢之叢棘，寘身于中；好圖學者，又用心無所可用之地，使四聖人之道明而復晦，豈不大可懼乎！先生其勿爲詭隨，進而教之。不宣。

與周青載書

別遂兩年，幸文從來都，謂可圖良覿，而竟不獲一晤。承惠碑刻數種，真十朋之益。來指云：『北嶽』題名、年月、事蹟，視正史頗有參差，今録辛楣學士跋尾奉上，亦可補朱萬諸公所未及。第學士據碑駁史，鄙見猶未然也。從來嗜金石者，謂據此足以補正舊史。夫舊史必須補正者：人物之臧否、政治之得失、官階之進退，皆事理之大。若夫年月日時，小有譌異，此其關于事者淺，以資考訂，稱博雅則可矣；謂之有裨于史，將無一丘一垤，欲以增泰華之高乎？

新唐書方鎮表：易定始屬成德，後隸義武節度使，無所謂易定節度者，豈其私稱固若是乎？若證之于史，則不宜有此；且唐制：節度兼數州郡，不得專有二州。是年五月，克用拔無極新城，盧龍將李全忠敗還幽州，襲其主帥李可舉；可舉自焚，全忠自爲留後，並無幽州請就和斷事。而常山屬成德節度使，克用拔二城即歸，無問罪常山事。金史百官志亦無都官員外郎，大金國志雖載金初官無定制，然以京朝官知外縣事，唯宋制有之，金則未見。凡此皆鄙意所未安也。

金石文字，自歐趙以來，嗜好無異議，而愚謂近今有二弊焉：一則深巖邃谷，求索者多，人惡其勞，則潛剗削之，漢唐古蹟日就淪湮，爲可惜也。一則謬摹舊刻，突出新碑，以待好者求焉。凡事久則弊，王殆勢所必至。要之，金石固不可廢，必取其大者，如前所云，以資考訂可也。諸家正史及通鑑、通典、歷朝會要諸書，博採旁搜，所取非一，如以小小事類，棄正史而信碑碣，則非余所敢出。足下裁而教之，何如？天寒，伏惟珍重。不宣。

與梅二如書

昨歲，四兄北來，得悉近履，甚慰。四兄南歸後，每盼昆季書來，竟不可得。頃梁同年聞山來，言足下將繪一圖，以驟雨逢晴喻改過之樂，俾芳作詩以記聞之。矍然以起，不意今之時，尚有省愆懲過之人如足下者也，足下其進于道歟！

始晉芳之至京師，歲在庚午，見鍾勵瑕、王仲穎兩先生，動止語默無不合于道，乃歎程朱以來，未墜之緒在此二人。癸酉，再至京師，而仲穎病篤，勵瑕猶官主事。及三至京師，仲穎死已十年，勵瑕以員外郎告歸亦十載矣。茫茫人海，欲求篤行窮經之士，百不得一。私念天若假我以年，不能窮經，當讀經；不能制行無瑕，尤當日求寡過耳。然過之生也有三：言也，動也，意也。三者相因，而意爲尤甚。蓋言、動人皆見之，而意則隨滅隨生，人所不知，不及防制，恒用自刻『責愧集』。寤寐久矣，不意兄先獲我心也，兄之存心制行，豈可量哉！先儒謂非向裏爲己之人，必無心于欲寡其過；非篤志精進而省身克己常如不及者，必自謂其過之已寡。夫求寡過者，非能遽逮賢人之津筏也，而欲爲大賢必自此始。

今海宇熙熙，無可擬議，獨理學之緒不甚振，使得如足下者十數輩，作而興之，所維繫非細故也。然知之艱，少縱即逝，悠悠此心，不知其何所届矣。願足下持之勿懈，芳亦因以自儆焉。丁亥五月一日。

校記

〔一〕一 原無，據勉行堂文集目録補。

勉行堂文集 卷四

讀關雎

以關雎爲刺譏，吾無所容辨矣。惟后妃樂得淑女以配君子，由漢迄北宋，多用是說。夫太姒既已爲元妃，奚必求窈窕之賢，若欲讓居己右者，雖甚盛德，不必若是之拂情。且諸侯一娶九女，以后妃之賢，媵從皆宜淑善，足以佽助中宫，而乃以偕行者爲不足以匹君子，舍此而他求，不已過乎！

原其說之久存，不過以后妃不妒爲可風耳。夫俗情詖行誠不妒甚難，士之稍稍自立者，即能廣引同類，無娼嫉心，若大賢則奚止于是？女子亦然，后妃所以宣陰教，贊聖治者，非常情所能窺，而徒以不妒爲首稱，何見之小也！子朱子疑之韙矣，從匡衡之說，蓋衡學齊詩，而毛傳固未嘗立異也。然朱子指爲宫人所作，則亦未見其然。竊意當時婚姻之始，和氣翔洽，樂官作爲是詩，奏之合巹而酳之時，遂世世用之房中勿替。蓋方景運初開，文事日盛，摹寫思慕之忱，曲盡而不傷于雅。七月、東山諸詩皆從此而仿，不必以言之親切，而謂非宫人不能作也。

吾友戴東原深于經，論是詩，與余合，故詳辨之。逸齋補傳則謂是詩畢公所作，似不必定求其人以實之也。

書春秋大事表後

春秋大事表五十卷，故國子監祭酒顧先生震滄撰。凡爲表五十有一，輿圖、論敘、口號錯見其中。方癸亥、甲子間，先生館于余家，余親見其著稿。稿成，輒舉以示余，時尚未嘗得其半也。及戊辰、己巳間，遂有成書，又舉以畀余，且曰：『是書之成，門人華師道與有力焉，如朔閏表、長曆拾遺表，非我所能爲，蓋華生筆也。未知生前能見兹書刊刻否？』又數年，先生以經明行修，蒙恩授國子監司業。丁丑歲，又授祭酒銜，而書亦次第刊成。又三年，先生殁矣。

余于是書所深取者，朔閏、長曆、犬牙相錯、都邑、三傳異同、闕文、杜註正譌表七篇。若人物、列女表及口號則每與師道共勸先生以爲二，表可不作，口號可改爲附論，不必悉爲有韻之文。先生初則頷之，卒弗從也。要之，世之讀是書者，取其典核可已。其畢生用心于此，故收名也遠，宜與宋之程公説春秋分記並傳不倍也。

書春秋分記後

右宋程公説著。公説，字伯剛，眉之丹棱人，弟公許、公辰。伯剛年三十七，以避吳曦亂，勞頓而死。是書雖其少作，而貫穿諸家，卓然成一書，不易得也。始吾友趙誠夫爲余言是書之佳而極其難得，蓋誠夫素蓄之後，歸于馬氏小玲瓏山館，余與馬氏有姻，因借鈔，不能得也。

癸巳之春，設四庫全書館，馬氏書大半進館中，余乃得見之矣。亟命鈔胥録之，三月而畢。覃溪翁學士亦鈔焉。編首有游侣序、伯剛自序、公許序、劉光祖所撰墓誌銘。書凡九十卷：年表九、世譜七、名譜二、書二十六、周魯紀載八、世本二十六、次國二、小國七、附録三，大抵貫串内外傳及周秦子史諸書，爲之縷析條分，苦心具見。近儒馬宛斯撰繹史，顧震滄撰春秋大事表，體例略與之近。惜二公不見是書，末由加以考訂也。同時有宋刻一本，今在大内，外間鈔本才三四部耳，安得有心力者爲之刊布耶！

書漢書匈奴傳後

漢書匈奴傳前半大都仍史記，其文法字句小異，不足論。其大者，如周宣王伐玁狁，魏絳和戎，周晉皆近西戎，一以薄伐示懲，一開和親之漸，後世馭戎不出此二計，宜有關係，而史記失之。史記詳匈奴賢王以下爵官名號，而單于名號不詳，漢書頗核。單于遺吕后書，媟慢甚，后答書卑婉，皆足見當時情事。史記亦略之，陳明卿謂諱之，良是也。

夫馬遷于漢事可恥、可非者，悉弗諱，獨諱此，何哉？是皆班史之據勝者也。惟秦、趙、燕境皆近胡，三國皆築長城，史記皆載之，而班史獨遺趙事。趙之長城，自代並陰山下，至商闕爲塞，蓋西連秦境，北據燕邊；當時三國稱雄，扞蔽中土，今遺跡往往而有，闕其一則地勢無由考，兹班氏之疏也。要之，讀匈奴傳，必讀漢書，取史記參訂可矣。

讀後漢書書後

三代以降，士氣之盛無過于東京，論者謂明章尚道崇儒，所積而致，愚則謂儒林一派開自西京，其所由來者漸矣。蓋自武帝立五經學，登用儒士，由秦以來風氣爲之一變，特不能擇取真儒，舍仲舒之醇雅，用平津之矯僞，致飾儒術，飾淺行以干大用者接踵而起，匡、張、孔、馬輩歷事元成，遂拱手而授人以家國。然而草野之間，講習傳授自若也。莽之篡也，拒聘不仕以死者，史不絶書。光武、明、章遠承末緒，又從而重之，拜老臨雍，憲言饋食，所謂設誠而致行之者，儒術盛而士氣奮矣。假令取鑑前車，謂文儒適足以誤國，講搏擊鉤摘之法，崇黄、老、申、韓之術，東京之士習果有以優于西京乎？

噫！由漢武以迄桓靈，三百餘年，積之如此其厚，而上無精明濬哲之君，柄臣椓人迤邐用事，清議在下，黨禍遂興，舉端人正士，一舉而空之，良可惜也！夫國家須才至急，方其求之之始，下之應也，或且真少而僞多，苟無術以擇之，必且舍麥菽而取糠稗。及其積之既久，真行著而風俗成，雖復抑之、屈之，務使革而從我而有所不得，賢者果無益于人國也哉？

余論古，每以東京士習之醇，爲西漢之所釀而成；有明士氣之盛，爲兩宋程朱之學所蕴而發。後有識者，當不謂斯言河漢也。

讀陳書

姚伯審父子撰續陳書，始于陳，中于隋，獻自貞觀之時，而皆奉陳三世國諱，以此知隋唐之際古意猶存也。余嘗反復兹書，而知通篇皆魏玄成所參訂。姚氏父子有内大惡諱之義焉：江陰之薨，不書陳志；麗華一傳，不詳蠱惑始末。文貞于麗華傳特爲補綴，可以知其體例矣。世祖之踐祚也，高祖親支遠在異國，寡兄有命，介弟承家，名正言順，復何可議？衡陽歸國，闔閭之志不萌，瑕吕之謀未啓，讓王之節非敢望于叔父之尊，或者例仿貞陽，猶襲青宫之位；而巴陵一表，酌劑權宜，封以名藩，不恨少屈，乃至主書遠迓，船壞中流，此則行道之人皆識其用心矣。當時，史臣第云道卒，後世猶且疑之，況隱約其辭，有如懸鑑。周共楚懷先後接踵于此，知巴陵之表非出揣摩，定由指使，而異時伯宗之卒，亦若仿例而行。叔寶承祧，遂至亡國。悠悠天道，其可忽乎？

此書微顯之義，一本春秋。余所亟取，若始興王伯茂隕于車中，則亦彭生之故，而但書遇盜，亦隱之也。江總持與伯審相得，思廉附于總傳，而不詳載其諂奉後主，徒一二語約略及之，贊尤褒美過當。自『後主之世』以下六十五字，總之過惡在焉，疑亦玄成所增。使思廉果能列敘總失，必不與伊父合爲一卷，亦必不謂總之自敘爲實録。掩惡揚善，而以乃父合焉，得毋老子、韓非同傳之誚乎？

大抵與伯審文學同考者，皆多曲護。周宏正諂附王偉，避侯景諱而改姓，皆不一見，使無南史，幾使匡衡、張禹之流被賈董之目矣。以上諸條，南史多□□。凡姓李氏删節諸人，不足重輕，惟詔策書表多于李書，而魏徵所撰陳紀總論，切實著明，與新唐書張九齡傳贊皆所謂對病發藥，有國者尤宜朝夕諷誦勿置也。

書王涯賈餗等傳後

唐『甘露之變』，兵勢幾及人主，同時滅者十一族，而王涯、賈餗固未嘗與訓、註之謀，亦及于難，人皆冤之。予謂唐之末造，氣運就衰，天方厚奄椓之毒，使其繩聯絲貫，以逮季述、全誨、令孜，遂以亡唐。當大和時，即有一二正人深計老謀，欲行誅薙，不過陳蕃、竇武者流嬰神策之鋒刃耳，況萃洪涊齷齪之小夫，于一時而欲以誅不逞之徒，奠萬世之業，不亦難乎！

李文饒傳載：德裕言李訓小人，不可用，帝語王涯，別予訓官，德裕搖手止涯，帝見而不懌。訓註怨甚，遂召宗閔代德裕，出德裕爲興元節度，時文帝大和八年也。閱一年而亂作矣。宗閔雖恣肆弄權，獨不肯附訓註，代德裕僅數月，亦坐貶。前此大和六年，牛僧孺見政出近倖，數表請去位，遂出鎮武昌。夫牛李互相傾軋，同爲時所譏，其品詣優劣則固夐殊，然或勢家不相容，或覩時度勢，稍稍引去，其進退如出一轍，不第裴晉公之野服逍遥以詩酒自晦也。使此數人者有一立于朝，吾知其既無元輿固言之詭隨，亦必不若王賈之憒憒矣。涯餗等居平，于富貴二字外，絶無所知。涯之厚自封殖，載在史書，令人欲唾。餗爲考官，畏避宦豎，第劉蕡下等，而孰知刃加己頸者即素所畏避人耶！之數人者，使國家太平無事，亦不過如孔光、張禹者流，竊取禄位，釀成禍端，身幸無恙而已；及其有變而覆宗絶祀，要亦非天之所惜也。

若李逢吉、賁緣訓、註，結爲奥援，以足病不能朝致仕，其舉動識議，蓋亦王賈一流，而卒不與斯難，蓋所謂『罔之生也，幸而免』耳。夫知幾其神，君子所以持躬而察變。彼庸庸者，既不知所以生，又惡知所以死？如抱王洙之歎，而以爲簪紱果能災人，是又論古之識未宏也。

讀商子

商子二十二篇，首篇見戰國策，蓋本商子之文，國策采載，猶管子治齊，書别爲齊語者也。其言峭急刻深，讀之令人鮮歡。而文章廉厲，固先秦之雄也。其富國務以農戰，猶管子遺意。然管子本周官法式而變之，猶能教民慈孝質仁，用以即戎。鞅則務愚其民，使憒憒然畏殺，而趨事貴族世位，箝其口而百爲之罰，上下之間嗟焉如不終日，斯亡國術耳，卒亡其身，而秦遂以富强，何哉？

當時，列國之君，法弛而令煩，虐用其民，無有紀極。秦雖殘暴，尚立成式，明罰賞，憔悴之民不以此而易彼也。故孟子謂行仁政而王，莫易于斯時。使孟子之説行，秦其首誅者矣。世以管商並稱，吾則謂鞅也，管子之罪人也，惡得與並稱哉！

讀日知録

乾隆癸酉，余應京兆試歸，舟中讀顧氏日知録，盡六卷而達淮安，自是家事勞攘，不暇論定。越二十年壬辰夏，養痾京邸，始釐訂之，凡六閲月而卒業。甚矣，讀書之難也！由明以上迄于秦漢，儒家者流學博而精，所見者大，坐而言可，起而行者，殆無幾人。惟亭林及黄子梨洲于書無所不通，而又能得古聖賢之用心，于修己治人之術獨探其要，其所論述，實有可見諸行事者。然不患其書不傳，患在後之人以爲言言可信，將悉舉而行之，更易成憲，日趨于綜核煩瑣而不覺，是又不可不辨也。亭林欲以米絹易銀，行均田，改選法，之數者有必不能行，有行之而必不能無弊。其可行者，惟學校、貢舉耳。雖然，豈易言哉！不徐徐有以易之，鮮有不潰敗決裂者。梨洲則必欲復封建井田，此則童孺皆知其不可矣。

真儒不世出而同時並生，言可爲後世法，猶或錯雜紕繆若是，後之人其何賴焉！古之名臣如蕭、曹、丙、魏、房、杜、韓、范輩，其讀書正不必若後儒之多且精，而知天下之不可妄動也，則相與優遊寧謐之，以無事爲治，而天下卒無不治。譬之人身，勞勩倦瘵之餘，閉關習静，屏退私欲，使從容舒展，而百病可除。苟無以養之，雖日服補益之劑，而勞勩不休，則病猶未減也，況施之攻伐之劑哉！

王荆公、方正學皆以信古太深，自是太過，誤人家國，此吾輩所宜慎也。至其所論正人心，厚風俗，省刑薄斂，練武修文，則自唐、虞、三代以還，萬世由之而無弊者也。太原閻伯詩有補正日知録一卷，所見者猶小，余故論定之，毋使不善讀書者以兩先生爲口實焉。

書魏叔子文鈔後

國初古文大家推朝宗、鈍翁、叔子，宋商邱選三家文鈔行世，余獨心折叔子文，商邱所選，猶未愜鄙意也。今得全集，選其尤者，得五十篇。叔子自稱長于論策，觀其伊尹、正統諸篇，信能于眉山父子外别立壇幟，而策則未爲盡善也。夫所謂策者，或行之千百年無弊，或切中當時事，坐而言、起而行之而可以救時。叔子封建、宦官諸策，言之必不能行，且行之必敝，惡得與唐宋人比隆哉！若其論文諸書，謂文由積理而成，洵可補韓、柳、蘇所未及。

嘗讀其與周青士書，述李濳夫苦節自勵及臨别垂泣語，予不知其涕之何從也，叔子之文傳之必可久者，意在此乎？其議論未當、敘事不合者汰之，存者如右。雖不敢謂盡叔子之長，以視商邱所選，則稍浄矣。

望溪集後

余十年以來，于近人詩酷嗜錢塘厲樊榭，古文則服膺桐城方望溪。有余同志者，輒相與把玩背誦擊節以爲快；其有異者，弗與深辨，竊心議其學之淺也。夫詩有詩人之詩，有學人之詩，有才人之詩，而必以詩人之詩爲第一。文有學人之文，有才人之文，而必以學人之文爲第一。蓋文以明道，指事敘情，必根諸道而言始無棄。唐韓、柳、李三家而外，非無奇峭奥衍之文，然皆使氣矜才，修飾字句，于道概未之聞也。南宋以降，迄乎元明，多能闡發理藴而無淹博之學以振之，所謂言之無文，行且不遠。惟明歸震川之文原本經術而曲得事情，望溪則風骨陵峭，言言有物。折者二公而已。庚寅八月，過金陵，得望溪文增刻本，以校舊作，多百餘篇。九月上旬，與化丹山評閲三日而畢，覺所得又有過于前者。大抵望溪讀書本不多，其于史學涉躐尤淺，自三國志以下皆若未見，何論稗官野乘，惟熟于周、秦、漢之書，用力堅深，遂造詣及是。讀其文者，不可以其時露村學氣而忽略視之也。假令有人博極羣書，返而歸之于約，其研鍊烹洗亦如方子之深，所成就又當何若也！

書望溪西鄰愍烈女事後

漢書：廣川王去疾，傳王信讒，怒修靡夫人陶望卿，于其死後，椓杙支解之。歸氏震川作張貞女傳、方氏望溪記愍烈女事，皆略與班同。余謂兩先生誤矣。望卿雖以讒見殺，而欲著王之暴亂，必詳書其用法之慘，至是乃王定罪之爰書，亦如解光奏趙后姊妹事耳。苟所重在節烈，則書法宜異。古之烈女，嚼齒罵賊，至寸磔而不悔，特保其身不污而已，僇辱奚所避？設並其僇辱之纖悉亦記之，何以慰既往之英魄哉！兩先生皆深于古文義法，而猶且若斯。余故表而出之，冀後之傳節烈者，于詳略之故，以不忍之心慎擇焉可也。

書董東亭册子後

此余亡友東亭董君筆也。乾隆三十七年三月，同年趙璞函子少鈍得之，裝潢精好，攜示余。其文儷體工絶，書法得靈飛之遺，畫學黄大癡，寫册當在辛巳、壬午間。越一年，東亭成進士，授翰林院庶吉士，請假歸海鹽。又一年，卒于毘陵。今距君殁蓋九年矣。

方其官庶常時，余與今侍讀吳白華，中允曹習菴，比部阮吾山，同年汪康古、趙璞函、嚴冬友、陸耳山輩，皆分列館閣，兼纂修事。入直多暇，則以文酒往來，爲聯句會，月必再三集。集時，選題，定一人操管，六七人搆思，各書所得，擇善者從之。衆咸謂可，乃登諸紙。或摇頷蹙眉，抵案狂笑，各極其態，不自覺也。他人句成，有更易不遽入選者。東亭瘦骨珊然，張目兀坐，良久乃得一二句，舉坐悉驚歎，以爲不可及，命亟書之，不能摇撼隻字。比東亭告歸，余偕璞函輩作展重陽會，聯五言長律餞之，蓋自是東亭與吾輩訣矣。

東亭歸後，同人復爲詩會一年。乙酉以還，各以事牽，乃中輟。今則康古下世三載，璞函遠道從軍，冬友以憂去。一二舊好在京師者，恒數月不相見，見亦僕僕數語散去，乃知曩時聚首適以成後來悲感之緣耳。東亭遺稿，聞有五六卷，藏于家，此特其一耳，而已爲人寶愛如是。鐙昏漏下，把讀數巡，爲題後還之。並語少鈍，當待賢尊歸，共賞之也。

書吴貞女事

貞女吴氏，河南商丘人，觀察淮揚諱同仁四女。母程氏，余族姊也。年十七，許字江西熊太僕學鵬之子，未嫁而熊死。時同仁以事訟繫，亦病卒。家貧，僑居于淮，母將以女改字，女哭泣，願歸熊氏守節；母弗聽，則引繩欲自裁。家人爲請于熊，熊未之許也。

閲七年，熊戚友有與余善者，余致書言女守義堅確，宜順其志，無使終老吴氏。余友以告，熊義而許之，歸有日矣。時熊公子墓在江西，而熊官京邸，女欲衰絰北行，熊不許。女自謂夫亡未嘗一日爲之服，既不得遂志，憤懣不飲食，忽得痼疾，言動失次。母以其病也，辭熊氏，延醫治之，卒不瘳。

夫禮由情生，有亡于禮之禮，則亦有亡于情之情。女未嫁而守貞，用情雖過，固賢人君子所亟許也。至夫亡已久，稅服無從，王舅姑、舅姑在堂則純素以入門，終身不與采飾，可也。古之賢女無不達禮，雖有過人之行，悉裁制使中節度。後世女教寖廢，一二有志者，第率其秉性之剛而往莫禦焉，卒以顛躓其身而莫遂其志，若吴貞女之類是也。悲夫！書其事，毋使其無傳焉。

勉行堂文集　卷五

讀易舉要跋

俞氏琰讀易舉要四卷，見文淵閣書目及焦氏經籍志、朱睦㮮授經圖。今其書不傳，而永樂大典有之，亦非完本，采掇得四卷。其學主象數，于反對之義深致意焉。又駁張行成以元、亨、利、貞起數于四及田疇積乾坤以下六卦至于師而六軍之數全。史璿謂革居四十九，應大衍之數，故云天地革而四時成；節居六十而甲子周，故云天地節而四時成。皆以偶合之見，窺聖人作易之意，殊非本旨，是也。而琰亦不能不糾纏于象數，豈責人則明耶？以其元人之書，在今爲難得，故著録焉。善學者擇取可耳！

圖學辨惑跋

晦木先生學有本源，于易理尤邃，既撰周易象辭十九卷、尋門餘論二卷，復成兹一卷，以辨陳圖南傳授之謬。余少時讀李鼎祚易解，每竊疑之，既乃得梨洲易學象數論，爲之豁然心開，謂前人不我河漢也。然求難弟之書，竟不可得。乾隆乙未，始于浙省所進遺書中見之，蓋與胡氏之易圖明辨、程氏之易通皆能撥雲霧于晦昧之餘，使白日青天昭垂于千古矣。近吳郡一二儒生，復取漢人飛伏、世應之説及宋儒圖象，反復研求，欲翻漢庭老吏已斷成案，不亦難乎！經術正而人心正，所關于世道者誠不小也。

易圖明辨跋

右十卷，胡東樵撰，辨宋以來圖書之僞。卷一河圖洛書，卷二五行九宫，卷三周易參同契、先天太極，卷四易數鉤隱圖，卷五啓蒙圖書，卷六、卷七先天古易，卷八後天之學，卷九卦變，卷十象數流弊。易圖書之僞，自草廬、震川輩皆有疑義，而未窮極其故也，及梨洲作易學象數論、晦木作圖學辨惑而盡抉其要矣。余猶惜梨洲既以古圖爲不足徵，而又自爲諸象以求合乎作易之原，非所謂責人則明，責己則昏乎？

東樵于此旁搜博考，極辨難之力，而無矜張矯厲之氣，可謂精醇之至矣。人皆知其禹貢錐指爲第一書，不知錐指猶有誤者，此則無可議也。學者讀二黄、胡氏之書，又參以青溪程氏之易學三種，考之折中、觀象等書，出于叢棘，撥盡雲霾，而易之能事畢矣。

易漢學跋

易漢學八卷，近人惠氏棟定宇所輯。首孟長卿易二卷，次虞仲翔易一卷，次京君明易二卷，次鄭康成易一卷，次荀慈明易一卷，次河圖洛書、先後天、兩儀四象、太極圖辨、重卦說、卦辨共一卷。中卷兼載一行歷經及火珠林推衍法。觀其次序，似非手訂之書，所搜輯亦未極賅備，而虞氏逸象尤適用，其他則但資博雅而已。余嘗謂詩、書、三禮、三傳，漢儒註釋多勝後人，至易學則宋明以來較勝于漢人，嘗著論序辨之。噫！學者苟不入其室，焉得操矛以伐耶？李延平、朱子皆深于内典，而其闢二氏之學最精，則學易者又不可不知漢人塗徑也。

周易述跋

右長洲惠棟定宇著。專註漢學，既自爲註，復以古註參之。自上下經，至雜卦傳，凡二十一卷。第二十二、二十三卷曰易微言，皆取古書之有關于陰陽理道者。自卷二十四至三十爲易大義、易例、易法、易正譌，皆未刻，意其家當有之，惜未及見也。近者漢學之盛，倡于定宇，謂易有五家：漢、魏、晉、唐、宋，惟漢易用師法，得其傳，不知輔嗣微言不同于解老，凡定宇所尸祝者皆輔嗣既撥之雲霧也。輔嗣開其先，宋賢繼其後，又得家綿莊易學三書，參之以安溪諸人，而易道大備矣。然此采輯頗博，足資搜討。如以易之正則在是焉，則入于幽谷不復出矣。

尚書通議跋

尚書通議二十八卷、通議補二卷，家綿莊先生著。專主今文，一篇爲一卷，前列白文，次乃論説。其疑『無若丹朱傲』一節，鄙見適同。又論治水先後，于九州之次第見之，可謂一語破的矣。又論禹貢非專爲貢獻而名，辨四海之所包者。廣洪範議曰：在天者，莫大乎五行；在君者，莫大乎五事；在朝廷者，莫大乎八政、五紀、皇極、三德、稽疑；生萬民者，莫大乎庶徵、福極。又辨周公未嘗誅管叔；于康誥『紹聞衣德言』謂爲千古聖學之綱領，即虞書之所謂『稽古』也。又謂成王于周公禮在不臣，家人之禮存焉。而于立政一篇『常伯、常任、準人』諸官，辨之尤晰；且確十二州、九州因革之故，亦頗詳盡。通議補中謂多方作而周人始爲政於天下，故繼之以立政。又謂翼室非居憂之所，初喪，權居于此，至七日而居于先王之殯宫。皆所謂讀書見其大者，近人罕有其匹也。惟以洞庭爲九江，此余所未敢從耳。

余壬午赴京師，先生手此以畀余，余略檢一遍。越十一年，治尚書，始詳讀之，爲識其要于末云。

尚書釋天跋

此吾友盛秦川所撰也。凡爲書六卷，專釋『堯命羲和』及洪範數則，取古今成説而折衷之。吾友戴東原精于推步、儀象，嘗取是書觀之再三，歎爲精到不可易。六經之書，易之體段最精，書之體段最大，天文、輿地尤典據中最要者。此書與胡氏錐指分道揚鑣矣。秦川，名百二，秀水舉人，作令于山東，今不復仕，教授歷城，所謂『讀書種子』是也。前有自序及其外甥朱休承序。休承，竹垞五世孫也。

青溪詩説跋

青溪詩説十五卷，家綿莊撰。先生之學邃于易，既屢著易，又爲書詩解詁。于詩不專主註疏，亦不曲從宋學。凡解註者，固宜如是。其言周南當屬文王，不當繫之周公；至召南屬召公者，地去岐周漸遠，服召公之化，即服文王也，似有特見。静女一篇，謂是思賢而非男女之相慕。于檜之羔裘，取潁濱之説，以爲檜君好盛服，故以其朝服燕，而以其朝天子之服朝，過矣，而非大惡也，蓋諱其大惡而以微罪行，猶孔子之膰肉也。候人正毛傳以候人爲賢者之誤。于南陔六詩，力辨有聲無詩之誤。于『至于太原』，謂是雍之原隰。于裳裳者華，取朱氏善説，以爲講武既畢，天子與諸侯燕之詩。于維天之命，謂是祭文王之詩，序謂告太平，義頗迂滯。于天作，以爲祫祭。皆確有所見。如是者至多，足以垂世矣。

惟昊天有成命，謂是日至南郊所用，似猶篤信竇公所獻之文。余于先生親炙者深，然不敢曲從也。

春秋通論跋

春秋通論四卷，方苞靈皋撰。靈皋既著直解，別有通論，猶安溪既爲周易觀彖，又別成周易通論也。靈皋與張彝歎友善，彝歎長于春秋，故靈皋學得正宗。其論桓王伐鄭，微近東萊博議氣息，而義頗可存。論魯初于周朝聘不行，或使微者行，其説甚是。莊、僖、頃、惠王之崩，不書，疑是闕文，而方謂非闕，此則當存參也。其于稱人、稱名謂初終、詳略之異最確，于會盟諸條辨之尤晰。又謂公子翬等在隱公時不書官，非豫貶論；吳多殊會，因事迄，實非有別義。論齊姜當爲嫡，論王臣會盟征伐前書名、後稱子之故，皆確有所據。而文筆古勁，尤説經家所難。近人皆輕視靈皋，謂其學自宋入手，如此等書，豈可束而不讀耶？

惟論諸侯之兄弟盟聘帥師，非有官者，則書兄弟；又謂王不稱天，是貶辭，此則所未敢憑也。余别有春秋答問，間一辨之。

古今説經之家，莫多于易、春秋，蓋易本難明，隨人置説；春秋體例繁多，各執一是，亦未易辨。若詩、書、三禮，典制斯存。故空腹之人，于易、春秋不難解究之。難明者，莫如易與春秋也。蓋易道甚大，而有不易之理，非通三才之故，不足以言易。春秋舍例則不足以言，執例又不可以言，有文異而例同者，有文同而例異者，最難著手。然在今日，則春秋之義大明，而易學明而復晦矣。由漢人學春秋者，體例本相亂，故近人得以宋學正之；漢易則自成一家。爲漢學者，執之以駁晉宋，以不狂爲狂，故易明而復晦也。夫由宋以來七百餘年，聖賢心學既已大明，諸君矻矻孜孜，講貫無已，自有其可傳者在，而近人乃泥形，質之漢易，以奪宋人之席，不已謬乎！易不明則内無以治人，外無以治事，何以爲通儒？吾願後之學者治易如望溪、彝歎之治春秋，庶乎聖學昭然，功在萬世矣。

周官新義跋

熙寧經義局三書成于荆公父子之手，周官則安石所手裁，鐵圍山叢談稱其筆跡如斜風細雨，蓋安石手稿也。近世如范文正、歐陽公墨跡尚有傳者，而安石稿無存焉，豈以其人可議，不復收拾耶？周官舊二十二卷。此吾友周書滄從永樂大典録出者，得十六卷，而地官、夏官缺焉。末附考工記二卷，蓋鄭宗顔輯安石字説爲之。其于周官，好以字説牽合，乃王氏説經通病，而發明大義，自有不可泯滅者。余與書滄、孔葒谷各鈔一本，嗣是永清令周筤谷屬鈔一本，而陳上舍竹厂又鈔焉。行于世者有四本，亦難得之數也。

復古編跋

張謙之復古編以説文正小篆〔一〕，而不以小篆改隸書，小篆之不可通于隸者，則曰隸作某字。樓攻媿序稱其嘗篆楊龜山踵息菴，以小篆無「菴」字，竟作隸體書之；又記其爲林攄母撰墓碑，書「魏」字作「巍」，終不肯去「山」字。陳振孫所記亦同。然考此書「巍」字下註曰：今人省「巍」爲魏國之「魏」，不指爲俗體别字，是意在復古而不戾于今，可尚也。前明黎民表嘗刊之，余從江丈松泉家借鈔，凡六卷。庚寅八月下浣去邗江之前五日書。

唐六典跋

唐六典，外間有刊本，然麻沙特甚。此余家所藏鈔本，譌字尚少，其經進歲月與撰著之人，竹垞老人言之悉矣。竊謂讀是書者，宜與杜氏通典及新舊唐書並勘，則書之佳處自見。如敘官自唐虞以下取以證李唐之制，與通典同者十之七八，而『太尉』一條註内所引春秋金成圖及運斗杓則非通典所有〔二〕，而銓註擬則亦通典、新舊唐書所未備也。敘階及『三衛』考，不獨杜、劉、歐之書未核，即唐會要中亦有藉此補缺者。『户部郎中』下職事載至數萬言，且作周官、禹貢體例，載經歷山川與夫物産，此六典之異于他書者也。『禮部郎中』下大瑞、中瑞、小瑞，亦各書所未有。至若『宫殿』之名、『中使』、『書直』之目、分『四部』書之條例，皆他書所未見。古書必如是而後爲不負虚名耳。

惟『御史臺』一門稍恨其略，不及杜氏諸書之贍。而『謚法』一條，會要尤詳。然則唐人之書，通典而外，此與會要如蛩駏之相須，不可闕一矣。

開元占經跋

開元占經一百二十卷，晁陳著録未之載也。新唐書藝文志作一百十卷，豈誤以二十爲十耶？前有明萬曆丁巳小引，云兄明哲施爲其弟序者，究不知爲何人名字，亦疑有誤。其書爲唐瞿唐悉達所撰〔三〕。自天體渾象迄龍魚蟲蛇占，所引諸書皆唐以後無傳本者。其所引星經，較之津逮秘書所刊，蓋多大半。巫咸經，各史天文志及文獻通考間一引之，不及是書十之三四。諸星相去度數推步最詳。『二十八宿』、『三垣』各宿名號有與今不同者，如『東西咸』、『太陽守』、『八魁』之類；又如『句陳』謂之『常陳』，『南北河』謂之『南北河戍』，皆足資考證。雖凡數占驗之書不盡可據，而此書來歷最古，宜爲罕見之珍也。

唐律疏義跋

仲尼之門，五尺童子羞稱五霸，今之儒者述三代以後令辟，動輒曰漢文帝、唐太宗，不亦陋乎！然文帝慚德猶小，唐太宗之失行則非士君子所忍道矣，要其措天下于治安，歷祚三百年之久，則以親見隋氏之鷙刻，而力矯之于刑律，一秉經術，得寧寬毋濫之旨。蓋自秦迄隋，殘人以逞，法務刻深，至唐而一變，宋元兩代率遵唐制，讀義疏一書，與刑統賦質證，可以知之矣。

余求其書二十年不可得，最後始于四庫館見之，讀之月餘而後知天心之祚唐，非無故也。若其刊刻次第及卷軸之多寡，則小長蘆朱氏言之悉矣。

元和姓纂跋

唐會要謂元和姓纂爲王涯撰上，蓋以涯曾爲序，而不知其爲林寶撰也。寶，濟南人，名見藝文志及各家著録。鄭氏通志則以爲李林寶，蓋當時李吉甫以書命寶，二名連書，傳寫脱去吉甫字耳。其所據多舊書，姓譜中宜爲最古。惜書成纔得二百日，而矜尚門第，倉卒間就各家譜牒編此成篇，譌雜難信處正不少也。

是書至宋時已頗佚脱，故陳振孫謂絶無善本。大典分載于千家姓之下，顛倒錯亂，非復原書體製。今以廣韻四韻編之，又取宋卿名世辨證所引各條補焉〔四〕，仍得十卷。原序稱皇族之外，各以四韻聲類編集，則李姓居首無疑，此亦不能如舊矣。

元和郡縣圖志跋

元和郡縣圖志四十卷，缺第十九、二十、二十三、二十四、三十五、三十六，凡六卷，今永樂大典中亦無之，蓋書缺久矣。地理專書水經詳于説水，而不能遍及郡縣。自各史志書而外，唐初則有魏王泰括地志，其後乃有是書，爲地書鼻祖。其佳處有二焉：一則每郡縣下備列『四至』，此地學之要，後來所宗；一則古蹟所引不多，唯取以證地所在。其體簡括，固其所長，但地志亦有不容太簡者耳。今以各志及通志、通考校之，遺漏亦正不免。如水經缺滹沱，而此足以補之，胡朏明所亟取，宜矣。而『雍州下』云：『武帝太初元年，改内史爲京兆尹。』依三輔決録諸書，『内史』上宜有『若』字。又終南山自藍田以至盩厔，總謂之終南，而其地至廣，唐賢好宗文選，遂分終南太乙爲二山，不知終南祠太乙，有峯曰太乙峯，唐人詩句可證也。『細柳原』一條，上林賦『登龍臺，掩細柳』，郭璞註：觀名，在昆明池南；後漢書郡國志長安『有細柳聚』；此皆不引，獨引亞夫屯軍所，是簡之病也。汴爲春秋鄭國之地，徒云鄭地，亦未盡確。開封、漢儀諸縣不載黄河，又不可解也。

今括地志雖不存，而散見于史記、漢書、資治通鑑註、太平御覽者，尚可得十之五六，余恒欲鈔輯爲一編，以與此校對，恨鹿鹿未暇也。

太平寰宇記跋

唐以來輿地專書當以元和郡縣志及此爲第一。元和志體例最善，惜其闕佚而亦有過簡之病。此本載山川、古蹟最詳，且所引如宋武北征記、隋東藩風俗記等書皆世無傳本。又所載水道如濟渭諸川必徵引禹貢以相符合，詩、春秋所引尤多。引水經於鎮州真定縣蒲澤下云：滹沱河東經常山城北，又東南爲蒲澤；又滋水下：滋水又東，至新縣，注滹沱河。此皆今水經註本所無，而誠夫水經註釋不之載，何也？

故沛城，漢志及史記各註俱未詳，是書載在沛縣東南微山下。蔡蒙諸山，元和志不載，是書于始陽縣下云：始陽山在盧山縣東七十里，本名蒙山，唐天寶中始改名始陽縣。此更足備考訂。載泗水出磬云：泗水無磬石，其山泗水南四十里，今取磬石，上使擊之，其聲清越，或禹治水時，泗水即至此山。此註疏所未備也。各州風俗之下歷敘州之大姓，得左傳祝鮀述古之義。地之『四至』及風俗、人物、土產各門，皆此書爲之例。竹垞乃謂不及歐陽之輿地廣記，得毋未之深考耶？

元豐九域志跋

右元豐九域志十卷，其撰書之始末詳見竹垞題跋。宋代輿地之書各有命意，如太平寰宇記則專載宋初沿革，輿地廣記則專載神宗時沿革，元史則專載宗和時沿革〔五〕。合三書考之，府州軍監每相符合，故知地學之難也。此書所載沿革則自宋初迄元豐時，可補證諸書之缺誤。至其各縣下載及山川古蹟，寥寥數語，則本隋書及元和郡縣志、新唐書地理志體例，不可輕議也。太平寰宇記亦載地之四至，而不及此書之詳。宋代鎮寨及銅鐵監之制，此視宋史爲核。五代沿革亦薛歐二史所不及，土貢亦多于通考、宋史篇。惟羈縻州所載，視他書恨略耳。

吳志伊博極羣書，撰十國春秋地理表，而于揚吳之地理沿革、撫州節度之廢置不及詳載，豈未詳閱此書耶？曲洧舊聞謂九域志終未修成。王伯厚爲宋末人，著詩地理考多引其言，則是書在南宋時固爲成書也。惟伯厚地理考内引九域志甘棠樹之類，今本無之，似非宋代原本矣。

輿地廣記跋

此丁酉秋同年孔葒谷爲余鈔者。吾友嚴冬友曾有是書，余欲借鈔而未得。經七年後，始得之。此書自竹垞稱之，重于世久矣。及詳觀之，乃知不及樂氏寰宇記遠甚，蓋皆撮鈔各史地理志及文獻通考諸書，往往一字不增損。如九州之分爲各州，歷朝之分併州郡，皆人所共知，諸書所悉有，與其即後人之書求之，不若據前人之書讀之也。其敘五代州郡，本之歐史之職方考，而于歐之脱略茂延諸州未之及；五代沿唐之制分爲十道，薛史頗詳，而此書未詳，是既不能補歐史之缺，又不克用薛史之長，疏忽甚矣！其各府沿革則删節通典而爲之。又好引古蹟而多所脱略。如陳留本鄭邑，後又爲陳所併，故曰陳留，通典諸書皆載，而此不載。又新安縣載函谷關廢置，而大峭關、金關不一及焉。

余故謂凡讀各種史書者，必多求他本對勘，則得失立見，不可震于其名，從人之好惡也。惟書中載水利較他書頗詳，唐書地理志之後，此爲第一可取者在此，而竹垞轉不之及，何歟？

方輿勝覽跋

宋祝穆和父方輿勝覽七十卷，余舊從王光禄蠡塘處購得之，既而以贈申副憲拂珊，此本從耳山同年處借得者。其書多載南宋沿革分併事，視北宋諸家地志又一局不可少也，而于識小之功尤多。古地志惟載山川、形勝、風俗、物産，間舉古蹟以證地之所在耳，非誇多鬭靡資文苑之用也；此則亭臺、橋市、佛寺、道觀、名宦、人物、詩文悉載之，開後來志家小派，究非正則。且古地理書所載勝蹟皆古事，此則並當時勝蹟亦載焉，尤爲元明以降所祖。惟殿閣名目有宋史所未及載，詩文亦足補宋人文集所未備。唐盧元輔胥山初終文粹亦未之及，而沿革分併終恨其略。

余嘗謂地理宜分識大、識小二種，各自爲書，一則便于按册而稽，熟知天下形勢與其土風物産；一則以資詞人學士歌詠文字之用。若此者，其亦識小之流，而雜以大事體例，毋乃混歟！

地理考原跋

江西熊君心泰著地理考原一卷，首言楊廖二公九星陰陽及九星九變，次破形家之誤，次言水歸東海，次言乾坤退居，次言三合五行，次言金生水，次言六土，次言二土長生，次言土旺，次言五運六氣，次言支壠淺深，次言文曲破軍，凡十三則。

古者族葬多在西北，蓋北方高躁，土厚水深，不煩遠擇也。堪輿之説蓋以東南地下多水，而風臨之，蜉蟻生焉。爲人子者，必欲以親體而求富貴，罪之大者矣，而詳視水蟻以安其親，則固不可已也。故論風水當以朱子爲斷，而葬法則郭景純之葬經，如經書之有學、庸，是一切書頭腦。觀熊君所言，不倍于景純，而又有以發明之，可謂正則矣。

近有僞流，創三元之説，謂葬不可久，視三元而遞遷可也。嗚呼，親膚既掩，非蟻非水，而以禍福之故輕爲改易，有不遭陰譴者乎？創爲此説者，其人既不良，死而舉世猶奉其言如圭璧焉，富貴重而仁孝輕，可慨也夫！

大金國志跋

宇文懋昭大金國志四十卷，晁陳著録未之及也，惟錢氏讀書敏求記有之。其編帝紀載君臣事實，皆金史所無；又前後聯貫，知非僞撰。而各傳則與金史無異。豈真僞相半，後人有欄入者耶？

末附許氏奉使行雜鈔，與輿地書頗符合，而山川、風土皆後人所未備。竹垞謂許氏書不可得，不知其即附于此也。他如馬四使金國書，宋史及續資治通鑑皆不載。試舉人于□乃金設科舉之始〔六〕，金選舉志亦未載。屯田、軍制，兵志所不載。大定中，詔造總計録乃政之大者，而金史諸志不載。服色各門又金史儀衛志所缺，雜色儀制亦金史禮志所無。此足補史志之缺也。章宗以下所載事實，與正史無一同者，亦足以備考正。金哀宗一稱義宗，于此本見之，竹垞謂哀宗一名義宗，可據此以正其誤矣。楚國張邦昌録足與邦昌事略相出入，齊國劉豫録視學海類編所載劉豫事蹟爲詳。汴京制度，宋史地理志亦無此詳也。近得王氏汝南遺事比對，蓋知是書之佳且有多于遺事者，其完善即不及契丹國志，要之足寶貴矣。

歸潛志跋

今外間所行歸潛志鈔本止八卷。此余從四庫館鈔出者，得十四卷，與錢氏敏求記卷數合，蓋完書也。此書佳處不專載詞人事蹟，如郭阿里諸人曾爲將帥奉御之官〔七〕，可補百官志。改鈔名色可補食貨志。南渡後耑用吏，吏權大盛，可補選舉志。完顔氏之能詩者獨多，可補中州集。而南渡後諸將習氣與夫用武調遣之弊，近侍官權勢與宰相埒，皆金所以必亡之故，正史未之及焉，必有資于是矣。十卷以後，惓惓故國，禾黍之思黯然。十一卷録大梁事，尤三致意焉，吳自牧輩不得擅美于前矣。

契丹國志跋

右契丹國志二十七卷，宋淳熙七年秘書丞葉隆禮表進。前有世系圖、晉獻契丹全燕圖、契丹地理圖，帝紀十二卷，傳十七卷〔八〕，自二十卷至二十七卷皆雜記晉宋往來儀事及本國諸國風土歲時。遼別史今存者少，此最足供考校。如歐公五代史附録自註謂：契丹年號，諸家所記，舛謬不一，唯據遼太宗立晉高祖册文稱天顯九年爲證。考志實在天顯十年十一月，足以正歐史之譌也。卷二附載記異録：遼主德光得異夢，占之云：當爲中國立天王。司馬氏考異亦未之及。遼史有大同元年，即會同十一年；此書無大同元年，而有會同十一年。其十一年下有註甚詳，校對各史皆合，是又足證遼史之誤，不知當時何故有『大同』二字，豈命名而未用耶？辛楣學士曾作文辨之，尚未引及此書也。建官制度門中所載，如敞史、木古、思努、都努古、徒努皆遼史百官志所不載；衣服如義襴、紫鞊韄亦儀衛志所遺。錢氏敏求記但舉其用意之大端，而其可采者未之及。趙志忠之陰山雜録今不可得，則此書宜可貴矣。

至元嘉禾志云：隆禮，號漁林，嘉興人，蓋失其字矣；又謂是淳祐七年進士，官建康府西廳通判，改國子監簿。按：淳熙乃孝宗之十二年甲午第三改元年號，七年則爲庚子，孝宗之十八年也。淳祐乃理宗之十七年辛丑第五改元年號，七年則爲丁未，理宗之二十三年，上距淳熙七年且六十七年，烏有淳祐七年進士轉于七十年前獻書者乎？或淳熙誤作淳祐，然亦無是年成進士即官秘書丞之理。凡此皆有可疑，古書于今往往有難解處，惜不得多本以證之也。

遼史拾遺跋

錢塘厲太鴻館于揚州馬氏之小玲瓏山館，博覽所藏書，既成宋詩紀事，復輯遼史拾遺，其體例大率仿裴松之三國志，紀志所補頗多，表傳及國語解亦并及焉。中如劉守光、盧文進諸人，既采資治通鑑，而不及歐五代史；所引薛居正五代史則皆通鑑所有，非從本書録出也。地志西京諸道，宋以後志書可考衆矣，而所載寥寥。今杭人議此書謂精而不博，究亦難免疏脱也。又金石文字所載極少。卷中選舉、經籍二志，及世表、游幸、屬國表各註，捃拾頗詳，足備一朝文獻也。其書不分卷數，第五卷至二十八卷皆無所補綴，疑亦有闕耶。

習學記言跋

東南讀書家稱：宋人筆記，三種最善，曰困學紀聞、夢溪筆談、習學記言。以愚論之，終以困學紀聞爲第一，筆談次之，記言又次之。蓋筆談、紀聞醇正雅飭，頗有考校。記言則好立異説，陳振孫謂其文刻峭精工，而義理未得爲純明正大。劉克莊爲趙虚齋作莊子註序，稱其講學析理多異先儒，蓋其佳處在異，病處亦在異也。如繫辭、檀弓每遭詆毁，論語、孟子復有疑焉，非僻説狂辭，得罪聖賢者耶？然其論國語非左氏，考子思生卒年月，斥漢人言洪範五行災異之非，皆確有所見。又借唐史發揮宋史，亦有卓識，未可輕議也。三書而外，復有孫奕課兒編〔九〕、洪容齋五筆，差足肩隨。若能改齋漫録、猗覺寮雜記，考證雖精，局而愈狹矣。是編五十卷，吴下鈔本譌字尚多，爲校正訖。乾隆甲午六月也。

四明文獻集跋

伯厚深寧集一百卷，世久不傳，此本蓋浙人所搜輯成者，得百七十餘篇，制誥居十之七。集前有小引載：同郡鄭真輯，陳朝輔補遺。宋史謂度宗即位，應麟草百官表、循舊制請聽政四表。已上，一夕入臨，宰臣諭旨增損三表，則此七表者，已先進前四表，次進後三表也。考之是集，則第一表至第二表乃景定五年十月上，第三表至第七表乃十一月上，本傳不同。又宋史載賈似道罷都督，予祠，在德祐元年二月；徙居婺州，又徙建寧，俱在七月。而由揚州責歸紹興，實在是年五月四日，見于是集責罷似道制〔一〇〕，亦可備史家缺矣。

明儒學案跋

右黄梨洲先生所編，曰河東學案，曰三原學案，曰崇仁學案，曰白沙學案，曰姚江學案，曰浙中相傳學案，曰江右相傳學案，曰南中相傳學案，曰楚中相傳學案，曰北方相傳學案，曰粤閩相傳學案，曰上修學案〔一一〕，曰泰州學案，曰甘泉學案，曰諸儒學案，曰東林學案，曰蕺山學案，目凡六十二卷。梨洲承學于念臺，念臺之學本陸王而加正焉。觀其譏高子遺書爲有禪語，然蕺山語録如『湛然寂静中當見諸緣就攝，諸事就理』，又曰『正諦當時，切忌又起爐竈』，此非釋語而何？故余謂明儒學無流弊。自以河東爲第一，若白沙、陽明固是打成一片，謂之爲禪不可，謂之爲儒亦未可也。梨洲默主陽明，而于陽明説不去處每加釐正，將所謂天理日在人心耶？

讀此篇亦可知明代二百七十年中，正賴醇儒扶翼治教行可，後賢空言，隨和之人又從而靡焉，遂使講學之風爲世口實，不知明之亡由其君不親政事，士大夫以勢利侵鄉黨，柄政者不恤民隱，驕佚之氣召禍亂，非盡講學之過也。今士大夫一語及講學，則譁然誚之曰：『人第以躬行爲尚耳，奚講之有？』其言韙矣。及退而察其所爲，無一事可質之幽獨者，此又一流弊也。魏晉之餘，禮法蕩然，而士夫猶有持清議者，孰則起而振之，使樸可返而淳可還歟？

嶺西水陸兵紀跋

右秀水盛萬年恭伯著。恭伯，萬曆癸未進士，由刑部主事屢官廣東、貴州、江西按察使，遷南布政使〔一三〕，未任卒。明詩綜載其有拙政編，而未及是書。此其分官嶺西道布置兵事所作也，其裔孫百二爲刊焉。凡上下二卷，拙政編附刻于後。兵紀有喻政序，拙政編有朱大啓序、譚瑄序及恭伯自序。末有漁鼓曲一卷，則桐鄉顏鼎受孝嘉撰。孝嘉，國初人，與竹垞交，竹垞贈詩所謂『才大最能詩』也，詞曲雖近俚，殊有風味，如芒鞋云：『直走到山窮水盡，才見得海闊天空』，可以知其胸次矣。

南堂詩鈔跋

此桐城方貞觀南堂先生詩也，初刊于淮安，余族伯父水南先生，其姻也，爲之葺刻。再刊于儀徵汪氏。此則方制軍所刊。先生與息翁爲再從兄弟，皆長于詩，而嗜好趨向不同。先生專主中晚唐，以清新宕逸爲主，及留滯京師，懷歸念遠，每有所作，一時傳誦殆遍。乾隆丙辰，舉鴻博，辭不就，作詩四首以謝，載在集中。此本所選頗嚴慎，然汪氏本中有先生晚年所作初秋晚坐一首未入選，余尚記之，曰：『輕雲如縠掩殘暉，向晚涼風動葛衣。木葉漸凋霜未降，社錢纔斂燕初歸。苦空禪早聞三昧，隱見星休問少微。久已無心事書卷，流螢還入破窗飛。』可以知其風概矣。余弟述先尤好其詩，至今仿之。

先生嘗欲選唐人，自劉長卿以下，至中唐之末爲一集，去昌黎、長吉、盧仝、劉乂四家，而以義山、牧之、飛卿、致堯續焉，以教世之學詩者。余謂此教初學，以正其體，使上溯漢魏、六朝，下逮宋元以降，可也。若專事乎此，恐被唐人縛住，然足以救世之才力不足而妄託大家，終其身不能條達者也。先生生于康熙己未，少息翁四歲，嘗屬余推命，余曰：『六十九歲有重疾。』是年竟卒。余之詩，蓋出于桐城兩方，兼採其說而學焉。撫此卷，不無今昔之感云。

春及草堂詩鈔跋

右詩自一集至四集，凡四卷，桐城方扶南息翁著，其從兄子直隸總督觀承選輯。息翁之尊人御生爲余祖姑夫，以故息翁與先君子爲中表兄弟。嘗止余家，余從而學詩。其議論專主唐宋大家，而于杜蘇尤嗜焉。其初名世舉，師事竹垞老人。曝書亭集中有雨集平山送查編修嗣瑮蔡舍人埊方上舍世舉唐明府紹植入都二十韻，世舉即息翁，後以望溪事入旗籍。南歸後，乃以字行，别號息翁。

息翁生於康熙乙卯，在都中以詩文馳譽，所交接皆名輩。迨乾隆丙辰、丁巳間，已六十許人，每娓娓談舊事不倦。余嘗叩其卷中感舊詩本事多不明，恐日久無爲註釋者，先生爲余舉二三首始末，又不悉言。今先生已下世二十餘年，舊事不可復得矣。其江北懷古詩三十首尤名于時。庚寅歲，余作江南懷古詩三十首，蓋以擬先生，然清薄且平，不迨遠矣。先生别著昌黎詩集註行于世，未刻時，嘗欲以此售于余，仿徐淑士春秋地名考略例。余笑曰：『生平一字不假借人，豈肯爲郭象、宋齊邱耶？』先生大笑曰：『外家得此人，足以張吾軍矣。』異日聲名在老夫上也。』先生所居春及草堂，晚得三子，屢見詩集中。殁後，諸子皆淪落不壽。今遺孫無幾，漸不得消息，悲夫！

校記

〔一〕張謙之　復古編的作者爲宋人張有，字謙中。

〔二〕春秋金成圖及運斗杓　唐六典卷一著爲春秋合誠圖和運斗樞。

〔三〕瞿唐悉達　開元占經作『瞿曇悉達』。

〔四〕宋卿名世辨證　當即宋鄧名世所撰古今姓氏書辨證。

〔五〕宗和　宋代無『宗和』年號或皇帝，疑爲『政和』或『重和』之誤。

〔六〕試舉人于□　大金國志卷五，金最早試舉人于蔚州。

〔七〕郭阿里　歸潛志有曾爲將帥奉御之官者，名『郭阿林』。

〔八〕傳十七卷　契丹國志作七卷。

〔九〕孫奕課兒編　孫奕撰有示兒編。

〔一〇〕見於是集責罷似道制　實見於是集卷二之責諭賈似道歸里終喪詔。

〔一一〕上修　明儒學案作『止修』。

〔一二〕遷南布政使　四庫全書總目提要子部兵家類存目作『遷雲南布政使』。

勉行堂文集 卷六

文木先生傳

先生姓吳氏，諱敬梓，字敏軒，一字文木，全椒人。世望族，科第仕宦多顯者。先生生而穎異，讀書才過目輒能背誦。稍長，補學官弟子員。襲父祖業，有二萬餘金；素不習治生，性復豪上，遇貧即施；偕文士輩往還，飲酒歌呼窮日夜，不數年而産盡矣。安徽巡撫趙公國麟聞其名，招之試，才之，以博學鴻詞薦，竟不赴廷試，亦自此不應鄉舉。而家益以貧，乃移居江城東之大中橋。環堵蕭然，擁故書數十册，日夕自娱，窘極則以書易米。或冬日苦寒，無酒食，邀同好汪京門、樊聖□輩五六人乘月出城南門，繞城堞行數十里，歌吟嘯呼，相與應和，逮明，入水西門，各大笑散去。夜夜如是，謂之暖足。

余族伯祖麗山先生與有姻連，時周之。方秋，霖潦三四日，族祖告諸子曰：『比日城中米奇貴，不知敏軒作何狀？可持米三斗，錢二千，往視之。』至則不食二日矣。然先生得錢，則飲酒歌呶，未嘗爲來日計。

其學尤精文選，詩賦援筆立成，夙搆者莫之爲勝。辛酉、壬戌間，延至余家，與研詩賦，相贈答，愜意無間。而性不耐久客，不數月別去。生平見才士，汲引如不及。獨嫉時文士如讎，其尤工者，則尤嫉之。余恒以爲過，然莫之能禁。緣此，所遇益窮。與余族祖綿莊爲至契。綿莊好治經，先生晚年亦好治經，曰：『此人生立命處也。』

歲甲戌，與余遇于揚州，知余益貧，執余手以泣，曰：『子亦到我地位，此境不易處也，奈何？』余返淮，將解纜，先生登船言別，指新月謂余曰：『與子別後，會不可期。即景悢悢，欲搆句相贈，而澀于思，當俟異日耳。』時十月七日也。又七日而先生歿矣。先數日，裒囊中餘錢，召友朋酣飲，醉輒誦樊川『人生祇合揚州死』之句，而竟如所言，異哉！

先是，先生子烺已官內閣中書舍人，其同年王又曾轂原適客揚，告轉運使盧公，殮而歸其殯于江寧，蓋享年五十有四。所著有文木山房集、詩説若干卷。又仿唐人小説爲儒林外史五十卷，窮極文士情態，人争傳寫之。子三人，長即烺也，今官寧武府同知。

論曰：余生平交友，莫貧于敏軒。抵淮訪余，檢其橐，筆硯都無，余曰：『此吾輩所倚以生，可暫離耶？』敏軒笑曰：『吾胸中自具筆墨，不煩是也。』其流風餘韻，足以掩映一時。窒其躬，傳其學，天之于敏軒，儻意別有在，未可以流俗好尚測之也。

晚甘先生傳

先生姓程氏，名茂，字蕁江，先世新安人，系籍淮安之安東。先生生而岐嶷，好讀書，九經、百家、諸史、漢、唐、宋以來詩文名集，窮覽鉤貫，曲得其條序，抉髓而瀹其精。家故素封，然多好文學者：叔父爽林先生爲名孝廉，叔父水南先生文章聲譽播海内。有園在淮之珠湖，爲前明張氏曲江樓故址，構而新之，名曰『柳衣』。延致江浙耆儒方文輈、蔣東委、徐笠山、王雲衢、罕皆、翦林及淮之周白民、邱庸謹、劉萬資兄弟相與晨夕淬厲，文讌爲一時之盛。

于時，曲江樓課藝名天下，先生以從子厠諸叔父間，外内師友，目染神會，學益以進。補安東博士弟子員，貢入太學。桐城方望溪先生于文章不妄許可，獨袖先生文至朝堂，示僚友曰：『此程蕁江文也，吾無間然矣。』北平鍾勵暇篤學踐行，嚴於取友，獨心折先生，曰：『蕁江，古人也。』遂爲其子聘先生女。

先生既屢躓場屋，慨然思歸，築園曲江樓之南，曰『晚甘園』，日種樹課書其中。海内文士泊船淮陰城外，必過訪先生。折衷論辯，上下今古，窮日夜勿倦，而家道益折閲。先生夷然自得，不顧也。

其學于古文最深，詩縱横排奥，得杜韓之遺。其遇人，無貴賤疏近，皆睟然以和，示以詩文，朗誦數過，悉得其所自出而稱道之，使人心饜。及自所著作，則脱去畦徑，戛戛獨造，淺人不能識也。性醇摯，篤友愛，兄弟皆白首怡怡如童幼時。其視友朋若性命，急人之難如恐不及，口未嘗臧否人物，而區别賢否若鏡之著焉。精鑑賞，嗜書畫。尤好遊覽，遇山水勝處，留連沉吟，終日不去，時人比之陶峴、倪高士。年六十有九卒。著吟暉樓遺文三卷、晚甘園詩六卷、曲江樓制藝□卷，藏于家。

論曰：先生與余，同出歙之岑山里，爲祖義公十一世孫。雖族兄弟，視嫡屬無間也。卒之前夕，余往問視，猶端坐相向，籌余近事，款款數十語，忘其疾之苦。其平居與人之周，大率類是。儀古式今，而卒仡仡以老死，悲夫！

嚴海珊小傳

海珊，乾隆間詩人也。康熙庚子舉于鄉。雍正甲辰九月會試，不第；越七日，由恩榜中式。有句云：『彭衙分拜三年賜，絳縣争傳七日蘇。』一時都下傳誦遍，君益奮于詩，從而遊者皆效其格律，然君之得于天分者，人莫能及也。余嘗獲觀其詩鈔及明史雜詠，又見其嗣君名裘所撰行略，作而歎曰：『人之傳不傳有命，其傳之大小久暫亦有命，或此事傳而他事弗傳，何莫非命也？』

君之作令于山西、直隸也，先後歷六七任。又爲雲南之嵩明州，調鎮雄州，以事罷。復以知縣就補雲南而卒。其在臨汾，開免坡險道，創立鳳山書院；其在長垣，拯河患，救民飢，修堤，築支河，民至今賴以無患。若乃決疑獄，應軍興，政績固隨在而有，然無人薦揚之。余未敢決其必傳也。

獨聲律一道，直入三唐之室，同輩中自錢唐厲樊榭而外，弗多讓也。而尤長于七言律詩，雖樊榭亦自謂弗及。蓋三十年中沉淪仕宦，其精神所淬厲者何限，而獨以詩鳴，縋幽擢新，爲世所折服，豈非菹民之事非能由己以屈伸，而詩歌吐屬則信己學力所到，操縱自如，卒成其爲一家之學？其傳之久而愈光，有斷然者。然君之詩傳而志亦弗隱矣。

君諱遂成，字崧瞻，海珊其別號，浙之烏程人。所著有詩經序傳輯疑二卷、詩鈔十一卷、補遺二卷、明史詠四卷、未刻詩文六卷。乾隆丙辰，嘗舉博學鴻詞科，丁外艱，不試。竟終外吏，命也！君有五子，長名裘，亦能文，今爲燕平書院山長。

四死事傳

王日杏，字丹宸，號漱田，無錫人。祖雲錦，康熙丙戌廷試進士第一，改翰林院修撰，提督陝西學政。父諱興洛。君幼時，讀書上口即倍誦。既長，善書法，于魏晉以降墨跡石刻，無不臨摹，輒畢肖。又嫻習時藝，慨然有用世志。乾隆癸酉，舉于鄉。甲戌，考取內閣中書，行走軍機處。每扈從行圍，遇公事旁午，坐馬上，盤一膝，置紙膝上，信筆作小楷，疾如飛，而工秀獨絶，同輩中嗟歎，以爲莫能及。有官中書者見機要大臣，跽一足請事，君見而怒，駡曰：『子非人，壞朝廷綱紀，吾不能與子共事。』遂告之大學士陳文勤公，逐之。蓋數十年前士大夫以禮自持，于君猶見前輩風采云。

君性耐繁劇，退食之暇，輒以文筆書畫自娱，生平未嘗見倦色。屢擢户部郎中，出知銅仁府。明法善斷，人稱之曰『王青天』。公事罣誤，降調抵京。時大學士温公辦理緬甸，將往滇南，聞君至，請與偕行。奉命再授內閣中書，仍辦軍機事。由滇之蜀，進討金川，佐謀畫，著有勤績。木果木之變，君方引衆南，有紅衣賊，立高壘，飛片石，正中君額，以死事聞。贈授光禄寺少卿，蔭子光顯知縣。

吳璜，字鑑南，會稽人。父煸文，號樸存，工詩能文。乾隆丙辰，舉博學鴻詞科，試不第。于後，困頓場屋，爲諸侯賓客以老。君既名父子，又舅氏商太史寶意亦以詩名。君聰慧，善聽受，故幼而能，長而工。遇名流，得一字一句，諷誦不休，或録而藏之。人笑爲詩癖，勿恤也。庚辰，成進士，授户部主事。貧益甚，作詩益勤苦。手鈔近人詩數十册，猶以爲未足。己丑，選授澧州，未蒞任，以憂去。壬辰，復待選來京師。詩筆益遒健，兼治古文，駸駸乎成集矣。

既而四川總督劉秉恬以方用兵攻大金川，請簡文員十餘人聽指揮，君與同年孫君維龍適與斯選。將行，債家促迫，幾不得發。比至蜀，入軍需局，治糧事。番人來攻，君與孫君皆歿于陣。所輯他人文及自著從軍詩，多泯没，惟藏家稿存焉。事聞朝廷，贈君按察使司副使，廕一子知縣。

孫維龍，字普田，號最堂，本浙之餘姚人，寄籍宛平。乾隆二十五年成進士，簡發安徽，以知縣用。凡一攝潁州府通判，授黟縣知縣，調知鳳陽縣，題署亳州知州。計薦一等，以公事降調，奉旨仍以知縣用。候補四載，適金川請能事官佐戎事，君銜命，暨吳君璜輩十餘人同往。其死也，在亂軍中，不得其真耗。

君性質直而慷慨，勇于爲善，然嘗鬱鬱以爲身親民之官，而志有不行，故遇可以致力者，無弗致焉。其在黟創立書院，延碩士劉君大櫆以教士。大櫆，字賡南，桐城人，方官黟縣訓導，既去，而君延之，分禄米以贍弟子。黟縣東三十里漁亭鎮，爲浙楚通衢。河之兩岸，架木以渡，水潦驟溢，民以涉爲苦，君乃建石橋，構山亭。冬夏，施湯水以濟人，人以不困。黟之民惑風水説，年久不葬親；或貧不能舉者，君爲鬻地，勸勉之，葬者千有餘家。

其在鳳陽，戊子、己丑間，遇旱災，賑貸，君曰：『是不可以假胥役手。』夜夜戴星起，躬親煮粥散錢，弗一毫懈，吏畏而民歌之，謂：『孫公活我。』人或有稱君者，愧作色曰：『君胡然，此皆小小不足道也。』蓋君方欲以其學之所得，上焉致之朝廷，下惠及百姓，而竟賫志以歿，傷哉！君無子，以族子永煥嗣。歿時，年四十三。

趙文哲，字損之，松江上海人。世業儒，居于鄉。君生有異質，讀書輒數行下，窮覽極搜，靡不通究。既充學官弟子，試必冠。其曹同時如青浦王昶，嘉定王鳴盛、曹仁虎皆以詩學鳴一時，獨于君折服歎遜，自謂不及。君體貌羸瘦不勝衣，而隱然自高，遇事不少屈抑。閣學李鶴峯視學江蘇，尤知君，稱爲曠代才。比李公移任浙江，則延君入幕，勘文字，君于是遍歷浙東西名勝地，幽巖異壑，所得必書，而詩學益進矣。

乾隆壬午，天子南巡江浙，召試君第一等，賜舉人，内閣中書。丙戌，入軍機處行走。君既富文學，又精神奕然，處劇境無滯難，左右禁近臣方重倚毗，而君以漏泄禁中語去官。時尚書阿公桂將督師滇南，幕府闕書記，聞君才，奏請君暨郎中王昶同行。君慨然辭家，匹馬短衣，從阿公以南。由楚之黔，之滇，之緬甸，其山川奇怪，皆昔人目所未經，君悉誌以詩，倜儻瑰奇，生動變化，蓋進而益上矣。

既而阿公由滇之蜀，大學士温公方督師剿金川，見君與語，大悦之，乃留幕府贊戎事。時方與阿尚書分兵，王郎中遂從阿尚書去。温公重君甚，一飯一飲必與偕，片時不見，輒令人覘君何作，無所苦否。已而連尅金川地。三十七年十月，遂勦平美諾，以功復中書。又授户部主事，隨營治事。三十八年六月，蠻人以間誘我軍，有爲之應者，勢洶洶潰亂，在軍者逆知明日蠻卒且大至，相率逃竄。君毅然以爲身爲幕府贊畫，且疊荷國恩，詎可捨帥臣去，卒與俱死。事聞朝廷，追贈君光禄寺少卿，廕一子知縣。君死時，年四十九。前此有璞函詩稿十二卷。于役滇蜀，又有詩集若干卷，藏于家。

論曰：四君皆才人，而與余相知尤深。王君之出守銅仁也，余即寓其所居寒葭潭屋中。閱二年，札寄曰：「人言此宅庭中樹高出屋，主人宜大得意，今其時矣。」孫君待選京師四載，日蒔花草，作詩以自娱。余間一過之，則買菊盈室，兀坐乎其中。余執其手，笑曰：「子毋謂兹時冷落也，異時官職在身，思此不得矣。」鑑南生平皆逃債、苦吟之境，惟庚寅、辛卯間，教授百泉山，差爲平適耳。璞函則與余爲同歲生，官京師，共筆硯六載。諸君性情舉動，歷歷如在目前，而死爲鬼雄，入昭忠祠，血食百世，不朽之業偏在文章之外，豈非可悲可異者耶？因述其梗概，以待史氏採擇云。

綿莊先生墓誌銘

余自壬午入都，與族祖綿莊先生別。嗣是，一歲中必書問五六至，雖間隔數千里，不啻執手覿面之勤也。丙戌夏，致書；去秋冬，又連致書，竟無所答。既乃聞其病甚。今年四月，忽得正月八日手書，字跡端好如平時，書中無別語，第勸余作歸計耳。閱四日，族兄德著書來，並以先生訃至，蓋前書先生絶筆也。嗚呼！真儒徂謝，世所共悲，匪余一人，族好之深，知己之痛也。乃不待其孤之請，垂涕爲銘，以貽先生之弟南耕，俾勒諸石。曰：

程氏系出廣平郡，在周爲大司馬伯喬休父，封于程，以國爲氏。西晉末，元譚公爲新安太守，以事罷官，卒葬新安，是爲新安一世祖。其後，子孫蕃昌，新安遂爲程氏望。先生爲宋咸淳宰相、謚文清、元鳳公十五世孫。祖某自新安之槐塘遷金陵。父京萼，字韋華，能詩工書，遯跡不仕；年近六十，始娶□氏安人，舉二子，先生其冢嗣也。初名默，後更名廷祚，字啓生，別號綿莊。生有異質，讀書過目輒背誦。髫齔時，不妄語言，好正襟危坐，論古今忠孝大節。韋華公家極貧，恒書屏幅易薪米，日閉户課兩兒，俾習灑掃應對之節。客來，進鷄黍，侍立左右，如古弟子職。

凡十三經、二十二史、騷、選、諸子百家之書無不讀。先生年十五，有父執過訪，知其才，令作古松賦，日未移晷，得數千餘言，乃大驚歎，謂韋華公有子也。弟南耕長于史，而先生遊好在六經。韋華公卒，免喪，偕弟一試，而補博士弟子。恒自謂文所以輔道，自漢唐以來，儒生泥典故，爲訓詁學而不能變化以隨時。其高談性命者，又或蹈襲空疏，罕裨實用。于是，以博文約禮爲進德修業之功，以克己治人爲格物致知之要，天文、輿地、食貨、河渠、兵農、禮樂之事，靡不窮委探源，旁及六通、四闢之書，得其所與吾儒異者而詳辨之。

蓋自國初黄梨洲、顧亭林兩先生殁後，百有餘年，大儒統緒幾絶，繼之者惟先生，然久試場屋，輒不利。雍正十三年，舉博學鴻詞科，安徽巡撫王公鋐以先生應詔。乾隆元年，至京師，有要人慕其名，欲招致門下，屬密友達其意，曰：『主我，翰林可得也。』先生正色拒之，卒不往。亦竟試不用，歸江寧，時年四十有五。自此，不應鄉舉，杜門却掃，以書史自娱。

南耕有經世才，佐大僚幕數十年，所得脯脩與先生共之，無少别異，先生乃得專其力，益肆志于經書。自王輔嗣註易，掃圖緯之霾塵，迨宋元諸儒尊希夷河洛圖書，互卦、變卦、卦氣之説，雜焉交陳。又或拘執爻位、陰陽、乘承比應之體，著書愈多，易學愈晦。先生乃著易通，後又成大易擇言三十卷，晚年又爲象爻求是説六卷，易學于是乎大備。先生少時，見西河毛氏古文尚書冤詞，祖護梅氏書，乃爲古文尚書冤冤詞以攻之。又著晚書訂疑，推拓其説。别成尚書通議三十卷、青溪詩説二十卷、魯論説四卷、春秋識小録三卷、禮説二卷。

其于古今箋疏家，鉤貫融會，如素所蓄物，取而别其精粗良楛，以進退位置之，領以神悟，發前人未發之覆，徐而按之，于理窾無纖悉違也。同時方少宗伯望溪、鍾員外勵暇皆研究經學，于先生折服特深，有疑義，恒相與質證。

乾隆十六年，上特詔舉經明行修之士，先生以江蘇巡撫雅公薦入都，復報罷歸，時年六十有一矣。後十年，弟南耕老且聾，不能遠遊，食指益繁，用是竭蹶，先生處之泊如也。其狀貌温粹，志清而行醇，動止必蹈規矩；與人居，不爲崖岸，而自不可犯。以家近青溪，生平出處與劉巘兄弟相類，晚年乃自號青溪居士云。

余之識先生也，當乾隆元年，北上過淮，執余手，孜孜勉以問學。自是三十餘年，先生遊淮揚必主余家。余應試江寧，必與先生昕夕聚首，其得稍有識知，竊附于文人學士之末者，皆先生教也。嘗恨絶學無傳，每成一書，必翻覆示余，俾定其可否。洎衰且病，則悉鈔所著書付余謹藏之。嗚呼！余之顛頓寡植，尚能俾先生傳耶？然天既畀先生以絶世之姿，又阨以遭逢，引伸其歲月，使殫思磨精，羽經翼傳，則所以假手于斯人者，非無故也。余之力，固不足以傳先生，先生固自有其可傳者，知必不泯没也。所著自羣經而外，有詩二十卷，文二十卷，藏于家。生于康熙三十年辛未三月二日，卒于乾隆三十二年丁亥三月二十二日，享年七十有七。娶陶氏，無子。弟南耕以次孫兆晉爲先生主後。某年月日葬于某鄉某里之原。銘曰：

捃義摭文，與古際也。雅揚誥宣，弗泯跡也。粹乎大醇，玉金節也。阨厥遇以侈其傳，窮則彌達也。

水南先生墓誌銘

余生平耳目所及，北屆燕趙，南盡吳越。其間，讀書嗜古，歲散萬金，拯士之寒飢，學與名日益進，家日以落，而兀兀不休者，在廣陵則爲祁門馬嶰谷、半查，在天津則爲查蓮坡、榕巢，于淮則吾家水南先生及先生之從子蕁江，皆學人才士所望而歸也。先生爲余族伯父；蕁江，余族兄。歲時揖拜，論文字往還，無少間。

先生以乾隆九年甲子春下世，又十九年而蕁江兄歿。此十九年中，余與蕁江相得尤深，然每談及先生，輒相與流涕嗚咽不能止。蓋余之爲學，賴先生掖以進，而其感人之深又有出畛跡外者，豈惟余與蕁江私其親族然耶！先生歿，權厝淮城西之菰蒲曲，未有葬期。余流滯金臺，距甲子之春又二十五載，遥念先生厝塋宰木，行堪抱矣。其文若行，慮久且弗傳，乃爲文銘，寄兄晴江，待先生葬日，刻而藏諸幽。晴江，先生第三子也。

先生姓程氏，始名城，後更名嗣立，字風衣，號水南，世爲歙之岑山渡人，渡在縣之南鄉。曰『水南』者，不忘初也。祖必忠公遷于淮，籍隸淮之安東。父朝徵公，有四子，其三皆嫡出，先生次第四，爲庶子。少補學官弟子，食廩餼。歲久，貢成均。困鄉試者二十年，卒不第。先生生而愷惻慈仁，率踐孝友，天資苕異，讀書一覽輒記。嘗十年不下樓，窮究載籍。發爲詞章，洋溢紆徐，人莫能測其所如也。事生母朱孺人，怡怡愉愉，年長授室，猶環側作孺子戲以娛母。母有弗怡，先生若抱重憂；母喜笑如常，先生動定乃復初。孺人歿，既終喪，嘅然歎曰：『筮仕以悦親也。吾親弗及見矣，奚以進取爲？』

歲丙辰，朝廷舉博學鴻詞科，有薦先生者，辭弗就。自朝徵公歿，伯兄坤、仲兄埈相繼理家事，出入謹節度。先生獨不問生產，見友朋窮空，若己渴飢，貸卹靡少間，交日益廣。然先生植根于學，篤實深邃，問辨不窮，足以折服人士，不第爲急難來也。淮城西有水鄉，多藿葦荷葭，乃厚值購之，葬母朱孺人其地，名之曰『菰蒲曲』。營别業其旁，日與文士講貫經書，屏跡遠俗，而生產益耗矣。卒之前一月，尚清健無疾。予往候之，先生告余曰：『儒者，以治生爲急務，吾今乃知之。雖然，浮生如夢耳。生，吾不知何以生；死，吾不知何以死也。』蓋先生晚好黄老術，悟虚無之旨，將築室黄山之巔，以養氣、服食爲事，志未酬而卒。

先生于文章之事無所不能，尤長于詩，長箋累帙，不自收拾，寫輒散去，曰：『是皆吾之跡，不足記也。』善書法，好作畫。人或求其書，則以畫應；求畫，則以書應；求書畫詩，則與莊坐講毛詩、莊子數則，其率意不可拘若是。自先生歿後十年，廣陵馬嶰谷卒，其弟半查老病，鍵户謝客。查氏或死或遠仕，蕁江兄又歿。士人由北之南者，順風曳帆，靡所止泊，益淒厲寥落矣。

先生生于康熙三十七年戊辰十月二十日，卒于乾隆九年二月□□日，享年五十有七。娶結林方孺人，生康熙三十六年正月二日，歿康熙五十九年五月一日。子三：祐、植、純。側室彭氏，子二：彤、遵。女三。孫如干人。所著水南詩文遺稿如干卷，又註毛詩，業未卒，皆藏于家。銘曰：

來清而去寧，不戛戛于治生；惟文之克貞，士所韙而稱也。弗耀其英，以昌其聲。水碧叢叢兮葭亂平，是惟孝子奠親之宅兮，載靈魄以環縈。

兄溉堂墓誌銘

余兄既歿之次年，歲在己丑，余請假南歸，以十二月抵揚州，兄猶未克葬也。入門一慟，舉室哀號，高堂漸傾，塵礫填積，寡婦孤兒，啼飢忍凍。嗚呼傷哉！曾幾何時，而遂至于是。乃亟命諸後子，竭蹶治窀穸，即于是月二十八日葬儀徵縣城北尚家墩之原。既蒇事，泚筆以存其概：

兄姓程氏，諱志銓，字元衡，別號溉堂，世爲歙之岑山渡人。高祖量入公自歙遷揚，祖文階公自揚遷淮之山陽，兄復自淮遷于揚。考夢州公誥封奉政大夫，妣蕭封宜人，生三子，兄其孟也。生而磊落明敏，遇事敢決斷；性激烈，與人稍迕，輒面赤，氣直上，目光如炬，人逡巡畏却，弗敢抗。然其事父母則柔伏如嬰兒。先母督子女尤嚴，恒因事責兄，笞以百計；兄解衣受杖，未嘗有怨色。母患筋惕肉瞤病，夜不眠，兄跪，按以手，母熟睡，兄不敢起立也。强于記問，嘗讀左氏傳、太史公書，不三遍，背誦一字不遺。援筆作文，日五六首，無艱苦態。

先君子年四十五歲，目失明，兄身理家事，外則賓友酬酢，内則米鹽苛細，皆井井有規畫，先君子得以頤養從容，兄之力也。先君子在日，賙岑山貧無養者七十家，寡婦保其節，孤子延其祀。先君子殁，兄踵而行之，二十年不倦。嘗謂余曰：『吾性倔强，不利仕宦。家世業鹺，使遇知己，相與調劑利弊，亦足以小試矣。』然竟不克一日伸其志。

壬午仲冬，余將北上補官，自揚赴淮，爲行計。兄謂余曰：『吾素患氣逆疾，子行，毋預告我期，使我悲悒。』余曰：『唯唯。』月之十四日，余且行，向夕，同觀劇于友人家，有演兄弟別者，余與兄感觸欷歔，舉坐爲之不快。于時，風雨横集，兄送至河干，執手嗚咽，不出一語而別。余之在北也，聞兄貲産日耗，乃以憂能傷人，馳書相誡。書未達，而兄竟殁矣。嗚呼痛哉！

兄生于康熙五十年七月二十七日，殁于乾隆三十三年六月十一日，享年五十有八。由太學生以貲候選主事。乾隆辛未、丁丑，兩遇南巡，特恩授中憲大夫，御書『福』字以賜。娶竹林汪公開鑒女，子三：淳、澍、濂，皆太學生；女一，適歙縣吴尊士。繼崔氏，子一：瀚。銘曰：

距兩先人塋兆凡六里，魂魄往來兮，淒其風雨。後之人尚克數前人敦孝兮，豐祀事，其勿怠。

室人蕭氏厝志

室人蕭氏，廣陵人，先母從兄女。六世祖某，前明鴻臚寺卿。祖某，郡庠生。父某，太學生。以乾隆元年九月二日來歸，十五年九月一日卒，年三十有五。生男二，皆不育；女一，名順如。

余幼多疾，性好讀書，先母憐其文弱，欲得明敏婦爲助，擇配無慮數百家，皆審顧不當意。先是，外祖母殁，先母奔喪廣陵，室人生甫四歲，乳媼嘗抱持以見，後有稱室人賢者，遂告于先父，爲余聘定焉。婚日，先母入房，見新婦出，執余手曰：『吾爲汝求婦審矣，觀新婦狀貌，乃不宜子，年亦不過三十餘，吾語汝矣。然性謹厚，汝善視之。』先母通文史，于星相書悉究覽，所論説往往奇中。後五年，母殁。室人屢産致疾，迄余就京兆試下第歸，未至家，而室人死矣。

嗚呼，以吾母之神明，料十數年後事如指掌。室人殁，距今又八年，予潦倒坎壈益甚，使吾母尚在，憫惜宜何如也！乃刻石于室人之厝塋，以誌予悲。塋地名窑溝，在淮陰之西原，厝以是年十二月二日，志刻于二十三年八月十七日。

祭劉少司空文

嗚呼！古人有言：交視生死。賓友多年，卒爲師弟。兩者兼之，感恩知己。臣質今亡，心先奪矣。公位卿貳，貳于司空。爲皇子師，經術是崇。冰條一銜，寒清可風。以云仕宦，亦既遭逢。公之行誼，卓爾樹立。汲才愛賢，如恐弗及。藻鏡輝輝，智燈熠熠。以儉以勤，拯危匡急。公之文章，躪王蹈盧。經史子集，擷菁含腴。海水山立，天雲錦鋪。嗚治隆盛，爲時楷模。公有令嗣，或孝或才。猗歟薇省，邈矣蘭臺。其季始冠，蘭茁芽荄。所歷完善，非余所悲。所可悲者，公有嚴父。勖公毋歸，公且解組。以病留兹，言輒酸楚。永夜歸魂，猶依親所。公屢衡文，粤東皖徽。玉剖太璞，珠揚明輝。絶足千里，被之絡韁。單門逸流，到今感欷。

昔歲庚午，款曲始申。公時初仕，拂我于塵。公大戊子，余雌甲辰。年既差肩，味若飲醇。感余下第，贈篇什二。笲脯盈筵，悽其别意。雨合風離，十年之際。唯是相期，文學行誼。余躓鄉闈，毛催羽墮。家屢折閲，境尤煩脞。逋以萬計，境無一可。公聞盡傷，手書招我。我行江兆，拜公于衙。公曰毋苦，酌酒看花。教以聲律，躋于風華。食之衣之，余且忘家。乃俾獻賦，以迓雕輦。公告于人，如此其選。余既得官，公懷斯遣。左右挈提，勤勤懇懇。自兹歲月，視聽眠食。天子之恩，繄公拔識。遂踵公來，同居一宅。角韻談經，匪朝伊夕。

洎余移居，無間往還。覩公多病，髮鬚斑斑。漸憂家事，恒少歡顔。私心竊慮，勸公投閒。余滯江南，聞公乞假。愴然神驚，病何如也？執手春中，公淚如瀉。猶得經年，低徊宇下。嗚呼！以公之賢，嬰此痼疾。若瘖若癃，神明頓失。余菀余枯，尚煩諏詰。二十三年，有如一日。正月穀旦，公病益篤。余近牀前，矍然張目。攬衣强坐，挽余鬚苦。死别從兹，後會難續。

嗚呼傷哉！摶摶者土，寥寥者天。疇不佑良，不福于賢。椒焚蕙爇，脣亡齒寒。余獨何心，俯仰人間。公方病時，頻思南返。戀闕纏綿，懷鄉悽惋。丹旐素車，行緣津阪。寂爾一棺，水遠天遠。何地醻恩，何時釋念？行則余銘，文則余槧。豈曰能償？没齒猶歉。公乎我哀，于我乎監。

祭同年比部方訒菴元配楊宜人文

嗚呼！女適賢夫，夫得賢婦。閫門之内，自相師友。云何中道，遽喪嘉耦？旁觀爲悲，況乎身受！爰自來歸，克諧孝思。家故食貧，所恃書詩。十指所出，八口是資。親則恬恬，家則怡怡。夜火熒熒，明星作作。手瘃霜寒，窗穿雪虐。喔喔鷄聲，五更已迫。毋敢稍怠，米薪是托。始有奇疾，發狂囂呼。夜不解帶，晝不息趺。視之勿懈，唯掖唯扶。飢食渴飲，唯婦是須。婦也神枯，體쳅弗息。不能食食，唯飲茗液。遂患痰飲，醫治弗釋。姑則愈矣，婦疾彌劇。姑曰悲哉，是蓋爲我。我獨何心，視彼疾蠚？親串相傳，孝聲以播。疾伏至今，時作時可。訒菴成名，宦在西曹。京宦故貧，衆口嗷嗷。典衣先後，計及纖毫。治食早晚，若經就繅。二女二男，中年賢匹。一旦飄然，永謝蘭室。弱嗣何知，尚索梨栗。内政奚操，

如舟喪綷。

嗚呼傷哉！夫子神傷，遘此秋初。月益以圓，樹日以疏。圓在露夕，疏于雨餘。塵積鏡掩，風約帷虚。嵇氏幼男，謝家弱女。父治外多，疇能及汝？何以恤之？唯增酸楚。呼而告焉，寂無答語。訒菴同歲，爰有吾儕。解之無術，翻助傷懷。敬奉椒酒，酹之堂階。休哉彤史，卓矣荆釵。嗚呼尚饗！

毛氏妹哀辭

乾隆二十一年秋八月，予應金陵試。事竣，移宿袁存齋太史隨園，流連談讌，未有歸志。忽伯兄走一字抵予，言毛氏妹病，亟促歸視。余即别存齋，倉皇渡江。抵白沙，家信再至，而妹已死二日矣，時八月廿四日也。

妹小余四歲，在諸兄弟姊妹中爲最季。其殁也，纔三十五歲。伯兄以事客邗上，季弟感寒疾甚劇，兄弟三人無一視含斂者，可悲也！妹幼時性卞急，先母嘗誡之曰：『若率是事舅姑，必令我受人詈。』母殁，妹尚在室。余讀禮喪次，或發聲號哭，妹輒來共予哭。予每舉經史中女子嘉言懿行相告語，妹款款聽弗倦；或聳動驚惕，追念母言，愈哭不能休。如是者一年，言動舉止淑慎，異過舊時，諸叔父、叔母咸稱道，以爲難。比適毛氏十六年，事夫子無違言。其歿也，舅姑哀之，如喪己生；戚婭皆悼惜，可以知其婦道矣。歿二三年，時時見夢，若矜余坎壈，愍然以憂者。豈予悲感紆結，有動于中耶？抑妹之靈終不泯也？乃爲文哀之。辭曰：

繄余季妹，秉淑德兮。婞直寡容，倏自克兮。奉母教言，成婦則兮。歲時歸寧，話朝夕兮。家事縷縷，在酒食兮。念爾兄仲，顛躓極兮。悢愴而歸，爾則歿兮。二女煢煢，戲幃側兮。瞻顧淒悲，血迸臆兮。天道難知，誤夭譎兮。含涕摛文，弔靈魂兮。

後記

程瀚

先君子古今體詩二十五卷，既賴費歐餘觀察、鄧嶰筠太守、吴蔗鄉大令三先生捐資刊就，一時傳遍關中。而古文未梓，心歉然也。己卯春，韓城冀大令畹亭慨爲佽助，又得咸陽吴大令蔗鄉佐資，遂付剞劂。瀚既感且泣。檢舊篋所藏古文六卷，係甲子歲秋購諸白門書市中者，較翁覃溪先生墓誌所稱古文十六卷已非全本。每卷有嚴道甫先生鈐記，豈秋帆中丞署中諸父執所選定耶？抑道甫先生選訂藏本也？仍求嶰筠太守編定，吴潤莼、王雲門、王蕓村、家韻篁四先生校刊，而記其刻成之由，以志感云。男瀚謹識。

詩文輯補

詩文輯補

入翰林後寄和隨園主人韻

四十年才爲後輩，交遊若此古來稀。頭銜入手誠清絶，書局留人未易歸。老景直如冬景澹，梅花又共雪花飛。遥憐居士山窗下，鶴俸猶分粟粒肥。

（輯自袁枚全集續同人集投贈類，江蘇古籍出版社一九九三年版。）

聞隨園主人移家來安率成長律奉寄

江北移家計，遲回已廿年。非關戀南國，自愛隱東田。山翠宜招月，池清易種蓮。柳低貪拂水，松老欲參天。警鶴能知夜，跳魚慣入船。砌痕闌並轉，梅影屋交偏。奉母馳幽眺，邀賓列綺筵。書堂留短榻，粉壁展長箋。好句沉吟得，高文脱手傳。平生大述作，結構小倉巔。自失慈親後，因謀舉室遷。略教城市遠，思絶是非緣。況有嬌兒撫，能娱晚景研。乘除推理數，動止酌經權。熟處難忘耳，行時定惘然。霞雲皆色沮，童叟亦衣牽。何苦從茲去，他年倘暫旋。尋巢驚舊燕，惜别咽寒泉。灑掃新庭宇，鋪排衆簡編。畫橱依酒甕，髹几閣箏弦。岫色分滁郡，湖波漾楚煙。呼童薙蕪草，課女讀遺篇。閉户誠多暇，爲農抵學仙。京華遥起羡，又一種安便。

（輯自袁枚全集續同人集寄懷類，江蘇古籍出版社一九九三年版。）

答李調元詩五首〔一〕

其一

通潞誠近遊，而我尚虞遠。矧當伏秋交，困卧類蟲蜿。債家日敲門，門户不遑楗。有夢到江南，千荷照單堰。故書聊慰眼，習禮第師偃。余方治二禮。敢詡芒鞵輕，未恃竹杖健。聞有放船人，緑纜柳邊輓。快哉一日嬉，各各扶醉返。

其二

戟門臨水鄉，鴉鳴水悠悠。朝官曳裙屐，訪子如訪秋。丁丁伐老木，宛在山之幽。迭奏席間伎，初無眉際愁。酒酣耳輪熱，會且懷匹儔。謂少雪鬚翁，同憑霞外樓。好景獻當前，眼福勝者收。余聞亦爽然，積悔成高丘。

其三

芷塘詩老蒼，人則秀而美。聲名冠南州，潤色擬東里。廿載滯詞林，舟不泛而艤。同調皆散仙，閒園呼止止。七夕爲近期，六逸良有似。汀草砌前花，紛然含色喜。人生行樂耳，達者今見幾？狂笑俯清池，魚驚出深水。

其四

春及不見梅，我心恒耿耿。及至秋月圓，中庭桂無影。乃知索桂人，胸次罕塵境。簪花有同樂，殢酒非獨醒。似我日煎茶，豈復成酩酊？西風打面來，墜露若冰冷。連蜷念小山，猿鶴與俱永。何當片帆歸，香處挂笭箵？

其五

泛覽唱和詩，清絶奏竽籟。境隨煙雨變，味出酸鹹外。惟其擇之精，是以爲之大。近聞催漕船，自詣河一帶。黄葉打秋帆，疏襟上涼靄。徐聽鳥鶩聲，拍拍起船背。應有詩思來，浩若雲波會。風便時寄余，懸之當讀書。

（輯自童山詩集卷二十三，清乾隆刻函海道光五年增修。）

寄李調元詩〔二〕

五代誠草草，遠不逮六朝。禮樂征伐事，若火之燎毛。文筆則唐餘，翡翠棲蘭苕。詩格如韓韋，晚出乃益高。其他旁側見，清味争醇醪。子誠有心人，采掇弗憚勞。全體若單詞，理之俾有條。考核必精詣，註釋連昏朝。裒然四大袠，錦錯珠光摇。昨者舉贈我，寶之敵瓊瑶。一月讀未盡，六時神已超。有客來借觀，謂不損髮毫。劍既入水去，畫亦隨風飄。久假不知歸，徒以言呰謷。弗憚無厭請，重冀嘉惠叨。子其再贈諸，我已雙足翹。置之秘笈中，玩向寒燈宵。除是鬼神奪，此外奚容拋？

（輯自童山詩集卷二十三，清乾隆刻函海道光五年增修。）

寄李調元詩〔三〕

我生未彌月，抱在母氏懷。壁間懸大字，瞪目如欒窺。吾母謂此子，長定爲書癡。六歲上學堂，戀戀於書齋。日晡放學時，長揖請於師。願以燭繼讀，師乃大笑咍。汝幼未得爾，姑待稍長來。戚姻傳怪事，有此酸嬰孩。洎既冠成人，圖史左右堆。好之恒不足，博取旁搜該。所恨資性鈍，臃腫樗櫟材。散錢失貫穿，韈線難縫掜。然其好書籍，鮫子求珠胎。有則必求觀，無亦久縈懷。自甲午秋水，故册淪於淮。凡十六紗幮，痛絶泥沙埋。隨身插架者，缺鼎斷碣碑。聞子近刊刻，皆世所未知。高過七尺身，奇與二酉儕。行將以書貧，而未有止涯。曷不舉以贈？毋使願不諧。以食喂飽鷹，不若投餓豺。老至擴未聞，所錫皆琦瑰。子聞定囅然，癖乃與己偕。驢車馱數重，來問米市西。我且再拜受，頓覺雙眼開。書面素箋識，書口楷字排。几端古香氣，指上新墨煤。（輯自童山詩集卷二十三，清乾隆刻函海道光五年增修。）

題後九秋詩後

寥然哀秋心，如豸蟄而伏。有客晨叩關，贈以詩尺幅。覽之未終篇，商氣號白屋。旨哉狀物工，瘦筆洗凡縟。淡弗繫聲音，有象寄空緑。山高而水長，雨笛奏何曲？壁蟀念無衣，苦爲寒士促。羅羅夕燈青，總總鄰棗熟。黄花疇踏遍，青塞人獨宿。所感非一端，境異詞不複。緊余思久澀，袖底手恒縮。聊因舉大凡，徐且次其目。相期掃霜林，漱石餌丹菊。（輯自竹葉庵文集卷八，清乾隆五十年刻本。）

題勺湖草堂圖卷

敝居去勺湖，祇以一城限。沿緣湖水閒，桃柳極明絢。好鳥鳴不休，輕舟已維岸。湖祠祀鄉賢，多士樂講貫。素芷薦明禋，微雲蕩虛館。自售屋以來，昔昔夢淮甸。屋豈能再居？祠聞今改觀。圖中翠色瀾，宛若舊謀面。人老不歸鄉，自顧亦殊賤。高風維景行，後起溯文獻。何日按圖遊？勝景與題遍。

（輯自山陽藝文志卷七，民國十年刻本。）

上簡齋前輩

嵇侍講來，讀手書，嗣以心緒碌碌，遲于修復。所論古文，最爲的當。鄙意自北宋以降，迄今以古文名者，除六大家外，尚可數十人，然皆可觀者耳，可讀者少矣。宋金華名蓋一時，而文不耐讀。南宋七百年來，唯朱子、方正學、歸震川、方望溪，各有十數篇可讀者。甚矣其難也！亭林文如聖慈天慶宮、齊四王冢二記文，亦可讀可不讀。諸辨則不必讀也。考據自是一種學問，馬揚兼之，杜韓不必兼也。辛楣先生古文不及足下，而亦去得，又兼考據，亦自無傷。要之，人之才分，各視性之所近爲之。件件要會，必件件鬆矣。

近今海内，爲散古文而信其可傳者，有數人焉。敝老師竹君先生、姚比部鼐、諸秀才洛、福建朱太史仕琇、錢太史辛楣，僕亦厠其末，足下當爲一大宗。諸家各有短長，不能駕足下而上也。綿莊身後，得足下洎海同年待之甚厚，可勝感切。其經學終以易爲第一，二千年來無能及之者，猶在安溪之上也，公道何如？

又

二月四日來函，寄外集六卷，發而讀之，心爲之折。本朝四六，自宋以來蓋未之有。稚威第一，足下次之。所以云者，稚威稍沉澀，而足下放曠故也。邵叔綿太史又次之，其簡潔處殆勝足下，而博厚不及。劉圃三師、鄭炳也太史亦間有可取，而冬友同年亦頗擅場，惜不多作。他人則非愚所知矣。集中所尤愛者，賀平伊里二表、尹師熱河、入閣二序、祭鄂襄勤伯文、慰蔣侍御書、于忠肅碑、蔣文恪碑，皆足以垂諸千古。其使筆如舌處，自孝穆乞還書、義山檄劉稹而外，不多見也。其他小文，尚有絶妙者五六篇。兹將弟所志疑者録單呈酌。愚見足下散古文第一，駢體第二，詩第三，恐是定論。晉芳詩第一，古文第二，經解在外，亦定論也。足下以爲然否？

又

懷人詩已收到。詩中于晉芳推許太至，然不得不謂之的評。至所論詩文，皆有至理。樊榭自是名家，詩亦有雄健者，如鐵如意歌、送沈樗厓之類是也。七律太卑，五律竟鮮佳處。必以王、孟、杜、韓繩之，則又太嚴矣。望溪之文，自謂足比宋人，不知去眉山尚遠，況歐王乎？然自震川而後，唯見此人。大篇則不能。震川亦無大篇。此豈時代限之耶？薛史隨後寄上。京中陡增三分，官書抄價奇貴，因即以現成者歸之足下。

又

竹君先生終是古文可傳，然視足下恐尚遜少許，以生平自發議論者最少。古文自以碑版多爲第一，而議論文亦不可無。昌黎之『五原』、老蘇之策論，不如是不足以罄其胸中所學也。辛楣先生不喜方文，猶之心餘先生不喜厲詩。然于方厲無損，于錢蔣亦無損也。何也？是非有一定，嗜好無一定也。

弟亦漸見老況，左臂作痛，時有心跳之疾，脾胃亦不佳。惟此等小字在燈下寫，尚不用眼鏡。兄自是一代傳人，終以古文爲第一。詩必交與弟再加榷選更妙。海内文人、學人可二十餘。學人以辛楣先生爲第一，文人則足下高據一席，不容讓也。開卷有益編，書必好，而此名不佳，宜曰隨園涉筆之類。不知是何體例，便寄二三條，弟或可以奉助一二。足下不喜經學，而弟酷好之，七經皆有著述。念此事自紫陽後，尚無匯總之人。如郝京山、姚際恒、姜上均輩，九經皆備，而非妄即陋，不足以當總匯之稱。朱子雖不能無謁，而漢唐局面一變，實有不可及處。弟於諸經重在舉典，惟周易全用安溪、綿莊之法，又大加開拓辨駁耳。此間最博洽者，辛卯會元邵晉涵，乃辛楣先生得意門生也。千人學道，一人成佛。宇宙至大，而期其必傳者，就所知不過二十餘人，不亦難乎？戴東原一病而殂，誠爲可痛。著述七十卷，使其不死，閒居二十年，當不止是。人皆推其爲近人第一，以弟平心論之，其成就仍在綿翁下耳。

（輯自袁枚全集續同人集文類卷二，江蘇古籍出版社一九九三年版。）

官扇聯句

明上海陸文裕公，嘉靖中以祭酒直經筵，嘗拜官扇之賜，裔孫錫熊官京師，暇日出示。其友程晉芳、汪孟鋗、趙文哲、阮葵生、董潮、吴省欽爰共聯句。

秋光敞雕楹，晉芳。晨爽拭珍簟。娱賓折簡招，孟鋗。述祖在笥檢。扇裁蜀府新，文哲。製陋漢宮儉。勝朝中葉承，葵生。其廟太阿剡。深居厲刑賞，潮。旅進雜忠讜。一俊占鳳鳴，省欽。九逵笟鴻漸。南曹巨璫毆，錫熊。明史本傳授編修，劉瑾改爲南京刑部主事，瑾誅復官。東觀羣雅婞。朶殿經棍噉，晉芳。條銜御毫點。公南巡日録，御筆親署爲翰林學士，抹落侍讀。侍屬車塵清，孟鋗。飫天酒露霙。迎節蘭辰佳，文哲。儤直松閣罨。賚衣白紵輕，葵生。解粽紅絲繝。是物本貢珍，潮。異數非竊忝。函頒香案臣，省欽。帕捧閤門闉。爛然朱霞滃，錫熊。渃若素波閃。花樸蟬翼翻，晉芳。海圖龍甲閃。段竹截鷊舫，孟鋗。圓釘貼蟹曆。紙劈璽纚縰，文哲。銀塗涅灩瀲。佩宜錦囊盛，葵生。世廟賜張孚敬等錦囊詩扇。見嘉隆聞見記。絡藉綵索斂。又五日，賜李時、夏言等綵索、牙扇、文虎等物。見翰林記。攜歸袖緋緋，潮。傳示目覞覞。樓添槐雨凉，省欽。公邸中有槐雨樓，在宣武門內。屏引梧颸颭。公有雲錦、石屏，今藏于家。揮疑仙骨珊，錫熊。障少俗氛玷。三沐兼三薰，晉芳。一重或一掩。迴翔瑣闈榮，孟鋗。蹉跌延津貶。本傳以講章爲閣臣所改，奏請各陳所見，謫延平府同知。大柄久不持，文哲。疏節詎終慊？懷中月團圞，葵生。天上日荏苒。春祠晉嶺花，潮。夜艇江湄芡。握隨笻杖倚，省欽。疊映越羅斂。本傳：自同知擢山西提學副使，改浙江，進江西參政，歷四川左布政司使。巢痕玉署空，錫熊。篋淚金蓮染。黄扉誰畫接？晉芳。青詞競宵靨。履絇羽舄躚，孟鋗。冠葉香螺黶。紫禁輿並扶，文哲。丹壺藥獨夾。捋虎腰領縻，葵生。嚇鴆臭腐嚵。望虛棘與槐，潮。興託菱共芡。抽身等棄捐，省欽。炙手避威焰。吉金行橐垂，錫熊。廉石歸舟艑。申浦折芰紉，晉芳。袁壘團茆居。願豐課田園，孟銷。公集有願豐堂漫書一卷。後樂窮谿厂。後樂，公園名，在春申浦東。谷水圖斫鱸，文哲。茸城賦載獫。蔬笋安枯禪，葵生。杉檜絶驚魘。臨池妙素縑，潮。數典富鉛槧。風流被未沫，省欽。恩款話斯憯。出入變寒暄，錫熊。卷舒信夷險。貽厥傳魯弓，晉芳。昭兹守周琰。文孫勤服膺，孟銷。冷客慰飢嗛。披襟當北窗，文哲。視景薄西崦。把翫神愕眙，葵生。評泊口喁噞。規隘七寶纖，潮。彩奪五明霅。森森鸞尾捎，省欽。趯趯雀翎翍。便面刓觚圜，錫熊。聚頭學裙裺。什襲閲百年，晉芳。陸離驚一睒。晝零蜨兩翾，孟銷。墜失魚雙眨。袚看蹙繡韜，文哲。幭拓剪紗撩。祛濁敢拂蠅，葵生。通靈或駭鰜。展防寒具污，潮。揚奉清芬奄。家集網叢殘，省欽。國史補遺玷。恍坐春風春，錫熊。公有春風堂隨筆。羣瞻儼山儼。晉芳。

（輯自王昶湖海詩傳卷三十二，商務印書館一九五八年版。）

食蟹聯句

水錯饒羹材，程晉芳。廚珍試饌法。堆盤解象占，趙文哲。就坐旅情洽。販集丁沽腥，山陽阮葵生吾山。買問亥市插。飽露腹中腴，海鹽董潮東亭。迎霜骨外砝。跪交銀戟撑，吳省欽。螯舉玉鉤夾。凸如背負筐，曹仁虎。森若胸貫鉀。急縛氣尚雄，陸錫熊。横行徑已狹。濡濡沫互噴，

晉芳。宛宛目交眨。飼宜土膏肥，文哲。漉用井華溧。族徒葦籃傾，葵生。命併糠火熁。泣
釜鼎娥憐，潮。登筵觥使扱。薑芽小紅攢，省欽。橙縷新綠掐。酸醯一勺斟，仁虎。苦醞百分
呷。笑爾中腸無，錫熊。供吾左手抾。猛夫詫突睛，晉芳。公子嗤駢脅。尖團臍互覘，文哲。
磊落殼先搚。褪蓑雪膚鬆，葵生。披鈿金靨欱。千齡珀凝脂，潮。六州鐵鑄甲。纍纍鬣足
叉，省欽。薄薄蠣房陜。瑩白瓊液滋，仁虎。赬黄玳膏浥。肌充美自含，錫熊。腦滿香齊唼。
批郤爪梳爬，晉芳。觸芒齒咋齧。攫疑戰拇躡，文哲。齧擬甘唇狎。渠魁咸拔尤，葵生。么麿
亦承乏。髓浮霑襟裾，潮。支解謝箸筴。細咀耐更番，省欽。大嚼誚半霎。積骼高峻嶒，仁
虎。餘肪膩淩溧。賤桃花楚蝛，錫熊。陋藻苗越蚴。倦僕涎欲流，晉芳。饕朋口猶呿。菽乳
滌惺忪，文哲。菊鈴搓鞞韘。清盥陳紿巾，葵生。雅譚捉蒲箑。候乘夜月虧，潮。興逐秋風
颰。醉容何傞傞，省欽。鄉語競評評。荻漲遠踰淮，仁虎。蒓波清到霅。笭箵迎溜懸，錫熊。
斷箔椓泥插。江空八月寒，晉芳。港暝一燈炠。橘洲煙溟濛，文哲。菱渡水湣湁。郭索依牛
涔，葵生。沿緣上魚罨。奔明集渚汀，潮。負固藏匡匧。鉗蘆走蹣跚，省欽。執穗行超越。智
輸蚓泉穿，仁虎。形寄鱓穴㕒。乘潮或歸溟，錫熊。過雨爭聚牐。菅屬來徐徐，晉芳。葉船去
泛泛。罾撈帶草蝦，文哲。篸動驚花鴨。種堪按譜搜，葵生。味待加餐啑。瑣碎鸚嘴纖，潮。
輪囷虎斑䖑。長卿文獨豪，省欽。彭越力寧怯。紛紛遭拘擒，仁虎。帖帖被檢柙。枚非一千

須，錫熊。輩喜十六恰。趁墟沙尾喧，晉芳。論價擔頭壓。詩換蘇何饞，文哲。酒浮畢所押。送似走白衣，葵生。招邀脱烏帢。生拆宜鹽投，潮。熟蒸忌湯煠。榼飣蔗霜黏，省欽。瞿裝椒雨腌。封糟窨墻陰，仁虎。和醬暴簷吸。真應常侍除，錫熊。幸少監州熁。烹異葵公謌，晉芳。議思鍾子諳。偶參琴心圓，文哲。每悟荼眼眨。歸夢懸箬籆，葵生。客懷滯簦笈。舊蹟印鴻泥，潮。流光熟羊胛。蓼塘畫展屏，省欽。笠澤書繙匣。給鮮徵食單，仁虎。忍俊妨淨業。少坐俟吟安，錫熊。星芒動簾押。晉芳。

（輯自王昶湖海詩傳卷三十二，商務印書館一九五八年版。）

校記

〔一〕此五詩原附於李調元童山詩集卷二十三中秋後一日偕漕至武清三楊村舟中接祝芷塘德麟曹習庵仁虎再疊編橋灣紀遊詩見寄復和韻答之并寄程魚門晉芳兼索其爽約詩之後。題爲校點者所加。

〔二〕本詩原附於李調元童山詩集卷二十三程魚門以詩乞余所編全五代詩依韻奉答兼索異書之後。題爲校點者所加。

〔三〕本詩原附於李調元童山詩集卷二十三和程魚門索余所刻函海原韻之後。題爲校點者所加。

附録

附録

清史稿·文苑二·程晉芳

晉芳，字魚門，江都人。家世業鹺。乾隆初，兩淮殷富，程氏尤豪侈。晉芳獨好儒，購書五萬卷，不問生産，罄其貲。少問經義於從父廷祚，學古文於劉大櫆。而與袁枚、商盤諸人往復唱和，甚相得也。乾隆七年，召試，授中書。十七年，成進士，以吏部員外郎爲四庫館纂修，書成改編修。晚歲益窮，官京師至不能舉火。就畢沅謀歸計，抵關中一月卒，年六十七。晉芳於易、書、詩、禮皆有撰述，又有諸經答問、羣書題跋、蕺園詩文集。

（輯自清史稿卷四百八十五，中華書局一九七七年版。）

清史列傳·文苑傳三·程晉芳

程晉芳，字魚門，江蘇江都人。家山陽，業鹺於淮。乾隆初，兩淮殷富，程氏尤豪侈。晉芳獨愔愔好儒，罄其貲購書五萬卷，招致方聞綴學之士，與共探討。束髮時，讀蕺山劉宗周人譜，見其論守身事親大節，輒心慕之，故以蕺園自號。又問經義於從叔廷祚，學古文於劉大櫆，與商盤、袁枚唱和詩文，並擅其勝。江淮老宿，咸與上下其議論。南遊金陵，愛棲霞、牛首之勝，憑眺山川，考證今古，所至傾其坐人。乾隆七年，召試，授内閣中書。十七年，成進士，補吏部主事，遷員外郎。四庫館開，以薦爲纂修官。書成，擢翰林院編修。晚歲家貲盡，官京師，至無以舉火。四十九年，乞假遊西安，將謀諸畢沅，爲歸老計。抵關中一月卒，年六十七。

晉芳學無所不窺，經史子集、天星地志、蟲魚考據，俱能研究。晚與朱筠、戴震遊，乃治經，究心訓詁。其卒也，京師爲之語曰：『自竹君先生死，士無談處；魚門先生死，士無走處。』謂朱筠及晉芳也。其聲華之盛如此。著有周易知旨編三十餘卷、尚書今文釋義四十卷、尚書古文解略六卷、詩毛鄭異同考十卷、春秋左傳翼疏三十二卷、禮記集釋諸經答問十二卷、羣書題跋六卷、勉行齋文十卷、蕺園詩三十卷。

（輯自清史列傳卷七十二，中華書局一九八七年版。）

皖志列傳稿·程晉芳

金天翮

程晉芳，初名廷鐄，字魚門，一字蕺園，歙縣人也。其祖業鹽筴，居於揚州。乾隆初，兩淮殷富，程氏尤豪侈，多蓄聲伎。晉芳獨愔愔好儒，罄其貲，購書五萬卷，招致方聞綴學之士，與共討論。延接江淮老宿，賦詩讌飲無虚日。屢躓南北闈試。癸未，天子南巡，因獻賦。召試行在，擢第一，詔賜内閣中書。乃棄産償宿逋，攜家北上。成進士，授吏部主事。纂四庫全書，時館閣諸公卿，校覈書中錯誤，纂者往往罹薄譴，獨晉芳所輯，毫髮無可議。書成，擢編修。清代文學士以部曹改官翰林，自王士禎外，詞林掌故，不復多覯。晉芳受特達知，論者以爲異數。

晉芳秀眉方頤，美鬚髯，每吟論意得，闊步容裔，袍褶風生。躭於學，見長几大案輒心開，展卷終日，百事不理。好施予，付會計於家奴，任侵盜，不勘詰。以故遇益隆，學益進，家亦益貧，逋負山積。乃於癸卯夏，乞假赴關中，謁巡撫畢沅，將貸貲爲歸老計。抵陝一月而病，終於節署，年六十有七。沅經紀其喪，撫其孤，歸葬江寧。

晉芳少讀蕺山劉念臺人譜，見所論守身事親大節，輒心慕之，故自號『蕺園』。以後綜覈百家，出入貫串漢宋諸儒説，一以程朱爲職志，著正學論七篇，反復於體用、博約之際。以爲宋儒講太極、河、洛，牽入麻衣、希夷之説，又以鄭衛爲淫詩，不無小失。至於天道人紀，節心制行，務爲有用之學，百世師之可也。所著書（周易知旨編、尚書今文釋義、古文解略、詩毛鄭異同考、春秋左傳翼疏、禮記集釋、諸經答問、羣書題跋、桂宧書目、勉行齋文、蕺園詩）藏於家。

晉芳少與學士朱筠交親厚，而長筠十歲，晚得進士，乃出筠門下，執弟子禮恭，筠猶兄事晉芳也。筠故愛士，無城府，文采著於朝野，平生執友及門弟子常數百人；筠没，而會葬執紼者顧寥落，惟晉芳臨穴大慟，久之乃去。晉芳於廷祚爲族孫，廷祚嘗恨絶學無傳，每成書，必反覆示晉芳，商可否。及衰且病，則悉鈔所著書付之謹藏。惜晉芳貧困，不足以傳廷祚。而桐城錢澄之亦有族孫特，以經學名於時。袁枚、翁方綱撰墓誌，徐書受撰墓表、先正事略。

（輯自皖志列傳稿卷三，民國二十五年刻本。）

國朝先正事略·程晉芳

李元度

魚門，程姓，晉芳其名，蕺園其自號也，歙人。業鹾於淮，乾隆初，兩淮殷富，程氏尤豪侈。君獨好儒術，罄其資購書五萬卷，窮日夜討論之。天子南巡，君獻賦行在，召試第一，賜舉人，授中書，年四十餘矣。尋舉進士，授吏部主事。四庫館開，以薦爲纂修官。書成，擢編修，分校會試，稱得士。君性嗜學，見長几闊案，輒心開，展卷其上，百事不理。又好周戚里，求者應，不求或强施之。鹽務日折閱，付會計於家奴，被侵蝕，了不勘詰，以故逋負山積，勢不支。乞假赴陝，將謀諸畢中丞，爲歸老計。抵關中一月卒。年六十有七。

君秀眉方頤，髯飄飄左右拂。與人言，惟恐傷之。遇文學人，喋然意下，延譽不容口。京師爲之語曰：『自竹君先生死，士無談處；魚門先生死，士無走處。』其聲華之盛如此。著周易知旨、尚書今文釋義、左傳翼疏、禮記集釋如干卷，勉行齋文十卷、蕺園詩三十卷。

（輯自國朝先正事略卷四十二，岳麓書社一九九一年版。）

皇清誥授奉政大夫翰林院編修加四級葴園程君墓誌銘 並序〔一〕

翁方綱

昔方望溪爲李剛主志墓，於習齋、崑繩諸人詆訶程朱之非，痛切言之，虞道園所爲慨然於魯國許公以表章程朱爲己任也。新安程君，少以文名江南，乾隆壬午，始官京師，予與接席賦詩，目爲淹雅者流耳。後十年，予自粵東歸，始與深交，往復劘切者十有二年，嘗歎其博綜經史，詩文撰述，皆所易幾，而獨其篤守程朱，爲後學所宜矜式也。

君束髮時，讀蕺山劉念臺人譜，見其論守身、事親大節，輒心慕之，故以『葴園』自號。其後，綜覽百家，出入貫串於漢宋諸儒之説，未始不以程朱爲職志也。著正學論七篇，反復於體用博約之際。嘗與友人書謂：『宋儒講太極、河、洛，牽入麻衣、希夷之説，又以鄭、衛爲淫詩，其它小誤處，間亦有之，大者止如是。至於天道人紀、節心制行，務爲有用之學，百世師之，可也！古人一飲一食，必祭先嗇先農，示不忘本。吾儕被服儒素，亦思其源，安在而敢自異乎！』

君治經之功，與年俱進，著周易知旨篇三十卷、尚書今文釋義四十卷、尚書古文解略六卷、詩毛鄭異同考十卷、春秋左傳翼疏三十二卷、禮記集釋二十卷、諸經答問十二卷、羣書題跋六卷。又所爲詩四十四卷、文十六卷、桂宧書目二卷。『桂宧』者，君讀書室名。君家素饒於財，自少至壯，積書三萬餘卷。中年已後家落，而書亦稍散失矣。

君先世系出周大司馬伯休父，封于程，以國爲氏。西晉末，以宦遷新安。君之高祖自歙遷揚，以鹽筴起家。君早失怙恃，中遭逋負，然家故業商，兄弟三人接屋而居，食口百人，延接賓客，讌集無虛日。君好學工詩，及見江淮老宿，一時若無錫顧震滄、華半江，宜興儲茗坡，松江沈沃田諸君子，咸與上下其緒論。然屢躓於場屋，肄業國學。南遊金陵，愛栖霞、牛首之勝，憑眺山川，考證今古，所至傾其坐人。歲壬午，應召試，列第一，授内閣中書，乃悉棄産償宿逋，攜家北上。辛卯，成進士，授吏部主事。癸巳歲，高宗純皇帝允廷臣之請，特開四庫全書館，妙選淹通碩彦，俾司修纂，君與其列。旋以館閣諸公校覈譌錯，皆罹薄譴。獨君所手輯，毫髮無疵。書成奏進，純皇帝素稔君才，仰荷特達之知，改授編修。本朝自新城王文簡公以部曹改官翰林，而後詞林掌故不復多覯，洵異數也。君遇益隆，學益進，家益貧，然其豪氣真摯發於天性，嗜書籍若飢渴，視朋友如性命，救人之患、周人之急猶不減其家全盛時也。

君詩善言情，纏綿往復於家世盛衰，儕偶聚散，娓娓數百言。燃燭拈髭，俯仰今昔，而君亦垂老矣。君故苦末疾，然常有山水之思，欲遊河、洛、關、陝，歸老江寧，卜一廛以畢志。癸卯秋，請假出都，由中州歷太華，抵關中，而疾不起。中丞畢公爲經紀其喪，撫其孤南歸，獲安厝于江寧。中丞之篤於友誼爲士林所共感，而君之夙行信於朋友即此可知矣。

君諱晉芳，初名廷鐄，字魚門。内閣中書，協辦侍讀事。充方略館纂修官、吏部驗封司兼文選司主事。特旨改授翰林院編修，加四級，誥授奉政大夫、文淵閣校理。充四庫全書纂修官、武英殿分校官、庚子科會試同考官。生於康熙五十七年十月二十四日，卒於乾隆四十九年六月二十一日，享年六十有七。

配蕭宜人，繼配汪宜人，有壼德，俱先卒。子二人，一瀚，一溧。銘曰：

昔賢所闡，緒在七閩；君籍新安，力學維醇。疾彼夸博，而背其真；窮經致用，修詞輔仁。有粹其實，有斐其文；博極萬卷，不忘本根。江水滔滔，鍾山嶙峋；石窆震封，詞林學人。

翰林院編修程君魚門墓誌銘 並序

袁枚

乾隆甲辰秋，魚門之喪歸自秦中，乙巳十二月二日，葬于金陵之馮家山。其老友袁枚哭且奠，爲銘其墓曰：

君程姓，名晉芳，字魚門，一字蕺園。先爲程伯休父之後，祖居新安，治鹽于淮。父遷益，生子三人：長原衡，季述先，君其仲也。乾隆初，兩淮殷富，程氏尤豪侈，多畜聲色狗馬。君獨愔愔好儒，罄其貲，購書五萬卷，招致方聞綴學之士，與共討論，海内之略識字、能握筆者俱走下風，如龍魚之趨大壑。君不能無用世心，屢試南闈不第，試京兆不第。亡何，鹽務日折閲，而君舟車、僕遬、覓學、温卷之費頗不貲，家漸中落，年已四十餘。癸未，天子南巡，君獻賦，召試行在，賦江漢朝宗詩四章，天子嘉之，拔第一，賜中書舍人。再舉進士，改吏部文選司。未幾，天子開四庫館，諸大臣舉君爲纂修，議敘授翰林院編修。分校禮闈，得士若干。

君耽于學，見長几闊案輒心開，鋪卷其上，百事不理。又好周戚友，求者應，不求者或强施之。付會計于家奴，任盗侵，了不勘詰，以故雖有俸，有佽助，如沃雪填海，負券山積，勢不能支。乞假赴陝，將謀之中丞畢公，爲歸老計。時酷暑，索逋者呼噪隨之，君已衰老，乘弇棧車，行烈日中頓撼，失食飲節。又聞西陲兵起，氛甚惡，不能無悸，遂病。至中丞署中一月死，年六十七。

嗚呼！君交滿海内，而與余尤暱。未乞假，先致書託覓屋。余喜甚，謂老可不孤，擬某士將向君薦，某處將與君遊，某文字將待君決可否，部署暗定，遲君之來。不料在嶺南，孫中丞補山告君死，時方召食，驚泣，至失匕箸。歸舟惘惘，行五六千里，不能釋君于懷。念君重仁襲義，德施于人，食報未副其量。然又念君所難者科名，而卒晚遇矣；所乏者子嗣，而兒生已周矣；所樂者書史，而四海九州之秘本、大内之所藏已目飽矣；且使終于京師，慮所以歸其櫬、恩其遺孤者，恐不能如畢公之周摯而恢宏。然則天之所以報施善人，似無知，又似有知。

君秀眉方頤，髯飄飄然左右拂。吟論意得，闊步搖敵，袍褶生風。與人言，暖暖姝姝，若恐傷之；雖臧獲，無所凌誶。遇文學人，慄然意下，敬若嚴師。雖出己下者，亦必推轂延譽，使滿其意。以故京師語曰：『自竹君先生死，士無談處；自魚門先生死，士無走處。』竹君者，君之座主朱學士筠也。

君學無所不窺，經史子集、天星地志、蟲魚考據俱宣究，而尤長于詩。古文醇潔，有歐曾遺意。所著周易知旨、尚書今文釋義、左傳翼疏、禮記集釋各若干卷，勉行齋文十卷、蕺園詩三十卷。

初娶蕭氏，再娶汪氏，俱先君亡。先嗣子瀚，後生子溧，女一人。贈君葬地者，松太巡道章公攀桂；贈葬費者，陝西巡撫畢公沅也。例得附書。銘曰：

天與之氣，春也；玉與之情，温也。不踐生草，麟之仁也；儀于虞廷，鳳之文也。秦誓休休，一个臣也。胡爲乎傫其身，客死于秦也？不節之嗟，嗚呼哉！君也。雖然，更千百年，士林下馬，而刺棘不生者，君之墳也。

翰林院編修程魚門先生墓表

徐書受

先生名晉芳，字魚門，一字蕺園。其先爲程伯休父之後，祖籍新安。父遷益，治鹽莢於淮。先生獨尚儒術，所交聞人遍海内。而性好施予，爲之持籌握算者，竊從而乾没之，業益中落，則又稱貸，益不貲。年四十餘，獻賦行在，賜中書舍人；再舉進士，改吏部文選司主事。未幾，開四庫館，諸大臣薦舉爲纂修官，授翰林院編修。

先生廣顙方頤，下髯修三尺，飄飄然白如銀絲，有神仙之姿。少與學士笥河朱公交篤，長之十年；後乃出公門下，執弟子禮甚恭，雖昏暮過門，必下車以步。而公則兄事之如故也。公平生執友與及門著録知名之士，常數百人，迨送喪，執紼寥寥，惟先生臨穴大慟不已，見者愴然感之。方先生官曹郎時，陽湖程文恭公爲尚書，山左袁公爲侍郎，並風裁清整，長髯亦雅相埒，京師人語之曰『吏部三髯』。

先生年六十，猶日有課程，温習經史，經或幾章，史幾卷，流覽古人詩文幾册，以小盂貯紅豆，記其所讀之數，夕則覆驗之。於學無所不貫，而尤長於詩古文，詩著草六巨編，雖甚冗冗，不輟。倘汰其十一，而存其精英，實一代之正宗，近今名家所莫及。文亦遒簡而有法度，所著周易知旨、尚書今文釋義、左傳翼疏、禮記集釋各若干卷，勉行齋文十卷，蕺園詩三十卷，藏於家。先嗣子翰，後生子溧。翁覃溪學士倡爲六十四歲生子詩，韻限『長』、『年』二字，一時凡交先生者莫不和焉。越歲，以積逋避而之陝，遽病。卒於中丞畢公之幕中，春秋六十有七。

予弱冠入都門，先生引爲忘年友，見其和平愷悌，愛士若渴，朝聞一善，晡以告人，誠心敬欲相師，而先生終愔愔以友道自處。嗚呼，筍河、魚門兩先生官不爲達，而汲引善類，敦尚氣節，名重當時，有古賢風範。蓋自先生騎箕，而八百孤寒之望，皆若有漠然無所嚮之戚也。錢塘袁君子才既爲先生銘墓，書受故復摭其逸事而表之。

（輯自錢儀吉碑傳集卷五十，清光緒十九年江蘇書局刻本。）

揚州畫舫録·岡西録·程晉芳

李　斗

程晉芳，先名志鑰，字魚門，又名廷璜，字蕺園。夢天開榜有晉芳名，故易今名。家淮安，召試以中書用，官至編修。善屬文，勤於學，著有尚書集註、左傳通解諸書。晚年客死陝西，畢秋帆制軍沅經紀其喪，贍其遺孤。

（輯自揚州畫舫録卷十五，中華書局一九六〇年版。）

國朝漢學師承記·程晉芳

江　藩

程晉芳，字魚門，一字蕺園，江都人。家山陽，饒於貲。喜讀書，蓄書五萬卷，丹黃皆遍。性又好客，延攬四方名流，與袁大令枚、趙觀察翼、蔣編修士銓爲詩歌唱和，無虚日，由此名日高而家日替矣。累試南北闈，不售。乾隆二十七年，高宗純皇帝南巡，召試，授中書。後十年，始成進士，改主事。旋授吏部員外郎，與修四庫全書，欽命改翰林院編修。

君生而頎長，美鬚髯，酒酣耳熱，縱論時事，則掀髯大笑，少所容貸。至於獎掖後進，則有譽無否也。不善治生，家事皆委之僕人，坐此貧，不能供饘粥，以至責户剥啄之聲不絶於耳，而君伏案著書，若無事者然。後乞假遊西安，卒於巡撫畢沅署中。

君始爲古文詞，及官京師，與笥河師、戴君東原遊，乃治經，究心訓詁。著有周易知旨、尚書今文釋義、左傳翼疏、禮記集釋、勉行齋文集十卷、蕺園詩集三十卷。

（輯自漢學師承記卷七，上海古籍出版社二〇〇六年版。）

嘯亭雜録·程晉芳

昭 槤

程魚門編修晉芳，新安人。治鹽於淮。時兩淮殷富，程氏尤豪侈，多畜聲伎狗馬，先生獨愔愔好儒，罄其貲購書五萬卷，招致多聞博學之士，與共討論。先生不能無用世心，屢試不售，亡何，鹽務日折閲，而君舟車僕遫之費頗不貲，家中落，年已四十餘。癸未，純皇帝南巡，先生獻賦，授内閣中書，再舉辛卯進士，改吏部文選司主事。未幾，上開四庫館，諸大臣舉先生爲纂修官，議敘改翰林院編修，先生大喜過望。先生耽書史，見長几闊案心輒喜，鋪卷其上而百事不理。又好周戚友，求者應，不求者或强施之。

付會計於家奴，一任盗侵，公不勘詰。以故雖有佽助，如沃雪填海，負券山積，勢不能支。乞假赴陝中，將謀之畢中丞沅，爲歸老計，至冒暑暍至署，未半月卒，人争惜之。

（輯自嘯亭雜録卷九，中華書局一九八〇年版。）

今傳是樓詩話　二則

王揖唐

程晉芳絀於治生

文人絀於治生，已成通病，然未有如程魚門之甚者。魚門累世以鹽策起家，乾隆初，兩淮殷富，程家尤豪侈。君兄弟三人，接屈而居，延接賓客，筵宴無虚日，罄資購書五萬卷，又好周戚友，求者必應，不求者或强施之，顧付會計於家奴，任盗侵，了不勘結，以此家益落，負券山積，勢不能支。晚乞假赴陝，將謀之畢秋帆，爲歸老計，時酷暑，索逋者呼噪隨之，君已衰老，乘弇棧車，行烈日中頓撼，復飲食失節，未抵陝即病，至中丞署中一月死。歸葬恤孤，皆中丞一人任之。覃溪挽詩云：『載書西笑尚遊遨，半世聲名苦太勞。白璧瑑成功更粹，黄金散盡氣仍豪。』蓋能知其生平者。君有寄答楊二鑑堂云：『阿堵夙所嗔，恬不理家事。安知此遊宦，遂作避債計？吟哦殊未已，薪米紛告匱。儒冠果誤人，書史姑廢棄。拙辭叩誰門，引領冀稱貸。迫我以苦難，阻我所樂易。轉頭望江南，一瓦覆何地？逴逴念阿兄，孑孑憐孱弟。家門久衰謝，蘭艾虞芟薙。君知我最深，前策曷煩置。』又寄懷舍弟詩云：『迎年最是貧家忌，乞福終疑冷竈神。』皆可見其清况。惟魚門以富室而降爲窶人，卒至於飢驅道路，憔悴以終，如以許魯齋學説繩之，則操術之疏或亦無庸爲諱也。趙甌北挽王西莊詩有『牙籌不廢手親持』之句，西莊頗講封殖，居官亦乏清譽，當時議者頗多，甌北此詩，洵爲實録。余意魚門之疏闊，與西莊之鄙吝，一失太過，一失不及，論者以爲何如？

朱筠顧恤程晉芳

魚門登第甚晚，朱笥河爲其座主，君送笥河先生視學安徽詩所云『昔友今吾師，敦勉在行誼』者也。笥河督皖學，其李鐵拐斜街宅，屬魚門居之，且以書籍見付，君賦移居詩，有：『首冬旌節出江淮，特遺攜家宿舊齋。花事六時環近砌，市聲三面出斜街。』又云：『饘粥於斯感公甚，更無人索賃租頻。』皆紀此事，亦見昔賢之風誼矣。

（輯自今傳是樓詩話，遼寧教育出版社二〇〇三年版。）

桐城文學淵源考·程晉芳

劉聲木

程晉芳，原名廷鐄，字魚門，號蕺園，歙縣人。乾隆辛卯進士，官翰林院編修。師事劉大櫆，受古文法，其爲文以歸方爲宗，醇清遒簡，有法度，詩尤工。家本饒裕，治鹽於兩淮，性耽文學，藏書五萬卷，丹黄皆遍，家事委之僕人，百事不理，坐此貧困。撰勉行堂詩集二十四卷、卷首一卷、文集六卷，雜著□種。

【補遺】程晉芳，年五十始成進士，生平獨嗜經，至老不衰，服膺宋儒，不敢輕以語人。其文醇於義理，密於體裁，優柔平中；不盡而長，不峭而潔，不鈎稽而辨晰，不枯槁而淡遠；揖讓進退，自然合於矩度。詩亦戛戛獨造，風格頗事生新，不規規於唐人。晉芳與歷城周書昌皆謂『天下文章在桐城』，世遂有『桐城派』之目。一言能爲世之輕重如此。

（輯自桐城文學淵源考撰述考卷三，黄山書社一九八九年版。）

清人文集别録·勉行堂文集六卷 嘉慶二十五年刻本

張舜徽

江都程晉芳撰。晉芳，字魚門，一字蕺園，先世歙人。以業鹺遷揚州，家素豐。晉芳不問生産，又好聚書，至罄其貲。乾隆十七年進士，授吏部主事，與修四庫全書。書成，擢翰林院編修。晚歲貧甚，以乾隆四十九年客死關中，年六十七。晉芳始以詩名，與袁枚、趙翼、蔣士銓唱和無虚日。及官京師，與朱筠、戴震遊，乃治經，而所得不深。五經皆有撰述：易有知旨編，書有今文釋義、古文解略，詩有毛鄭異同考，春秋有左傳翼疏，禮有禮記集釋。其自序具載是集卷二。趙懷玉稱其稿俱在其門生謝振定處（此語見亦有生齋文集卷二勉行堂五經説序引）今考謝氏知恥齋文集，乃無一語及此，蓋其稿散佚已久，或者未之全成也。晉芳論學大旨，具見於是集卷一正學論七篇中。翁方綱亟稱其篤守程朱，爲後學所宜矜式。（見翁氏所撰墓誌銘，載復初齋文卷十四）此七篇中，非特闢顔元、李塨、戴震諸家之説，且並當時之爲樸學者而深斥之，故其言有曰：『今之儒者，得唐以前片言隻字，不問其理道如何，而皆寶而録之，討求而纂述之。羣居坐論，必爾雅、説文、玉篇、廣韻諸書之相礪角也，必康成之遺言，服虔、賈逵末緒之相討論也。古則古矣，不知學問之道，果遂止於是乎？又其甚者，因考據字義而旁及於金石文字。夫金石文字之足以資助史學，夫人而知之矣，然不過訂日月、校職官、證瑣事，而於制度云爲、安危治亂之端，其所繫者終小。』（止學論四）晉芳蓋有鑑於當時學者舍本逐末之失，故慨乎其言之。與翁氏復初齋文集中考訂論八篇，宗旨大同，宜方綱引爲桴鼓之助也。晉芳治史之法，每好取相近之書，以比勘其同異。讀范氏後漢書，則取三國志校之。（詳是集卷一後漢書三國志得失考）讀漢書，則取史記校之。（詳卷四讀漢書匈奴傳後）讀唐六典，則取杜氏通典及新、舊唐書校之。（詳卷五唐六典跋）勤於讎對，而常有新悟，斯亦潛心乙部者用功之楷式矣。

（輯自清人文集別録卷六，中華書局一九六三年版。）

程舍人蕺園集序

沈大成

吾友程魚門舍人自選定其詩曰蕺園集者，二十二卷，總爲古今體二千首。蓋自乾隆癸亥至今庚寅，二十有八年之作胥在焉。不鉅公名宿之序，而顧屬於余。余不工詩，何序之能爲？然良友之意不可孤也，爰卒業而爲之言曰：『夫詩之爲詩，不可以易言也。其始發之於人，而牖之於天；其繼致之以學問，而相之以鬼神。當其摇筆伸楮，茫無所寄，思極而通，汩汩無盡，撑腸拄腹，究將何施？一旦有觸，雜然坌至，若是蓋有不知其然而然者，特假於我手而詩之耳。是故漱滌萬物，牢籠百態，而不覺其肆也；汪洋旁魄，轇轕下上，而不覺其荒也；窮幽極眇，出奇入險，而不覺其怪也；孤花小草，時鳥候蟲，而不覺其細也。是所謂天也，鬼神也，有行乎其間者也。』

吾友聰警絶倫，遇物能賦，穿穴經史，漁獵百氏，其人其學殊矣！故其詩有不經意而成者，有苦思冥搜而得者，有以長律大篇争勝者，有以單辭片語擅場者，有澹遠高華者、蒼勁者，有紆餘爲妍者，可謂善學古人，無體不備。至其聯句、强韻則更駸駸乎上規韓孟焉，胡可及哉！

吾友之年甚壯耳，自今以往，齒益增，學益富，詩益多，則將盡古人之變，卓然自致於大家，譬若登桃然，級愈上則身愈高耳，豈有紀極哉！則吾所云『發之於人，而牖之於天；致之以學問，而相之以鬼神』，吾友自思之，其相視而笑矣乎，其以吾言爲河漢矣乎？

（輯自學福齋集卷四，清乾隆三十九年刻本。）

仿元遺山論詩　其十八

袁　枚

束髮愔愔便苦吟，白頭才許入詞林。平生絶學都探遍，第一詩功海樣深。

（輯自袁枚全集小倉山房詩集卷二十七，江蘇古籍出版社一九九三年版。）

贈程魚門序

姚　鼐

余初識魚門於揚州人家坐上，白皙長身美髯，言論偉異，自是相愛敬。魚門來官京師，乃益親。去歲同纂四庫全書，因日日相見。至今歲，余始將去，余與魚門一别於揚州。後六年，余由京師歸家，别於京師。後又六年，魚門南遊江淮，轉入梁宋，復别余去。後四年至今日，前之别，皆未幾即見；今之去，其見時未可期也。

余幼於魚門十四歲，始相識，余年二十八，今逾四十，多羸疾，思屏於江濱田間以自息。魚門意氣，亦不如故，修髯蒼蒼大半白，相對言今昔事，有足慨者。人欲握手交歡，杯酒道款曲，則鄉里親舊多有之；至縱横往復，古今賢士術業，言足起人意，非遇海内豪傑之士，不可得也。是以今者，余益有慕乎魚門。夫士處世難矣，羣所退而獨進，其進罪也；羣所進而獨退，其退亦罪也。天地萬物之變，人世夷險曲直好惡之情態，工文章者，必抉摘發露至盡。人匿其情久矣，而或宣之，宜有見惡者矣，况又加之以名稱耶？

往時大學士劉文正公，嘗太息魚門之才，而惜其爲名士。夫魚門行與學甚敦，美與名相副，名何足爲魚門病？抑吾聞之，物求而致之者，不若不求而致之之安也。魚門處盛名之下，車馬塵雜之間，其將釋知遺形，超然萬物之表，有若聲華寂滅，遺人而獨立者也。然則魚門終免世網羅矰繳之患也已。

（輯自惜抱軒全集文集卷七，中國書店一九九一年版。）

祭程内翰文

武　憶

維乾隆四十九年，歲次甲辰七月朔某日，某以酒果之奠遥祭故翰林編修魚門先生之靈。嗚呼髯丈！今遂云亡，夫孰使君踣蹶顛躓，垂已歸老其鄉，而曾不以一息，乃疲於道路，以死且僵？余昔歲之守京邸，悲不學而面墻；紛異説之與搆，跡有似於亡羊。當時，不棄予之闇淺，尚顯示以周行；自笥翁而外，恃君有與扶將。且筍翁之引士類，以身爲之倡；得君起，與之左右，迭相揄揚。視天下士有一不耀於世者，二公寢食爲之不遑。及夫筍翁既背，士皆淹抑以摧藏；而不圖君又奄棄，使天下士益無所顧賴，則豈徒吾徒之感愴！嗚呼，君之少也，推棄所有，不富其囊；思與當世瑰琦之人接，庶幾遠觀周覽，與古相望。故其浩然富溢於中者，或歎如海若之洋；而時出以辨言微中，談諧披猖。此多在世人之目，余亦不具詳。惟悼夫失海内之所望，慘余情以中傷。嗚呼已矣！君之西去，面已深墨而無光。歸怦怦不能自釋，然孰云遽罹其殃？魂兮歸來，吁惟茫茫。

（輯自清道光二十三年武氏刻授堂遺書本授堂文鈔卷之六。）

道中無事偶作論詩截句二十首　其十三

洪亮吉

遊戲詩應歸苦海，性靈句實逼香山。同時老輩猶難及，只許錢程伯仲間。袁大令枚、錢侍郎載、程編修晉芳。

（輯自清光緒三年洪氏授經堂刻本更生齋集詩集卷二。）

校記

〔一〕翁方綱和袁枚的這兩篇墓誌銘原在書前鄧廷楨敘及陳浩原敘之後，現移於此。

附　安徽古籍叢書已版書目

舊聞隨筆
定本莊子故
張籍集注
文學研究法
桐城文學淵源考·撰述考
包拯集編年校補
康輶紀行·東槎紀略
北山樓集
桐城耆舊傳
疑庵詩
三餘札記
方望溪遺集
爾雅翼

識小録·寸陰叢録
東萊詩詞集
明太祖集
王侍郎奏議
程氏家塾讀書分年日程
朱楓林集
敬孚類稿
施愚山集（四册）
吴敬梓吴烺詩文合集
張孝祥詞箋校
竇山公家議校注
翠微南征録·北征録合集
阮大鋮戲曲四種

老子注三種
杜詩説
朱書集
論語解注合編
郭祥正集
皖人詩話八種
唐詩評三種
左傳微
績學堂詩文鈔
鈍齋詩選
老子注譯
莊子詮詁
説文假借義證

劉銘傳文集
包世臣全集（三册）
戴震全書（七册）
田間易學
莊屈合詁
田間詩集
田間文集
古事比（二册）
安徽出土金文訂補
秋崖詩詞校注
道聽途説
蘭苕館外史
青泥蓮花記
舌華録
明語林

夜雨秋燈録·續録（二册）
包拯集校注
毛詩後箋（二册）
劉文典全集（四册，列入特輯）
壹齋集（二册）
孟子講義
楊仁山全集
弢翁藏書年譜（列入附輯）
不得已附二種
歙事閑譚（二册）
惜抱軒詩集訓纂
張孝祥詩文集
吴汝綸全集（四册）
朱子全書（二十七册）
明實録安徽經濟史料類編（列入附輯）

姚瑩年譜（列入附輯）
青溪集
藏山閣集
田間詩學
俞正燮全集（三册）
皖人戲曲選刊·鄭之珍卷
詠懷堂詩集
所知録附四種
文選箋證（二册）
歙紀
方孝標文集
七頌堂集
劉文典全集補編（列入特輯）
程瑶田全集（四册）
皖人戲曲選刊·方成培卷

皖人戲曲選刊·龍爕卷
凌廷堪全集（四册）
黄生全集（四册）
東輶紀程
蕭雲從詩文輯注
程文炳文集
程恩培集
方盦山詩集（二册）
趙紹祖金石學三種
小爾雅義證
勉行堂詩文集